FRANCKE

B. J. Hoff

Im Land der tausend Träume

Irish Saga - Band 3

FRANCKE
Verlag der Francke-Buchhandlung GmbH

Falls nicht anders angegeben, entsprechen alle Bibelstellen in diesem Buch dem Bibeltext nach der Übersetzung Martin Luthers, Revidierte Fassung von 1984.
Mit Ausnahme der bekannten historischen Persönlichkeiten sind alle Personen dieser Erzählung frei erfunden, und jegliche Ähnlichkeit mit verstorbenen oder lebenden Personen ist rein zufällig.
Das Leid während der großen Hungersnot in der Mitte des vorigen Jahrhunderts war bittere Wirklichkeit und ist auf vielfältige Weise dokumentiert. Dennoch wird es in der Irish Saga anhand frei erfundener Personen dargestellt.

Die Deutsche Bibliothek – CIP-Einheitsaufnahme

Hoff, Brenda J.:
Irish Saga / B. J. Hoff. – Marburg an der Lahn : Francke.
Bd. 3 Im Land der tausend Träume / [dt. von Agentur Lardon, Roselinde Pässler]. – 1994
(Edition C : E, Die goldene Reihe ; Nr. 42)
ISBN 3-86122-120-9
NE: Edition C / E

Originaltitel: Land of thousand Dreams

Published by Bethany House Publishers, Minneapolis, USA

Deutsch von Agentur Lardon/Roselinde Päßler
Umschlaggestaltung: Reproservice Jung, Wetzlar
Umschlagillustration: Dan Thornberg
Satz: Druckerei Schröder, 35083 Wetter/Hessen
Druck: St.-Johannis-Druckerei, Lahr 29497/1994

Edition C, Nr. E 41

Inhaltsverzeichnis

Teil drei: Erfüllte Träume – Neuanfänge

Baut Häuser und wohnt darin; pflanzt Gärten und eßt ihre Früchte; nehmt euch Frauen und zeugt Söhne und Töchter, nehmt für eure Söhne Frauen, und gebt eure Töchter Männern, daß sie Söhne und Töchter gebären; mehret euch dort, daß ihr nicht weniger werdet.

Suchet der Stadt Bestes, dahin ich euch habe wegführen lassen, und betet für sie zum Herrn; denn wenn ihr's wohlgeht, so geht's auch euch wohl ...

Denn ich weiß wohl, was ich für Gedanken über euch habe, spricht der Herr: Gedanken des Friedens und nicht des Leides, daß ich euch gebe Zukunft und Hoffnung.

Jeremia 29,5-7,11

Prolog

Brian Kavanagh wird gehängt

Für das arme alte Irland kämpften sie wie Ritter.
Wie hart war ihr Schicksal, wie bitter!
(Oh, welch ruhmreichen Stolz, welch unsagbare Pein
schließt die Zahl Achtundneunzig ein!)

John Keegan Casey (1846-1870)

Castlebar, Westirland
Oktober 1798

„Ich dachte, der Tag, an dem Brian erhängt wird, müßte dunkel und stürmisch sein und nicht so ein Tag wie dieser", sagte Peggy Kavanagh.

Die Frau des zum Tode verurteilten Mannes erhob zitternd eine Hand zum Mund. Hochschwanger, die Haut aschfahl, sah sie über alle Maßen betrübt und beinahe krank aus. Ihr schmerzerfüllter Blick fiel auf einen Zettel – einen von vielen –, die an die Wand des Gerichtsgebäudes geheftet waren.

Dan Kavanagh schaute zu der Frau seines Bruders hinunter, dann zu dem wolkenlosen Himmel empor, der sich über der Grafschaft Mayo ausbreitete. Der goldene Herbsttag, klar und in einen süßen Duft gehüllt, war trügerisch still und schien ganz und gar nicht zu einer Hinrichtung zu passen.

Der Himmel müßte schwarz sein, der Donner rollen, und ein tosender Sturm wäre weitaus passender als der sanfte Herbstwind, der sie lieblich umspielte. Kein Mensch sollte an einem so wunderschönen Tag wie diesem seinem Henker begegnen. Und schon gar nicht ein Mann wie Brian Kavanagh.

Wieder warf er einen verstohlenen Blick auf seine Schwägerin. „Es ist nicht richtig, daß du hier bist, Peg", murmelte er. „Welche Frau schaut zu, wenn ihr Mann auf diese Art und Weise stirbt?"

Sofort bedauerte er seinen schroffen Ton. Er wollte ihr keinen Vorwurf machen, sie vielmehr nur schützen.

„Die Frau, die ihrem Gelübde treu bleibt", Peggys Stimme klang brüchig wie dürres Laub, „treu bis an den Tod."

Sie hob ihr Kinn, und Dan sah die Tränen, die in ihren Augen schimmerten. „Brian mag für das, was er getan hat, als großer Tor gelten, aber ich werde ihn am Ende nicht verlassen. Er ist noch immer mein Mann und der Vater meiner Söhne." Sie hielt inne und warf Dan einen anklagenden Blick zu. „Und wer sollte das besser verstehen als der eigene Bruder dieses Mannes?"

Gemaßregelt steckte Dan die Hände tief in die Taschen und starrte auf die staubige Straße. „Natürlich verstehe ich das, Peg. Ich wollte dir nur zusätzlichen Schmerz ersparen."

„Weiß ich das nicht selbst?" Peggys Ton wurde weicher. „Aber dieser Schmerz darf mir nicht erspart bleiben, Dan. Ich muß heute an diesem Tag den tiefsten Schmerz mit Brian teilen. Vielleicht wird das das einzige sein, was uns am Ende noch verbindet, verstehst du?"

Dan nickte, und auch sein Herz war schwer von übergroßer Trauer. Brian war für ihn stets ein Held gewesen, seitdem er alt genug war, um den Namen seines Bruders aussprechen zu können. Hatte ihm nicht Brian beigebracht, wie man auf einem Pferd saß, noch bevor er begonnen hatte, lesen und schreiben zu lernen? Brian hatte ihm gezeigt, wie man ein Feld pflügt, einen Baum fällt, einen Wagen baut. Er hatte sogar versucht, ihn in die Geheimnisse der Harfe der Kavanaghs einzuweihen, jedoch ohne Erfolg; seine großen, knorrigen Finger waren noch nie zu etwas anderem geschickt gewesen als zur Feldarbeit.

Bei dem Gedanken an die Harfe krampfte sich Dans Magen zusammen. Er hatte sich daran gewöhnt, in dem hinteren Zimmer der Hütte seines Bruders von den goldenen Tönen der Harfe, die sanft zu ihm herüberdrangen, in den Schlaf gesungen zu werden. Nun würde die Harfe schweigen, und Brians Musik nur noch als Echo in der Erinnerung seiner Verwandten und Freunde widerhallen.

Neben ihm drängte sich Peggy näher zu der Wand des Gerichtsgebäudes. Zögernd folgte ihr Dan. Diese Seite des Gebäudes war voller Kanzleipapiere, auf denen die Namen derjenigen geschrieben standen, die kürzlich erhängt wurden oder die gehängt werden sollten.

Der Regen der vergangenen Nacht hatte einige Namen ausgelöscht, andere verwaschen. Der Name seines Bruders jedoch war noch ganz deutlich zu lesen:

Brian Kavanagh – Pächter – lehnte sich gegen die Krone auf und kämpfte mit den Franzosen. Er ist des Verrats schuldig und wird zum Tod durch den Strang verurteilt.

War das sein Bruder? Brian, mit dem herzlichen Lachen, dem sonnengebräunten Gesicht und den Sommersprossen auf den Händen? Brian, der dafür bekannt war, daß er bis zum Morgengrauen zu der Fidel tanzte und dann direkt aufs Feld zur Arbeit ging? War dieser gefährliche wilde Rebell der gleiche zärtliche Mann, der seiner Frau Sträuße aus Wiesenblumen pflückte und aus Baumstümpfen niedliche Tiere für seine Kinder schnitzte?

„Ich bete, daß es tagelang nicht regnet", flüsterte Peggy neben ihm.

Aus seinen Gedanken gerissen, starrte er sie fragend an: „Warum sagst du das, Peg?"

„Ich möchte nicht, daß sein Name weggewaschen wird wie die anderen", antwortete sie matt. „Ich möchte, daß alle diejenigen ihn lesen und an ihn erinnert werden, die sich abgekehrt haben und weggelaufen sind, als es darauf ankam."

In Dans Hals bildete sich ein Kloß. „So beschuldigst du auch mich, Peg?" fragte er, während er seine von Schwielen übersäten Hände an seinen Seiten zusammenkrallte. „Weil ich nicht an Brians Seite gekämpft habe?"

Schließlich riß sie ihre Augen von den Anschlägen los und begegnete Dans gequältem Blick. „O nein, Dan", sagte sie leise. „Ganz bestimmt nicht. Haben wir es nicht immer verstanden, daß du einfach nicht töten kannst? Brian hat selbst gesagt, daß deine Seele verdorren würde, wenn du den Spieß gegen einen anderen Mann erheben müßtest – und wenn es ein Soldat wäre. Nein", wiederholte sie und wandte sich wieder der Wand des Gerichtsgebäudes zu, „meine Bitterkeit richtet sich gegen alle, die sich zuerst gebrüstet haben und dann wie verängstigte Hühner auseinandergelaufen sind, als die ersten Kugeln zu fliegen begannen!" Ihr Mund verzog sich nach unten. „Solche Narren wie Feary MacNulty und Michan O'Dowd, die von den Franzosen Waffen angenommen und gelobt haben, sie zur Befreiung Irlands einzusetzen. Und dann haben sie sich in ihrer wilden Angst beinahe gegenseitig die Zehen abgerissen, als sie die Waffen wegwarfen und flohen."

„Sie sind einfache Landarbeiter, Peg. Was wissen sie von Kampf und Sterben? Sei nicht zu hart zu ihnen."

Sie wirbelte herum und schaute ihm ins Gesicht. „Wären sie und die anderen Schwätzer und Feiglinge nicht davongerannt, müßte unser Brian vielleicht jetzt nicht hängen!"

Dan schüttelte den Kopf und wußte, daß er an diesem Tag nicht mit ihr diskutieren konnte. Außerdem konnte er die Wahrheit ihrer Worte nicht bestreiten. Aber was hatten sie eigentlich erwartet? Jeder hätte den Ausgang des kürzlich gescheiterten Aufstands voraussagen können.

Jemand – ein Mann namens Tone, so erzählte man – hatte die Franzosen davon überzeugt, daß ein vereintes Irland bereit war, sich zu erheben und seine Fesseln abzuwerfen, daß Tausende starker, kräftiger Männer bereitstünden und nur auf Musketen warteten, um ihr Land von der Gewaltherrschaft Englands zu befreien. So hatten die Franzosen Soldaten zur Unterstützung des Kampfes entsandt. Aber anstelle der Armee, die sie erwarteten, hatten sie nur einzelne umherstreifende Banden unausgebildeter Bauern vorgefunden, die noch nie eine Waffe in der Hand gehalten hatten, die tödlicher als ein Schwarzdornstachel war.

Viele, wie auch Brian, hatten wild entschlossen weitergekämpft, bis sie schließlich getötet oder gefangengenommen wurden. Andere, die um ihr Leben oder die Strafe, die ihre Familien treffen würde, fürchteten, waren in den Schutz der Berge geflüchtet.

Es war nichts anderes als ein weiterer sinnloser Versuch geblieben, aus Bauernjungen Kriegsleute zu machen. In der Vergangenheit hatte es bereits verschiedene andere Anläufe gegeben – phantastische Verschwörungen wohlmeinender Patrioten und lächerliche Versuche dunkler Piratenseelen. Alle hatten sich als nutzlos erwiesen, denn Irland war kein Land edler Soldaten, sondern vielmehr ein Land armer, ungebildeter Bauern. Sein echter Landadel war von Englands machthungriger Kolonialpolitik zerstört, seine Gelehrten vertrieben und verfolgt worden. Die Streitmacht des Landes bestand aus Bauernjungen mit geliehenen Musketen und selbstgefertigten Spießen, aus heimatlosen Poeten und mit Fries bekleideten Fischern.

In Abständen von Jahrzehnten brachen jedoch immer wieder Aufstände aus, welche die ohnehin geschwächte Bauernschaft noch mehr dezimierten. Und so war es auch bei dem letzten. Sowohl Gerüchte als Versprechungen hatten sich als falsch erwiesen, und Irland war ein weiteres Mal unterlegen. Brian war nur einer der Unglücklichen, die von den scharlachroten Skorpionen gefangengenommen worden waren, und dessen eilig gesprochenes Urteil heute vollstreckt werden sollte.

Dan sah sich in ihrer Umgebung um. Es wurde ihm übel, als er die Menge der Neugierigen sah und die Soldaten, die durch die Straßen von Castelbar stolzierten. In den Gasthöfen und Läden würde heute das Geschäft florieren, stellte er ärgerlich fest. Ja, nichts zog die Massen sosehr an wie eine Hinrichtung durch den Strang.

Während er sich zu Peggy umwandte, beschloß er wiederum, daß sie das, was kommen würde, nicht mit ansehen durfte. Das Baby konnte jeden Tag geboren werden, und durch ihren Kummer und ihre Verzweiflung war sie bereits schwach genug.

Sie wußte nicht, welch grauenvolle Qualen den armen Brian erwarteten. Irgendwie mußte es ihm gelingen, sie vor der Hinrichtung von diesem Ort wegzubringen.

Dan hatte bereits gesehen, wie jemand erhängt wurde. Diese grausame, greuliche Handlung war – auch wenn das Opfer ein Fremder war – ein so schauriger Anblick, den man nicht so leicht wieder vergaß. Und der Strick war noch nicht einmal das Schlimmste. Nach dem Erhängen würde man Brians Körper herunternehmen, teeren und für die Massen zur Ansicht wiederum aufhängen.

Das würde Peggy endgültig zugrunde richten. Er konnte nicht, *würde* nicht zulassen, daß sie das sah.

Hatte er nicht Brian versprechen müssen, daß er sich um Peggy und die Jungen kümmern würde? Dan hatte sein Wort gegeben, für sie zu sorgen, hatte geschworen, sein Bestes zu tun für Brians Frau, für seine Söhne und das ungeborene Kind.

Der Gedanke an das Kind machte ihn nur noch entschlossener, Peggy hier wegzuführen. „Wir suchen uns eine Stelle, wo nicht so viele Leute sind", sagte er und nahm ihren Arm. Er gab ihr keine Chance zu widersprechen und führte sie von dem Gerichtsgebäude weg auf die staubige Straße.

Als sie versuchten, sich einen Weg durch die lärmende Menge zu bahnen, wurden sie darin gefangen. Eine Frau mittleren Alters mit einem roten Petticoat und einem lauten Mundwerk beschimpfte sie; neben ihr stand ein stämmiger junger Mann mit gerötetem Gesicht, der wie ihr Sohn aussah, und grinste, als hätte er schon einen über den Durst getrunken.

Schließlich traten zwei Soldaten, nachdem einer von ihnen einen verächtlichen Blick auf Peggys Bauch geworfen hatte, gerade soweit zurück, daß die beiden passieren konnten.

Als sie den Rand der Menge erreicht hatten, nahm Dan Peggys Hände, so daß sie ihn anschauen mußte. „Hör mir bitte zu, Peg. Ich habe meinem Bruder versprochen, mich um dich und deine Familie zu kümmern, und das werde ich auch tun. Ich würde mein Versprechen in schlimmster Weise brechen, wenn ich zulassen würde, daß du auch nur noch eine Minute länger an diesem furchtbaren Ort bleibst."

Als Peggy zu protestieren versuchte, faßte er ihre Hände noch fester und sprach lauter: „Du wirst tun, was ich dir *sage*, Peg. Ich bin nicht verheiratet, trotzdem weiß ich, daß du das Leben des Babys und vielleicht sogar dein eigenes aufs Spiel setzt, wenn du darauf beharrst, Zeuge der letzten Qualen unseres Brian zu werden."

Sie versuchte, sich seinem Griff zu entziehen, aber Dan hielt sie fest. „Nein, du wirst auf mich hören. Brian kann bestimmt keinerlei Zweifel an deiner Treue zu ihm haben. Du warst eine treue Ehefrau. Du hast ihn glücklich gemacht, du warst ein Segen für ihn. Aber ich habe ihn gestern abend gehört, Peg. Ich habe gehört, wie er dich, bevor wir aus seiner Zelle gingen, inständig bat, nicht zur Hinrichtung zu kommen! Nicht wahr, Peg?“

Ihr Mund zitterte, aber sie nickte kurz. „Ja, es stimmt“, gab sie leise zu. „Aber, Dan ...“

„Oh, Peggy, verstehst du denn nicht? Kein Mann möchte, daß seine Frau zusieht, wie er hingerichtet wird, und noch dazu durch den Strang! Wissen wir nicht beide, was für ein stolzer Mann Brian ist? Dich heute hier zu sehen, würde ihm noch größere Qual bereiten als die Hinrichtung selbst! Er hätte Angst um dich und um das Baby – und würde er sich nicht auch schämen? Möchtest du noch mehr Kummer auf das Herz dieses Mannes laden, Peg? Ist es nicht schon schlimm genug, daß er hängen muß wie ein gewöhnlicher Verbrecher? Muß er auch den Schmerz ertragen, daß du Zeuge seiner Erniedrigung bist?“

Peggys Schultern sanken zusammen, ihre Hände wurden schlaff, und in ihren Augen erlosch jeglicher Schein. Dan hätte weinen mögen über die finstere, bittere Qual, die aus ihren Augen sprach.

Die Augen zusammengepreßt, stieß Peggy eine leise, verzweifelte Klage hervor. „Oh, Dan ... Dan ... was soll ich nur tun? Ich habe keinen Mann und kein Zuhause mehr ... oh, haben sie nicht auch unser *Heim* angezündet, Dan! Was soll ich ohne Brian nur tun?“

Dan legte einen Arm um ihre Schulter, und als er spürte, wie sie sich fügte, führte er sie langsam fort, Stufe um Stufe. „Du wirst dich auf unseren Herrn stützen, Peg“, entgegnete er still. „Und du wirst dich auf mich stützen. Wir werden vorerst bei den Eltern Unterschlupf finden – sie haben ihr Heim bereits für uns geöffnet. Wir werden fleißig sein und Brians Andenken in Ehren halten. Wir werden alles tun, was in unseren Händen liegt, um für seine Söhne eine bessere Welt zu schaffen – ein besseres Leben in einem befreiten Irland. Das ist das, was auch er möchte, nicht wahr?“

Peggy blieb stehen und schaute ihm ins Gesicht. Ihre Augen waren jetzt beinahe still; er blickte wie in ein tiefes, unbewegliches Meer voller Trauer und Niederlage. „Das sind edle Gedanken, Dan, und ich weiß, daß du es wirklich gut meinst. Aber heute gebe ich meinen Ehemann dran – morgen können es meine Söhne sein. Irgendwie ist mir dieser Preis für Irlands Freiheit zu teuer. Ja, tatsächlich zu teuer.“

Auf der Straße ertönte der Klang der Trommeln und drängte sich zwischen sie. Zu Tode betrübt, führte Dan die Frau seines Bruders fort.

Hinter ihnen konnte es die Menge kaum erwarten, Brian Kavanagh hängen zu sehen.

Teil eins

Wunderbare Träume

Strahlende Verheißungen

Dein Wort ist meinem Munde süßer als Honig.
Psalm 119, 103

1. Kapitel

Die Five Points Celebration Singers

Wie glücklich die Vöglein
sich schwingen zum Himmel empor.
Und von einem einzigen Zweiglein
klingt jubelnd ihr fröhlicher Chor!

Anonymus (aus dem Irland des 19. Jhdt.)

Five Points, New York City
Anfang Oktober 1848

In dem großen Zelt auf dem Paradise Square waren zehn junge Gesichter erwartungsvoll auf Evan Whittaker gerichtet, der mit Entsetzen zugeben mußte, daß er wirklich nicht wußte, was er als nächstes tun sollte.

Die Tatsache, daß er wußte, dieses Dilemma selbst verschuldet zu haben, verstärkte in ihm nur noch das Gefühl der eigenen Unzulänglichkeit. Die gesamte Situation war seltsamer, als man es sich überhaupt vorstellen konnte: ein einarmiger englischer Einwanderer spielte Chorleiter für eine gemischte Schar schwarzer und irischer Jungen – und das mitten in dem abscheulichsten Slum von New York!

Heute fand die dritte offizielle Probe der „Chorgemeinschaft von Five Points“ statt. Evan hatte sich den Namen selbst ausgedacht. Er war, wie er selbst zugeben mußte, nicht besonders erfinderisch, aber so hatte der kleine Chor wenigstens einen Namen, der den Jungen auch eine Identität vermitteln sollte.

Nicht, daß die Sänger viel Wert auf eine Identität legten.

Evan wünschte sich, er hätte nicht so übereilt reagiert, als Jess Dalton um Hilfe gebeten hatte. Wenn er nur dem Treffen des Missionswerkes im letzten Monat ferngeblieben wäre. Wenn er nur auf dieser Versammlung geschwiegen hätte!

Er zuckte zusammen, als er an sein impulsives Verhalten dachte, das so gar nicht zu ihm paßte. Es entsprach nicht seinem Wesen, ungebeten seine Meinung zu äußern oder einen Vorschlag zu unterbreiten. Und doch hatte er gerade das getan!

Pastor Dalton hatte zu Beginn der Versammlung seine Sorge um die Arbeit der Gemeinde in Five Points zum Ausdruck gebracht. „Nicht, daß wir keine Fortschritte gemacht hätten", sagte er. „Der medizinische Stützpunkt ist zweifellos ein unbestreitbarer Erfolg. Die Zahl der Gottesdienstbesucher wächst Woche um Woche, und genauso ist es mit den Bibelstunden. Ich beginne jedoch daran zu zweifeln, ob wir jemals wirklich etwas in dem Leben dieser Menschen ändern können, wenn wir sie nicht davon abbringen können, sich gegenseitig zu *bekämpfen!* Die Schwarzen hassen die Iren – die Iren hassen die Schwarzen – beide hassen die Polen ..." Er hielt inne und fuhr mit der Hand durch das volle, lockige Haar. „Es muß etwas geben, das sie zusammenführt, anstatt sie gegeneinander aufzubringen!"

„Musik", hatte Evan leise gesagt, ohne auch nur einen Augenblick zu zögern. „Nichts kann b–besser Brücken schlagen als Musik."

Diese Worte waren ihm so leicht über die Lippen gekommen. Und er hatte kaum gestottert! Jess Dalton hatte sofort sein Interesse bekundet, und, von der Begeisterung des Pfarrers angesteckt, hatte Evan impulsiv versprochen, weiter über diese Angelegenheit nachzudenken.

Als nächstes wußte er nur noch, wie er beauftragt worden war, einen Chor ins Leben zu rufen – und zu leiten! Ihre erste Probe war ein abgrundtiefer Reinfall und die zweite eine nicht geringere Katastrophe. Außer Daniel John, Arthur Jackson und Casey Dalton – die zweifellos alle nur erschienen waren, um ihn zu unterstützen – war nur eine kleine Zahl irischer und schwarzer Jungen zur zweiten und dritten Probe gekommen.

Und diese wenigen Getreuen, mußte Evan sich erbittert eingestehen, schienen alles andere als begeistert zu sein. Immerhin, sie waren gekommen und zum größten Teil auch willig, mitzuarbeiten. Er konnte nicht einfach vor seiner Verantwortung davonlaufen.

Seufzend klopfte er mit dem Taktstock an das behelfsmäßig hergestellte hölzerne Notenpult. Er tat sein Bestes, um sein Gefühl der Unzulänglichkeit zu überwinden und sich der Aufgabe zu stellen, die vor ihm stand, nämlich das Lied „Lobt Gott ..." einzuüben, und das sollte schließlich ein Loblied und kein Grabgesang werden.

* * *

Während einer kurzen Pause nach der Hälfte der Probezeit steckten die drei Freunde in der hinteren Reihe eilig die Köpfe zusammen.

„Mir scheint, Herr Whittaker braucht Hilfe“, meinte Arthur Jackson und sprach dabei sehr leise.

Daniel Kavanagh und Casey Dalton nickten zustimmend.

„Mutter sagt, daß Evan entmutigt ist“, pflichtete Daniel bei. „Zuerst hatte er sich auf den Chor gefreut, doch jetzt meint er, daß er dafür nicht geeignet ist und fragt sich, ob es nicht jemanden gibt, der dieser Aufgabe besser gewachsen sei.“

„Aber Herr Whittaker macht es doch sehr gut!“ bemerkte Casey Dalton, der näher zu den anderen gerückt war. „Es liegt an der *Musik*!“

Daniel betrachtete Evan beunruhigt und sah, wie er die Schultern hängenließ. „Aber ich glaube, Mutter hat doch recht. Er gibt sich selbst die Schuld.“

„Ich glaube, er wäre vielleicht nicht erfreut über Vorschläge von uns Jungen“, sagte Arthur, während er die Hände in den Taschen vergrub.

Daniel schaute ihn an. „An welche Vorschläge denkst du?“

Der schwarze Junge zuckte mit den Achseln, während er von Daniel zu Casey Dalton schaute.

„Wir müßten einen Weg finden, wie wir ihm die Wahrheit sagen können.“

„Ich möchte ihn auf keinen Fall verletzen“, fügte Daniel eilig hinzu. „Er gibt trotz allem sein Bestes.“

„Das stimmt.“ Arthur zuckte wiederum mit den Schultern. „Aber sein Bestes wird solange nicht viel nützen, wie er nicht etwas an der Musik ändert!“

Casey Dalton nickte zustimmend. „Ich fürchte, das stimmt. Was meinst du, Daniel? Du kennst ihn am besten. Würde er unsere Meinung hören wollen oder nicht?“

Daniel dachte einen Augenblick lang nach, den Blick auf Evan gerichtet. „Hm, ja“, sagte er unsicher, „ich glaube schon, daß es ihn interessieren würde.“ Und während er seine Harfe umhängte, fügte er hinzu: „Wir sollten es einmal versuchen, meine ich.“

* * *

Evan sah die drei Jungen auf sich zukommen und wollte sich schon damit abfinden, daß sie die Probe verließen. Er konnte es ihnen nicht übelnehmen. Bis jetzt war auch die heutige Probe wieder ein Mißerfolg. Die Mehrzahl der Jungen schienen mehr Kraft darauf zu verwenden zu gähnen, anstatt zu singen. Es war offensichtlich, daß sie lieber woanders wären als hier zu dieser Chorprobe.

Er hob den Kopf und rang sich ein Lächeln ab, als er die drei Jungen kommen sah. Daniel, der größte von ihnen, wurde von den anderen beiden eingerahmt. Arthur Jacksons große, dunkle Augen wanderten überall hin, um nur nicht Evan Whittaker ansehen zu müssen. Der kleine Casey Dalton trug wie immer ein Grinsen auf dem schmalen Gesicht, und wie immer tanzten seine rötlichen Locken unbändig auf seinem Kopf.

„Nun, Jungs", sagte Evan in der Absicht, den Weggang der Jungen, wenn möglich, noch etwas hinauszuzögern. „Es freut mich, daß ihr heute gekommen seid. Ihr habt fleißig mitgemacht, muß ich euch sagen."

Daniel fühlte sich äußerst unbehaglich. „Evan?" sagte er. „Könnten wir dich vielleicht kurz sprechen ... nur für einen Augenblick?"

Evan nickte, erwiderte aber nichts. Sein Herz sank noch tiefer.

„Weißt du, es geht darum ..." Daniel hielt inne und warf Arthur Jackson einen kurzen Blick zu. Der schwarze Junge hob nur seine Augen auf und studierte äußerst interessiert die Decke des großen Zeltes.

„Ja, Daniel?" versuchte Evan halbherzig, ihm weiterzuhelfen.

Wieder zögerte der Junge. Evan tat so, als sähe er nicht, wie Casey Dalton Arthur anstieß, der noch immer mit dem Studium der Segeltuchdecke über ihm beschäftigt zu sein schien.

Offensichtlich hatte man den schwarzen Jungen als Sprecher auserkoren, der, wie es aussah, nur widerstrebend eingewilligt hatte. Trotz seiner Enttäuschung mußte Evan ein wenig lächeln. „Wo-wolltest du mich etwas fragen, Arthur?"

Arthur wandte seinen Blick schließlich von der Decke ab und schaute zu Evan Whittaker. Er schürzte die Lippen, zögerte aber noch immer. „Ich möchte nicht, daß Sie mich falsch verstehen, Herr Whittaker", sagte er endlich.

So gingen sie also doch. Evan atmete tief. „Du k-kannst mir alles sagen, w-was du auf dem Herzen hast, Arthur."

Der Junge vergrub seine Hände noch tiefer in seinen Taschen, während er von einem Fuß auf den anderen trat. „Es geht darum ... wir haben gedacht, daß ... wenn Sie vielleicht eine andere Art von Musik wählen ..."

Sein Satz verhallte unvollendet in dem Zelt. Evan runzelte ratlos die Stirn.

„Eine a-andere Art von Musik?"

Die Augen des schwarzen Jungen leuchteten auf. „Jawohl, genau das – eine andere Art Musik, andere Lieder." Er hielt inne und warf den anderen beiden Jungen einen Blick zu, bevor er weitersprach. „Die Musik, die Sie bisher verwendet haben, ist wirklich gut – für ältere Leute."

Evan zuckte zusammen. Er sah, wie Daniel die Stirn runzelte und Arthur anstieß.

Arthur warf Daniel einen ratlosen Blick zu, bevor er sich wieder an Evan wandte. „Und Sie sind doch noch nicht alt, Herr Whittaker! Ich wollte nur sagen, daß die Musik vielleicht ..., nun, etwas lasch ist." Wieder hielt er inne. „Vielleicht."

Evan zwinkerte „L-lasch?"

„Ja, ja, so ist es, lasch."

Evan schaute von Arthur zu Daniel, der jetzt aufmerksam seine Schuhe betrachtete. Auch Casey Dalton hielt den Kopf gesenkt.

So wollten sie also doch nicht weggehen!

„Ich verstehe", sagte Evan und räusperte sich, um seine Antwort hinauszuzögern. „Nun also – welche L-Lieder würdest du denn gern singen, Arthur?"

Die drei Jungen blickten einander an.

„H-Hört zu, Jungs", sagte Evan ernst, „ich möchte eure Meinung sehr gern hören. Es i-ist mehr als offensichtlich, d-daß die Sache nicht richtig läuft. Wenn ihr Vorschläge habt, so sagt es mir bitte."

Daniel sah ihn fest an: „Wirklich, Evan?"

„Ja, wirklich."

Vor lauter Eifer vergaßen die Jungen ihren Anstand und redeten alle drei auf einmal. Evan begriff sehr schnell, was sie sagen wollten: Die Lieder waren trocken. Die Lieder waren lahm. Die Lieder waren langweilig.

„Wir müssen *bewegtere* Lieder singen", warf Arthur Jackson ein.

„B-bewegtere Lieder?" wiederholte Evan Whittaker.

Wieder ergriff der schwarze Junge die Initiative. „Ja, ja, *bewegtere* Lieder. Lieder, bei denen man einfach nicht still sitzen bleiben kann, wo man sich einfach *bewegen* muß, vielleicht auch ein bißchen jubeln vor Freude! Solche Lieder würden wir gern singen."

Arthur kennt viele großartige Lieder, Evan", fügte Daniel hinzu, „Lieder, die man in – in ..."

„Mississippi singt", beendete Arthur für ihn den Satz. „Wo ich herkomme."

„Ja, und es gibt auch viele lebhafte irische Stücke", bemerkte Casey Dalton schnell. „Meine Mutter spielt sie auf der Flöte, wissen Sie, alte Tanzweisen wie z. B. Gigue und Reel."

„Wir könnten sogar einige der Seemannslieder singen, wie sie die Matrosen und Hafenarbeiter singen", schlug Daniel vor.

Evan zog eine Augenbraue hoch.

„Ohne die schlechten Ausdrücke natürlich."

„Vielleicht könnten wir auch andere Instrumente verwenden, Herr Whittaker." Die Augen des schwarzen Jungen funkelten vor Begeisterung. „Ich kann Mundharmonika spielen und Daniel lernt Geige spielen. Mit der Harfe könnte er die langsameren Lieder begleiten, wenn sie auch noch einige davon singen möchten."

Evan betrachtete die drei mit vorsichtigem Interesse. „Das klingt alles s-sehr gut, Jungs, a-aber ich f-fürchte, ich verstehe nicht viel von dieser anderen Musik. Ich bin nur mit der traditionellen geistlichen Musik vertraut."

Enttäuscht sahen die drei Jungen einander an.

„Aber", sagte er bestimmt, während er seine Schultern straffte und den drei Jungen zulächelte, „selbst Leute wie ich können immer noch etwas Neues lernen."

Er machte eine kleine Pause und fügte dann hinzu: „Mit etwas Hilfe, meine ich."

* * *

Michael Burke wollte gerade die Slums von Five Points verlassen, als er vor dem großen Zelt auf dem Paradise Square, in dem Gottesdienste abgehalten wurden, eine Menschenansammlung entdeckte. Ärger vermutend, wandte er sich um und ging über den Platz, um nachzusehen, was los war.

Während er näher kam, wurde der Gesang, der aus dem Inneren des Zeltes drang, lauter, sehr viel lauter.

Er hatte diese Art Gesang schon einmal gehört. Laut und temperamentvoll, mit einem unwiderstehlichen Rhythmus; es war die Musik der befreiten Schwarzen in der Stadt.

Er ging zwischen den Zuschauern am Eingang hindurch in das Zelt. Das, was er dort sah, ließ ihn verwundert stehenbleiben.

Vorn in dem Zelt sangen und schwangen ein paar Jungen, die meisten von ihnen Schwarze, zu der Musik. Auf ihren Gesichtern stand ein fröhliches Grinsen, und während sie sangen, klatschten sie zu dem Rhythmus.

Geführt wurden sie von Arthur Jackson, dem schwarzen Jungen, den die Daltons vor einigen Monaten bei sich aufgenommen hatten. Es schien ihm selbst sehr viel Spaß zu machen, wie er mit dem Fuß den Rhythmus klopfte und mit den Händen klatschte, während er die anderen beim Singen leitete.

Bis jetzt war Michael Burke der Meinung gewesen, daß ihn nichts mehr überraschen könne. Nachdem er seit fünfzehn Jahren Polizist in New York war, glaubte er, beinahe alles gesehen zu haben.

Aber so etwas hatte er noch nicht gesehen, tatsächlich nicht!

Schwarze und Iren standen Schulter an Schulter, sangen zusammen, schwangen zusammen, lächelten zusammen – beinahe, als hätten sie ihre erbitterte Feindschaft vergessen. Noch während er zusah, lösten sich zwei Jungen aus der Reihe der Zuschauer und gingen nach vorn, um sich den anderen Sängern anzuschließen.

Das Verblüffendste jedoch – das, was Michael Burke ungläubig blinzeln und mit offenem Mund dastehen ließ – war nicht Arthur Jackson oder der ungewöhnliche Chor. Neben den Jungen, aber dennoch mitten in dem Geschehen stand der stets korrekte, zuweilen etwas steife Evan Whittaker, schlug mit dem Taktstock auf das Notenpult und klopfte mit dem Fuß den Takt. Der Mann strahlte beinahe wie ein kleiner Junge.

Michael Burke wußte genau, daß ein Abend in der Oper oder ein Vortrag eher dem persönlichen Geschmack des Engländers entsprachen. Doch da stand er und hatte genausoviel Freude an der Sache wie seine Sänger!

„Wenn das nichts ist, Captain!"

Captain Burke wandte sich zu dem großen schwarzen Arbeiter um, der neben ihm eingetreten war. Da stand Kapitän Jones; die Mütze über das eine Auge gezogen, seine kräftigen Arme über der Brust verschränkt, nickte er im Rhythmus der Musik.

Michael schaute von dem schwarzen Mann zu den Sängern. „Ja", sagte er und schüttelte verwundert und nachdenklich den Kopf. „Das ist tatsächlich etwas." Und während er sprach, klopfte auch sein Fuß laut und deutlich den unwiderstehlichen Rhythmus.

* * *

Am Ende dieser Probe hatte der vor kurzem gegründete Chor eine ganze Anzahl neuer zukünftiger Mitglieder, er hatte ein völlig neues Repertoire und einen brandneuen Namen.

Mit Einverständnis des etwas benommenen Chorleiters würde sich der Chor in Zukunft *Die Five Points Celebrations Singers* nennen.

Als er über den Paradise Square zu dem geliehenen Wagen ging, mußte sich der stets korrekte und zuweilen etwas steife Evan Whittaker mehr als zusammennehmen, um nicht vor Freude einen Luftsprung zu machen.

Er konnte es kaum *erwarten*, nach Hause zu kommen und Nora alles zu erzählen!

2. Kapitel

Schatten auf der Seele

Schlag meines Herzens –
welcher Schatten hat dich ereilt?

Aus Walshs Irischen Volksliedern (1847)

Nora Whittaker stand am vorderen Fenster ihres neuen Hauses in Brooklyn und hielt die Arme über der Brust verschlungen, während sie auf Evan wartete.

Beinahe fünf Monate waren sie nun verheiratet, aber wenn Evan abends nach Hause kam, war es immer noch wie ein Fest. Eine Stunde, bevor sie ihn erwarten konnte, behielt Nora das Fenster im Auge und lauschte, ob sie Evans Schlüssel in der Tür hörte. Dann umarmten sie sich und tauschten die wichtigsten Ereignisse des Tages aus, bevor sie mit den Fitzgerald-Kindern vor dem Abendessen noch einen Spaziergang im Park machten.

Heute abend wollte jedoch keine echte Vorfreude bei ihr aufkommen. Wieder waren ihre Hoffnungen zerstört worden und hatten ihr Gemüt so öde und leer zurückgelassen, wie sie es langsam für ihren Leib zu fürchten begann.

Sie war sich diesmal so sicher, beinahe schon fest davon überzeugt gewesen, endlich schwanger zu sein. Doch wie in den Monaten vorher hatte sie sich getäuscht.

Zumindest hatte sie Evan noch nichts gesagt. Hätte er es gewußt, würde er natürlich seine Enttäuschung verbergen. Er hatte auch nicht die geringste Andeutung gemacht, daß ihr gemeinsames Leben nicht vollkommen sei. Ihre Ehe war noch jung, erklärte er, wenn er sah, wie sie sich beunruhigte; sie hatten noch viel Zeit vor sich. Außerdem, so sagte er ihr, wollte und brauchte er nichts außer dem, was er bereits besaß.

Aber Nora brauchte es. Seitdem sie verheiratet waren, hatte sie um ein Kind gebetet, sich nach einem Kind gesehnt. Ihr tiefster Wunsch war es, Evan einen Sohn zu schenken. Als einziges Kind alter Eltern war es Evans Aufgabe, den Familiennamen weiterzutragen. Ihr Geschenk für

Evan sollte ein Sohn sein – vielleicht das schönste Geschenk, das sie diesem Mann je machen konnte, der ihr soviel gegeben hatte.

Seit kurzem ergriff jedoch in zunehmendem Maße die Befürchtung von ihr Besitz, daß sie das Wunder einer Geburt vielleicht nie mehr erleben könne. Sie waren nicht mehr jung, sie und Evan. Er war fast siebenunddreißig und sie vierunddreißig. Bald würden die Jahre vorüber sein, in denen sie Kinder gebären konnte.

In Stunden wie diesen, wenn die Enttäuschung über ihr zusammenschlug wie eine bitterkalte Woge, mußte Nora all ihre Kraft zusammennehmen, um sich nicht in die Angst hineinzusteigern, unfruchtbar zu sein. Das war ihre größte Furcht, und doch konnte sie mit niemandem darüber sprechen – nicht mit Evan und auch nicht mit Sara Farmington, ihrer besten Freundin.

Bevor sie Irland verlassen hatten, war sie – wie Tausende anderer – monatelang dem Hungertod nahe gewesen, hatte versucht, Krankheiten abzuwehren, als ihr Körper immer mehr abmagerte, bis sie schließlich nur noch ein Schatten ihrer selbst war. Dann hatte sie im vergangenen Winter der Scharlach niedergestreckt, und sie war wochenlang todkrank gewesen. So mußte sie sich immer wieder fragen, ob diese lange Zeit des Hungerns und der Krankheit vielleicht einen nicht wiedergutzumachenden Schaden an ihrem Körper angerichtet hatte.

Allein der Gedanke, Evan möglicherweise kein Kind gebären zu können, reichte aus, um ihr neu gefundenes Glück zu verdunkeln. Wie ein Schatten, der über ihrem Herzen schwebte, drohte dieser Gedanke, die Vollkommenheit ihrer Ehe zu beflecken und den Glanz ihrer Freude zu trüben.

Tränen stiegen ihr in die Augen, und sie preßte die Hände fest zusammen. Sie durfte diesen Gedanken keinen Raum geben. Sie *mußte* ihnen Einhalt gebieten. Sie hatten Zeit – viel Zeit. Schließlich waren sie kaum fünf Monate verheiratet. Ihre Liebe war noch neu, und sie zählte noch nicht zum alten Eisen. Sie brauchte, *würde* die Hoffnung nicht aufgeben.

Als sie den Vorhang beiseite zog, konnte Nora sogar ein wenig lächeln, als sie sah, wie der kleine Tom und Johanna im Laub spielten. Sie liebte den Blick, der sich ihnen von dem kleinen Haus bot. Inzwischen war kaum noch etwas von der Sonne zu sehen, aber der Himmel war in eine orange-rote Farbe getaucht. Der großzügige Vorgarten war dicht mit Bäumen bewachsen; Ahornbäume und Eichen erstrahlten noch im süßen Gold und leuchtenden Rot des Oktobers. Ein leichter Wind hatte sich aufgemacht und schwenkte die Blätter wie kleine Fähnchen.

Der Herbst hatte von jeher für Nora einen bittersüßen Geschmack – mit seiner sich am Rande des endgültigen Abschiedes entfaltenden, goldenen Schönheit, bevor der Winter mit seiner kalten Hand endgültig von dem Land Besitz ergriff. Sie konnte die wunderbare Schönheit dieser Jahreszeit nie ungeteilt genießen, ohne daß irgendwo eine düstere Ahnung wie eine dunkle Wolke am Himmel erschien.

Das Gespenst des herannahenden Winters.

Winter, das hieß noch mehr Leid im vom Hunger heimgesuchten Irland. Für diejenigen, die aus ihren Häusern vertrieben worden waren, bedeuteten Schnee und Kälte den sicheren Tod, und auch für die anderen, die noch ein Dach über dem Kopf hatten, brachte der Mangel an Nahrungsmitteln und Brennstoffen unsagbare Not.

Nora legte die Hand an den Hals, als sie an ihren letzten Winter in Irland dachte. In wie vielen Nächten hatte ihr Herz gemeinsam mit dem Sturm, der vom Atlantik herüberwehte, geklagt? Es schien, als wäre ihre Seele in diesen dunklen Monaten der Sorge und Entbehrungen so kalt geworden wie die trüben, düsteren Fluten in der Bucht von Killala.

Ein kalter Schauer überlief sie, und sie schüttelte leicht den Kopf, als wolle sie ihre melancholischen Gedanken abschütteln. In dem Augenblick sah sie Evan um die Ecke biegen und auf das Haus zukommen. Zum erstenmal an diesem Tag spürte sie die Last der Enttäuschung und Angst von ihrem Herzen weichen.

Evan sah sie am Fenster stehen und winkte. Nora betrachtete ihn genau, als er näher zu ihrem Häuschen kam. Das war sein Nachmittag mit der neu gegründeten Singegruppe in Five Points, und sie war dabei, zu lernen, Anzeichen von Enttäuschung und Entmutigung mit diesen Nachmittagen in Verbindung zu bringen.

Aber heute war es anders. Ihre eigene Stimmung hellte sich noch mehr auf, als sie ein Lächeln auf Evans Gesicht sah. Mit sorglos beschwingtem Schritt kam er den Weg entlang, beinahe wie ein kleiner Junge!

Neugierig, was seine offensichtlich gehobene Stimmung verursacht haben mochte, eilte Nora zur Tür und riß sie auf. Voller Sehnsucht ließ sie sich in die Arme ihres Mannes fallen und spürte, wie sie auch der letzte Rest ihrer Traurigkeit verließ.

* * *

Nach dem Abendessen und dem Gebet mit den Kindern saßen Evan und Nora auf der Couch und lasen. Es war zu einer allabendlichen Gewohnheit geworden – und Nora bestand darauf – daß Evan laut vorlas.

Seit einigen Tagen nun lasen sie *Oliver Twist*, einen Roman des englischen Schriftstellers Charles Dickens. Als Anklage gegen die herrschenden Kreise in London geschrieben, die die Armen so kaltblütig und herzlos ausbeuteten, erweckte das Buch eine Welt mit so wirklichkeitsnahen und herausragenden Personen, daß es sowohl Evan als auch Nora schwerfiel, das Buch wegzulegen, wenn es Zeit war schlafenzugehen.

Obgleich Dickens ein äußerst erfolgreicher Autor war, gab es Kreise, die ihn mit Argwohn, ja sogar mit Verachtung betrachteten. Berühmt, obwohl er noch nicht einmal dreißig Jahre alt war, verfügte der profilierte Schriftsteller offenbar über schier unbegrenzte geistige und körperliche Energie. Doch schien allein die Menge seiner Schriften und ihr unerwarteter Erfolg auch die Quelle der gegen ihn gerichteten Kritik zu sein: er sei zu kommerziell gesinnt, zu sentimental und habe zu wenig Sachverstand. Andere Kritiker warfen ihm vor, bloße Unterhaltung zu bieten.

Auch in Amerika, das Dickens zu Beginn des Jahrzehnts bereist hatte, warf man dem berühmten Autor mangelhaften künstlerischen Geschmack und billige dramatische Effekthascherei vor.

Mit einer Mischung aus Ärger und Belustigung fragte sich Evan, ob seine Kritiker wohl auch nur annähernd so heftig reagiert hätten, wenn Dickens nicht so erfolgreich und genial den Verfall eines gesamten politischen und gesellschaftlichen Systems zu schildern verstanden hätte. Er persönlich fand die Werke dieses Mannes einfach brillant. Sowohl *Die Pickwickier*, was er noch in England gelesen hatte, als auch sein neuestes Werk *Oliver Twist*, waren zweifellos Produkte eines genialen, schöpferischen Geistes, gepaart mit scharfsinniger, einfühlsamer Betrachtung des menschlichen Wesens. Er vermutete sehr stark, daß die vielgelesenen, beliebten – und *unterhaltsamen* – Werke dieses Autors viele der „literarisch und künstlerisch wertvolleren" Schriften anderer weit überdauern würden.

Evan war überrascht, daß Nora, den Kopf an seine Schulter gelehnt, eingeschlafen war. Normalerweise protestierte sie stets, wenn er das Buch weglegte. Eine leichte Sorge schlich sich in seine Gedanken ein, und er drehte sich ein wenig, um ihr Gesicht besser sehen zu können.

Immer noch beunruhigt, sah er die Schatten unter ihren Augen, sah, wie sie selbst im Schlaf noch leicht die Stirn runzelte. Sorgfältig darauf bedacht, sie nicht zu wecken, zog er sie noch enger an seine Seite und schaute ins Feuer.

Draußen heulte der Wind. Evan fröstelte, obwohl es in dem Zimmer so gemütlich warm war. Die Augen auf das Feuer gerichtet, ließ er seinen Gedanken freien Lauf, und wie immer wanderten sie zu seiner Frau.

Nora glaubte, er wüßte nichts von ihrer Traurigkeit und ihren Befürchtungen. Aber schon, als er sie heute abend bei seiner Heimkehr in der Tür stehen sah, hatte er gewußt, daß sie geweint hatte. Später, während sie draußen mit Johanna und Tom gespielt hatten, war ihm aufgefallen, wie ihr Blick in die Ferne geschweift war, einen unverkennbaren Schimmer von Traurigkeit in ihren Augen.

Wie immer, war sie seinen Fragen ausgewichen und hatte sich offensichtlich bemüht, fröhlicher zu sein. Doch Evan kannte inzwischen den leichten trüben Schimmer, der diese wunderschönen grauen Augen verdunkelte, hatte gesehen, wie ihre Mundpartie sich anspannte.

Sie wollte ihm unbedingt ein Kind schenken. Einen Sohn. Und es schien, als würde keine Beteuerung seinerseits diese Sorge und dieses Verlangen jemals stillen.

Evan war sich ohne jeden Zweifel darüber im klaren, daß sie sich mehr um seinet- als um ihretwegen ein Kind wünschte. Sie schien ihn nicht zu hören, wenn er ihr sagte, daß er unmöglich noch mehr haben wolle, als was er bereits besaß. Er liebte sie, und er liebte auch Daniel und die Fitzgerald-Kinder, als wären sie sein eigen Fleisch und Blut. Er brauchte nichts mehr als seine geliebte Nora und die kleine Familie, die sie bereits waren.

In Wahrheit – und das würde er Nora *nicht* sagen – ängstigte ihn allein der Gedanke, daß Nora schwanger sein könnte. Er behielt diese seine Unruhe absichtlich für sich, falls die Zeit käme, wo Nora tatsächlich *schwanger war.*

Natürlich würde er das Kind lieben. Er wäre stolz und glücklich und dankbar, würde alle Gefühle hegen, wie sie jeder normale Mann haben mußte, wenn er Vater wurde. Es war jedoch nicht zu leugnen, daß seine Sorge um Noras Wohl für ihn viel schwerer wog als der Wunsch nach einem Kind.

Die Geburt eines Kindes war ein Geheimnis, das ihn tatsächlich mit Furcht erfüllte. Sein Vater, der ein Landpfarramt verwaltete, hatte so manche Frau begraben, die im Wochenbett oder während der Geburt selbst verstorben war. Während Nora ihre Gesundheit größtenteils zurückgewonnen hatte, spürte Evan jedoch, daß sie noch nicht allzu stark war. Wie sollte sie auch, nach monatelangem Hungern und dem schweren Scharlach, der beinahe ihr Leben gefordert hatte?

Was wäre, wenn sie *tatsächlich empfing*? Was würde es für sie bedeuten, ein Kind auszutragen und zur Welt zu bringen?

Was wäre, wenn er sie verlieren würde?

Der Wind rüttelte am Fenster. Instinktiv zog er Nora fester an sich. Er schloß die Augen und genoß die sanfte Wärme ihres zarten Körpers, den Duft ihres Haares an seiner Wange.

Und wie so oft, ließ ihre Nähe sein Herz vor Dank überfließen. In all den langen Jahren hatte er darauf gewartet, eine Frau zu lieben und geliebt zu werden. Doch keiner seiner Träume war auch nur annähernd der Glückseligkeit nahegekommen, die er mit Nora gefunden hatte. Es gab nichts in der Welt, das es wert wäre, ihr Leben aufs Spiel zu setzen. Nichts. Nicht einmal ein eigenes Kind.

Vielleicht war er selbstsüchtig und kurzsichtig. Wenn ihr ein Kind soviel bedeutete, sollte er dann nicht wenigstens versuchen, ihr Verlangen zu teilen, ihren Traum zu nähren?

Sie seufzte im Schlaf, und er berührte ihr Haar mit seinen Lippen. Hier war seine Welt, sein Alles – an ihrer Seite. Er war nicht sicher, ob er vorgeben konnte, noch mehr zu wollen. Doch er wußte, um Noras willen würde er es versuchen.

3. Kapitel

Eine „ketzerische“ Nonne in Nelson Hall

Was ist das in einem Mann, verwesliche Erde,
vergänglicher Ton,
das für eine Sache sich zu erheben bereit ist,
auch nicht scheut des Todes Lohn,
und doch kuscht und duckt wie ein mutterloser Hund,
wenn eine ehrsame Frau einen Makel bei ihm fund?

Morgan Fitzgerald (1848)

Dublin, Irland

Es war noch sehr früh am Morgen, und doch saß Morgan Fitzgerald bereits seit mehr als einer Stunde an seinem Schreibtisch in der Bibliothek.

Die Schußverletzung, die er sich im vergangenen Jahr zugezogen und die seine Beine gelähmt hatte, hatte ihm außerdem einen leichten Schlaf eingebracht. Meist stand er vor Tagesanbruch auf, zog sich mit Sandemons Hilfe an und war, wenn die Sonne aufging, bereits an seinem Schreibtisch oder bei einer anderen Aufgabe zu finden.

Es schien ein gewöhnlicher Morgen zu sein. Auf der Anrichte neben seinem Schreibtisch stand eine Kanne mit Sandemons starkem, heißem Kaffee, und vor sich hatte er den Teil von Joseph Mahons Tagebuch ausgebreitet, den er zuletzt erhalten hatte.

Er nahm einen kräftigen Schluck von dem Kaffee und zog ob der Stärke dieses Getränks eine Augenbraue hoch. Seitdem Sandemon nach Nelson Hall gekommen war, trank er immer seltener Tee. Aber, so resümierte er trocken, dem Wunder von den Westindischen Inseln war es gelungen, bei einer ganze Reihe seiner früheren Gewohnheiten Veränderungen herbeizuführen – nicht zuletzt, was seine Abhängigkeit vom Whisky betraf.

Die Feder noch in der Hand, wandte er sich wieder dem Tagebuch zu.

Seit einigen Monaten redigierte er die Berichte des Priesters über die Hungersnot in der Grafschaft Mayo. Bis jetzt hatte er Joseph noch nicht von seinen Absichten berichtet, aber Morgan war der festen Überzeugung, daß dieser mit äußerster Sorgfalt detailgetreu angefertigte, qualvolle Bericht über das Leiden einer Gemeinde veröffentlicht werden mußte. Außerdem war er fest entschlossen, das Tagebuch auch außerhalb der Grenzen Irlands drucken zu lassen.

Auf den vor ihm liegenden Blättern wurde Irlands Tragödie geschildert, am Beispiel einer kleinen Gemeinde im fernen Westen. Hier lag die nackte, bittere Wahrheit, eine Wahrheit, die Englands Leugnen und Beteuerungen entgegenstand, unschuldig zu sein an der Not, die über eine ganze Nation hereingebrochen war.

Aufgrund seines sich rapide verschlechternden Gesundheitszustandes und seiner äußersten Erschöpfung waren die Eintragungen oft kaum mehr als ein flüchtiges Gekritzel – ein paar knappe Worte, die er mitten in seiner Schwachheit und Verzweiflung niederschrieb, in denen sich aber die Tiefe der Seele dieses Mannes widerspiegelte.

In den Tagebuchaufzeichnungen hatte Morgan eine Seite des liebenswürdigen Priesters entdeckt, die er selbst noch nicht gekannt hatte. Joseph hatte nicht den Versuch unternommen, seine eigene Not, seine Qual, seine Trauer – zuweilen sogar seine Anfechtungen im Glauben – zu verbergen. Manchmal glaubte Morgan, beinahe zu hören, wie die Seele seines alten Freundes ächzte, wie sein Herz zerbrach, ein kostbares Stück nach dem anderen.

Nachdem er die Brille, die er seit kurzem trug, abgesetzt hatte – ein wehmütiges Zugeständnis an das Herannahen der mittleren Jahre –, rieb sich Morgan das Nasenbein und trank den letzten Schluck seines Kaffees. Beim Ordnen der Blätter, die er soeben fertig redigiert hatte, fiel ihm auf, daß er seit einigen Wochen keine neuen Aufzeichnungen mehr von Joseph erhalten hatte. Weil er wußte, unter welchen Belastungen der Priester arbeitete und wie viele Stunden es waren, die er nur für andere opferte, sagte sich Morgan, daß er nicht übermäßig besorgt zu sein brauche. Dennoch wollte eine dunkle Ahnung an ihm zu nagen beginnen, als er den Stapel Seiten betrachtete, der vor ihm lag.

Einen Augenblick später zog er die rechte Schublade seines Schreibtisches heraus, nahm ein unbeschriebenes Blatt Papier und griff nach seiner Feder. Er würde trotzdem vor dem Unterricht und dem Einstellungsgespräch, das er zu führen hatte, ein paar Zeilen an Joseph richten.

Er hatte erst ein paar Worte zu Papier gebracht, als Sandemon die Bibliothek betrat. „Sie ist angekommen, *Seanchai.*“

Morgan blickte auf. Sein dunkelhäutiger, von den Westindischen Inseln stammender Gefährte, stand gelassen da, die kräftigen Arme hingen herunter, und die Ärmel seines purpurroten Lieblingshemdes flatterten. Wie immer waren seine breite Stirn glatt und die Augen wie ein dunkles, ruhiges Gewässer. Im Gegensatz dazu spielte um seinen Mund mit den Goldzähnen ein leichtes Lächeln, das auf eine Art kleiner Vorfreude hinzudeuten schien.

„Mit *sie* meinst du vermutlich die *Nonne*", sagte Morgan grimmig, während er seine Feder in ihren Messingständer zurücklegte.

Sandemon nickte, und sein Lächeln wurde noch breiter. „Ja, Schwester Louisa. Sie wartet draußen im Flur."

Morgan stieß einen tiefen Seufzer aus. „Nun gut, erledigen wir es sofort." Überzeugt, daß Sandemon sich auf die Begegnung freute, blickte ihn Morgan finster an. „Ich bin immer noch der Meinung, daß es ein Fehler war, eine *Nonne* einzustellen."

Sandemon neigte den Kopf. „Aber Sie waren einverstanden, daß es klug sei, eine Frau einzustellen und daß ihr Einfluß sowohl für das Kind als auch für die Schule von unschätzbarem Wert sein könne."

„Ja, und ich bin auch immer noch der Meinung, daß eine Frau sehr nützlich wäre, sowohl für Annie als auch für die Schule. Das bedeutet aber in keiner Weise, daß ich es für klug halte, eine *Nonne* einzustellen."

Sandemon schüttelte den Kopf. „Mir erscheint es geradezu ideal. Schwester Louisa hat bereits Erfahrung im Unterrichten, und sie hat ihr Leben Gott geweiht. Beides wird sich positiv auf das Kind auswirken."

Morgan straffte sich ein wenig in seinem Rollstuhl. „*Schwester Louisas* Kommen" widersprach er mürrisch, „ist mir auch äußerst suspekt. Ich muß mich einfach fragen, warum der Orden so daran interessiert ist, sie in das Haus eines Fremden außerhalb der Stadt zu schicken."

Sandemon ging einfach über Morgans Gereiztheit hinweg. „Wie Sie wissen, hat die Schwester um Erlaubnis gebeten, sich bewerben zu dürfen." Er hielt inne. „Ich glaube, sie weiß sich in dieser Sache von Gott geführt."

Morgans einzige Antwort war ein weiteres grimmiges Stirnrunzeln. Er hatte nichts gegen Nonnen im allgemeinen. Er bewunderte ihre Selbstaufopferung, schätzte es, wie sie mit ihrem Leben anderen dienten und teilte auch die Meinung, daß sie für die Kirche nützlich waren. Sandemon brauchte die Wahrheit nicht zu erfahren: daß er dazu neigte, Ehrfurcht vor Schwestern zu haben, daß er sich zu schnell auch nur von der geringsten Bemerkung einer Frau im schwarzen Gewand einschüchtern ließ. Nonnen waren Heilige, sie lebten ein geheiligtes Leben – und hatten im allgemeinen wenig mit den meisten der Frauen gemeinsam, denen er in seinem bisherigen Leben begegnet war.

Auf jeden Fall brauchte Sandemon nichts davon zu wissen, daß eine Nonne seinen Arbeitgeber einschüchtern konnte. Er wäre zweifellos über eine solche Entdeckung hocherfreut.

Nachdem Sandemon sich recht auffällig geräuspert hatte, richtete sich Morgan auf. „Führ sie herein", sagte er, während er seine Brille aufsetzte. „Wir wollen sehen, warum die Schwestern so leicht auf sie verzichten würden."

Während Sandemon die Bewerberin abholte, rollte Morgan zum Fenster. Es war ein ruhiger Morgen, verhangen durch den Regen und einen leichten Nebel, der von dem Fluß aufstieg, der an der Westseite des Anwesens vorbeifloß. Während er sich ein wenig nach vorn lehnte und aus dem Fenster schaute, dachte er über seinen Entschluß nach, eine Frau für Nelson Hall anzustellen.

Es mußte zweifellos eine Frau mit makellosem Ruf und unantastbaren moralischen Prinzipien sein. Eine Nonne, wie Sandemon vorgeschlagen hatte, würde zweifellos eine ideale Lösung darstellen. Und nicht nur für Annie, sondern auch für ihre neue, junge Freundin Finola.

Bei dem Gedanken an das schöne Mädchen mit dem goldenen Haar huschte zunächst ein Lächeln, dann ein Stirnrunzeln über Morgans Gesicht. Er war entschlossen, Finola aus dem Bordell, in dem sie lebte, herauszuholen. Er würde sie hierher bringen, nach Nelson Hall, wo sie sicher wäre, wo er sich um ihr Wohlergehen kümmern konnte. Vielleicht, und falls sie es möchte, würde er auch dafür sorgen, daß sie die höhere Schule besuchen konnte, die sie in Nelson Hall eingerichtet hatten. Sie hatte mehr als einmal davon gesprochen, wie gern sie sich weiterbilden möchte.

Die Tatsache, daß das Mädchen stumm war, ließ sich bestimmt nicht auf mangelnde intellektuelle Fähigkeiten zurückführen. Ihr Geist schien im Gegenteil ein Ort zu sein, wo Sterne funkelten, Quellen brodelten und in einem hellen Licht immer neue Ideen aufleuchteten.

In den Monaten, seitdem er und sein Haushalt mit der geheimnisvollen jungen Frau befreundet waren, hatte Morgan sie mehr als mögen gelernt. Sie war oft zu Gast in Nelson Hall, und mit jedem Besuch wünschte sich Morgan, sie noch besser kennenzulernen. Sie war für sie alle eine Quelle ständiger Freude, ein Geschenk. Tatsächlich wirkte Finolas Anwesenheit in den düsteren, weitläufigen Räumen von Nelson Hall wie ein Sonnenstrahl, den man eingefangen und mit nach drinnen gebracht hatte.

Morgan war fest entschlossen, den Schlüssel zu finden, der schließlich das Geheimnis von Finolas Schweigen lüften würde. In ihm war je länger je mehr die Überzeugung gewachsen, daß sie einst sprechen konnte. Durch seine Erfahrungen mit seiner taubstummen Nichte Johanna, verstand er einiges in bezug auf dieses Leiden. Er war sich absolut sicher, daß in Finola die Erinnerung an gesprochene Worte ebenso wach war wie die Sinne eines Menschen, der nicht immer stumm war. Die Leichtigkeit, mit der sie Worte auf ihren Lippen bildete, während sie mit den Händen Zeichen formte, die Art und Weise wie sich ihre Halsmuskeln bewegten – beinahe unwillkürlich – sagte Morgan mit Sicherheit, daß Finola einst sprechen konnte.

Darüber hinaus wußte er nur sehr wenig von ihr. Außer ihrem Namen und dem Ort, wo sie lebte, hatte sie praktisch nichts über sich selbst preisgegeben, nicht einmal ihr Alter. Es bestand kein Zweifel daran, daß sie Irin war. Sie kannte die alte Sprache und verstand Morgan mit Leichtigkeit, wenn er sie sprach. Sie schien eine fromme Katholikin zu sein, die in einer guten Beziehung mit Gott lebte. In den seltenen Fällen, wo er versucht hatte, nach ihrer Vergangenheit zu fragen, hatte sie nur hilflos mit den Schultern gezuckt und ihn so verwirrt und niedergeschlagen angesehen, daß er sich beinahe schämte, sie mit seinen Fragen beunruhigt zu haben.

Es drängte ihn jedoch, sie von Healy's Inn wegzuholen. Er fürchtete um ihre Sicherheit in dem Bordell, in dem sie wohnte, noch dazu mitten in einem der berüchtigsten Slums von Dublin.

Die Frauen, die sie vor einigen Jahren dort aufgenommen hatten, behandelten sie offensichtlich gut, verhätschelten sie beinahe wie eine kleine Schwester. Sie gaben ihr ihre eigenen Kleider zum Anziehen, teilten ihr leichte Aufgaben im Haushalt zu und kümmerten sich in der ihnen eigenen sorglosen Art um ihre Bedürfnisse.

Sie brachten ihr jedoch auch bei, sich ihr Gesicht so anzumalen, wie sie es taten, und schickten sie oft in einem ihrer beinahe unanständigen Kleider mit dem Wagen weg. Morgan drohte jedesmal das Blut in den Adern zu kochen, wenn er sah, wie die unschuldige Schönheit des Mädchens durch die grellen Farben und protzigen Kleider entstellt wurde. Es war schlimm genug, machte er sich gegenüber Sandemon Luft, daß ihre jugendliche Anmut auf so billige Art und Weise befleckt wurde. Aber sahen die Narren denn nicht, in welche Gefahr sie das Mädchen brachten? Eine reizende junge Frau, geschminkt und gekleidet wie eine von ihnen, die mit ihnen unter einem Dach lebte – das war über alle Maßen gefährlich!

Sie beteuerten natürlich, Finola vor den „Kunden", die in Healy's Inn aus- und eingingen, verborgen zu halten, aber Morgan wußte, daß sie letztlich nicht in der Lage waren, sie wirklich zu schützen. Sie war ständigen Gefahren ausgesetzt, nie völlig sicher.

Der Entschluß, eine Frau als Lehrerin und zum Teil als Gesellschafterin für Annie einzustellen, war eigentlich nur ein Teil eines größeren Planes. Morgan wollte am Ende, daß Finola nach Nelson Hall umzog. Eine Nonne würde sicher dazu beitragen, einer solchen Unternehmung die notwendige Ehrbarkeit zu verleihen. Ja, je mehr Morgan über diesen Gedanken nachdachte, umso akzeptabler erschien er ihm.

Als er Stimmen vor seiner Tür hörte, drehte er sich mit seinem Rollstuhl so, daß er die Tür im Auge hatte.

In der Tür stand eine kleine Frau in Tracht, die durch Sandemons Größe beinahe winzig wirkte. Ihre Haltung war steif, und das Kinn nach oben gerichtet, als sie das Zimmer betrat.

Überrascht sah Morgan, daß die Nonne zwei wutschnaubende Jungen mit roten Gesichtern fest an den Händen hielt – die O'Higgins-Zwillinge, Barnaby und Barry. Äußerlich wie ein Ei dem anderen gleichend, mit ihrem feuerroten Haar und den stahlblauen Augen, stand der eine dem andere auch an Dummheiten in nichts nach. Sie waren die ersten beiden Schüler seiner Schule, diese beiden, und schon nach ein paar Wochen Probezeit waren sie zu einem Nagel in Morgans Sarg geworden. Als Morgan seine Schule geplant hatte, hatte er *nicht* an Kinder wie sie gedacht.

Schon wenige Tage nach ihrer Ankunft hatten es die *Lausebengel* fertiggebracht, die in den Bänken eingelassenen Tintenfäßchen mit Tee zu füllen und die Tafeln mit Seife einzureiben. Sehr schnell hatte Morgan festgestellt, daß der Vater der beiden, ein Bekannter von ihm, der ebenfalls der Young-Ireland-Bewegung angehörte, die Schule in Nelson Hall offensichtlich mit einer Besserungsanstalt verwechselte, wo die Jungen für ihre Sünden Buße tun konnten, während sie gezüchtigt und erzogen wurden.

Morgan Fitzgerald hatte bereits an Jerome O'Higgins in Cavan geschrieben und ihm mitgeteilt, daß er keine Einrichtung für künftige junge Räuber unterhielt und daß er die beiden Bengel unverzüglich abholen solle. Bis jetzt hatte er jedoch noch keine Antwort erhalten, was ihn nicht im geringsten verwunderte: hätte er zwei so wilde Buben, würde er sie auch nicht so schnell wieder nach Hause holen.

„*Seanchai*, es freut mich, Ihnen Schwester Louisa vorstellen zu dürfen", sagte Sandemon, der das Murren der beiden Jungen mit einem festen, belustigten Blick unterbrach.

Zwischen den O'Higgins-Zwillingen eingeklemmt, wirkte die Schwester klein, beinahe zierlich mit der nicht alternden, glatten Haut, wie sie nur Nonnen zu haben schienen. Morgan wußte jedoch aus ihren Zeugnissen, daß sie fast fünfzig war.

Auf den ersten Blick konnte man meinen, daß sie von den zwei kleinen Heiden gefangengehalten wurde. Beim näheren Hinschauen sah man jedoch, daß die beiden O'Higgins-Bengel gefangen waren, und nicht die Schwester. Mit festem Griff hatte sie die dünnen Oberarme ihrer beiden Gefangenen gepackt, und obgleich ihre Gesichter rot waren vor Zorn, wußten sie, daß es kein Entrinnen gab.

Von diesem nicht alltäglichen Anblick verblüfft, betrachtete Morgan die Nonne mit einer Mischung aus Ehrfurcht und Beklommenheit. Ihre Augen waren zu groß für ihr Gesicht und zu dunkel, um die Seele widerzuspiegeln, die sich dahinter verbarg. Ein kleines, fein gezeichnetes Näschen war mit einer gewissen Arroganz nach oben gerichtet, während das Kinn der Frau starr wie Stein erschien.

Morgan begegnete ihrem Blick, und ihm wurde beinahe unbehaglich, als sie ihm fest in die Augen sah. Einen Augenblick fühlte er sich beinahe gefangen, wie die beiden unglückseligen O'Higgins-Bengel. Er versuchte ein Lächeln, was jedoch unter ihrem zornigen Blick erstarb.

Einen Moment später sprang Sandemon ein, um die Situation zu retten. „Erlauben Sie bitte, daß ich Ihnen die beiden abnehme, Schwester. Und bitte entschuldigen Sie vielmals den ungehörigen Empfang."

„Sie werden sie nicht wegbringen, ehe sie sich für ihr Verhalten entschuldigt haben." Sie sprach leise, in einem unerwartet ruhigen und beherrschten Ton, hielt aber die beiden Übeltäter weiterhin mit festem Griff.

Zum erstenmal sprach Morgan. „Jawohl", grollte er und bedachte die beiden Unruhestifter mit seinem zornigsten Blick. „Entschuldigt euch bei der Schwester! Sofort!"

Barnaby, den Morgan daran erkannte, daß er mehr Sommersprossen auf der Nase hatte, verzog schmollend den Mund und sagte nichts. Sein Zwillingsbruder, Barry, begegnete Morgans finsterem Blick mit einer grimmigen Miene seinerseits.

Sandemon wollte die beiden unter seine Obhut nehmen. „Ich *sagte bereits*, die beiden werden sich entschuldigen, bevor sie das Zimmer verlassen", reagierte die Nonne aufgebracht. Wieder diese sonderbare Stimme – wie eine Samtdecke mit eisernen Streben.

„Ihr habt gehört, was die Schwester gesagt hat, ihr Lausebengel!" knurrte Morgan.

Er durfte nicht zulassen, daß seine Autorität vor dieser kleinen Nonne untergraben wurde. „Sagt, was sich gehört, und zwar sofort!"

Sie murmelten eine Entschuldigung; ihre Worte waren kaum zu verstehen.

„Es tut mir leid, aber ich kann euch nicht verstehen", ermahnte sie die Nonne.

Nachdem sie noch einmal grimmig in die Runde geblickt hatten, entschuldigten sich die Zwillinge laut und deutlich, wenn auch nicht gerade voller Begeisterung.

„Ich habe nicht darüber zu entscheiden", sagte die Nonne, während sie von Morgan zu Sandemon blickte, „wenn ich jedoch verantwortlich wäre, müßten sie jeden Tag in den Ställen ausmisten. Mir scheint es eine Verschwendung zu sein, soviel Energie nicht konstruktiv einzusetzen. Natürlich", fügte sie nachdenklich hinzu, „sind sie auch alt genug, um in der Küche zu helfen."

„In der *Küche*?" riefen die Zwillinge mit gleicher Entrüstung.

Die dunklen Augen der Nonne schienen nie zu zwinkern. „Ja", sagte sie mit völlig ruhiger Stimme. „In der Küche. Vielleicht denkt ihr beim nächstenmal erst nach, bevor ihr einer Nonne einen toten Zaunkönig vor die Füße werft."

„*Einen toten Zaunkönig*", rief Morgan aufgebracht und erhob sich, auf seine Arme gestützt, ein Stück aus seinem Rollstuhl.

Die Nonne zog eine dunkle Augenbraue hoch, als wolle sie ihn tadeln, weil er laut geworden war.

„Sie werden gewiß nicht wieder so niederträchtig handeln, Herr Fitzgerald." Und einen Augenblick später fügte sie in einem völlig gelassenen und beherrschten Ton hinzu: „Ich glaube, Sie möchten meine Referenzen sehen. Darf ich mich bitte setzen?"

Morgan sank in seinen Rollstuhl zurück und starrte sie an, dann nickte er steif.

Er wartete, bis Sandemon die O'Higgins-Bengel, die jetzt sichtlich gedemütigt waren, aus der Bibliothek hinausbefördert hatte, bevor er mit dem Gespräch begann. Während der dadurch entstandenen Pause hatte Morgan das seltsame Gefühl, einen gewissen Zeitraum versäumt zu haben – daß Schwester Louisa bereits eingestellt worden war, daß sie die Leitung übernommen hatte und alle anderen nun ihre Angestellten waren.

* * *

Das Gespräch ging bereits seinem Ende entgegen, und Morgan wußte immer noch nicht viel mehr über die Nonne als zu Beginn, zumindest in bezug auf persönliche Informationen.

Ihre Referenzen schienen beispielhaft zu sein. Sie hatte seit beinahe zwei Jahrzehnten unterrichtet und außerdem ein spezielles Programm für Kinder mit Lernschwächen entwickelt. Sie besaß eine außergewöhnliche Bildung und hatte auf den verschiedensten Gebieten viel erreicht und geleistet. Nach ihren Zeugnissen zu urteilen, war sie außerdem künstlerisch sehr begabt, besonders auf dem Gebiet der Porträt- und Landschaftsmalerei.

Außerdem schienen die guten Taten, die sie unter den Armen von Dublin leistete, zu zahlreich zu sein, um überhaupt aufgeführt werden zu können. Sie war offensichtlich ein nimmermüder Arbeiter und selbstlos dienender Christ.

Morgan konnte jedoch den Verdacht nicht abschütteln, daß der Orden sie zu bereitwillig gehen ließ.

Er lehnte sich in seinem Stuhl zurück und stieß sich etwas von dem Tisch zurück. „Ich kann mir kaum vorstellen, wie Sie mit einer Anstellung hier bei uns zufrieden sein könnten. Ihre Referenzen sind beeindruckend. Sie sind an gute schulische Einrichtungen mit erprobten Lehrmethoden gewöhnt. Wie Ihnen gewiß bekannt ist, handelt es sich bei unserer Schule um einen Versuch."

Bis jetzt hatte er nicht den geringsten Hinweis darauf erspähen können, was die Nonne dachte. Der unverwandte Blick dieser dunklen Augen erschien wie ein verschlossenes Tor, das keinen Einblick in ihre Seele gestattete.

Als Antwort zog Schwester Louisa nur die Augenbrauen hoch.

Morgan machte einen weiteren Vorstoß und sagte: „Noch überraschender ist der Gedanke, daß der Orden bereit wäre, sie zu entlassen. Ihre Erfahrungen sind schließlich sowohl für ihre Arbeit als Lehrerin als auch unter den Armen in Dublin von unschätzbarem Wert."

Der Blick, den ihm die Nonne zuwarf, sagte ihm klar und deutlich, daß sie wußte, worauf er anspielte.

„Sie können direkt und offen mit mir reden, Sir. Wenn Sie wissen möchten, welcher verborgene Schandfleck in meinen Referenzen mich hierher geführt hat, brauchen Sie mich nur zu fragen."

Morgan zuckte zusammen, erwiderte jedoch nichts und beschäftigte sich stattdessen damit, die Papiere zu glätten, die vor ihm auf dem Schreibtisch lagen.

„Sie fragen sich gewiß, ob ich unter Züchtigung stehe, und mehr oder weniger ist das der Fall. Sie haben das Recht, zu erfahren, daß meine Meinung in Fragen der religiösen Unterweisung zum Teil als zu radikal betrachtet wird und ich wegen meiner Lehrmethoden einen strengen Verweis erhalten habe."

Morgan warf ihr einen bestürzten Blick zu. *Eine ketzerische Nonne?* Undenkbar!

Als hätte sie seine Gedanken gelesen, nickte Schwester Louisa.

„Ich werde beschuldigt, in bestimmten Dingen von der Lehrmeinung der Kirche abzuweichen, besonders im Hinblick auf das Lesen der Heiligen Schrift und die Heilige Messe."

Nur mühsam gelang es Morgan, seine Bestürzung zu verbergen.

In der gleichen beherrschten, direkten Art fuhr die Nonne fort: „Nach Meinung meiner Äbtissin habe ich meine Pflicht vernachlässigt, in rechter Weise über die Heilige Messe zu lehren. Sie müssen wissen, daß ich Wert auf eine persönliche Beziehung zu Jesus Christus lege, und ich bin der Meinung, daß sich bestimmte Teile der Messe ausgezeichnet dazu eignen, die verschiedenen Stadien dieser Beziehung zu veranschaulichen." Sie hielt inne, doch nur für einen kurzen Augenblick. „Man hat die Vermutung geäußert, daß meine Art der Auslegung die Bedeutung der Beichte unterminieren könnte."

Morgans Kinnlade fiel nach unten. „Sie haben ein *Sakrament* in Frage gestellt?"

Die Nonne kniff ihre dunklen, unergründlichen Augen zusammen. „So wird es von manchen ausgelegt."

Völlig fasziniert beugte sich Morgan nach vorn. „Und wie legen Sie es aus?"

Ein Funke – war es Belustigung? – huschte plötzlich über ihr Gesicht.

„Ich habe den jungen Frauen erklärt – die übrigens keine Kinder mehr waren –, daß wir, wenn wir im Glauben wachsen und reifen, erkennen, daß unser Herr eine enge Gemeinschaft mit uns haben möchte und will, daß wir mit unseren Anliegen direkt zu ihm kommen." Das eigenwillige Kinn bewegte sich wenige Millimeter nach oben. „Und wir sollen ihm nicht nur unsere Sünden bekennen, sondern auch Zwiesprache mit ihm halten und ihn anbeten.

Außerdem sollten Sie wissen, daß ich ebenso ein persönliches Studium der Heiligen Schrift befürworte. Einige meiner Vorgesetzten halten mich daher für aufwieglerisch."

Unbeweglich saß sie auf dem Stuhl mit der hohen Lehne, die kleinen Hände sorgsam in ihrem Schoß gefaltet. Einen wirren Augenblick lang sah Morgan vor seinem inneren Auge eine einzelne, selbstbewußte

Schwester, die, eine Fahne des Aufruhrs über ihrem Kopf schwenkend, inmitten wirbelnder Trommeln und rauchender Kanonen, in den Kampf schritt.

Sofort tadelte er sich im Geist für eine solche, frevelhafte Vorstellung.

„Ich habe oft festgestellt", sagte er behutsam, „daß es die Rebellen unter uns sind, die Veränderungen bewerkstelligen und am Ende etwas erreichen."

Das Gesicht der Nonne hellte sich auf, und sie schien etwas sagen zu wollen, aber Morgan fuhr fort: „Man könnte sogar – in gewisser Weise – unseren Herrn als eine Art Rebellen bezeichnen. Leider", fuhr er mit einem bitteren Lächeln fort, „werden diese Rebellen meist gekreuzigt oder verfolgt oder eingesperrt. Ich habe einen Freund, der gegenwärtig die Folgen seiner Auflehnung zu tragen hat."

„Smith O'Brien", sagte die Nonne.

Morgan sah sie an. „Was, Sie wissen von ihm?"

Die Schwester nickte. „Wer weiß in Irland nichts von ihm, dem besiegten Helden vom Kohlacker der Witwe McCormack!"

Bitternis stieg in Morgan auf. Smith O'Brien, der jetzt im Kerker schmachtete, war des Hochverrats schuldig gesprochen und dazu verurteilt worden, gehängt, ertränkt und gevierteilt zu werden. Morgan und weitere Anhänger des Patrioten versuchten, alle Möglichkeiten auszuschöpfen, um sein Leben zu retten.

In der Zwischenzeit hatte die englische Presse eine gemeine Kampagne inszeniert, die Smith O'Brien und den fehlgeschlagenen Aufstand von 1848 gnadenlos dem Gespött preisgaben, indem man den Mann und diese letzte Schlacht zu einer bloßen Farce degradierte. Außerstande, aus dem verhungernden, geschlagenen irischen Volk eine anständige Armee zu formieren, hatte O'Brien dennoch den Aufstand bis zu seinem bitteren, kläglichen Ende geführt. In einem letzten Gefecht Ende Juli hatten Smith O'Brien und eine kärglich bewaffnete, unorganisierte Meute Bauern einen Trupp Polizisten angegriffen, die in Panik gerieten und sich in Boulah Common, in der Nähe von Ballingarry, im Haus einer Witwe verbarrikadierten.

Nach einigen Tätlichkeiten im Garten endete die gesamte Auseinandersetzung mit der Niederlage O'Briens und seiner aufständischen „Armee". Binnen weniger Tage wurde der Anführer festgenommen und eingekerkert. Der Aufstand hatte sich als eine totale, entwürdigende Niederlage erwiesen, und die englischen Zeitschriften hatten seither keine Gelegenheit versäumt, O'Brien zu erniedrigen, indem sie ihn als einen halb verrückten Clown und seine „Soldaten" als geistesgestörte, mit Spießen bewaffnete Bauern beschrieben.

Seine Aufmerksamkeit wieder auf Schwester Louisa gerichtet, mußte Morgan seinen alten Freund einfach verteidigen. „Vielleicht *tat* er unrecht daran, auf seine Ratgeber zu hören, aber das ist ein grausames Ende eines Lebens, das ganz und gar dem Wohl Irlands geweiht war."

Zu seiner Überraschung stimmte die Schwester ihm eilig zu. „O'Brien ist ein guter und edler Mensch, aber auch ein Mann, der von seiner eigenen, aufrichtigen Überzeugung und dem Rat seiner ungestümen Freunde irregeführt wurde. Möge Gott sein Leben schonen."

Im stillen ergänzte Morgan seine frühere Einschätzung Schwester Louisas: sie war nicht nur eine ketzerische, sich auflehnende Nonne, sondern auch eine politisch aktive. Nur ein Narr würde wissentlich ein solches Pulverfaß einstellen.

* * *

Als Sandemon später an diesem Vormittag in die Bibliothek gerufen wurde, fand er seinen jungen Herrn an seinem wuchtigen Schreibtisch sitzend. Von zahlreichen Pausen unterbrochen, in denen er mit einem grimmigen Lachen eine Art Bewunderung zum Ausdruck brachte, berichtete der *Seanchai* Sandemon von dem unglaublichen Gespräch mit Schwester Louisa.

Als der *Seanchai* geendet hatte, schüttelte Sandemon den Kopf und seufzte.

„Das ist zu schade. Ich glaube, wir hätten für unsere Schüler gut jemanden mit dem Auftreten und den Fähigkeiten Schwester Louisas gebrauchen können."

Der *Seanchai* hob seinen großen Kopf und lächelte. „Das habe ich auch gedacht. Sie wird hier sehr nützlich sein."

Sandemon starrte ihn an. „So haben Sie sie doch eingestellt, *Seanchai*? Trotz ihrer – fragwürdigen Glaubenshaltung und ihrer Neigung, sich aufzulehnen?"

Während er sich in seinem Rollstuhl zurücklehnte, wurde das Lächeln des jungen Herrn nur noch breiter. „Natürlich nicht", entgegnete er sachlich. „Ich habe sie *wegen* dieser Haltung eingestellt."

4. Kapitel

Fergus

Gezähmt und mit einem edlen Namen bedacht,
hat dir, heimatlos streunendes Tier,
kindliche Liebe ein Zuhause gebracht.

Anonymus

Am Samstag morgen, zwei Wochen nach Schwester Louisas Ankunft, machte sich Annie Delaney, in einer Hand einen Apfel, in der anderen ein Stück Zucker, auf den Weg in die Stallungen von Nelson Hall.

Gewöhnlich freute sich Annie auf ihren täglichen Besuch bei Pilgrim, dem großen Hengst des *Seanchai.* Schließlich war sie für Pilgrims Pflege zuständig. Niemand außer Annie und Sandemon durfte ihn ohne besondere Erlaubnis versorgen oder ausführen.

Die Pflege des schönen Pferdes war eine der wenigen – wenn nicht die einzige – der Pflichten, für die Annie sich als geeignet erwiesen hatte. Bei den meisten anderen Aufgaben stellte sie sich furchtbar unbeholfen und erschreckend ungeschickt an. Aber Pilgrim und Annie hatten sich von Anfang an gut verstanden, was ihr einen gewissen Respekt seitens der anderen Stallknechte einbrachte, die den großen Hengst störrisch und sogar ein wenig angsteinflößend fanden.

Heute war jedoch Annies Freude über ihren Besuch bei Pilgrim von einem akuten Problem beeinträchtigt, nämlich der Frage, wie sie die *lästige Nonne* loswerden konnte, die der *Seanchai* als Lehrerin für ihre Schule eingestellt hatte.

Nach zwei Wochen mit Schwester Louisas unerbittlicher Erziehung und endlosen Vorschriften suchte Annie verzweifelt nach einer Möglichkeit – nach *irgendeiner* Möglichkeit – um Nelson Hall von ihrer unerwünschten Gegenwart zu befreien.

Zunächst hatte sie geglaubt, die schrecklichen O'Higgins-Zwillinge würden das ohnehin fertigbringen. Gewiß würden Biestly und Barbaric, wie sie die beiden nannte, kurzen Prozeß machen mit einer kleinen, zerbrechlich aussehenden Nonne. Zu ihrer Bestürzung hatte die Schwester jedoch bereits bewirkt, daß die beiden sich benahmen, wenn auch noch nicht gerade wie Gentlemen, so doch zumindest mehr oder weniger wie menschliche Wesen.

Sie mußte einen anderen Ausweg finden. Im Geist formulierte Annie ein Gebet – eine tollkühne Bitte an den allmächtigen Gott, an ihrer Stelle zu handeln. Doch so schnell wie dieser Gedanke gekommen war, nahm Annie ihn auch wieder zurück. Es war äußerst fraglich, ob der allmächtige Gott Leuten wie ihr helfen würde, die Schule des *Seanchai* von seinen eigenen Heiligen zu befreien.

„Na schön", murmelte sie, während sie eine Hand auf den Riegel der Stalltür legte, „ich werde wohl selbst einen Weg finden müssen."

Sofort als sie den Stall betrat, spürte Annie, daß irgend etwas nicht stimmte. Die Pferde waren unruhig, einige schnaubten und stampften auf den Boden. In seiner Box schüttelte Pilgrim seine Mähne und scharrte zornig mit den Vorderhufen.

Plötzlich kam vom anderen Ende des Stalls eine große, graue Gewitterwolke auf sie zu. Als nächstes wußte Annie nur, daß sie auf ihren Hintern gefallen war und das verwahrloste Gesicht des größten Wolfshundes anblickte, den sie jemals gesehen hatte! Im Handumdrehen hatte er Pilgrims Apfel verschlungen und schaute nun auf das Stück Zucker, das Annie noch in der Hand hielt.

Ihre anfängliche Angst machte der Empörung Raum. Annie erhob sich von dem Stallboden und klopfte den Schmutz von ihrem Hintern, dann schimpfte sie auf den diebischen Hund ein. „Du abscheuliches Biest! Das war *Pilgrims* Apfel, verstehst du! Und dann möchte ich wissen, was du in unserem Stall zu suchen hast? Wir dulden keine streunenden Tiere in Nelson Hall!"

Der Wolfshund verschluckte das letzte Stück des Apfels – mit Gehäuse und allem – und wedelte dann mit seinem großen Schwanz, der laut gegen die Wand der Box neben ihnen schlug. Natürlich hatte ihn ihr zorniges Schimpfen nicht im geringsten eingeschüchtert!

Nun stellte er sich auf seine Hinterpfoten und legte, wie selbstverständlich, seine beiden gewaltigen Vorderpfoten auf Annies Schultern. Der Mund blieb ihr offen stehen. Als sie jedoch vor Entsetzen schreien wollte, fing das Tier an zu grinsen und leckte ihr Gesicht mit seiner riesigen Zunge.

„*Pfui!* Geh weg von mir, du dreckiges Biest!" Annie schubste ihn von ihren Schultern herunter und betrachtete ihn dabei mit einem vernichtenden Blick, während sie mit einem Ärmel über ihr Gesicht wischte.

Das Tier fuhr einfach zu grinsen fort, sein tolpatschiges Gesicht voller gespannter Freude.

Annie starrte ihn solange an, bis er seinen Blick abwandte. Dabei betrachtete sie seinen Zustand genauer. Sein drahtiges Fell war rauh und verfilzt, an manchen Stellen mit Kletten behaftet und über und über schmutzig. Sie glaubte, daß sein Fell gefleckt war, aber mit all dem Schmutz war es schwierig, eine Farbe festzustellen. Sein sehnsüchtiges Gesicht war zerkratzt, und über dem einen Auge klaffte eine ausgetrocknete Schnittwunde. Seine Nase schien die Spuren einer Auseinandersetzung mit einem kampfeslustigen Kater zu tragen.

Trotz seiner verwahrlosten Erscheinung spürte Annie jedoch großes Mitleid für das Tier in sich aufsteigen. Wo würde so ein häßliches, rauhes Vieh jemals eine Heimat finden? Der Hund streunte zweifellos umher und mußte für sich selbst sorgen – so wie einst auch *sie*!

Offensichtlich hatte er Hunger. Hatte er nicht den Apfel im Handumdrehen verschlungen? Und er sehnte sich nach Gesellschaft und ein wenig Zuwendung.

Während Annie so dastand und über den Wolfshund nachdachte, kam ihr plötzlich ein Gedanke. Könnte dieses unglückselige Tier die Antwort auf die *lästige Nonne* sein? War das am Ende die Antwort Gottes auf ihr unausgesprochenes Gebet?

Der Wolfshund grinste, und sie grinste zurück, als sie an eine mögliche Begegnung zwischen dem Tier und Schwester Louisa dachte. Würde das ungebärdige Biest der Nonne nicht bald den letzten Nerv rauben?

Natürlich wäre der *Seanchai* zunächst dagegen, so ein großes, ungepflegtes Tier aufzunehmen, doch wußte Annie nur zu genau, wie sein großmütiges Herz für die Heimatlosen schlug. Er hatte sie schließlich auch aufgenommen! Als sie daran dachte, in welchem Zustand sie in Nelson Hall angekommen war – die Kleidung schmutzig und zerlumpt, das Haar zerzaust und die Schuhe stinkend – kam sie zu der Überzeugung, daß es tatsächlich Hoffnung für den Wolfshund gab.

Außerdem glaubte sie, zu wissen, wie sie diesem Tier zu einer Heimat in Nelson Hall verhelfen konnte. Es kam nur darauf an, wie man den Hund vorstellte, ja, vor allem darauf.

Annie wurde immer zuversichtlicher und beschloß, dem Wolfshund sofort einen Namen zu geben, einen würdigen Namen, mit dem sie den Hund dem *Seanchai* vorstellen konnte.

Sie forschte in ihrem Geist und verwarf dabei eine Reihe von Namen, weil sie entweder zu vornehm oder nicht vornehm genug waren. Schließlich wußte sie es. Sie würde ihm den edlen Namen *Fergus* geben! Fergus, Sohn des Roy, Held von Ulster!

„Jawohl, jetzt haben wir es! Du wirst Fergus heißen! Der *Seanchai* wird dich um deines Namens willen respektieren, bis er gelernt hat, dich um deinetwillen zu schätzen!“

* * *

Annie sollte es jedoch nicht gelingen, Fergus dem *Seanchai* so vorzustellen, wie sie es geplant hatte. In der Absicht, ihn für seine erste Begegnung mit dem Seanchai etwas zurechtzumachen, wollte Annie ihn schnell baden und striegeln. Sie entdeckte jedoch bald, daß der Wolfshund keineswegs geneigt war, die Prozedur über sich ergehen zu lassen.

Nachdem sie Wasser erwärmt hatte, damit das Tier nicht frieren sollte, machte sie sich ernsthaft daran, an seinem verkommenen Äußeren zu arbeiten. Über dem Waschzuber entwickelte sich eine heftige Auseinandersetzung, und eine Stunde später war Annie der Verzweiflung nahe, hatte befohlen und gelockt, gedroht und geschubst – alles ohne Erfolg.

Als es ihr schließlich gelungen war, den Hund in den Bottich zu zwingen, weigerte er sich, aufzustehen und sich schrubben zu lassen. Statt dessen wälzte er sich verspielt in dem Wasser, so daß Annie bald nasser als der Wolfshund war.

„Du bist ein elendes, störrisches *Biest*!“ fauchte sie den Hund an, und sie fröstelte, weil das Wasser inzwischen durch ihre Kleidung gedrungen war. „Ein *Scheusal* bist du und eine *Schande*! Niemand wird auch nur daran denken, dich aufzunehmen und dir ein Zuhause zu geben, solange du nicht ordentlich gebadet bist! Also – wenn du mir nicht augenblicklich gehorchst, werfe ich dich aus dem Stall und du kannst meinetwegen auf der Straße verhungern!“

Während sie sich immer noch mit dem Tier herumschlug, ließ Annie eine Schimpfkanonade verbotener Kraftausdrücke los, ein Relikt aus ihrer Zeit in den Slums von Belfast. Der Hund spitzte die Ohren und widmete ihr seine ungeteilte Aufmerksamkeit, als wollte er sagen, daß dies die Sprache war, die er verstand.

Gerade als Annie Hoffnung schöpfte, Herr über ihn zu werden, hörte sie vom Eingang eine Stimme: *„Was ist das für ein böses, ungezogenes Kind in dem Stall?“*

Einen Fuß im Waschzuber, den anderen auf den Rücken des Wolfshundes gestemmt, blickte Annie erschrocken zur Stalltür. Dort stand, die Hände in die Seiten gestemmt, ein zorniger Sandemon; seine Nasenflügel bebten, und sein breiter Mund war nur noch ein dünner Strich, auf dem der Ärger mehr als deutlich geschrieben war.

Annie verlor jegliche Zuversicht und zuckte zusammen bei dem Gedanken an die Worte, die gerade aus ihrem Munde gekommen waren. Sie war jetzt schließlich Christ, und sie hatte dem Herrn Jesus – und ihrem Freund Sandemon – versprochen, diese Sprache abzulegen.

Und das Schlimmste, neben Sandemon im Rollstuhl saß der *Seanchai* – die Augen waren zusammengekniffen, die Lippen aufeinandergepreßt und die Knöchel seiner Finger weiß!

Natürlich waren beide über sie empört und wütend. Annie fragte sich einen Moment, welche Sünde wohl den größten Zorn der beiden Männer erregt hatte: der häßliche, verbotene Hund – oder die häßlichen, verbotenen Flüche?

Wie dem auch war, sie mußte seufzend eingestehen, daß sie – wieder einmal – in Schwierigkeiten war.

* * *

Als Annie aufstand und krampfhaft nach Worten zu ihrer Verteidigung suchte, putzte sich Fergus und grinste, als er die neuen Gesichter sah. Mit einem mächtigen Satz sprang er aus dem Bottich und galoppierte davon.

Er blieb erst stehen, als er vor Sandemon und dem *Seanchai* stand, und schüttelte sich kräftig, um das Seifenwasser aus seinem Fell zu entfernen.

Das Gesicht des *Seanchai* wurde so feuerrot wie sein Haar, und Sandemons Nüstern bebten.

Ein Seufzen unterdrückend, versuchte Annie, die beiden breit und hoffnungsvoll anzulächeln.

„Er ist für dich, *Seanchai*!" rief Annie. „Ein Geschenk!"

Der *Seanchai* blickte angestrengt über die eingeseifte Schulter des Wolfshundes, nachdem sich Fergus auf die Hinterbeine gestellt hatte, um ihn zu begrüßen.

Annie wandte alle Kraft auf, um nicht unter der Glut zu vergehen, die ihr aus diesen grünen Augen entgegenschlug. Fergus' großer Kopf erstickte das unverständliche Gemurmel nur zum Teil.

Mit vorgetäuschtem Optimismus ermahnte Annie den Hund: „*Fergus*! Du böses Tier! Herunter mit dir!"

Zu ihrer großen Überraschung nahm der Wolfshund seine riesigen Pranken von den Schultern des *Seanchai*. Er neigte seinen Kopf nach rechts und betrachtete den Mann im Rollstuhl mit aufrichtigem Interesse, bevor er seine dunklen Augen auf Sandemon richtete.

Annie blinzelte und schöpfte wieder ein wenig Hoffnung. „Brav, Fergus“, brachte sie hervor. Dann wagte sie sogar ein Lächeln und sagte: „Ist er nicht großartig? Er ist sehr gut erzogen, wie man sieht!“

Sandemon warf ihr einen bedrohlichen Blick zu und ging dann zu dem Hund. Instinktiv näherte sich auch Annie Fergus. Als hätte man ihn dazu aufgefordert, tanzte der Wolfshund ausgelassen um die beiden herum. Weil er ständig zwischen ihren Füßen herumsprang, mußte Sandemon eine Art Tanz mit seinen Füßen vollführen, um sein Gleichgewicht nicht zu verlieren. Als er wieder festen Stand hatte, bedachte der Mann, der normalerweise nicht so schnell aus der Ruhe zu bringen war, Annie mit einem furchtbar bösen Blick.

Es war ihr wiederum gelungen, mit einem scharfen Befehl den Hund zur Ruhe zu bringen, was Sandemon jedoch nicht im geringsten zu beeindrucken schien. Warnend stieß er Annie mit einem Finger an und fragte: „Wo ist dieses – *Tier* – hergekommen?“

„Und wie“, schloß der *Seanchai* an Sandemons Frage an, „hast du das gemeint, daß er ein ‚Geschenk' sein sollte?“

Als sie Sandemons versteinerten Gesichtsausdruck und den gereizten Tonfall in der Stimme des *Seanchai* bemerkte, wußte Annie, daß ihr nur Sekunden blieben, um die Situation – um den Wolfshund – zu retten.

Sie senkte den Kopf und faltete die Hände vor ihrem Körper, bevor sie mit schwacher Stimme sagte: „Er war als Geschenk für dich gedacht, *Seanchai*. Ich dachte, du würdest dich freuen.“

„Und welches ist der Anlaß für dieses ... *Geschenk*, wenn ich fragen darf?“ fauchte er bissig. „Ist vielleicht Weihnachten? Habe ich Geburtstag oder am Ende gar ein anderes wichtiges Ereignis versäumt?“

Erleichtert stellte Annie fest, daß der Ärger in seinem Ton inzwischen von Bissigkeit abgelöst worden war. Bewußt zögernd, schaute sie zu ihm auf und strich sich dann mit einer Hand eine widerspenstige Strähne aus dem Gesicht. „Nein, es gibt keinen besonderen Anlaß, *Seanchai*. War es falsch, zu glauben, daß so ein schönes Tier eine große Hilfe und ein Trost für dich wäre? Könnte der Hund nicht die Ställe bewachen und auch ein bißchen jagen?“ Sie hielt inne und holte kurz Luft, bevor sie eilig fortfuhr: „Und er würde gewiß auch Eindringlinge abschrecken!“

„Bei uns gibt es keine Eindringlinge“, knurrte der *Seanchai*.

„Soweit es uns *bekannt* ist“, betonte Annie.

Sandemon verdrehte die Augen, und der Hund winselte.

„Wo ist er *hergekommen*?“ fragte der *Seanchai*.

Annie zuckte mit den Achseln. „Ja, er ist einfach ... *aufgetaucht*, aus dem Wald. Es war beinahe, als würde er nach uns Ausschau halten, als ob er wüßte, daß wir einen starken, tüchtigen Wachhund wie ihn brauchen."

Seinem Blick geflissentlich ausweichend, ignorierte Annie Sandemons leise Empörung einfach.

„Es tut mir wirklich sehr leid, *Seanchai*", fuhr sie mit schwacher, flehender Stimme fort. „Ich dachte, du würdest dich freuen. Und habe ich nicht fast den ganzen Vormittag damit verbracht, ihn zu striegeln, damit du siehst, wie schön er ist? Nachdem ich von dem Band der Freundschaft gelesen habe, das sich zwischen edlen Herren und ihren Hunden bilden kann, glaubte ich, dir ein Geschenk zu machen, was dir wirklich Freude bereitet!"

Schließlich wagte sie einen Blick in seine Richtung – und schöpfte erneut Hoffnung, als sie sah, wie er Fergus kritisch, aber nicht unfreundlich betrachtete. „Er ist ein großer Wolfshund", sagte er skeptisch.

„Zweifellos eine edle, kräftige Rasse", fügte Annie hinzu.

„Und er wird gewiß soviel fressen wie ein Pony", ergänzte Sandemon wenig begeistert.

„Vielleicht", räumte Annie ein, während sie sich hinkniete und ihre Arme um den großen Nacken des Wolfshundes schlang. „Aber er wird seinen Lebensunterhalt reichlich verdienen, wenn er das Anwesen bewacht und auf die Jagd geht."

Nach einer vorsätzlichen Pause stand Annie auf. In Vorbereitung ihres letzten Vorstoßes schaute sie den beiden Männern mit einem strahlenden Lächeln ins Gesicht. „Ich dachte", sagte sie schmeichelnd, „daß du es mit einem Kind und einer hilflosen Nonne auf deinem Anwesen begrüßen würdest, wenn jemand das Gelände bewacht."

Immer noch lächelnd, wartete Annie. Der *Seanchai* drehte sich ein wenig in seinem Rollstuhl, um Sandemon besser sehen zu können. Der Mann mit der schwarzen Hautfarbe blickte zum Himmel empor.

Annie hielt den Atem an, als sie sah, wie Fergus würdevoll zu dem Rollstuhl schritt. Er zögerte nur einen winzigen Augenblick, bevor er seinen zerzausten Kopf in den Schoß des *Seanchai* legte und sich so dicht an ihn schmiegte, wie es überhaupt möglich war.

Im stillen gratulierte Annie dem Hund zu seinem Instinkt.

Einen Augenblick später begann eine große Hand, die durchnäßten Ohren des Hundes zu kraulen.

Mit einem glücklichen Lächeln schaute Annie zu und erwartete voller Vergnügen die erste Begegnung zwischen Fergus und Schwester Louisa.

5. Kapitel

Die dunkle Seite der Seele

Das Schicksal der Menschen
liegt verborgen in Gott.

W.B. Yeats (1865-1939)

New York City
Anfang November

Tierney Burke kannte sich auf den Docks im Hafen von New York beinahe ebensogut aus wie in seiner Nachbarschaft. Dennoch bereitete es ihm kein Vergnügen, dort herumzuschleichen, noch dazu an einem *Samstag* abend, den er viel lieber mit Connie Hawkes verbracht hätte.

Patrick Walsh hatte so getan, als wäre dieser Auftrag heute abend ein großer Gefallen, und Tierney sollte sich geschmeichelt fühlen, dafür ausgewählt worden zu sein.

Für Tierney war dieser Auftrag jedoch nicht viel mehr als ein Herumschnüffeln. Zwei von Walshs skrupellosen Schleppern nachzuspionieren, war für ihn ein sinnloses Unterfangen – und obendrein gefährlich.

Er hatte den Verdacht, daß sein Chef ihn auf die Probe stellte – und das nicht zum erstenmal –, als wolle er herausfinden, wie weit er mit ihm gehen konnte.

Die Art und Weise, wie Walsh ihn ständig bedrängte, begann Tierney zu ärgern. Er war nicht der Typ, der sich vor Arbeit drückte, und das wußte der Mann. Die mit den Aufträgen verbundene Gefahr schreckte ihn nicht ab – im Gegenteil, es war für ihn wie das Salz in der Suppe. Es störte ihn auch nicht sonderlich, daß viele der „Unternehmungen" seines Arbeitgebers illegal zu sein schienen. Obgleich er vermutete, daß Walsh den größten Teil des enormen Reichtums, den er besaß, illegal erworben hatte, bestand sein Anteil dabei in reinen Boten- oder Zubringerdiensten. Er war ein bezahlter Angestellter – weiter nichts.

Außerdem war Patrick Walsh – aus seiner Sicht – kein größerer Gesetzesbrecher als eine Reihe von Politikern und Polizisten, die aus der Stadtkasse bezahlt wurden – nur, daß er ein bißchen klüger und weitaus erfolgreicher war. Eines war unbestritten: Walsh bezahlte seine Angestellten gut. Tierney verdiente bei Walsh in einem Monat mehr, als er während eines ganzen Jahres bei irgend einem der anderen schäbigen und niederen Jobs verdienen könnte, die es in New York für einen irischen Jungen gab.

Es gab jedoch auch Grenzen für ihn. Unter den anderen Jungen, die für Walsh arbeiteten, war es kein Geheimnis, daß Tierney Burke nichts mit zwielichtigen Geschäften zu tun haben wollte, die die Einwanderer der Stadt betrafen – zum Teil, weil sein eigener Vater vor einigen Jahren selbst nach Amerika eingewandert war. Er war der Sohn eines Einwanderers, und er dachte an die Tausende von Iren, die als sein eigenes Volk die Straßen der Stadt überfluteten. Er würde nichts tun, was ihr Elend, das ohnehin schon groß genug war, noch verschlimmern half.

Der Auftrag heute abend kam jedoch einer Verletzung dieses Entschlusses unbehaglich nahe. Die verabscheuungswürdigen Schlepper, die den Hafen wie Ratten bevölkerten, widerten Tierney an. Sie stellten für ihn die niedrigste Form des Menschseins dar, waren wie Raubtiere, die sich von dem Elend anderer nährten, und viele von ihnen waren ihre eigenen Landsleute.

Er wußte genau, wie sie arbeiteten. Die verruchten Schwindler schmeichelten sich bei den Immigranten ein, noch ehe diese das Schiff verließen. Ein kürzlich erlassenes Gesetz, das eine Genehmigung forderte, um die Schiffe betreten zu dürfen, hatte den Schurken nur eine „offizielle Ernennung“ sowie ein gewisses Ansehen eingebracht.

Die natürliche Verwirrung und Angst der Fremden ausnutzend, hatten sie die Neuankömmlinge bald in ihrem Griff, indem sie ihnen versprachen, ihnen mit ihrer Erfahrung zu helfen und ihren „Schutz“ anboten, während sie ihre Opfer über die Laufplanken trieben. Binnen weniger Stunden war es ihnen gewöhnlich gelungen, ihre Beute um das Geld und die wenigen irdischen Güter, die sie noch besaßen, zu prellen.

Die Schlepper waren dafür bekannt, daß sie keinerlei Skrupel, Anstand oder Moral kannten. Sie gingen sogar soweit, Schiffe zu betreten, die unter Quarantäne standen, ungeachtet der Gefahr von Typhus und anderer Krankheiten. Nicht selten hatten sie auch Schläger angeheuert, die sowohl für ihre eigene Sicherheit als auch dafür sorgen sollten, daß keines ihrer Opfer auf dem Weg aus dem Hafen entkommen konnte.

Patrick Walsh und andere seiner Sorte hatten dieses schmutzige Geschäft noch weiter ausgebaut, die Methoden „verfeinert“. Über einen Mittelsmann, der als Unterhändler fungierte, kaufte Walsh vollständige Listen von Passagieren aus dem Zwischendeck, meist von geldgierigen

Kapitänen, die die Passagierlisten demjenigen überließen, der die höchste Prämie zahlte. Bei ihrer Ankunft wurden ganze Gruppen verwirrter und verängstigter Einwanderer von den Schiffen getrieben und zu den Mietskasernen geführt, die Walsh gehörten. Man forderte unverschämt hohe Mieten, und wenn jemand es wagte, Fragen zu stellen, drohte man mit dem *Gesetz.* Für die unterdrückten Iren war *Gesetz* ein Synonym für Ungerechtigkeit und Brutalität. Tierneys Vater, als Polizist tätig, behauptete, daß der Haß und die Furcht der irischen Einwanderer gegenüber dem Gesetz zu erwarten gewesen wären. Ihre Erfahrung mit der Polizei beschränkte sich auf die Polizisten zu Hause in Irland, die vor den englischen Großgrundbesitzern kuschten und deren Befehle ausführten. Sie überfielen die Hütten der Armen und trieben diese gemarterten Menschen halb nackt und hungrig auf die Straße, wo sie vor Hunger und Kälte starben.

In Irland war *Gesetz* gleichbedeutend mit harter Strafe, schneller Verurteilung und gnadenloser Vollstreckung des Urteils. Nur Gott wußte, was *Gesetz* für sie in diesem neuen, fremden Land bedeutete!

Die beiden Schlepper, die Tierney heute abend zu beschatten hatte, waren kaum mehr als professionelle Schwindler, die jedoch in der kurzen Zeit, seitdem sie für Patrick Walsh arbeiteten, besonders erfolgreich waren – zu erfolgreich vielleicht. Offenbar war Walsh davon überzeugt, daß Monk Ferguson und Sweet Bailey nebenbei noch in andere Geschäfte verwickelt waren.

Das Schiff, das Tierney während der letzten halben Stunde beobachtet hatte, war sehr groß, ein Todesschiff aus England, das heute abend an der South Street angelegt hatte, nachdem es die Quarantänestation von Staten Island verlassen durfte. Auf Deck liefen die Passagiere aus dem Zwischendeck durcheinander, und das verdrießliche Geschrei der Kinder sowie das ängstliche Murren ihrer Eltern mischte sich unter den Lärm auf den Docks.

Im Hafen herrschte immer Betrieb, auch nachts. Es war beinahe elf Uhr abends, und noch immer bahnten sich Matrosen und Schlepper lauthals ihren Weg durch die Menge der ankommenden Immigranten. In allen Sprachen wurde geflucht und geschrien. Hörte man ein Lachen, so war es gellend und unsicher. Frauen klagten, starke Männer weinten, und plötzlich fühlte sich Tierney in tausend Träume und ebensoviel Sorgen eingehüllt.

Wie viele dieser Träume würden im Meer ertränkt sein, noch ehe diese Nacht zu Ende ging? fragte sich Tierney erbittert. *Wie viele Sorgen würden mit ihnen an ihrem ersten Tag in New York City erwachen?*

In der Ferne ertönte ein Nebelhorn. Fröstelnd schlug Tierney den Kragen seiner Seemannsjacke fester um den Hals. Der Nachtwind, der vom Meer herüberwehte, stach in sein Gesicht, und er zog den Kopf ein, um sich vor der Kälte zu schützen.

Das nächste Mal, schwor er sich grimmig, würde er Walshs Forderungen nicht mehr so schnell erfüllen.

* * *

In dem von Kerzenlicht erhellten Speisezimmer ihrer Villa in der Fifth Avenue genossen Sara Farmington und ihr Vater ihren Nachtisch.

„Ich kann kaum glauben, daß ich dich heute abend für mich allein habe", sagte Sara, während sie mit ihrem Löffel spielte. „Das ist in den letzten Tagen zu einer Seltenheit geworden."

Lewis Farmington zog eine seiner dunklen Brauen nach oben. „Habe ich dich vernachlässigt, meine Liebe? Es tut mir leid, die vergangene Woche war ziemlich hektisch für mich, fürchte ich."

„Es scheint ganz so", stimmte Sara zu. „Warst du diese Woche nicht dreimal mit Winifred zum Essen aus?"

Falls sie geglaubt hatte, ihn aus der Fassung zu bringen, hatte sie sich getäuscht. Nachdem er sich einen weiteren Löffel seines Zitronenpuddings zu Munde geführt hatte, lächelte er sie nur fröhlich an und sagte: „Ja, ich glaube du hast recht. Ich habe versucht, ihr dabei zu helfen, einiges in ihren finanziellen Angelegenheiten zu ordnen."

Auf Saras fragenden Blick nickte er: „O ja, ich fürchte, von geschäftlichen Dingen versteht Winifred nicht sehr viel. Es macht eine Menge Arbeit, ihre Angelegenheiten zu ordnen. Aber es ist doch ein gutes Werk christlicher Nächstenliebe, ihr dabei zu helfen. Meinst du nicht auch?"

Sara bemühte sich, gleichgültig zu wirken. „Natürlich, und Winifred ist dir gewiß sehr dankbar."

Seine Antwort waren ein weiteres fröhliches Lächeln und ein schnelles Kopfnicken, während er seine leere Schüssel beiseite schob.

„Ich muß zugeben, daß ich ziemlich überrascht war, als Winifred beschloß, noch zu bleiben, als Evans Vater nach England zurückkehrte", sagte Sara und legte ihren Löffel an seinen Platz zurück. „Natürlich freuen wir uns alle. Sie ist eine reizende Frau."

Lewis Farmington wischte sich flüchtig mit der Serviette über den Mund. „Ja", sagte er. „Ist sie nicht wirklich reizend?"

„Trotzdem bin ich der Meinung, daß sie in dem Hotel doch ziemlich beengt lebt. Hat sie bereits über einen längeren Aufenthalt nachgedacht?"

Ihr Vater lehnte sich in seinem Stuhl zurück. „Ich glaube", antwortete er, „ich habe genau den richtigen Platz für sie gefunden, eine schöne kleine Wohnung in der West Thirty-fourth, in einem von Tomlinsons braunen Sandsteinhäusern."

Sara blickte zu ihm auf. „Du meine Güte, du kümmerst dich aber wirklich um sie, nicht wahr?"

Ihr Vater kniff die Augen zusammen. „Ich habe nicht viel für sie getan. Sie ist eine alleinstehende Frau, noch dazu in einer fremden Stadt wie dieser."

Amüsiert dachte Sara, daß Winifred seit ihrer Ankunft aus England noch kaum allein war. Offensichtlich hatte es die attraktive Witwe ihrem Vater ziemlich angetan. Und das war verständlich. Winifred Whittaker Coats war jugendlich frisch, beneidenswert hübsch, klug – und einfach reizend in ihrem Auftreten. Wen ihr Charme unberührt ließ, mußte wirklich eine trübe Tasse von Mann sein.

Sara freute sich tatsächlich darüber, daß ihr Vater Interesse für Evans Tante zu entwickeln begonnen hatte. Trotz seines übervollen Terminkalenders, wußte sie, daß er sich einsam fühlte, manchmal zumindest. Saras Mutter war seit mehr als zwanzig Jahren tot, doch machte er kein Geheimnis aus der Tatsache, daß er sie noch immer vermißte.

Gewiß hatte es stets genug Frauen gegeben, die sich für ihn interessierten. Soweit Sara zurückdenken konnte, hatten Frauen – auch solche, die viel jünger waren – offen ihr Interesse für ihn bekundet. Obgleich für manche auch sein Reichtum Anlaß ihres Interesses gewesen sein mochte, war es nicht zu leugnen, daß Lewis Farmington noch immer ein betörender, interessanter Mann war. Beinahe sechzig, war sein schönes, silbergraues Haar noch dick und füllig, und seine Haut gebräunt, weil er sich auf der Werft viel im Freien aufhielt. Er hatte ein Auftreten, das so schwung- und kraftvoll war wie das eines viel jüngeren Mannes. Außerdem war er ein wunderbarer Mensch, ein Fürst von einem Mann und ein außergewöhnlich liebevoller Vater sowohl für sie als auch für ihren Bruder Gordie.

Zumindest soweit Sara sich erinnern konnte, war Winifred Whittaker die erste Frau, der ihr Vater in all den Jahren auch nur das geringste Interesse entgegenbrachte. Während sie ihn in seiner Neigung zu unterstützen gedachte, amsüsierte sich Sara dennoch im stillen über den Gedanken, daß Winifred von „geschäftlichen Dingen nichts verstünde". Ihre eigenen Begegnungen mit der attraktiven Witwe ließen sie vielmehr vermuten, daß sich hinter all der bezaubernden Weiblichkeit und dem etwas flatterhaften Benehmen ein reger, intelligenter Geist und ein unbeugsamer Wille verbargen.

Die Stimme ihres Vaters riß Sara aus ihren Gedanken, und sie wandte sich ihm wieder zu.

„Mein Terminkalender in dieser Woche war aber nicht völlig von Winnie – Winifred beschlagnahmt", bemerkte er. „Ich bin auch mit dem Bürgermeister zusammengetroffen. Ich habe mich bereiterklärt, den Vorsitz der neuen Unterkommission zu übernehmen. Weil es meine Idee war, diese Kommission ins Leben zu rufen, fühlte ich mich dazu verpflichtet, die Ernennnung anzunehmen."

„Oh, Vater, wie mich das freut! Du bist für diese Funktion vorzüglich geeignet. Wie du selbst gesagt hast, muß es jemand sein, dem die Einwanderer wirklich am Herzen liegen."

Sara wußte genauestens über diese Kommission Bescheid. Seit vielen Wochen hatte ihr Vater die Bildung eines Ausschusses angeregt, der die Welle eskalierender Gewalt in der Stadt und ihre Auswirkungen auf die Einwanderer, die jetzt zu Tausenden eintrafen, untersuchen sollte.

Die Kriminalität war in New York außer Kontrolle geraten, und die Einwanderer schienen diejenige Gruppe zu sein, die am meisten unter den Verbrechen zu leiden hatten. Schon bevor sie die Schiffe verließen, wurden sie von skrupellosen Schleppern aufgegriffen, die im Hafen ständig Jagd auf neue Beute machten. Wenn sie dann einmal in den Slums angesiedelt waren, wurden sie zu Opfern gewissenloser Hausbesitzer und gewalttätiger Straßenbanden.

Es schien kein Entrinnen zu geben vor denjenigen, die sich auf Kosten der Armen bereicherten; das Leben dieser unglückseligen Menschen schien in der „neuen Welt" genauso von Ungerechtigkeit und Gewalt überschattet zu sein wie in der alten.

Es erzürnte Sara, daß New Yorks Einwanderer, von denen die meisten bereits in ihrem Heimatland schamlos unterdrückt worden waren, in Amerika wiederum ausgebeutet wurden. Während sie mit Träumen von Freiheit und neuen Möglichkeiten in dieses Land kamen, wurden sie oft nur von Not und Elend empfangen.

Verschiedene Immigrantenvereinigungen hatten gerade erst effektiv zu arbeiten begonnen. Obgleich ihre Arbeit auf vielen Gebieten wirklich hilfreich war, stellten sie doch nur Vereine dar, die auf der Grundlage gegenseitiger Hilfe arbeiteten und keine wirkliche Stimme und somit auch keinen Einfluß in der Regierung besaßen.

Vor kurzem war jedoch staatlicherseits ein neues Gremium, eine Auswanderungsbehörde ins Leben gerufen worden, die *Commissioners of Emigration*. Außer den Bürgermeistern von New York und Brooklyn – sowie Vertretern der irischen und deutschen Vereinigungen – waren auch Privatpersonen, wie z. B. Lewis Farmington als Mitglieder und Ausschußvorsitzende berufen worden.

„Dillon und Verplanck waren beide der Meinung, daß eine möglichst breite Vielfalt von Berufsgruppen vertreten sein sollte", erklärte ihr Vater. „Jess Dalton hat sich zur Mitarbeit bereit erklärt und auch zwei der katholischen Geistlichen. Wir haben einen Rechtsanwalt berufen und hoffen, noch zwei oder drei Polizisten gewinnen zu können. Dabei fällt mir ein", fuhr er fort, nachdem er einen Schluck Wasser getrunken hatte, „wir haben Michael gebeten mitzuarbeiten."

Sara spürte, wie ihre Wangen unter seinem eindringlichen Blick heiß wurden. Während sie sich über sich selbst ärgerte, versuchte Sara, in einem sachlichen Ton zu antworten: „Michael? Ja, gewiß ... er wäre ... bestens für diese Kommission geeignet."

„Der gleichen Meinung war ich auch", erwiderte er lächelnd. Es bereitete ihm offensichtlich Freude, Sara in Verlegenheit zu bringen. Und ebenso offensichtlich gelang ihm dies stets, wenn er nur den Namen Michael erwähnte.

„Da Michael selbst Einwanderer ist", fuhr er fort, „und außerdem als Polizist arbeitet, wäre seine Mitarbeit für uns von unschätzbarem Wert. Was meinst du, wird er das Angebot annehmen?"

„Nun ... ja ... zumindest hoffe ich es. Natürlich kann ich nicht für Michael sprechen", fügte Sara eilig hinzu.

Er zog eine Augenbraue hoch und lächelte spitzbübisch. „Bald wirst du es tun können", sagte er. „Ich habe beobachtet, daß Ehefrauen die unglaubliche Fähigkeit entwickeln, die Reaktionen ihrer Männer vorauszusagen."

„Ich kann mir niemanden vorstellen, der Michaels Reaktion voraussagen könnte. *Du* vielleicht?" schoß Sara zurück.

„Hm, ... vielleicht." Er wischte an einem Puddingfleck auf dem Revers seines Jacketts. „Habe ich dir gesagt, daß Michael heute noch vorbeikommt?" fragte er beiläufig. „Wir wollen über die Kommission sprechen."

„Heute abend?" Mit einem Satz war Sara aufgesprungen; ein Stuhlbein knallte gegen den Tisch.

In den Augen ihres Vaters blitzte es, als er nickte. „Ja, natürlich", sagte er und erhob sich. „Er wird in der nächsten Stunde hier sein. Wir werden zuerst die offiziellen Dinge besprechen, und dann hast du ihn ganz für dich allein."

„Ich muß mich umziehen!" Sara riß beinahe ein Ende der Tischdecke herunter, als sie herumwirbelte, um zur Tür zu eilen.

Lachend bot ihr Vater ihr seinen Arm und begleitete sie aus dem Speisezimmer. Vor der Treppe blieben sie stehen. „Ich nehme nicht an, daß ihr beide bereits das Datum festgelegt habt?" fragte er ungezwungen.

Instinktiv schaute Sara auf den Ring an ihrer linken Hand. Michael hatte das Geld für diesen Ring mit einem kleinen Diamanten verdient, indem er einige Wochen lang als Nachtwächter für eine Fabrik gearbeitet hatte. Sara dachte, daß dies der schönste Ring war, den sie jemals gesehen hatte.

Als sie wieder zu ihrem Vater blickte, sah sie, daß er eine Antwort erwartete.

„Nein", sagte sie mit leiser Stimme. „Noch nicht."

Obgleich Sara ein wenig ungehalten über die gutgemeinte Frage ihres Vaters war, verstand sie ihn trotzdem. Sie und Michael waren nun seit zwei Monaten verlobt, und hatten noch kein Wort über ein geplantes Hochzeitsdatum gesagt.

„Wir waren der Meinung, wir sollten Tierney Zeit lassen", antwortete sie unglücklich. „Er ... lehnt mich noch immer ab, fürchte ich."

Die dunklen Augen ihres Vaters suchten ihren Blick. „Sara", sagte er und schüttelte den Kopf, „der Junge ist fast ein Mann, praktisch gesehen, *ist* er bereits ein Mann. Du darfst nicht auf eine wirkliche Veränderung hoffen. Michael und du, ihr müßt euer Leben *ohne* ihn planen, nicht *neben* ihm, glaube ich."

Sara wich seinem Blick aus, beunruhigt wie immer, wenn sie an Michaels widerstrebenden Sohn dachte. „Ich weiß, du hast recht, Vater, aber es ist schwierig. Michael hatte so gehofft, daß wir alle eine Familie sein könnten. Mir tut es weh, wenn ich sehe, wie Michael unter Tierneys mißbilligender Haltung leidet. Und doch glaube ich, beinahe verstehen zu können, warum der Junge mich ablehnt. Für ihn repräsentiere ich all das, was ihm mißfällt und was er mit Argwohn betrachtet, allein schon aufgrund dessen, was ich bin."

Wieder schüttelte der Vater den Kopf. „Die Tatsache, daß der Junge dich ablehnt, stellt nur einen Teil der Probleme zwischen ihm und seinem Vater dar. Diese Probleme gab es schon lange, bevor Michael dich gebeten hat, ihn zu heiraten. Michael hat mir davon erzählt."

Wieder nickte Sara. „Das stimmt, aber ..."

„Es gibt Dinge, an denen sich nichts ändert, meine Tochter", sagte er sanft und nahm ihre Hand. Er schien zu zögern, nicht ganz sicher zu sein, ob er wirklich fortfahren sollte. „So bist du für die Verzögerung verantwortlich?“ fragte er behutsam. „Ich habe es mir gleich gedacht.“

Sara vermied es, ihren Vater anzusehen. „Ich möchte das Verhältnis zwischen Michael und seinem Sohn nicht noch verschlechtern. Das könnte ich nicht ertragen. Tierney ist sein einziges Kind ...“

„Tierney Burke ist kein Kind mehr!“ Die Hand ihres Vater umfaßte die ihre fester. „Hör mir bitte zu, Sara. Gestatte mir nur für einen Augenblick, daß ich mich als Vater einmische.“

Überrascht blickte Sara wieder zu ihm auf. Seit Jahren hatte es sich ihr Vater zum Prinzip gemacht, seinen Rat nur für wirklich entscheidende Angelegenheiten aufzusparen. Als Mann, der sich zu fast allen Dingen eine Meinung bildete, behielt er dennoch seine Meinung zu Saras persönlichem Leben meistens für sich.

„Um deine Hand anzuhalten, kann für Michael nicht leicht gewesen sein“, sagte er in der für ihn charakteristischen, direkten Art. „Der Mann ist kein Dummkopf. Er weiß, daß man ihn sehr schnell abstempeln kann als einfachen Mitgiftjäger ...“

Von diesen Worten getroffen, biß sich Sara auf die Lippe.

„Nun nimm es dir nicht zu Herzen“, sagte er geschwind und legte einen Arm um ihre Schulter. „Jeder, der nur halbwegs Verstand im Kopf hat, sieht, daß der Mann in dich verliebt ist! Trotzdem bin ich mir sicher, daß es nicht einfach für ihn ist, mit den Vorurteilen und Spekulationen fertigzuwerden. Dennoch darf man folgendes nicht einfach ignorieren: Michael ist ein eingewanderter Polizist, der es gewagt hat, die Tochter eines Millionärs zu bitten, ihr gesamtes Leben für ihn zu ändern. Die Tatsache, daß er glaubt, daß du ihn genug liebst, um das zu tun – und die Tatsache, daß er genug an dich glaubt, um annehmen zu können, daß du das alles schaffen wirst – sind wirklich eine große Anerkennung für dich. Aber glaube bitte keinen Augenblick, daß es leicht für ihn wäre.“

Saras erneuten Protest brachte er mit einer Handbewegung zum Schweigen. „Mir scheint, auf den Schultern des Mannes lastet bereits genug, auch ohne sich noch Gedanken darüber machen zu müssen, daß du vielleicht doch Vorbehalte haben könntest. Dein Zögern, das Hochzeitsdatum festzulegen, muß ihn beunruhigen.“

Den tadelnden Unterton in den Worten ihres Vaters spürend, blickte Sara zu Boden und wagte nichts zu antworten. Tief in ihrem Inneren mußte sie sich eingestehen, daß er recht hatte – wie gewöhnlich.

Seine Worte folgten ihr die Treppe empor bis in ihr Schlafzimmer. Sobald sie in ihrem Zimmer war, ließ sie sich auf den Frisierstuhl sinken.

Mit unsicherer Hand löste sie den dicken Knoten in ihrem Nacken, kämmte ihr Haar durch und steckte den Knoten neu.

Michael neckte sie so gern mit dem „strengen, kleinen Knoten im Genick“, wie er es nannte. Wenn sie erst verheiratet waren, sagte er, würde er darauf bestehen, daß sie ihr Haar offen trug. „Wir sorgen für einen Skandal“, sagte er dann. „Die strenge Miss Sara Farmington hat schließlich doch ihre Hemmungen fallen lassen. Oh, welche Schande für diese Frau!“

Tatsächlich hatte er sie mehr als einmal zu überreden versucht, ihr Haar, das ihr bis zur Taille reichte, für ihn offen zu tragen. Zweifellos amüsierte ihn Saras entsetzte Ablehnung köstlich. „Ich glaube, die Frau betrügt mich“, sagte er dann und in seinen Augen blitzte der Schalk. „Der strenge kleine Knoten ist in ihrem Nacken festgenagelt und läßt sich nicht entfernen.“

Aber dann, wie es so oft bei ihm der Fall war, schwenkte seine Stimmung plötzlich um: der Schalk verschwand aus seinen Augen, und sie verdunkelten sich; sein Mund wurde weich und der neckende Ton aus seiner Stimme verschwand. „Sara, *a gra* – mein Mädchen – “ flüsterte er dann sanft an ihrer Wange, „versprich mir, daß du mir, wenn wir vor Gott Mann und Frau geworden sind, erlauben wirst, die Nadeln in deinem Haar zu lösen und es in seiner ganzen Schönheit frei fallen zu lassen. Versprich mir, daß du dein Haar nur für meine Augen lösen wirst, wenn du einst meine Frau bist.“

In dem Augenblick, wo sich ob des Versprechens künftiger Vertrautheit die vorausberechenbare Röte auf ihrem Gesicht ausbreitete, lächelte er ihr in die Augen, und dann küßte er sie zärtlich.

Bei diesem Gedanken schloß Sara die Augen und schlang die Arme um ihren Körper.

War es falsch, daß sie die Hochzeit noch hinauszögerte? Erst letzte Woche, als sie miteinander über das Hochzeitsdatum gesprochen hatten, war Michael beinahe böse mit ihr geworden, hatte sogar angedeutet, daß Tierney möglicherweise nicht der einzige Grund für ihr Zögern sei.

Sie sah noch immer vor sich, wie diese quälende Frage in seinen Augen gestanden hatte, als er, in ihrem Gesicht forschend, gefragt hatte: „Bist du sicher, daß es nur an Tierney liegt, Sara? Hast du vielleicht doch Bedenken, mich zu heiraten?“

Bestürzt, daß er an so etwas überhaupt denken konnte, hatte Sara mit allen Mitteln versucht, seine Bedenken zu zerstreuen. Als sie jedoch bald darauf auseinandergegangen waren, war Sara sich noch nicht hundertprozentig sicher, ob es ihr wirklich gelungen war.

Sie legte ihre Bürste auf die Frisierkommode und starrte in den Spiegel. Es gab nichts, wonach sie sich jemals so sehr gesehnt hätte, als Michaels Frau zu werden. Nichts! Schon bei dem bloßen Gedanken, mit ihm verheiratet zu sein, hätte ihr Herz vor Freude zerspringen können.

Es verwunderte sie, daß sie immer noch so töricht gegenüber einem Mann sein konnte. Wenn Michael den Raum betrat, fing sie jedesmal wie ein Schulmädchen zu stottern an. Und wenn sein liebevoller Blick, von dem sie wußte, daß er nur ihr galt, auf ihr ruhte, meinte sie, die Welt um sie herum müsse versinken.

Obwohl schon Monate vergangen waren, seitdem er ihr seine Gefühle offenbart hatte, konnte sie es kaum fassen, daß er sie liebte – wirklich liebte –, daß er sie gefragt hatte, ob sie seine Frau werden möchte. Sie, mit dem viel zu breiten Mund, der Stupsnase mit den unfeinen Sommersprossen und dem abscheulichen, lahmen Bein.

Sie wußte, daß ihr Vater recht hatte. Zweifellos gab es Leute, die Michael als Mitgiftjäger betrachteten. Warum, würden sie sagen, sollte sich sonst ein so gutaussehender, vitaler Mann nach ihr umdrehen? Und dann gab es gewiß auch die anderen, die sie für verrückt hielten, einen Mann wie Michael zu heiraten; als *gewöhnlich* würden sie ihn bezeichnen.

Sie würden nicht glauben, was sie bei ihm gefunden hatte, das Wunder, den Glanz ihrer Liebe, der sie überglücklich machte. Ja, wenn nicht die Sache mit Tierney wäre, hätte sie niemals auch nur daran *gedacht*, die Hochzeit hinauszuzögern. Sie lächelte flüchtig ihrem Speigelbild zu. Im Gegenteil, sie hätte das Hochzeitsdatum ungehörig bald festgelegt.

Ihr Lächeln verschwand, sobald sie wieder an Tierney denken mußte. Bereits vor ihrer Verlobung war Michael in dem Verhältnis zu seinem Sohn am Ende seiner Weisheit angelangt und hatte offen eingestanden, daß er ihn weder verstand, noch herausfinden konnte, was den Jungen trieb.

„Ich weiß nie, was ich von ihm zu erwarten habe“, hatte er eines abends zu ihr gesagt, lange bevor er sie gebeten hatte, seine Frau zu werden. „In dem einen Augenblick ist er wir ein leuchtender Stern, so froh, so heiter, ja, beinahe unbeschwert. Im nächsten Augenblick ist er wie ein dunkler Stein, hart und kalt – ein Rätsel.“

An jenem Abend hatte er ihr auch gestanden, daß er Angst um Tierney hatte. Allein bei der Erinnerung an die furchtbare Qual, die sie in Michaels Augen gesehen hatte, überfiel sie die Furcht wie ein kalter Schauer. „Es ist beinahe, als hätte der Junge irgend etwas Wildes, Unbändiges in sich, das ihn vorwärtspeitscht, ihn wegtreibt von mir und allem, was mir heilig ist. Manchmal, Sara, habe ich eine furchtbare Angst um meinen Sohn: daß der Teil in ihm, von dem ich weiß, daß er guten Willens ist, schließlich von dem anderen ... von dieser dunklen Seite seiner Seele überwunden wird. Manchmal habe ich das Gefühl, daß er geradewegs in sein Verderben getrieben wird."

Als Sara an Michaels angespanntes Gesicht dachte, an seine gequälten Worte, glitt auch über ihre Seele ein dunkler Schatten. Selbst bei den wenigen Begegnungen mit Michaels Sohn hatte auch sie dieselbe Dunkelheit gespürt, die gleichen Vorboten eines furchtbaren Schicksals.

Es war mehr als die bloße Tatsache, daß Tierney sie ablehnte, obgleich er keinerlei Versuch unternahm, seine Feindseligkeit ihr gegenüber zu verbergen. Was sie an ihm gespürt hatte, war eine Art komprimierter Hitze, eine Wildheit, die, auch wenn er sie zurückhielt, durch ihn hindurchzulodern und alles, was er tat – sein ganzes Sein – mit der gleichen Unbezähmbarkeit zu durchdringen schien, die dem Panther seine Wut verlieh und ihn gefährlich machte.

Während sie dasaß und in den Spiegel starrte, ohne sich wirklich zu sehen, kam Sara zu der Überzeugung, daß ihr Vater recht hatte: sie sollte Michael heiraten, sobald er es wollte, und nicht die Sache hinausschieben in der Hoffnung, daß Tierney sich ändern würde.

Michael brauchte sie jetzt ... brauchte sie später ... als seine Frau und als einen Freund. Er brauchte sie an seiner Seite – für den Fall, daß Tierney sich *nicht* änderte.

* * *

Noch eine halbe Stunde war vergangen, bevor Tierney Ferguson und Bailey erspähte. Sie waren schwer zu übersehen. Sweet Baileys jugendliches Sängerknabengesicht hätte selbst eine Nonne entzückt, wohingegen Fergusons häßliches Ganovengesicht wie ein teigiges, nicht richtig durchgebackenes Brot aussah. Sie waren ein grandioses Paar, die beiden.

Gegen die Wand eines leerstehenden Lagerhauses gelehnt, beobachtete Tierney, wie die beiden Schlepper ein Dutzend oder mehr Einwandererfamilien vom Schiff führten. Er wußte sofort, daß etwas nicht stimmte; in Walshs Diensten hätten sie eine viel größere Zahl von Menschen vor sich über die Laufplanke getrieben.

Er schob sich von der Wand weg und begann, ihnen zu folgen, stets auf genügend Abstand achtend, damit er ungesehen blieb. Etwa zehn oder fünfzehn Meter hinter den Schleppern und ihrem Gefolge mischte sich Tierney unter einige Rabauken von Hafenarbeitern. In diesem Abstand folgend, konnte Tierney Teile des Gesprächs der Schlepper mithören.

„Tun wir das nicht alles als einen Dienst für die irischen Familien?“ sagte Sweet Bailey, während er seine „Beute“ vom Hafen wegführte wie ein Hirte seine Schafe. „Weil wir selbst Iren sind, bemühen wir uns aufrichtig, ordentliche Unterkünfte für die lieben Familien aus der alten Heimat zu besorgen.“

„Ja, so ist es“, fügte Ferguson hinzu. „Glücklicherweise haben wir die Passagierliste eures Schiffes durchgesehen. Man muß nämlich wissen“, fuhr er mit übertriebenem Schaudern fort, „daß es auch einige gibt, die gute, vertrauensvolle Leute wie euch ausnutzen – Schwindler und Diebe in Hülle und Fülle!“

Tierney biß die Zähne aufeinander und wünschte sich nichts sehnlicher, als diesem Schwein mit der Faust in das klumpige Gesicht zu schlagen.

Die meisten der Hafenarbeiter waren inzwischen in die Front Street eingebogen. Die Schlepper und ihre Opfer hatten beinahe die Sicherheit von Maiden Lane erreicht, als Tierney langsamer gehen und sich zurückfallen lassen mußte, um nicht entdeckt zu werden.

„Die Herberge ‚Porters Inn‘ wird euch bestimmt gut gefallen“, sagte Bailey. „Es sind anständige Unterkünfte mit WC, und es gibt auch Fächer, in denen ihr eure Habseligkeiten einschließen könnt. Wir werden schon bald dort sein.“

Tierney kniff die Augen zusammen. Porter's Inn gehörte nicht zu den Pensionen von Patrick Walsh. Sie gehörte Chance Porter, einem Schläger, der im Hafen eine Anzahl schmutziger Geschäfte tätigte.

So hatte sich Walshs Verdacht über die beiden als richtig erwiesen. Höchstwahrscheinlich arbeiteten sie sowohl für Walsh als auch für Porter, indem sie sich ausrechneten, leicht ein paar Familien von Walshs Liste abzweigen zu können, ohne daß er jemals auch nur irgend etwas davon bemerkte. Natürlich mußte alles mit Porter abgesprochen sein.

Ein besorgter Vater mußte nach den Kosten gefragt haben, denn Bailey beeilte sich, ihm zu versichern: „Oh, Sie werden bestimmt ganz gerecht behandelt, Sie brauchen sich keine Sorgen zu machen, nein, wirklich keinerlei Sorgen! Und Mister Porter gewährt Einwanderern sogar Sonderpreise, weil er ja selbst einmal herübergekommen ist. Sie werden selbst bald herausfinden, daß er ein ehrlicher Mann ist. Bei Porter geht alles ehrlich und korrekt zu!“

Die Lügen dieses Schufts erwürgten Tierney beinahe! Porter's Inn war noch viel schlimmer als einige der Drecklöcher, die Patrick Walsh gehörten. Fünf oder sechs Familien wurden in einen kleinen Raum gepfercht, wo sie praktisch wie in einer Gefängniszelle eingesperrt waren, nachdem man ihnen ihr Geld und ihre letzte Habe abgenommen hatte. Dort lebten sie dann im Schmutz und in entsetzlicher Angst als Geiseln eines herzlosen Wirts, und sie waren zu sehr eingeschüchtert, um überhaupt über eine Möglichkeit des Entrinnens nachzudenken.

Die Gruppe bog in die Water Street ein, von wo aus sie sofort in einer schmalen Gasse verschwand, die nicht einmal einen Namen hatte und von einzelnen Betrunkenen oder Prostituierten abgesehen, verlassen lag.

Tierney drängte sich dicht gegen die verfallenen Backsteinmauern, die die rechte Seite der Gasse säumten und achtete stets darauf, im Schatten der Dunkelheit zu bleiben, während er weiterging. Er hatte bereits genug gehört, um Walsh berichten zu können, beschloß aber, noch zu warten, bis er sah, wie sie die Herberge betraten, die nun direkt vor ihnen lag.

Als die Gruppe stehenblieb, hielt er ebenfalls inne und drückte sich gegen die kalte Backsteinmauer, die Akroms Schusterei mit Porter's Inn verband. Beide Schlepper zählten die Häupter ihrer Opfer, bevor sie die Stufen hinabstiegen, die zum Eingang führten.

Zu sehr mit dem beschäftigt, was sich vor seinen Augen abspielte, hörte er die Schritte hinter sich einen Augenblick zu spät. Plötzlich spürte er hinter sich an seinem Genick eine ruckartige Bewegung in der Luft, und schon drückte ein bärenstarker Arm ihm die Gurgel ab.

Tierney schnappte nach Luft. Er versuchte sich loszureißen, aber der starke Arm drehte ihn herum und schleuderte ihn gegen die Wand, so daß er mit dem Hinterkopf gegen die Ziegel schlug.

In der Dunkelheit bohrten sich die harten Augen seines Angreifers – orientalische Augen – in Tierneys. Der Mann hatte ein rundes Gesicht, und sein Mund war zu einem abscheulichen, spöttischen Grinsen verzogen.

Ensetzt sah Tierney nun, daß es zwei waren! Hinter dem Orientalen stand schweigend ein großer, breitschultriger Mann. „Du wolltest wohl zu dem Schuhmacher, Junge?“ knurrte der Orientale. „Siehst du nicht, daß das Geschäft ist geschlossen?“

Einen Arm gegen Tierneys Hals gedrückt, so daß er sich nicht von der Stelle rühren konnte, schnappte die andere Hand mit einem Ruck sein Kinn nach oben. „Aber nur ein *schlechtes* Geschäft treibt einen Jungen allein hierher!“

Zum zweitenmal schleuderte der Mann Tierneys Kopf gegen die

Wand; so heftig, daß seine Zähne aufeinanderschlugen. Ein entsetzlicher Schmerz strahlte von seinen Ohren bis zu seinem Hals aus.

„Warum bist du den Fremden gefolgt, Junge? Du vielleicht einer von ihnen, hä? Du dich verlaufen, ja?"

Tierney versuchte, den Kopf zu schütteln, konnte sich jedoch nicht bewegen.

„Captain Rynders kann solche Schnüffler wie dich nicht gebrauchen, Junge! Leute, die ihm Ärger machen, auch nur *Ärger* bekommen!"

Rynders! Nach Luft schnappend, versuchte Tierney, sich aus dem Griff des Orientalen zu befreien, konnte sich jedoch nicht von der Stelle bewegen. In seinem Kopf drehte es sich. Er hätte wissen müssen, daß die beiden Schlepper zu Rynders' Gesindel gehörten, sonst hätten sie es nicht gewagt, mit Patrick Walsh ihr doppeltes Spiel zu treiben. Nur Rynders war unter den Banden noch gefürchteter als Walsh.

„Für wen du arbeiten, Junge?" Wieder schleuderte der Orientale Tierney gegen die Wand. „Für Walsh vielleicht? Du spionierst seinen Männern nach, eh? Beschnüffeln seine Schlepper?"

Tierney gelang es, seinen Kopf etwas zur Seite zu drehen. „Nein! Ich wollte ... mir nur ... eine Frau suchen, verstehst du ... ich habe mich verlaufen ..."

Der Orientale grinste. „Du Ire? Was ein dummer irischer Junge wie du wollen mit einer Frau?" Seine Arme schnürten Tierney die Kehle zu. „Du lügen, irischer Junge! Wir hinter dir waren den ganzen Weg vom Hafen! Du lügen!"

Plötzlich gab sein Arm Tierneys Hals frei. Keuchend rang Tierney nach Luft. Der Orientale packte ihn am Kragen und kam mit seinem Gesicht so nahe an Tierney heran, daß er seinen fauligen Atem verspürte. Er stank nach verfaulten Zähnen und nach etwas eklig Süßem.

„Du suchen nach Botschaft für deinen Boss? Okay, wir dir geben eine Botschaft mit!"

Die andere Gestalt trat aus dem Schatten hervor. Tierney konnte gerade noch ein Messer blitzen sehen, bevor der Orientale ihn niederschlug und auf ihn einzutreten begann.

Das letzte, was er sah, bevor er ohnmächtig wurde, war die Spitze eines Messers, die sich auf sein Gesicht zu bewegte.

* * *

Blaize säuberte sorgfältig sein Messer, bevor er es wieder in seinen Stiefel zurücksteckte. „Und was nun?"

Desinteressiert schaute er zu, wie der Chinese dem Jungen mit der Schuhspitze einen Stoß versetzte und ihn schließlich auf den Bauch drehte.

Und noch einmal trat der Chinese den Jungen. „Jetzt wir ihn müssen abliefern bei seine Boss. Captain Rynders sagt, jedesmal, wenn wir treffen Walshs Jungen, wo nicht hingehören, wir sie machen fertig und stellen sicher, daß Walsh erfahren, wer ist verantwortlich."

Blaize nickte und wischte sich mit dem Handrücken die Nase.

„Machen wir schnell. Ich bin schon durchgefroren."

„Du hängen eine Botschaft an seinen Mantel", sagte der Chinese, „dann wir ihn bringen zur Fähre. Rue kann ihn abliefern morgen früh."

Wieder wischte sich Blaize die Nase, dann suchte er in den Taschen des Jungen, bis er einen Bleistift und einen kleinen Notizblock fand. Er hielt den Block hoch in das dämmerige Licht und fing an zu lachen. „Hah! – Was sagst du dazu!", rief er und zeigte auf den Namen von Patrick Walshs Hotel, der oben auf die Zettel gedruckt war. „Wir senden Walsh eine Botschaft mit seinem eigenen Papier!"

Immer noch lachend, sah Blaize, wie der Chinese den bewußtlosen Jungen wieder mit dem Fuß trat, als sei er ein toter Hund. Schließlich schüttelte er den Kopf und begann zu schreiben.

6. Kapitel

Dunkle Gedanken – Helle Träume

Oh halte sie fest, die Gedanken der Jugendzeit,
Halte sie fest, solange ihr Strom sich ergießt,
Denn, mitten in diesen Gedanken, und scheinbar weit,
Unbemerkt noch, der Weg, den du einst wirst gehen, fließt.
Gar mancher Traum, den du geträumt, wird verwehn.
Die Farben des Frühlings – schnell werden sie matt.
Bald wirst die Boten des Herbstes du sehn –
Wie das Gerippe in einem Blatt.

William Edward Hartpole Lecky (1838-1903)

Zum erstenmal seit einigen Wochen hatte Patrick Walsh die Nacht im Schlafzimmer seiner Frau verbracht.

Als es am folgenden Morgen frühzeitig zu hämmern begann, glaubte er zunächst, der Lärm käme von unten. Erst als er die schrille Stimme von Nancy, ihrem Hausmädchen, hörte, wurde ihm bewußt, daß sie mit aller Gewalt gegen die Schlafzimmertür hämmerte.

„Frau Walsh! Herr Walsh? Kommen sie bitte, es ist etwas Furchtbares passiert!"

Walsh war inzwischen hellwach. Alice, die neben ihm lag, klammerte sich an seinen Arm. „Patrick?" Ihre Augen waren noch schwer vom Schlaf. „Was ist los?"

Walsh stieß die Bettdecke beiseite und tastete nach seinem Morgenmantel. „Du bleibst am besten hier", sagte er, während er aufstand. „Ich gehe nach unten und sehe nach."

Als er aus dem Schlafzimmer trat, war das Dienstmädchen verschwunden. Er fand sie unten in der Diele, wo sie mit vor Entsetzen geweiteten Augen zur Eingangstür starrte, die einen Spaltbreit offenstand.

„Dort draußen, Herr Walsh!" schrie sie. „Auf der Veranda!"

Die feuchte Kälte des frühen Morgens drang durch die halb geöffnete Tür in die Diele. Durch das jähe Gewecktwerden verstimmt und über das hysterische Benehmen des Dienstmädchens verärgert, stieß Walsh einen Fluch aus, während er die Tür völlig aufstieß.

Es dauerte einen Augenblick, bevor er das regungslose Häufchen vor seiner Tür als Tierney Burke identifiziert hatte. Auch als er ihn erkannt hatte, blieb er unberührt stehen und starrte auf den Körper.

Schließlich, nachdem er seinen Morgenmantel fester um sich geschnürt hatte, kniete er sich neben den regungslosen Körper. Schon von der Seite sah man, daß Tierneys Gesicht von blauen Flecken übersät und mit Blut verkrustet war. Walsh drehte ihn auf den Rücken. Er kniff die Augen zusammen, als er den Zettel sah, der an die blutbefleckte Jacke des Jungen geheftet war. Nachdem er mit zitternden Händen den Zettel entfernt hatte, stieß er wiederum einen Fluch aus, als er las:

„Beste Grüße von Captain Rynders."

Walsh zerknitterte den Zettel in seiner Hand, und in seinem Inneren stritten Zorn und Unglaube, während er auf die leblose Gestalt schaute.

Plötzlich bewegten sich seine Augenlider und zwischen den geschwollenen Lippen drang ein schwaches Seufzen hervor. Walshs erste Reaktion war Erleichterung. Eine Leiche vor seiner Eingangstür – das würde schwer zu erklären sein – besonders, wenn es sich um die Leiche eines Polizistensohnes handelte. Trotzdem war es offensichtlich, daß der Junge sehr schwer verletzt war, vielleicht sogar im Sterben lag. Was sollte er mit ihm machen?

Über die Schulter blickend, sah er, daß das Dienstmädchen noch immer in der Diele stand. „Sparky soll den Arzt holen!" knurrte er. „Sofort! Und bring eine Decke!"

Während er aufstand, war seine Frau auf die Verande getreten. Ihre blauen Kinderaugen weiteten sich vor Entsetzen. Ihr blondes Haar hing ungekämmt an ihr herunter, und ihr rosa Morgenmantel war unordentlich um den untersetzten Körper geschlungen. Der Anblick ihrer drallen, rundlichen Gestalt verärgerte Patrick vollends.

Seine Abscheu verbergend, ging er zur Tür und führte sie ins Haus zurück. „Ich besorge das schon, Alice. Geh und zieh dich an, bevor du dich erkältest."

„Aber – das ist *Tierney*, nicht wahr, Patrick? Tierney Burke? Was in aller Welt ist mit ihm passiert?"

Ihre Fragen ignorierend, führte Walsh sie bis zur Treppe.

„Ich habe den Arzt holen lassen. Wir werden uns um alles kümmern. Jetzt geh und zieh dich an."

„Ich hole Lemuel, damit er ihn ins Haus trägt", sagte sie und ließ sich nicht nach oben schicken.

„Ins Haus?" Walsh starrte sie an.

„Natürlich, Patrick, ins Haus!" sagte sie und drängte sich an ihm vorbei in die Küche. „Wir können den Jungen doch nicht einfach draußen in der Kälte liegenlassen. Nancy wird eines der hinteren Schlafzimmer für ihn fertigmachen."

Schon halb in der Küche rief sie zurück: „Wir müssen sofort seinen Vater verständigen! Der arme Mann sucht vielleicht jetzt in diesem Augenblick verzweifelt nach seinem Sohn!"

„Alice, ich glaube kaum ..."

Mit einer Handbewegung wischte sie seine Einwände vom Tisch und eilte weiter. Walsh starrte hinter ihr her, die Fäuste geballt, um seine Wut zu beherrschen. Am liebsten hätte er sie durchgeschüttelt! Alice – die „Große Mutter". Sie nahm alles und jeden auf, was sich in der Nähe ihres Hauses herumtrieb, alles, was hungrig oder verletzt war. Schon längst hätte er ihrem Wohltätigkeitsfimmel die Schranken weisen sollen.

Natürlich hatte sie recht, daß Michael Burke benachrichtigt werden mußte. Das war unvermeidlich, nachdem sie den Jungen bewußtlos vor ihrer Haustür aufgefunden hatten. Und wenn er zu lange wartete, würde er nur Verdacht bei Alice erwecken. Aber wie sollte er bloß erklären, wie der Junge *hierher* gekommen ist?

In seinem Hinterkopf spürte er ein Hämmern, die ersten Anzeichen beginnender Kopfschmerzen. Er legte die Stirn in Falten und versuchte nachzudenken. Die Schmerzen wurden schlimmer. Leise vor sich hin fluchend, ging er nach oben, um sich anzukleiden.

Bereits auf der Treppe, immer zwei Stufen auf einmal nehmend, begann er, sich für den Vater des Jungen, den Polizeihauptmann, eine Geschichte auszudenken.

* * *

Michael Burke erwachte schon kurz nach Tagesanbruch. Der Morgen war grau und das Schlafzimmer kalt, aber das machte ihm alles nichts aus. Und es störte ihn auch nicht, daß er heute, an seinem freien Tag, viel zu früh wach geworden war.

Er genoß diese seltenen Augenblicke der Muße. Er lag da, in das sanfte Schweigen des anbrechenden Tages gehüllt, das Herz voller wunderbarer Gedanken. Gähnend streckte er sich kräftig, bevor ihn die Kälte unter seine Bettdecke zurückkriechen ließ. Er würde sich noch ein paar Minuten gönnen, beschloß er, einige heimliche Augenblicke stiller Besinnlichkeit.

Er barg das Gesicht in seinem Kissen und lächelte, als er an gestern abend – und an Sara – dachte. Sie hatte ihn völlig verblüfft, indem sie erklärte, daß sie der Meinung sei, sie sollten das Datum für ihre Hochzeit festlegen. Seltsamerweise war sie dabei unsicher, beinahe schüchtern erschienen, als befürchtete sie beinahe, er würde ihr sagen, daß er seine Meinung geändert hatte und sie nicht mehr heiraten wollte.

Er wußte, daß es zu Saras Wesen gehörte, plötzlich das Selbstvertrauen zu verlieren, und dies war eines der Dinge, die sie ihm lieb machten. Anfänglich hatte es ihn verwirrt und sein eigenes Selbstbewußtsein auf die Probe gestellt, wenn sie in seiner Gegenwart leicht ihre Fassung verlor. Er hatte geglaubt, daß seine Person die Ursache für ihre Unbehaglichkeit war, daß er sie irgendwie verletzt hätte. Eine Dame wie sie würde gewiß nicht viel Wert auf die Gesellschaft eines irischen Polizisten legen.

Später jedoch, als er sie kennen- ... und liebengelernt hatte ... bereitete es ihm heimlich Vergnügen, die unerschütterliche Sara Farmington aus der Ruhe bringen zu können. Die Frau besaß gewiß Rückgrat. Sie konnte wahrlich auf ihren Prinzipien herumreiten, und wenn Sara Farmington sich ihre Meinung gebildet hatte, ließ sie nicht mit sich reden.

Bei ihm schien ihr Selbstbewußtsein jedoch auf die süßeste Art und Weise zu schmelzen. Sie wurde rot, fing sogar an zu stottern, ohne auch nur im geringsten provoziert worden zu sein; und in seinen Armen ... ah, in seinen Armen war sie so scheu, ihre Augen strahlten, und sie war so süß, so liebreizend süß.

In diesen Augenblicken fühlte er sich überglücklich und meinte, daß er für den Rest seines Lebens volle Genüge haben würde, wenn er nur in Saras Augen schauen konnte, während er sie fest in seinen Armen hielt.

Er würde sie morgen heiraten, wenn sie nur zustimmen würde!

Sein Lächeln wurde noch breiter, als er daran dachte, wie sie ihn erst gestern abend wegen seiner Ungeduld getadelt hatte. Nachdem sie ihr Einverständnis erklärt hatte, das Datum für ihre Hochzeit festzulegen, hatte er sofort eine Weihnachtshochzeit vorgeschlagen.

„Das wäre nicht *anständig*, Michael! Wir sind schließlich erst seit zwei Monaten verlobt!"

„Und wer bestimmt, was anständig ist?" konterte er.

„Nun ... die Sitte, die Tradition."

„Dann werden wir eine neue Tradition ins Leben rufen – eine einfühlsamere", hatte er erwidert und versucht, durch Küssen ihr Einverständnis zu erobern.

„Nicht vor April", hatte sie zwischen zwei Küssen beharrt.

„April? Ich werde verrückt bis April, Sara!"

„Michael, wirklich!“

„Ich liebe dich, Mädchen! Ich möchte bei dir sein. Ich *muß* bei dir sein! Und du willst mich warten lassen bis *April*?!“

„Also gut, März“, sagte sie schon weniger hartnäckig.

„Der März ist kalt und häßlich, Sara. Du möchtest gewiß nicht so eine triste Hochzeit.“

„Februar?“

„*Heiligabend*“

Sie hatte gelächelt, ein rätselhaftes Lächeln, so daß er sich fragen mußte, ob sie nicht die ganze Zeit auch Weihnachten im Sinne hatte, und nur ganz sichergehen wollte, daß er es auch wirklich ernst meinte.

Er drehte sich auf den Rücken und dachte weiter über ihr Gespräch von gestern abend nach. Es beunruhigte ihn noch ein wenig, daß sie auf einer kleinen Feier im engeren Familien- und Freundeskreis bestanden hatte. Er war sich so sicher gewesen, daß sie gern eine große Hochzeit in der Kirche der Fifth Avenue haben wollte, wie es der Stellung ihrer Familie in New York entsprach. Er selbst fand den Gedanken an eine großartige Feier widerlich, hatte sich jedoch dazu durchgerungen, es um Saras willen zu ertragen.

Doch Sara hatte andere Vorstellungen. „Das möchte ich eigentlich überhaupt nicht. Ich möchte viel lieber zu Hause heiraten, in der Kapelle, wenn es dir recht ist.“

Er hatte ihr noch einmal zu versichern versucht, daß er die Zeremonie über sich ergehen lassen würde, wenn sie eine große Hochzeit vorzog. Sie hatte jedoch ausdrücklich darauf bestanden, daß sie überhaupt nicht an eine große Hochzeit dachte.

„Ich möchte keine pompöse Hochzeit, Michael! Wirklich nicht! Und außerdem“, hatte sie leise hinzugefügt, „ist es im Hinblick auf Tierneys Einstellung ... zu unserer Hochzeit gewiß auch besser, die Feier so schlicht wie möglich zu gestalten.“

Wieder drehte sich Michael unruhig in seinem Bett und schüttelte sein Kissen auf. Eigentlich müßte er erleichtert sein. Hatte ihm nicht schon lange bei dem Gedanken an eine großartige offizielle Feier gegraut?

Wenn er nur in bezug auf ihre Beweggründe sicher sein könnte!

Was Tierney betraf, so würde ihm ohnehin nichts recht zu machen sein. Eine schlichte Feier würde nichts an der Einstellung des Jungen zu ihrer Hochzeit ändern. Es stand fest, daß er Sara nicht mochte, daß er sie aufgrund ihres Wohlstands, ihrer Familie, ihrer gesellschaftlichen Stellung ablehnte. Er hielt sie für eine „wohlhabende alte Jungfer“, die seinen Vater eingewickelt hatte, nur „um einen Mann zu kriegen“.

Michael wurde jedesmal wütend, wenn er an die Beschuldigungen dachte, die Tierney gegen sie vorbrachte. Nein, auf Tierneys Vorstellungen Rücksicht zu nehmen, würde nichts an seiner grundsätzlichen Haltung gegenüber ihrer Hochzeit ändern.

Was ihn beunruhigte, war die Tatsache, daß er nicht absolut sicher sein konnte, ob Sara ihm wirklich alle ihre Gründe genannt hatte, die sie zu einer Hochzeit im kleineren Kreis bewogen. Könnte es nicht sein, daß sie im Laufe der Zeit ihre Entscheidung in Frage stellte? Gewiß war ihr inzwischen bewußt geworden, wie seltsam manche ihrer Freunde und Bekannten aus ihren gesellschaftlichen Kreisen die Wahl ihres Ehepartners finden mußten.

Und konnte er es ihr verübeln? Es war bestimmt nicht einfach für eine Sara Farmington, ihresgleichen einen eingewanderten irischen Polizisten als ihren Bräutigam vorzustellen.

Auch wenn das nicht der Fall wäre, selbst wenn – gebe es Gott – er sich täuschte, daß Sara noch Zweifel hatte, wie würde ihr Vater diesen Gedanken aufnehmen? Lewis Farmington war gewiß ein außergewöhnlicher Mann, der in den Augen mancher Zeitgenossen zuweilen sogar als Einzelgänger galt – trotzdem war er einer der wohlhabendsten und mächtigsten Männer von New York – und Sara war seine einzige Tochter. Zweifellos sollte ihre Vermählung standesgemäß geschehen.

„Mein Vater wird das wollen, was ich will", hatte Sara, ohne auch nur einen Augenblick zu zögern, erwidert, als Michael diese Frage angeschnitten hatte.

Vielleicht, Michael war sich nicht sicher. Gähnend fuhr er mit einer Hand über die dicken Stoppeln seines Bartes und hatte immer noch nicht die rechte Lust, das Bett zu verlassen. Heute morgen würde er Tierney vor die Tatsache stellen, daß er und Sara planten, am Heiligabend zu heiraten. Ihm graute vor diesem Gespräch, das sicher nicht angenehm verlaufen würde.

Tierney verpaßte keine Gelegenheit, eine seiner abfälligen Bemerkungen loszuwerden. Es gab keine Erklärung für seine Feindseligkeit gegenüber Sara. Michael hatte es aufgegeben, danach zu suchen. Als sie ihre Verlobung bekanntgegeben hatten, war der Junge tagelang eingeschnappt gewesen. Wenn er erfuhr, daß das Datum ihrer Hochzeit nun endgültig feststand, würde er wieder unheimlich aufgebracht sein.

Mit einem Seufzer sprang Michael aus dem Bett. Je früher er es tat, um so schneller hatte er es hinter sich, sagte er zu sich selbst; er würde nicht zulassen, daß der Gedanke an eine erneute Konfrontation seine gute Laune verdarb.

* * *

In dem Zimmer, das er mit Tierney teilte, stand Daniel am Fenster und schaute hinaus. Ein neuer Tag war angebrochen, und Tierney war immer noch nicht zurück.

Das war natürlich nicht das erste Mal. Tierney schien mit seinen Eskapaden sagenhaft leicht davonzukommen. Onkel Michael schlief so fest wie ein Murmeltier, und so war es Tierney schon mehr als einmal gelungen, im Morgengrauen über das Dach durch das Fenster einzusteigen, ohne daß sein Vater auch nur das Geringste davon merkte.

Doch niemals kam er *so* spät nach Hause, und schon gar nicht an Onkel Michaels freiem Tag, wo dieser den ganzen Vormittag zu Hause war. Diesmal würde er bestimmt Ärger bekommen.

Daniel zuckte zusammen, als er plötzlich ein Klopfen hörte.

Wer würde so früh an die Küchentür klopfen? Bestimmt nicht Tierney! Er würde um keinen Preis die Eingangstür benutzen, wenn er sich nach Sonnenaufgang zurückschlich!

Er hörte Onkel Michaels Stimme, dann eine andere, fremde Stimme.

Noch im Nachthemd, öffnete er die Zimmertür nur so weit, daß er etwas erspähen konnte.

Onkel Michael war bereits angezogen, in Hemdsärmeln sprach er mit einem Mann schwarzer Hautfarbe. Daniel hörte Tierneys Namen und stieß die Tür noch einen kleinen Spalt weiter auf.

„Ja, Sir, das hat Mister Walsh gesagt. Sie sollen sich keine Sorgen machen um ihren Jungen, er wird dafür sorgen, daß er die beste Pflege erhält. Nur kann er jetzt noch nicht transportiert und zu Ihnen nach Hause gebracht werden."

Ratlos stand Daniel da und hörte zu, wie Onkel Michael einige präzise Fragen stellte. Der schwarze Angestellte Walshs wiederholte sich ständig, indem er sagte „er solle sich keine Sorgen machen" und „er könne seinen Sohn gern besuchen kommen, sobald er möchte".

Schließlich ging Daniel in die Küche, während Onkel Michael gerade die Tür wieder schloß. „Was ist los", fragte er fröstelnd, als die Kälte des Zimmers seine nackten Beine erfaßte. „Was ist mit Tierney passiert?"

Onkel Michael wandte sich um; sein Gesicht war bleich und seine dunklen Augen voller Angst und Verwirrung.

„Er ist – verletzt worden – zusammengeschlagen", fügte er in einem bitteren Ton hinzu. „Er befindet sich in Walshs Haus, auf Staten Island."

Verwirrt starrte Daniel ihn an. „Zusammengeschlagen?" wiederholte er verdutzt. „W-wie meinst du das?"

Onkel Michaels Adamsapfel bewegte sich mehrmals nach oben und unten. „Ich weiß es nicht", sagte er mit grimmigem Gesicht, während er seine Hosenträger über die Schultern zog. „Ich weiß es nicht. Aber ich werde es herausfinden. Dessen kannst du gewiß sein."

7. Kapitel

Im Haus des Feindes

Es gibt hier etwas Unfaßliches,
eine Bedrohung, die sich nicht greifen läßt.

Valentin Iremonger (1918 -)

Walshs Anwesen auf Staten Island war so, wie Michael es erwartet hatte: groß in seinem Ausmaß und protzig in seiner Gestaltung. Sara hätte es vermutlich als *geschmacklos* bezeichnet.

Aus weißem Stein, mit rosafarbenen Fensterläden versehen, stand das Haus, zu dem auch ein Wintergarten und ein Stall gehörten, hinter dem Kiesweg, der ihnen als Einfahrt diente. Es grüßte kein Blumenbeet, noch lockerten Büsche das mathematisch exakt angelegte Gelände auf. Die wenigen Bäume, die man sah, schienen erst neu gepflanzt zu sein.

Dieser Ort wirkte so unecht auf Michael, wie er seinen Besitzer einschätzte. Während sein Blick über Walshs Anwesen glitt, wurde Michael bewußt, daß seine Falschheit einer der Gründe war, weshalb er diesen Mann so widerlich fand. Walsh galt nach außen als erfolgreicher Geschäftsmann, doch Michael war auch der Totenkopf nicht verborgen, der hinter dieser Fassade lauerte. Patrick Walsh war ein Betrüger, ein Pirat, der jedoch zu feige war, seine eigene feindliche Flagge zu hissen und stattdessen seine wahren Absichten hinter dem Banner der Ehrbarkeit verbarg.

Von der Überfahrt auf der Fähre durchgefroren, beschleunigte Michael seinen Schritt, während er auf dem gepflasterten Weg zum Haus eilte. Als er an der verzierten Haustür stand, wurde er einen Augenblick lang von einer Welle der Furcht erfaßt. Bis jetzt hatte er kaum an etwas anderes gedacht als an den Zustand, in dem er Tierney vorfinden würde. Die Frage, wie und weshalb sein Sohn verletzt und in Walshs Haus gekommen war, lauerte jedoch in seinem Unterbewußtsein wie ein versteckter Angreifer, der nur den rechten Moment abwartete, um zuschlagen zu können.

Michael wußte, daß er sich dieser Frage schließlich stellen mußte und daß die Antwort gewiß Traurigkeit einschloß. Das ohnehin brüchige Verhältnis zu seinem Sohn konnte leicht noch weitere Risse bekommen.

Doch jetzt durfte er nicht weiter denken als bis hinter diese Tür. Hinter dieser Eichentür wohnte der Mann, der für ihn persönlich in der Reihe korrupter, selbstsüchtiger Betrüger an vorderster Stelle stand – ein Mann, der für die kürzlich gegründete Kommission als Schlüsselfigur des organisierten Verbrechens galt, obgleich dies in der Stadt kaum sichtbar wurde.

Es war mehr als hart, tatsächlich eine bittere Wahrheit, erfahren zu müssen, daß jemand, den er über alle Maßen verabscheute, seinem verletzten Sohn Aufnahme und Beistand gewährt hatte. Seit langem schon betrachtete er Patrick Walsh als einen Feind – als einen Feind des Gesetzes und als einen Feind seines eigenen Volkes, der Iren. Der entscheidende Grund, weshalb er eingewilligt hatte, in jenem Ausschuß mitzuarbeiten, war, daß er glaubte, dadurch die Möglichkeit zu haben, Walsh zur Strecke zu bringen.

Er war fest entschlossen, den Mann zu erledigen und sein korruptes, auf Betrug gegründetes Reich zu vernichten. Doch jetzt – jetzt mußte er Walsh in seinem eigenen Heim gegenübertreten, und sein Sohn lag in Walshs Bett.

Michael schluckte diese Demütigung hinunter und straffte seine Schultern. Tief durchatmend hob er die Hand und klopfte, den verzierten Messingklopfer ignorierend, mit der Faust an die Tür.

* * *

Oben, in dem verschwenderisch eingerichteten Gästezimmer, war Patrick Walsh dabei, Tierney Burke, der erst seit kurzem sein Bewußtsein wiedererlangt hatte, noch einmal zu bearbeiten. Als das Dienstmädchen hereinschaute, um zu melden, daß Captain Burke gekommen war, drehte sich Walsh nicht einmal um, sondern fauchte nur: „Er soll warten. Sag ihm, ich komme gleich."

Das ramponierte Gesicht des Jungen betrachtend, straffte sich Walsh. „Es liegt natürlich völlig an dir. Mir macht es keine Probleme, deinem Vater die Wahrheit zu sagen, daß du in meinem Auftrag zwei Schlepper, die doppeltes Spiel treiben, beschattet hast."

Das linke Auge und der linke Backenknochen des Jungen waren verbunden. Aus dem anderen Auge betrachtete Tierney Walsh mit einer

Mischung aus Schmerz und Zorn. Seine zerschnittenen, angeschwollenen Lippen befeuchtend, gelang es ihm schließlich, etwas zu erwidern „Nein, machen Sie es so, wie Sie gesagt haben", sagte er zähneknirschend.

„Ich denke, so ist es am besten", sagte Walsh erfreut.

Er hielt inne. „Er wird nicht von dir erwarten, daß du dich an jede Einzelheit erinnerst. Du wurdest schließlich schlimm zusammengeschlagen und warst einige Stunden lang bewußtlos."

Der Junge nickte schwach, bevor er das Gesicht zur Wand drehte.

Zufrieden sagte Walsh: „Ich werde deinen Vater holen. Er wartet gewiß darauf, zu sehen, wie es dir geht."

* * *

Michael brauchte keine zehn Minuten, um herauszufinden, daß sowohl Tierney als auch Walsh logen.

Walsh hatte das Reden übernommen.

„Als der Junge nach einer Lieferung an Sheff's Warehouse im Hafen zum Hotel zurückkehren wollte, wurde er überfallen", erläuterte er. „Als er sich wehrte, schlugen ihn seine Angreifer zusammen und ließen ihn auf den Docks liegen. Zwei von meinen anderen Austrägern fanden ihn. Die Jungen wußten sich nicht anders zu helfen, als ihn zur Fähre zu schleppen und hierherzubringen."

Der Mann war aalglatt, gewieft und schwer zu durchschauen; und obgleich die Lieferung tatsächlich stattgefunden haben konnte, gab es in seiner Geschichte dennoch zuviele offene Fragen und Unstimmigkeiten. Außerdem kannte Michael seinen Sohn gut genug, um an seinem ausweichenden Blick zu erkennen, was die Geschichte war – nämlich erlogen.

Walsh schien darauf bedacht, sich in dem Zimmer aufzuhalten, auch nachdem er über einige Einzelheiten bereits zum zweiten Mal berichtet hatte. Tierney sagte kein Wort, mit trüben Augen lag er stumm in seinem Bett und nickte höchstens gelegentlich.

Der Junge war offensichtlich zu schwach, um ein Gespräch führen zu können. Es war jedoch nicht sosehr sein Schweigen, das Michael fertigmachte – es war das heimliche Band, das zwischen Walsh und seinem Sohn zu bestehen und dazu zu dienen schien, Michael auszuschließen. Es war das Band einer sich anbahnenden Verschwörung.

Schließlich ließ Walsh sie allein. Den Stuhl neben dem Bett ignorierend, stand Michael da und starrte auf seinen Sohn hinunter. Der Junge mußte große Schmerzen haben. Sein hübsches Gesicht war zerschnitten und zerschlagen, die Lippen waren aufgeritzt und geschwollen, das linke Auge verbunden. Ein Messerschnitt befand sich in gefährlicher Nähe des Auges, aber Gott sei Dank war das Auge erhalten geblieben.

Walsh hatte zumindest in einem die Wahrheit gesagt: es hätte noch viel, viel schlimmer ausgehen können.

„Jetzt wirst du vielleicht verstehen, warum ich nicht wollte, daß du für einen Mann wie Patrick Walsh arbeitest", sagte Michael zu seinem Sohn. „Du hättest tot sein können. So wie du aussiehst, bist du dem Tod nur knapp entronnen!"

Sofort, nachdem die Worte über seine Lippen gekommen waren, bereute er sie. Das war nicht der rechte Augenblick, über den Jungen zu schimpfen und ihm Vorhaltungen zu machen.

Als Zorn Tierneys Gesicht überschattete, schluckte Michael seine eigene Wut hinunter: „Oh mein Sohn, es tut mir leid! Du hast mir nur so einen Schrecken eingejagt, verstehst du? Auf der Fähre hatte ich die ganze Zeit Angst, dich nur noch tot zu finden, wenn ich drüben ankäme!"

„Es wird alles wieder gut, Vater", murmelte der Junge. „Ich möchte nur nach Hause."

Michael betrachtete ihn genau. „Nach dem, was Walsh berichtet hat, sagt der Arzt, daß du noch einige Tage transportunfähig sein wirst."

Tierney stöhnte. Er versuchte, sich zu drehen und mußte laut keuchen bei dieser Anstrengung.

Michael beugte sich über ihn. Er zögerte einen Augenblick, dann ergriff er die Hand des Jungen. „Du hast bestimmt furchtbare Schmerzen."

Auf einmal versuchte Tierney nicht mehr, den großen Mann zu spielen. Er nickte schwach und klammerte sich an Michaels Hand. „Bitte, Vati, kannst du mich nicht einfach mit nach Hause nehmen? Ich möchte nicht hier bleiben!"

Auch Michael wollte nicht, daß er blieb. Der Gedanke, Walsh verpflichtet zu sein, war mehr, als er ertragen konnte.

„Ich werde alles tun, was in meiner Macht steht, Tierney. Vielleicht kann ich mit dem Arzt sprechen", entgegnete Michael, Tierneys Hand noch immer in der seinen haltend.

Der Junge schaute zu ihm auf.

„Ist es so passiert, wie Walsh es erzählt hat?" Michael hielt den Atem an, während er die Antwort seines Sohnes abwartete.

Ein Hauch huschte über Tierneys Gesicht, so flüchtig, daß Michael ihn kaum wahrgenommen hatte, bevor er wieder verschwand. War es Reue? Er blickte dem Jungen in die Augen und sehnte sich verzweifelt danach, den Jungen zurückholen zu können, der sich immer nur weiter von ihm zu entfernen schien.

Dann war dieser Augenblick vorüber. Tierney entzog seinen Blick den Augen seines Vaters, und als er ihn wieder ansah, hatte wiederum jener dunkle, gequälte, verschlossene Blick den flüchtigen Schimmer von Reue und Traurigkeit ersetzt.

„Du hast gehört, was er gesagt hat."

„Ja, ich habe es gehört", erwiderte Michael, und in seiner Stimme klang bittere Enttäuschung.

Es herrschte Schweigen zwischen ihnen. Michael wollte so gern weitersprechen, Fragen stellen, die Wahrheit herausfinden. Es stand jedoch außer Zweifel, daß der Junge äußerst schwach, und sein Zustand sehr ernst war. Seine Fragen mußten jetzt einfach warten.

„Nun gut", sagte er leise. „Ich werde dich jetzt erst einmal ruhen lassen."

Als er sich aufrichten und Tierneys Hand loslassen wollte, hielt der Junge sie fest. „Du vergißt nicht, mit dem Arzt zu sprechen?"

Michael runzelte die Stirn. „Warum willst du unbedingt nach Hause? Behandelt Walsh dich nicht gut?"

Tierney versuchte, mit den Achseln zu zucken, stattdessen zuckte jedoch ein heftiger Schmerz durch seinen Körper. „Oh doch, damit hat es nichts zu tun. Frau Walsh könnte wirklich nicht netter sein. Mir ist es einfach unangenehm, das ist alles. Ich möchte nicht, daß Leute, die ich kaum kenne, für mich sorgen."

Michael nickte verstehend. „Ja, das ginge mir genauso. Ich verspreche dir, daß ich alles tun werde, was möglich ist. In der Zwischenzeit wirst du ein wenig schlafen. Ich werde bald wiederkommen." Er hielt inne. „Das heißt, wenn du es möchtest."

Wieder trat eine Veränderung in Tierneys Blick, ein kleiner, heller Schimmer jugendlicher Zuneigung, wie ihn Michael schon sehr lange nicht mehr gesehen hatte. Für einen Augenblick mußte er an den kleinen Jungen denken, der sein Sohn einmal war, vor langer langer Zeit. Da verspürte Michael ein dringendes Verlangen, den Jungen in seine Arme zu schließen und an sein Herz zu drücken, erschüttert von einem Gefühl der Liebe und des Verlorenseins.

Und dann war der Augenblick vorüber. Er hatte zu lange gewartet. „Ja natürlich, wenn du kannst", antwortete Tierney müde mit leiser Stimme.

„Komm wieder, wenn du Zeit hast. Mir wird es gutgehen. Du brauchst dir keine Sorgen zu machen.“

Einen Moment später schien der Junge in Schlaf zu versinken. Doch Michael wollte noch nicht gehen. Er ging zu dem hohen, schmalen Fenster auf der anderen Seite des Zimmers und starrte lange Zeit auf das kahle, trostlose Gelände hinaus. Tief beunruhigt über die schweren Verletzungen seines Sohnes, betrübte ihn jedoch noch mehr die Gewißheit, daß sein Sohn ihn belogen hatte.

Ein Teil von ihm schreckte davor zurück, nach dem Warum zu fragen. Er war absolut nicht sicher, ob er die Wahrheit erfahren wollte. Aber eine andere Seite in ihm, und diese war viel, viel stärker, war fest entschlossen, herauszufinden, was Tierney in einen solchen Zustand versetzt hatte – und warum er so entschlossen zu sein schien, sein Geheimnis zu hüten.

Noch ein paar Augenblicke verharrte Michael schweigend. Als er an das Bett zurückging, schlief Tierney noch immer.

Über seinen Sohn gebeugt, tat Michael etwas, was er seit Jahren nicht mehr getan hatte. Mit zarter Hand strich er eine Haarsträhne aus Tierneys Gesicht, dann berührten seine Lippen ganz sanft die Stirn seines Sohnes.

Er konnte den Knoten in seinem Hals nicht einfach hinunterschlucken, konnte nicht hindern, daß seine Augen feucht wurden, als er sich wieder aufrichtete. Während er auf das geschwollene, zerschnittene Gesicht seines Jungen herabsah, ein Gesicht, das selbst im Schlaf angespannt und ängstlich wirkte, drohte Michael beinahe zu ersticken, bei der Erinnerung an einen dunkelhaarigen kleinen Jungen – an einen glücklichen kleinen Jungen, der vor langer, langer Zeit stets mit einem Lächeln auf seinem Gesicht eingeschlafen war.

* * *

Unten in der Diele wurde Michael von einer kleinen, untersetzten Frau mit blondem Haar und einem netten, rundlichen Gesicht aufgehalten. Ihre Augen wirkten freundlich, ihr Lächeln beinahe scheu.

„Captain Burke? Ich bin Frau Walsh. Ich wollte Ihnen sagen, ... wie leid es mir tut wegen Ihres Sohnes. Der Arzt hat aber gesagt, es würde alles wieder in Ordnung kommen.“

Frau Walsh war ganz und gar nicht so, wie es Michael erwartet hatte. Sie war alles andere als die extravagante, wüste Dame, die er sich als Gattin eines Gauners wie Walsh vorgestellt hatte. Ihr Blick war offen, ihre Art bescheiden, und ihre Sorge um Tierney schien echt zu sein.

„Vielen Dank", sagte Michael beklommen. „Es tut mir leid, daß wir Ihnen Unannehmlichkeiten bereiten. Ich werde dafür sorgen, daß der Junge sobald wie möglich nach Hause gebracht wird."

„Oh – bitte nicht!" rief sie und faßte sich mit einer Hand an den Hals. „Es bereitet uns überhaupt keine Umstände, Tierney bei uns zu haben! Ganz bestimmt nicht! Wir sind entsetzt darüber, daß so etwas Furchtbares passieren mußte. Tierney ist so ein feiner junger Mann. Wissen Sie, mein Mann hält sehr viel von ihm, und er fühlt sich verantwortlich."

Während er ihr gutmütiges Gesicht betrachtete, fragte sich Michael, warum sich eine anscheinend so anständige Frau mit einem Schurken wie Walsh eingelassen hatte.

„Verantwortlich?" wiederholte er.

„Jawohl, ja. Schließlich war Tierney im Auftrag meines Mannes unterwegs, als ihm das Unglück zustieß. Bitte glauben Sie keinen Moment, daß sie uns eine Last auferlegen, Captain. Es ist uns eine Freude, ein wenig helfen zu können."

„Das ist sehr nett von Ihnen, daß Sie mir das so sagen, Frau Walsh, und ich danke Ihnen."

Nachdem sie darauf bestanden hatte, daß er auf Mr. Walsh wartete, drehte sie sich um und eilte mit wehendem Rock den Korridor entlang. Während Michael ihr nachsah, wunderte er sich wieder über den schroffen Gegensatz zwischen diesem Mann und seiner Frau.

Sofort kam Patrick Walsh aus der Bibliothek auf der anderen Seite des Flurs. In seinen Händen hatte er etwas, was wie Tierneys Brieftasche und Schlüssel aussah. „Ich dachte, Sie möchten das vielleicht mitnehmen, Captain", sagte er.

Michael fielen Walshs sorgfältig gepflegte, schlanke Finger auf, als er Tierneys Sachen an sich nahm. „Seltsam", sagte er ruhig, während er die Scheine in der Brieftasche durchblätterte, „daß die Schläger nicht daran gedacht haben, ihn auch noch auszurauben."

Walshs fade, haselnußbraune Augen blieben ungerührt. „Ja, das habe ich mich auch bereits gefragt. Vielleicht wurden sie überrascht und mußten fliehen, bevor sie ihre Untat vollenden konnten."

Michael betrachtete den anderen Mann, und es gelang ihm nur mit größter Anstrengung, seine Abscheu zu verbergen. Walsh strömte den Duft von Reichtum und eines bequemen Lebens aus. Groß und schlank, trug er einen maßgeschneiderten Anzug, war glatt rasiert und peinlichst sauber. Seine Krawatte war fachmännisch gebunden und das Hemd schneeweiß. Obgleich man bei näherem Hinsehen einige silberne Fäden in seinem sandfarbenen Haar entdecken konnte, wirkte seine Erscheinung insgesamt jugendlich und beinahe elegant. In seiner Gegenwart fühlte sich Michael primitiv, fast wie ein Trampel.

Nichts in dem sorgfältig gepflegten Äußeren dieses Mannes ließ auch nur den geringsten Hinweis auf seine irische Abstammung zu. Ebensowenig, dachte Michael bitter, fand man äußerlich irgend einen Hinweis auf den wahren Charakter dieses Schurken – wenigstens, solange man nicht in seine Augen sah.

Klein und fahl, schienen sie sich kaum zu bewegen, wie blasse, kalte Murmeln. Regungslos, ohne jedwedes Blinzeln oder Zwinkern, waren es unbarmherzige Augen – leer und gefühllos.

Wie die Augen einer Schlange ...

Plötzlich überlief Michael ein kalter Schauer, und er fröstelte. Noch einmal begegnete er dem kalten Schlangenblick, und er spürte, wie etwas – ein Schuß des Bösen, ein Pfeil der Feindschaft – zwischen ihnen stand.

Ohne daß sich sein Gesichtsausdruck auch nur im geringsten veränderte, sagte Walsh: „Sie haben einen feinen Sohn, Captain. Er ist einer meiner verläßlichsten Jungs."

Michael bestätigte seine Worte nur mit einem kurzen Kopfnicken.

„Ich weiß, daß Sie völlig aufgelöst sind wegen dieses Unheils, das geschehen ist", fuhr Walsh fort, der Michaels Schweigen einfach ignorierte. „Ich versichere Ihnen, daß ich alles tun werde, was in meiner Macht steht, um herauszubekommen, wer sich dahinter verbirgt. Die Schuldigen werden dafür büßen."

Der Mann war ein vollendeter Lügner – ein Schauspieler und ein Heuchler.

Eine Woge des Abscheus erfaßte Michael. Bewußt vermied er es, seine Hände zur Faust zu ballen, aus Angst, er würde Walsh in sein verlogenes Gesicht schlagen.

Steif vor Zorn, begegnete er dem teilnahmslosen Blick des anderen. „Ja", sagte er kurz angebunden, „gewiß, sie werden büßen."

Dann wandte er sich um und hatte nur noch den einen sehnlichen Wunsch, Walsh und sein kaltes, geschmackloses Haus zu verlassen.

8. Kapitel

Die Träume eines Kindes

Mein Leben ist wie ein Traum.
Ich weiß nicht, wie es begann,
Noch weiß ich kaum,
Was für mich es ersann.

Monk Gibbon (1896 -)

Dublin

In ihrem Hauskleidchen stand Finola vor dem Spiegel und lächelte sich selbst zu, während sie ihr Haar bürstete. Flecky, die schwarz-weiße Katze, der sie ein Zuhause geschenkt hatte, saß auf ihrem Bett und beobachtete mit ihren ernsten grünen Augen jede ihrer Bewegungen.

Augen, die so grün waren wie die des Seanchai ...

Bei dem Gedanken an den großen Dichter, der ihr Freund geworden war, hielt Finola mitten im Bürsten inne. Ihr Herz hüpfte vor Freude, wenn sie an die Stunden dachte, die vor ihr lagen. Bald würde Sandemon eintreffen, um sie abzuholen, denn sie war für diesen Abend nach Nelson Hall eingeladen. Würde der *Seanchai* ihn heute begleiten? In letzter Zeit saß er oft in dem Wagen, wenn Sandemon sie abholte, trotz der Anstrengung, die ihm das Ein- und Aussteigen aus seinem Rollstuhl bereitete.

Es gefiel Finola überhaupt nicht, daß er sich um ihretwillen soviel Mühe machte. Doch dann schien es ihr, als kannte die Freundlichkeit des Mannes keine Grenzen. Stets hatte er eine Überraschung vorbereitet, wenn sie zu Besuch kam; manchmal war es ein kleines, aber ganz besonderes Geschenk, das auf sie wartete, ein anderes Mal war sie zu einem bestimmten Anlaß geladen, aber auf jeden Fall dachte er sich stets etwas aus, das ihr Freude bereiten sollte.

Einmal hatte der *Seanchai* zu ihrer Unterhaltung einen Pantomimen eingeladen, ein anderes Mal hatten zwei Schwestern so wunderbar in verschiedenen Sprachen im Duett gesungen! Doch seine letzte Überraschung hatte alles andere weit übertroffen. Der Seanchai hatte selbst ein Gedicht geschrieben über die Prinzessin Finola, die Tochter des sagenumwobenen König Lir, hatte es vertont – und ihr vorgesungen!

Bei der Erinnerung an seine volltönende, warme Stimme, an seine großen Hände, die auf der alten Harfe spielten, an das sanfte Lächeln in seinen Augen, als er für sie gesungen hatte, mußte Finola die Augen schließen und ihre Arme um sich schlingen, damit ihre Freude nicht überfloß. Er war so unendlich lieb und freundlich zu ihr gewesen, dieser große, rauhe Mann mit dem zärtlichen Herzen. Morgan Fitzgerald hatte sie in den Monaten, seitdem sie Annie Delaney zu seiner Tür gebracht hatte, zu einem Freund und gern gesehenen Gast in seinem großartigen Anwesen gemacht. Er behandelte sie, als wäre sie eine vornehme Dame und nicht ein heimatloses, stummes Mädchen ohne Erinnerung – und ohne Namen.

Nachdem sie die Bürste auf die Frisierkommode zurückgelegt hatte, zog Finola das neue, blaue Kleid an, das Lucy ihr gekauft hatte. Flecky miaute,und Finola setzte sich zu ihr auf das Bett. Sofort sprang die Katze auf Finolas Schoß und fing erwartungsvoll zu schnurren an.

Finola knöpfte das Oberteil ihres Kleides zu, bevor sie Fleckys samtiges Fell zu streicheln begann. Schon bald dachte sie darüber nach, wie sich ihr Leben seit ihrer ersten Begegnung mit Annie Delaney verändert hatte. Sie hätte nicht einmal ahnen können, daß die geängstigten Schreie eines Kindes auf der Straße ihr am Ende den Weg in eine neue Welt bahnen würden!

Gott war so gnädig, daß er sie nach Nelson Hall, zu diesen großzügigen, neuen Freunden geführt hatte, die soviel Interesse für sie zeigten. Zuweilen war es Finola beinahe, als hätte sie schließlich wieder eine Familie – eine Familie, zu der sie gehörte!

Gemma und die anderen Frauen waren in all den Jahren gewiß freundlich zu ihr. Sie hatten sie aufgenommen, als sie krank und hilflos war, hatten sie gesundgepflegt, ihr Kleidung und sogar ein eigenes Zimmer gegeben – ja, sie hatten sie gewiß verwöhnt und verhätschelt, als wäre sie ihre kleine Schwester und nicht die Fremde, die sie eigentlich war.

Mit dem *Seanchai* und den Leuten, die zu seinem Haushalt gehörten, fühlte sie sich jedoch auf eine ganz andere Art und Weise verbunden. Sie fühlten sich alle verbunden, weil sie gemeinsam einer größeren Einheit angehörten. Der *Seanchai* selbst, Annie, Sandemon – und jetzt auch noch Schwester Louisa, die strenge Nonne, für die Finola sehr schnell Zuneigung und Respekt entwickelt hatte, – sie alle gehörten zur Familie Gottes. Sie liebten Gott und waren bestrebt, ihm zu dienen – und das machte sie, wie der Seanchai ihr gesagt hatte, zu einer Familie im wahrsten Sinne des Wortes.

Eines Tages, als ihre Freundschaft noch neu war, hatte Finola versucht, eine weitere Einladung abzulehnen, aus Scheu, Unsicherheit und Angst, ihnen zur Last zu fallen. Da hatte der *Seanchai* ihre Hand genommen, kurz und zögernd, wie es seine Art war, und gesagt: „Finola, du bist uns keine Last. Du gehörst zu uns, als Mitglied der Familie, zu der Gott uns gemacht hat", hatte er ihr weiter erklärt, und zu dieser Familie gehörten auch Annie und die Schwester und der lächelnde Sandemon, der mit seiner Hand eine einladende Geste vollführte. „Wir sind seine Kinder. Und wie wir in Gott ... verbunden sind, so sind wir auch verbunden mit dir."

Während sie noch immer das Kätzchen streichelte, schloß Finola die Augen und stieß einen tiefen Seufzer aus. Seit kurzem wurde der Wunsch in ihr immer stärker, eine Identität zu haben, die sie in die neue Familie einbringen konnte. Einen Namen, eine Vergangenheit – wenigstens den Rest einer Erinnerung an das, wer sie war und wo sie herkam.

Solange sie ... unvollständig ... war, würde sie sich von den anderen unterscheiden. Ganz gleich, was der *Seanchai* auch sagte, sie konnte nicht so sein wie sie. Selbst Annie, ausgestoßen und unerwünscht, hatte einen Namen, erinnerte sich daran, wo sie herkam, kannte ihre Vergangenheit. War eine unglückliche Vergangenheit nicht besser als überhaupt keine Vergangenheit? Doch so sehr sie sich auch zu erinnern versuchte, die *dunkle Zeit* blieb für sie verschlossen – eine dunkle, leere Höhle, öde und unergründlich.

Als sie so dasaß und grübelte, brach in ihrem Inneren eine Flut von Gefühlen auf. In Augenblicken wie diesen, wenn sie sich zu erinnern versuchte, wurde sie von einer großen Furcht erfaßt, die sie zu warnen und zurückzuhalten schien.

Trotz dieser dunklen Vorahnungen wurde tief in Finolas Seele jenes Verlangen immer größer – sie *mußte* es wissen. Sie sehnte sich danach, einen Namen zu haben, einen vollständigen Namen wie andere, einen Namen, der sie als *Person* identifizierte.

Meist fühlte sie sich etwas verwirrt, als schwebte ihr Leben zwischen der Wirklichkeit, die sie kannte, und einem Traum, an den sie sich nicht mehr erinnern konnte. Sie hatte den brennenden Wunsch, vollständig zu sein, nicht nur um ihrer selbst willen, sondern auch um der anderen willen – für ihre neue Familie, und ganz besonders für den *Seanchai.*

Sie war dabei, ihn kennenzulernen, die großen und die kleinen Dinge an ihm, das Sichtbare und das Versteckte in seinem Wesen, das ihn so vollkommen und einzigartig zu dem machte, was er war. Er schien auch *sie* kennenlernen zu wollen, und Finola *wünschte* sich, daß er sie kennenlernte, wünschte es sich so sehnsüchtig, daß sie es selbst nicht verstand.

Aber wie *sollte* er sie kennenlernen, wenn sie sich nicht einmal *selbst* kannte?

Fleckys rauhe, kleine Zunge leckte einmal an Finolas Handgelenk, dann noch einmal. Sie schaute zu ihrem kleinen Freund hinunter. Die Katze war beinahe eingeschlafen, zusammengerollt wie ein warmes, zufriedenes Bällchen. Finola fuhr fort, das Kätzchen zu streicheln, und beinahe beneidete sie es um seinen unschuldigen Frieden und seine Geborgenheit.

War es so, ein Kind zu sein? Man wurde festgehalten, lag im Schoß seiner Mutter, warm und erwünscht, beschützt und geliebt?

Sie dachte an Annie – die wunderbare Annie, mit ihrem glühenden Eifer für das Leben und ihre brennende Liebe für den *Seanchai.* Annie war ein verstoßenes Kind, hatte der *Seanchai* gesagt, man hatte sie mißhandelt und hinausgeworfen, wie ein unerwünschtes Ding, ein streunendes Tier.

Doch das hatte sich geändert, denn der *Seanchai* hatte sie bei sich aufgenommen und ihr ein schönes Zuhause gegeben. Und jetzt war er sogar dabei, Annie als sein Kind zu adoptieren, ihr seinen Namen zu geben und das offizielle Recht, sein Erbe zu werden. Annie war wirklich ein Glückskind!

Plötzlich sah sie in Gedanken das Gesicht des *Seanchai* vor sich, sein kräftiges, zerfurchtes Gesicht mit den verwundeten Augen. Wie schon zuvor, wunderte sich Finola auch jetzt wieder, weshalb so ein großherziger, freundlicher Mann keine Frau und keine Kinder hatte.

Seine Verwundung hatte er sich erst kürzlich zugezogen, hatte Sandemon ihr erzählt. Was war jedoch, *bevor* er verwundet wurde? Hatte es nie eine Frau gegeben, mit der er sein Leben teilte? Der Rollstuhl würde einer Frau, die sein wunderbares Herz kannte, gewiß nichts ausmachen! So ein Mann sollte eine Frau haben – und Kinder, die seine Welt erwärmten und die großen, leeren Räume von Nelson Hall mit ihrem glücklichen Lachen erfüllten.

Kinder! Eine Woge großer, schmerzlicher Traurigkeit hatte Finola wiederum eingeholt. Sie wünschte, sie könnte sich daran erinnern, daß sie ein Kind war, daß sie einen Vater und eine Mutter hatte. Ihre Kindheit – wie glücklich oder unglücklich sie auch immer gewesen sein mochte – schien ihr für ewig verlorengegangen zu sein. Sie wußte es nicht, was es bedeutete, ein Kind zu sein. Sie konnte sich nicht erinnern ... und sie fürchtete, daß ihre Erinnerung auch niemals wiederkäme.

* * *

Am Abend dieses Tages klagte Annie Delaney in der marmorgefliesten Diele von Nelson Hall Sandemon ihr jüngstes Leid.

„Wird die Schwester etwa alle Mahlzeiten gemeinsam mit uns einnehmen? Ich dachte, sie wäre eine *Angestellte*, und kein Glied unserer Familie."

„Die Schwester", erwiderte Sandemon, „wird meistens mit den Schülern zu Abend essen, sobald wir noch mehr Schüler haben außer den O'Higgins-Zwillingen. Im Augenblick ißt sie jedoch mit uns."

Er ignorierte ihr gemurmeltes Mißfallen und betrachtete sie eingehend. Das Kind trug eine ansehnliche, dunkle Wolle; noch dunkler allerdings war ihr Blick. Ihr widerspenstiges, dunkles Haar war inzwischen lang gewachsen und zu dicken Zöpfen zusammengefaßt, damit sie etwas gepflegter aussehen sollte. Allen Bemühungen zum Trotz machten sich jedoch immer wieder einige hartnäckige Strähnen selbständig und hingen ihr an den unmöglichsten Stellen ins Gesicht. Irgendwie schien es einfach nicht gelingen zu wollen, aus diesem Mädchen eine junge Dame zu machen.

Inzwischen hatte er sich an Annies spitze Bemerkungen gegenüber Schwester Louisa gewöhnt. Sie verpaßte kaum eine Gelegenheit, ihre ablehnende Haltung der Nonne gegenüber kundzutun und hatte sogar schon einige unglaubliche, versteckte Anspielungen auf den Charakter der Nonne gemacht. In Wahrheit lehnte das Kind nicht so sehr Schwester Louisa ab, sondern vielmehr die Disziplin, die sie mühelos in Nelson Hall und bei seinen Bewohnern durchgesetzt hatte.

Die Schwester hatte nicht lange gezaudert, sich selbst zur „Chefin", wenn nicht des gesamten Anwesens, so doch zumindest der Schule zu machen. Sogar Sandemon fand die endlosen Regeln der Frau zuweilen sehr anstrengend. Die Tatsache, daß sie so unnachgiebig auf der Einhaltung der Regeln bestand, würde sich jedoch am Ende zweifellos positiv auf die Schüler auswirken, und ganz besonders auf Annie.

Zugegebenermaßen waren er und der *Seanchai* in puncto Disziplin eher nachlässig, hatten das Kind vielleicht sogar zu sehr verwöhnt. Diese kleine Range, ihre Fee aus den Straßen von Belfast, war ihnen bald ans Herz gewachsen. Von ihrem Stiefvater mißbraucht und von der Mutter verstoßen, hatte sie sich auf den Weg nach Dublin gemacht, um Irlands rebellischen Dichter und den Held ihrer Kindheit zu suchen – Morgan Fitzgerald.

Kurzum, Annie Delaney eroberte das Herz dieses großen Mannes – und auch Sandemons. Der *Seanchai* liebte das Mädchen so sehr, daß er im Augenblick gerade einen Rechtsstreit führte, um sie als seine Tochter adoptieren zu können. Sandemon seinerseits hatte zwar versucht, sie mit straffer Hand zu führen, aber es brauchte nicht viel mehr als ein Zittern ihrer Lippen oder ein Lächeln aus ihrem Mund mit den lückenhaften Zahnreihen, und sein Herz wurde weich. Kein Wunder, daß das Kind sehr bald erkannt hatte, welche Gewalt sie über die beiden Männer ausüben konnte!

Ihre altklugen Manieren, die sowohl er als auch der *Seanchai* so reizend fanden, schienen Schwester Louisa jedoch nicht im geringsten zu beeindrucken. Die Nonne hatte von Anfang an klargestellt, daß es für Annie Delaney keinerlei Ausnahmen geben werde, mochte der *Seanchai* sie noch so abgöttisch lieben. Wie vorauszusehen war, hatte das Kind mit Groll reagiert, und die Beziehung der beiden gestaltete sich bis jetzt als ständiges Aufeinanderprallen zweier ungewöhnlich reger Geister und ihres unbeugsamen Willens.

Jetzt, als sein Blick das scharf geschnittene, koboldhafte Gesicht streifte, gelang es Sandemon, ein Lächeln zu unterdrücken. „Du solltest wissen, daß der *Seanchai* ein äußerst fortschrittlicher, freiheitlich gesinnter Arbeitgeber ist. Er ermutigt seine Angestellten – wie Schwester Louisa und mich – mit der Familie an einem Tisch zu speisen."

„Ja, bei *dir*, Sand-Mann, das ist völlig in Ordnung!" erklärte das Kind. „Du bist schließlich kein gewöhnlicher Angestellter – du gehörst beinahe zur Familie. So wie ich. Die Schwester ist jedoch nur eine *Lehrerin*! Oder?"

Sandemon mußte sich beherrschen, um nicht loszulachen und neigte den Kopf. „Vielen Dank, Kind, daß du mich zur Familie zählst", sagte er trocken. „Doch wir beide wissen genau, daß die Leute entsetzt wären, wenn sie mich an eurem Tisch essen sähen. Gewiß verdient Schwester Louisa eine solche Freiheit viel eher als ich. Außerdem findet der *Seanchai* sie interessant und ..."

„... *geistig stimulierend*", beendete das Kind den Satz mit verdrießlicher Miene. „Obwohl ich nicht verstehe, weshalb. Sie scheinen oft zu streiten!"

„Sie streiten nicht", korrigierte Sandemon. „Sie *diskutieren.*"

Annie holte tief Luft. „Nun, sie bildet sich zuviel ein, denke ich. Es ist offensichtlich, daß der *Seanchai* sich viel lieber mit *Finola* unterhält als mit einer strengen, alten Nonne. Und wenn man sieht, wie sie seine Zeit beschlagnahmt!"

Wieder mußte Sandemon im stillen darüber lächeln, wie die kleine Range immer mehr in Fahrt geriet.

„Bestimmt hat er deswegen Finola in die Bibliothek gebeten, damit die Schwester sie nicht stören kann." Sie hielt inne und verzog schmollend den Mund. „Und ich glaube, *das* ist auch nicht fair, Finola einfach für sich allein zu beanspruchen. Schließlich wollte sie auch *mich* besuchen, nicht nur den *Seanchai*!

Tadelnd zog Sandemon die Augenbrauen hoch. „Es ist unverschämt und kindisch, so etwas zu sagen. Der *Seanchai* hat mir erklärt, daß er mit Miss Finola über eine sehr wichtige Angelegenheit sprechen und deshalb ungestört sein müsse."

Wie erwartet, hatten seine Worte das Interesse des Kindes geweckt. Die Bockigkeit in ihren Augen wurde sofort von ungezähmter Neugier abgelöst. „Was meinst du, Sand-Mann, worüber werden sie sprechen?" Sie bewegte sich auf ihren Fußballen hoch und nieder, als würde sie bald platzen. „Weißt du es?"

„Nein, ich weiß es *nicht*", sagte er fest. „Und selbst wenn ich es wüßte, würde ich es einem neugierigen Kind nicht anvertrauen."

Wieder machte sie ein verdrießliches Gesicht. „Wie viele Male muß ich denn noch sagen, daß ich *kein* Kind mehr bin?"

„Unzählige Male, fürchte ich, solange du darauf beharrst, dich wie ein Kind *aufzuführen*", antwortete er beschwichtigend. „Und jetzt, junges Fräulein, wollen wir uns um die Pferde kümmern, während der *Seanchai* und Miss Finola sich unterhalten. Komm mit."

In Annies dunklen Augen blitzte der Schalk. „Vielleicht will der *Seanchai* Finola um Rat fragen, wie man Schwester Louisa am besten wieder loswerden kann", bemerkte sie keck und fing an zu grinsen.

„Du bist ein unverschämtes Kind", sagte Sandemon, nahm sie bei der Hand, und ging mit ihr zur Tür. „Ich werde jede Anstrengung der Schwester, dich zu zähmen, würdigen."

„Du willst die Schwester ermutigen, meinen Lebensmut zu brechen?" erwiderte sie scharf und warf ihre Zöpfe zurück.

Sandemon zog warnend eine Augenbraue nach oben. „Ich werde die Schwester ermutigen", sagte er so ernst, wie es ihm angesichts ihres hämischen Grinsens möglich war, „deine schlechten Gewohnheiten zu brechen, und zwar so schnell wie möglich – zu unser aller Nutzen."

* * *

Annie wußte, daß Sandemon nur so tat, als sei er böse auf sie. Der schwarze Mann war selten wirklich verärgert, es sei denn, sie hatte wirklich etwas *Sündhaftes* getan.

Während er ihren negativen Gefühlen gegenüber Unduldsamkeit vorspiegelte, vermutete Annie, daß Schwester Louisa auch Sandemon manchmal zur Verzweiflung brachte.

Und wen brachte sie nicht zur Verzweiflung? Unglaublicherweise war es der Nonne sogar gelungen, Fergus zu terrorisieren. Sie hatte begonnen, dem gewaltigen Wolfshund Disziplin beizubringen, und zu Annies Bestürzung schien er ihr zu gehorchen. Ja, der große, wild aussehende Wolfshund wurde jedesmal zu einem unterwürfigen Welpen, wenn die Nonne in Sicht kam!

Vielleicht war es doch noch nicht zu spät. Fergus hatte schließlich noch genug schlimme Gewohnheiten, die die Nonne entnerven konnten. Und vielleicht könnte Annie ihn ein bißchen ermutigen ... in der falschen Richtung ...

Annie fragte sich, wo der Wolfshund hingegangen war. Meist, zu den seltenen Gelegenheiten, wenn der *Seanchai* ihn aus der Bibliothek hinausbeorderte, kam er zu Annie, und sie mußte mit ihm spielen. Heute abend war er jedoch kurz nach dem Abendessen verschwunden, und Annie hatte ihn seitdem nicht wieder gesehen.

Gewiß schmollte er oben in ihrem Schlafzimmer, enttäuscht darüber, daß der *Seanchai* und Finola ihn nicht eingeladen hatten, den Abend bei ihnen zu verbringen.

Da Annie den Hund verstehen konnte und Mitleid mit ihm hatte – auch *sie* schien heute abend niemand haben zu wollen – stapfte sie nach oben, um ihm Gesellschaft zu leisten.

Wenn sie geglaubt hatte, ihn in ihrem Schlafzimmer zu finden, so hatte sie sich geirrt. Enttäuscht verließ sie das Zimmer und wollte wieder nach unten gehen.

Während sie den Flur entlanglief, hörte sie einen leisen Ton aus dem Zimmer der Nonne. Die Tür stand einen Spaltbreit offen, und Annie blieb neugierig stehen.

Sie trat einen Schritt zurück, drückte sich mit dem Rücken gegen die Wand und blickte verstohlen in beide Richtungen des Flurs. Es schien niemand da zu sein, so daß sie leise – ganz leise – einen Schritt oder zwei auf die Tür zu wagte.

Ein leises Knurren drang an ihr Ohr – es war die unverkennbare Stimme des Wolfshundes. Doch was wollte er bloß in Schwester Louisas Zimmer?

Von Neugier übermannt, reckte Annie ihren Hals und spähte durch den Türspalt.

Fergus lag am Kamin, die Vorderpfoten ausgestreckt, den Schwanz in spielerischer Haltung aufgerichtet. In seinem großen Maul hielt er etwas leuchtend Rotes. War das ... konnte das ...?

Annie schaute angestrengt auf den roten Gegenstand. Ja, es war ein Strumpf.

Ein roter Strumpf! Einer von Schwester *Louisas* Strümpfen? Aber Nonnen – auch solche Nonnen wie diese Schwester – trugen *keine* roten Strümpfe! *Oder?*

Fergus, das edle Tier, schien angestrengt darauf herumzubeißen, als wolle er dieses Ding ein für allemal vernichten.

Annies Herz pochte vor spitzbübischem Vergnügen. *Fergus, guter Junge!* lobte sie ihn im stillen. Das war großartig, einfach großartig! Der Wolfshund, ihr Geschenk an den *Seanchai* war in das private Reich dieser schrecklichen, *lästigen Nonne* eingedrungen und hatte begonnen, das Eigentum der Schwester zu vernichten. Das könnte der endgültige Schlag sein, der die Schwester dazu veranlaßte, ihre Koffer zu packen.

Annie beobachtete ihn noch einen Augenblick länger und gratulierte sich selbst zu ihrer Scharfsinnigkeit und dem Hund zu seinem Einfallsreichtum. In der Absicht, Fergus seinem zerstörerischen Werk zu überlassen, hatte sie sich schließlich zum Gehen gewandt, als ein anderer Laut sie innehalten ließ.

Es war ein Lachen – ein leises, melodisches, atemloses Lachen. Und es drang aus dem Zimmer hinter der halb geöffneten Tür!

Annie vergaß völlig, daß sie herumspionierte und zwängte sich in die Tür. Ihr Blick wirbelte von Fergus, der am Kamin lag, zu einer anderen Gestalt auf dem Vorleger, kaum einen Meter von dem Hund entfernt.

Dort, auf dem Teppich vor dem Kamin, kniete Schwester Louisa, doch betete oder meditierte sie nicht! Nase an Nase mit dem Wolfshund, zog sie am anderen Ende des leuchtendroten Strumpfes.

Der Hund grinste über das ganze Gesicht. Die Haube der Nonne saß schief, und sie lachte wie eine Fabrikarbeiterin. Der Hund und die Schwester amüsierten sich ausgelassen bei ihrem „Tauziehen", wozu sie einen langen, roten Strumpf benutzten – denselben Strumpf, von dem Annie frohlockt hatte, daß er der Gegenwart der Schwester auf Nelson Hall ein Ende setzen würde.

Als Annie die beiden beobachtete, ließ Fergus sein Ende los, und Schwester Louisa kullerte nach hinten. Unter ihrem schwarzen Gewand lugten zwei Füße hervor – der eine ein richtiger Fuß, wie ihn alle Menschen haben mit fünf Zehen daran, der andere mit einem roten Strumpf bekleidet, dem gleichen wie ihn Fergus gerade kaputtzumachen begonnen hatte.

Annie war sprachlos. Sie wußte kaum, was sie mehr entsetzte, der Anblick eines echten „Nonnenfußes" oder der verbotene rote Strumpf.

Während sie verblüfft dastand, beugte sich der Wolfshund über Schwester Louisa und begann ihr das Gesicht zu lecken. Hilflos lachend, lag die Nonne auf dem Fußboden und umarmte den großen grauen Kopf des Hundes.

Immer noch unentdeckt, schlich Annie sich leise von der Tür und ging den Flur hinunter zu ihrem eigenen Zimmer. Es schien, als sei die *lästige Nonne* fest entschlossen, lange, lange Zeit in Nelson Hall zu bleiben.

9. Kapitel

Finolas Klage

Auf den Wassern von Inisfail, treibt Fianoula, ein Schwan.
Wehklagend stimmt er sein Schicksalslied an.

John Todhunter (1839-1916)

Im Dämmerlicht der geräumigen Kapelle von Nelson Hall saß Morgan in seinem Rollstuhl auf dem Gang; in der Bankreihe neben ihm hatte Finola Platz genommen, dann Annie. Er freute sich selbst auf die Überraschung, die er für heute abend vorbereitet hatte.

Weil Finola die Musik so leidenschaftlich liebte, hatte Morgan den hochbegabten Organisten der St. Patricks Kathedrale sowie eine bekannte Altistin aus Dublin gewonnen, auf Nelson Hall ein Privatkonzert zu geben.

Die Orgel der Kapelle galt als eine der besten von Dublin. Gegen Ende des siebzehnten Jahrhunderts eingebaut, als Nelson Hall bereits etwa fünfzig Jahre bestand, war sie von Generation zu Generation sorgfältig gepflegt worden. Nur die ältesten Kathedralen Dublins konnten eine noch ältere Orgel ihr eigen nennen.

Die Kapelle selbst war ein beeindruckendes Bauwerk. Für etwa einhundert Personen konzipiert, war sie ein stilles Heiligtum aus handgearbeiteten Eichenschnitzereien, Stein und Marmor. Außer dem Abendmahlsgerät und einem einfachen Holzkreuz hinter dem Altar, das Morgan hinzugefügt hatte, hatte er alles genauso belassen, wie es war. Sein Wunsch war, daß die Kapelle zu einem einladenden Gotteshaus für Schüler aller Denominationen wurde.

Als er sah, wie sich die dunkelhaarige Altistin dem kleinen Publikum zuwandte, lächelte Morgan voller Vorfreude. Wie er es gewünscht hatte, begann die Sängerin, mit ihrer samtweichen Stimme als erstes das Lied vorzutragen, das er vor einigen Wochen für Finola geschrieben hatte.

Finola sah ihn an, und ihr Gesicht strahlte vor Überraschung und Vergnügen. Morgan drückte sanft ihre Hand, und sein Herz erwärmte sich an ihrer offensichtlichen Freude.

So taktvoll wie möglich beobachtete er, wie sie auf den Vortrag reagierte. Er hatte den Text frei nach einer alten griechischen Sage aus Milet gestaltet – „Die Kinder des Königs Lir", eine der *Drei traurigen Geschichten von Erin.*

Die Söhne von König Lir und Finola, seine einzige Tochter, wurden allesamt Opfer ihrer eifersüchtigen Stiefmutter. Überzeugt, daß ihr Gatte seine Kinder mehr liebte als sie, befahl Eva, die Stiefmutter, die vier jungen Leute zum Lake Derravaragh, einem See im Herzen Irlands, wo sie die Kinder eines nach dem anderen mit dem Zauberstaub eines Druiden (keltischer Priester aus heidnischer Zeit; Anm. d. Ü.) berührte. Sofort wurden sie in wunderschöne, schneeweiße Schwäne verwandelt. Neunhundert Jahre würde der Zauber währen, und sie waren jeweils dreihundert Jahre auf die Wasser von Lake Derravaragh, Sea of Moyle und Inish Glora verbannt.

Zu spät entsetzt über das Grauen, das sie angerichtet hatte, versuchte die Stiefmutter, ihr Leiden zu erleichtern, indem sie ihnen die menschliche Sprache erhielt und die Gabe verlieh, eine so liebliche, wehmütige Musik zu machen, daß ihr Lied jeden, der es hörte, beruhigen würde. Nach der Sage stimmten der schöne Schwan Finola und ihre Brüder jahrhundertelang wehklagend ihr trauriges Lied an, bis eines Tages Kemoc, ein Anhänger des Heiligen Patrick, auf Inish Glora eine Kirche baute. Als sie zum erstenmal den Klang der Glocken dieser christlichen Kirche hörten, verwandelten die verzauberten Schwäne ihren Gesang in ein Lied der Freude. Kemoc nahm sie unter seine Obhut, erzählte ihnen von dem einen wahren Gott und seinem Sohn und führte sie zum Frieden mit Gott.

Als Morgan sah, wie gefesselt Finola von der Musik war, hielt er weiter ihre Hand, während sie zuhörten. Wie immer war sie in der Musik verloren, weit weg von der Wirklichkeit, schien sie völlig darin aufzugehen. Auf ihren großen, blauen Augen lag ein Glanz, der beinahe an eine Verzückung erinnerte, und die Muskeln an ihrem langen, schlanken Hals vibrierten im Einklang mit der Sängerin, als ob Finola versuchte, stumm zu singen.

Vieles in der zarten Schönheit und dem anmutigen Äußeren des Mädchens erinnerte an einen verzauberten Schwan, dachte Morgan. Wie jenes liebreizende Wesen in der Sage war Finola ihrer Identität beraubt. Ihre Erinnerung, ihr Zuhause – alles, was ihr einst lieb und vertraut gewesen sein mußte – existierte für sie nicht mehr. Ihrer Familie, ja sogar ihres Namens beraubt, wurde sie verstoßen, in eine grausame Existenz verbannt, wo es nur noch Fremde für sie gab.

Traurigkeit erfüllte Morgans Herz, als er das Mädchen an seiner Seite betrachtete. Der Schwan in der Sage hatte wenigstens seine Stimme behalten, eine Stimme, die sprechen, singen und beten konnte. Finolas einzige Stimme war jedoch das stumme Lied, das aus der Tiefe dieser himmelblauen Augen strahlte.

* * *

Später, in der Bibliothek, saßen Morgan und Finola sich am Kamin gegenüber. Draußen war es dunkel, und die schweren, rosaroten Vorhänge waren vorgezogen. In dem großen Kamin, der beinahe eine ganze Wand des Zimmers einnahm, fauchte und loderte das Feuer. Kerzen brannten, und ihr sanftes Licht tauchte den Raum in einen goldenen Schimmer.

Morgan fand es unerwartet schwierig, die Frage anzuschneiden, über die er mit Finola sprechen wollte. Die Schönheit des Mädchens hätte selbst einem Singvogel die Sprache verschlagen. In einem einfachen blauen Kleid, das Morgan zum erstenmal sah, saß Finola auf ihrem Stuhl und starrte wie verzaubert in das Feuer. Ihr wunderschönes Haar, das beinahe bis an ihre Taille reichte, wurde vom Feuer beschienen und erstrahlte jetzt in einem silbrig-goldenen Glanz.

Als spürte sie seinen Blick, wandte Finola sich plötzlich um und betrachtete ihn mit einem fragenden Lächeln. Nicht zum erstenmal spürte Morgan ein schmerzliches Bedauern und eine Sehnsucht, die er vergeblich glaubte. Obgleich er sich der Tatsache gestellt hatte, daß er für sie niemals mehr als ein Freund oder Bruder sein konnte, rief die reizende Finola dennoch eine Zuneigung, ein Verlangen in ihm wach, wie er es bei keiner anderen Frau außer Nora Kavanagh gespürt hatte.

Er war überaus fürsorglich gegenüber diesem schönen jungen Mädchen, beinahe wie besessen um ihre Sicherheit und ihr Wohlergehen besorgt. Doch gab es immer wieder auch Augenblicke, wo er mit aller Kraft dagegen ankämpfen mußten, sich nicht in Gedanken in dem phantastischen Blau dieser Augen zu verlieren oder sich vorzustellen, wie es wäre, sein Gesicht in dem herrlichen goldenen Haar zu bergen.

Beschämt über dieses verbotene – und wie er glaubte nutzlose – Sehnen, spürte er, wie sein Gesicht brannte und wandte sich ab.

Die Unterschiede zwischen ihnen waren einfach zu groß, um irgend etwas anderes außer Freundschaft zu gestatten, ganz gleich, wie sehr er sich insgeheim nach mehr sehnte. Erstens war er zweifellos um Jahre älter als Finola, und obgleich das normalerweise nicht unbedingt einen

Hinderungsgrund darstellte, war ihrer beider Situation alles andere als normal.

Es bestand kein Zweifel daran, daß sie ihm vertraute, und er glaubte tatsächlich, daß sie ihm zumindest ein wenig Zuneigung entgegenbrachte. Zuweilen erschien ihm das Mädchen *zu* vertrauensvoll, zu verletztlich – beinahe noch kindhaft in ihrem Bestreben, anderen gefällig zu sein und in der Art, wie sie ihn – und auch andere – so schnell akzeptierte.

Das überraschte gewiß nicht, wenn man ihr Leben betrachtete – ein Leben ohne Erinnerung an die Vergangenheit, ein behütetes Dasein unter dem Schutz der Frauen, die sie aufgenommen hatten. Wie eine zarte Blume, die im Treibhaus gepflegt und zur Blüte gebracht wurde, hatte sie nie etwas anderes als Wärme und Ruhe und zärtliche Fürsorge erfahren.

Das mußte ihn umso mehr dazu veranlassen, behutsam mit ihren Gefühlen umzugehen, bedacht zu sein in der Freundschaft, die sie verband. Zu einer anderen Zeit, an einem anderen Ort – als ganzer Mann – hätte er es vielleicht gewagt, sie zu lieben, hätte vielleicht sogar gehofft, daß sie seine Liebe erwiderte. Aber jetzt ...

Ein harter Zug erschien um Morgans Mund, als er auf die nutzlosen Beine unter der Decke auf seinem Schoß schaute. Er war an diesen elenden Rollstuhl gebunden, ein Krüppel, der nicht mehr bieten konnte als seine Freundschaft und eine gewisse Sicherheit, wenn sie es wollte. Daß er immer noch ein Mann war, mit dem Verlangen und der Leidenschaft eines Mannes, durfte daran nichts ändern.

Ihre Blicke begegneten sich. Über die Wärme und Erwartung in ihren Augen verwirrt, wandte Morgan sich ab. Es ließ sich nicht leugnen, daß er den verfluchten Rollstuhl noch mehr haßte, seitdem Finola in sein Leben getreten war.

* * *

Finola hatte gespürt, daß die Augen des *Seanchai* auf ihr ruhten. Genauso schnell spürte sie auch seine Befangenheit, als sie ihn ansah. In dem einen Augenblick, bevor er sich abgewandt hatte, war ihr in dem tiefen Grün seiner Augen etwas begegnet, das sie mit einem unendlichen Verlangen erfüllte, ihn zu trösten. Sie hatte etwas erblickt – eine stumme Qual, ein geheimes Weh – das sie mit Bestürzung erfüllte.

Erschüttert betrachtete Finola den großen Mann, wie er still vor ihr saß. Fast den ganzen Abend über hatte sein Gesicht einen jugendlichen Glanz widergespiegelt, den seltenen, jungenhaften Blick, der sowohl überschäumend als auch unsicher war – und nur eine der unzähligen Schattierungen im Wesen dieses Mannes darstellte. Die Traurigkeit, die sein Blick in jenem kurzen Moment offenbart hatte, drang selten nach außen, und wenn er plötzlich überrascht wurde, wußte er sie schnell zu verbergen.

In den Monaten, seitdem sie mit dem Poeten befreundet war, hatte Finola entdeckt, daß er ein Mann mit äußerst vielseitigen Charakterzügen war, von denen keiner einfach zu verstehen war. Er konnte sowohl stur als auch nachsichtig, trübsinnig oder heiter sein. An der Art, wie er Annie behandelte, hatte sie die Zärtlichkeit seines großen Herzens kennengelernt, und sie hatte die Hitze seines Zorns gespürt, wenn er über die Ungerechtigkeit wetterte, die seinem Freund, Smith O'Brien, widerfuhr. Ein andermal neckte er den gutmütigen Sandemon mit seinem gnadenlosen Humor; für Artegal, den verschlossenen Diener, schien er jedoch nichts als zynische Verachtung übrigzuhaben.

Morgan Fitzgerald war ein Mann mit Schatten auf seinem Herzen und Sonnenschein in seiner Seele, und Finola hatte erkannt, daß das Wesen dieses Mannes – das, was ihn zu dem großartigen Menschen machte, der er war – viel zu kompliziert und vielschichtig war, als daß sie es jemals völlig verstehen konnte.

In ihm wohnte die Seele eines verwundeten Kriegers, des geschlagenen Häuptlings, der mit seiner Welt uneins war. Doch konnte er sich sehr schnell wandeln und beinahe in Verzückung geraten über das Leben als solches.

Der Held war gefallen, seine Rüstung hatte schwache, zum Teil verrostete Stellen bekommen, und doch trug er den Mantel seiner edlen Gesinnung mit anmutiger Leichtigkeit. Seine Augen mochten schmerzerfüllt und kampfesmüde sein, doch dahinter brannte ein Leuchten des Geistes, ein mühsam gewonnener Glaube, dessen Schein auf jeden fiel, der ihm begegnete.

Für Finola war er ein Freund und Gönner, ein Lehrer und Bruder geworden. Intuitiv wußte sie, daß sie ihm vertrauen und das, was er für sie tat, annehmen konnte, ohne seine Absichten hinterfragen zu müssen.

Er hatte sich ihr wieder zugewandt, und Finola lächelte ihn zärtlich an. Er lächelte, beinahe scheu, zurück, und seine Züge hellten sich auf.

„Ich möchte dich etwas fragen, Finola", sagte er und beugte sich ein wenig in seinem Rollstuhl nach vorn. Ungeachtet der Tatsache, daß sie seine Stimme hören und ihn verstehen konnte, hatte er es sich zur

Gewohnheit gemacht, mit Handzeichen zu arbeiten, auch wenn er sprach. Daß er dieselben Kommunikationsmittel wie sie zu benutzen verstand, hatte Finola am Anfang ihrer Freundschaft geholfen, unbefangener zu sein, und jetzt wurde er ihr dadurch nur noch lieber.

„Du brauchst mir nicht sofort zu antworten", fügte er hinzu. „Ich weiß, daß du erst gründlich darüber nachdenken mußt, denn es würde eine große Veränderung für dich bedeuten."

Durch seine offenkundige Unsicherheit verwirrt, lächelte ihm Finola ermutigend zu.

Noch immer zögerte der *Seanchai*, und sein Blick wanderte zum Kamin. „Ich würde mich freuen ... wenn du hierher, nach Nelson Hall, umziehen würdest", sagte er schließlich. „Wir brauchen vertrauenswürdige Personen, die uns in der Schule helfen, und ich weiß, daß ich mich auf dich verlassen kann. Außerdem würde ich dich bitten, Annie Gesellschaft zu leisten. Sie bewundert dich sehr." Mit einem wehmütigen Lächeln wandte er sich zu ihr. „Ich hatte gehofft, daß sie und Schwester Louisa sich gut verstehen würden, doch das Kind beharrt darauf, die Nonne bei jeder Gelegenheit vor den Kopf zu stoßen. Ich frage mich bereits, ob sie jemals etwas anderes tun werden, als einander zu ärgern."

Finola saß da, starrte ihn an und glaubte, daß sie seine Worte mißverstanden hatte.

„Natürlich würdest du einen Lohn erhalten", fuhr er fort und verwirrte sie damit nur noch mehr. „Du könntest solche Aufgaben wählen, die dir am meisten Spaß machen."

„Ich ... ich verstehe nicht", gelang es Finola schließlich, in Zeichensprache auszudrücken, wobei sie gleichzeitig die Worte mit dem Mund formte. *„Du bittest mich, hierher ... nach Nelson Hall zu kommen und hier zu wohnen?"*

Unerklärlicherweise errötete der *Seanchai*. „Verzeih mir!" sagte er und lehnte sich noch weiter nach vorn. „Ich hätte es dir gleich erklären sollen. Ich versichere dir, daß alles ehrbar und anständig sein wird. Du könntest ein Zimmer neben Annie bekommen, wenn du möchtest; und es sind natürlich auch noch andere Frauen auf Nelson Hall – Schwester Louisa, Frau Ryan und die Dienstmädchen, die tagsüber hier arbeiten."

Immer noch verwirrt, zog Finola die Stirn kraus. Sie schaute in diese wunderbaren, grünen Augen und wußte immer noch nicht genau, was er meinte.

Er streckte seine Hand aus, als wollte er die ihre berühren, hielt jedoch inne. „Ich versichere es dir, Finola, es geht mir nur um Freundschaft, um weiter nichts. Ich bin natürlich sehr gern mit dir zusammen", fügte er schnell hinzu, „aber noch viel mehr bin ich um deine Sicherheit und deinen Schutz besorgt. Ich denke, dieser Umzug könnte für uns beide von Nutzen sein."

Als Finola nichts erwiderte – ihr schwirrte in der Tat der Kopf von diesem erstaunlichen Vorschlag –, fügte er hinzu: „Ich möchte niemanden beleidigen, Mädchen, aber der Ort, an dem du wohnst ... scheint mir alles andere als sicher zu sein."

Schließlich hatte Finola verstanden. Er hatte natürlich recht. Hatten Lucy und die anderen sie nicht oft genug gewarnt vor den erbärmlichen Straßen in ihrer Gegend? Hatten sie ihr nicht ans Herz gelegt, sie um jeden Preis zu meiden?

Rauhe, wilde Männer brüllten herum und prügelten sich in der Dunkelheit. Kaum eine Nacht verging, ohne daß Finola nicht wenigstens einmal von dem Lärm einer Schlägerei und zerbrechender Flaschen geweckt wurde. Manchmal hielten sie die zornigen Schreie und drohenden Stimmen noch bis spät in die Nacht hinein wach.

Sie verließ ihr Zimmer nach Einbruch der Dunkelheit nicht mehr, und bestimmt nie allein. Das war nicht immer so gewesen. Bis vor wenigen Wochen hatte sie wenig Bedenken, zu kommen und zu gehen, wie es ihr beliebte. In letzter Zeit verließ sie allerdings aufgrund von Lucys ständigen Warnungen und der offensichtlichen Sorge des *Seanchai* Healy's Inn auch tagsüber nur noch sehr selten.

Um ihn zu beruhigen, teilte sie ihm dies in Zeichensprache mit und fügte hinzu: *„Du brauchst dir keine Sorgen zu machen. Gottes Engel sind immer bei mir und beschützen mich."*

Er sah ihr in die Augen, und Finolas Herz schlug höher, als sie spürte, wie sie sich von der Zärtlichkeit eingehüllt fühlte, die aus seinen Augen strömte.

„Ja, gewiß", sagte er sanft, „du bist Gott und seinen Engeln sehr teuer. Trotzdem möchte ich dich bitten, meinen Vorschlag zu bedenken. Als einen persönlichen Gefallen für mich. Versprichst du es mir bitte, Finola?"

Einer inneren Stimme folgend, ergriff Finola seine Hand und nickte als Zeichen ihrer Zustimmung, ohne recht begreifen zu können, warum das so wichtig für ihn sein sollte.

* * *

Spät an diesem Abend hatte sich ein rauher Wind aufgemacht, der wie ein Schneesturm durch die Straßen von Dublin fegte. Auf der Straße gegenüber von Healy's Inn hatten sich die beiden Seeleute tief in ihre Mäntel verkrochen, während sie unter dem Eingang einer Blechschmiede standen und sich stritten.

Mooney, der größere der beiden, hatte keinesfalls im Sinn, vor Morgengrauen auf das Schiff zurückzukehren. Rice, der stets mürrisch und verdrießlich war, wenn er getrunken hatte, bestand lauthals darauf, daß sie zurückgingen. Er fühle sich hundsmiserabel und müsse sich auf der Stelle übergeben, hier auf der Straße, wenn sie sich nicht sofort auf den Weg machten.

Sie hörten auf zu keifen, als sie das Geräusch von näherkommendem Hufschlag und Wagenrädern vernahmen. Als Mooney zuschaute, wie der feine, vergoldete Wagen vor der Schenke hielt, stieg in ihm eine Art Vorfreude auf.

Er wußte, wer in dem Wagen saß.

Die Straßen waren dunkel und in dichten Nebel gehüllt, aber der Kutscher leuchtete den Insassen des Wagens mit einer Laterne. Während er angestrengt die andere Straßenseite beobachtete, erkannte Mooney den großen schwarzen Mann mit der Seemannsmütze, der aus dem Wagen sprang, um der Schönen herauszuhelfen.

Der betrunkene Rice murmelte etwas und torkelte vorwärts. Mooney schleuderte ihn mit einem Arm in den Schatten der Dunkelheit unter der Eingangstür zurück.

Keiner hatte sie bemerkt, und es würde sie wahrscheinlich auch niemand bemerken. Eine Gruppe von Burschen, die mit einem Ball spielten, und die wenigen Passanten schienen entweder betrunken oder ihrer Umgebung gegenüber gleichgültig zu sein.

Rice fluchte über die grobe Behandlung. Mooney warnte ihn jedoch heiser flüsternd: „Halt dein Maul! *Sie* ist es, die Schöne, die sie oben versteckt halten! Sei still!"

Fest gegen die Tür des Blechschmieds gedrückt, sahen die beiden Männer, wie der schwarze Mann die Frau, die fast vollständig unter ihrem Kapuzenmantel versteckt war, um die Hausecke herum zur Hintertreppe führte. Als sie die Treppe hinaufstiegen, setzte der Wind mit erneuter Heftigkeit ein, und die Kapuze des Mädchens fiel von ihrem Kopf. Einen flüchtigen Augenblick war der Blick auf ihr goldenes Haar frei. Schnell griff sie nach ihrer Kapuze und zog sie wieder über den Kopf.

Mooney schluckte, als er spürte, wie ein Feuer in ihm zu lodern begann. Schon mehr als einmal hatte er sie von der Straße aus kommen und gehen sehen, doch stets war sie unter jenem Mantel versteckt.

Ah, er hatte sie aber auch ohne Mantel gesehen, und sie war tatsächlich eine Schönheit! Zweifellos war er einer der wenigen, denen es gelungen war, mehr als einen verstohlenen Blick auf jene Frau zu werfen, die sie die Unschuldige nannten.

Er hatte sie aus der Nähe gesehen, ja tatsächlich – ein einziges Mal. Er hatte ihr Gesicht gesehen – wie das eines Engels – und jenes betörende lange, goldene Haar. Und er hatte ihre schöne, zarte, weibliche Figur gesehen.

Er war oben in Healy's Inn bei einem Mädchen namens Poppy gewesen und gerade im Begriff, ihr Zimmer zu verlassen, als im selben Moment eine der älteren, verbrauchten Damen die Tür der Unschuldigen geöffnet hatte. Sofort hatte sie die Tür wieder zugeschlagen, doch vorher konnte Mooney einen Blick auf die „Dumme Schönheit" werfen, die Gegenstand so mancher Spekulationen im Hafen war.

Sie war nichts anderes als ein dummes Kind, sagten viele, ein Kind, das den Körper einer Frau hatte. Nach Aussagen derer, die einen verbotenen Blick auf sie geworfen hatten, konnte sie keine Silbe sprechen und verständigte sich mit Hilfe von Handzeichen.

Eine Unschuldige, sagte man, tippte mit einem wissenden Lächeln an den Kopf und fügte hinzu: – und eine Schwachsinnige ist sie.

Aber dennoch eine Schönheit.

Ja, und das war sie tatsächlich. Seit jenem Abend hatte Mooney dieses Bordell regelmäßig aufgesucht. Er drückte sich an der Hintertreppe herum, oder oben auf dem Flur. Manchmal stand er im Schatten der Dunkelheit gegenüber auf der Straße, starrte auf die Tür und wartete, ob er hinter dem Vorhang einen Lichtschimmer entdecken würde.

Seitdem hatte er sie nur noch zweimal gesehen. Einmal, als sie wie heute von dem großen, breitschultrigen Schwarzen nach oben begleitet worden war, und das zweite Mal war sie nur für einen flüchtigen Augenblick in der Tür erschienen, um die Katze wieder nach drinnen zu lassen. Und beide Male hatte Mooney gewartet ... und gewartet.

Sein Mund wurde trocken, als er sie in ihr Zimmer eilen sah. Draußen wartete der Schwarze und sah sich um, bevor er die Stufen hinabstieg.

Mooney riß seinen Blick nur solange von der Tür des schönen Mädchens los, bis er gesehen hatte, wie der Schwarze in den Wagen kletterte. Der Wagen entfernte sich, und er trat aus seinem Versteck hervor, seinen Blick beständig auf die Tür geheftet, die oben an der Hintertreppe im Dunkel lag.

Das war die beste Gelegenheit für ihn. Wenn er jetzt an ihre Tür klopfte, würde sie gewiß meinen, der Schwarze sei noch einmal zurückgekommen. Wenn sie so zurückgeblieben war, wie man sagte, wäre er schon im Zimmer, bevor sie es überhaupt merkte. Wenn er jedoch zu lange wartete, würde er seine Chance ganz und gar versäumen.

Sie würde keinen Laut von sich geben ... er würde mit ihr machen, was er auch wollte, und niemand würde es je erfahren ...

Die Glut in ihm begann noch heißer zu brennen. Rice taumelte betrunken gegen die Wand und fiel der Länge nach hin; es würde Stunden dauern, bis er wieder zu sich kam.

Mooneys Augen hefteten sich wieder an die Tür – an ihre Tür. Sein dunkler Blick bohrte sich in das Holz, als er sich die schöne Frau vorstellte, die dahinter wohnte. Dann ging er über die Straße, das Herz wie wild hämmernd.

* * *

Als sie das sanfte Klopfen an der Tür hörte, war Finola gerade dabei, ihren Kapuzenmantel auszuziehen. Flecky schmeichelte ihr miauend um die Füße.

Finola schaute zur Tür und fragte sich, was Sandemon wohl vergessen hatte. Den Mantel noch lose über ihre Schultern gehängt, bückte sie sich und nahm Flecky behutsam auf den Arm.

Dann ging sie zur Tür und drehte den Schlüssel im Schloß.

Lächelnd öffnete sie mit der freien Hand die Tür. Im Geist bildete sie Sandemons Namen – dann erstarrte sie. Einen Augenblick stierte sie fassungslos in das grobe Gesicht des wüsten Mannes, der in der Tür stand. Dann wurde sie von panischer Angst ergriffen, und ihr Herz begann im Anblick der drohenden Gefahr wie wild zu hämmern.

Sie spürte, wie auch Fleckys Herz beim Anblick des Fremden ängstlich zu pochen begann.

Nicht Sandemon ... ein Fremder ... Instinktiv wußte sie, daß dieser Fremde anders war – finster, irgendwie ... bedrohlich und böse.

Zu spät erkannte Finola ihren törichten Fehler. Sie wollte die Tür zuschlagen, doch der Mann stellte ein Bein in die Öffnung. Finola einen so heftigen Stoß versetzend, daß sie ihr Gleichgewicht verlor, bahnte er sich seinen Weg in das Zimmer.

Die Katze auf ihrem Arm fauchte laut vor Angst und grub ihre Krallen in Finolas Schulter. Den Schmerz ignorierend hielt Finola Flecky fest an sich gedrückt.

Der Mann legte den Riegel an der Tür vor, dann kam er zurück. Sein Blick war hungrig und gierig wie der eines wilden Tieres, das seine Beute umkreist.

Finola öffnete den Mund und wollte schreien, doch aus ihrer Kehle drang nichts als ein gequälter, abgerissener Atemzug.

Der Mann kniff die Augen zusammen. „So stimmt es also, daß du kein Wort sprechen kannst!“

Sein Mund war entstellt, es sah aus, als hätte er in einem Mundwinkel eine Narbe, die von der Ober- bis zur Unterlippe führte. Durch diesen Riß lispelte er stark, und seine Stimme hatte einen pfeifenden Ton.

Finola blickte verzweifelt in ihrem Zimmer umher, nach einer Möglichkeit des Entrinnens Ausschau haltend. Doch es gab sie nicht, nicht einmal eine Waffe. Sie war gefangen.

Langsam, ganz langsam, als hätte er alle Zeit der Welt, kam der Mann auf sie zu. Finolas Mund füllte sich mit dem heißen, abscheulichen Geschmack der Angst. Sie wußte, daß sie sich am Rande völliger Verzweiflung befand. Sie wich zurück, er streckte einen Arm aus und zog sie zurück. Flecky jaulte; mit einer Hand packte der Mann die Katze auf Finolas Arm, riß sie herunter und schleuderte sie durch das Zimmer. Die Katze landete auf ihren Beinen und zog sich jammernd unter das Bett zurück.

Ein stummer Schrei durchzog Finola. Sie wollte zu der Katze eilen, doch der Mann packte ihren Arm und hielt sie fest. Schmerz brannte in ihr, nahm ihr den Atem, ließ heiße Tränen in ihren Augen aufsteigen.

Mit einer Hand fesselte er Finolas Handgelenke hinter ihrem Rücken zusammen, während er sie herumriß, so daß sie ihm ins Gesicht sehen mußte.

Von Entsetzen gepackt, wirbelten die Gedanken in Finolas Kopf durcheinander, verzweifelt nach einer Möglichkeit suchend, ihm zu entrinnen. Doch er hielt sie fest. Mit seiner freien Hand riß er ihr den Mantel vom Leib und schleuderte ihn auf den Fußboden.

Um den verstümmelten Mund erschien ein begehrlicher Zug, während er sie mit seinen Augen verschlang. „Kein Wunder, daß sie dich versteckt halten!“ sagte er mit schwerer Zunge, und gaffte sie an wie ein Pirat, der seinen Schatz in Augenschein nimmt.

Beim Klang seiner abnormen, zischenden Stimme überlief Finola ein kalter Schauer grenzenloser Abscheu.

„Hm, siehst du gut aus! Es ist wirklich viel besser, dich versteckt zu halten, viel besser. Sie reservieren dich für besondere Klienten, für die Adligen, nicht wahr?" spottete er. „Wie zum Beispiel dem Herrn, dem der Wagen gehört?"

Finolas Hände immer noch hinter dem Rücken festhaltend, begann er mit den lieblosen Fingern seiner freien Hand über Finolas Hals zu streichen.

„Eine Schönheit bist du wahrhaftig." In seinen Augen widerspiegelte sich ein Schimmer widerlicher Faszination. „Doch bestimmt nicht mehr unschuldig, möchte ich wetten. Zweifellos hat der reiche, feine Herr sich längst darum gekümmert."

Er stieß ein häßliches Lachen aus. „Hat er das? Trotzdem hast du keine blasse Ahnung, was ein richtiger Mann ist!" Er leckte über seine Lippen. „So ist es Mädchen, oder?"

Als er den *Seanchai* erwähnte, wurde ihre Furcht von einer derartigen Abscheu abgelöst, daß sie sich abwenden mußte. Er zog sie fester an sich heran und durchbohrte sie mit zusammengekniffenen Augen.

„So ist das also!" fauchte er. „So eine feine Dame bist du, daß du solche wie mich nicht einmal ansehen kannst!" Seine Finger gruben sich in ihre zarten Handgelenke, und sie stöhnte vor Schmerz. „Diesen Blick kenne ich. Du glaubst, du bist zu gut für mich. Nun, ich werde dir zeigen, wer gut genug ist ..."

Ihr Herz hämmerte wie wild gegen ihre Brust, Finola senkte ihren Kopf, streckte sich nach vorn und versuchte sich loszureißen. Er stieß ihren Kopf mit solcher Wucht nach oben, daß es in ihrem Genick knackte, bevor er ihr mit dem Handrücken voll ins Gesicht schlug. Finola rang nach Atem, und ihr Kopf drohte vor Schmerz zu zerbersten.

„Leg dich nicht mit mir an!" zischte er. „Du wirst mir geben, was ich haben will, oder ich werde es mir herausprügeln!"

Eine furchtbare Dunkelheit breitete sich in Finola aus. Ein Teil von ihr nahm schwach Fleckys Schreie unter dem Bett wahr. Der Fußboden unter ihr schwankte, das Zimmer begann sich zu drehen.

Der Mann drückte sein Gesicht fest an das ihre. Abscheu überflutete sie wie eine tosende Woge, als sie die Hitze seines Körpers spürte, den Gestank ungewaschenen Fleisches und der See roch.

Und Whisky ... der widerliche, süßliche Geruch von Whisky ...

Plötzlich bekam ihr Angreifer ein anderes Gesicht, als würde eine Maske über den Kopf des Mannes gestülpt, der sie gefangenhielt, und Finola starrte nunmehr in die Augen eines anderen.

Fiebrige Augen, die ihre Haut versengten, ihre Seele verbrannten ...

Das war ein Gesicht, welches sie kannte, ein Gesicht, das ihr auf schmerzliche, ekelerregende Weise vertraut war …

Finola preßte ihre Augen zu, als könne sie dadurch dieses neue Gesicht aus ihrem Geist verbannen, ein Gesicht, das einst so zärtlich, so liebevoll aussah, war grausam und brutal geworden … durch seine Begierde…

Völlig unerwartet war er über sie hergefallen, hatte ihr Vertrauen zerbrochen, war auf ihrer Liebe herumgetreten wie auf einem schmutzigen Abstreifer. Er hatte ihr weh getan, schreckliche Dinge mit ihr gemacht …

Wilde Hände rissen ihr die Kleidung herunter, betatschten und quetschten sie gnadenlos. Worte hämmerten auf sie ein, schnitten ihr ins Herz, zerschmetterten sie. Schmutzige, erniedrigende Worte flogen durch die Dunkelheit wie wilde Raubvögel, die sie in Stücke zu zerreißen drohten.

Sie wurde von zwei Männern angegriffen, einem Fremden und …

Ihr Kopf schwirrte und drohte zu zerspringen. Sie versuchte, nach den Engeln zu rufen.

Doch hier waren keine Engel … nur Finsternis … furchtbare Finsternis.

Die brutalen Hände dessen, der sie mißbrauchte, rissen an ihrem Körper, stießen und schlugen auf sie ein. Weit weg, wie das Echo eines weinenden Kindes, jaulte Flecky.

Noch einmal erlebte Finola einen Augenblick unbändiger, vernichtender Angst. Dann legte sich Dunkelheit wie eine sanfte Hülle um sie, und sie fiel, taumelte langsam in ein leeres Schweigen.

* * *

Regungslos lag ihr Körper ausgestreckt auf dem Fußboden. Finolas Katze schaute unter dem Bett zu, wie sich der Mann erhob, seine Kleidung ordnete und zur Tür ging. Sie knurrte in dem langsamen, tiefen, bedrohlichen Tonfall ihrer Vorfahren – klammerte sich mit einem gewaltigen Satz an die Beine, die gerade davonlaufen wollten und bohrte ihre Zähne und Krallen in den Stoff und in das Fleisch.

Schimpfend und fluchend schüttelte der Mann die Katze ab und verließ, die Tür hinter sich zuknallend, Finolas Zimmer.

Die Katze wandte sich um und ging vorsichtig zu dem regungslosen Körper auf dem Fußboden. Sie schnupperte an dem bewußtlosen Körper herum, berührte ihn mit ihren Pfoten und setzte sich schließlich, nachdem alles erfolglos geblieben war, traurig und verlassen neben ihre gefallene Herrin und stimmte ein jämmerliches Wehgeschrei an.

10. Kapitel

Trauer um die Unschuldigen

Um mein Leben flehend, wünschte ich dennoch, tot zu sein –
Einsam vergoß ich bittere Tränen unsagbarer Qual, endloser Pein.

Lady Wilde („Sperenza") (1824-1896)

Als Lucy das jammervolle Miauen hörte, dachte sie zunächst, es käme von einer der streunenden Katzen auf der Gasse unter ihnen. Sie überlegte, ob sie zum Fenster gehen und die Katze verscheuchen sollte, doch das Schreien verstummte wieder.

Gähnend stieß sie ihre Faust in das Kopfkissen, wußte sie doch aus Erfahrung, daß sie nicht so schnell wieder einschlafen würde, obwohl sie sehr erschöpft war. Zu viele Nächte hatte sie nur wenig geschlafen, und es waren zu viele grobe Männer. Sie fühlte sich müde, völlig ausgelaugt und von allem angewidert – auch von sich selbst.

Es gab immer wieder Tage, wo sie, wie jetzt, in den stillen Stunden vor Tagesanbruch in der kalten Dunkelheit ihres Zimmers wach lag, völlig erschöpft war und doch keinen Schlaf fand. Schlaflos und von Angst erfüllt lag sie in ihrem Bett. Sie hatte Angst vor der Zukunft, Angst vor dem, was sie erwartete.

Noch furchtbarer war die Möglichkeit, daß *nichts* sie erwartete, zumindest nichts, worüber sie nachdenken mochte.

Lucy Hoy war beinahe fünfunddreißig. Als Prostituierte in Dublin City war man mit fünfunddreißig alt – alt, verbraucht, verschlissen.

Verbraucht – bei diesem Wort zuckte Lucy zusammen. Jahrelang hatte sie sich ge- und verbrauchen lassen, wie einen Gegenstand, wie ein wertloses *Ding*, das man leicht wegwerfen konnte. Bestenfalls war sie ein schmutziger Witz, eine Begierde, Gegenstand des rauhen Gelächters der Matrosen im Hafen.

Schlimmstenfalls war sie nichts als Schmach und Schande.

Sie war beinahe noch ein Kind, als dieses Leben für sie begann. In Tausenden von Nächten hatte sie sich gefragt, was sie hätte sein können, was sie hätte tun können, wenn sie in einer anständigen, gottesfürchtigen Familie zur Welt gekommen wäre, die gewußt hätte, wie man mit einer

Tochter umgeht. Stattdessen war sie unter der schlagenden Hand eines unfähigen, jammernden Vaters und einer dem Alkohol verfallenen Mutter groß geworden, die beide ihren Kindern nicht die geringste Liebe entgegengebracht hatten.

Noch ehe sie zwölf Jahre alt waren, wurden Lucy und ihre Schwestern von ihren Eltern an die Wüstlinge von Cross-Stick Alley „verliehen". Mit dreizehn verkauften sie Lucy, als wäre sie nichts anderes als ein Kohlkopf, an einen giftigen, alten Sargtischler, den keine anständige Frau genommen hätte.

Der alte Teufel hatte bald genug von Lucys Abneigung und Widerstand. Als es ihm nicht gelang, sie gefügig zu schlagen, warf er sie auf die Straße. Es war mitten im Winter, und sie hatte weder einen einzigen Heller noch ein Tuch, das sie sich umhängen konnte.

Gemma Malone nahm sie auf, gab ihr ein Zimmer und ein schönes Kleid und machte sie zu einem der „Mädchen".

„Du wirst es hier besser haben", hatte Gemma ihr versprochen. „Gewiß wirst du dich ab und zu gegen einen tollen Matrosen zur Wehr setzen müssen, der einen über den Durst getrunken hat, aber Healy und ich werden immer da sein und dir helfen, wenn einer der Burschen zu ausfällig werden sollte. Du bist ein schönes, strammes Mädchen – genauso wie es sich die Matrosen wünschen, wenn sie an Land gehen. Sei freundlich zu ihnen und tu nicht so, als müßten sie sich erst waschen, das wird für uns beide von Nutzen sein. Du wirst es selbst bald sehen."

Unruhig stöhnend, rollte sich Lucy auf den Rücken, und rechnete bewußt nicht all die Jahre auf, die seither vergangen waren. Sie konnte die Wahrheit nicht leugnen: Gemmas Kunden fragten in letzter Zeit immer weniger nach ihr, und Healy begann davon zu reden, daß sie in der Küche arbeiten solle, um wenigstens ihren Unterhalt zu verdienen.

Sie würde natürlich nicht viel verdienen, doch zuweilen fragte sich Lucy, ob sie die Küche nicht wirklich vorziehen würde. Vielleicht würde es ihr im Laufe der Zeit, mit genug Wasser und Seife, gelingen, wenigstens etwas von ihrer Schande abzuwaschen.

Sie wäre beinahe wieder eingeschlafen, wenn die Katze nicht von neuem ihr Wehgeschrei angestimmt hätte, und diesmal noch intensiver. Lucy stützte sich auf einen Arm und lauschte. Das Jammern wurde immer lauter, aufdringlicher, beinahe fordernd.

Dann erkannte sie mit ernüchternder Gewißheit, daß es keine streunende Katze war, die sie hörte. Es war Flecky, Finolas Katze.

Seltsam – die Katze jammerte sonst nie, zumindest nicht mitten in der Nacht. Sie klagte nur, wenn Finola weg war.

Finola ...

Einen Augenblick lag Lucy starr und regunglos da: „Finola?“

Ihre Stimme klang angespannt, beinahe erstickt in der stummen Dunkelheit ihres Zimmers.

Es kam keine Antwort zurück – außer dem Wehgeschrei der Katze.

„Finola!“ Noch während sie den Namen ausstieß, sprang Lucy aus dem Bett und rannte aus dem Zimmer.

Durch ihr Rufen und heftiges Klopfen an Finolas Tür wurden sofort Poppy und Sile, die in den Nachbarzimmern schliefen, munter. Bald waren die beiden und auch noch andere Mädchen im Flur um Lucy versammelt und riefen Finolas Namen.

Schweigen war die einzige Antwort. Mit aller Kraft bemüht, sich nicht von der Angst, die in ihr aufstieg, lähmen zu lassen, eilte Lucy in ihr Zimmer zurück und holte den Schlüssel für Finolas Tür.

Nach Atem ringend, drehte sie mit zitternder Hand den Schlüssel im Schloß. Behutsam öffnete sie die Tür, gerade so weit, daß sie hindurchgehen konnte.

Der einzige Laut in dem Zimmer war der flache, stoßweise Atem der Frauen, die ihr folgten ... und das jämmerliche Schreien der Katze, die neben Finolas leblosem Körper auf und ab ging.

* * *

Poppy bückte sich und nahm die Katze auf den Arm, als Lucy sich neben Finola kniete.

Kaum hörbar, nahm sie ein leises Wimmern wahr, dann erkannte sie, daß diese Laute von Finola kamen. Schmerz brannte in ihr – ein wilder, vernichtender Schmerz –, als sie Finolas leblose Hand ergriff. Nur mit äußerster Willenskraft gelang es ihr, nicht zu erbrechen, als ihr Magen zu krampfen begann.

Ihr erster Gedanke war, Finola sei tot. Die klaren blauen Augen geschlossen, lag sie so starr auf dem Fußboden, als wäre sie aus Stein. Das herrliche blonde Haar war nur noch ein welker, zerzauster Haufen. Und ihr Gesicht ... *oh, Gott, ihr Gesicht ...* dieses liebe, süße Gesicht – war eine grotesk angeschwollene Maske voll schlimmer Wunden und Prellungen. Eine eingetrocknete Blutspur verlief von einem Mundwinkel bis zum Genick. Aus einer schlimmen Wunde unter ihrem linken Backenknochen tropfte frisches Blut.

Ihre Hände zitterten wie die einer alten Frau, als Lucy Finolas Rock herunterzog und dann das zerrissene Oberteil ihres Kleides ordnete. Sie nahm alle Kraft zusammen, um nicht laut zu schreien, als sie die furchtbaren Quetschungen und Prellungen auf den weißen Schultern und der Brust des Mädchens sah.

Jemand schien sich an ein Gebet für die Sterbenden zu erinnern und sang es mit sanfter, tränenerstickter Stimme. Lucy glaubte an dem Knoten ersticken zu müssen, der sich vor tiefer Trauer und Schmerz in ihrer Kehle gebildet hatte, und sie weinte wie ein Kind, als sie ihren Kopf sanft an Finolas Herz legte ... *und es schlagen hörte!*

„Sie lebt! *Finola lebt*!" Die Worte sprangen förmlich über Lucys Lippen, und sie führten die anderen Frauen aus dem Schmerz zum Handeln. Sie liefen herum, flüsterten miteinander in dem verzweifelten, aber fruchtlosen Versuch, irgendwie helfen zu können.

„Finola...", flüsterte Lucy. „Finola, wach auf, Liebes ... kannst du mich hören? Oh, Finola, was ist *geschehen*? Wer hat dir das nur angetan?"

Doch Finola lag weiter nur regungslos da – so starr, daß man meinte, sie würde nicht atmen.

Lucy konnte nicht mehr denken. Ihr Verstand war bei dem Anblick der Tragödie vor ihren Augen wie gelähmt.

Dieses unschuldige, schöne Mädchen mit dem goldenen Haar war das einzig Reine und Unbefleckte, was es in Lucys Leben gab. Wie ein wunderbares Geschenk war Finola der einzige Mensch, den Lucy je zu lieben gewagt hatte, ohne Vorbehalte – und der einzige Mensch, der Lucy bedingungslos wieder geliebt hatte.

Sie hier so liegen zu sehen, blutig geschlagen und geschändet, so starr, als wäre sie tot, erfüllte Lucy mit einem furchtbaren Entsetzen, einem wilden Zorn, der sie bis in die Tiefe ihrer Seele hinein erschütterte.

Irgendwie zwang sie sich, sich nicht auf Finolas Schmerz zu konzentrieren und darüber zu spekulieren, was mit ihr passiert war. Wußte sie außerdem nicht zu genau, was mit dem Mädchen mit dem goldenen Haar passiert war? Oh, sie wußte es, ganz bestimmt. Und Gott – falls es ihn gab – wußte es auch. Und er kannte auch das schmutzige Tier, das es getan hatte! Gott würde das Biest bestrafen, das Finola so geschändet hatte!

Worauf es jetzt ankam – das *einzige*, worauf es jetzt ankam –, war, Finola zu retten, ihr Leben zu retten.

„Lucy? Sollen wir Dr. Lammercy holen?"

„Nein!" kam es entschlossen aus ihrem Mund. Lammercy war

gebrechlich, stand selbst schon mit einem Bein im Grab. Sie würde es nicht zulassen, daß er ihre Finola berührte!

„Nein“, wiederholte sie, ihren Blick nicht von Finola wendend. „Schickt nach dem schwarzen Mann, schickt nach dem Schwarzen von Nelson Hall.“

* * *

„Du kannst nicht behaupten, daß das Mädchen vergewaltigt wurde“, stritt Healy. Sichtbar erschüttert, ließ der Inhaber der Kneipe seine Wut und seine Empörung an Lucy aus, während sie vor Finolas Zimmer auf den Wagen von Nelson Hall warteten. „Du kannst nicht einfach so etwas erzählen!“

Lucy fuhr ihn an. Sie spürte einen unheimlichen Drang, ihm mit der Faust in sein wutschnaubendes Gesicht zu schlagen, ballte aber stattdessen ihre Hände zur Faust. „Sie wurde *vergewaltigt*, sage ich dir! Und außerdem beinahe zu Tode geprügelt! Wir können es ihnen auch gleich sagen - der Arzt wird es wissen, sobald er sie sieht!“

Healy verzog den Mund und machte ein verdrießliches Gesicht. Lucy war wütend über den Mann, der sich so mit ihr anlegte. Allein in dem Wissen, daß Finola auch ihm viel bedeutete, gelang es ihr, ihre Zunge im Zaum zu halten.

„Wir können es nicht verbergen, siehst du das nicht ein? Wir *müssen* es ihnen sagen. Es würde nur noch schlimmer für uns werden, wenn wir es ihnen nicht sagen.“

Furcht anstatt Ärger stand jetzt auf Healys Gesicht geschrieben. „Der Fitzgerald soll sie wie einen kostbaren Schatz behandeln – beinahe wie eine Tochter. Er wird den Schwarzen schicken, um uns umzubringen, wenn er erfährt, was mit ihr geschehen ist! Er wird *uns* beschuldigen, warte es nur ab!“

Empört darüber, daß der Mann in einem Augenblick wie diesem nur an sich selbst denken konnte, hätte Lucy beinahe losgeschrien. Doch Healy könnte tatsächlich recht haben. Nach dem zu urteilen, was sie gehört hatte, mochte der im Rollstuhl sitzende Riese mit dem kupferfarbenen Haar Finola offenbar sehr. Und der Schwarze? Nun, Finola hatte zwar behauptet, daß er ein gutes, sanftmütiges Herz hätte, nach seinem Aussehen zu urteilen konnte er jedoch bestimmt sehr wütend werden, wenn man ihn provozierte.

Dennoch war *Finola* das einzige, was jetzt zählte, sonst nichts.

„Ich werde nicht für dich lügen, Healy!“ fauchte Lucy. „Sie müssen sofort die Wahrheit erfahren, um Finola helfen zu können! Und außerdem“, fügte sie bedrückt hinzu, „hätten wir sie schon lange nicht mehr hierbehalten dürfen, das weißt du genausogut wie ich. Wir hätten ein ordentliches Zuhause für sie suchen sollen – einen anständigen Ort, wo ihr dieses Grauen niemals zugestoßen wäre.“

Healy schaute sie an, dann senkte er seinen Blick. „Wir haben für das Mädchen getan, was wir konnten, nicht wahr?“ murmelte er. „Wir haben sie bei uns aufgenommen, als sie nicht wußte, wo sie bleiben sollte. Wir haben uns um sie gekümmert. Wir haben wirklich unser Bestes getan.“

Langsam nickend, gestand Lucy die traurige Wahrheit dieser Worte ein. *Ja, das haben wir getan. Wir haben sie aufgenommen. Wir haben uns um sie gekümmert. Einige von uns haben sie sogar geliebt. Und weil wir sie liebten, haben wir sie hierbehalten, bei uns, anstatt noch mehr für sie zu tun – anstatt das zu tun, was für Finola das Beste gewesen wäre.*

Und deshalb verdienen wir es vielleicht alle, in die ...

* * *

Als der dunkelhäutige Mann die Treppe herunterkam, stand Lucy, Flecky an ihre Schulter gedrückt, in der Tür. Er trug Finola mit einer solchen Leichtigkeit in seinen starken Armen, als sei sie ein Kind. In eine große, braune Decke gehüllt, sah sie noch bleicher und hilfoser aus als zuvor.

Als Lucy zu sprechen begann, hielt er inne: „Wir haben nach Ihnen geschickt, weil wir glaubten, Sie wüßten, was zu tun sei. Und wir dachten, das ist auch das, was Finola möchte.“

Einen Augenblick später nickte er, und seine Augen suchten ihren Blick. Wenn Lucy Verurteilung erwartet hatte, so begegnete sie doch nur einer tiefen Traurigkeit, einem ungeheuren Schmerz, den er nur mit äußerster Anstrengung beherrschen konnte.

Lucy sank in sich zusammen. Irgendwie, glaubte sie, wäre es vielleicht leichter gewesen, wenn er vor Zorn explodiert wäre und sie alle verdammt hätte. „Glauben Sie mir“, stieß Lucy hervor, „wenn ich wüßte, wer es war, ich würde ihn eigenhändig umbringen.“ Ihre Stimme zitterte, und in ihren Augen brannten Tränen.

Der Schwarze betrachtete sie mit einem abschätzenden Blick, dann wanderten seine Augen zu der Katze auf ihrem Arm. „Das ist Flecky?" fragte er sanft. „Die kleine Katze, die sie so sehr liebt?"

Lucy schaute auf die Katze, dann nickte sie.

Das Gesicht des schwarzen Mannes nahm einen noch weicheren Ausdruck an. Einen Augenblick stand er da und musterte Lucy, als würde er eine Entscheidung treffen. Seine Stimme war leise, sogar freundlich, als er sie fragte: „Vielleicht möchten Sie mit uns kommen?"

Lucy starrte ihn an. „Sie würden mich mitnehmen?"

Er nickte. „Vielleicht ist es gut, Sie in ihrer Nähe zu wissen, wenn sie aufwacht." Nach einer kurzen Pause fügte er hinzu: „Und die Katze ... nehmen Sie auch die Katze mit."

Lucy schluchzte vor Dankbarkeit. Unfähig, eine Anwort zu geben, drückte sie Flecky fest an ihr Herz und senkte ihren Kopf. Tränen strömten über ihr Gesicht, als sie ihnen schweigend zu dem Wagen folgte, der draußen wartete.

* * *

In der Bibliothek von Nelson Hall saß Morgan und wartete. Von entsetzlicher Qual und fürchterlichem Zorn überwältigt, saß er starr und steif in seinem Rollstuhl. Er starrte aus dem Fenster und sah nur wie durch einen Schleier, wie sich das Tageslicht eines regnerischen Tages am Horizont abzuzeichnen begann. Und zum erstenmal seit Monaten sehnte er sich – beinahe verzweifelt – nach einem Schluck aus der Flasche. Er duldete keinen Whisky in Nelson Hall, und jetzt wußte er, warum. Wäre eine Flasche im Haus, hätte er bestimmt danach gegriffen, um den Schmerz zu betäuben, der wie ein scharfes Messer in sein Herz schnitt.

Als die Nachricht eintraf, daß Finola verletzt worden war, hatte er vor Furcht und Entsetzen beinahe die Gewalt über sich verloren. Und jetzt, während er auf Sandemons Rückkehr sowie auf das Eintreffen des Arztes wartete, kämpfte er gegen einen Sturm von Gefühlen an, die von beinahe wahnsinnigem Zorn bis hin zu lähmender Verzweiflung reichten.

In Hilflosigkeit gefangen, verfluchte er seine leblosen Beine mehr als je zuvor. Er konnte nicht einmal Sandemon begleiten, um sie abzuholen, weil es zu lange gedauert hätte, bis er angezogen war; zuviel Zeit wäre für Finola verlorengegangen, bis man ihn in den Wagen gehievt hätte.

Stattdessen konnte er nur hier, in dem verfluchten Rollstuhl, sitzen wie ein großer, nutzloser Klotz und warten – warten und sich sorgen.

Er versuchte zu beten, aber sein Herz war wie taub, sein Geist wie gelähmt. Einzig ein Flüstern kam über seine Lippen, ein eintöniges Flehen um Gnade.

Gott hilf ihr ... Gott erhalte sie ... Gott errette sie ...

In all den qualvollen Monaten seit der Schußverletzung, die seine Beine gelähmt hatte, hatte er sich noch nie so nutzlos, niemals so wenig als Mann gefühlt ... wie jetzt in diesen qualvollen Augenblicken.

Er wußte noch nicht, was geschehen war – zumindest nicht genau. Er wußte nur, daß Finola verletzt war, daß sie schwer verletzt sein mußte. Warum hätten sie sonst nach Nelson Hall geschickt, um Hilfe zu holen?

Er fühlte sich wie in einem Alptraum gefangen. Er beschuldigte sich, verfluchte sich, weil er nicht früher gehandelt und sie von diesem Ort weggeholt hatte. Hätte er es doch bloß vorige Woche getan ... gestern ...

Warum hatte er nur gewartet? Oh Gott ... warum?

In seinem Inneren tobten blinde Wut und das Gefühl entsetzlicher Schuld. Ein heftiges Zittern erfaßte seinen ganzen Körper. Er umklammerte die Lehnen seines Rollstuhls, bis seine Hände schmerzten und das Dröhnen in seinem Kopf etwas nachließ.

Wie ein Sturm auf hoher See tobten jedoch in seinem Herzen eine panische Angst um Finola und die Qual, alles selbst verschuldet zu haben.

11. Kapitel

Der stumme Schrei

Der grausamste Laut,
der fürchterlichste Aufschrei,
der ein menschliches Ohr jemals erreichen kann,
ist, glaube ich, nicht die gewöhnliche Klage um den Tod
eines Menschen,
sondern der Aufschrei eines Herzens,
das den Tod der Unschuld beklagt.

Aus dem Tagebuch von *Joseph Mahon*,
Priester in der Grafschaft Mayo
(1848)

Den gesamten langen Vormittag lag Nelson Hall still wie ein Grab. Aus dem sanften Nieseln war ein eiskalter Regen geworden, der von einem undurchdringlichen, wolkenverhangenen Himmel fiel, und mit seinem Trommeln alle anderen Geräusche erstickte.

Im Haus hörte man keine Stimmen; man sprach tatsächlich nur das, was unbedingt notwendig war, und selbst dabei wurde nur geflüstert. Traurig schweigend verrichteten die Dienstmädchen ihre Pflichten. Die Klassenzimmer waren leer; die vier Schüler, die sich gegenwärtig in Nelson Hall aufhielten, waren auf ihre Zimmer geschickt worden, weil Schwester Louisa und der *Seanchai* nicht unterrichten konnten. Selbst der große Wolfshund lag stumm und betrübt vor der Tür der Kapelle, als würde er Wache halten über einen heiligen Ort.

Es sah alles danach aus, als hätte der Tod über Nacht seine Ernte gehalten.

Und so war es auch. Von Dunkelheit bedeckt, im verborgenen Schatten des Bösen, hatte die Unschuld einen weiteren Schlag erlitten.

* * *

In den fünfundzwanzig Jahren als Nonne hatte Louisa Moore schon sehr viel Leid und Schmerz gesehen, das sich Menschen gegenseitig zugefügt hatten.

Sie hatte unter den Armen von Dublin gearbeitet, hatte in Krankenhäusern Kranke gepflegt, hatte Heimatlosen und Sterbenden gedient. Während der letzten Monate hatte sie bis an den Rand der Erschöpfung unter den Hungerflüchtlingen gearbeitet, die zu Tausenden die Straßen und Gassen Dublins mit ihrem Elend überfluteten.

In alledem hatte sie beschlossen, sich nicht selbst von dem Leid und dem Elend ihrer Nächsten zerstören zu lassen. Meist war ihr der gefährliche Balanceakt gelungen, sich einen sicheren Schritt von der Grenzlinie entfernt zu halten, die Dienst und Wahnsinn trennte.

Doch während sie am Bett der jungen Frau stand, die Finola hieß, wußte sie, daß sie in der Gefahr stand, diese Linie zu überschreiten. Nichts, woran sie sich erinnern konnte, hatte sie jemals mehr erschüttert, als das, was sie hier vor sich sah.

Louisa glaubte von ganzem Herzen, daß Gottes Wort wahr ist und daß, wie er es verheißen hat, denen, die ihm vertrauen, alle Dingen zum Besten dienen müssen. Und schon mehr als einmal hatte sie erlebt, wie sich diese Verheißung erfüllte.

Doch als sie vor der Tragödie stand, die diesem jungen Mädchen zugestoßen war, wußte sie bei ihrem Leben nicht, wie Gott auch dieses Unheil zum Guten wenden sollte.

Das Mädchen gab inzwischen keinerlei Hinweise darauf, daß sie wieder zu sich kam, war jedoch alles andere als leblos. Jede Berührung des Arztes schien ihr Schmerzen zu bereiten, jeder schwere Atemzug war von einem erstickten Seufzen oder gequälten Stöhnen begleitet.

Vielleicht hielt Gott in seiner Weisheit das Mädchen zunächst an einem Ort verborgen, den nur er kannte. Louisa hatte das bei anderen Kranken schon oft erlebt. Sie lebten, aber an einem anderen Ort, einem Ort, den die anderen nicht kannten und zu dem sie keinen Zugang hatten.

In Gottes Gegenwart – in seinen Armen, an seinem Herzen – warteten die Leidenden, bis der Herr ihnen sicheres Geleit zu der Seite des Himmels gewährte, die er in seiner Weisheit für sie erwählt hatte.

Man kann sich nur schwer vorstellen, wie Schönheit auch noch durch eine derart erdrückende Manifestation des Bösen hindurchscheinen sollte – sie tat es. Finolas wohlgeformte, zarte Schönheit ließ die häßlichen Beweise menschlicher Verderbtheit nur noch deutlicher und grausamer erscheinen.

Louisa beugte sich nach vorn, um ihre Stirn mit einem feuchten Tuch zu betupfen, während der Arzt ihren Brustkorb verband. „Das Tier hat ihr auch nichts erspart!“ murmelte der Arzt, mehr zu sich selbst als zu Louisa.

„Sie ist zerbrochen ... zerbrochen wie eine Puppe. Knochenbrüche, die Nieren gequetscht ...“ überwältigt hielt er inne, und seine Hände zitterten ebenso wie seine Stimme.

Über den leblosen Körper des Mädchens hinweg blickte er zu Louisa. Eine so unsagbare Qual, einen solchen Zorn hätte sie nicht erwartet in den Augen eines Mannes, der in seinem Beruf mit den tiefsten Tiefen menschlichen Leidens konfrontiert wurde. Er war noch ein junger Mann, doch würde er sich nach diesem Tag wahrscheinlich viel älter fühlen, befürchtete Louisa.

„Wird sie es überleben?“ fragte Louisa still.

Der Arzt wandte seinen Blick von der Schwester ab und betrachtete Finolas zerschlagenes Gesicht, das jetzt mit Salbe betupft war. „Ja“, sagte er mit bewegter Stimme. „Ich glaube, sie wird es überleben.“ Er schaute auf. „Doch sagen Sie mir eins, Schwester: Glauben Sie, daß sie noch leben *möchte*?“

Louisa konnte ihre Augen nicht abwenden von dem armen, zerbrochenen Körper des Mädchens, von ihrer zerschlagenen Schönheit. „Mit Gottes Hilfe“, sagte sie leise, „werden wir alles tun, damit sie es möchte.“

* * *

Kaum eine Stunde später kämpfte sich Finola ihren Weg in die Wirklichkeit zurück. Louisa war bei ihr und erschauderte bei der Qual, die das Kind zu erdulden hatte. Louisa spürte an ihrem eigenen Körper die Pein, wenn das Mädchen gequält nach Atem rang, vor Schmerz mit den Händen um sich schlug und stöhnte. Schon die geringste Bewegung schien ihr Schmerzen zu bereiten.

Doch das Furchtbarste von allem, das, was Schwester Louisa in Finolas Leiden am schwersten ertragen konnte, war jener stumme Schrei, diese vergebliche, qualvolle Andeutung eines Flüsterns, welches das Mädchen in seiner Pein immer wieder von sich gab.

Während sie sich drehte und wand, das Gesicht furchtbar angespannt und den Mund vor Entsetzen weit aufgerissen, ihre Hände zusammengeballt und erhoben, als wolle sie sich verteidigen, unternahm Finola immer wieder den zum Scheitern verurteilten Versuch, laut aufzuschreien.

Erschüttert über die grauenhaften Qualen, die das Mädchen erdulden mußte, glaubte Schwester Louisa, daß dieser stumme Schrei der herzzerreißendste Laut war, den sie jemals vernommen hatte.

* * *

Das Schiff war gleich nach Tagesanbruch ausgelaufen. Inzwischen waren von Dublin nur noch ein Stück Küste, große Felsen und einige Leuchttürme zu sehen.

Mooney warf der Stadt einen letzten Blick zu. Der eisige Wind ließ ihn erstarren und die Spritzer, die vom Ozean herüberschlugen, waren mit Eiskörnern durchzogen. Die Jacke fest um sich geschlungen, stand er da und blickte zurück.

Bevor er wieder einen Hafen sah, würden Monate vergehen – Monate auf rauher See, mit wilden Matrosen, ein Leben in Dreck und Schmutz; Monate voll harter Arbeit und kalter Nächte; Monate voller Langeweile.

Er würde sie wieder aufsuchen, wenn er zurückkam. Er würde sie nicht vergessen, ganz bestimmt nicht für lange Zeit.

Seine Lippen verzogen sich zu der Andeutung eines Lächelns. Sie würde ihn auch nicht vergessen, keine Minute, dessen war er gewiß.

12. Kapitel

Im Kampf gegen den Feind

Mitten in düsteren Bildern, meiner Seele größter Pein,
loderte zu meinen beiden Seiten turmhoher Flammen heller Schein.
Und Streiter marschierten zu einem Kampfeslied,
ihr Heldengeist, ihr Eifer gab Mut mir und Fried.
Näher und näher kam der Heerscharen Gesang, ihr fester Schritt,
doch mehr und mehr ihr Anblick, mein Traum – mir entglitt.

Thomas D'Arcy Mcgee (1825-1868)

Nur die Nonne durfte in dem Schlafzimmer bleiben, in das man Finola gebracht hatte. Man hatte sie geholt, um Lucy zu helfen, Finola zu Bett zu bringen. Der Arzt hatte sie gebeten zu bleiben, zweifellos weil sie eine Frau und eine Nonne war.

Genauso schnell hatte er Lucy aufgefordert, das Zimmer zu verlassen. Höchstwahrscheinlich waren Frauen wie *sie* der Nonne und vielleicht auch dem Arzt selbst ein Greuel.

Lucy hatte nichts anderes erwartet. Trotzdem bat sie darum, bei Finola bleiben zu dürfen und behauptete, ihr gewiß eine Hilfe zu sein. Der Arzt blieb jedoch unnachgiebig: nur die Nonne dürfe bleiben; Lucy solle draußen warten. Die Augen des schwarzen Mannes waren auf sie gerichtet, und der schmerzgequälte Fitzgerald sah so aus, als würde er jeden Augenblick in blinder Wut aus dem Rollstuhl springen. Da erkannte Lucy, daß es zwecklos wäre, noch weiter zu drängen. Es war genug, daß man ihr erlaubt hatte mitzukommen, und das war mehr, als sie zu hoffen gewagt hatte.

Als sie nach ihrer Ankunft in Nelson Hall vor Finolas Tür herumgeschlichen war, hatte sie der schwarze Mann – den sie *Sandemon* nannten – überrascht, als er einen Stuhl brachte und sagte, er sei für sie. Seine Hände auf den Stuhl gestützt, sagte er freundlich: „Sie können hier warten. Gewiß möchten Sie in der Nähe sein, für den Fall, daß man Sie bald braucht."

Jetzt, beinahe zwei Stunden später, saß Lucy immer noch mit Finolas Katze auf dem Schoß da, und ihre Augen füllten sich mit Tränen. Es hatte eine Zeit gegeben, da hätten solche Worte sie zutiefst erfreut. *Gebraucht* zu werden, etwas wert zu sein – für *irgend jemanden* – das war etwas, was sie sich nicht vorstellen konnte. Vielleicht hätte sie lange und zufrieden leben können mit dem Wissen, daß sie wenigstens einmal jemandem etwas bedeutete, daß ihr Leben mehr war als ein paar leere Jahre.

Doch jetzt ... jetzt konnte sie nur noch traurig sein darüber, wie sinnlos ihr Leben war. Das Gefühl der eigenen Wert- und Nutzlosigkeit ließ das, was Finola zugestoßen war, nur noch tragischer und unvorstellbarer erscheinen.

Welches grausame Schicksal hatte bestimmt, daß ihr, einer gealterten Prostituierten, die ihre gesamte Existenz an die Sünde verschleudert hatte, die Qual und Erniedrigung einer grausamen Vergewaltigung – die so oft das Los der Dirnen von Dublin war – erspart blieb, während Finola ... ein unschuldiger Engel ... so einen niederträchtigen, gnadenlosen Angriff erdulden mußte?

Wenn der Gott, von dem Finola so oft sprach, wirklich existierte, wo war er dann letzte Nacht? Hat er nicht gesehen, was mit diesem unschuldigen Kind geschah, das ihm vertraute ... ihn liebte? Kümmerte es ihn überhaupt?

Lucy erinnerte sich daran, wie einmal Abend für Abend ein Straßenprediger an der Ecke neben Healy's Inn erschienen war und über Gott gesprochen hatte. Sie hatte mit Finola oben auf der Treppe gestanden und zugehört, wie der alte Mann von Gott erzählte und von seinem Sohn – *Jesus* –, der in die Welt gesandt worden war, um den Menschen die Liebe seines Vaters zu offenbaren.

Der Prediger hatte gesagt, daß Gott jedes Kind auf der Welt kannte, es bei seinem Namen nannte, daß selbst die Haare auf dem Kopf eines jeden Menschen gezählt seien. Er kennt die Seele eines jeden, behauptete der Prediger, er hört das Flehen der Hilflosen, fühlt den Schmerz der Leidenden, weint von Ewigkeit her mit denen, die zerschlagen sind.

Finola hatte sich an die Worte dieses Mannes geklammert, hatte ihnen geglaubt, hatte davon gezehrt und sie in ihrem Gedächtnis behalten. Und sie hatte versucht, mit Hilfe ihrer Handzeichen oder Bleistift und Papier, Lucy alles zu erklären.

Doch Lucy hatte gewußt, obgleich sie lächelnd ihre Zustimmung vorgetäuscht hatte, daß der Gott des Predigers – *Finolas* Gott – für solche wie Lucy Hoy unerreichbar war.

Um Finola nicht zu enttäuschen, hatte sie ihre Gefühle für sich behalten. Das Mädchen hatte offensichtlich ihr ganzes Vertrauen auf diesen Gott der Liebe gesetzt.

Doch Leute wie Lucy Hoy liebte niemand auf dieser Welt, so sah die Wirklichkeit aus. Man mußte liebenswert sein, um geliebt zu werden, nicht wahr? Selbst für Finolas Gott – den Gott der Liebe – wäre eine Frau wie sie nicht der Mühe wert.

Natürlich konnte so ein Gott leicht Finola lieben. Sie war die Güte in Person, rein und sanft – und unschuldig. Jeder liebte Finola.

Doch wo ... wo war Finolas Gott der Liebe gestern nacht?

* * *

In seinem Zimmer lag Sandemon auf den Knien und wartete auf das *Licht.* Es war schon lange her – sehr lange Zeit – seitdem ihm das Böse zuletzt so direkt und massiv entgegengetreten war, seitdem ihn eine so tiefe Finsternis umgab.

Aus eigener Kraft hätte er es gewiß vorgezogen, die Gegenwart des alten Feindes zu ignorieren. Im Angesicht des Bösen sich seiner eigenen Sünde und Schwäche nur allzu bewußt, hätte er sich geduckt vor dem, der alle Unschuld haßte, alles, was rein und heilig war, alles, was von dem *Licht* berührt worden war. Obwohl er sich einsam fühlte, galt für ihn die Verheißung, daß er nicht allein war, und so nahm er sich vor, standhaft zu sein.

Außerdem ging es nicht um ihn, sondern um das arme Mädchen, das da unten lag und dessen Leben an einem seidenen Faden hing. Um Finolas willen mußte er überwinden.

Es kam nur selten vor, daß Erinnerungen aus der Zeit, wo er sich mit dunklen Dingen befaßt hatte, an die Oberfläche drangen. Einmal zu Tage befördert, konnten diese scheußlichen Erinnerungen jedoch auch jetzt, nach so langer Zeit, seinen Frieden stören und seinen Geist quälen. Meist blieb die Tür zu der Zeit in seinem Leben, bevor der Priester ihrer Insel den Kampf um seine Seele geführt – und gewonnen – hatte, fest verschlossen.

Im Augenblick war er jedoch wieder einmal, trotz des himmlischen Feuers, das ihn wie eine Mauer umgab, und des verheißenen göttlichen Schutzes, von einem massiven Angriff von Bildern aus seiner Vergangenheit heimgesucht. Erinnerungen, häßliche Erinnerungen an das, was er einst war, an die dunklen Dinge, in denen er sich verstrickt hatte, stürmten auf ihn ein, griffen ihn an wie wilde Geier. Er war gefangen in dem Sog der Erinnerungen – der Erinnerung an seine eigene Sündhaftigkeit, an seine Verderbtheit und an das Elend, das er über das Leben anderer gebracht hatte, bevor er gerettet wurde.

Mit einem Arm bedeckte er seinen Kopf, als würde sich aus der Luft eine gewaltige Schar gieriger Raubvögel auf ihn stürzen. Mit der anderen Hand, die zur Faust geballt war, versuchte er seine Schreie zu ersticken. Als er gegen den Feind kämpfte, den er schon besiegt wußte, schrie er so heftig, daß er Blut aus seinen Fingern zog.

Endlich ... endlich ... spürte er, wie die Finsternis dem *Licht* weichen mußte. Das wunderbare *Licht* vertrieb alle Furcht, verwies den Feind des Feldes und durchflutete Sandemon wie eine wunderbare, frische Brise vom Himmel, mit einer neuen Gewißheit der vergebenden Liebe Gottes und des neuen Lebens in Christus.

An Leib und Seele dürstend, ermattet von dem unerwarteten Angriff des Bösen, erhob er sein Haupt und dann seine Hände. Eingehüllt in das *Licht* schickte er kein Gebet um Schutz und Bewahrung zum himmlischen Thron empor, sondern einen machtvollen Lobgesang zur Ehre Gottes.

* * *

Morgan hatte geglaubt, das volle Ausmaß seines Zorns bereits kennengelernt zu haben, war er doch unzählige Male im Sturm seines Zorns gefangen und von blinder Wut umgetrieben gewesen.

Aber damals war es anders, hatte er kurz vor dem Wahnsinn innegehalten – denn damals war er noch nicht so hilflos wie jetzt, war noch nicht an diesen elenden Rollstuhl gefesselt. Früher war er in der Lage, etwas an seiner Situation zu ändern, seine Wut nach außen zu kehren. Er konnte sie in eine Tat verwandeln und mußte sie nicht wie jetzt nach innen richten, gegen sich selbst – gegen seine Schwäche, seine Hilflosigkeit und seine Schuld.

Während er dasaß, den Blick starr auf das Feuer gerichtet, wurde ihm klar, daß nichts die Glut ersticken konnte, die in ihm loderte, selbst wenn es ihm gelänge, sich aus dem Rollstuhl zu befreien.

Er glaubte, an der unendlichen Qual sterben zu müssen, die ihn bei der Erinnerung an Finolas Anblick überkam, als Sandemon sie hereingetragen hatte. So regungslos, so bleich, so leblos ... so zerbrochen.

Bis zum heutigen Tag hatte er sich nicht eingestanden, daß er sie liebte. Er hatte seiner Liebe zu dem Mädchen viele Namen gegeben, hatte sie verstandesmäßig erklärt und als „brüderlich“ oder „fürsorgend“ beschrieben.

Er hatte alle nur denkbaren Ausreden gebraucht – die alle gerechtfertigt waren –, um seine *wahren* Gefühle nicht eingestehen zu müssen: zuallererst, weil er ein Krüppel war; dann der große Altersunterschied zwischen ihnen, der mehr als ein Jahrzent betragen mußte; das Geheimnis, das sich um ihre Vergangenheit rankte, wer sie war und woher sie kam. Er hatte sogar versucht, an die Möglichkeit zu denken, daß sie einem anderen Mann gehörte, obgleich ihre Jugend und die Jahre, die sie allein in Healy's Inn zugebracht hatte, dies nahezu auszuschließen schienen.

Es war bitter, daß es einer Nacht des Schreckens, eines unfaßbaren, skrupellosen Überfalls bedurfte, um der Wahrheit ins Auge zu sehen ... daß er sie liebte. *Er liebte Finola.*

Unglücklicherweise trug seine neu erkannte Liebe zu Finola nur dazu bei, die hilflose Wut, in der er bereits gefangen war, noch unerträglicher zu machen. Er wußte nicht, welches Messer nunmehr schmerzlicher in seine Seele stach: der Schrecken ihres Überfalls und die Qual, wenn er sich vorstellte, wie sie gelitten haben mußte, oder die Schuld, die aus dem Gedanken geboren wurde, daß er ihr dieses Leiden vielleicht erspart haben könnte, wenn er nur ein ganzer Mann gewesen wäre.

Der Mann, der er einst war, hätte die Hindernisse überwunden – welche Rolle spielten denn am Ende das Alter oder eine fehlende Vergangenheit? – und das Ziel seiner Liebe ungeachtet der Konsequenzen verfolgt. Der Mann, der er einst war, hätte um ihre Zuneigung geworben, hätte ihr ein Versprechen abgenommen und gegeben und sie zu seiner Braut gemacht.

Doch der Mann, der er jetzt war, könnte ihr nicht einmal den geringsten Trost bieten, wenn ... *o bitte, Gott* ... sie diesen Alptraum überlebte. Wie sollte er ihr in irgendeiner Weise ein Trost sein? Was konnte er ihr bieten?

Was könnte er für sie tun?

Du könntest ihr ein Freund sein ...

Dieser Gedanke kam unaufgefordert, wie ein Flüstern, aus der Tiefe seines wunden Herzens.

Ja, ... soviel konnte er wenigstens tun. Er könnte Finola ein Freund sein.

Und wie dringend würde sie einen Freund brauchen! Welche Qual, welche Angst stand ihr noch bevor, wenn sie überlebte!

Und er konnte ihr zumindest eine Zuflucht gewähren, den Schutz seines Hauses; ein Zuhause, eine Familie schenken.

Langsam begann ein schwacher Hoffnungsschimmer in ihm zu erwachen. Hatte er ihr nicht vor kurzem erst erklärt, daß sie alle eine Familie waren, verbunden in Gott? Finola und er, Annie, Sandemon, Schwester Louisa.

Wenn Finola es wollte, dann würden sie vom heutigen Tage an ihre Familie sein.

Was ihn betraf, ... so würde er für sie alles sein ... was sie sich wünschte.

Er zwinkerte mit den Augen und richtete sich in seinem Rollstuhl auf. Plötzlich hatte er den dringenden Wunsch, mit seiner Familie zusammenzusein, mit *seiner* Familie.

Er klingelte nach Artegal. Sobald der bleiche Diener in der Tür erschien, fragte Morgan, wo Annie und Sandemon waren.

„Das Mädchen – Miss Annie – ist, glaube ich, in der Kapelle, Sir. Und *er*" – der Diener verzog angewidert den Mund – „er sagte etwas davon, daß er in sein Zimmer gehen wollte, um ... zu *kämpfen*."

Morgan gelang ein schwaches Lächeln. Er hätte es sich denken können, wo Sandemon jetzt war – auf seinen Knien.

„Gehen Sie und sagen Sie ihm bitte, er soll in die Kapelle kommen, Artegal. Er soll möglichst sofort kommen."

Der Diener schniefte widerwillig, dann nickte er langsam. „Sehr wohl, Sir."

„Sagen Sie ihm", fügte Morgan, Artegals frostigen Blick ignorierend, hinzu, „die Familie wird den Kampf gemeinsam bestreiten."

* * *

Annie Delaney hatte keine Antwort von Gott vernommen. Seit mehr als einer Stunde lag sie auf ihren Knien – so lange wie noch nie zuvor in ihrem Leben – hatte sie zu Gott gebetet und gefleht.

Doch es kam keine Antwort zurück; nicht einmal ein Flüstern; kein einziges Wort der Erklärung oder Ermutigung.

Annie spürte sowohl Ärger als auch Furcht in sich aufsteigen: Ärger darüber, daß Gott schwieg und Furcht, daß sie es wagen konnte, über Gott ärgerlich zu sein. Sie dachte, es sei böse, über Gott zornig zu sein, böse, solche Gedanken zu äußern, denn sie könnten ja geradewegs zum Himmel fliegen.

Doch sie behielt sie, solange sie konnte, für sich. Sie konnte einfach nicht begreifen, warum Gott ihr, die selbst von ihrer Mutter verstoßen war, geholfen hatte, dem betrunkenen Tully zu entkommen und unverletzt nach Dublin zu fliehen. Finola jedoch, die so gut und so freundlich war – ein echtes Kind Gottes, von *jedermann* geliebt – war allein, auf sich selbst gestellt, ... schutzlos war sie so grausam überfallen worden.

Warum? Warum hatte der Herr *Finola* nicht errettet? Warum hatte Gott es zugelassen, daß sie verletzt wurde. Es könnte sogar sein, daß sie sterben mußte ...

Annie begann noch heftiger zu weinen. Sie würde nicht so denken! Nein, sie würde es *nicht* tun! Finola würde nicht sterben ... sie *durfte* nicht sterben!

„Bitte, Herr ... bitte", brachte sie unter Schluchzen hervor, „wenn heute jemand sterben muß, – und ich gebe zu, daß ich nicht verstehe, warum das der Fall sein sollte – aber falls es doch so ist, Herr, kannst du nicht an Finolas Stelle jemanden nehmen, der schlecht, der böse ist? Ich weiß, daß du sie vielleicht gern bei dir haben möchtest, weil sie so hübsch und so nett ist und so freundlich, wie die Engel es gewiß sind! Doch wir brauchen sie hier unten auf der Erde, verstehst du das nicht? Ich bitte nicht nur um meinetwillen, Herr – der *Seanchai* mag sie doch auch so gern, und er droht beinahe den Verstand zu verlieren, so ängstigt er sich!"

Als sie an den *Seanchai* dachte, an sein zu Tode betrübtes Gesicht, als er ihr von Finola berichtet hatte, mußte sie noch mehr weinen. Annie wischte sich mit dem Ärmel über die Augen und trocknete die Tränen, die einfach nicht zu fließen aufhören wollten.

* * *

Morgan blieb an der Tür zur Kapelle stehen und streichelte dem Wolfshund besänftigend über den Kopf, bevor er in die Kapelle rollte.

Als er Annie sah, hielt er inne. Sie kniete vor dem Altar. Wie immer waren ihre dicken schwarzen Zöpfe zerzaust und vermochten das schwere, widerspenstige Haar nicht zu halten, das Mrs. Ryan jeden Tag zu bändigen versuchte.

Sie kniete mit dem Rücken zu Morgan gewandt, doch er sah, wie ihre schmalen Schultern bebten und wußte, daß sie weinte.

Beim Anblick ihres Schmerzes brannten Morgans Augen, doch er verweilte einen Augenblick an der Stelle, an der er stehengeblieben war. Man sah Annie tatsächlich selten weinen. Gewiß verzog sie oft schmollend den Mund oder machte ein verdrießliches Gesicht, und mit ihrem Lächeln konnte sie einen starken Mann umwerfen, doch selten ... sehr selten weinte Annie.

Sie war stolz darauf, stark und beinahe erwachsen zu sein. Sie hatte es nicht gern, wenn man sie dabei ertappte, daß sie sich wie ein Kind benahm.

Doch jetzt weinte Annie, jetzt schluchzte sie vor dem Altar wie ein Kind, dessen Herz gebrochen ist. Und doch sah Morgan, wie das Mädchen zwischen Schluchzen und Weinen betete.

Ganz gewiß betete sie zu ihrem neu gefundenen Heiland um das Leben ihrer neu gefundenen Freundin.

Annie, die kleine, versponnene Annie mit dem festen Herzen und dem unbeugsamen Willen, liebte Finola, und trauerte – und flehte – für sie vor dem Herrn.

Sie schien ihn nicht gehört zu haben. Sie rührte sich nicht und schien keinerlei Widerstand zu leisten, als Morgan den Gang nach vorn bis zum Altar rollte und seine Arme nach ihr ausstreckte. Sie blickte auf, taumelte auf ihre Füße und ließ sich in seine Arme fallen. Er setzte sie sicher auf seinen Schoß, und sie schmiegte sich an seine Schulter.

Er glaubte, das Herz müsse ihm brechen, als sie schluchzend in seinen Armen lag.

„Seanchai ... oh, Seanchai ... ich kann es nicht begreifen!“ war alles, was sie zwischen Weinen und Schluchzen hervorbrachte.

Morgan schloß die Augen und drückte ihren kleinen, schlanken Körper fest an sich. Leise auf irisch flüsternd, versuchte er sie zu trösten, und während er das tat, strömte ihm von diesem Kind, das er so liebte, als wäre es sein eigenes, Kraft zu.

Auch Annie hatte Gewalt erlebt und kannte das Grauen und den Schmerz, beschimpft und geschlagen zu werden. Vielleicht konnte sie deshalb die Grauenhaftigkeit von Finolas Alptraum besser verstehen als irgend jemand in Nelson Hall.

Langsam beruhigte sich Annie und rieb mit den Händen in ihren Augen. „Warum hat Gott Finola nicht gerettet, *Seanchai?*“ fragte sie mit tränenerstickter Stimme. „Warum hat er ihr nicht geholfen?“

Wie das bittere Echo seiner eigenen Herausforderung an Gott schwebte Annies Frage zwischen ihnen. „Es gibt Dinge, die wir nicht begreifen können, Kind“, stieß Morgan hervor. Dann wiegte er sie weiter in seinem Arm, als wäre sie ein Baby.

Wieder schüttelte ein heftiges Schluchzen die schmalen Schultern. Einen Augenblick später wich sie nur soviel aus seinen Armen zurück, daß sie ihn anschauen konnte. „Ich verstehe nicht, warum ich davongekommen bin und Finola nicht", sagte sie, und ihre dunklen Augen brannten auf seiner Haut.

Morgan wußte, daß sie daran dachte, wie ihr betrunkener Stiefvater sie angreifen wollte und es ihr gelungen war, zu fliehen, auf die engen Straßen von Belfast, die von da an ihr Zuhause waren.

„Warum", fragte sie wieder, „hat Gott Finola nicht geholfen zu fliehen, anstatt zuzulassen, daß sie so grausam verletzt wurde?"

Morgan seufzte tief. „Ach, Annie, *alannah* – mein Kind –, ich weiß es selbst nicht. Ich weiß es nicht. Deine Fragen sind auch meine Fragen, und auch ich habe keine Antwort darauf. Ich fürchte, es gibt Fragen, auf die es keine Antwort gibt."

Hinter ihnen kamen leise Schritte näher. Zwei große Hände – dunkel und stark – umfaßten zuerst Morgans Schulter, dann die des Kindes. Sandemon stand hinter dem Rollstuhl, faßte sie an und stellte den Rollstuhl so, daß sie zu dritt im Kreis saßen. „Sie haben wahr gesprochen, *Seanchai*", sagte Sandemon leise, dann fuhr er mit bewegter Stimme fort: „Es mag nicht immer auf alle Fragen eine Antwort geben, aber immer ... immer ist Jesus da."

* * *

Louisa fand die drei in der Kapelle. Annie saß auf dem Schoß des *Seanchai*, und Sandemon saß neben ihnen, als sie eintrat.

Alle drei drehten sich gleichzeitig nach ihr um.

„Welche Nachricht bringen Sie?" stieß der *Seanchai* hervor.

„Der Arzt ist dabei aufzubrechen. Er möchte mit Ihnen sprechen."

Der große Mann im Rollstuhl erwiderte nichts. Er schien den Atem anzuhalten, schien zu zögern, das zu hören, was der Arzt ihm zu sagen hatte.

Schließlich brachte er ein einziges Wort heraus: „Finola?"

Erst jetzt, in diesem Augenblick, begriff Schwester Louisa. Morgan Fitzgerald war ein Mann von beeindruckender Selbstbeherrschung. Selbst wenn er Angst oder Sorgen hatte, behielt er es für sich. Seine Augen gaben keine Geheimnisse preis, obgleich man in diesem Moment einen Blick in ein großes Herz tun konnte, das in Bedrängnis war. Die Art und Weise jedoch, wie er den Namen des Mädchens ausgesprochen, wie ein Gebet gehaucht hatte und der tiefe, flehende Blick aus seinen grünen Augen sagten Louisa, was sie vorher noch nicht gewußt hatte. Er liebte das zerbrochene Mädchen mit dem stummen Schrei.

Sie durfte ihn auch nicht einen Augenblick länger warten lassen. „Finola wird leben."

Erleichert sank er vor ihrer aller Augen in seinen Stuhl zurück. Das Kind in seinen Armen, sackte er erschöpft zusammen. Wie ein Sünder, dem Vergebung widerfahren war, beugte er sein gewaltiges Haupt und bewegte seine Lippen – offenbar im Gebet.

Die dünnen Arme des Kindes schlangen sich um seinen Hals, und als sie ihm auf irisch etwas zuflüsterte, nickte er.

Sandemon und Louisa tauschten einen fragenden Blick aus.

Sie schüttelte den Kopf, als wolle sie sagen, daß sie keine Antwort hatte, sie würden auf Gott warten.

Der *Seanchai* hob den Kopf. „Kann ich jetzt zu ihr gehen?"

Unwillkürlich blickte Louisa wiederum erst zu Sandemon, bevor sie sich ihrem Arbeitgeber zuwandte. „Ich glaube nicht", sagte sie behutsam, „jetzt noch nicht."

Seine Augen waren fest auf ihr Gesicht gerichtet: „Warum?"

Louisa zögerte. Natürlich mußte sie ihm die Wahrheit sagen, doch gab sie ihr Bestes, es so schonend wie möglich zu tun. „Das Mädchen ist gerade erst am Erwachen. Natürlich ist sie noch verstört und verwirrt, muß ihre Gedanken erst einmal ordnen." Sie hielt inne und atmete tief durch. „Sie ist noch sehr aufgeregt – sehr unruhig. Sogar der Anblick des Arztes scheint sie zu ängstigen."

Während Louisa sprach, konnte sie beinahe fühlen, wie der Mut des großen Mannes sank. Doch sie mußte fortfahren, er mußte es wissen. „Der Arzt ist etwas beunruhigt über ihren geistigen Zustand. Er ..."

„Was ist mit ihrem Verstand?" Die Hände des Mannes umklammerten die Lehnen seines Rollstuhls, während er sich aufrichtete. „Was ist mit ihrem Verstand?" wiederholte er mit monotoner Stimme.

Louisa zuckte innerlich zusammen, doch sie wich dem Schmerz in seinen Augen nicht aus. „Keiner von uns übersteht Gewalt unbeschadet, Master Fitzgerald. Ich glaube jedoch, die Erfahrung gemacht zu haben, daß die Unschuldigen – diejenigen, die einen guten, reinen Geist in sich tragen – meist am schwersten zu leiden haben."

Sein Blick war unverwandt auf sie gerichtet, als Louisa fortfuhr: „Finola ist das Opfer eines besonders skrupellosen, brutalen Angriffs geworden. Und Finola", sagte sie, als ihre Stimme für einen Moment zu zittern begann, „ist eine sehr zarte, vertrauensvolle junge Frau. Sie wurde in einen Alptraum gestürzt und bis jetzt ... ist sie noch nicht in der Lage, damit fertigzuwerden. Im Augenblick befindet sie sich in einem Zustand der Hysterie – nervös und aufgeregt ist sie nicht sie selbst. Dr. Fielding rät Ihnen dringend davon ab, sie zu besuchen, solange dieser Zustand anhält. Selbst *ihn* läßt sie nicht an sich heran. Offensichtlich ist sie völlig verängstigt."

Der Mann sah so schmerzerfüllt aus, daß Louisa krampfhaft um ein Wort rang, das ihn trösten könnte. „Dieser Zustand kann auch sehr schnell vorüber sein", fügte sie hinzu. „Sicher wird sie, sobald sie sich ... besser zu fühlen beginnt ... Sie sehen wollen. Nur im Augenblick ..."

Sie ließ ihren Satz unvollendet verklingen. Es war offensichtlich, daß der *Seanchai* nicht mehr zuhörte.

13. Kapitel

Die Torheit des Aufschubs

Zu lange entsagen zu müssen,
kann ein Herz zu Stein werden lassen.

W. B. Yeats (1865-1939)

New York City
Mitte November

Als Sara merkte, daß der Zwischenfall mit Tierney nichts an Michaels Absicht geändert hatte, zu Weihnachten zu heiraten, wußte sie nicht, ob sie darüber erleichtert oder beunruhigt sein sollte.

Sie *wollte* die Hochzeit nicht aufschieben. Allein schon der Gedanke daran versetzte sie in eine trübsinnige Stimmung und machte ihr das Herz schwer. Wenn sie jedoch daran dachte, wie schwer Tierney verletzt wurde und daß sein Widerstand gegen ihre Heirat ungebrochen war, quälte sie der Gedanke, daß die Feindschaft des Jungen nur noch verschärft wurde, wenn sie an ihren Plänen festhielten.

Auch jetzt noch, eine Woche, nachdem Tierney zusammengeschlagen worden war, dachte sie noch daran, daß sie die Hochzeit vielleicht doch aufschieben sollten. Wann immer sie das Thema anschnitt, lehnte Michael es jedoch entschlossen ab, einen Aufschub auch nur in Betracht zu ziehen.

Heute abend war er nach dem Abendessen kurz vorbeigekommen, um ihnen mitzuteilen, daß er Tierney am Freitag nach Hause holen würde. Sie standen vor dem sacht brennenden Feuer im Kamin des Salons und unterhielten sich. Michael zog Sara an sich und lächelte ein wenig. „Der Arzt sagt, Tierney wird zu Weihnachten wieder völlig auf den Beinen sein. Du siehst also, es gibt keinen Grund, auch nur an den Aufschub unserer Hochzeit zu denken."

Sara verweilte einen Augenblick in seinen Armen. „Bist du sicher, daß er die Überfahrt auf der Fähre schon verkraftet? Seine Verletzungen sind erst wenige Tage alt."

Michael nickte zerstreut. „Er ist auf dem Weg der Genesung. Natürlich wollte er vom ersten Tag an von Walshs Haus weg, der Arzt hat jedoch erst jetzt seine Zustimmung gegeben."

Weder der Frohsinn in seiner Stimme noch die Geborgenheit in seinen starken Armen konnten Saras quälenden Zweifel zerstreuen. Sie war überzeugt, daß Tierney es ihr um so mehr verübelte, wenn sie in einer so kritischen Zeit zwischen ihn und seinen Vater trat.

Sie vertraute Michael diese Sorge an und fügte hinzu: „Ich frage mich immer wieder, ob es nicht klüger wäre zu warten."

Michael hielt sie fest an den Unterarmen und wich gerade soweit zurück, daß er ihr Gesicht betrachten konnte. „Sara", sagte er, wobei es ihm nur schwer gelang, die Ungeduld in seiner Stimme zu verbergen, „du *weißt*, daß mein Verhältnis zu Tierney bereits zum Zerreißen gespannt ist! Wir werden einander immer fremder."

Der Schmerz in seinen Augen stand im Widerspruch zu dem harten Unterton in seiner Stimme. Als sie ihn zu unterbrechen versuchte, schüttelte er nur den Kopf und fuhr fort. „Der Junge hat mich praktisch aus seinem Leben ausgeschlossen. Er macht kein Geheimnis daraus, daß er mich ablehnt, daß er mit dem, was er als ‚meine Lebensart' bezeichnet, nichts zu tun haben möchte. Nun sage mir, Sara, was meinst du, könnten wir mit einem Aufschub der Hochzeit eigentlich erreichen?"

Innerlich zitternd, holte Sara tief Luft: „Ich möchte die Dinge nicht einfach noch schlimmer machen, als sie ohnehin schon sind", sagte sie leise. „Tierney ist dein *Sohn*, Michael!"

Der Schmerz auf seinem Gesicht wurde von schwelendem Zorn abgelöst. „Und du wirst meine *Frau*! Das werde ich mir auch von meinem Sohn nicht nehmen lassen!"

Seine Hände umklammerten sie so fest, daß Sara vor Schmerz zusammenzuckte. Sofort lockerte er seinen Griff. „Es tut mir leid, Sara! Verzeih mir bitte", sagte er, und sein Gesicht spiegelte Reue wider. „Aber siehst du es denn nicht ein, *asthore* – mein Liebling – daß du einfach nichts tun kannst – daß *wir* einfach nichts tun können? Wenn Tierney beschlossen hat, sich von mir und allem, was mir etwas bedeutet, abzuwenden, so kann man ihn nicht aufhalten."

Sara hätte weinen mögen, als sie den Schmerz sah, der in seinen Augen brannte. Es betrübt mich tief, daß Tierney mich kein bißchen mag, doch *das* könnte ich noch ertragen! Was ich *nicht* ertragen kann, ist der Gedanke, ich könnte zwischen dir und deinem Sohn stehen."

Wieder wurde sein Griff fest. „Sara, hör mir bitte zu: Gott weiß, daß ich beinahe alles zu tun bereit bin, um das Verhältnis zwischen Tierney und mir zu verbessern. Doch eines werde ich *nicht* tun: Ich werde dich nicht um seiner Torheit willen aufgeben. Ich bin nicht bereit, dich zu verlieren – auch nicht für meinen Sohn!"

Die Kraft seiner Liebe traf Sara wie ein Schlag. Wenn sie irgendwann an der Tiefe seiner Gefühle ihr gegenüber gezweifelt hätte, so wußte sie nun, daß sie das nie wieder tun würde.

Er nahm sie in seine Arme und hielt sie so fest, daß sie kaum atmen konnte. Sara glaubte, mit seiner Stärke zu verschmelzen, meinte aufzugehen in der unendlichen Zärtlichkeit, die aus seinen Augen sprach, als er ihren Kopf hob, damit er ihr in die Augen sehen und sie küssen konnte.

„Zu Weihnachten", flüsterte er. „Zu Weihnachten wirst du meine Frau sein. Du hast es mir versprochen."

Unfähig, irgend etwas anderes zu tun als zustimmend zu nicken, schlang Sara ihre Arme fest um ihn und schmiegte ihren Kopf an seine Schulter. Michael umklammernd, betete sie still ... wie schon so oft ... daß sie das Richtige taten.

* * *

Als man sie am nächsten Tag vormittags zu ihrer Großmutter rief, wurde Saras Aufmerksamkeit zumindest zeitweilig von den Schwierigkeiten zwischen Michael und seinem Sohn abgelenkt und auf ihre eigene Familie gerichtet.

Robert, der ältere Fahrer, der bei Omi Clare angestellt war, solange sie denken konnte, hatte sie gegen elf abgeholt. Weil es ein kurzes Stück bis zu der verwinkelten gotischen Villa in der Thirty-Fourth Street war, machte Sara sich Sorgen, als sie den Wagen vorfahren sah.

Ihre Großmutter hatte sich nur langsam und noch nicht wieder völlig von dem leichten Schlaganfall erholt, den sie vergangenen Sommer erlitten hatte. Die Tatsache, daß sie noch immer darauf bestand, für sich zu wohnen, nur mit dem älteren Fahrer und den wenigen Hausangestellten – von denen die meisten so alt wie die Großmutter waren – bereitete allen in der Familie ständig Sorge.

Robert beruhigte Sara jedoch und versicherte ihr, daß die Großmutter nicht krank sei. „Sie können ganz unbesorgt sein, Miss Sara. Sie bat mich, Ihnen sofort mitzuteilen, daß sie sich nicht schlecht fühlt, sondern sich nur nach Ihrer Gesellschaft sehnt. Es sieht aus, als wolle es regnen, sagte sie, und ich solle Sie mit dem Wagen holen."

Als Robert ihr aus dem Wagen half, war Sara ihrer Großmutter für ihre

Umsicht dankbar. Die Luft war über Nacht bitterkalt geworden, und es fielen tatsächlich die ersten eiskalten Regentropfen.

Die Großmutter erwartete sie oben im Teezimmer, Saras Lieblingszimmer in ihrem Haus. Die Seidenvorhänge waren zurückgezogen, um so viel Licht wie möglich in das Zimmer zu lassen. Klein und aufrecht saß Omi Clare an dem lackierten Tisch neben dem Fenster.

Sobald sie Sara erblickte, legte sie ihren Stift beiseite und streckte ihr beide Hände entgegen. „Oh ja, dich brauche ich, um mir diesen trostlosen Vormittag aufzuheitern! Komm herein, Liebling – komm herein! Komm, setz dich zu mir!"

Sara beugte sich herunter und küßte ihre Großmutter auf die wohlriechende Wange, dann drückte sie ihr die Hand – dünn und schmal waren Großmutters Hände geworden, und sie waren auch nicht mehr so stark wie früher. Sara merkte auch, wie diese Hände leicht zitterten, während sie sie umfaßte.

Sara stellte einen rosafarbenen Brokatstuhl neben die Großmutter und lächelte sie an: „Du bist sicher heute morgen dabei, deine Korrespondenz zu erledigen. Oder schreibst du etwa schon wieder einen Brief an die *Tribune*?"

Empört die Nase rümpfend lehnte sich die Großmutter in ihrem Stuhl zurück. „Ich verschwende keine Tinte!"

„Warum, Omi? Ich dachte, du magst Mr. Greeley!"

„Ach, Horace ist schon in Ordnung, glaube ich." Die Großmutter zuckte leicht mit den Achseln. „Wenn man davon absieht, daß er aufgeblasen, dogmatisch und auf jeden Fall viel zu emotional ist. Horace hat es noch nicht gelernt, seine Soldaten antreten zu lassen, bevor er schießt."

„Doch er bezieht einen Standpunkt", erinnerte Sara sie lachend. „Vergiß nicht, daß er den Iren wohlgesinnt ist." Der schillernde Redakteur der *Tribune* hatte einen persönlichen Beitrag zur Unterstützung Irlands geleistet und außerdem einen Spendenaufruf drucken lassen. „Und er ist ein erbitterter Gegner der Sklaverei."

„Und des Wahlrechts für Frauen", fügte die Großmutter kühl hinzu. „Wenn Horace es doch nur lernen würde, sich zu beherrschen, dann würde er mehr wie ein Kämpfer und weniger wie ein Narr wirken. Auf jeden Fall werde ich mir nicht die Mühe machen, ihm noch einmal zu schreiben. Obwohl wir Freunde sind, ist er offensichtlich der Meinung, ich wäre hirnlos, nur weil ich eine Frau bin. Nein, ich bin heute morgen dabei, einige Anweisungen für Robert und die anderen Angestellten niederzuschreiben, damit sie zur Hand sind. Als ich aus dem Krankenhaus zurückkam, herrschte im Haus ein einziges Chaos; ich möchte sicher gehen, daß dies nicht noch einmal passiert."

Besorgt beugte sich Sara nach vorn und faßte das zarte Handgelenk der Großmutter. „Omi! Robert sagte, es ginge dir gut, aber das stimmt nicht, oder?"

„Mir *geht* es gut", erwiderte die Großmutter mit einem energischen Augenaufschlag. Das kleine, ovale Kinn – dasselbe wie es auch Sara hatte – schnellte nach oben. „Ich bin jedoch dreiundachtzig Jahre alt. Ich hatte einen Schlaganfall und zweimal eine schwere Lungenentzündung. So scheint es mir nur vernünftig zu sein, Vorkehrungen zu treffen. Was soll sonst werden?" fügte sie flink hinzu. „Als ich das letztemal liegen mußte, schien niemand auch nur *irgend etwas* finden zu können! Nicht einmal ihren Lohn haben die Angestellten rechtzeitig erhalten!"

Sara konnte ein Lächeln nicht unterdrücken. Die peinliche Ordnung im Haushalt der Großmutter war in ihrer Familie bereits zum Sprichwort geworden. „Wir haben es dir schon jahrelang gesagt, Omi, du sollst nicht immer so fleißig und peinlich genau sein. Jetzt siehst du, was passiert, wenn du nicht da bist."

„Ja, das habe ich tatsächlich gesehen. Und ich werde nicht zulassen, daß dies noch einmal passiert. So ein Durcheinander!" Sie schob ihren Stuhl vom Tisch zurück und schaute Sara an.

Wieder machte Sorge sich breit, als Sara die Großmutter betrachtete. Das silberne Haar, noch bemerkenswert stark, war ordentlich zu dem üblichen Nackenknoten zusammengefaßt. Auf den zarten Wangen lag ein rosa Hauch, doch auch das Rouge und das zarte Rosa ihres Morgenmantels vermochten nicht über ihre Blässe hinwegzutäuschen. Heute morgen sah man Omi Clare ihre dreiundachtzig Jahre tatsächlich an.

Sara liebte ihre kleine, zarte Großmutter von ganzem Herzen. Als Saras Mutter gestorben war, hatte Omi Clare für einige Monate bei ihnen gewohnt. Während dieser Zeit, als sie als Fünfjährige so verwirrt über den Verlust der Mutter war, hatte sie ein Band der Liebe zu ihrer Großmutter geknüpft, das im Laufe der Jahre nur noch fester geworden war. Die beiden waren mehr als nur verwandt – sie waren Freunde.

„Ich möchte nicht über mich sprechen", sagte die Großmutter bestimmt. „Ich möchte über *dich* reden und deinen jungen Mann. Wie *geht* es Michael überhaupt?"

Der kleine Funke, der gewöhnlich in ihren Augen blitzte, war zurückgekehrt und Sara lächelte die Großmutter ebenfalls an. „Es geht ihm gut, Omi. Vater hat dir doch erzählt, daß Michael in den neugegründeten Ausschuß berufen wurde, nicht wahr?"

Die Großmutter nickte lächelnd. „Du freust dich bestimmt sehr darüber. Und ich bin überzeugt, daß Michael eine echte Stütze der Kommission sein wird. Vielleicht gelingt es ihm, unter diesen wichtigtuerischen Wohltätern ein Feuer zu entfachen." Sie hielt inne. „Damit meine ich natürlich nicht deinen Vater. Lewis ist ein feiner Mann, wenn auch zuweilen etwas starrköpfig."

Sie musterte Sara einen Augenblick lang. „Ihr habt noch vor, zu Weihnachten zu heiraten; mit einer kleiner Feier im Familienkreis, wenn ich es richtig verstanden habe?"

Sara nickte, doch selbst ihr noch so kurzes Zögern schien bei der Großmutter Verdacht geweckt zu haben. „Sara? Es ist doch alles in Ordnung zwischen Michael und dir?"

„Ja – oh ja, ganz bestimmt!"

„Prima! Weißt du, eine Zeitlang habe ich befürchtet, ihr beide würdet euch durch die Verletzung des Jungen eure Pläne durchkreuzen lassen. Ich freue mich, daß dies nicht der Fall ist."

Sara blickte sie an. „So meinst du nicht, daß es falsch sei, wie geplant zu Weihnachten zu heiraten?"

„Falsch?" Omi Clare zog eine Augenbraue nach oben. „Gewiß nicht! Dein gutaussehender Ire ist einfach wundervoll! Ich sage dir, heirate ihn und dann viel Glück!" Sie hielt inne und musterte Sara mit ihrem scharfen Blick. Einen Augenblick später runzelte sie die Stirn und lehnte sich in ihrem Stuhl nach vorn. „Du *hast* im Sinn, die Hochzeit zu verschieben, nicht wahr? Warum Sara? Wegen des Jungen?"

Sie schüttelte den Kopf. „Nein", sagte sie unsicher. „Das heißt ich *hatte* es im Sinn ... doch jetzt nicht mehr. Michael ist so fest entschlossen ... er möchte nichts von einem Aufschub hören. . ."

„Wie gut! Es wäre wirklich töricht, die Hochzeit zu verschieben. Ich bin froh, daß Michael so fest entschlossen ist. Das ist genau das, was du brauchst, Sara. Dein Vater und ich haben das schon vor Jahren erkannt. Nur ein Mann, der so willensstark wie Michael ist, wird mit dir leben können."

Sara gelang nur ein schwaches Lächeln. Dennoch gab die Zuversicht der Großmutter ihr Auftrieb. Großmutter Clare erteilte ihre Zustimmung nie voreilig. Wenn sie jedoch nichts dabei fand, die Hochzeit wie geplant durchzuführen, dann war es bestimmt richtig.

Die Großmutter legte ihre Hand auf Saras. „Es wird alles gut werden, Sara. Du wirst es selbst sehen. Gott findet einen Weg, alles zum Besten zu kehren, wenn wir uns seiner Führung anvertrauen. Manchmal kann man nur das tun, was man für richtig hält, das, was unser Herz uns sagt, daß es das Beste sei. Gott hat Michael für dich erwählt. Kümmere du dich darum, ihm eine gute Frau zu sein – um alles andere wird Gott sich kümmern – auf seine Weise."

Sie richtete sich in ihrem Stuhl auf und ließ Saras Hand los. „Eigentlich war ein Grund, weshalb ich nach dir geschickt habe, über eure Hochzeitspläne zu sprechen; oder besser gesagt, über eure Pläne *nach* der Hochzeit." Sie machte eine Pause und führte eine Hand zu der Elfenbeinbrosche, die sie an ihrem Hals trug. „Wo werdet ihr nach der Hochzeit wohnen?"

Die Frage der Großmutter förderte ein weiteres Problem zutage. „Eigentlich", sagte Sara mit einem tiefen Seufzer, „haben wir das noch nicht endgültig besprochen."

Wieder zog die Großmutter eine Augenbraue nach oben und forschte in Saras Gesicht.

In Saras Hals bildete sich der altvertraute Knoten. Unzählige Male hatten sie und Michael über diese Frage gesprochen. „Wir haben ja Michaels Wohnung", sagte sie matt.

„Aber mit den beiden Jungen dort – du sagtest, die Wohnung sei klein", bemerkte die Großmutter.

Sara nickte. „Ja, das stimmt. Daniel wird bald zu Nora und Evan ziehen. Nora möchte ihn gern bei sich zu Hause haben, und der Junge ist einverstanden."

„Trotzdem ... muß Michaels Sohn noch dort wohnen."

„Ich würde schon damit fertig. *Michael* sorgt sich darum, wo wir wohnen werden", erklärte Sara stirnrunzelnd. „Er ist der törichten Meinung, daß seine Wohnung ... nicht gut genug für mich sei, daß ich dort nicht glücklich wäre, nachdem ich ..."

„Nachdem du in der Fifth Avenue aufgewachsen bist?" half die Großmutter freundlich weiter.

Sara stand auf. „Aber er hat unrecht, Omi! Er *hat* unrecht! Ich könnte *überall* glücklich sein, solange Michael da ist. Doch ich kann ihn nicht davon überzeugen!"

„Es wäre unangenehm, Sara", entgegnete die Großmutter, während sie Saras Hände in die ihren nahm. „Mit einem Jungen, der fast erwachsen ist, außerdem ist es die zweite Ehe seines Vaters ..."

„Eine Ehe mit einer Frau, die Tierney verabscheut", beendete Sara den Satz, und spürte, wie sich ihr Herz zusammenkrampfte, wie immer bei dem Gedanken an Tierneys feindliche Haltung ihr gegenüber.

Die Großmutter drückte Saras Hand.

„Vater hat uns natürlich Zimmer bei uns zu Hause angeboten."

„Doch davon will Michael nichts hören."

Sara schüttelte den Kopf. „Nein, Michael ist sehr stolz, weißt du. Da wären auch noch die Sandsteinhäuser in der Forty-Ninth Street – eines davon steht leer, und Vater sagt, wir könnten sofort einziehen. Doch auch davon ist Michael nicht sehr begeistert. Er denkt daran, für gewisse Zeit ein kleines Haus zu pachten, wenn wir eins finden, das wir uns für sein Gehalt leisten können."

„Wird der Junge überhaupt bei euch wohnen wollen? Was meinst du?" fragte die Großmutter.

Wieder schüttelte Sara unglücklich den Kopf. „Tierney beharrt darauf, keinen Tag bei uns zu wohnen! Ach Omi – ich weiß wirklich nicht, was wir tun sollen!"

Nur ihrer Großmutter gegenüber hatte Sara die Freiheit, über die Sorgen zu sprechen, die sich in ihr aufgestaut hatten. „Es ist alles so schwierig! Michael weigert sich, Hilfe von Vater anzunehmen, aber ich glaube kaum, daß wir uns sonst etwas anderes als die Wohnung leisten können. Als Polizist bekommt man ein erbärmlich niedriges Gehalt – auch als Hauptmann."

Die Großmutter bedeutete Sara, sich wieder zu setzen. Lange Zeit schwiegen sie beide, und als die Großmutter schließlich das Schweigen brach, schien sie jedes ihrer Worte sehr sorgfältig abzuwägen. „Was meinst du, würde es Michael gefallen", fragte sie langsam, „hier zu wohnen?"

„*Hier?*" wiederholte Sara und sank in ihrem Stuhl zusammen. „Du meinst hier, bei dir?"

Die Großmutter faltete ihre Hände in ihrem Schoß und seufzte. „Dieses Haus ist lächerlich groß, Sara; zu groß und zu leer für eine alleinstehende alte Dame. Ja, in letzter Zeit komme ich kaum noch weiter als bis in das Speisezimmer oder in den Salon. Es ist einfach eine törichte Verschwendung – so ein großes Haus für mich allein. Außerdem ..." Ihre Stimme zitterte, doch nur für einen flüchtigen Augenblick. Sie straffte ihre Schultern, schob das Kinn nach vorn und fuhr fort: „Außerdem bin ich in letzter Zeit ... unzufrieden mit meinem Leben allein in diesem Haus. Offengestanden wünsche ich mir nichts sehnlicher, als wieder *Menschen* im Haus zu haben! – Wieder Geräusche zu hören und Stimmen! Es so unerträglich *still* hier!"

Verwundert starrte Sara die alte Dame an. Fühlte sich ihre Großmutter *einsam*? An diese Möglichkeit hatte sie noch nicht einmal gedacht. „Oh, Omi, es ist mir nie in den Sinn gekommen..."

„Jetzt verstehe mich bitte nicht falsch!" Das entschlossene kleine Kinn schob sich noch weiter nach vorn. „Ich liebe mein Alleinsein noch immer – zumindest teilweise. Und ich bin gewiß nicht hilflos. Noch nicht. Doch dieses Haus braucht wieder *Leben*!" Sie lächelte schelmisch. „Vielleicht sogar noch einmal Kinderstimmen. Und", fuhr sie eilig fort, bevor Sara sie unterbrechen konnte, „das Haus braucht außerdem viel mehr Pflege und Umsicht, als ich es in meinem Alter noch aufbringen kann. Ich weiß, daß ich euch keinerlei Gefallen tun würde, im Gegenteil, ihr hättet sehr viel Arbeit. Ich würde jedoch auf jeden Fall darauf achten, daß Michael und du die Privatsphäre habt, die ihr braucht. Wir wären nur zusammen, wenn ihr es wünscht. Ich würde euch nie stören."

„Oh, Omi! Du würdest uns niemals stören!" Jetzt erst begriff Sara, wie schwer das für ihre Großmutter sein mußte. Sie bat um Hilfe, gestand ihre Hilflosigkeit und ihre Einsamkeit ein – sie, die in all den Jahren stets der Fels ihrer Familie war! Selbst Vater hatte Ehrfurcht vor Großmutters Stärke.

Sara umschlang beide Hände ihrer Großmutter. „Ich würde sehr gern hier bei dir wohnen, das kannst du mir glauben."

„Ja, aber es geht nicht nur um dich allein", warnte Omi Clare.

„Ich würde keinen Augenblick versuchen, Michael von etwas zu überzeugen, was gegen seinen Willen ist."

Natürlich hatte sie recht. Trotzdem dachte Sara, daß Michael den Gedanken vielleicht nicht von vornherein ablehnen würde, wenn er sah, daß die Großmutter sie brauchte. Etwas umsonst annehmen zu müssen, das schien ihm so zuwider zu sein.

Zum erstenmal seit Wochen wollte es Sara scheinen, bahnte sich vielleicht eine Lösung für *eines* ihrer Probleme an. Sooft sie Michael auch beruhigt hatte, fand sie es doch beinahe unmöglich, sich ein Leben in der kleinen, engen Wohnung vorzustellen und sie mit dem aggressiven Tierney zu teilen. Dort würde es weder eine Privatsphäre noch die Möglichkeit geben, Tierneys Feindseligkeiten auszuweichen. Dennoch hatte sie die größten Zweifel, ob sie sich je etwas anderes leisten könnten.

Ob es Omi Clare wußte oder nicht, sie würde im Fall einer solchen Lösung viel, viel mehr geben als nehmen. Von Dankbarkeit und Begeisterung überwältigt, lächelte sie ihrer Großmutter schnell zu. „Mach dir keine Sorgen, daß ich Michael von etwas überzeugen könnte, was gegen seinen Willen ist. Ich glaube nicht, daß *irgend jemand* das könnte."

Doch wenn ihn jemand tatsächlich überzeugen konnte, dachte Sara, *dann war es Omi Clare*. Die beiden hatten sich von Anfang an blendend verstanden. Michael machte kein Geheimnis daraus, daß er Saras Großmutter für „eine großartige Frau und eine wahre Freude" hielt. Wenn er seinen Stolz überhaupt für jemanden aufgeben würde, dann vielleicht für Omi Clare.

„Michaels Sohn wäre natürlich hier ebenfalls willkommen", fuhr die Großmutter fort. „Doch wenn er nicht zu euch ziehen möchte, könnte es sich Michael vielleicht zumindest eine Zeitlang leisten, die Wohnung zu behalten, so daß der Junge dort für sich allein leben könnte." Sie nickte nachdenklich, dann fuhr sie in ihrer forschen, nüchternen Art fort: „Wir machen folgendes: du kommst mit Michael an einem Abend in dieser Woche zu mir zum Essen. Dabei werden wir gemeinsam offen über die Dinge sprechen. Wenn Michael begreift, daß ich nicht versuche, euch etwas zu *geben*, sondern *euch* bitte, *mir* zu helfen, wird er dem Vorschlag gegenüber vielleicht aufgeschlossener sein."

Sara nickte begeistert. Sie konnte sich absolut nicht vorstellen, wie jemand – selbst Michael – Omi Clare erfolgreich widerstehen könnte. Selbst ihr Vater, der auf seine Weise genauso schwierig und stur wie Michael war, kapitulierte unweigerlich vor Großmutter Platts unwiderstehlichem Charme.

Langsam, wie ein Leuchtfeuer in weiter Ferne, begann ein Hoffnungsschimmer in ihr aufzusteigen. Vielleicht *würde* doch noch alles gut werden. Sara stand auf und umarmte die Großmutter.

„Du hast es immer verstanden, meine Welt wieder in Ordnung zu bringen, Omi. Irgendwie, glaube ich, hast du das soeben wieder einmal getan!"

Die Großmutter streichelte Saras Hand und hielt sie fest. „Ich fürchte, es gibt etwas, das ich nicht für dich tun *kann*, meine Liebe. Es ist etwas, was nur du tun kannst – und was du tun *mußt*."

Immer noch lächelnd warf Sara der Großmutter einen fragenden Blick zu. „Was, Omi?"

„Ich glaube, du solltest Michaels Sohn besuchen, entweder jetzt oder wenn er wieder zu Hause ist. Ihre beide müßt einmal allein miteinander sprechen."

Saras erste Reaktion bestand in Ablehnung. „Ich *kann* es nicht! Er muß immer noch das Bett hüten, er ist schwer verletzt ..."

„Ich habe gehört, daß es ihm schon wieder recht gut geht und seine Genesung beachtliche Fortschritte macht."

„Ja, aber er ist trotzdem – ach Omi, ich glaube nicht, daß dies eine gute Idee ist! Tierney ist mir immer noch so ... feindlich gesinnt! Und außerdem weiß ich auch nicht, was Michael dazu sagen würde."

Die Großmutter nahm ihre Hand, und Sara war überrascht, wieviel

Kraft in ihren dünnen Fingern steckte. „Habt ihr, Michaels Sohn und du, schon einmal wirklich miteinander *gesprochen*? Allein?"

„Nein, aber ..."

„Ich habe stets festgestellt, daß es am besten ist, das Unangenehme ins Auge zu fassen, anstatt ihm auszuweichen. Auch wenn der Junge sich nicht von seiner Meinung abbringen läßt, solltest du einen Versuch unternehmen, meinst du nicht? Mir scheint, daß ihr beide lange genug um die Schwierigkeiten herumgeschlichen seid wie die Katze um den heißen Brei. Flucht kann nicht die Antwort sein. Man schafft Probleme nicht aus der Welt, indem man ihnen aus dem Weg geht."

Sara begann zu verstehen und in ihrem Hals bildete sich ein Knoten. Großmutters Hände umklammernd, saß sie da und dachte nach. Omi Clares weiser Rat hatte sich noch nie als falsch erwiesen. Sie hatte immer gewußt, was zu tun war und hatte mit ihrer Meinung auch nie hinter dem Berg gehalten. Sie hatte Sara gelehrt, den schwierigen, unangenehmen Dingen in ihrem Leben nicht auszuweichen, sondern sich ihnen zu stellen. Tatsächlich schrieb sogar ihr Vater das, was er als Saras „Kühnheit" bezeichnete, dem Einfluß ihrer Großmutter zu.

Aber dies hier? Sollte sie auch hier auf Großmutters Rat hören? Was in aller Welt könnte sie zu Tierney sagen, um die Lage nicht noch zu verschärfen. Würde er sie überhaupt *empfangen*? Und Michael – was würde er dazu sagen?

Während sie so dastand, unfähig, dem durchdringenden Blick der Großmutter zu begegnen, spielte Sara im Geist alle Gründe durch, weshalb sie *diesmal* nicht auf Großmutters Rat hören sollte. Doch während sie sich widersetzte, sagte ihr tief in ihrem Inneren eine Stimme, daß Großmutter dennoch recht hatte.

Und dann wußte sie, daß sie gehen würde, auch wenn es ihr noch so schwer fiel. Gott möge ihr beistehen, sie würde gehen und sich Michaels Sohn gegenüberstellen.

14. Kapitel

Gefangen im Netz der Liebe

Liebling, den Schlüssel zu deinem Herzen gabst du mir.
Warum willst du, daß ich dennoch klopfe?

John Boyle O'Reilly (1844-1890)

Als Sara das Anwesen der Walshs erreichte, wußte sie nicht, was sie erwartete. Einmal, vor mehr als einem Jahr, war sie Alice Walsh auf einem Missionsbasar für die gesamte Stadt begegnet. Sie konnte sich jedoch kaum noch an sie erinnern und hatte nur noch eine sehr vage Vorstellung von einer unansehnlichen Frau mit einem scheuen Lächeln.

Der Besuch bei Walshs machte sie ungewöhnlich nervös, und die Sorge darüber, wie man sie aufnehmen würde, war nicht der einzige Grund ihrer Besorgnis. Sie war im Begriff, das Haus eines Mannes zu betreten, der als einer der selbstsüchtigsten und skrupellosesten Verbrecher dieser Stadt galt – ein Mann, den Michael zur Strecke zu bringen fest entschlossen war. Dieser Gedanke allein reichte aus, daß sie sich wie in einem Traum vorkam. Nichts schien wirklich real zu sein; doch fühlte sie sich auf der anderen Seite irgendwie und auf unerklärliche Weise bedroht.

Sie legte die Hand auf den Messingklopfer an der Eingangstür und zögerte – ihr Herz klopfte wild. Sicher war es ganz und gar töricht von ihr, hierherzukommen. Warum hatte sie sich nur von Omi Clare überzeugen lassen, daß dies das Richtige für sie war?

Auch als sie von einem verhärmt aussehenden Dienstmädchen ins Haus geführt wurde, spürte sie einen unerklärlichen Drang, umzukehren und davonzulaufen. Höchstwahrscheinlich würde Tierney sie überhaupt nicht sehen wollen. Und wenn er sie dennoch empfing, warum sollte sie dann etwas anderes erwarten als die Verachtung, mit der er ihr gewöhnlich begegnete?

Als Alice Walsh geschäftig in die geräumige Diele geeilt kam, dachte Sara zuerst, sie hätte sich in ihrer Erinnerung an die Frau getäuscht. Sie war kein bißchen unansehnlich. Klein und untersetzt, hatte sie ein beinahe süßes Gesicht mit einem freundlichen Lächeln und großen, strahlend blauen Augen, aus denen eine gewisse Scheu und Unsicherheit sprach.

„Miss Farmington? Wie nett von Ihnen, Tierney zu besuchen! Er wird sich gewiß sehr freuen."

Wütend wird er sein, dachte Sara und lächelte angespannt, erwiderte jedoch nichts.

„Möchten Sie vielleicht eine Tasse Tee trinken, bevor Sie hochgehen? Es dauert nur einen Augenblick."

Alice Walsh schien so aufrichtig um sie bemüht, daß Sara sich beinahe schuldig fühlte, ihr Angebot abzulehnen. „Das ist wirklich sehr freundlich von Ihnen, doch ich fürchte, ich kann nicht lange bleiben. Ich wollte Tierney nur guten Tag sagen und kurz mit ihm sprechen."

Frau Walsh sah tatsächlich enttäuscht aus. Während sie ihr die wuchtige Treppe hinauf folgte, mußte Sara darüber nachdenken, wie das Leben dieser Frau wohl aussah. Irgendwie spürte sie, daß die Frau einsam war. Wenn sie so anständig war, wie es schien – und sie erinnerte sich, wie auch Michael sich über den Gegensatz zwischen Walsh und seiner Frau gewundert hatte – wie konnte sie es dann ertragen, mit einem Mann wie Patrick Walsh verheiratet zu sein?

Dann dachte sie daran, daß viele sich gewiß auch über ihre Entscheidung wunderten, Michael zu heiraten, wenn auch aus ganz anderen Gründen. Es stand ihr nicht zu, über die Wahl zu urteilen, die Alice Walsh getroffen hatte.

Trotzdem mußte sie sich einfach fragen, wie eine Frau einen Mann *lieben* konnte, wenn er, wie Michael behauptete, tatsächlich *nicht mehr Gewissen als eine Schlange* besaß. Noch schlimmer war die andere Möglichkeit, daß Walsh seine Frau getäuscht hatte und daß Alice möglicherweise tatsächlich eine gute, anständige Frau war, die mit einem Mann lebte, den sie in Wirklichkeit gar nicht kannte.

Oben an der Treppe angekommen, hielt Sara inne; sie fröstelte. Beim Betreten des Hauses hatte sie zunächst gemeint, es sei ungewöhnlich warm. Doch jetzt war ihr so kalt, daß sie meinte, in einem feuchten, unterirdischen Keller zu sein, in den weder das Licht noch die Wärme der Sonne vordringen konnten.

* * *

Nachdem sie sich zunächst überzeugt hatte, daß Tierney wach war, ließ Alice Walsh ihn und Sara allein. Sie blieb nur solange, bis sie Sara noch einmal daran erinnert hatte, daß der Tee in der Diele bereitstünde, falls sie es sich doch noch anders überlegte.

Sara konnte kaum glauben, daß der junge Mann, der hier in Patrick Walshs Gästezimmer im Bett lag, derselbe gutaussehende, leicht arrogante Tierney Burke war, der sich einer Hochzeit zwischen ihr und seinem Vater so vehement entgegengestellt hatte. Seine Haut sah grau und aschfahl aus, seine linke Wange war noch immer geschwollen, und die Prellungen hatten derzeit eine häßliche violett-grüne Färbung angenommen. Der Schnitt in seiner Lippe, der halb verheilt war, verzerrte seinen Mund zu einem ständigen Hohnlächeln.

Doch am schlimmsten war tatsächlich sein Auge betroffen. Ein schlimmer tiefer Schnitt, der von unzähligen Stichen zusammengehalten wurde, zog sich von der Mitte seiner linken Augenbraue bis zum Augenwinkel. Es war ein Wunder, mußte Sara denken, daß er das Auge nicht verloren hatte; noch einen Zentimeter weiter, und ...

Sara zwang sich, nicht weiter darüber zu spekulieren, was noch hätte passieren können. Er lebte; er hatte sein Auge nicht eingebüßt, und obgleich er zweifellos eine beträchtliche Narbe als bleibende Erinnerung an den Überfall behalten würde, hätte es viel, viel schlimmer ausgehen können.

Es war offensichtlich, daß Tierney überrascht war, sie zu sehen. Er setzte sich in seinem Bett auf und steckte sich ein Kissen in den Rücken, um sich anzulehnen. Doch als Sara sich seinem Bett näherte, war der harte, kalte Zynismus, in den er sich gewöhnlich in ihrer Gegenwart zu hüllen pflegte, wieder an Ort und Stelle.

Sich innerlich gegen seine Feindseligkeit wappnend, gelang es Sara, ein Stück Wärme und Herzlichkeit in ihr Lächeln und in ihre Stimme zu legen. „Hallo Tierney, ich dachte, du würdest dich vielleicht inzwischen über etwas Gesellschaft freuen."

Es war, als beobachtete man eine Festung, die sich auf einen Angriff vorbereitete. Die Tore wurden geschlossen, die Riegel vorgelegt, und man griff zu Waffen. Er erwiderte nichts; aus den stechenden blauen Augen begegnete ihr ein unbeugsamer, abwartender Blick. Die angeschwollene Wunde auf seiner Lippe wirkte inzwischen bedrohlich.

Entschlossen, sein ungehöriges Benehmen zu ignorieren, trat Sara etwas näher an sein Bett heran. „Ich habe dir die *Tribune* mitgebracht", sagte sie und reichte ihm die Zeitung. „Dein Vater hat mir erzählt, daß du gern Zeitung liest."

Sein Blick wanderte von ihrem Gesicht zu der Zeitung, und einen Augenblick lang meinte Sara tatsächlich, er würde sie ablehnen. Schließlich nahm er sie doch, ein mürrisches „Danke" murmelnd.

Er ist noch ein Junge, sagte Sara zu sich selbst und war fest entschlossen, sich nicht von ihm irritieren zu lassen. *Und er ist Michaels Sohn.*

Er war einmal ein kleiner Junge, der seine Mutter verlor. *Hatte er Angst?* fragte sie sich. *War Tierney jemals ein ängstlicher kleiner Junge und nicht der launische, komplizierte Jugendliche, der er heute war?*

Um einen fröhlichen Ton in ihrer Stimme ringend, sagte Sara: „Dein Vater hat mir erzählt, daß du am Freitag nach Hause kommst. Bestimmt freust du dich schon darauf."

Er nickte, ein kurzes Nicken, gefolgt von einem leisen, zustimmenden Gemurmel.

„Ja, natürlich", sagte Sara schwach. „Er sagt, es ginge dir schon viel besser."

Die Festung hielt: „Ja."

Sie würde sich nicht von einem Jungen einschüchtern lassen, nein, auf *keinen* Fall. „Tierney ..." Sie versuchte zu schlucken, doch ihr Hals war zu und trocken. „Tierney, ich hatte gehofft, wir könnten miteinander reden."

Den Blick noch immer starr auf sie gerichtet, fragte er in einem eiskalten Ton: „Warum sind Sie gekommen?"

Seine Unverblümtheit entnervte Sara. Sie zögerte bewußt, bevor sie antwortete und betrachtete ihn, das glatte, dunkle Haar, die furchtbare Narbe über seinem Auge, die messerscharfen Backenknochen, ein Bart, der bereits so stark und ebenso dunkel war wie der seines Vaters. Sie spürte seinen Zorn und den Schmerz seiner unverhohlenen Verachtung.

Plötzlich entdeckte sie noch etwas anderes, etwas, das sowohl Michael als auch sie bislang übersehen hatten: Tierney war kein Junge mehr. Er war ein Mann. Ein junger Mann – der vielleicht zu schnell erwachsen geworden war – doch trotzdem war er ein Mann. Weil Michael glaubte, er sei noch ein Junge, und weil er stets von ihm als einem Jungen sprach, war auch Sara dem gleichen Irrtum unterlegen.

Doch dieser zornige junge Mann mit dem schmalen Gesicht hatte die Unschuld des Kindseins längst hinter sich gelassen. Das war eine erschütternde Erkenntnis, denn Sara hatte die ganze Zeit gehofft, am Ende doch noch einen *Jungen* gewinnen zu können. Mit genügend Liebe, genügend Zuwendung und Fürsorge, hatte sie sich gesagt, würde er sich am Ende doch besinnen, würde sie akzeptieren und somit auch ihre Ehe mit seinem Vater. Sie würden schließlich doch eine Familie werden!

So leicht war es jedoch nicht ...

Etwas in den durchdringenden blauen Augen, dem harten Mund, dem angespannten Gesichtsausdruck sagte ihr, daß es hier um mehr ging als nur um eine zunächst verständliche Ablehnung aufgrund der Tatsache, daß sie in sein Leben „eingedrungen“ war. Plötzlich wurde ihr klar, daß sie sich mit dem Geist eines Erwachsenen – einem ungeheuren Geist, fürchtete sie – auseinandersetzen mußte sowie dem äußerst impulsiven Temperament eines aufgewühlten, komplizierten jungen Mannes.

Erschüttert krampfte Sara ihre Hände zusammen, während sie weiter zu lächeln versuchte. „Tierney, ich möchte wirklich, daß wir Freunde sind. Ich dachte, daß es vielleicht hilfreich wäre, wenn wir irgendwie ... die Atmosphäre zwischen uns bereinigen, einander vielleicht etwas besser kennenlernen könnten.“

Jeder Muskel seines Gesichts war angespannt, sein Blick lauernd und offen feindselig. Er erinnerte Sara an einen gespannten Bogen, jeden Augenblick bereit, einen Pfeil abzufeuern. „Ich glaube, ich kenne Sie gut genug“, sagte er, und aus seiner Stimme hätte nicht noch mehr Verachtung sprechen können.

Zorn stieg in Sara auf. Sie nahm alle ihre Kraft zusammen, um nicht zurückzuschießen. Stattdessen begegnete sie seiner Verachtung mit einem festen Blick und erwiderte in ruhigem Ton: „Ich weiß, daß du das *glaubst*. In Wirklichkeit kennst du mich jedoch überhaupt nicht. Ich schlage vor, daß du um deines Vaters willen wenigstens so fair bist und mir eine Chance gibst.“

Sein unfreundlicher, frostiger Blick streifte ihr Gesicht: „Was macht es Ihnen aus“, sagte er langsam, „ob ich Sie *kenne* oder nicht. Sie haben bekommen, worauf Sie es abgesehen hatten. Ich habe gehört, daß die Hochzeit zu Weihnachten stattfinden soll.“

Sara nickte steif. „Dein Vater hat es dir gesagt. Hat er dir auch erzählt, daß wir nur eine kleine Feier im Familien- und Freundeskreis planen – einen Gottesdienst im kleinen Rahmen bei uns zu Hause?“

Er verzog den Mund zu einem verächtlichen Lächeln. „*Zuhause*, das heißt also in der Villa in der Fifth Avenue?“

Mit dem letzten Rest an Selbstbeherrschung erwiderte Sara: „In der Kapelle, ja. Du – du wirst doch kommen, deinem Vater zuliebe?“

Etwas flackerte in seinen Augen auf, um genauso schnell wieder zu verebben. „Das könnte Ihnen so passen!“ sagte er mit leiser, harter Stimme.

„*Tierney!*“ Über seine Respektlosigkeit schockiert, kämpfte Sara gegen die heißen Tränen an, die ihr in die Augen stiegen. Es war unfaßbar, daß er Michael bewußt zu verletzen beabsichtigte, indem er nicht zur Hochzeit kam!

„Das wirst du deinem Vater nicht antun“, sagte sie und zwinkerte heftig, um die Tränen zurückzuhalten, bevor er sie sehen konnte. „Du möchtest ihn bestimmt nicht so verletzen. Weißt du nicht, wieviel du ihm bedeutest?“

Schweigend starrte er sie mit einem überheblichen Blick an. Sie verweilten eine lange Zeit so, als würden sie eine Art Willensduell ausfechten. Erstarrt zwischen Empörung und Zweifel, daß er sich tatsächlich so grausam und abscheulich verhalten könne, spürte Sara einen wilden Drang, auf ihn einzuschlagen, einen ganzen Strom von Beschimpfungen auf ihn loszulassen, um zu sehen, ob sie seine Unnachgiebigkeit brechen könnte.

Sara erinnerte sich jedoch sehr schnell daran, daß sie gekommen war, um die Situation zu entschärfen, anstatt sie noch zu verschlimmern. „Warum...“ Ihre Stimme bebte, und sie hielt einen Augenblick inne, bevor sie fortfuhr. „Aus welchem Grund verachtest du mich so sehr? Wenn du meine Gefühle für deinen Vater in Frage stellst ...“

Er lachte häßlich und laut auf. „Oh, ich stelle nicht Ihre *Gefühle* in Frage, Miss Sara,“ schoß er mit beißendem Spott in seiner Stimme zurück. „Keine Minute.“

Sie nahm eine steife Haltung an. „Und was, bitte, soll das heißen?“

Er zuckte gleichgültig mit den Achseln.

Sara wußte, daß sie sich geradewegs in gefährliches Wasser begab, daß sie kurz davorstand, den letzten Rest ihrer Fassung zu verlieren. Doch irgend etwas schien sie vorwärtszutreiben, jegliche Warnung ignorierend. „Du verstehst nicht, weshalb dein Vater mich heiraten will – das ist es, nicht wahr?“

Wieder zuckte Tierney gleichgültig mit den Achseln. Als er sie schließlich ansah, stand in seinen Augen ein solches Maß an Verachtung, daß Sara meinen konnte, er hätte sie geschlagen.

„Nein, das ist es *nicht*!“ sagte er gedehnt, und sein Sarkasmus schien keine Grenzen mehr zu kennen. „Nur ein Narr wüßte nicht, warum er Sie heiratet.“

Sein spöttischer Blick schien alle Anspielungen der Welt in sich zu vereinen. Wut und Verzweiflung stritten in Sara. Für einen Moment glaubte sie, ersticken zu müssen an der Welle des Zorns und des Schmerzes, die über ihr zusammenschlug. „Wie kannst du es *wagen*!“ stieß sie hervor, und ihre Stimme zitterte ebenso heftig wie der Rest ihres Körpers. „Wie kannst du es wagen, deinen Vater so zu beleidigen! Du weißt, daß er nie mit einer Frau ein falsches Spiel treiben würde, nicht für alles Geld der Welt!"

Sara trat näher an sein Bett heran, außerstande ihren Schmerz und Zorn noch länger zu beherrschen. „Du weißt, was für ein Mann dein Vater ist. Wie kannst du lügen und behaupten, du wüßtest es nicht?"

Er beugte sich nach vorn, den Mund geöffnet, um ihren Zornesausbruch zu erwidern. Sara zuckte zusammen, war jedoch nicht bereit, nachzugeben. Ihr Puls hämmerte laut in ihren Ohren, ihre Stimme zitterte, doch sie fuhr fort. „Ich bin hierhergekommen, weil ich gehofft hatte, dich davon überzeugen zu können, daß ich deinen Vater glücklich machen kann. Ich dachte, wenn wir Gelegenheit haben, uns allein zu unterhalten, würdest du einsehen, daß du wirklich keinen Grund hast, mir etwas vorzuwerfen."

Entschlossen, sich nicht von dem Blick purer Feindseligkeit, mit der er ihr jetzt begegnete, beugen zu lassen, nahm Sara noch einmal alle ihre Kraft zusammen und fuhr fort: „Die Wahrheit ist", stieß sie hervor, „daß dir das Glück deines Vaters völlig gleichgültig ist. Wenn das nicht so wäre, lägst du nicht hier, als Opfer deiner eigenen Torheit. Dann hättest du vor allem auch nicht für einen Verbrecher wie Patrick Walsh gearbeitet, und dieses Unglück wäre dir nie zugestoßen! Du bist viel zu selbstsüchtig, um an das Wohl deines Vaters oder irgend eines anderen zu denken! Du denkst an niemanden außer an *dich* und – . . ."

Ein leises Klopfen an der Tür gebot Saras Schimpfkanonade abrupt Einhalt. Sie wandte sich um, zunächst über die unerwartete Unterbrechung verblüfft.

Die Tür ging auf und herein trat ein großer, schlanker Herr in einem eleganten, maßgeschneiderten Anzug. Sara wußte sofort, wer es war: Patrick Walsh. Als er eintrat, wurde sie von einem entsetzlichen Gefühl der Kälte erfaßt. Nichts in seiner äußeren Erscheinung – die makellose Kleidung, sein tadellos gepflegtes Äußeres, der gesamte äußere Schein – gab auch nur den geringsten Hinweis darauf, daß er irgend etwas anderes sein könnte als der wohlhabende, erfolgreiche Geschäftsmann, der er zu sein vorgab. Doch trotz allen äußerlichen Charmes begleitete ihn ein Hauch des Verderbens wie ein widerlicher Geruch.

Jedoch mußte sie zugeben, daß sie zuviel über diesen Mann wußte, – das meiste aus Michaels gnadenlosen Anklagen – um auch nur im geringsten objektiv sein zu können. Sie spürte jedoch, daß das Unbehagen, das er in ihr hervorgerufen hatte, wenig mit Michaels Beschuldigungen zu tun hatte. Etwas stimmte nicht bei Patrick Walsh . . . etwas, etwas Wesentliches *fehlte* bei ihm.

Ausweglos begegnete Sara seinem Blick. Unwillkürlich erschauderte sie bei der fahlen Leere, die ihr begegnete.

* * *

Patrick Walsh war sehr ungehalten über Sara Farmington. Diese Frau hatte ihn tatsächlich aufgebracht.

Alice war ins Haus zurückgegangen, doch er stand noch auf der Veranda und sah zu, wie der Wagen mit Sara Farmington wegfuhr. Er war sich nicht ganz im klaren darüber, was ihn an dieser Frau so geärgert hatte.

Sie war stolz, das war offensichtlich. In dem Blick, den sie ihm oben im Gästezimmer zugeworfen hatte, lagen sowohl Abscheu als auch Tadel. Das war nicht das, was er von Frauen gewöhnt war. Selbst die eingebildeten Kröten der High-Society oben in der Stadt fanden ihn gewöhnlich unwiderstehlich, wenn er es vorzog, seinen Charme auszuspielen.

Doch Sara Farmington hatte ihn angeschaut, als sei er eine Schlange. Ihr eiliger Aufbruch hätte ihn amüsiert, wenn ihre Abscheu ihm gegenüber nicht so offenkundig gewesen wäre.

Als der gemietete Wagen auf der Gasse verschwand, erkannte Walsh, daß ihn, noch mehr als die Arroganz dieser Frau, die Tatsache ärgerte, daß sie bald die Frau des unbestechlichen Captain Burke werden würde, und das Vermögen der Farmingtons am Ende in den Schoß dieses verknöcherten, lästigen Polizisten fallen würde.

Während er sich umwandte und zurück in das Haus ging, machte er mit einem leisen Knurren seiner Abscheu Luft. Offensichtlich war die hohe und gewaltige Miss Farmington unsagbar dumm.

Doch, fiel es ihm plötzlich ein, das waren die meisten Frauen.

* * *

Als Michael an diesem Abend lange nach acht in der Villa Farmington erschien, wußte Sara sofort, daß er bei Tierney gewesen war. Er war eindeutig geladen.

Sie hatte ihn erwartet und öffnete selbst. Er drängte sich an ihr vorbei, und blieb erst stehen, als sie die Tür wieder geschlossen hatte.

„Ich komme soeben von den Walshs“, stieß er ohne jegliche Vorrede hervor.

Er machte keinerlei Anstalten, sie zu berühren. Sein Gesicht war gerötet, wahrscheinlich mehr vor Zorn als von der Überfahrt auf der Fähre. Seine Haare waren tropfnaß vom Regen, wie auch sein Mantel. Es war offensichtlich, daß er jeden Augenblick explodieren würde.

„Gib mir deinen Mantel ..."

„Laß doch den Mantel", fauchte er, und starrte sie zornig an. „Es interessiert mich viel mehr, zu erfahren, was du heute auf Staten Island gemacht hast! Was um alles in der Welt hat dich dazu getrieben, so etwas Törichtes zu tun?" Während er sprach, trat sein irischer Akzent immer stärker zutage, wie es stets der Fall war, wenn er zornig oder müde war. Sara hatte gelernt, daß dies ein sicheres Stimmungsbarometer war.

Sara schluckte ihre Empörung darüber, daß er so grob mit ihr sprach, hinunter und erwiderte: „Michael, du bist völlig durchnäßt. Bitte, gib mir deinen Mantel, dann reden wir miteinander."

Bevor er irgend etwas erwidern konnte, half sie ihm aus dem Mantel und hängte ihn über den Garderobenständer neben der Tür.

„Der Salon ist geheizt", sagte sie. „Gehen wir dorthin."

Widerwillig folgte er ihr. In dem Salon angekommen, blieb er stehen, die Hände hinter dem Rücken verschränkt, sah er um alles in der Welt aus wie ein schwelender Scheiterhaufen, der jeden Moment in Flammen aufgehen würde.

Er kam sofort wieder auf sein Anliegen zurück. „Ich warte, Sara. Ich möchte gern wissen, was du zu erreichen gehofft hast. Was hast du dir nur dabei *gedacht*?"

Noch immer darum bemüht, nicht auch noch die Fassung zu verlieren, wandte sich Sara zu ihm um. „Ich habe an dich gedacht", sagte sie in einem äußerst beherrschten, ruhigen Ton, „und an deinen Sohn. Ich hatte gehofft, daß Tierney, wenn er die Möglichkeit hat, einmal allein mit mir zu sprechen, seine Ablehnung mir gegenüber aufgeben würde. Deshalb bin ich hingegangen, Michael, und das ist offengestanden kein Grund, mich so zu schikanieren."

Sein Gesichtsausdruck wurde noch gespannter. „Ich *schikaniere* dich nicht. Und zu deiner Information, das einzige, was du erreicht hast, ist, daß Tierney noch bissiger war als je zuvor!"

„Ich nehme kaum an, daß das möglich ist", erwiderte Sara scharf. „Und außerdem bin ich der Meinung, daß du nicht das Recht hast, mich zu schelten, als wäre ich ein Kind."

„Ich versuche nur, herauszufinden, warum du mir nicht wenigstens gesagt hast, daß du vorhast, zu Tierney zu gehen."

„Weil du mich dann gebeten hättest, *nicht* zu gehen", argumentierte Sara logisch. „Oder vielleicht hättest du mir *befohlen*, nicht zu gehen."

Sie sah, wie seine Schultern steif wurden.

„Es *schien* eine vernünftige Idee zu sein", fuhr Sara fort. „Omi Clare dachte, daß dies das Richtige sei und ..."

„Omi Clare?" stieß er hervor. „Dann hat dich deine Großmutter dazu angestiftet?"

„Nein, meine Großmutter hat mich *nicht* dazu angestiftet. Sie hat nur vorgeschlagen ..."

„Sie scheint in letzter Zeit eine Menge für uns vorzuschlagen! Erst möchte sie, daß wir zu ihr ziehen, und jetzt schickt sie dich nach Staten Island in das Haus eines bekannten Verbrecherbosses ..." Er hielt inne und warf ihr einen vernichtenden Blick zu. „Vielleicht kann sich deine Großmutter etwas mehr um ihre eigenen Angelegenheiten kümmern anstatt um unsere!"

„Michael!"

Wieder blitzte der Zorn aus seinen Augen. „Du begreifst tatsächlich nicht, Sara, nicht wahr? Du hast nicht die geringste Ahnung, welcher Gefahr du dich heute ausgesetzt hast - dich allein in das Haus dieser Schlange zu begeben?"

Sara stand da und starrte ihn hoffnungslos schweigend an. Erst jetzt begann sie zu begreifen, daß er nicht wütend war, weil sie Tierney besucht hatte, sondern ... weil er sich um sie *ängstigte.*

Sie wußte nicht, ob sie erfreut sein sollte, daß er sich so um sie sorgte, oder wütend, weil er glaubte, daß sie zu dumm sei, um sich nicht selbst vor einem so widerlichen Mann wie Patrick Walsh schützen zu können.

Nachdem sie den Grund für seinen Zorn herausgefunden hatte, stand sie da, forschte in seinem Gesicht und wußte nicht, wie sie reagieren sollte. „Ich war wirklich nicht in Gefahr, Michael", begann sie behutsam. „Frau Walsh war da – und auch die Dienstmädchen. Was glaubst du, hätte mir in einem Haus mit so vielen Leuten passieren sollen?"

In seinen Augen blitzte etwas, und Sara glaubte, daß die volle Glut seines Zorns endlich abzuflauen begann. Sie sprach jetzt schneller und fuhr fort: „Und was Omi Clare betrifft – als ich dir gestern von ihrem Vorschlag berichtete, bei ihr zu wohnen, schienst du das ganz und gar nicht als Einmischung zu betrachten. Du sagtest, wir sollten auf jeden Fall darüber nachdenken. Ich verstehe nicht, warum du jetzt ..."

Während sie ihn betrachtete, sah sie, wie seine Schultern ein winziges Stückchen absackten und das Feuer in seinen Augen zu verlöschen begann. „Ich wollte nicht sagen, daß sie sich einmischt", sagte er in einem angespannten Tonfall. „Aber ich kann nicht behaupten, daß es mir gefällt, daß sie dich gedrängt hat, in Walshs Haus zu gehen."

Sara schüttelte den Kopf. „Du machst mehr aus dieser Sache, als sie wert ist." Dann schaute sie ihm in die Augen und fragte ihn direkt: „Habe ich dich geängstigt? Bist du deswegen so aufgebracht?"

Er löste seine Hände hinter seinem Rücken und fuhr mit einer Hand zerstreut über seine Brust. Der Blick, den er ihr zuwarf, war immer noch reserviert und vorwurfsvoll, aber nicht mehr zornig. „Und warum *sollte* ich mich *nicht* um dich ängstigen? Du weißt sehr genau, wer Walsh ist. Ich habe mich kaum zurückgehalten, wenn ich dir von diesem Mann erzählt habe. Wenn du meintest, hingehen zu müssen, hätte ich dich begleiten sollen!"

Sie rang um Geduld. „Wenn du mich begleitet hättest, wäre der Grund meines Besuchs zunichte geworden. Ich habe dir doch gesagt, daß ich allein mit Tierney sprechen wollte."

„Ja, ... schön, aber ich kann einfach nicht auf dich aufpassen, wenn ich oft nicht einmal weiß, was du vorhast. Ich glaube, du hättest es mir sagen sollen."

Sara erkannte, daß darin zumindest ein Teil des Problems bestand. Sie hatte sich aus dem Bereich seines Schutzes herausbegeben, ohne ihm zu sagen, was sie vorhatte – und ohne ihn um seine Meinung zu fragen.

Oder ohne ihn um Erlaubnis zu bitten?

Dieser häßliche Gedanke verschwand schnell, doch Sara war noch immer verärgert. Natürlich war sie unfair. Der Grund, weshalb Michael so übereifrig in seiner Verantwortung für sie war, weshalb er sie zu beschützen suchte, war natürlich seine Liebe zu ihr. Es wollte ihr jedoch nicht völlig gelingen, das Bild eines grimmig dreinblickenden Michaels abzuschütteln, der versuchte, sie – und jeden, der ihm etwas bedeutete – in einem engmaschigen, aus Liebe gewobenen Netz einzusperren – einem Netz, das sie zwar beschützte, ihr aber herzlich wenig Freiraum gab.

Zitternd unternahm sie einen schwachen Versuch und erhob ihre Hand, ließ sie jedoch wieder fallen, als er weiter regungslos stehenblieb. „Wirst du jetzt bitte zuhören?" sagte sie gefühlsgeladen. „Michael, um Himmels willen, ich bin doch kein Kind mehr! Ich brauche dich nicht, um – um auf mich aufzupassen! Ich kann recht gut auf mich selbst achten. Das habe ich viele Jahre lang getan."

Lange sah er sie schweigend an. Schließlich erwiderte er seufzend: „Ja, das hast du. Doch du kannst nicht von mir erwarten, daß ich dich so liebe, wie ich es tue, Sara, ohne dich beschützen zu wollen."

„Michael, versuch bitte folgendes zu verstehen", sagte Sara und wählte ihre Worte sehr sorgfältig: „Natürlich wäre ich verletzt, wenn du dich nicht um meine Sicherheit sorgen würdest. Aber ich habe nicht die Absicht, mich von dir ... bevormunden zu lassen, wenn wir verheiratet sind. Ich möchte, daß du mein *Ehemann* wirst und nicht mein *Leibwächter.*"

Eine tiefe Röte trat auf sein Gesicht, und einen Augenblick glaubte Sara, er bekäme einen Zornesausbruch. Doch er schluckte nur und atmete dann tief und schwer durch. „Siehst du, es ist nur so, daß ich weiß, wozu Walsh und Leute seines Schlags fähig sind. Es war schlimm genug, Tierney unter seinem Dach, in seinem Bett zu wissen." Er hielt inne und strich sich mit einer Hand über das Gesicht. „Als ich erfuhr, daß du allein dortgewesen bist ..." wieder trat eine tiefe Röte auf seine Wangen, und er verzog sein Gesicht, „hatte der Schuft die Stirn, mich zu meinem ‚Geschmack bei Frauen' zu beglückwünschen."

Er sah so verstört aus, daß Sara nicht länger auf Distanz bleiben konnte. „Oh, Michael, es tut mir leid!" rief sie, während sie zu ihm trat und unsicher eine Hand auf seinen Arm legte. „Vielleicht hätte ich dir doch sagen sollen, daß ich zu Walshs gehen wollte."

Er schaute ihr in die Augen, einen Augenblick später nickte er. „Ja", sagte er noch etwas widerwillig und legte seine Hand auf die ihre. „So ist es." Er seufzte tief. „Sara, bitte – wir wollen nicht mehr darüber streiten. Die Sache ist erledigt. Es tut mir leid, daß ich so ungehalten hereingestürmt kam. Entschuldige bitte, wenn ich dich verletzt habe. Ich möchte dich nicht verletzen, *asthore*, mein Liebling – niemals."

Er zog sie an seine Brust und hielt sie lange schweigend in seinen Armen. Dann hob er sanft ihren Kopf, damit sie ihn anschauen sollte. „Manchmal bin ich ein großer Tor, Sara, *a gra*. Doch ich liebe dich. Vergiß bitte nie, daß ich dich liebe."

Dann küßte er sie, und Sara vergaß, zumindest im Augenblick, den beunruhigenden Gedanken, in einem Netz gefangen zu sein, dem Netz von Michaels Liebe.

15. Kapitel

Finbar

So gehen wir in Frieden unserm Tagwerk nach,
Mein Kater Pangur Ban und ich.
In unsern Künsten finden wir das Wohlgemach;
Er für sich und ich für mich.

Anonymus (18. oder frühes 19. Jahrhundert)

Jetzt, wo es draußen kälter geworden war, hatte der Chor die Erlaubnis erhalten, seine wöchentlichen Proben in einem der beiden Räume durchzuführen, die die Mission über einer Kneipe gemietet hatte.

Heute stieg Evan Whittaker nur zögernd die Stufen zu dem Probenraum empor. Normalerweise konnte er es kaum erwarten, mit der Probe zu beginnen. Die Jungen, die sich zum Singen trafen, begeisterten sich immer mehr für die Musik und verstanden sich, zumindest größtenteils, immer besser. Ihr Gesang begann tatsächlich gut zu klingen, sofern er das selbst einschätzen durfte.

Heute war er jedoch, trotz der vielen Stunden, die er mit der Vorbereitung der neuen Stücke zugebracht hatte, zu abgelenkt, um sich wirklich auf die Probe freuen zu können.

Er konnte an nichts anderes denken als an Nora, während er im Geist nach etwas für sie suchte, nach etwas Besonderem, das sie aufheitern, was sie wieder ‚aufstellen' würde, wie Lewis Farmington zu sagen pflegte.

Seit etlichen Tagen hatte er kein Lächeln mehr auf ihrem Gesicht gesehen – kein *wirkliches* Lächeln, nicht das unsichere Biegen ihrer Lippen, das sie routinemäßig zustande brachte, um ihn zu beruhigen. Evan wußte, daß die Sehnsucht nach einem Baby sie fortwährend quälte, sosehr sie sich auch bemühte, fröhlich zu wirken. Jeden Tag, wenn er aus der Werft nach Hause zurückkehrte, wartete Nora auf ihn, in einem frischen Kleid, das Haar fein säuberlich gekämmt und duftend, war auch das kleine, traurige Lächeln stets zur Stelle. Wenn sie dann abends zufällig von ihrer Näharbeit aufsah, weil sie merkte, wie er sie voller Sorge betrachtete, zwang sie sich sofort zu einem Lächeln.

Er seufzte noch einmal tief, bevor er den Probenraum betrat. Die Jungen saßen bereits und warteten auf ihn. Endlich wurde ihm etwas leichter ums Herz. Während er vorn in dem Raum stand, glitt sein Blick einen kurzen Moment über die kleine Gruppe. Sie schienen wirklich darauf zu warten, daß die Probe begann.

Es waren mindestens fünfzehn Jungen anwesend, eine Mischung aus schwarzen und irischen jungen Burschen. Heute fielen ihm neben denjenigen, die bereits regelmäßig kamen, zwei neue Gesichter auf: ein weißes und ein schwarzes. Wenigstens hier schien die immerwährende Feindschaft zwischen den Rassen zugunsten der gemeinsamen Aktivitäten in den Hintergrund zu treten.

Evan straffte seine Schultern und lächelte den Jungen zu. Wenn die *Five Point Celebration Singers* auch nichts anderes erreichten, als dazu beizutragen, Mauern zwischen den verschiedenen Rassen niederzureißen, dann hätte sich alle ihre Arbeit gelohnt.

* * *

Billy Hogan nahm zum erstenmal an einer Probe der Singegruppe von Five Points teil.

Zweimal, als die Jungen in dem großen Zelt probten, hatte er davorgestanden, hatte zugehört und sich danach gesehnt, selbst an allem teilhaben zu können. Doch er hatte es nicht gewagt, den ersten Schritt nach drinnen zu tun.

Bis heute. Schließlich konnte ihn sein Freund, Tom Breen, überreden, mit ihm zu kommen. Und so war er nun hier, das Gesicht sauber geschrubbt, das Hemd frisch gewaschen und gebügelt, die Haare „gestriegelt". Herr Whittaker bestand auf Sauberkeit, hatte Tom gesagt – Sauberkeit und Gehorsam. Er duldete keinen Unfug von seinen Sängern. Er war streng, aber trotzdem gerecht.

Etwas in den sanften Augen und dem freundlichen Lächeln des Engländers sagte Bill, daß Tom recht hatte. Trotzdem war er noch unheimlich aufgeregt und würde es bis zum Ende der Probe, die er hoffentlich gut überstand, bleiben.

Das Singen selbst bereitete ihm keine Sorgen. Er konnte singen. Hatte seine Mutter nicht gesagt, daß er sowohl die tiefsten Töne erreichen und seine Stimme gleichzeitig erheben konnte wie ein Sperling, der sich über die Dächer der Häuser hinweg in alle Lüfte schwang?

Manchmal tat seine Stimme Dinge, die ihn selbst überraschten. Sie war tatsächlich nicht ganz berechenbar.

Billy sang sehr gern. Er würde ein Lied einem Stück Kuchen vorziehen – nicht, daß er oft die Wahl hätte, denn in Five Points war Gebäck teuer.

Doch erst als Tom ihm erklärt hatte, daß sie in dem kleinen Chor das sangen, was sie *hörten* und nicht, was sie *lasen*, hatte er eingewilligt, mit zur Probe zu kommen. Wenn er die Lieder nicht ablesen mußte, dann würde er ebensogut singen können wie die anderen auch, dachte er bei sich.

Er wollte nicht gern, daß die anderen Jungen erfuhren, daß er nicht lesen konnte. Natürlich war er nicht der einzige; in Five Points gab es mehr Kinder, die *nicht* lesen konnten, als solche, die lesen gelernt hatten.

Aber sie waren keine Hogans, sie stammten nicht aus gebildeten Familien, wie sein Vater, der von seinem Großvater Liam selbst unterrichtet worden war, der in Sligo eine jener verbotenen Schulen unterhalten hatte, die sie „Heckenschulen“ nannten, weil sie sich vor den Engländern zwischen Buschwerk verbergen mußten. Hätte das Fieber nicht beide hinweggerafft, bevor Billy alt genug war, um schreiben und lesen zu lernen, hätten sie ihn zweifellos ebenso unterrichtet.

Jetzt blieb ihm nichts anderes übrig als zu arbeiten; er hatte keine Zeit, um in die Schule zu gehen. Er mußte Zeitungen verkaufen, Kohlen schippen, und an den Wochenenden sah er sich stets noch nach einem zusätzlichen Job um.

Für Billy war es eine Sache seines Stolzes, daß keiner erfuhr, daß er nicht lesen konnte. Er würde das nachholen, sobald er die Möglichkeit hatte. Heute würde er sich wegen des Lesens keine Sorgen mehr machen, sondern würde das tun, wonach er sich seit Wochen sehnte: sich diesem Chor anschließen und seine Stimme gemeinsam mit den anderen erheben.

Wenn bloß Finbar nicht alles verdarb.

Bitte, Herr Jesus, ich hatte keine andere Möglichkeit als ihn mitzubringen ... bitte, bitte schenke, daß Finbar brav ist!

* * *

Mitten in der Probe, als sie voller Begeisterung auf den ersten Refrain von „*Yankee Doodle*“ zusteuerten, wurde Evans Aufmerksamkeit plötzlich von einem ungewöhnlichen Laut abgelenkt. Unheimlich hoch und unerträglich schrill verstummte er wieder, bevor Evan herausfinden konnte, woher er kam.

Er fuhr fort, als hätte er nichts gehört. Obwohl er sich auf sein Gehör verlassen konnte, war es doch möglich, daß er sich getäuscht hatte. Die Akkustik in dem hohen, zugigen Zimmer war ohnehin jämmerlich, und ...

Ah – da war es wieder! So hatte er sich also *nicht* getäuscht! Er klopfte mit seinem Stock und unterbrach das Lied. Mit zusammengekniffenen Augen betrachtete er jeden der Sänger, und sein Blick verweilte übertrieben lang auf dem Gesicht eines jeden.

Weil er keinen der Jungs vor den anderen bloßstellen wollte, beschloß Evan, es noch einmal zu versuchen. Wahrscheinlich hatte sich einer von ihnen nur einen kleinen Scherz erlaubt. Trotzdem machten selbst die Unbelehrbarsten unter seinen Sängern nur äußerst selten Unfug bei einem ihrer Lieblingslieder. Und *„Yankee Doodle"* zählte gewiß zu ihren Lieblingsliedern.

Evan hatte die Melodie speziell für diesen Chor bearbeitet und unzählige Verse dazu geschrieben. Die Jungs hatten auf seine Kosten herzlich gelacht, als er ihnen erklärt hatte, daß dieses Lied, ursprünglich von den Engländern als Spottlied auf die Kolonisten gesungen, sich schließlich gegen sie richtete, als die *Minute Men* (Freiwillige im amerikanischen Unabhängigkeitskrieg) von *Concord* es zu ihrem Lied machten. Die *Kapitulation von Cornwallis in Yorktown* wurde tatsächlich mit den Klängen von *„Yankee Doodle"* gefeiert.

Er seufzte und war der Meinung, es sei durchaus möglich, daß einer seiner Jungs Probleme bei hohen Tönen hatte. Der Gedanke beunruhigte ihn, denn er wußte noch nicht, wie er die Sache anpacken sollte, falls einer der Jungs immer einen Halbton zu hoch sang.

Evan nahm sich zusammen, gab den Einsatz, und sie begannen noch einmal von vorn. Alles ging gut bis zur dritten Strophe, als Captain Washingtons Hengst zu einer kreischenden Spitzmaus wurde.

Evan stand stramm und brach das Lied mit einem heftigen Klopfen seines Taktstocks und einem lautstarken: *Das genügt!* ab.

Nachdem er den Taktstock auf dem Notenpult abgelegt hatte, straffte er seine Schultern und richtete sich zu seiner vollen Größe auf. Mit einem Stirnrunzeln, mit dem er die Jungs zu schrecken hoffte, betrachtete er still und aufmerksam jedes einzelne der Gesichter, die ihm nunmehr mit vorsichtiger Aufmerksamkeit zugewandt waren.

Er dachte, daß einer von ihnen – ein kleiner Junge mit wirrem, flachsblondem Haar und mehr Sommersprossen, als Evan jemals auf einem kleinen Gesicht gesehen hatte – verdächtig unruhig, vielleicht sogar ängstlich wirkte.

Evan konnte sich schwer vorstellen, wie ein so kleiner Junge bei seiner ersten Probe Schwierigkeiten machen könnte. Doch das Sommersprossengesicht wurde unter Evans durchdringendem Blick purpurrot. Der Junge erschien ungewöhnlich nervös, ja, er wand sich beinahe auf der Stelle, auf der er stand.

Als er sich dem Jungen näherte und derselbe hohe, schrille Laut ertönte, wußte Evan, daß er den Übeltäter gefunden hatte. Der Ton schien aus der Jacke des Jungen zu kommen, einem losen, braunen Kleidungsstück, das wie ein Sack über die schmalen Schultern des Jungen hing.

Evan blieb direkt vor dem Jungen stehen und nickte ihm kurz zu. „Ich glaube, w-wir haben uns noch nicht kennengelernt, junger Mann. Wie heißt du?"

Der Junge blickte Evan erschrocken an und öffnete den Mund. Doch bevor er auch nur ein Wort sagen konnte, bewegte sich etwas unter seiner Jacke.

Evan starrte zuerst auf das zappelnde Jackett und dann in das bestürzte Gesicht des Jungen, der ihn mit weit aufgerissenen Augen ansah.

Während Evan den Jungen betrachtete, öffnete sich die Jacke und auf einer Seite kam ein kleiner, flauschiger Kopf zum Vorschein. Verblüfft starrte Evan ungläubig auf das kleine Geschöpf.

Das Fell des Kätzchens war seltsam gefleckt, eine Mischung aus grau und schwarz mit einzelnen braunen Tupfen. Offensichtlich war es noch sehr jung, und außerdem schielte es hoffnungslos.

Das Kätzchen hob seinen Kopf, spitzte die Ohren und schien Evan interessiert zu betrachten. Schließlich zwinkerte es und ließ ein kurzes „Miau" zu hören.

Evan wandte seine Augen von dem schielenden Kätzchen ab und brachte die Jungen, die sich inzwischen kichernd um ihn versammelt hatten, mit einem strengen Blick zur Ruhe. Dann wandte er sich wieder dem Jungen mit dem Kätzchen zu.

Bevor er irgend etwas sagen konnte, stieß der kleine ‚Übeltäter' mit dem roten Gesicht hervor: „Es tut mir leid, Mister Whittaker! Er gibt zu Hause kaum einen Laut von sich, wirklich!"

Der Junge sprach mit einem deutlichen irischen Akzent. Evan war sicher, daß er neu in der Stadt sein mußte. Der kleine Bursche sah aus, als müsse er vergehen.

„Äh, hm, ich f-fürchte, es ist nicht erlaubt, Tiere mit zur Probe zu bringen, äh ..."

„Billy Hogan, Sir! Ich weiß, es war böse von mir, ihn mit hochzuschmuggeln! Doch ich habe für alle anderen ein Zuhause gefunden – nur Finbar ist noch übriggeblieben, verstehen Sie ... und ...“

„Finbar?“

„Ja, so heißt er – wie der Heilige Finbar, wissen Sie.“ Der Junge erzählte weiter, und die Worte sprudelten nur so aus ihm heraus. „Ich hatte gehofft, Finbar behalten zu dürfen, aber Onkel Sorley sagt, wir können außer Sally – das ist Finbars Mutter – nicht noch eine andere Katze füttern, denn das Essen ist schon teuer genug für uns fünf.“

„Für euch fünf?“ wiederholte Evan fragend.

„Ja, für uns fünf – das sind Mutti, Onkel Sorley, ich und meine zwei kleinen Brüder, Liam und Patrick. Onkel Sorley hat mir gesagt, daß ich für die Kätzchen ein Zuhause finden müsse, sonst würde er sie *ertränken.* Die anderen drei habe ich in Kneipen unterbracht, die eine Katze zum Mäusefangen haben wollten, für Finbar konnte ich jedoch bis jetzt noch nichts finden. Ich hatte Angst, ihn allein zu lassen; ich dachte Onkel Sorley würde sich vielleicht ärgern und ihn sofort ertränken. So habe ich ihn mitgenommen und wollte nach der Probe unten mit dem Wirt sprechen. Er ist sonst immer so leise – Finbar würde bestimmt keinen Ärger machen, dachte ich.“

Als der Junge endlich Luft holte, fragte sich Evan, wie er diesen Fall lösen sollte. Der arme Junge sah wirklich elend aus, entweder aus Furcht vor Strafe oder aus Angst, sein Kätzchen nun endgültig zu verlieren.

Evan betrachtete den kleinen Kater, der völlig zufrieden aussah und sich nur etwas zu langweilen schien.

Er sah Evan mit seinen schielenden Augen an, und miaute wieder neugierig. Der kleine Kopf streckte sich vorsichtig aus, als wolle er die Luft beschnuppern.

Noch einmal warf Evan einen Blick auf den kleinen Eindringling. In seinem Innern formte sich ein leichtes Lächeln, das schließlich auf seine Lippen trat. „Nun gut, – Billy, nicht wahr? Vielleicht k-kann ich dir und – äh – Finbar helfen.“

* * *

„*Evan!*“ Sofort als er durch die Tür trat, kam Nora ihm entgegengeflogen. „Was in aller Welt hat dich aufgehalten? Ich habe mir solche Sorgen um dich gemacht. Du bist doch sonst immer längst vor Einbruch der Dunkelheit zu Hause! Ist etwas passiert?“

Evan küßte sie und entschuldigte sich überschwenglich. „N-nichts ist passiert! Wirklich nichts, und du d-darfst dir nicht soviel Sorgen um mich machen." Er lächelte über sich selbst. Er wäre völlig *niedergeschmettert*, wenn sie sich *nicht* um ihn sorgen würde.

„Aber ..."

Er brachte sie mit einem weiteren Kuß zum Schweigen, dann trat er zurück. „Wo sind die Kinder?"

„Johanna hilft Tom, sich zum Schlafengehen fertigzumachen; dann kommen sie nach unten", erwiderte sie zerstreut. „Ich habe ihnen versprochen, daß sie bis zum Abendgebet mit dir aufbleiben dürfen. Aber zuerst mußt du essen."

Sie griff nach seinem Mantel. „Komm, ich nehme dir den Mantel ab ..."

„Nein!" Evan wich zurück, als hätte man ihn geschlagen. „Ich-ich ... sch-schaffe das schon allein."

„Evan, was ist nur los mit dir? Du benimmst dich tatsächlich seltsam heute abend", sagte Nora und warf ihm einen fragenden Blick zu. „Ist etwas in der Probe schiefgelaufen?"

Evan unterdrückte ein Lächeln und hielt seinen leeren Ärmel absichtlich von Nora fern. „Sch-schiefgelaufen? N-nein, natürlich nicht. W-was sollte bei einer Probe schieflaufen?"

Stirnrunzelnd forschte Nora in seinem Gesicht: „Evan, bist du sicher, daß es dir gutgeht? Du erscheinst mir so – eigenartig."

„Eigenartig?" antwortete er ausweichend. „Nein, es geht mir wirklich gut – *au*!" Er griff an seinen leeren Ärmel.

„Evan? Was ist los?"

Nora lief zu ihm und faßte ihn an den Schultern. Als Evan seine Augen abwandte, beharrte sie: „Irgend etwas stimmt nicht! Ich habe es gleich gewußt, du ..." sie hielt inne und starrte auf Evans leeren Ärmel, der sich zu bewegen begann.

Der Ärmel zuckte heftig, schon wieder! Aus dem Ärmelinneren drang ein hohes, empörtes Kreischen. Evan verzog das Gesicht und löste die Nadel, die den Stoff zusammenhielt. Schließlich war der Ärmel frei, und zum Vorschein kam das kleine, furchtsam um sich blickende Kätzchen.

Einen Augenblick baumelte es an Evans Seite und hielt sich mit seinen winzigen, nadelscharfen Krallen am Stoff des Ärmels fest. Plötzlich ließ es den Ärmel los, jagte Evans Beine hinunter und riß an seinen Füßen herum. Sobald das Kätzchen Nora sah, hielt es inne. Mit einem mächtigen Satz hing es an ihrem Kleid und barg seinen kleinen Kopf an ihrem Herzen.

„N-Nora“, sagte Evan mit einem unsicheren Lächeln, während er seine schmerzende Schulter massierte, „ich wollte dir Finbar vorstellen.“

* * *

An diesem Abend lag Nora noch wach, als Evan bereits eingeschlafen war; im Schatten des Lichtschimmers, der vom Flur in ihr Zimmer schien, studierte sie Evans Profil.

Ohne seine Brille sah er jünger aus. Jünger und so süß – und so unheimlich verletzlich.

Wie immer, wenn sie ihn anschaute, floß ihr Herz von Liebe über für diesen zärtlichen, bescheidenen Mann, der täglich sein Leben dafür einsetzte, um sie glücklich zu machen. Er war ein schlanker Mann, ihr Evan, nicht besonders stark oder kräftig. Doch in seinem eher schwachen Körper wohnte ein großes Herz, dessen Liebe grenzenlos war.

Sie lächelte und mußte an sein Gesicht denken, als das Kätzchen aus seinem Ärmel gepurzelt kam. So voller Freude und Eifer – voller Eifer, sie glücklich zu machen und sie lächeln zu sehen.

Natürlich hatte sie seine Absicht verstanden. Er war viel zu sensibel, zu feinfühlig ihren Stimmungen gegenüber, um nicht zu spüren, daß sie in letzter Zeit alles andere als glücklich war. Schuld quälte sie, weil sie ihm soviel Sorge bereitete, weil sie mit ihrem ständigen Grübeln über ein Baby auch sein Glück überschattet hatte.

Irgendwie mußte sie damit aufhören. Es war so ungerecht, so töricht, ihn derart zu verletzen. Er verdiente viel mehr, viel, viel mehr: er verdiente nur Freude.

Sanft strich sie mit den Fingerspitzen über seine bärtige Wange. Er seufzte im Schlaf, und sie lächelte. Wie unendlich kostbar waren ihr diese stillen Augenblicke voller Wärme und Zärtlichkeit, wenn ein einfaches Seufzen oder eine zärtliche Berührung das Band ihrer Liebe bekräftigten.

Und sie *liebte* Evan. Sie liebte ihn, weil er so zärtlich war, so still und freundlich, so gütig, weil er danach trachtete, daß sein Leben Gott gefiel. Sie liebte ihn in seiner zurückhaltenden und bescheidenen Art, wie er nichts als selbstverständlich ansah, sondern stets dankbar war, auch für den geringsten Dienst, der ihm erwiesen wurde.

Und sie liebte ihn, weil er *sie* liebte; dafür, daß er sie so sehr liebte, daß er die Kinder eines Fremden aufnahm und sie zu seinen eigenen machte –

und daß er ein schielendes Kätzchen in seinem Ärmel versteckte, weil er wußte, ihr damit ein Lächeln entlocken zu können!

Jetzt, in der Dunkelheit, wurde ihr Lächeln noch breiter. Die Kinder hatten beinahe sofort von Finbar Besitz ergriffen – der jetzt tatsächlich schlafend auf Toms Bett lag, doch nicht, ohne sie voher mit einigen lustigen Streichen unterhalten zu haben.

Sie hatte bemerkt, wie Evan sie genau beobachtete, und sie hatte sein fröhliches Lächeln gesehen, als sie sich über das Kätzchen freute.

Ich muß aufhören zu grübeln, sagte sie wiederum zu sich selbst. *Ich darf keinen Schimmer der Traurigkeit mehr über sein Leben bringen. Was Gott uns gibt, ... und sei es nur ein heimatloses Kätzchen ... will ich annehmen, mich darüber freuen und es hegen und pflegen. Für Evan – und um unserer Liebe willen.*

„Ich liebe dich Evan ... ich liebe dich so sehr ..."

Erst als er, mit den Augen blinzelnd und noch halb schlafend, seine Arme nach ihr aussteckte, wurde ihr bewußt, daß sie laut gesprochen hatte. Dann lächelte er und zog sie noch näher an sich heran, als hätte die Kraft ihrer Liebe ihn eingehüllt und sanft geweckt.

16. Kapitel

Nachtwache in Dublin

Auf ihrem Bett klopfen die Finger den Takt der alten Melodie,
die ihr nicht mehr aus dem Sinn zu gehen glaubt,
so schwach wie noch nie,
und sie beugt ihr goldenes Haupt.

Richard D'Alton Williams (1822-1862)

Dublin
Dezember

In den Wochen nach dem Überfall war es in Nelson Hall ungewöhnlich still und düster geworden. Weihnachten kam heran, und doch rückte das Fest beinahe unerkannt näher, als wäre die gesamte Adventszeit von einer furchtbaren Vorahnung überschattet.

Jeder, der über die weitläufigen, düsteren Flure schritt, schien eifrig darauf bedacht zu sein, die Stille nicht zu stören. Es war so, dachte Sandemon, als ob alle, die in dem Haus wohnten, fürchteten, selbst die normalen Geräusche der täglichen Verrichtungen könnten den *Seanchai*, dessen Geduld nur noch an einem seidenen Faden hing, völlig aus der Fassung bringen.

Die Gewohnheit hatte sich beinahe sofort, nachdem das Unheil geschehen war, eingespielt. Die Dienstboten betraten und verließen die Zimmer so leise, wie Katzen durch die Nacht schleichen, und sie flüsterten oder murmelten nur das Allernotwendigste.

Selbst in den Klassenzimmern herrschte totale Disziplin. Alle Anweisungen wurden leise gegeben, und auch die Schüler hielten sich an einen gedämpften Ton.

Der gesamte Haushalt schien sich am Rande einer Katastrophe zu befinden; alle waren verschüchtert, unsicher und besorgt. Die täglichen Arbeiten gingen weiter, aber dennoch schien es keinen großen Unterschied mehr zwischen Tag und Nacht zu geben. Die Tage dienten zum Warten und Arbeiten; die Nächte zum Warten und *Beten.*

Wie immer hatte Sandemon seinen Tag früh morgens auf den Knien neben seinem Bett begonnen – mit einem Loblied, einem stillen, verhaltenen Lob, denn er glaubte zu spüren, daß auch Gott in diesen Tagen Stille gebot. Lange Zeit beugte er seinen Geist in Anbetung. Heute hatte er noch mehr als sonst das Verlangen nach der Nähe Gottes, nach Stärkung durch den Heiligen Geist, nach *Licht.*

Schließlich begann er, alle die vor Gottes Thron zu bringen, die ihm lieb geworden waren, alle, die Gott ihm aufs Herz gelegt hatte, daß er in Liebe für sie fürbittend eintrat ...

Für Annie, deren Adoptionsverfahren ins Stocken geraten war durch die Mutter, die sie verstoßen und den Stiefvater, der sie mißbraucht hatte. Zwei der besten Anwälte ganz Irlands – die nach der Einschätzung des *Seanchai* auch zu den unerschrockensten gehörten – waren damit beauftragt, die Angelegenheit in Belfast voranzutreiben. Bis jetzt wußte Annie noch nichts von den Schwierigkeiten. Die Anwälte waren davon überzeugt, daß man mit genügend Geld die Angelegenheit zu einer befriedigenden Lösung führen könne, und der *Seanchai* hatte sie bevollmächtigt, soviel aufzuwenden, wie nötig war.

Sandemon seufzte tief, während er in seinem Gebet innehielt, um über die Situation nachzudenken. Traurigerweise fragte er sich, ob Annie nicht überrascht wäre, mit welchem Nachdruck der *Seanchai* die Adoption verfolgte. Das Kind kam sich im Augenblick offensichtlich etwas verloren, wenn nicht vernachlässigt vor. Der *Seanchai* – und alle im Haus – waren durch den Überfall auf Miss Finola derart in Beschlag genommen, daß wenig Zeit und Kraft für ein altkluges Kind übrigblieb.

Finola ...

Auch Sandemon trug den Namen der verwundeten jungen Frau auf seinen Lippen, und sein Herz krampfte sich zusammen, wenn er an ihre Qualen dachte. Einige Wochen waren inzwischen vergangen, seitdem sie der Allmächtige von dem Abgrund zwischen dem Heute und Gottes Ewigkeit zurückgerufen hatte, doch schien sie ihre Umgebung trotzdem nur schwerlich wahrzunehmen. Sie tat kaum etwas kund von dem Leiden, das sie quälte, obgleich ihre Schmerzen unerträglich sein mußten.

Sandemon sah sie natürlich nur von weitem; der Arzt bestand noch immer darauf, daß alle männlichen Mitglieder des Haushalts jeden näheren Kontakt mit ihr vermieden. Doch auch wenn er sie nur von weitem sah, wurde seine Seele tief betrübt. Schwach und leblos lag sie in dem großen, breiten Bett und starrte ins Leere. Ihre Freundin Lucy sagte, daß sie auf Berührung reagierte, doch nur, wenn es ihr Schmerzen zu bereiten schien – doch selbst dann stöhnte sie nur oder gab einen gedämpften, qualvollen Laut von sich. Sie aß erschreckend wenig und das auch nur, wenn man ihr gut zuredete.

Natürlich konnte sie nicht sprechen, doch jetzt war zusätzlich zu ihrem Stummsein noch eine Art Schweigen in ihre Augen getreten. Es war so, wie Lucy gesagt hatte: irgendwo im Inneren Finolas ist ein Licht ausgegangen.

Das gleiche könnte man von dem unglücklichen *Seanchai* sagen, dachte Sandemon und runzelte die Stirn, während er über das Herzeleid seines jungen Herrn nachdachte. Jeden Tag brachte er seinen Rollstuhl unmittelbar vor dem Zimmer der Kranken zum Stehen. Dort blieb er sitzen und bohrte seine Augen in die Tür, als wolle er die junge Frau, die sich hinter dieser Tür befand, durch die Kraft seines Willens wiederbeleben, sie wieder zu dem erwachen lassen, was sie einst war.

Verflogen war der Zorn – zumindest jegliche äußeren Anzeichen der Wut, die ihn in den ersten dunklen Tagen nach dem brutalen Überfall zu zerreißen gedroht hatte. Verschwunden waren auch die Unruhe und die überschüssige Energie, die es für den *Seanchai* zu einer grausamen Qual gemacht hatten, an den Rollstuhl gefesselt zu sein. Stattdessen war in dem jungen Riesen Stille eingekehrt, eine Art stiller Zurückhaltung, die nicht so sehr aus Mutlosigkeit oder Verzweiflung geboren zu sein schien, sondern vielmehr wartete – wartete und die Wacht hielt.

Wenn er nicht vor Finolas Zimmer saß, verbrachte der *Seanchai* seine Zeit am Schreibtisch in der Bibliothek mit seinen vielen Büchern und seiner umfangreichen Korrespondenz. Sandemon hatte einige Briefe von ihm abgeschickt: an die Adoptionsanwälte, an seinen Freund, Mr. Smith O'Brien, der im Gefängnis saß, an seine Freunde in Amerika – und an einen Mann, den keiner im Haus außer dem *Seanchai* selbst und Sandemon kannte.

Besorgt, daß Miss Finola doch eine Familie hatte, die auch jetzt noch nach ihrem Verbleib forschte, hatte der *Seanchai* jemanden damit beauftragt, Finolas Vergangenheit zu erforschen. Sandemon hatte er anvertraut, daß er auch Angst vor dieser Nachforschung hatte. Er war sich dessen bewußt, hatte er eingestanden, daß hinter eventuellen Entdeckungen auch Gefahr lauern konnte. Er war jedoch davon überzeugt, daß er es versuchen mußte.

„Wenn es noch irgendwo jemanden gibt, der Finola durch diese Zeit hindurchhelfen kann, dann müssen wir ihn finden", hatte er erst vor wenigen Tagen zu Sandemon gesagt. „Der Mann, den ich damit beauftragt habe, ist vollkommen verläßlich – ich vertraue ihm wie nur wenigen Menschen. Er wird Diskretion wahren. Sollte er irgend etwas in

Erfahrung bringen, das Finola gefährlich werden könnte, wird dies ein Geheimnis bleiben."

Als er sich schließlich von seinen Knien erhob, spürte er das gleiche prickelnde Angstgefühl wie damals, als er von der geplanten Nachforschung erfahren hatte. Er vertraute dem Urteil des *Seanchai* in solchen Angelegenheiten und verstand es, daß er verzweifelt versuchte, der gequälten jungen Frau irgendwie zu helfen. Dennoch war der Gedanke ziemlich ernüchternd, am Ende möglicherweise zu erfahren, was oder *wer* für Finolas einsames Schweigen verantwortlich war – ein Schweigen, das sie jeglicher Erinnerung und sogar ihrer Identität beraubt hatte. Welche Folgen würde diese Erkenntnis am Ende nach sich ziehen?

Vielleicht würde der *Seanchai* seine Meinung nicht teilen, aber Sandemon mußte sich einfach fragen, ob es nicht Dinge gab, die man am besten unberührt und unerkannt ließ. Könnte es nicht sein, daß man durch zu viel Graben in der Vergangenheit alte Dämonen weckte, die, einst gefangengenommen, wieder auf die Gegenwart losgelassen würden?

Oder fürchtete er eine solche Möglichkeit nur aufgrund seiner eigenen dunklen Vergangenheit?

* * *

Später an diesem Vormittag saß Morgan Fitzgerald an seinem Schreibtisch über einem beträchtlichen Stapel Post, den er zu erledigen hatte.

In letzter Zeit kostete es ihn regelrechte Anstrengung, echt über Dinge nachzudenken, die nicht von äußerster Wichtigkeit waren. Alles, was mit Annies Adoption im Zusammenhang stand, hatte selbstverständlich Vorrang. Allerdings gab es bislang keine neuen Erkenntnisse. Man hatte bei der Mutter des Kindes eine große Summe Geld – und eine nicht sehr versteckte Drohung – ins Spiel gebracht. Er war der Meinung – und seine Anwälte pflichteten ihm bei –, daß die unverschämt hohe Summe am Ende die Lösung bringen würde, falls es nichts nützen sollte, der Frau und ihrem dem Alkohol verfallenen, ausfälligen Ehemann mit gerichtlichen Schritten zu drohen.

Nicht zum erstenmal wünschte sich Morgan, seine Beine wieder gebrauchen zu können – und sei es nur für eine Reise nach Belfast. Er war gewiß, wenn er sie einmal aufgefunden hätte, sowohl Tully – den Säufer von Stiefvater – als auch die Mutter davon überzeugen zu können, jegliche Ansprüche auf Annie fallenzulassen.

Seufzend wandte er sich einer angenehmeren Aufgabe zu, nämlich Evan Whittakers letzten Brief zu beantworten. Er nahm seinen Federhalter und dachte an den Engländer, der ihn immer wieder verblüffte. Irgendwie hatte sich Whittaker die – zumindest größtenteils – nicht gerade beneidenswerte Aufgabe aufgehalst, eine gemischte Singegruppe irischer und schwarzer Jungen zu leiten; und das inmitten eines Slums von New York.

Als wäre diese Aufgabe nicht schon anspruchsvoll genug, war er außerdem dabei, selbst Lieder für diese Gruppe zu bearbeiten. In seinem Brief bat er Morgan, ihm mit irischen Liedern auszuhelfen – einfachen Melodien, betonte er – die er in seine Arrangements drüben in Amerika einbeziehen konnte. Diese würden gemeinsam mit einigen Liedern der Negersklaven zu Whittakers ersten Versuchen gehören, eine, wie er es nannte, „amerikanische Volksmusik" zu schaffen.

Daniel John, hatte Whittaker ausdrücklich berichtet, half ihm so gut er konnte. Um detaillierte Partituren aufschreiben zu können, fehlten Daniel jedoch noch entsprechende Kenntnisse der Notation.

Ich unterrichte ihn jedoch in den Grundlagen und danke Gott jeden Tag für die überraschend tiefgründige musikalische Ausbildung, die ich vor etlichen Jahren an der Universität erhalten habe. Daniel genießt die Ironie der Tatsache, daß ein Engländer ihm die Grundlagen der Harmonielehre vermittelt, damit er seine irischen Melodien niederschreiben und bearbeiten kann.

Auch Morgan mußte bei diesem Gedanken lächeln, bevor er weiterlas. Evan Whittaker hoffte, am Ende eine Vielzahl von Melodien verschiedenster Rassen und Nationalitäten in seine Arrangements einbeziehen zu können. Der Mann schien überzeugt, daß eine neue Art amerikanischen Liedguts zu entstehen begann, eine Mischung aus verschiedenen Volksliedern in amerikanischer Form. Das würde am Ende, so glaubte er, den wahren Geist Amerikas repräsentieren, dem „Land der tausend Träume", wie er seine neue Heimat bezeichnete.

Ich hoffe, diese Musik unter den Jugendlichen in den Slums verbreiten zu helfen. Ich glaube, das könnte vielleicht ein kleines Stück dazu beitragen, die Kluft zu überbrücken, die jetzt existiert.

Ein ehrgeiziges Vorhaben. Morgan schüttelte den Kopf über den Idealismus dieses Mannes, doch mußte er ihn bewundern. Er nahm seine Lesebrille ab, stützte die Ellenbogen auf den Schreibtisch und ließ sein Kinn auf seinen gefalteten Händen ruhen.

Als was für ein Wunder hatte sich dieser Engländer doch entpuppt! Bei dem Gedanken an den schlanken, beinahe schüchternen Whittaker mit dem schlechten Augenlicht und dem fürchterlichen Stottern verzog Morgan den Mund. Der gleiche zaghafte, stotternde Engländer hatte Morgans eigene Jugendliebe geheiratet, sie sowohl ihm als auch Michael Burke abgeworben – und am Ende noch Morgans Nichte und Neffen bei sich aufgenommen, um sie als seine eigenen Kinder zu erziehen. Gleichzeitig war es ihm gelungen, eine Anstellung bei einem der reichsten Männer Amerikas zu finden.

Morgan konnte ihm nur gratulieren. Viele Menschen strebten nach einer hohen Gesinnung, nach einer edlen Seele, doch Evan Whittaker schien zu den wenigen zu gehören, die dieses Ziel erreicht hatten.

Bei dem Gedanken an seine Nichte und seinen Neffen bewegte Morgan wiederum die Frage, ob er Tom und Johanna zurück nach Irland holen sollte. Natürlich unterstützte er sie finanziell und hatte eine großzügige Summe für sie bereitgestellt, die Evan Whittaker für sie verwaltete. Er schrieb ihnen und mit Noras und Evans Hilfe antworteten sie ihm.

Aber genügte das? Schließlich waren sie die Kinder seines Bruders, und er hatte sie immer sehr geliebt. Jedoch hielt er es nicht für gut, sie wiederum zu entwurzeln, zumindest nicht jetzt.

Er könnte ihnen ein schönes Zuhause bieten, für ihre Ausbildung sorgen, ihnen Schutz und Sicherheit gewähren. Da sich Irland jedoch in einer so entsetzlichen Notlage befand, war er überzeugt, daß Amerika ihnen mehr bieten konnte.

Es lag ihm am Herzen, das für sie zu tun, was für sie das Beste war. Evan Whittaker hatte ihm immer wieder versichert, daß Nora und er die Kinder wie ihre eigenen liebten und sich freuten, sie bei sich zu haben. Morgan zweifelte nicht an seiner Aufrichtigkeit, doch irgendwann in der Zukunft würde man die Kinder selbst vor eine Entscheidung stellen müssen.

Mit einem tiefen Seufzer schob er dieses Problem augenblicklich bewußt beiseite. Er war gegenwärtig zu beunruhigt, um in weniger wichtigen Dingen eine objektive Entscheidung fällen zu können, geschweige denn in einer so wichtigen Angelegenheit wie der Zukunft der Kinder seines Bruders.

Er setzte seine Brille wieder auf und legte Evan Whittakers Brief beiseite; er würde die gewünschten Melodien für ihn aussuchen und vielleicht sogar einige seiner eigenen Lieder beifügen. Doch jetzt mußte er zuerst Michaels Brief beantworten.

Auch dieses Schriftstück enthielt vorwiegend gute Nachrichten. Michael berichtete von seiner bevorstehenden Hochzeit mit Sara Farmington, seiner Beförderung zum Hauptmann sowie seiner Berufung in einen neu gegründeten Ausschuß zur Verbrechensbekämpfung.

Nun hatten wenigstens zwei aus ihrem Dreierbund ihr Glück gefunden …

Er dachte das ohne Neid, jedoch auch nicht ganz frei von Trauer über den Lauf, den sein eigenes Leben genommen hatte. Er hatte kaum an ein eigenes Heim oder eine Familie gedacht, als er noch jung war … und gesund. Für den größten Teil seines bisherigen Lebens war Irland seine große Liebe, seine verzehrende Leidenschaft gewesen. Der Gedanke, Ehemann und Vater zu werden, war bestenfalls eine vage, entfernte Möglichkeit.

Als Nora schließlich Owen Kavanagh heiratete, hatte er mit Schrecken erkannt, daß die einzige Frau, die ihn vielleicht so sehr liebte, um ihm seine Fehler zu verzeihen, vielleicht sogar seine geteilte Hingabe zu akzeptieren, für ihn verloren war. Das Tor der Liebe war für ihn mit überwältigender Endgültigkeit zugeschlagen. Von da an hatte Morgan nie wieder ernsthaft daran gedacht, eine Frau zu nehmen.

Und jetzt … jetzt war er nicht mehr jung; kein ganzer Mann mehr. Und sicher würde keine Frau mehr Interesse an ihm haben. Doch erst jetzt glaubte er, endlich die einem Ehemann gebührende Reife erlangt zu haben. Jetzt … wo jegliche Möglichkeit so weit entfernt schien wie die Sterne im Himmel …

Er strich sich mit einer Hand durch das Haar in seinem Nacken, bevor er endlich damit begann, seine Gratulation und guten Wünsche für Michael zu Papier zu bringen. Irgendwie belustigte ihn der Gedanke, daß Michael sich in eine Dame der High-Society verliebt hatte – eine Frau, die offenbar ihren eigenen Kopf hatte: nach den Worten ihres künftigen Ehegatten einen *edlen* Geist und einen unheimlich starken Willen.

Gut, dachte er , und sein Mund verzog sich zu einem schiefen Lächeln. Vielleicht würde sie es mit ihrem willensstarken und oft auch starrköpfigen Ehemann aufnehmen können.

Offenbar hatte Michaels Sohn mit seiner ablehnenden Haltung einen Schatten über die junge Liebe gebracht. Es schien, als stellte sich der Junge bewußt gegen sie.

Für einen Augenblick hielt er im Schreiben inne und klopfte mit dem Ende seines Federhalters auf den Tisch. Je mehr Michael ihm von dem Jungen erzählte, um so mehr fühlte sich Morgan zu dem jungen Tierney hingezogen. Diese Zuneigung könnte einerseits allein auf der Tatsache beruhen, daß der Junge der Sohn seines besten Freundes war. Auf der anderen Seite gestand Morgan sich jedoch mit der Andeutung eines Lächelns ein, sich in dem rastlosen, rebellischen Wesen Tierney Burkes ein ganzes Stück selbst wiederzuerkennen.

Armer Michael! So ein Sohn stellte für seinen praktisch veranlagten, sensiblen, zielbewußten Freund gewiß eine beträchtliche Herausforderung dar.

Während er an die Schwierigkeiten dachte, die Michael mit seinem Sohn hatte, wurde es Morgan wiederum bewußt, wie sehr er Annie schätzte. Obgleich das Kind nicht sein eigen Fleisch und Blut war, so waren sie doch zweifellos verwandte Seelen – mit ihrem regen Geist, ihrer unersättlichen Neugier, ihrer Liebe zu Büchern und ihrer ausgeprägten Fähigkeit zu lieben ...

Ihrer Vorliebe für allerlei Unfug und lustige Streiche ...

Doch sie war ein Geschenk für ihn, dieser kleine Tunichtgut; ein Geschenk, für das er täglich dankbar war. Er liebte und schätzte das Mädchen mehr, als sie je ahnen konnte.

Morgan legte den Federhalter weg und streckte seine Finger, bevor er sich mit einem tiefen Seufzer von seinem Schreibtisch zurücklehnte. Er fürchtete jedoch, daß das Kind in letzter Zeit sehr wenig davon zu spüren bekam. Er hatte sich zwar bemüht, die Beziehung zwischen ihm und Annie nicht durch seinen Kummer um Finola zu belasten, doch konnte er es natürlich trotz allem nicht verhindern.

Annies Energie strengte ihn an, und ihre offenkundigen Versuche, ihn aufzuheitern, schlugen fehl. Irgendwie mußte er das an Annie wiedergutmachen, wenn alles vorüber war. Er würde ihr sagen, daß er sie liebte, als sei sie sein eigenes Kind. Was es auch kostete, er durfte nicht zulassen, daß sich Annie jemals wieder verstoßen fühlte.

Er wünschte sich, daß sich in der Zwischenzeit Schwester Louisa und das Kind verstehen lernten. Natürlich war die Schwester mehr als willens, doch Annie hatte irgendwie beschlossen, daß „die Nonne" ihr gestohlen bleiben konnte.

Diese Tatsache betrübte Morgan sehr, denn er hatte gehofft, Schwester Louisa würde eine Stütze für Annie sein. Er hatte gesehen, wie sie sich um die Freundschaft des Kindes bemühte, doch Annie hatte offenbar andere Vorstellungen. Und Annie, das wußte er, gab ihre Vorstellungen nicht so schnell auf.

Doch im Augenblick konnte er sich einfach nicht damit befassen. Es fehlte ihm sowohl an körperlicher als auch an seelischer Kraft. Vielleicht war das auch ein Grund, weshalb er in letzter Zeit so viele Briefe schrieb. Dazu brauchte er nur wenig Kraft und Konzentration. Die Feder in der Hand, wanderten seine Gedanken zu Finola.

Es schmerzte ihn sehr, daß der Arzt noch immer darauf bestand, daß er sich von ihr fernhielt. Er spürte jedesmal einen Stich in seinem Herzen, wenn er seinen Rollstuhl vor ihrer Tür zum Stehen brachte. Sie dort liegen zu sehen, die Augen weit geöffnet, ohne tatsächlich irgend etwas zu sehen, gelegentlich vor Schmerz stöhnend – und nicht zu ihr gehen zu dürfen – kostete Morgan den letzten Rest an Selbstbeherrschung, den aufzubringen er imstande war.

Er *sehnte sich schmerzlich* danach, sie in seine Arme zu schließen, sie sanft, ... behutsam ... an seiner Brust zu halten. Unwillkürlich zuckte er bei diesem Gedanken vor Schmerz zusammen. Es war kaum anzunehmen, daß Finola es jemals wieder zulassen würde, daß ein Mann – *irgendein* Mann – sie in seinen Armen hielt.

Doch es würde ihm schon genügen, neben ihrem Bett sitzen zu dürfen, sie anzuschauen, mit ihr zu sprechen, einfach *bei ihr zu sein.*

Zuweilen stellte er insgeheim die Anweisung des Arztes in Frage. Doch dann schob er seine Zweifel sofort als nichts anderes beseite als sein eigenes, selbstsüchtiges Verlangen, bei ihr zu sein. Er mußte das tun, was für Finola das Beste war, und wenn es jetzt notwendig war, von ihr fernzubleiben, dann würde er das tun – ohne zu klagen.

* * *

In Ermangelung menschlicher Gesellschaft schaute sich Annie nach Fergus um. Wie furchtbar war es, niemanden zu haben, dem sie ihre tiefsten Gefühle mitteilen konnte, niemanden außer dem heruntergekommenen, alten Hund!

Plötzlich blieb sie stehen, zog die Schultern hoch und schloß die Augen. „Es tut mir leid, Herr ... wieder einmal. Mit dir kann ich bestimmt immer über meine tiefsten, meine allertiefsten Gefühle reden. Weißt du, in letzter Zeit fühle ich mich vielleicht manchmal ein wenig einsam. Auch wenn Fergus kein Mensch ist – er *meint* es nur – gibt es niemanden außer dir, Herr, der Zeit hat, Leuten wie mir zuzuhören!“

In diesen Tagen suchte Annie oft die Gesellschaft des Wolfshundes. Der *Seanchai* war von seiner Sorge um Finola beschlagnahmt, und Sandemon – nun, er war beschäftigter als je zuvor.

„Du verstehst mich doch, Herr? Ich meine, die beiden Menschen, denen ich am meisten vertraue, können sich jetzt einfach nicht um mich kümmern. Ich möchte mich ja auch nicht beschweren", fügte sie schnell hinzu, bevor sie sich im Flur weiter auf die Suche nach Fergus machte. „Ich mache dem *Seanchai* keinerlei Vorwürfe, daß er sich wahnsinnige Sorgen um Finola macht. Wir sind alle tief beunruhigt und betrübt! Und Sand-Mann hat soviel zu tun mit seinen Pflichten und anderen Aufgaben, die der *Seanchai* in letzter Zeit zu vernachlässigen scheint."

Sie hatte sich fest vorgenommen, keinen Ärger zu bereiten, den Erwachsenen das Herz nicht noch schwerer zu machen. In diesen Tagen mußte sie Sandemon und dem *Seanchai* eine Hilfe sein und keine Last. Sie tat ihr Bestes, um im Haus leise zu sein und half, wo immer sie konnte.

Manchmal begann sie sich jedoch furchtbar einsam zu fühlen, hatte vielleicht sogar ein wenig Angst. Seit kurzem mußte sie sich immer wieder fragen, ob der *Seanchai* ihre Adoption auch wirklich vorantrieb. Natürlich würde sie ihn nicht fragen. Höchstwahrscheinlich hatte er, seitdem Finola dieses furchtbare Unglück zugestoßen war, keinen Gedanken mehr daran verwendet, und deshalb wollte sie ihn lieber nicht fragen. Es war schon schmerzlich genug, das zu *denken*; sie wollte es ihn nicht noch *sagen* hören.

„Bitte, Herr, wenn das der Fall sein sollte, könntest du vielleicht dem Gedächtnis des *Seanchai* ein wenig auf die Sprünge helfen, wenn es Finola wieder besser geht? Jetzt natürlich noch nicht, ich weiß, er ist viel zu traurig, zu abgelenkt. Doch später, könntest du vielleicht später dafür sorgen, daß er es nicht völlig vergißt?"

Inzwischen war Annie vor der Tür ihres Zimmers angekommen und ging hinein. Sie freute sich, als sie sah, wie Fergus vor ihrem Bett lag und schlief, konnte jedoch nicht widerstehen, ihn trotzdem ein wenig zu schelten. „Machst du ein Nickerchen, du faules Biest? Was ist denn los? Ist die *lästige Nonne* deiner Gesellschaft überdrüssig?"

Annie konnte beim allerbesten Willen nicht begreifen, was Fergus und die Nonne verband. Während sie *ihr* gegenüber stets steif und streng war, trieb sie mit Fergus die närrischsten Dinge – das heißt, wenn sie glaubte, daß keiner sie sah.

Und Fergus, dieser Schmeichler, genoß diese Aufmerksamkeit natürlich. Zuweilen schien er sich ebenso zu der Nonne hingezogen zu fühlen wie zu Annie!

„Mir reicht es jetzt mit dir, verstehst du", murmelte sie, während sie sich neben ihn auf den Fußboden setzte. „Ich habe es satt, dich erst von dieser *lästigen Nonne* weglocken zu müssen, wenn ich dich haben möchte! Schließlich bist du *mein* Hund! Ich war es, der dich aufgenommen und den *Seanchai* und Sand-Mann überredet hat, dich zu behalten, wie du dich vielleicht erinnern kannst. Du bist furchtbar undankbar, und wenn du dich nicht besinnst, kann es sein, daß du bald im Stall schlafen wirst!"

Der dumme Hund grinste sie nur an und legte ihr tolpatschig seine große Pranke in den Schoß.

„Versuch nicht, mich auszutricksen, du undankbares Biest!" murmelte Annie, während sie dennoch die große Pranke in ihre Hand nahm und festhielt.

Einen Augenblick später war jedoch aller Ärger verflogen. „Hast du Finola heute schon besucht?" fragte sie mit einem tiefen Seufzer. „Ich war vorhin gerade bei ihr. Es hat sich nichts verändert. Sie liegt da und starrt die Leute an, als sähe sie überhaupt nicht. Sie scheint mich nicht einmal mehr zu erkennen, und dabei wollten wir gerade so gute Freunde werden!"

Annie hielt inne. Wieder quälte sie der Gedanke, daß sich bei Finola nie mehr etwas ändern, daß sie so bleiben würde, wie sie jetzt war ... für immer.

„Oh Fergus! Es ist so traurig, sie so sehen zu müssen! Sie ist so schön, so reizend und so gut! Ich *hasse* diesen abscheulichen Menschen, der ihr das angetan hat. Ich hoffe Gott wird ihn ..."

Annie preßte eine Hand vor den Mund und starrte den Wolfshund entsetzt an, als ihr bewußt wurde, was sie gerade sagen wollte. „Verzeih mir bitte, Herr! Bitte vergib mir! Ich weiß, daß ich niemandem etwas Böses wünschen darf – nicht einmal einem solchen Scheusal wie demjenigen, der Finola überfallen hat. Aber es ist einfach ungerecht! Es ist wirklich zu ungerecht! Er sollte bestraft werden, schwer bestraft werden, glaube ich."

Sie hielt inne und dachte nach. „Sand-Mann sagt, daß es deine Aufgabe ist, zu – zu *rächen*, daß du dafür sorgen wirst, daß er büßen muß, wer immer es auch war. Ich hoffe es, Herr! Mir fällt nichts ein, was Strafe genug wäre für das, was er Finola angetan hat, aber vielleicht weißt du etwas."

Der Hund winselte, als wolle er sein Mitgefühl bekunden, dann legte er seinen großen Kopf in ihren Schoß. Annie kraulte ihm die Ohren und sprach weiter, leiser jetzt, als wolle sie dadurch eine Strafe des Himmels für ihren Zornesausbruch von vorhin abwenden.

„Manchmal werde ich so ärgerlich, Fergus, – so zornig, daß ich bald platze! Sand-Mann sagt, daß dieser Zorn schlecht sei, ich muß dir jedoch sagen, daß auch *er* zornig wird, wenn jemand auf die arme Finola zu sprechen kommt. Er sagt kein Wort, trotzdem weiß ich, daß er zornig ist. Ich sehe es an seinen Augen."

Während sie über den gewaltigen Rücken des Wolfshundes streichelte, stieß sie wieder einen tiefen Seufzer aus. „Ich frage mich, was Finola in ihrem Inneren fühlt", sagte sie. „Und ich frage mich, ob sie nicht auch unheimlich zornig ist, obgleich wir nichts davon sehen." In Annies Hals bildete sich ein Knoten, so traurig war sie. „Es muß furchtbar sein, verletzt und zornig zu sein und mit niemandem darüber sprechen zu können."

Der Wolfshund tat sein Verständnis durch ein Stöhnen kund, und Annie fuhr fort. „Von etwas bin ich jedoch überzeugt, Fergus, und ich würde dies niemandem außer dir sagen – nicht, daß jemand auf mich hören würde, wenn ich es *täte* – aber ich glaube, daß der Arzt völlig *unrecht* darin hat, den *Seanchai* nicht zu Finola zu lassen!"

Der Hund hob seinen riesigen Kopf und forschte in Annies Gesicht. „Ja, ich bin dessen gewiß. Finola mag den *Seanchai*, das weiß ich! Ja, die Art und Weise, wie sie ihn ansieht – zumindest, wie sie ihn *ansah*, bevor dieses furchtbare Unheil geschah – ja, man glaubte immer, die helle Morgensonne in ihren Augen aufgehen zu sehen. Und der *Seanchai* liebt sie über alles. Ich habe es in seinem Gesicht gesehen! Wenn der Arzt es ihm nur erlauben würde, an ihrem Bett zu sitzen und mit ihr zu sprechen ... ihr vielleicht auch eines von seinen Liedern zu singen ... es hat ihr immer soviel Freude bereitet, wenn er sang. Ja, ich habe es genau gemerkt ... und es würde mich nicht wundern, wenn es ihr sofort besser ginge! Ich *spüre* es einfach, Fergus! Wirklich, ich spüre es!"

„Ich bin nicht so absolut sicher, aber ich glaube, du hast recht, Annie Delaney."

Als sie hinter sich diese leise Stimme hörte, wirbelte Annie herum, so plötzlich, daß sie Fergus' Kopf aus ihrem Schoß vertrieb.

„Ich glaube, du hast völlig recht", wiederholte Schwester Louisa. „Vielleicht sollten wir beide dem *Seanchai* das sagen."

Annie starrte sie sprachlos an. Die Nonne stand so dicht neben ihr, daß sie sie berühren konnte, und sie sah auf einmal viel weniger wie ein Polizist und mehr wie ein warmherziges menschliches Wesen aus. Dann tat sie das Erstaunlichste: sie legte tatsächlich ihre Hand auf Annies Schulter und *drückte* sie!

„Ich meine“, sagte Schwester Louisa sachlich, „wir beide sollten sofort zu ihm gehen und mit ihm sprechen.“

Das klang ja beinahe *freundlich*! Und auch ihre Augen, die gewöhnlich Marmor schneiden konnten – blickten freundlich!

Annie war verblüfft. „Wir beide? Wir wollen mit dem *Seanchai* sprechen?“

Die Nonne nickte, und dann – und dann geschah das Unglaublichste von allem: sie lächelte. *Die lästige Nonne lächelte!*

Annie taumelte auf ihre Füße. „Wollen Sie das wirklich tun, Schwester? Sie wollen gemeinsam mit mir gehen?“

Wieder nickte die Schwester. „Ja, das will ich“, sagte sie entschlossen.

„Ich habe seit langem im stillen das gleiche gedacht. Aus Angst, jemanden zu verletzen, habe ich es jedoch für mich behalten. Doch du kennst die beiden weit besser als ich. Ich vertraue deinem Urteil.“

Annie mußte schlucken. Ihr Mund schien völlig ausgetrocknet zu sein. „Sie – Sie vertrauen meinem Urteil?“

Die Schwester nickte. „Die Anordnung des Arztes bringt keinerlei Erfolg, soviel ist bereits deutlich. Wenn vor dem Überfall zwischen Finola und dem *Seanchai* tatsächlich ein Band des Vertrauens und der Zuneigung existierte, dann ist es gut möglich, daß es die Lage für Finola nur verschlimmert, wenn man die beiden nicht zueinander läßt.“

Sie nahm Annie bei der Hand und sagte: „Komm mit.“ Der Wolfshund bellte, und sie fügte hinzu: „Ja, auch du, alter Junge; du darfst mitkommen.“

Fergus drängte sich zwischen sie, und wieder lächelte die Nonne. Plötzlich fiel Annie etwas Erstaunliches auf: Schwester Louisa schien ihren grimmigen Blick verloren zu haben! Wo war nur das harte, strenge Gesicht geblieben?

Unbehaglich trat sie von einem Fuß auf den anderen. In Wahrheit hatte sie die Nonne schon früher lächeln sehen, und die volle Wahrheit war, daß die Nonne *sie* angelächelt hatte, und das mehr als nur einmal. Nur hatte sie es bis jetzt einfach ignoriert.

Doch jetzt hatte sie es bemerkt. Annie starrte in das lächelnde Gesicht und stellte verblüfft fest, daß die Nonne gar nicht so unattraktiv war. Natürlich war sie alt – sie mußte weit über vierzig sein, wenn nicht noch älter – doch trotzdem hatte sie ein recht nettes Gesicht, wenn sie lächelte. Ja, man könnte beinahe sagen … ein hübsches Gesicht.

Sofort schloß sie erschaudernd die Augen. Gewiß war es ein schlechter und lästerlicher Gedanke, eine Nonne *hübsch* zu finden!

Als Annie ihre Augen schließlich wieder öffnete, betrachtete sie die Schwester mit einem sehr seltsamen Blick. Doch Wunder über Wunder, die *lästige Nonne* lächelte noch immer!

17. Kapitel

Der Sänger und der Schwan

Lange irrten die Schwäne umher auf Flüssen und auf Seen –
Vergangen, oh König Lir, ist dein Geschlecht, dein Königtum.
Wie ein Hauch, wie im Traum mußte alles verwehn –
Doch die Schwäne,
sie kennen noch vergangener Tage glanzvollen Ruhm.

Katharine Tynan Hinkson (1861-1931)

Seit drei Tagen mißachtete Morgan nun bereits die Anordnungen des Arztes. Heute, am dritten Tag, nahm er seine Harfe mit, als er zu Finola ging.

Am ersten Tag hatte er kaum zu atmen gewagt, als er sich neben das Bett setzte, in dem der stumme, schlanke Körper lag. Er saß einfach da, schaute sie an, betete für sie und kämpfte mit der Kraft seines Willens darum, daß sie ihn erkannte.

Es war nervenaufreibend, diese wunderbaren blauen Augen zu sehen, die weit geöffnet waren, sogar in seine Richtung blickten und ihn dennoch nicht wahrzunehmen schienen. Er kam sich beinahe unsichtbar ... und absolut hilflos vor.

Auch am zweiten Tag waren keinerlei Veränderungen eingetreten, obgleich er es gewagt hatte, ein paar Worte zu sprechen. Sie waren unbeantwortet verhallt, und seine Angst um Finola hatte sich nur noch verschlimmert.

Schließlich hatte er sich entschieden, Annies Rat zu befolgen. Dieses eigenwillige Kind, das soviel spürte und vieles ahnte, hatte ihn daran erinnert, wie sehr Finola die Musik liebte, welche tiefen Gefühle sie in ihr einst wachzurufen schien. Obgleich er selbst nicht allzu große Hoffnungen hegte, war Morgan dennoch der Meinung, daß der Vorschlag des Mädchens zumindest einen Versuch wert sei.

So lag also heute, als er in Finolas Zimmer rollte, die Harfe in seinem Arm. In der Tür blieb er noch einmal stehen und wartete. Obgleich Finola keinerlei Notiz von seiner Anwesenheit zu nehmen schien, bestand immer die Gefahr, daß Finola, wovor der Arzt sie gewarnt hatte, durch seine Gegenwart verstört wurde und in Panik geriet. Das würde er nicht riskieren.

Einen Augenblick später fuhr er mit seinem Rollstuhl bis an das Bett, an dessen anderem Ende Lucy saß. Als sie Morgan kommen sah, wollte sie aufstehen, aber er bedeutete ihr zu bleiben.

Flecky, Finolas Katze, lag schlummernd am Fußende des Bettes. Das war Lucys Idee und einer ihrer Versuche, möglichst viel so zu gestalten, wie es Finola gewohnt war.

Die Katze bewegte sich, hob den Kopf. Nachdem sie Morgan erblickt hatte, rollte sie sich wieder zusammen und schlief weiter.

„Es hat sich nichts geändert?" fragte Morgan Lucy mit gedämpfter Stimme.

Die Frau schüttelte den Kopf, ihren Blick unverwandt auf Finola gerichtet. Sie hatte sich als ausgezeichnete Krankenschwester erwiesen, diese seltsame Freundin Finolas. Neben Finolas Bett hatte man eine Liege für sie aufgestellt, und so lebte sie seit Wochen in diesem Zimmer, das sie stets nur für ein paar kurze Augenblicke verließ. Sie pflegte Finola hervorragend; ihr flachsblondes Haar war sauber und glänzte, und auch das Bett war tadellos in Ordnung.

„Entschuldigen Sie bitte, Sir", sagte sie und erhob sich, „aber wenn Sie jetzt bei ihr sind, könnte ich nach unten gehen und das Tablett mit der Medizin vorbereiten."

Morgan schaute ihr nach, wie sie aus dem Zimmer eilte, dann wandte er sich wieder Finola zu. Zufrieden stellte er fest, daß die Wunden in ihrem Gesicht gut zu verheilen schienen. Ohne die dicke Schminke, die sie von den Frauen in Healy's Inn aufzutragen gelernt hatte, sah sie noch viel jünger aus ... und noch reizender. Ihre Hände lagen gefaltet auf der Bettdecke, und ihr Haar fiel breitgefächert über das Kopfkissen. Sie lag sehr friedlich da, und obgleich sie noch viel zu dünn war, erschien sie Morgan heute frischer, als er sie seit Wochen gesehen hatte. Wären nicht der leere Blick und eine gewisse Schlaffheit der Gesichtsmuskeln gewesen, hätte man meinen können, daß sie ganz normal ruhte.

Er mußte seine Hände zur Faust ballen, um der Versuchung zu widerstehen, ihr die goldene Strähne aus dem Gesicht zu streichen, die ihr in die Stirn gefallen war. Stattdessen saß er still neben ihr und sprach in einem sanften, beruhigenden Ton. Er sprach von dem trockenen, klaren Dezembertag. Er erzählte ihr, daß Annie bereits eine gesamte Lektion in Latein gemeistert hat. Er versprach ihr, daß sie ein Konzert besuchen würden, sobald sie stark genug wäre. Und er berichtete ihr, daß Flecky immer dicker und fauler wurde.

Während er sprach, schlug er leise die Saiten der Harfe an, und als er nicht mehr wußte, was er sagen sollte, spielte er weiter – zuerst langsame, getragene Weisen, dann fröhlich-beschwingte Kinderlieder. Schließlich begann er zu singen, und seine Worte umspielten sie zunächst so sanft, wie das Wasser in einem Fluß über kleine Steinchen springt.

Nun waren seine eigenen Lieder zu hören, kindliche Melodien zu alten Volksmärchen, dann der melancholische Klang seiner Volksweisen und Heimatlieder. Und schließlich stimmte er das Lied an, das er für sie geschrieben hatte: „Finolas Lied" – das Lied von dem schönen, verzauberten Schwan, dessen trauriges Lied am Ende zu einem Lobgesang wurde.

* * *

Als Annie den *Seanchai* in Finolas Zimmer singen hörte, hockte sie sich im Flur auf den Fußboden und bedeutete Fergus, ganz leise zu sein.

Sie war der Meinung, daß der *Seanchai* nichts dagegen hätte. Sie liebte es, wenn er sang und spielte und hätte ihm stundenlang zuhören können.

Er war ein wahrer Künstler auf diesem alten Instrument. Unter seinen Händen wurde jede Melodie zu einem still dahinfließenden, goldenen Strom. Und seine Stimme – oh, er konnte seine Stimme gebrauchen wie kein anderer! Tief und donnernd konnte er singen, ja er hätte die Grundfesten von Nelson Hall erschüttern können, wenn er es gewollt hätte. Doch wenn er so sang wie jetzt, schwang sich seine volle, sanfte Stimme so lieblich empor, daß bald sogar die Vögel in den Bäumen anfangen würden zu weinen. „Er ist wirklich sehr musikalisch, der *Seanchai.*"

Es war Schwester Louisas Art, ohne jegliche Vorwarnung plötzlich vor einem zu stehen. Hatte sie überhaupt Füße, mußte Annie sich fragen, oder verbarg sie unter den vielen Röcken einen winzigen Zauberteppich, der es ihr erlaubte, unhörbar wie ein Gespenst durch die Flure zu gleiten?

Annie warf ihr vom Boden aus einen schuldbewußten Blick zu.

„Ich habe nicht gelauscht, Schwester! Wirklich nicht! Ich wollte nur zuhören, wie der *Seanchai* singt!"

„Natürlich hast du nicht gelauscht", erwiderte Schwester Louisa ruhig. „Das wäre kindisch. Ich bin mir außerdem sicher, daß der *Seanchai* nichts dagegen hat, wenn du zuhörst; solange du still dasitzt und nicht störst. Ich wollte dich jedoch fragen, ob du vielleicht Lust hast, heute abend gemeinsam mit mir und Sandemon Andacht zu halten?"

Annies Kopf schnellte nach oben und sie platzte heraus: „Abendandacht? Ich?“

Die Schwester nickte. „Und Fergus natürlich“, ergänzte sie, wobei um ihren Mund ein leichtes Zucken erschien. „Sandemon hat vorgeschlagen, daß wir ..., uns zusammentun’, so nennt er es, glaube ich; daß ‚wir uns zusammentun im Kampf‘ für den *Seanchai* und Finola.“

Annie fuhr sich mit der Zunge über die Unterlippe.

„Und ihr möchtet, daß ... ich und Fergus ... mit euch gemeinsam für sie eintrete?“

„Natürlich möchten wir das. Du bist die Tochter des *Seanchai*, Kind!“

Annie wandte ihren Blick ab. „Nein, noch nicht.“

Überrascht spürte sie die Hand der Schwester auf ihrer Schulter. „Schau mich an, Annie Delaney.“

Annie Delaney schaute auf und sah die Wärme in den Augen der Nonne. Sie blinzelte abwartend.

„Du *bist* die Tochter des *Seanchai*“, wiederholte Schwester Louisa ruhig. „Kein offizielles Dokument und nicht einmal die Blutsverwandtschaft machen einen Mann zum Vater. Ein Mann wird Vater durch seine Willensentscheidung und indem er einem Kind sein Herz öffnet. Der *Seanchai* betrachtet dich als seine Tochter, und er liebt dich gewiß wie sein eigenes Kind.“ Ohne Annie Zeit zu geben, irgendetwas zu erwidern, richtete sie sich auf und sagte: „Jetzt kommt, du und Fergus. Während der *Seanchai* für Finola tut, was er kann, wollen wir für sie beide tun, was *wir* können.“

* * *

Finola bewegte sich durch eine Traumwelt. Sie hatte sich von der Außenwelt zurückgezogen. Sie war *zu* wirklich, zu hart, zu schmerzvoll.

Zuweilen war die neue Welt, die sie sich in ihrem Geist zu schaffen begonnen hatte, auch angsteinflößend und traurig. Doch selbst ihre dunkelsten und bedrohlichsten Schatten waren längst nicht so furchteinflößend wie die unbarmherzige Wirklichkeit der anderen ... der realen Welt ...

Sie ging an einem See entlang, beobachtete die Schwäne und lauschte dem Gesang der Vögel. In einer Hand hielt sie eine Blechflöte. Von Zeit zu Zeit blieb sie stehen, ahmte den Ruf eines Vogels nach und ging dann weiter.

Die Sonne ging bereits unter, aber es war noch hell genug, um spazierenzugehen und in den See zu schauen. Plötzlich fiel ein großer, breiter Schatten über ihren Weg; Finola drehte sich um und suchte die Gegend ab.

Ein großer schwarzer Vogel – eigentlich kein richtiger Vogel, sondern eine vogelähnliche Gestalt – saß unter einer Buche und beobachtete sie. Ohne zu wissen, woher, wußte Finola dennoch, daß der Vogel sie die ganze Zeit verfolgt hatte. Ohne einen Schatten zu werfen oder irgendeinen Laut von sich zu geben, hatte die häßliche schwarze Gestalt sie die ganze Zeit umlauert, jeden ihrer Schritte verfolgt und sie nie aus den Augen gelassen. Sie wußte es, und das Blut drohte ihr in den Adern zu gefrieren.

Die Gestalt war beinahe so groß wie ein Mann, und wie sie so dahockte, die großen Flügel mit den Schwimmhäuten auf beiden Seiten angelegt, sah sie so aus wie eine der unheimlichen Gestalten aus der Unterwelt, von denen die alten Sagen erzählten. Die kleinen, schiefergrauen Augen, die auf Finola gerichtet waren, erschienen völlig ausdruckslos.

Vor Furcht erstarrt, sah Finola, wie die finstere Gestalt sich auf einen großen Klauenfuß stellte und langsam, mit einem Rauschen in der Luft, seine Flügel ausbreitete – nicht um davonzufliegen, sondern über Finola herzufallen – das spürte sie genau.

Plötzlich, als wäre auch die Sonne vor Entsetzen geflohen, leuchtete ein letzter Lichtschein am Himmel, dann wurde es völlig dunkel. Die Sterne schienen nicht, und auch der Mond verbarg sein Licht; ringsum war alles dunkel, allein aus dem See schien, wie ein Hauch, ein leichter Schimmer aufzusteigen.

Entsetzt versuchte Finola zu schreien, brachte aber keinen Laut hervor. Verzweifelt hielt sie nach Hilfe Ausschau, doch es war niemand da. Sie war allein.

Unfähig, ihre Augen von der bedrohlichen Gestalt abzuwenden, begann Finola zurückzuweichen, über die Schulter ihren Abstand vom Wasser bemessend. Während sie weiter auf die Gestalt blickte, sah sie, wie sich der Schnabel öffnete und das Wesen zu lächeln schien – ein furchtbares, bedrohliches Lächeln aus dem Abgrund des Bösen.

Ein kalter Schauer des Entsetzens erfaßte Finola. In diesem Augenblick erkannte sie, daß diese widerliche Kreatur, die offenbar entschlossen war, sie zu vernichten, irgendwie die Summe ihrer schlimmsten Befürchtungen verkörperte. Alles Böse, das sie sich je vorgestellt hatte, jede Gefahr, die in der Nacht auf sie gelauert hatte – jedes Grauen, das sie je mit

Furcht erfüllt hatte –, trat ihr jetzt in der Gestalt dieses finsteren Scheusals entgegen.

Sie schnellte herum und wollte davonlaufen, aber es gab nichts, wohin sie gehen konnte. Sie war von einem dunklen Wald und dem Wasser des Sees umgeben. Selbst wenn es einen Fluchtweg gab, würde sie ihn niemals finden. Sie kannte den Wald überhaupt nicht und würde darin den Tod finden.

Oder etwas noch Schlimmerem begegnen.

Ihre einzige Hoffnung war der See. Irgendwie wußte sie, daß dieses abscheuliche, vogelartige Wesen ihr im See nichts anhaben konnte. Sie würde in den See zu den Schwänen gehen und einer von ihnen werden.

Finola, der verzauberte Schwan ...

Sie warf die Blechflöte zu Boden, dann ging sie langsam in den See hinein, wo die Schwäne sie erwarteten. In dem schwachen Schein des Wassers sah sie, wie der riesige, dunkle Schatten über ihr lauerte, sie umkreiste, hörte das Schlagen der Flügel, das zornige Kreischen ...

Sie folgte den Schwänen in die Mitte des Sees und spürte, wie sie sich verwandelte, immer kleiner, graziöser und leichtfüßiger wurde. Endlich glitt sie dahin, trieb auf den See hinaus, erfüllt von einem großen Frieden.

Über ihr schlugen die mächtigen Flügel gegen den Wind ... kamen im Sturzflug tiefer ... umlauerten ... beobachteten sie. Schließlich wurde der Schatten kleiner, dann war er völlig verschwunden.

Sie war gerettet. Eine Zeitlang glitt Finola mit den Schwänen ruhig und gelassen über den See und wurde durch das kühle, stille Wasser, das sie umgab, sowie durch die Ruhe und den Frieden des Sees getröstet.

Doch jetzt trennten sich die Schwäne, schwammen eilig dem Ufer entgegen, als hätten sie einen Ruf gehört. Finola versuchte, sie zurückzurufen, ihr stummer Schrei mußte jedoch ungehört bleiben. Allein mitten auf dem See – verwundert, neugierig, fragend, aber doch nicht ängstlich – wartete sie und lauschte.

Die Töne schienen aus dem Wald zu kommen. Sanft, so sanft dachte sie erst, sie bildete es sich nur ein ... doch sie kamen immer näher, wurden immer deutlicher.

Eine Stimme. Jemand sang ein Lied ...

Schließlich folgte Finola den anderen Schwänen, glitt über das stille, glänzende Wasser, um den Sänger zu suchen. Und ob sie gleich stärker wurde, behielt die Stimme doch ihre Sanftheit, ihren leisen, lieblichen Ton voller Anmut und Schönheit.

Als sie herankam, nahmen die anderen Schwäne sie in ihre Mitte und ließen sie dann an sich vorbei zum Ufer schwimmen.

Die Stimme war so nahe ... so nahe ... und doch so unheimlich sanft und zärtlich ... und so vertraut ...

Während sie sich dem Ufer näherte, erkannte Finola, daß die Stimme des Sängers nach ihr rief ... nur nach ihr ... sie bat, den See zu verlassen ... und zu ihm zu kommen ...

Plötzlich blickte Finola nach oben und sah, wie der dunkle Schatten über den Bäumen des Waldes lauerte. Die dämonische Gestalt war immer noch da und wartete ... wartete auf sie.

Erschrocken begann Finola sich umzuwenden, dann hielt sie jedoch inne. Der Sänger rief sie noch immer. Finola konnte sich nun nicht mehr abwenden und begann, zu der Stimme zu gleiten ... zu dem Lied ... zu dem Sänger.

Der Schatten kam tiefer, das Schlagen der Flügel wurde lauter. Wenn sie den See verließ, würde diese Kreatur ihr im Wald auflauern.

Bliebe sie ihm See, wäre sie sicher. Aber sie würde nie mehr den Sänger erreichen, nie wieder sein Lied hören.

Verlaß den See! flüsterte ihr Herz. *Verlaß den See ... geh zu dem Sänger ...*

Geh zu dem Sänger ...

* * *

Als er ihre Hand zum erstenmal flattern sah, dachte er zunächst, er hätte es sich nur eingebildet. Er spielte weiter; in dem Strom seiner Gedanken verloren, nahm er kaum die Worte wahr, während er sang.

„Morgan?"

Morgans Finger verkrampften sich auf den Seiten der Harfe, und sein Mund war plötzlich trocken. Hatte jemand seinen Namen gerufen?

Mit einem Ruck wandte er seinen Kopf zur Tür und erwartete, dort Schwester Louisa oder Sandemon zu sehen. Aber nein, die Tür war geschlossen, wie Lucy sie hinterlassen hatte.

„Morgan?" das Flüstern kam wieder – sehr schwach nur, wie aus weiter Ferne.

Morgan drehte seinen Stuhl herum und starrte auf die reglose Gestalt in dem Bett. Finola bewegte sich nicht. Flecky hatte sich an das Kopfende des Bettes begeben, scharrte mit den Pfoten am Kopfkissen und miaute erbärmlich.

Morgan schüttelte den Kopf, als müßte er seine Gedanken erst wieder ordnen. Gewiß hatte er sich getäuscht. Wer sollte ihn gerufen haben? Es war niemand hier – niemand außer ihm und Finola und der Katze. Und, um ehrlich zu sein, rief ihn niemand im Haus bei seinem Vornamen. Er wußte nicht einmal mehr, wann jemand ihn zum letztenmal *Morgan* genannt hatte; immer war er der *Seanchai.*

Nur im Schlaf hörte er noch, wie jemand seinen wirklichen Namen nannte; in Träumen, in denen er aufrecht stand wie ein richtiger Mann und die Frau, die er liebte, mit einem Lachen auf ihren Lippen in Liebe seinen Namen rief. Er hatte sich danach gesehnt, hatte darum gebetet, hatte sich unzählige Male vorzustellen versucht, wie es wäre, wenn er hörte, wie Finola seinen Namen flüsterte, sie, die in seiner Gegenwart noch nie ein Wort gesprochen hatte.

Er schloß die Augen und seufzte tiefgequält, bevor er mit den Fingern wieder in die Saiten der Harfe griff.

„Morgan!"

Morgan riß die Augen auf, und dann sah er es – ihre rechte Hand bewegte sich! Sie streckte sie aus, langsam nur – und berührte Fleckys weiches Fell. Die Katze drückte ihren Kopf in Finolas ausgestreckte Hand und begann zu schnurren.

Vorsichtig, mit zitternden Händen, klemmte Morgan die Harfe zwischen das Bett und das Nachtschränkchen. Er hielt den Atem an, als er sich ihr in seinem Rollstuhl noch weiter näherte.

Sanft streichelte Finolas Hand weiterhin die Katze. Langsam, ganz langsam streckte sie ihre linke Hand aus – streckte sie ihm entgegen.

Zaghaft streckte Morgan ihr seine Hand entgegen, bis er sie schließlich sanft berührte. Ihre Finger umschlossen seine Hand und hielten sie fest.

Dann bewegten sich ihre Lippen. *„Morgan!"* rief sie und ihre Finger umkrallten seine Hand mit unheimlicher Gewalt.

Es war kein Traum! Finola hatte gesprochen, hatte seinen Namen gerufen – *seinen Namen!*

Tränen erstickten Morgans Worte, und er konnte ihr zunächst nichts antworten. „Ja", brachte er schließlich hervor, und sein Atem ging stoßweise. „Ich bin da, Mädchen."

Die großen, blauen Augen blickten ihm ins Gesicht. „Du warst es also ... du warst der Sänger?"

„Ja", stieß er hervor, und in seinem Herzen erhob sich eine tosende Woge voller Liebe und unglaublicher Erleichterung. „So hast du mich gehört? Du hast gehört, wie ich für dich gesungen habe, Finola?"

Sie streckte sich in seine Richtung. „Ich hatte Angst", flüsterte sie. „Ich hatte Angst, den See zu verlassen ..."

Er starrte sie an und verstand nicht, was sie ihm sagen wollte. Schmerzlich sehnte er sich danach, sie in seine Arme zu schließen, sie festzuhalten und zu trösten ... und doch wußte er, daß es nicht sein durfte. „Hab keine Angst, Mädchen", sagte er sanft. „Du wirst hierbleiben, bei mir. Das wird dein Zuhause sein. Du brauchst keine Angst mehr zu haben – weder jetzt noch irgendwann."

Sie nickte und faßte seine Hand noch fester. Dann schloß sie ihre Augen, blinzelte noch einmal, schloß die Augen wieder. „Hör bitte ... nicht auf zu singen, Morgan."

Dann fiel sie völlig erschöpft und ausgelaugt in einen tiefen Schlaf, auf ihren Lippen seinen Namen, ihre Hand die seine umklammernd.

Irgendwo in seinem Inneren, an einem sicheren, verborgenen Ort, der von dem Unglück und dem Schmerz dieser Welt unberührt war, schwellte „Finolas Lied" zu einem Jubelgesang an, der die Leere in Morgans Herz auszufüllen begann.

18. Kapitel

Die Konfrontation

Öde und trostlos die Welt um mich liegt,
einsam bin ich und allein in diesem Land;
so frei wie ein Falke, der stumm in den Himmel fliegt,
von keinem bemerkt, von keinem erkannt.

Thomas Macdonagh (1878-1916)

New York City
Heiligabend

Daniel brach vor seiner Mutter und Evan auf. Er mußte zeitig bei den Farmingtons sein, weil er zur Hochzeit auf seiner Harfe spielen sollte. Doch zunächst hatte er sich noch vorgenommen, bei Tierney vorbeizuschauen, um noch ein letztes Mal mit ihm zu sprechen.

Um ein letztes Mal mit Tierney zu *streiten*, korrigierte er sich, denn höchstwahrscheinlich würde es wieder so enden. Trotz der Festtagsstimmung, die über New York lag und seiner Freude für Onkel Michael und Miss Sara, grübelte Daniel während der gesamten Überfahrt auf der Fähre. Die letzte Woche war für ihn sehr hektisch gewesen und hatte viele Veränderungen mit sich gebracht: der Umzug zu Mutter und Evan; die sich daraus ergebende Trennung von Tierney; Onkel Michaels Hochzeit; die vielen Neuigkeiten von Morgan – daß er versuchte, ein Waisenkind zu adoptieren, die Eröffnung einer Schule in Nelson Hall, Berichte über Sandemon, den Mann von den Westindischen Inseln, den er bei sich eingestellt hatte und seine geheimnisvolle Freundin, Finola.

Auch in den Vereinigten Staaten schienen sich überall rasche Veränderungen zu vollziehen. Amerika hatte einen neuen Präsidenten gewählt – einen gewissen Zachary Taylor, der auch „Altes Rauhbein“ genannt wurde. Ein seltsamer Mann als Oberhaupt eines ganzes Landes, dachte Daniel, sofern man den Zeitungsmeldungen Glauben schenken konnte. Als General im Krieg gegen Mexiko hatte der designierte Präsident im Kampf alte Bauernkleider und sogar einen Strohhut getragen. Seine Beine waren angeblich so kurz, daß ihm jedesmal ein Bursche helfen mußte, wenn er ein Pferd besteigen wollte! Das Seltsamste schien jedoch die Tatsache zu sein, daß der Mann, der jetzt der Regierungschef der Vereinigten Staaten von Amerika war, selbst nie gewählt hatte!

Weit weg, an einem Ort, den man „Kalifornien" nannte, wurde Gold gefunden, während hier in New York Frauen Versammlungen abhielten zu dem Thema „Wahlrecht für Frauen". Gleichzeitig waren auch Organisationen aktiv, die sich für die Abschaffung der Sklaverei und die Befreiung der Negersklaven in den Südstaaten einsetzten.

Während alle diese Ereignisse zweifellos für das ganze Land von großer Bedeutung waren, kehrten Daniels Gedanken jedoch wieder zu den Veränderungen in seinem und in Tierneys Leben, und besonders in ihrer Freundschaft, zurück.

Er hoffte, ihn in der Wohnung anzutreffen, und falls er dort war, wäre er allein. Onkel Michael hatte bereits den größten Teil seiner Habseligkeiten zum Haus von Sara Farmingtons Großmutter gebracht, wo sie nach der Hochzeit wohnen würden.

Daniel hatte *seine* Sachen vor einer Woche nach Brooklyn gebracht. Die Trennung von Tierney und Onkel Michael war ihm schwergefallen. Schon Tage vor dem Umzug hatte er Bauchschmerzen, und als der Tag des endgültigen Abschieds gekommen war, mußte er alle seine Kraft zusammennehmen, um nicht wie ein kleiner Junge zu heulen.

Er wußte, daß er Onkel Michael sehr vermissen würde und Tierney noch viel mehr, und tatsächlich fehlte er ihm schon jetzt.

Er mochte nicht einmal daran denken, daß Tierney allein in der Mietswohnung lebte. Er hatte niemanden, mit dem er reden konnte – niemanden, mit dem er *streiten* mußte, würde Tierney sagen. Daniel glaubte, *er* würde es nicht verkraften, so allein zu sein, nicht einmal für einige Tage. Tierney hatte ihm jedoch versichert, daß ihm das nur recht war. Er hatte sich sogar gebrüstet, daß er sich darauf freute, wenn niemand mehr an ihm herumnörgelte, und er kommen und gehen konnte, wie er wollte.

„Das kann nicht dein Ernst sein", hatte er gescherzt, als Daniel seine Bedenken geäußert hatte. „Das wird großartig! Nimm es dir nicht zu Herzen, Danny-Boy, aber ich glaube nicht, daß ich Vaters Murren und dein Schnarchen lange vermissen werde!"

Patrick Walsh hatte ihm ein Kutscherhäuschen auf seinem Grundstück auf Staten Island angeboten, doch Tierney hatte sich Daniel gegenüber nur abweisend geäußert: „Er ist vielleicht mein Chef, aber er wird nicht auch noch mein Hüter sein! Pfui, ich kann mir nicht vorstellen, wie ich diese scheußliche Isabelle die ganze Zeit ertragen sollte!"

Tierney hatte vermutlich jedes Wort ernst gemeint, und das sagte Daniel, daß er sich nicht mehr um ihn zu sorgen brauchte.

Obwohl die Trennung für ihn so schmerzlich war, wußte Daniel, daß er es tun mußte. Mutter wollte ihn gern bei sich haben. Sie und Evan hatten ihn seit Wochen gedrängt, zu ihnen nach Brooklyn zu ziehen, und jetzt, nachdem er den Schritt der Trennung getan hatte, mußte er zugeben, daß er froh war. Mit Evan verstand er sich großartig, und seine Mutter schien sehr glücklich zu sein, ihn wieder im Haus zu haben – und es war gut, wieder bei dem kleinen Tom und Johanna zu sein.

Trotzdem mußte er immer wieder daran denken, wie es Tierney in der leeren Wohnung erging.

* * *

Als Tierney, nur mit einem Unterhemd und einem Paar verwaschener Hosen bekleidet, die Tür öffnete, sank Daniel der Mut. Offenbar hatte er nicht im geringsten die Absicht, zur Hochzeit zu erscheinen.

„Nun schaut euch den Jungen an!" spöttelte Tierney mit übertriebenem irischen Akzent. Er machte keinerlei Anstalten, zur Seite zu treten, so daß Daniel eintreten konnte. „Ich glaube, du bist hier auf der falschen Seite der Stadt in deinem Staat. Wir kriegen hier unten nicht oft solche Leute wie dich zu Gesicht."

Tierneys Sarkasmus ignorierend, drängte sich Daniel in die Wohnung. Alles war dunkel, nur auf dem Küchentisch brannte eine kleine Kerze. Neben der Kerze stand ein einzelnes leeres Glas, und der Raum war von einem leicht stechenden Geruch erfüllt. Schon die Vorstellung, seinen Freund allein hier am Tisch sitzen zu sehen, rieb ihn auf. Er fragte sich, ob Michaels Entscheidung, Tierney die Wohnung zu überlassen, wirklich weise war. Doch was sollte er sonst tun? Allein der Vorschlag, bei Onkel Michael und seiner neuen Frau zu wohnen, hatte genügt, Tierney in Rage zu bringen.

„Ich hatte gehofft, wir könnten miteinander reden."

„Ich glaube nicht." Tierney warf die Tür zu, dann wandte er sich Daniel zu. „Ich glaube, ich weiß, worüber du mit mir sprechen willst, doch dieses Thema haben wir bereits abgehandelt, falls du dich daran erinnerst."

„Tierney ..."

„Laß sein, Danny! Wenn du gekommen bist, um mich wegen der

Hochzeit zu nerven, dann verschwendest du deinen Atem und meine Zeit."

„*Interessiert* es dich denn überhaupt nicht, wie sehr du deinen Vater dadurch verletzt? Macht dir das wirklich gar nichts aus?" Daniel hatte nicht beabsichtigt, die Diskussion so schnell zu entzünden. Er hatte gehofft, vernünftig mit Tierney sprechen zu können; wollte noch einmal versuchen, ihm aufzuzeigen, wie selbstsüchtig sein Handeln war. Stattdessen hatte Tierney bereits die Beherrschung verloren, und Daniel fürchtete, daß es jeden Augenblick auch um seine Fassung geschehen könnte.

„Ich bin das letzte, woran der alte Herr heute abend denkt", höhnte Tierney, das Gesicht verbittert. „Er wird es nicht einmal merken, daß ich nicht da bin."

„Was willst du erreichen, Tierney?"

„Wie meinst du das?" Er kniff die eisblauen Augen zusammen, und sein Mund ging nach unten.

„Was willst du damit beweisen, wenn du nicht zur Hochzeit deines Vaters gehst?" Daniel spürte, wie das Blut ihm in den Kopf stieg, aber er war schon zu weit gegangen, um jetzt noch umkehren zu können. Irgendwie mußte er Tierney dazu bringen, daß er über das, was er tat, *nachdachte*.

„Du möchtest, daß jeder weiß, daß du diese Hochzeit nicht *billigst*, nicht wahr? Doch das wissen wir bereits! Oder ist es vielmehr deshalb, weil du nicht bereit bist, nachzugeben, selbst wenn du *unrecht* hast?"

Tierneys Kinn schoß nach vorn und der Spalt zwischen seinen Augenlidern wurde noch schmaler. „Das reicht, Danny-Boy", sagte er ruhig. „Das reicht."

Daniel musterte ihn einen Augenblick. „Weißt du", bemerkte er leise, „daß du soeben beinahe wie dein Vater gesprochen hast?"

Tierney entgegnete nichts; er stand da, die Arme vor der Brust verschränkt. Wieder mußte Daniel an Onkel Michael denken. Die beiden waren sich so ähnlich, Tierney und sein Vater. So ähnlich ... und doch Welten voneinander entfernt.

Er wurde wieder ruhiger. Was war es an seinem quecksilbrigen Freund, fragte er sich, das es ihm unmöglich machte, ihm länger als ein paar Augenblicke böse zu sein?

„Ich bin nicht gekommen, um zu streiten."

„Warum *bist* du dann gekommen?"

„Ich wollte dir etwas sagen, und ich hatte gehofft, du würdest mir zuhören."

Tierney betrachtete ihn mit einem abschätzenden Blick. „So sage es mir. Ich höre." Seine Stimme klang beherrscht, doch blickten seine Augen noch immer unnachgiebig.

Daniel schluckte, vergrub eine Hand in der Tasche, dann schaute er Tierney ins Gesicht. „Mir scheint, daß Onkel Michael in seinem Leben schon genug Leid und Schmerz erdulden mußte. Es muß eine furchtbare Zeit für ihn gewesen sein, als deine Mutter starb."

Als Tierney keinerlei Regung zeigte, zitterte Daniels Stimme ein wenig. Er atmete tief durch und zwang sich, weiterzusprechen. „Doch er hat sein Bestes gegeben, um dir ein guter Vater zu sein, ein ordentliches Zuhause und genug Liebe und Zuwendung zu geben. Das war bestimmt nicht einfach. Gewiß war er oft einsam, doch er hat dich anständig behandelt, Tierney. Du hast es mir selbst gesagt. Er hat dich *immer* anständig behandelt."

Tierney wandte sich ab, ging zum Fenster und blickte auf die Straße hinunter, als sei Daniel überhaupt nicht mehr da.

„Was ich dir sagen möchte ist, ... daß es für dich heute abend egal sein müßte, ob du Sara Farmington magst oder nicht, ob du die Hochzeit billigst oder nicht. Ich glaube, das sollte keine Rolle spielen – nicht heute abend."

Tierney drehte sich halb herum und schaute ihn an. Seine Augen blickten noch hart, aber nicht mehr zornig.

„Ich meine, das einzige, worauf es heute abend ankommt, ist, daß Onkel Michael dein Vater ist und du sein Sohn bist. Mag sein, daß du in vielem mit ihm nicht einer Meinung bist, und vielleicht billigst du die Wahl seiner Ehefrau nicht, aber er ist trotzdem dein *Vater,* Tierney. Er hat sein Bestes getan, um dir ein *guter* Vater zu sein. Er hat sein Leben für dich eingesetzt."

Daniel hielt inne und ballte seine Hände an seinen Seiten zur Faust. „Ich glaube tatsächlich", stieß er hervor, „daß du ihm dafür eine Stunde Ehrerbietung schuldig bist. Eine Stunde, Tierney, nicht mehr."

Ohne eine Antwort abzuwarten – und ohne Tierney noch einmal anzuschauen – stürzte Daniel zur Tür und rannte hinaus.

Er rannte die Treppe hinab, und in seinen Augen brannten Tränen. Seine Beine waren schwer wie Blei – und noch schwerer war es ihm ums Herz.

19. Kapitel

Die Liebe, das größte aller Geschenke

Mit zitternden Händen halte ich deine Träume,
mit zitterndem Herzen gebe ich dir meine ...

Anonymus

Auf der Bettkante sitzend, lächelte Jess Dalton auf die kupferfarbenen Locken seiner Frau herab. Sie hatte bereits seine Krawatte gerichtet und knöpfte ihm nun die Manschetten zu.

„Ich kann mir vorstellen, daß du heute abend sehr stolz bist", sagte er lächelnd.

Ihre Zungenspitze in einen Mundwinkel gepreßt, zog Kerry bei ihrer Arbeit die Stirn kraus. „Und warum sollte ich stolz sein?" Sie schaute nicht zu ihm auf.

„Ich glaube, ich kann mich erinnern, daß du diese Hochzeit mehr oder weniger vorausgesagt hast."

Kerry lächelte ein wenig, als sie mit dem einen Ärmel fertig war. „Ja, das habe ich, nicht wahr?"

„Ich nehme an, daß du noch immer der Meinung bist, daß sie gut zusammenpassen?"

„Ja, natürlich. Ich finde, sie passen ausgezeichnet zusammen. Meinst du nicht auch?"

Jess brauchte nicht erst zu überlegen. „Ja, ganz bestimmt, ich stimme dir völlig zu."

„Das wird sicher eine der kleineren Feiern sein, an denen wir in der letzten Zeit teilgenommen haben", bemerkte Kerry. „Seltsam, nicht wahr? Man hätte erwartet, daß Sara Farmingtons Hochzeit ein königliches Fest in aller Form sein würde."

„Sie hat sich so entschieden", betonte Jess, „obgleich Michael kein Geheimnis daraus gemacht hat, daß Saras Entscheidung eine große Erleichterung für ihn bedeutete."

Kerry strich die Manschette glatt und hob den Kopf zu einem Kuß. „Sie sehen unheimlich gut aus heute abend, Mister Dalton", sagte sie einen Augenblick später, nach dem sie ihn mit einem kritischen Blick gemustert hatte. „Ich glaube, ich kann mich wirklich glücklich preisen, deine Frau zu sein."

„Du bist eine kleine Schmeichlerin", erwiderte er und küßte sie auf die Wange. Er stand auf und stellte auch sie auf ihre Füße. „Und das gefällt mir."

Sie hielt ihm sein Jackett, damit er hineinschlüpfen konnte. „Glaubst du, daß Michaels Sohn zur Hochzeit kommen wird, Jess?"

Er seufzte, während er sich zu ihr umwandte. „Michael glaubt es kaum. Wir wollen jedoch hoffen, daß er unrecht behält. Es verletzt ihn schon genug, daß der Junge seiner Ehe mit Sara so ablehnend gegenübersteht."

Kerry stellte sich auf die Zehenspitzen, um ein letztes Mal seine Krawatte zu richten. „Ich bin der Meinung", sagte sie spitz, „daß Tierney Burke ein ganz und gar eigensüchtiger junger Mann ist."

Jess schüttelte den Kopf. „Vielleicht. Auf der anderen Seite könnte es sein, daß er einfach *Probleme* hat und völlig aufgewühlt ist."

„Sara sagt, er sei verärgert. Sie bringt viel Verständnis für ihn auf und sieht ihm so viel nach."

„Sara hat ein sehr großzügiges Wesen."

„Ja, gewiß", erwiderte Kerry und löschte die Öllampe, bevor sie zur Tür ging. „Und irgend etwas in meinem Inneren sagt mir, daß ihr neuer Stiefsohn diese Großzügigkeit über kurz oder lang auf eine harte Probe stellen wird."

* * *

Nachdem er den kleinen Tom ermahnt hatte, das Kätzchen jetzt nicht mehr auf den Arm zu nehmen, weil er bereits für die Hochzeit fertig angezogen war, ging Evan, um nachzusehen, wo Nora blieb. Wenn sie nicht bald zur Fähre gingen, würden sie nicht mehr rechtzeitig zur Hochzeit erscheinen.

„Nora?" Er warf einen Blick in das Schlafzimmer. „Bist du f-fertig, Liebling? Wir müssen jetzt wirklich gehen."

Weil nichts von ihr zu sehen war, betrat er das Zimmer. „Nora?"

Sie erschien in der Tür zu dem kleinen Ankleideraum, der sich an ihr Schlafzimmer anschloß. „Hier bin ich, Evan. Ich bin fertig, wir können gehen, das heißt, ich werde in einer Sekunde fertig sein."

Sie trug ein reizendes, fliederfarbenes Kostüm. Evan hatte trotz ihres heftigen Protestes, es sei zu teuer, darauf bestanden, daß sie sich für die Hochzeit dieses Kostüm anfertigen ließ. Auf den ersten Blick sah sie blendend aus. Als er sie genauer betrachtete, runzelte Evan jedoch besorgt die Stirn. Ihre Haut war aschfahl, und ihre tiefliegenden Augen waren von schwarzen Rändern umgeben.

Beunruhigt schritt er durch das Zimmer und nahm ihre Hand. „Nora, was ist los, Liebes? G-geht es dir gut?"

„Natürlich geht es mir gut." Obwohl ihr Lächeln ein wenig unsicher wirkte, war ihre Stimme fest. „Vielleicht habe ich mich zu sehr abgehetzt, und das Kostüm ist auch sehr warm."

„Du siehst wun-wunderbar aus." Noch immer ihre Hand haltend trat Evan gerade soweit zurück, um ihren Anblick genießen zu können. „Aber du siehst bleich aus, Liebling. Möchtest du dich n-nicht einen Augenblick setzen, bevor wir losgehen?"

Immer noch lächelnd, schüttelte sie den Kopf. „Nein, es geht mir jetzt gut, wirklich."

„*Jetzt*? So ging es dir also doch nicht gut?"

Sie lächelte, als wollte sie etwas sagen, überlegte es sich aber doch anders.

Da kam Evan ein Gedanke – ein Gedanke, den auszusprechen er halb fürchtete. „Ist . . . ist es wegen der Hochzeit, Nora? B-belastet dich diese Hochzeit?" Er zögerte, bevor er seinen Gedanken zu Ende führte. „Wegen M-Michael?"

Völlig bestürzt, legte ihm Nora einen Finger auf den Mund. „*Evan!* Du dummer, dummer Mann! Wie kannst du nur so etwas denken! Solltest du meiner Liebe wirklich so ungewiß sein, jetzt immer noch?"

Evan bereute seine Zweifel sofort und zog Nora an sich. „Es tut mir leid, Nora! Es tut mir *wirklich* leid. Weißt du . . . manchmal wundere ich mich immer noch, daß du *mich* erwählt hast . . ."

„Das stimmt ganz genau, Evan Whittaker!" sagte sie und blickte ihm in die Augen. „Ich . . . habe . . . *dich* . . . erwählt. Und ich habe diese Wahl noch keinen einzigen Augenblick bereut! Komm jetzt", sagte sie entschlossen und nahm seinen Arm, „gehen wir zur Fähre. Wir wollen zu einer Hochzeitsfeier, und später noch . . . Geschenke austauschen!"

„Du hast ja recht", sagte Evan. „Über all der Aufregung mit der Hochzeit hätte ich beinahe vergessen, daß heute Heiligabend ist!"

Sie legte ihre Hände auf seine Schultern und lächelte ihm in die Augen. „Ja, es ist Weihnachten, und vielleicht habe ich heute ein ganz besonderes Geschenk für dich."

Er öffnete den Mund und wollte sie ausfragen, doch sie wehrte ab. „Später", sagte sie augenzwinkernd. „Erst später."

* * *

Sara hatte beschlossen, während ihrer eigenen Hochzeit nicht zu weinen. Von der gefühlsgeladenen, romantischen, beinahe verzauberten Atmosphäre in Beschlag genommen, mußte sie unweigerlich bei der Hochzeit *anderer* weinen. Doch diese Blöße würde sie sich an ihrem eigenen großen Tag *nicht* geben!

Während des gesamten wunderschönen Ständchens, das Daniel ihnen auf seiner Harfe brachte, blieb sie standhaft. Sie war sogar imstande, ihren Vater anzulächeln, dem ebenso Tränen in den Augen standen wie Winifred, die neben ihm saß und durch die Tränen hindurch strahlte.

Bis jetzt hatte Sara es geschafft, keine Träne zu vergießen. Jess Dalton wollte gerade mit der Lesung beginnen; an ihrer Seite saß Michael, der einfach prächtig aussah, jedoch überraschend nervös war. Und es wäre ihr tatsächlich gelungen, die Feier durchzustehen, ohne sich zu blamieren, hätte sie nicht gerade in dem Moment, als die letzten Töne von Daniels Konzert verhallten, zur Tür der Kapelle geschaut und gesehen – wie Tierney hereinkam.

Er hielt einen Augenblick inne, schaute von Sara zu seinem Vater, der sichtbar zusammenschreckte und tief durchatmete. Dann huschte er still in eine der hinteren Bankreihen, ohne ein Lächeln auf den Lippen, aber dennoch gefügig – zumindest für heute abend.

Und das war genug. Im Augenblick war das in der Tat genug, sagte Sara zu sich selbst.

Sie unterdrückte ein Schluchzen, und ihre Hände begannen zu zittern. Sie faßte ihren Brautstrauß fester. Die Tränen, die sie mit soviel Anstrengung zurückgehalten hatte, flossen über und strömten über ihre Wangen. Michael nahm ihre Hand und drückte sie sanft. Sara schaute ihn an.

Auch er hatte Tränen in den Augen! Der Anblick ihres entschlossenen, breitschultrigen Michael in der vollen Pracht seines schwarzen Anzugs und des weißen Stehkragens mit Tränen in den Augen – das war beinahe Saras Ruin.

Doch im gleichen Moment, als spürte er die bevorstehende Krise, erhob Jess Dalton seine volle, wohltönende Stimme und erfüllte die Kapelle mit dem fröhlichen Ausruf: *„Dies ist der Tag, den der Herr macht; laßt uns freuen und fröhlich an ihm sein!"*

* * *

Daniel stolperte beinahe auf seinen Platz neben Evan, so überrascht – und so erfreut – war er, als er Tierney in die Kapelle kommen sah.

Sobald er sich gesetzt hatte, schaute er zu Onkel Michael. Daniel tat das Herz weh, und in seinem Hals bildete sich ein Klumpen, als er den Ausdruck sah, der auf Onkel Michaels Gesicht geschrieben stand.

Oh, Tierney ... Tierney ... schau deinen Vater an ... schau ihn dir an, damit du siehst, wieviel es ihm bedeutet, daß du hier bist ... wieviel du ihm bedeutest.

* * *

In Noras Augen brannten ungeweinte Tränen, als Michael und Sara einander das Jawort gaben.

Sie umklammerte Evans Hand und wußte, daß er wahrscheinlich ebenso wie sie an ihre eigene Hochzeit, hier in dieser Kapelle, dachte. Immer wieder durchfluteten sie heftige Gefühlswogen. Die Liebe zu ihrem Ehemann stieg in ihr auf, eine so zarte Liebe, und doch so überwältigend, daß sie hätte laut jubeln mögen über dieses Wunder. Die Freude über Michael und Sara bahnte durch ihre Tränen hindurch den Weg für ein Lächeln, und als Pastor Dalton sie zu Eheleuten erklärte, wurde sie von einem Gefühl der Vollkommenheit erfüllt, als wäre endlich etwas unheimlich Kostbares besiegelt.

Doch selbst während ihr Herz in der Freude dieser Stunde jubelte, fiel ein Schatten auf ihre Gedanken. Einen stillen, bittersüßen Augenblick lang mußte sie an drei Kinder in einem irischen Dorf denken ... drei Freunde, verbunden durch das Band der Einsamkeit, der Liebe und der Not.

Sie schaute Michael an, sah, wie glücklich er war; blickte auf ihre eigene Hand, die sicher in Evans lag und schaute dann zu der Harfe, die Daniel neben dem Altar abgestellt hatte. Und sie dachte ... dachte an den einen, dessen Träume stets viel größer, gewaltiger und edler waren als Michaels und ihre zusammen; den einen, dessen Geist stets in die Ferne zu schweben, sich über das Dorf hinaus zu erheben schien, das, was *war*, hinter sich lassend, um das zu erreichen, was sein *könnte*.

Sie dachte an den einen, der sein Leben aufs Spiel setzte, um ihr das alles zu ermöglichen; den einen, der zurückgeblieben war ... sie jedoch gedrängt hatte zu gehen.

Sie versuchte, nicht an den Rollstuhl zu denken, nicht darüber zu grübeln, was es für ihn bedeuten mußte, seine Beine nicht mehr gebrauchen zu können. Stattdessen schloß sie für einen Augenblick die Augen ... und betete für ihn – bat Gott um ein besonderes Geschenk der Liebe und des Glücks für Morgan ... und dankte Gott für das wunderbare Geschenk der Liebe und des Glücks, das er ihr mit Evan gemacht hatte.

* * *

Später an diesem Abend – viel später – saßen Evan und Nora zufrieden nebeneinander am Kamin und schauten ins Feuer.

Daniel John und die beiden Kleinen hatten, nachdem jeder ein kleines Geschenk geöffnet hatte, erklärt, daß sie die „großen Geschenke" für den nächsten Morgen aufheben wollten. Von dem langen Tag erschöpft, waren sie ohne zu klagen schlafen gegangen.

„Es ist einfach wunderbar, nicht wahr, Evan?" Nora wandte ihren Blick nicht von den Flammen. „Hier am Kamin zu sitzen und die Kinder gesund und geborgen in ihren Betten zu wissen – zu wissen, daß Michael und Sara ebenso glücklich sind wie wir, falls das überhaupt möglich ist. Das allein ist schon ein Geschenk, nicht wahr?"

Evan, der seinen Arm um Noras Schulter gelegt hatte, zog sie näher an sich heran. „Ein s-sehr kostbares Geschenk. Kein Mensch könnte sich mehr wünschen, weder zu Weihnachten, noch sonst irgendwann."

Nora wandte sich zu ihm um. „Wirklich, Evan? Gibt es nichts mehr, wonach du dich sehnst, nichts, außer dem, was wir bereits haben?"

Ihr Blick ruhte auf seinem Gesicht, und wie immer fühlte Evan sich geliebt und war sehr glücklich. „Nichts", stieß er hervor und berührte ihre Lippen mit den seinen. „Ich habe alles, was sich ein M-Mann jemals wünschen kann – und noch mehr."

Nach dem Kuß lächelte Nora – ein seltsames Lächeln, dachte Evan – und beinahe geheimnisvoll.

„Ach, das ist aber zu schade", sagte sie und ihr zärtliches Lächeln wurde noch geheimnisvoller, „denn, weißt du, ich habe noch ein Geschenk für dich – wirklich ein ganz besonderes Geschenk – aber wenn du es lieber nicht wissen möchtest ..."

„A-aber ich dachte, wir hatten beschlossen, mit den Kindern gemeinsam bis morgen früh zu warten."

„Ja, das stimmt, aber ... ich glaube nicht, daß ich noch so lange warten kann. Außerdem möchte ich, daß wir beide allein sind ... bei diesem einen Geschenk." Ihr Lächeln war rätselhafter als je zuvor. „Den Kindern können wir es morgen früh erzählen."

Evan runzelte die Stirn. „Können Sie mir sagen, was es mit diesem Geheimnis auf sich hat, Mrs. Whittaker?"

Nora sah aus, als könne sie nie mehr zu lächeln aufhören.

„Hier ist mein Geschenk für dich, Evan", sagte sie, während sie seine Hand nahm und sanft auf ihren Bauch legte.

Evan starrte sie an, dann hob er langsam den Kopf, um ihr Gesicht zu betrachten. „Nora?"

Ein wenig fester nur umfaßte sie seine Hand. „Ich bekomme ein Kind, Evan", sagte sie mit zärtlicher Stimme. „Bevor wieder Weihnachten wird, werde ich dir ein Kind schenken ... ein eigenes Kind."

Verblüfft konnte Evan nur dasitzen und ihre noch schlanke Taille, seine zitternde Hand und ihre strahlenden Augen betrachten.

„Ein ... Kind?" wiederholte er mit zitternder Stimme und versuchte, die Angst, die ihn befiel, zu unterdrücken und stattdessen die Freude zu zeigen, die sie offensichtlich von ihm erwartete.

„Ein ei-eigenes Kind?"

Nora nahm seine Hand und führte sie zu ihren Lippen. „Frohe Weihnachten, Liebster", flüsterte sie, während sie ihm tief in die Augen sah. „Oh, Evan – frohe, frohe Weihnachten!"

* * *

„Frohe Weihnachten, Mrs. Burke."

Im Dämmerlicht des kleinen Häuschens, das sich hinter der Villa der Farmingtons befand, sah Michael Burke lächelnd seiner Braut zu, wie sie das kleine Päckchen öffnete, das er ihr gerade geschenkt hatte.

„Michael! Oh – wie reizend!" Als sie das blaue Samtband aus dem Seidenpapier nahm, leuchteten Saras Augen heller als die Kerzen, die überall in dem Zimmer aufgestellt waren.

„Es ist für dein Haar", sagte Michael zärtlich. Er konnte seine Augen nicht abwenden von ihr, von dieser Frau, die heute abend seine Ehefrau geworden war. Diese Frau, die sich selbst als unansehnlich betrachtete, verfügte dennoch über eine Schönheit, die von innen heraus strahlte, eine Schönheit, die ein ganzes Zimmer ausleuchten konnte – und auf jeden Fall seine Welt.

„Du bist wunderschön, Sara, *a gra*", sagte er bewegt und meinte das, was er sagte. „Ich glaube, du bist das Schönste, was ich je gesehen habe."

Wie immer errötete sie furchtbar unter seinem Blick. Sie stand vor ihm und fühlte sich in ihrem Brautnachthemd offensichtlich äußerst unbehaglich. Sie sah aus, als könne sie sich noch nicht ganz entscheiden, ob sie ihm in die Arme fallen – oder aus dem Zimmer rennen sollte.

„Wunderschön", wiederholte er und streckte ihr seine Arme entgegen.

Sie tat einen Schritt – einen langsamen, unsicheren Schritt – auf ihn zu. „Bin ich das? Bin ich das *wirklich*, Michael?"

Mit zitternder Hand hielt sie das blaue Samtband fest. Michael faßte ein Ende des Bandes und zog sie ein wenig näher. „Ja", sagte er mit leiser, leicht bebender Stimme. „Du bist das Schönste, was es in meinem Leben gibt. Und ich preise mich glücklich, dich meine Ehefrau nennen zu dürfen."

Mit einer Hand zog er eine Haarnadel aus ihrem Haar, dann noch eine. Lächelnd hielt er das blaue Samtband hoch und ließ es vor ihrem Gesicht baumeln. „Heute abend", sagte er, während er behutsam eine weitere Haarnadel löste, „werde ich die Nadeln aus deinem Haar herausziehen, . . . wie ich es dir gesagt habe. Heute nacht Sara, mein Schatz, werde ich dein Haar lösen, und du wirst darin ein blaues Samtband tragen . . . nur für mich, für deinen Mann."

Mit der nächsten Nadel fiel Saras Haar frei herunter, beinahe ihre Hüfte berührend, während sie den letzten Schritt in seine Arme tat.

Teil zwei

Verflossene Träume

Schatten der Nacht

Der im Finstern wandelt und dem kein Licht scheint,
der hoffe auf den Namen des Herrn und verlasse sich
auf seinen Gott.

Jesaja 50, 10

20. Kapitel

Der Anfang einer stillen Rebellion

Den Besten mangelt es an Kühnheit, während die Schlimmsten voll leidenschaftlicher Heftigkeit sind.

W.B. Yeats (1865-1939)

New York, Staten Island
Februar 1849

Als Alice Walsh morgens um zehn am Klavier saß, ignorierte sie bewußt die Gewissensbisse, die dieses morgendliche Klavierspiel fast immer zu begleiten schienen.

Allein der Gedanke an ihre Mutter genügte, daß sie aufstand und das Zimmer verließ. Mama wäre völlig ensetzt, wenn sie ihre Tochter zu dieser Tageszeit am Klavier hocken sähe. Für eine gute Hausfrau gab es vormittags zahllose andere Dinge – *wichtige* Dinge – zu tun.

Heute blieb Alice jedoch sitzen. Als die Schuld tiefer zu bohren begann, spielte sie einfach ein wenig lauter – und viel schneller.

Neben ihrer Vorliebe für Mozart und Bach hatte Alice auch eine heimliche Schwäche für die „neue amerikanische Musik", die nach Meinung ihrer Mutter „frivol", „minderwertig" und in manchen Fällen sogar „gottlos" war.

Alice bewahrte ihre persönliche Sammlung dieser Musik in der hintersten Ecke ihres Notenschranks auf. Ihr neuestes Lieblingslied war ein kleines Stück, das man tatsächlich als frivol bezeichnen konnte: „Oh Susanna!". Ein gewisser E.P.Christy von der Christy Minstrel Show verbuchte dieses Stück, das inzwischen bei den Goldgräbern im fernen Westen äußerst beliebt war, als seine Komposition. Es gab jedoch immer wieder Gerüchte, daß das Lied eigentlich aus der Feder eines bislang unbekannten Komponisten namens Stephen Foster stamme. Mr. Foster, so flüsterte man, war ein *Trinker.*

Alice wußte nicht, wer der wahre Komponist war; in Zeiten wie diesen, wenn keiner außer den Dienstboten im Haus war, spielte sie jedoch gern einmal dieses temperamentvolle Liedchen herunter. Jetzt galoppierte sie bereits zum dritten Mal durch dieses Lied, als wolle sie damit der Unruhe Luft machen, die sie in letzter Zeit immer öfter zu befallen schien.

Bis vor kurzem hatte Alice keine Ruhelosigkeit gekannt, hatte kaum gewußt, was das Wort bedeutete. Als Ergebnis der praktischen, typisch deutschen Erziehung, die sie genossen hatte, lebte sie ihr Leben entsprechend der Normen ihrer Eltern, der Grundsätze ihrer Kirche und der Anforderungen, die ihr Mann und ihre Kinder an sie stellten.

Sie hatte ihr Leben stets als reich und äußerst befriedigend empfunden. Obwohl sie spät und nach der Meinung einiger nicht standesgemäß geheiratet hatte – Patrick war Ire und fünf Jahre jünger als sie – liebte sie ihren Ehemann über alles. Er sah gut aus, war klug, unternehmungslustig, und ein treusorgender, wenn auch oft abwesender Ehemann. Wenn er auch nicht der aufmerksamste oder rücksichtsvollste Mann war, behandelte er sie dennoch mit Respekt und konnte sogar romantisch werden, wenn er ihr gelegentlich Blumen mitbrachte und, noch seltener, die Nacht in ihrem Schlafzimmer verbrachte.

Alice hatte sich in Patrick verliebt, als er ihr im Haus ihrer Eltern zum erstenmal am Tisch gegenübersaß. Nach fünfzehn Jahren Ehe liebte sie ihn nur noch mehr. Ihre beiden Kinder waren klug und gesund, wenn auch etwas verwöhnt, und ihr Heim war verschwenderisch und bequem eingerichtet. Alles in allem betrachtete sich Alice als eine wirklich glückliche Frau, der es außergewöhnlich gut ging.

Und was war schon dabei, wenn ihre Tage etwas einförmig verliefen? *Aufregung* war ein Wort, das Leute wie ihre Eltern verabscheuten, ja beinahe widerlich fanden, und *Abwechslung* galt nur für die Speisekarte. Nein, Alice zog dieses gleichförmige Leben vor und hatte nie den Wunsch oder das Bedürfnis nach etwas anderem, was sie nicht bereits besaß.

Bis vor kurzem. In letzter Zeit hatte sie begonnen, sich zumeist morgens, wenn Patrick zur Arbeit und die Kinder zu Schule gegangen waren, ... ruhelos zu fühlen – rastlos und irgendwie aufgewühlt.

Im Haushalt hatte sie kaum etwas zu tun; die Angestellten erledigten alles und brauchten nur wenig Aufsicht und Anleitung. Mrs. Cooper, die Köchin, betrachtete die Küche als ihr eigenes Reich und gab Alice das Gefühl, ein Eindringling zu sein, wenn immer sie es wagte, die Küche zu betreten. Die Wäsche besserte sie selbst aus, doch damit war sie stets auf dem laufenden. Sie haßte Stricken und Knüpfen und noch mehr verabscheute sie es, Blumen zu arrangieren.

Ihr einziges Steckenpferd war ihre Musik. Trotzdem schränkte sie die

Zeit, die sie am Klavier oder an der Orgel verbrachte, bewußt ein, weil sie der Meinung war, daß es hedonistisch und somit schlecht war, so viele Mußestunden zu verbringen.

In den letzten Wochen hatte sie jedoch immer mehr Zeit am Klavier verbracht. Das hervorragende Instrument, das im Salon stand, war das, mit dem sie aufgewachsen war. Die verzierte, handgearbeitete Orgel auf der anderen Seite des Zimmers war eine Geburtstagsüberraschung von Patrick von vor einigen Jahren. Sie besaß sehr viele Noten und ihr Geschmack war so breit gefächert, daß es ihr niemals langweilig wurde.

Seit kurzem schien sie jedoch Schwierigkeiten zu haben, sich zu konzentrieren, sogar beim Musizieren. In den seltsamsten Augenblicken ertappte sie sich dabei, wie sie sich überflüssig und nutzlos vorkam. Dieses Gefühl der Wertlosigkeit verstärkte nur noch das Schuldgefühl in ihr und rief außerdem jede Art seltsamer und beunruhigender Gefühle wach.

Alles wäre anders, dachte sie, während die letzten Töne von „Oh, Susanna!" verklangen, wenn jemand sie *brauchte*. In letzter Zeit war Patrick selten länger als ein oder zwei Stunden am Abend zu Hause, und oft war er tagelang „geschäftlich" außer Haus. Weil er es zu einem Grundsatz gemacht hatte, zu Hause niemals über die „Geschäfte" zu reden, hatte Alice nicht die leiseste Ahnung, was er eigentlich tat. Sie wußte nur, daß ihm eine Reihe von Hotels und Mietshäusern gehörten und er zusätzlich überall in der Stadt in andere Immobilien investierte. Offensichtlich hatte er Erfolg.

Auch die Kinder hatten ein Alter erreicht, wo sie immer selbständiger und von ihr unabhängig wurden. Mit ihren dreizehn Jahren war Isabelle bereits ein kleines Fräulein und hatte tatsächlich die Angewohnheit, *Alice* wie ein Kind zu behandeln. Henry, auch bereits neun, verschwand nach dem Abendessen meistens in seinem Zimmer, wo er angeblich lernte und durch das Fenster mit seinem Fernrohr in den Himmel starrte. Henry, dachte Alice voller Liebe zu ihrem Jüngsten, scheint wirklich ein bißchen eigenartig zu sein.

Die Rastlosigkeit der vergangenen Wochen hatte Alice dazu geführt, ernsthaft über sich selbst und ihr Leben nachzudenken. In der Folge hatte sie zwei wesentliche Dinge entdeckt, die keineswegs angenehm waren.

Alice hatte erkannt, daß sich ihre Motivation nahezu vollständig auf die Bedürfnisse anderer gründete. Sie *brauchte* es, gebraucht zu werden – ja, sie *lebte*, um gebraucht zu werden.

Ihr Familie schien sie jedoch zunehmend weniger zu brauchen, und daran würde sich voraussichtlich auch nichts ändern. In dem Maße, wie sich Patrick immer mehr seinen geschäftlichen Interessen zuwandte und die Kinder immer älter wurden, brauchten sie sie immer weniger.

Zum anderen hatte Alice erkannt, daß sie so viel *empfangen* hatte und bislang in beschämendster Weise vieles als selbstverständlich betrachtet hatte. Als einziges Kind wohlhabender Eltern in den mittleren Jahren hatte es ihr an nichts gefehlt. In den neununddreißig Jahren ihres Lebens hatte sie nur Bequemlichkeit kennengelernt, war von ihren Eltern, wenn auch sorgfältig erzogen, dennoch verwöhnt worden und hatte dann einen Mann geheiratet, der ihr nichts versagte und sie nahezu *ermutigte*, verschwenderisch zu sein.

Diese Entdeckungen der letzten Zeit ließen ernste Fragen in ihr lautwerden. Was wollte sie eigentlich tun, wenn ihre Kinder immer älter wurden – sie immer weniger brauchten –, und wenn Patrick immer mehr in seinen geschäftlichen Angelegenheiten aufging? Und wie könnte sie wenigstens einen Teil von dem zurückgeben, was sie empfangen hatte?

Sie dachte, sich vielleicht eines Tages in einem kirchlichen Wohltätigkeitsverein engagieren zu können. Alices Gemeinde brauchte als Mitglied eines die ganze Stadt umfassenden Missionswerkes ständig Freiwillige, die bei der Erfüllung der vielfältigen Aufgaben halfen.

Weil ihre Zeit bislang zum größten Teil durch ihre Familie beschlagnahmt war, hatte Alice sich wenig darum gekümmert, wie diese Organisation arbeitete. Sie hatte einfach Geld gespendet, wenn dazu aufgerufen wurde. Vor kurzem hatte sie jedoch beschlossen, diese Arbeit näher kennenzulernen. Und nächste Woche würde sich eine ideale Gelegenheit dafür bieten.

Sara Farmington-Burke hatte die Schirmherrschaft für einen groß angelegten Basar übernommen, der die freiwilligen Helfer aus allen Gemeinden der Stadt, die dieser Wohltätigkeitsorganisation angehörten, zusammenführen sollte. Der Basar sollte in der Villa der Farmingtons in der Fifth Avenue stattfinden. Pastor Jess Dalton, einer der führenden Kräfte und Begründer dieser Organisation, würde eine Ansprache halten, und der Nachmittag würde neuen Helfern auch Gelegenheit bieten, sich mit den verschiedenen Arbeiten und Programmen in den Slums vertraut zu machen.

Alice nahm sich vor, den Basar zu besuchen. Als Miss Farmington – *Mrs. Burke* korrigierte sie sich – vor einigen Monaten den verletzten Tierney Burke in ihrem Haus besuchte, hatte Alice an dieser bekannten Persönlichkeit im gesellschaftlichen Leben New Yorks eine echte Wärme und Freundlichkeit verspürt. Obgleich sie verlegen zu sein schien, war sie dennoch herzlich. Sie hatte Alice weder herablassend behandelt, geschweige denn sie einfach ignoriert, wie es viele Damen in ihrer Gemeinde taten.

Alice hatte versucht, darüber hinwegzukommen, daß sie seit ihrer Heirat oft auf gesellschaftliche Ablehnung stieß. Patrick war längst über seine irischen Wurzeln hinausgewachsen, und es schien ebenso viele Leute zu geben, die sie respektierten, wie solche, die sie ablehnten. Dann gab es auch noch die Gruppe derjenigen, die sich bewußt von ihnen distanzierten. Eine solche Behandlung verwunderte und verletzte Alice. Zuweilen fühlte sich Alice sogar geächtet, als sei sie das Opfer von etwas, das viel schlimmer war als ethnische Vorurteile. Manchmal kam es ihr sogar vor, als seien sie ausgestoßen – ausgestoßen und verachtet, beinahe wie Verbrecher. Doch sie sah das gewiß übertrieben schwarz.

Wenigstens, erinnerte sie sich hoffnungsvoll, als sie sich von dem Klavierhocker erhob, würde sie von Sara Farmington-Burke nicht so behandelt werden. Die Erbin aus dem Hause Farmington hatte wie Alice „unter ihrem Stand“ geheiratet.

Alice fand diese Tatsache irgendwie tröstlich. Wenn eine Frau, die so angesehen war wie Sara Burke, die oft schmerzlichen und grausamen Konsequenzen ertragen konnte, ihrem Herzen gehorcht zu haben, so machte es Alice ein wenig stolz, genauso gehandelt zu haben.

* * *

Patrick Walsh begann zu spüren, wie die Schlinge um seinen Hals immer enger wurde, dank des frommen, aufopferungsvollen Captain Burke.

Eine Hand in der Tasche, die andere an seiner Seite zusammengekrampft, stand er in seinem Büro in der Pearl Street und schaute zum Fenster hinaus. Heute morgen war leichter Schnee gefallen, der jetzt von einem bitterkalten Februarwind durch die Straßen getrieben wurde. Passanten eilten vorüber, den Hut tief in die Stirn gezogen, das Gesicht mit einem Schal schützend, schienen sie nur das eine Ziel zu haben, bald in ihrem Heim Schutz suchen zu können.

Ärgerlich runzelte Walsh die Stirn, als er an die neu gegründete *Kommission zur Bekämpfung von Verbrechen an den Einwanderern* dachte, und wieder war es Michael Burke, der seinen inneren Frieden störte. Der Kommission gehörten eine Reihe von Politikern und Wohltätern an; nach dem zu urteilen, was er gehört hatte, waren es jedoch Burke und sein Schwiegervater, Lewis Farmington, die für wirklichen Ärger sorgten. Zweifellos gewährte Farmington als Vorsitzender seinem widerlichen Schwiegersohn freie Hand.

Offensichtlich gehörte dazu ein persönlicher Schlag gegen *ihn*. Einer von seinen Leuten bei der Polizei hatte ihm gesagt, daß Burke entschlossen sei, ihn zur Strecke zu bringen. Für Patrick bedeutete das, daß der Polizist seine Verbindung zu den Schleppern ausspioniert haben mußte. Zweifellos war seine völlig deplazierte Verbundenheit mit den Iren – Burke war selbst irischer Einwanderer – die Motivation für sein Handeln.

Hätte ihm ein anderer Polizist anstelle von Burke nachgestellt, hätte Patrick ihn einfach gekauft. Von dem starrsinnigen Captain Burke sagte man jedoch, daß er unbestechlich sei, und Patrick war geneigt, dem zu glauben. Er hatte genug von dem Mann gesehen, um befürchten zu müssen, daß Geld nicht zu seinen Schwächen zählte.

Es war einfach eine Tatsache, daß es Leute gab – wenn auch wenige – die man nicht mit *Geld* kaufen konnte. Doch Walsh war davon überzeugt, daß es ebenso eine Tatsache war, daß *jeder* Mensch eine verwundbare Stelle hatte.

Und er würde es sich zu seiner persönlichen Aufgabe machen, herauszufinden, wo diese Stelle bei dem ehrwürdigen Captain lag.

21. Kapitel

Pharisäer und Sünder

Die Anwälte, die Männer mit den klugen,
langen Gesichtern, saßen zusammen und
hielten Rat.
Dann hörte man sie sagen:
„Dieser Mann ist ein Narr ...“

Padraic Pearse (1879-1916)

„Michael, du kommst doch zu dem Basar nächste Woche?“

Es war früh am Sonntagmorgen. Sara saß ihrem Mann beim Frühstück gegenüber, der völlig vergessen zu haben schien, daß sie im Zimmer war.

„Michael?“

Schließlich begegneten ihr seine dunklen Augen über den Rand der Zeitung. „Du scherzt natürlich.“

„Nein, ich scherze nicht, ich *rechne* vielmehr auf deine Hilfe.“

„*Meine* Hilfe?“ Die Zeitung glitt eine Winzigkeit weiter nach unten, bis zu seiner Nase.

„Wie sollte diese Hilfe aussehen?“

„Ich hatte gehofft, daß du über Five Points sprichst – aus der Sicht eines Polizisten.“ Sara ignorierte den gequälten Laut, der von der Zeitung zurückprallte und fuhr fort. „Du kannst besser als irgend jemand sonst von den illegalen Mietshäusern berichten – und davon, was mit den Einwanderern geschieht, die dort landen.“

Er ließ die Zeitung nach unten gleiten, obgleich er sich noch immer daran festhielt wie an einem Schild. „Sara“, sagte er sachlich, „wie dir bekannt ist, bin ich Polizist. Ich nehme Verbrecher gefangen und helfe älteren Damen über die Straße. Manchmal schlage ich jemandem den Kopf ein, und oft jage ich Schweine. Doch ich spreche niemals auf einem Missionsbasar, nie.“

Als er sich wieder hinter seiner Zeitung verbarg, streckte Sara ihren Arm über den Tisch aus und ergriff seine Hand. „Es ist ungeheuer wichtig, Michael. Diese Frauen müssen die Wahrheit erfahren, auch wenn es ihnen unangenehm ist.“

„Was ihnen unangenehm sein wird, Sara, *a gra*, Liebste, ist der sichtbare Beweis, daß ihre vornehme Vorsitzende halb übergeschnappt ist und nicht nur einen ungehobelten, irischen Polizisten geheiratet hat, sondern ihn jetzt auch noch auf ihren Partys herumzeigt."

Sara starrte ihn an. „Du bist keineswegs ungehobelt – außer wenn du es sein möchtest, wie jetzt beispielsweise. Und wahrscheinlich", fügte sie mit einem verschmitzten Lächeln hinzu, „werden mich alle Frauen dort darum beneiden, daß ich den Mut hatte, einen so gefährlich gut aussehenden Mann zu heiraten."

Er grinste sie an. „Ganz gewiß, aber trotzdem werde ich nicht vor den Frauen des Missionsvereins sprechen", sagte er mit einer entsetzlichen Endgültigkeit. „Deine Großmutter kommt spät heute morgen, nicht wahr? Hast du schon nach ihr geschaut?"

„Sie zieht sich an. Ich glaube, sie wird jeden Augenblick unten erscheinen. Versuche nicht, das Thema zu wechseln, Michael. Es gibt noch einen anderen Grund, weshalb ich gern möchte, daß du zu dem Basar kommst, obwohl ich sehr hoffe, daß du dich doch noch entschließen kannst, zu sprechen. Ich glaube, Jess Dalton braucht alle nur erdenkliche Unterstützung, und wenn du dort bist, hätte er zumindest einen Verbündeten."

Michael seufzte und legte seine Zeitung absichtlich mit äußerster Sorgfalt zusammen. „Wie kommst du darauf?"

„Es hat sich herumgesprochen, daß die Daltons die Absicht haben, Arthur Jackson auf unbegrenzte Zeit bei sich zu behalten."

Michael stöhnte zum Zeichen, daß er begriffen hatte, und Sara fuhr fort: „Der Kirchenvorstand hat bereits eine Sondersitzung einberufen."

Michael schob seinen Stuhl zurück und runzelte die Stirn. „Du glaubst doch nicht, daß sie ihn ersuchen werden zu gehen?"

Sara blickte auf ihren Teller. „Offengestanden wage ich nicht zu sagen, was kommen wird. Ich wäre nicht so besorgt, wenn Vater dem Vorstand angehörte, aber das ist leider nicht der Fall." Sie seufzte. „Wir haben einige ganz prima Leute in unserer Gemeinde, die ganz und gar nichts dagegen haben, daß die Daltons einen Negerjungen bei sich aufgenommen haben, doch es gibt auch andere . . ." Sie ließ ihren Satz unvollendet verklingen.

„Es gibt auch andere, die es ihnen sauer machen werden", brachte Michael den Satz für sie zu Ende und machte ein verdrießliches Gesicht. „Das ist wirklich zu dumm. Den Daltons liegt der Junge wirklich am Herzen, das ist offensichtlich."

Sara nickte, dann hellte sich ihre Miene wieder etwas auf. „Nun, eines ist jedenfalls sicher: Jess Dalton ist nicht der Mann, der sich vor seinen Gegnern zurückzieht. Wenn er beschlossen hat, Arthur Jackson ein Zuhause zu geben, dann wird er das auch tun."

„Ja, das wird er", erwiderte Michael, seine Stirn immer noch in Falten gelegt. „Doch wollen wir hoffen, daß er dabei nicht seine Stelle verliert."

In dem Augenblick erschien Saras Großmutter in der Tür des Speisezimmers. „Es ist furchtbar", sagte sie, während sie in das Zimmer kam. „Gott helfe den Daltons – und dem Jungen – wenn den falschen Leuten zufällig zu Ohren kommt, daß er ein entlaufener Sklave ist. Dann wird man ihn diesen abscheulichen Sklavenjägern übergeben."

Michael erhob sich und half der Großmutter, sich zu setzen. „Glücklicherweise wissen nur wenige etwas über Arthurs Herkunft", betonte er, während er ihren Stock gegen den Tisch lehnte. „Und unter ihnen gibt es niemanden, der dem Jungen bewußt schaden möchte."

„Trotzdem", sagte Grandy Clare, „es wird gewiß Ärger geben. Ihr werdet nocht an mich denken."

„Weil wir gerade von Ärger reden", bemerkte Michael und warf Sara über den Kopf der Großmutter hinweg einen Blick zu. „Wird Evan Whittaker mit seinen Sängern wirklich zu deinem Basar kommen?"

Sara lächelte und nickte. „Ja, die Five Points Celebration Singers werden an diesem Nachmittag für die Unterhaltung verantwortlich sein."

Immer noch stehend, trank Michael den letzten Schluck aus seinem eigenen Becher. Er hatte es von Anfang an abgelehnt, aus Großmutters zartem Porzellan zu trinken. „Diese Idee gehört nicht gerade zu deinen klügsten, Sara", bemerkte er trocken.

„Ich bin sicher, sie werden ihre Sache sehr gut machen", erwiderte Sara, sich selbst rechtfertigend.

„Oh, das bezweifle ich keinen Augenblick. Sie machen ihre Sache großartig, dagegen gibt es überhaupt nichts einzuwenden. Sie könnten jedoch das Feingefühl deiner Damen über Gebühr strapazieren, darum geht es." Er blinzelte Omi Clare zu. „So viele schwarze und irische Gesichter auf einmal in einem Raum, verstehst du?"

Sara war nicht aus der Ruhe zu bringen und zuckte mit den Achseln. „Vielleicht wird sie das von Jess Dalton ... und seinem ‚aufwieglerischen' Verhalten ablenken. Als ich Evan mit dem Chor einlud, war mein Hauptanliegen ohnehin nicht unbedingt die Unterhaltung. Ich hoffe, einige der Sponsoren zu beeindrucken und ihnen zu zeigen, was man an einem Ort wie Five Points tun kann, wenn sich auch nur ein Mensch von Gott berufen läßt und eine Aufgabe in Angriff nimmt. Evan hat bereits Wunder vollbracht bei den Jungen, meine ich."

Michael nickte. „Das hat er tatsächlich. Wenn die Damen mich jetzt bitte entschuldigen wollen. Ich gehe und hole den Buggy."

„Ich möchte dich noch einmal daran erinnern", sagte Omi Clare, „daß Robert uns mit Freuden zum Gottesdienst fahren würde. Das ist", fügte sie trocken hinzu, „einer der Gründe, weshalb ich ihn bezahle."

Michael lachte sie an. „Und ich möchte Sie daran erinnern, meine Dame, daß ich durchaus in der Lage bin, ab und zu einen Buggy zu fahren. Und außerdem", fügte er hinzu, „macht es mir zufällig auch Freude."

Sara folgte ihm zum Hinterausgang, wo sie einen Augenblick seine Hand festhielt. „Du hast meine Frage immer noch nicht beantwortet", erinnerte sie ihn. „ob du nun auf dem Basar sprechen wirst oder nicht."

„Und ich dachte, du wärst mir nach draußen gefolgt, um mir allein einen Kuß zu geben", sagte er, während er sie in seine Arme nahm. „Außerdem habe ich dir geantwortet."

„*Wirklich*, Michael?"

„Ach Sara ... Sara, du wirst noch mein Ruin, ja wirklich."

Außer Sichtweite der Großmutter küßte und umarmte Sara ihn stürmisch. „Du wirst wenigstens darüber nachdenken, Michael, ja? Bitte, versprich es mir!"

Er lächelte – ein Lächeln, das Sara für den Anfang seines Einlenkens hielt. „Vielleicht", sagte er und hielt sie fest an sich gedrückt, „und es kann sein, daß du mich noch ein bißchen überreden mußt."

* * *

Während sie die Gottesdienstbesucher verabschiedeten, warf Kerry Dalton ihrem Mann einen verstohlenen Blick zu.

Besorgt stellte sie fest, daß Jess müde aussah – müde und irgendwie niedergeschlagen. Natürlich würde niemand, der ihn nicht ganz genau kannte, auch nur irgend etwas von seiner Niedergeschlagenheit ahnen. Sein heiterer, freundlicher Gesichtsausdruck verbarg sorgsam den Kampf, den sie in seinem Inneren toben wußte.

Sie mußte sich sehr bemühen, ihren Zorn und ihre Enttäuschung nicht zu offenbaren. Obgleich es sehr unterschiedliche Reaktionen gab, war sie dennoch überzeugt, daß die wilden Gerüchte, die im Umlauf waren, selbst an denjenigen nicht spurlos vorübergingen, die ihnen am wohlsten gesonnen waren.

Ihre Entscheidung, Arthur Jackson aufzunehmen und ihm ein Zuhause zu schenken, solange er bei ihnen wohnen wollte – und ihn wirklich zum Bleiben zu *ermutigen* – hatte, wie Jess es vorausgesehen hatte, eine ganze Flut von Gerüchten ausgelöst. Das Gerücht, das bislang am weitesten hergeholt zu sein schien und das Kerry am meisten erzürnte, war die völlig lächerliche Geschichte, daß der Pfarrer nur deshalb an Arthur Interesse zeige, weil der schwarze Junge eine Kugel abbekommen habe, die eigentlich für *Jess* bestimmt war!

Niemand schien daran zu denken, daß Arthur sich nur sehr langsam und schwer von seiner Verletzung erholt hatte, daß er praktisch mittellos war und daß sie nichts anderes versuchten, als ihm ein Stück Schutz und eine Zuflucht zu gewähren.

Tatsächlich hatten Jess und sie – ebenso wie ihr Sohn, Casey-Fitz, – Arthur Jackson liebengelernt. Obgleich Arthur einen Vater hatte, der irgendwo in Mississippi lebte, war der arme Mann jedoch ein Sklave und konnte seinem Sohn keinerlei Schutz und Unterstützung bieten. Sie und Jess *konnten* es, und deshalb waren sie entschlossen, dies auch zu tun.

Die Tatsache, daß Jess sie ermahnt hatte, Arthurs Herkunft geheimzuhalten, veranlaßte Kerry dazu, die Gesichter der Gottesdienstbesucher noch genauer zu studieren, während sie die Kirche verließen. Der Unterschied in ihren Mienen machte schmerzlich deutlich, daß die Zahl derjenigen, die an der Entscheidung der Daltons Anstoß nahmen, weitaus größer war als die Gruppe derer, die nichts dagegen einzuwenden hatten.

Die Maltbys beispielsweise traten bewußt aus der Reihe, bevor sie Jess und Kerry erreichten. Andere, wie der ältere Horace Pollard, der für seine scharfe Zunge bekannt war, schienen eine direkte Konfrontation vorzuziehen.

Der gebeugt gehende Importeur mit den feurigen Augen brachte den gesamten Zug zum Stillstand, als er, sich auf seine Krücke stützend, stehenblieb und Jess mit zusammengekniffenen Augen ansah: „Herr Pfarrer“, sagte er scharf, „ich habe Sie, seitdem Sie bei uns sind, in fast allen Dingen unterstützt. Einige von uns hatten Angst, wir könnten uns einen jener abolitionistischen Prediger auf unsere Kanzel geholt haben, die die Meinung vertreten, daß Gott die Schwarzen ebenso wichtig nimmt wie uns Weiße.“

Er hielt inne, und Kerry spürte, wie Jess sich steif machte, als wolle er sich für das wappnen, was als nächstes kommen würde.

„Ich freue mich, zu sehen, daß sie recht hatten“, fuhr Horace fort. „In dieser Stadt gibt es genug Pastoren, die sich zwar für die Abschaffung der Sklaverei einsetzen, solange sie sicher hinter ihrer Kanzel stehen, . . . die jedoch nicht einmal im Tod einem Schwarzen die Hand schütteln würden! Ich für mein Teil bin stolz, einen Geistlichen kennenzulernen, der nicht nur leere Worte macht. Passen Sie jedoch gut auf sich auf, Herr Pfarrer. Gute Männer bilden ein gutes Ziel, wenn Sie verstehen, was ich meine."

Nachdem er Jess kräftig die Hand geschüttelt und Kerry zugeblinzelt hatte, ging er zur Tür. Kerry fühlte sich irgendwie ermutigt, zu wissen, daß es in ihrer Gemeinde noch mehr Männer wie Horace Pollard gab, auch wenn es nicht viele waren.

Als sich der Zug weiter auf den Ausgang zubewegte, bestätigte sich Kerrys Verdacht, daß viele derjenigen, die sich am meisten gegen den Gedanken sträubten, einen schwarzen Jungen in ihrer Mitte – und in dem Haus ihres Pastors – zu dulden, die gleichen Leute waren, die es ... *schwierig* ... fanden, höflich zu *ihr* zu sein.

Offenbar war eine Ehefrau, die eine irische Einwanderin war, genauso unerwünscht wie ein heimatloser schwarzer Junge.

* * *

Evan Whittaker konnte sich heute morgen nicht auf den Gottesdienst konzentrieren. Nora, die sich noch immer unwohl fühlte, hatte darauf bestanden, daß er mit den Kindern zum Gottesdienst ging. Er fand es jedoch schwierig, wenn nicht gänzlich unmöglich, den Gottesdienst aufmerksam zu verfolgen.

Hinzu kam, daß der Gottesdienst in vorübergehend gemieteten Räumen stattfand, denn die Kirche war während eines Brandes im Januar zerstört worden. Außerdem war Mr. Beecher noch nicht wieder zurück. Der Pfarrer war in letzter Zeit oft krank, und es wurde gemunkelt, daß er für einige Wochen abwesend sein würde.

Obwohl Evan gemischte Gefühle gegenüber dem äußerst beliebten – und auch häufig umstrittenen – Pfarrer hegte, konnte er es nicht leugnen, daß er seine Gegenwart vermißte. Seine leidenschaftliche Predigt gegen das Übel der Sklaverei, die Tatsache, daß er darauf bestand, daß die Gemeinde schwungvoll und kräftig sang sowie sein ausgeprägter Charme – sowohl hinter der Kanzel als auch außerhalb – trugen dazu bei, daß man ihn schmerzlich vermißte.

Doch Evan glaubte, daß es heute morgen nicht einmal viel genützt hätte, wenn Pastor Beecher dagewesen wäre. Er wäre trotzdem zerstreut und abgelenkt gewesen.

Die Sorge um Nora machte ihn krank. Die ersten Monate ihrer Schwangerschaft bereiteten ihr viel Mühe. Seit kurzem ging er früh später aus dem Haus, weil er sie sonst, aschfahl vor Übelkeit, allein lassen müßte, denn außer dem kleinen Tom war niemand im Haus, der sich um sie kümmern konnte. Wenn er abends nach Hause kam, war sie meistens immer noch blaß und unruhig, obgleich sie stets darauf beharrte, daß es ihr „viel besser ging". Zum Abendessen saß sie mit ihm und den Kindern am Tisch, aber Evan wußte nur zu gut, daß sie die wenigen Bissen, die sie zu sich nahm, nur mit größter Anstrengung hinunterbrachte.

Ohne Noras Wissen hatte er mit Dr. Grafton gesprochen. Der freundliche Arzt konnte ihm jedoch nur wenige Ratschläge geben und ihn noch weniger ermutigen. „Ich beobachte sie sehr sorgfältig, Evan. Trotzdem können wir kaum mehr tun, als darauf zu achten, daß sie genügend Ruhe und die richtige Nahrung bekommt."

Als Evan erklärte, er fürchte, sie bekomme keines von beiden, hatte der Doktor die Stirn gerunzelt, jedoch nur gesagt: „Ja . . . nun, passen Sie gut auf sie auf und achten Sie darauf, daß sie sich nicht übernimmt. Wenn es ihr nicht bald bessergeht, wird sie vielleicht den größten Teil der Schwangerschaft liegen müssen. Ich wünschte, sie wäre von Anfang an stärker gewesen."

Zuweilen mußte Evan alle seine Kraft aufbieten, um sich nicht dem Wunsch hinzugeben, daß Nora dieses Kind lieber nicht empfangen hätte. Weil er wußte, es würde ihr das Herz brechen, wenn sie seine wahren Gefühle erfuhr, gab er weiter vor, sich riesig auf das Baby zu freuen und zwang sich um ihretwillen zu einem Lächeln, wenn er eigentlich unheimliche Angst hatte.

Erst als Johanna ihn anschubste und Tom ihn an der Hand zog, schaute Evan sich um. Die Gemeinde hatte sich erhoben und der Aushilfspastor war mitten im Segen.

Mit hochrotem Gesicht taumelte Evan auf seine Füße. Er hatte beinahe den gesamten Gottesdienst hindurch gegrübelt.

* * *

Nach dem Morgengottesdienst war Lewis Farmington gerade dabei, Winifred in den Wagen zu helfen, als Chester Pauling auf ihn zukam.

„Lewis, könnte ich dich für einen Augenblick sprechen?"

Lewis spekulierte darüber, wie der hakennasige Pauling reagieren würde, wenn er das tat, was er am liebsten tun würde, nämlich ihm seine Bitte auszuschlagen. Stattdessen murmelte er seine Zustimmung und bedeutete Winifred, daß es nicht lange dauern würde.

Nachdem er sich umgewandt hatte, befand sich Lewis in Augenhöhe mit Paulings grauem Schnurrbart. Chester Pauling war ein großer, schlanker Mann, der ständig ein verdrießliches Gesicht machte, so daß Lewis argwöhnte, daß er bereits damit geboren wurde.

„Lewis, morgen abend findet bei mir zu Hause eine Versammlung statt, an der du vielleicht gern teilnehmen möchtest."

Gewiß, daß er bestimmt nicht teilnehmen *wollte*, rang Lewis sich ein Lächeln ab und sagte: „Was für eine Versammlung, Chester?"

Paulings kräftige Augenbrauen zogen sich zusammen und bildeten über der Hakennase einen Bogen. Er räusperte sich. „Einige von uns wollen zusammenkommen, um, äh, um über diese Sache mit dem Pfarrer zu sprechen."

Verärgert hob Lewis das Kinn. „Was für eine *Sache* sollte das sein, Chester?"

Wieder räusperte sich Pauling. „Hm, äh ... weißt du, dieses abolitionistische Verhalten ... daß er den Negerjungen bei sich aufgenommen hat.

„Pastor Dalton wird auch dabeisein, nehme ich an?"

„Nun ... nein. Nein, wir wollen nur, äh, die Situation prüfen und beraten."

„Ich glaube", sagte Lewis scharf, „daß der Pfarrer stets *selbst* anwesend sein sollte, wenn über ihn verhandelt wird."

Zu seiner Ehre muß erwähnt werden, daß Chester Pauling sich offensichtlich unbehaglich fühlte. „Das ist nicht so einfach, Lewis. Wir müssen genau prüfen, welche Auswirkungen das Handeln der Daltons auf die gesamte Gemeinde haben kann. Wir wollen sichergehen, daß wir uns einig sind, bevor wir mit dem Pfarrer sprechen."

Ihr heuchlerischen Pharisäer, dachte Lewis. *Ihr habt bereits beschlossen, daß ihr versuchen werdet, ihn zum Rücktritt zu zwingen.*

Lewis stellte sich in voller Größe – die trotzdem bei weitem nicht an Paulings heranreichte – vor ihn und bot den letzten Rest seiner Selbstbeherrschung auf. „Ich möchte nichts mit eurer Versammlung zu tun haben, Chester. Ich möchte mit dieser ganzen Sache nichts zu tun haben. Vor allem deshalb", sagte er erbittert, „weil ich zufällig glaube, *daß wir in dieser Angelegenheit nichts zu entscheiden haben.* Offengestanden, Chester, ich glaube, ihr solltet euch schämen."

Lewis ignorierte es einfach, als der andere irgend einen Einwand stammeln wollte. „Ich kann mir beinahe denken, wer an eurer Versammlung teilnehmen wird: Ashton und Maltby und Felix Willard – oh ja, und gewiß auch Charles Street." Er hielt inne und atmete tief durch. „Vielen Dank für deine Nachfrage, Chester, aber ich glaube, ich bin morgen abend bereits verabredet."

Ohne Pauling, dessen Gesicht über und über rot angelaufen war, auch nur die Möglichkeit zu geben, etwas zu erwidern, wandte Lewis sich um und stieg in den Wagen.

Winifred war äußerst beunruhigt. „Lewis? Ist etwas nicht in Ordnung? Du bist *ziemlich* erregt!"

Er streichelte ihre Hand und zwang sich zu einem Lächeln, obwohl er am liebsten seine Faust durch die Decke des Wagens geschlagen hätte.

„Es ist alles in bester Ordnung, meine Liebe. Zerbrich dir nicht dein schönes Köpfchen. Ich mußte mich nur entschuldigen, weil ich nicht an einer Versammlung teilnehmen kann, die morgen abend stattfindet; das war alles."

„Oh, das tut mir leid, Lewis. Bist du enttäuscht?"

Lewis schaute sie an. „Ja, das bin ich wirklich, Winnie", sagte er leise. „Ich bin *sehr* enttäuscht."

Während sie losfuhren, mußte er im stillen daran denken, daß Jesus ebenfalls lieber mit Sündern als mit Pharisäern Gemeinschaft hatte.

22. Kapitel

Hoffnung für die Hoffnungslosen

Die Liebe kann vom Himmel zur Erde sich erstrecken,
Und vermag uns edlere Lektionen zu vermitteln,
Als wir sie je in den Worten Sterblicher entdecken.

John Boyle O'Reilly (1844-1890)

Als Mr. Whittaker ihn bat, vor der Probe am Donnerstag zu ihm zu kommen, begann Billy Hogan sich sofort zu fragen, ob er etwas falsch gemacht hatte.

Seit jenem Tag, an dem er Finbar in den Probenraum geschmuggelt hatte, hatte er stets darauf geachtet, sein bestes Benehmen an den Tag zu legen. Die Sache mit Finbar war glücklicherweise noch einmal gut ausgegangen. Mr. Whittaker hatte das unglückselige Kätzchen mit nach Hause zu seiner Frau und seiner Familie genommen, und sie liebten das Kätzchen.

Als er das Gesicht des Chorleiters betrachtete, sah er, daß dieser kein bißchen verärgert war; er schien tatsächlich zu lächeln. Trotzdem war Billys Mund salztrocken und in seinem Bauch brannte Angst, als er den Engländer an der Tür ansah. Ärger schloß stets auch die Möglichkeit ein, daß Onkel Sorley etwas erfahren würde.

Billy war bereit, nahezu alles zu tun, um von seinem Onkel nicht noch einmal so entsetzliche Prügel zu beziehen.

* * *

Evan trat sofort zur Seite, um den Jungen mit dem Sommersprossengesicht zu beruhigen, denn er sah so aus, als wolle er jeden Augenblick wegrennen. „Wie alt bist du, B-Billy?"

„Sir? Oh – neun ... beinahe neun, Sir."

Evan nickte und dachte, daß der kleine Bursche beinahe noch jünger aussah. „Dann bist du, glaube ich, alt genug, um die kleine Zusatzaufgabe zu übernehmen, die ich dir zugedacht habe."

Der Junge starrte ihn nur an. Evan stellte mit Bestürzung fest, daß der Junge Angst vor ihm zu haben schien. Er konnte sich nicht vorstellen, warum. Außerdem fand er den Gedanken beunruhigend. Nach seinem besten Wissen hatte er noch nie im Leben auch nur einem einzigen Menschen Angst eingeflößt. Er hatte gewiß nicht im Sinn, das Kind zu ängstigen.

Er sprach deshalb noch sanfter, als er fortfuhr: „Du erinnerst dich gewiß daran, daß nächste Woche der Missionsbasar bei den Farmingtons stattfindet und wir dort singen werden."

„Ja, Sir."

„Ja, ... nun, ich habe etwas ganz Besonderes für d-dich an diesem Tag, falls du es tun möchtest. Du weißt, daß wir das Lied ‚Star-Spangled B-Banner' ... geprobt haben."

Der Junge nickte und Evan erklärte weiter: „Ich möchte, daß du d-das S-Solo in diesem Lied singst, Billy. Ich zeige dir heute in der Probe, wo dein Einsatz ist. Dann habe ich auch noch einen kleinen Vers, den du vorlesen könntest, b-bevor wir singen."

Evan hatte erwartet, daß der Junge sich freuen würde. Stattdessen starrte ihn der kleine Billy, der offensichtlich entsetzt war, nur mit offenem Mund an. „Etwas – vorlesen soll ich, Sir?"

„Jawohl ... ja." Evan, dem das Verhalten des Jungen rätselhaft erschien, fügte hinzu: „Es ist nur ein k-kurzes Stück zu lesen, darüber, wie und warum dieses Lied entstanden ist; nicht mehr als ein Abschnitt."

Der Junge wand sich und schaute weg. „Ich – ich möchte es lieber nicht tun, wenn Sie mir verzeihen, Sir."

Evan runzelte die Stirn. Das Gesicht das Jungen war völlig bleich geworden. „Aber *warum nicht*, mein Junge. Du hast eine w-wunderbare Stimme; ich glaube, daß sie z-zum Vorlesen ebensogut geeignet ist wie zum Singen. Und es ist ein sehr w-wichtiges Lied."

Billy vermied es weiterhin, Evan in die Augen zu sehen und murmelte: „Ich werde das Solo übernehmen, Mr. Whittaker. Ich kenne den Text auswendig. Nur das Lesen möchte ich nicht übernehmen, verstehen Sie?"

Seine ängstliche Stimme und der abgewandte Blick sagten Evan, daß er ihn nicht weiter bedrängen durfte. „Gut, B-Billy", entgegnete er nur ungern. „Das ist mir auch recht. Du singst das Solo, und das Vorlesen werde ich einem der anderen Jungen übertragen."

Der Junge nickte, und noch immer hielt er seinen Kopf gesenkt. Ein unangenehmer Verdacht stieg in Evan auf und ließ ihn während der gesamten Probe nicht mehr los. So unauffällig wie möglich beobachtete er

Billy Hogan und nach einer Weile einige der anderen Jungen genauer als sonst. Am Ende der Stunde glaubte er, den Jungen nun zu verstehen.

Tief betrübt fragte er sich, warum ihm das nicht schon früher aufgefallen war. Er wußte, daß keiner der Jungen Noten lesen konnte; dennoch schienen die meisten von ihnen die Blätter, die er austeilte, dazu zu benutzen, den Text zu lernen.

Aber nicht Billy Hogan. Er war überzeugt, daß Billy und wenigstens vier andere Jungen sich die Texte nach Gehör einprägten, einfach beim Mitsingen.

Evan vermutete sehr stark, daß dies für sie die *einzige* Möglichkeit war, die Texte zu lernen. Falls er sich nicht täuschen sollte, was er kaum glaubte, konnten die Jungen nicht lesen.

* * *

Während der gesamten Überfahrt auf der Fähre mußte Evan über seine Entdeckung nachdenken. Er konnte es sich nicht vorstellen, wie es wäre, nicht lesen zu können. Für den größten Teil seines Lebens stellte Lesen für ihn sowohl eine Leidenschaft als auch einen Trost dar. Durch Bücher hatte er die Welt entdeckt und somit in der Einsamkeit seiner Kindheit ein Stück Trost gefunden; Bücher hatten ihm in einem gewissen Maß die Möglichkeit gegeben, seiner elenden Schüchternheit und dem häßlichen Stottern zu entfliehen. Bücher hatten sein Wissen bereichert, seine Sicht geweitet, seine Träume genährt. Er konnte sich einfach kein Leben vorstellen, ohne lesen zu können.

Sein Geist wanderte zu den bedauernswerten Menschen in Five Points, diesem elenden Slum, wo das Böse und die Hoffnungslosigkeit regierten. Für einige, die durch ihre Armut gezwungen waren, ihr Leben in schmutzigen Kellerwohnungen und Dachböden zu verbringen, und die um das bloße Überleben kämpften, könnte Lesen der einzige Ausweg sein. Dann könnten sie wenigstens für einige Augenblicke an einen anderen Ort, in eine andere Zeit entfliehen. Vielleicht entdeckten sie in den Worten eines anderen sogar ihre eigenen Träume, vielleicht sogar einen Schimmer der Hoffnung.

Doch in seiner Singegruppe waren wenigstens fünf Jungen – fünf Jungen, von denen er es wußte –, die vermutlich keinen einzigen Buchstaben lesen konnten!

Das durfte nicht so bleiben. Das durfte einfach nicht so bleiben!

Nachdem er die Fähre verlassen hatte, hielt Evan auf dem Dock einen Augenblick inne; er fröstelte in der Kälte. Es war schon fast dunkel und die Brise, die vom Fluß kam, war eisig. Der Wind wurde stärker, doch Evan blieb stehen und konnte seine kummervollen Gedanken einfach nicht abschütteln.

Billy Hogan war es offensichtlich sehr peinlich, die Bitte ausschlagen zu müssen, und die anderen Jungen hätten sich an seiner Stelle zweifellos genauso elend gefühlt.

Niemand, dachte Evan traurig, ob jung oder alt, sollte sich schämen müssen, weil er nicht lesen und schreiben konnte. Das Analphabetentum schien jedoch unter den Bewohnern der Slums, und ganz besonders unter den Einwanderern, ein weit verbreitetes Problem zu sein.

Es mußte etwas getan werden. Offenbar waren nur jene Glücklichen – diejenigen, die lesen konnten – in der Lage zu helfen.

Ich bin einer von ihnen, sagte er zu sich selbst. *Zumindest weiß ich genug, um meinen Jungen helfen zu können.*

Evan zog den Kragen seines Mantels fester um den Hals und machte sich auf den Weg. Er lächelte über diesen Gedanken ... *meine Jungen* ... und dann erkannte er, daß sie auf ganz besondere Weise genau das waren: seine Jungs.

Ja, *seine Jungen* würden nicht um diese unschätzbar kostbare Gabe betrogen werden. *Seine Jungen* würden die Möglichkeit erhalten, lesen zu lernen. Dafür würde er sorgen!

Das war ein Versprechen, das er sich selbst gab ... und Gott.

* * *

Arthur Jackson hockte in dem Wagen, den Pastor Dalton geschickt hatte, um ihn und Casey-Fitz abzuholen.

Es war schon beinahe dunkel. Casey-Fitz war auf dem Sitz gegenüber Arthur eingeschlafen. Ein kalter Regen trommelte gegen das Dach des Wagens. Irgendwie wurde es Arthur stets kalt, wenn es dunkel war und regnete; es war ihm kalt und er fühlte sich einsam und traurig.

Würde er sich jemals an das kalte Wetter hier im Norden gewöhnen? Es kam ihm so vor, als hätte er die Sonne seit Monaten nicht mehr gesehen. Mr. Whittaker hatte zwar behauptet, daß es in New York mehr Sonnenschein gab als in England, doch das erschien Arthur nahezu unmöglich, und ganz gewiß würde er England nicht mögen – uh-uh, kein bißchen!

Er war der Meinung, daß Mr. Whittaker sich heute etwas sonderbar benommen hatte. Mehr als einmal hatte er ihn dabei beobachtet, wie er während der Probe ihn, Billy Hogan und noch andere Jungen genau gemustert hatte.

Hatte er etwas falsch gemacht? Er glaubte es kaum. Es könnte höchstens sein, daß ihn Mr. Whittaker dabei ertappte hat, daß er in Gedanken nicht bei den Liedern war.

Das war möglich. Er hatte tatsächlich versucht, seine Gedanken auf das Singen zu konzentrieren – oder auch auf irgend etwas anderes –, aber er mußte einfach immer wieder daran denken, in welche Schwierigkeiten sich die Daltons nur um seinetwillen gebracht hatten.

Mrs. Dalton lief die ganze Zeit betrübt herum – und wenn sie nicht traurig aussah, war sie *zornig*. Pastor Dalton hatte zwar eine heitere Miene gewahrt, aber er lachte bei weitem nicht mehr so viel wie früher.

Erst letzten Sonntag hatte ihm Casey-Fitz endlich ein wenig von dem erzählt, was geschehen war, und er hatte ihm auch gesagt, daß die Eltern nicht viel darüber sprechen wollten, um ihn nicht zu beunruhigen. Casey hatte es ihm nicht sagen wollen, aber Arthur hatte ihn förmlich dazu gedrängt.

Der Junge konnte nicht lügen, ganz gewiß nicht! Sein Gesicht würde Casey-Fitz immer verraten. Er konnte nicht einmal einen Witz machen, dieser Junge! Und so hatte er es ihm erzählt, als Arthur ihn hart bedrängte. Er hatte ihm gesagt, daß einige Leute aus der Gemeinde in der Fifth Avenue ein großes Theater machten, weil die Daltons beschlossen hatten, Arthur ein Zuhause zu schenken.

Als Arthur völlig in Verwirrung geriet und schwor, wegzugehen, um ihnen keinen Ärger zu bereiten, hatte Casey-Fitz sich gewünscht, lieber geschwiegen zu haben. Er sagte, Arthur könne das nicht tun, oder er würde ihrer „kleinen Mama" das Herz brechen.

„Kleine Mama" – so nannte Casey-Fitz Mrs. Dalton, weil sie eine so kleine Frau war, und auch, weil er seine richtige Mutter, die bei einem Brand in einer Fabrik ums Leben gekommen war, „Mutti" genannt hatte.

„Begreifst du nicht, daß sie dich liebgewonnen hat? Es würde die kleine Mama sehr verletzen, wenn sie wüßte, daß du auch nur daran denkst, wegzugehen!"

Arthur begriff es *nicht*; wie er vieles bei diesen Menschen nicht begriff, beispielsweise, warum sich so eine hübsche weiße Frau wie Mrs. Kerry Dalton um einen entlaufenen Sklavenjungen kümmerte. Oder warum sich ein so bedeutender Pastor wie Mr. Jess Dalton wissentlich um seinetwillen Ärger aufhalste.

Er erinnerte sich daran, daß bei ihm zuhause die meisten Leute alles getan hatten, um Schwierigkeiten zu *vermeiden*, obgleich die Schwarzen trotz aller Anstrengungen überall und ständig von Schwierigkeiten umlauert zu sein schienen. Aber wie konnte ein Weißer bewußt Schwierigkeiten über sich und die Seinen bringen – und nur wegen eines Negerjungen?

Arthur schüttelte den Kopf. Das war unbegreiflich; er hatte jedoch Casey-Fitz versprechen müssen, bei ihnen zu bleiben.

„Schwöre, daß du nicht weglaufen wirst", hatte er ihn in seiner altklugen Art bedrängt. „Gib mir dein Wort. Wir können nur beten, aber Gott und Vati werden die Sache regeln. Die beiden bringen alles in Ordnung, du wirst es sehen."

Arthur hatte nichts von Gott gewußt. Und zumindest bis jetzt kannte er Gott noch immer nicht sehr gut, obgleich Pastor Dalton sein Bestes tat, um ihn mit Gott bekanntzumachen.

Doch was Pastor Dalton betraf, so glaubte er, daß dieser Mann nahezu alle Probleme lösen konnte, die ihm in den Weg traten! So war er, obwohl er sich schämte, den Daltons so viele Schwierigkeiten zu bereiten, dennoch der Überzeugung, daß „Mr. Jess" die Sache wieder in Ordnung bringen würde.

Und wenn nicht ... nun, dann würde Casey-Fitz es einfach verstehen müssen, daß die Zeit gekommen war, sein Wort zu brechen.

Denn eines war gewiß: er wollte nicht dafür verantwortlich sein, daß Pastor Dalton oder seine Familie leiden mußte! Nein, niemals!

23. Kapitel

Hilfe, wo man sie nicht erwartet

Um meinen armseligen Körper
könnte ich viele Tränen weinen ...

Padraic Colum (1881-1972)

Michael Burke hatte niemals bezweifelt, daß ihn die Nachforschungen um Patrick Walsh an seltsame Orte führen würden.

Trotzdem hätte er nicht erwartet, in einem der „Zehncentmuseen“ in der *Bowery* (Straße in New York, Anm. d. Ü.) zu landen. Er haßte diese entwürdigenden Darstellungen von Menschen ebenso wie jedes der unzähligen anderen Greuel, die New York anzubieten hatte. Die „Shows der Mißgeburten“, wie sie von den meisten anderen Polizisten genannt wurden, waren durchaus nicht auf die Bowery begrenzt, obgleich sie hier am besten zu florieren schienen.

Der Name „Zehncentmuseum“ hatte etwas mit dem Eintrittspreis zu tun; absolut nichts in diesen Stätten erinnerte an eine seriöse Einrichtung.

Als Michael sich dem Eingang näherte, sah er, wie Roscoe Brewster, der Eigentümer dieser Einrichtung, wie gewöhnlich vor der Tür stand und die „Wunder“ feilbot, die er drinnen vorzuführen hatte. Brewster war ein großer Mann mit rotem Gesicht, ein Schwindler, der seine Gewinne aus dem Glücksspiel in das „Geschäft“ investiert hatte. Stolz trug er einen üppigen Schnurrbart, und an seinen Fingern funkelten protzige Diamantringe. Neben ihm stand ein auffällig gekleideter Mann names Plug, der ein Gesicht wie eine Bulldogge hatte.

Kaum größer als ein Zwerg, erschien Plug auf den ersten Blick freundlich und harmlos. Wie die meisten Polizisten, die diesen Distrikt kannten, wußte Michael jedoch, daß der kleine Mann stets mit einem Messer sowie mit einem Satz speziell angefertigter Schlagringe ausgerüstet war, deren Kanten so scharf waren, daß sie beim ersten Schlag das Ohr des Gegners aufschlitzten. Plug war Brewsters Leibwächter und alles andere als harmlos.

Michael warf Brewster einen Blick zu, und der Mann nickte widerstrebend zum Zeichen, daß er hineingehen solle. Einen Augenblick zögerte er noch, unwillig, sich dem „Museum“ auszusetzen, wußte er doch genau, was ihn drinnen erwartete. Im Laufe seiner Dienstzeit als Polizist hatte er zwei oder drei ähnliche Einrichtungen geschlossen, hauptsächlich, weil Kunden plump bestohlen wurden oder weil ihre „Wunder“ nichts als ein unverschämter Schwindel waren.

Es gab immer ein paar armselige Geschöpfe, deren Mißbildungen tatsächlich an die Darstellungen auf den protzigen Werbeplakaten heranreichten. Und zufälligerweise war Brewsters „Museum“ dafür bekannt, einige der „besten“ Attraktionen zu bieten.

Bemüht, die grellen Bilder, die die Wand gegenüber dem Eingang „schmückten“, zu ignorieren, atmete Michael tief durch und schritt durch die Tür.

Brewster hatte seine Einrichtung wie ein Theater aufgebaut: die „Attraktionen“ mußten über eine Bühne laufen, während ein „Redner“ auf die Vorzüge eines jeden hinwies und ausführlich über sie berichtete. Wie vorauszusehen, stand der tätowierte Mann, ein Charakteristikum eines jeden „Zehncentmuseums“ in dieser Stadt, bereits auf der Bühne. Ein großer, schlanker Mann in einem schäbigen Anzug – der Redner – war gerade dabei, den „kleinsten lebenden Mann der Welt“ vorzustellen.

Und so sah der Mann tatsächlich aus. Ein winzig kleiner schwarzer Hut fiel von seinem Kopf, als er sich verbeugte und die Zuschauer mit einer hohen, dünnen Stimme begrüßte. Er behauptete, nur zwölf Pfund zu wiegen, und Michael bezweifelte das nicht.

Die meisten der anderen „Attraktionen“ auf der Bühne waren die allgemein üblichen: zwei Zwerge, ein Albino, eine Frau mit Bart. Michael wandte seinen Blick von der Bühne ab, um ihn über die Zuschauer schweifen zu lassen. Zum größten Teil waren es Arbeiter: Tagelöhner und Fabrikmädchen, die abends ausgegangen waren, um ihr sauer verdientes Geld auszugeben. Auch eine ganze Anzahl von Zeitungsjungen befand sich unter der Menge. Es war eine bunte Mischung von Halunken: Glücksspieler, Taschendiebe und andere erbärmliche Schurken.

Nicht zum erstenmal regte sich in Michael der Zorn über den perversen Zug im Herzen eines Menschen, der ihn veranlaßte, Geld dafür auszugeben, um einen Blick in das Elend eines anderen werfen zu können. Und noch mehr fragte er sich, was es für ein Mensch sein mußte, der seinen Lebensunterhalt – der gewiß nicht gering war – damit verdiente, unglückliche Geschöpfe in seinen Saal zu schleppen, der mit einer gaffenden Menge gefüllt war.

Michael nahm seine Kraft zusammen und ging den Gang bis zur Hälfte entlang, wo er zu der Seitentür abbog, die hinter die Bühne führte. Ein grauhaariger Aufseher, der auf einem Hocker saß, hinderte ihn am Weitergehen.

Michael zeigte ihm seinen Stern und sagte: „Wo kann ich Bhima finden?"

Der alte Aufseher schürzte seine Lippe und gab damit einen Blick in die dunkle Höhle seines zahnlosen Mundes frei. „Bhima?"

„Jawohl, Bhima." Michael hielt inne. „Ich meine den jungen Mann, den ihr ‚Turtle Boy' (‚Schildkrötenjunge') nennt."

„Letzte Tür links", murmelte der Alte sichtlich desinteressiert.

Michael ging den düsteren, abscheulich stinkenden Flur fast bis zum Ende des Gebäudes entlang. Vor der letzten Tür zu seiner Linken blieb er stehen und zögerte einen Augenblick, bevor er anklopfte.

In diesem Teil des Gebäudes herrschte eine schaurige Stille. Unter den Türen schienen faulige Gerüche hervorzuquellen, Gerüche, die zu alt und zu vermischt waren, als daß man sie noch identifizieren konnte. Es war beinahe so, als wäre selbst das Gebäude verkommen, ein stinkendes Gebilde, das Verderbtheit atmete.

Einen Augenblick lang war Michael versucht, sich umzudrehen und das Gebäude zu verlassen. Er hatte Turtle Boy bereits einmal auf der Bühne gesehen und sich mit ihm über belanglose Dinge unterhalten. Er wußte, was ihn in dem Zimmer erwartete.

Mit einem tiefen Seufzer erhob er schließlich seine Faust, um an die Tür zu klopfen, von der die Farbe abblätterte.

* * *

Das Zimmer sah erschreckend kahl aus, jeglicher Wärme oder irgendeines anderen Reizes entbehrend, wurde es nur durch ein schmales, gesprungenes Fenster erhellt. An einigen Stellen löste sich die Tapete ab, an anderen fehlte sie gänzlich; der Holzfußboden war rauh und hatte schadhafte Stellen. In einer Ecke lehnte ein Stuhl mit kaputter Lehne, und in der anderen stand ein unförmiges – aber sauberes – Bett.

Michael fiel sofort ein geordneter Stapel von etwa einem Dutzend Büchern und Zeitschriften auf. Das überraschte ihn irgendwie. Er hätte nicht erwartet, daß der Turtle Boy lesen konnte. Doch der Bewohner dieses Zimmers *hatte* eine Mitteilung verfaßt und mit seinem Namen unterzeichnet.

Derjenige, der ihn zu sich gerufen hatte, wartete gegen die Wand gelehnt neben dem Stapel Bücher und Zeitschriften unter dem Fenster.

Michael gelang es, ihn nicht anzustieren. Obgleich er den Jungen schon einmal gesehen hatte, traf ihn der Anblick dieses armseligen, mißgestalteten Körpers wie ein Schlag.

Sein Gesicht war das eines etwa zwanzig Jahre alten jungen Mannes; er hatte eine olivbraune Hautfarbe, große, dunkle Augen und dichtes schwarzes Haar. Die feinfühligen, melancholischen Gesichtszüge wiesen offensichtlich auf eine indoeuropäische Abstammung hin.

In seinem grauen Wollpullover und einem abgetragenen blauen Hemd sah er schlank und über die Schultern wohlproportioniert aus – ganz anders als in seiner „Bühnenkleidung", einem seidig glänzenden, schlauchartigen Gewand, das nur dazu diente, seine Mißbildung noch zu unterstreichen. Er sah tatsächlich wie ein normaler Jugendlicher aus – solange man ihn nicht unterhalb der Taille betrachtete. Turtle Boy hatte nämlich keine Beine, nicht die geringste Andeutung von Beinen – sondern nur flossenähnliche Füße, die sich direkt an seinen Rumpf anschlossen.

Vermutlich war er ein Unfall der Natur und von einer der vielen Prostituierten der Stadt oder einem armen Immigrantenmädchen zur Welt gebracht worden, die ihn gleich nach der Geburt verstoßen hatte.

Der Turtle Boy gehörte zu den wenigen, die in Roscoe Brewsters „Museum" eine ständige Bleibe gefunden hatten. Er war von einem Zirkus zum anderen gewandert, bis Brewster ihn angeheuert und ihm ein Zimmer und Verpflegung dafür geboten hatte, daß der Junge zu einer „ansässigen Mißgeburt" wurde.

Vor einigen Jahren hatte ein gutherziger Bühnenarbeiter aus der Bowery eine Art vierrädrigen Wagen für den Jungen hergestellt, den er selbst besteigen und mit dem er hinfahren konnte, wo er wollte. Offensichtlich schien sich Brewster inzwischen auf seine Loyalität verlassen zu können, denn der Turtle Boy konnte kommen und gehen, wann er wollte. Man konnte ihm zu jeder Tageszeit begegnen, wie er Botengänge für seinen Arbeitgeber erledigte oder sich einfach nur in der Gegend umsah.

Zunächst vermied es der Junge, Michael direkt anzusehen. Er blieb dort, wo er war, unter dem Fenster auf seinem kleinen Wagen hocken, den Blick leicht zur Seite gewandt.

„Bhima?"

Michael sah, wie es in seinen Augen und um seinen Mund zuckte, als hätte der Klang seines Namens ihn erschreckt.

„*Bhima* ...“ wiederholte der Junge schließlich leise. „Ja, ich bin Bhima. Verzeihen Sie bitte, ... ich höre diesen Namen so selten.“

In seiner sanften Stimme klang unerwarteterweise ein humorvoller Unterton mit. Michael fühlte sich äußerst unbehaglich; er wußte einfach nicht, was er zu diesem mehr als ungewöhnlichen Jungen sagen sollte. „Du hast mir mitgeteilt, daß du eine Nachricht für mich hast.“

Der Junge nickte, während er seinem Blick noch immer auswich. „Ich glaube, Sie haben Interesse ... an einem Mann namens Walsh.“

Michaels Muskeln spannten sich an. „Vielleicht, unter anderem.“

Wieder nickte Bhima. Das letzte Tageslicht verschwand schnell und ließ die eine Hälfte seines Gesichts – die Michael zugewandt war – im Schatten. „Es gibt Gerüchte, daß Sie Beweismaterial sammeln, um einige von Walshs ... Geschäften zu unterbinden.“

Mißtrauisch wartete Michael und erwiderte nichts.

„In der Bowery gibt es kaum Geheimnisse, Captain.“ Die Lippen des Jungen formten sich zu einem leichten Lächeln, als spürte er Michaels Skepsis. „Zwischen den Zeitungsjungen und den Lumpensammlern gibt es in der Tat kaum Geheimnisse.“

Er hielt inne, dann fragte er: „Sagen Sie mir, Captain, was würden Sie mit dem Beweismaterial tun, wenn Sie es in der Hand hätten?“

„Den Teufel erhängen, wenn ich könnte“, stieß Michael hervor. „Wenn nicht, würde ich mein Bestes tun, damit seine elenden Knochen im Gefängnis verfaulen.“

Schließlich wandte sich der Junge – Bhima – ihm zu und schaute ihn an. Der Junge hatte tatsächlich ein schönes Gesicht – das Gesicht eines Heiligen. Das feingeschnittene Gesicht mit den freundlichen Zügen strahlte eine unerwartete Herzlichkeit aus.

Die dunklen Augen forschten in seinem Gesicht. Michael spürte, wie er einer peinlich genauen Prüfung unterzogen wurde und zwang sich, dem Blick des Jungen direkt zu begegnen. „Ich würde damit alles tun, was in meiner Macht steht“, sagte er ruhig. „Es wäre ganz gewiß wichtig, das garantiere ich dir.“

Der Junge lächelte und sah plötzlich viel jünger aus. „In der Bowery sagt man, das Captain Burke ein Mann ist, der zu seinem Wort steht. Ein gefährlich aufrichtiger Mann, sagen manche.“ Er nickte langsam, während er weiter in Michaels Gesicht forschte. Dann nahm sein Gesicht einen sehr nüchternen Ausdruck an. „Drüben auf der anderen Seite der Straße“, erklärte er, während er mit seinem Kopf zu dem Fenster über ihm deutete, „befindet sich ein Lagerhaus. Sie wissen, welches Gebäude ich meine?“

Michael nickte. Ein dunkles, verwinkeltes Gebäude, das einst als Lager für Textilien gedient hatte, stand bereits seit über einem Jahr leer. „Was ist damit?"

„Es ist nicht so leer, wie es auf den ersten Blick scheinen mag, Captain", erwiderte Bhima. „Im Gegenteil scheint dort so manche Nacht ein reges geschäftiges Treiben zu herrschen." Er hielt inne. „Wissen Sie, wem das Gebäude gehört?"

Michael schüttelte den Kopf.

„Walsh – Patrick Walsh; ‚Schlangenauge', wie man ihn hier in den Straßen nennt."

Michael spürte, wie ihm das Blut in den Kopf stieg. Könnte es möglich sein, daß er nach all diesen Monaten erfolglosen Suchens und Nachgrabens endlich einen konkreten Hinweis zu Walshs „Geschäften" erhielt? „Du hast von ‚Geschäften' gesprochen. Um welche Art ‚Geschäfte' geht es? Es ist eine von seinen Spielhöllen, nicht wahr?"

Der Junge lächelte, ein bitteres Lächeln huschte über sein Gesicht und war ebenso schnell wieder verschwunden. „Oh nein, kein Glücksspiel." Wieder forschte er in Michaels Gesicht, als wollte er den Grad seines Interesses erkunden. „Es geht mehr in Richtung Sklavenmarkt, würde ich sagen."

Michaels Kopf schnellte nach oben. Bhima nickte, und wieder huschte jenes bittere Lächeln über sein Gesicht. „Es handelt sich jedoch nicht um die Art Sklavenmarkt, wie wir es aus dem Süden kennen. Dieser hier ist ... spezieller."

Michael versuchte, seine Ungeduld zu verbergen. „In welcher Weise?"

„Es gibt keine Versteigerung, kein Bieten. Sie treiben einfach Negerkinder – Jungen und Mädchen, meist Straßenkinder, die sie in den Slums aufgegriffen haben – in dem Lagerhaus zusammen, wo sie in die Hände bestimmter Käufer weitergereicht werden. Offensichtlich werden die Käufe vorher ausgehandelt, und die Eigentümer brauchen ihren Besitz nur noch in Empfang zu nehmen."

Die Trockenheit in Michaels Mund verwandelte sich in den bitteren Geschmack der Abscheu. Natürlich hatte er gewußt, daß es diese Geschäfte gab; in den Slums verschwanden schwarze Kinder jede Woche zu Dutzenden, ohne daß je eine Spur gefunden wurde.

Doch hier schien sich ihm zum erstenmal die Möglichkeit zu bieten, einen *Ort* ausfindig zu machen, an dem diese häßlichen Geschäfte getätigt wurden, sowie zumindest eine der Personen, die dafür verantwortlich waren.

Dies war außerdem der erste Hinweis darauf, daß die schmutzigen

„Unternehmungen" von Patrick Walsh sich tatsächlich bis hin zu dem erstreckten, was er persönlich als das Unmenschlichste und Gewissenloseste betrachtete, was ein Mensch einem anderen zufügen konnte.

„Captain? Was geschieht mit den Kindern? Wissen Sie das?" Der Junge stellte diese Frage sehr vorsichtig und zurückhaltend, beinahe, als fürchtete er die Antwort.

„Gewiß werden viele von ihnen in den Süden geschickt", antwortete Michael. „Und dann würde ich behaupten, daß ebenso viele Kinder in Bordells hier in der Stadt landen. Das Komitee, in dem ich mitarbeite, hat herausgefunden, daß ein großer Teil der Kinder in die Hände wohlhabender Käufer geraten, die maßlose Summen für die Jüngsten zahlen ..." Er verzog das Gesicht und blickte für einen Augenblick weg. „Sie kaufen sie für ihre eigenen ... perversen Zwecke."

Auf dem Gesicht des anderen war Schmerz zu lesen. Die dunklen Augen schlossen sich für einen Augenblick, als wollten sie sich vor der grausamen Wahrheit in Michaels Worten schützen. Als der Junge seine Augen wieder öffnete, war sein Blick von großer Traurigkeit überschattet.

„Diese Kinder ... sie haben keine Wahl? Keine Chance zu entkommen oder darüber zu entscheiden, was aus ihnen wird, nicht wahr?" fragte er leise und man spürte, wie schwer es ihm fiel, diese Gedanken auszusprechen.

Michael wurde klar, daß Bhima ebensogut sich selbst beschrieben haben könnte. „Das scheint so zu sein", entgegnete er angespannt. „Wie sicher bist du dir in bezug auf diese Geschäfte?"

Der Junge schaute ihm in die Augen. „Ich bin mir absolut sicher, Captain." Dann schaute er hinter sich, zu dem Fenster hinauf. „Ich kann natürlich nicht hinaussehen – aber ich habe Freunde, die können es. Außerdem habe ich mit meinen eigenen Ohren gehört, was dort drüben vor sich geht. Mich übersieht man leicht, wie Sie sich gewiß vorstellen können. Ich passe in das kleinste Versteck. Ich versichere Ihnen, ich weiß, wovon ich rede."

„Es war gut von dir, mich zu benachrichtigen", sagte Michael schließlich. „Aber warum kümmert dich das eigentlich?"

„Weil man mir gesagt hat, daß Sie ein Mann sind, dem man vertrauen kann, ein anständiger Mann und ein Christ." Er hielt inne. „Und das bin ich auch. Überrascht Sie das?"

Irgendwie überraschte es Michael tatsächlich.

„Wie kann ich einen Gott lieben, der mich so geschaffen hat, wie ich bin – ist das vielleicht die Frage, die Sie bewegt?" Der Junge lächelte Michael an; es war ein schwaches, trauriges Lächeln. „Für einige ist das gewiß eine berechtigte Frage. Ich meine nicht Sie, Captain, aber ... einige Leute." Wieder hielt er inne. „Ich glaube, die wirkliche Frage lautet: ‚Wie könnte ich einen Gott nicht lieben, der seinen einzigen Sohn für mich gab?'"

Michael war tief in seinem Inneren bewegt.

„Diese Kinder, Captain", fuhr Bhima fort, „diese Kinder, die verkauft werden wie Vieh – sie haben keine Hoffnung. Das sollte nicht so sein. Einige von uns Menschen scheinen ... in ihrem Schicksal gefangen zu sein, ohne Hoffnung, jemals entfliehen zu können. Doch bei Kindern sollte das nicht so sein, nicht wahr? Ob schwarz oder weiß – sollte es für jedes Kind nicht wenigstens ein kleines Stück Hoffnung geben?"

Inzwischen dachte Michael kaum noch an Bhimas entstellten Körper; er sah nur noch das Mitleid in seinen Augen. Bei diesem jungen Mann – diesem Jungen, dessen armer, mißgestalteter Körper ihn eigentlich als hoffnungslos abzustempeln schien – begegnete Michael dem strahlendsten Beweis, der ihm je begegnet war, auf welch wunderbare Weise Gott ein Leben verändern konnte.

„Warum bleibst du hier wohnen?" fragte Michael mit bewegter Stimme.

Bhima zuckte kurz mit den Schultern. „Auch eine Mißgeburt braucht ein Dach über dem Kopf, Captain, und etwas zu essen."

Michael ärgerte sich, als er jenes häßliche Wort aus dem Mund des Jungen hörte. Es paßte einfach nicht zu ihm – es stand tatsächlich in schroffem Gegensatz zu den sanften Augen, dem einfühlsamen Wesen dieses jungen Mannes.

„Du mußt nicht hierbleiben", sagte Michael unvermittelt. „Ich könnte versuchen, ein besseres Heim für dich zu finden."

Bhima betrachtete ihn mit einem forschenden Blick. „Vielen Dank, Captain, ich glaube Ihnen. Im Augenblick muß ich jedoch noch hierbleiben. Ich glaube, daß *mein Platz* jetzt hier ist. Hier gibt es Leute, ... die mich brauchen, obgleich das für Sie schwierig zu begreifen sein mag. Wenn ich auch nur wenig zu geben habe, so kann ich ihnen dennoch ein Stück von Gottes Trost vermitteln, zuweilen sogar etwas aus seinem Wort weitersagen. Und ich weiß nur zu gut, daß sie ohne mich noch weniger hätten ..."

In diesem Augenblick war sich Michael vollends gewiß, daß es an diesem Menschen nichts Häßliches gab, keine echte Entstellung, außer dem, was zufällig in den Augen des Betrachters existierte. Für Michael widerspiegelte sich nur ein edler Charakter und die Gnade Gottes.

„Trotzdem gibt es etwas, was Sie tun könnten", fuhr Bhima fort. „Wie

Sie sich vorstellen können, ist es hier nicht leicht, Liebe – selbst Gottes Liebe – zu erfahren. Und das trifft eigentlich auf die gesamte Bowery zu. Wenn Sie vielleicht ein paar gute Menschen kennen, die mutig genug sind, sich hierher zu uns zu wagen, dann könnten Sie sie . . . auf die Dunkelheit aufmerksam machen, die hier herrscht. Gottes liebende Fürsorge und ein Stück menschlicher Zuwendung werden auch hier dringend gebraucht."

Michael nickte. Sofort mußte er an Jess Dalton denken und an Evan Whittaker.

Und an Sara, seine Frau, die sich, wenn sie davon wüßte, zweifellos mitten in diesen Abgrund hineinbegeben würde, mit nichts anderem bewaffnet als nur ihrem Glauben und ihrer Entschlossenheit, etwas zu ändern.

Aber natürlich würde er Sara nichts davon erzählen.

24. Kapitel

Auf der Suche

Menschen werden an dem gemessen, was sie suchen:
Einen Traum, eine Wahrheit, einen Stern.

Anonymus

Irland

In Belfast war der Anwalt John Guinness zum drittenmal dabei, Annie Delaneys Mutter und Stiefvater einen Besuch abzustatten.

Als er an diesem trüben Nachmittag aus dem gemieteten Wagen ausstieg, war die feuchte Luft von dem Gestank erfüllt, der die Armenviertel der Stadt kennzeichnete. Nachdem er dem Fahrer gesagt hatte, daß er warten sollte, wandte er sich um und verweilte einen Augenblick auf dieser Straße.

Eine Mischung verschiedenster Gerüche überfiel ihn, bevor er in das baufällige Haus eilte, in dem Annie Delaneys Familie lebte. Die gesamte Gegend schien nach Misthaufen und Brauerei, nach Außenklosetts, Abwasserkanälen und nach noch etwas anderem zu riechen – einem undefinierbaren, abscheulichen Gestank, der Krankheit zu verkünden schien.

Überall um sich herum spürte John Guinness etwas von der Atmosphäre der Hoffnungslosigkeit. In dieser Stadt, in der die Webstühle selten schwiegen und in den Spinnereien immer noch mehr Reichtum für ihre wohlhabenden Besitzer ersponnen wurden, schien sich das Los der Armen niemals zu ändern. Wie eine starre Wolke schien die stinkende Atmosphäre der Armut und Erniedrigung über Belfast zu hängen.

Und mitten in alledem spürte man die Mauer der Feindschaft, die das Gesicht der alten Stadt für immer verändert hatte. Innerhalb der Grenzen ihrer „Siedlungen", die sie um ihre Kirche herum errichtet hatten, blieben die unerwünschten Katholiken Fremde, während die armen Protestanten sie mit Argwohn betrachteten, der durch ihr eigenes Elend genährt wurde. Die Spaltung hatte sich im Laufe der Jahre so zugespitzt, daß es zwischen den beiden Gruppen nur noch Verbitterung und Mißtrauen gab sowie die feste Entschlossenheit, das Wenige, was man noch besaß, zu verteidigen.

Falls es eine noch hoffnungslosere Stadt als Belfast gab, dachte John Guinness, während er die ausgetretenen Treppenstufen emporstieg, dann hoffte er, ihr nie begegnen zu müssen.

Die Frau ließ ihn herein. Zu Guinness' großer Erleichterung war von ihrem Ehemann weit und breit nichts zu sehen. Der Anwalt hatte bewußt den späten Nachmittag abgewartet, in der Hoffnung, daß Tully eine der Kneipen in der Nachbarschaft aufgesucht hatte. Bei seinem letzten Besuch hatte er eine leichte Veränderung gespürt, eine gewisse Bereitschaft, Fitzgeralds Angebot am Ende doch anzunehmen, wenn Guinness sie bedrängen würde. Und genau das wollte er heute tun.

Mrs. Tully machte einen ungepflegten und niedergeschlagenen Eindruck. Das graue Haar war ungekämmt, ihre Schürze schmutzig, doch konnte man sie noch nicht als schlampig bezeichnen. Ihre Augen waren hart: argwöhnisch und unversöhnlich. Ihr Blick war der eines Menschen, der sich schon lange mit dem erbärmlichsten Rest Leben, den es geben konnte, abgefunden hatte.

Zu Guinness' Überraschung ließ sie ihn ohne Widerspruch eintreten; als er zum letztenmal hier war, war sie zornig geworden und wollte ihn hinauswerfen. Natürlich war beim letztenmal auch ihr Mann anwesend, der betrunken war, sich erregte und ausfällig wurde.

Bestrebt, die Angelegenheit zu einer Lösung zu führen, kam Guinness sofort zur Sache, sobald er die Wohnung betreten hatte. „Nun, Mrs. Tully, ich bin wiedergekommen, wie ich es Ihnen gesagt habe, und ich habe auch die Unterlagen mitgebracht, für die wir Ihre Unterschrift benötigen."

„Sie haben gehört, was mein Mann gesagt hat", murmelte sie mißmutig. „Er sagte, wir werden die Papiere nicht unterschreiben."

„Ja, das hat er gesagt, nicht wahr? Trotzdem ist es so, wie ich Ihnen neulich bereits erklärt habe, daß *Sie* über die Zukunft Ihres Kindes entscheiden. Soviel ich weiß, hat Ihr Mann Annie weder adoptiert noch offiziell die Vormundschaft für sie übernommen."

Noch während er sprach, fiel ihm ein großer blauer Fleck auf der Wange der Frau auf, eine Verletzung, dessen war er sicher, die die Frau bei seinem letzten Besuch noch nicht hatte. Um sich nicht durch Mitleid von seinem Auftrag ablenken zu lassen, erinnerte er sich daran, daß diese Frau ihr eigenes Kind verstoßen hatte.

Sie stand vor ihm, die Arme über ihrer schmalen Brust verschränkt, starrte sie ihn an. „Und was für eine Mutter wäre ich, wenn ich durch meine Unterschrift die Rechte auf mein eigenes Kind einem Fremden übertrage?"

Guinness rang um Gelassenheit. Er würde die Angelegenheit für Morgan Fitzgerald regeln, ohne die Beherrschung zu verlieren. „Eine Mutter, die etwas Besseres für ihre Tochter möchte, denke ich", sagte er besonnen. „Eine, die erkennt, welch wunderbare Möglichkeit ihr geboten wird."

Die Augen der Frau wanderten zu dem Stapel Papiere in Guinness' Hand. „Frank ist dagegen."

Wieder mußte sich der Anwalt bemühen, nicht die Fassung zu verlieren. „Ich verstehe, doch muß ich Sie noch einmal daran erinnern, daß ihm diese Entscheidung nicht zukommt. Außerdem kann es sein, daß Ihr Mann seinen Entschluß doch noch bereut." Er fuhr schnell fort, damit sie ihn nicht unterbrechen konnte. „Ich habe Ihnen bereits erläutert, daß Mr. Fitzgerald die Absicht hat, ihre Tochter rechtmäßig zu adoptieren und sie als Erbin seines beachtlichen Vermögens einzusetzen. Sie erhält eine Ausbildung und alle nötige Fürsorge – und ihr stehen alle Möglichkeiten für ein wunderbares, erfülltes Leben offen. Das kann ich Ihnen versichern."

„Das kann nicht die Mutterliebe ersetzen", jammerte die Frau.

Guinness forschte in ihrem Gesicht, und heißer Zorn stieg in ihm auf. „Das stimmt", stieß er hervor und konnte sich nun nicht mehr länger zurückhalten. „Doch ich bezweifle, ob sie jemals viel davon erfahren hat!"

„Hören Sie – ..."

„Nein, Sie werden mich jetzt anhören!" Guinness reichte es. Er tat einen Schritt auf die Frau zu und war nun nahe genug, um einen Hauch des scharfen Geruchs billigen Gins wahrnehmen zu können. „Ich empfehle Ihnen, daß Sie mir jetzt genau zuhören, Mrs. Tully", sagte er leise mit einem bewußt drohenden Unterton in seiner Stimme. „Als Morgan Fitzgeralds Anwalt kann ich Ihnen sagen, daß der Mann im Begriff ist, die Geduld zu verlieren und sein großzügiges Angebot zu überdenken. Er hat ihrer Tochter eine Möglichkeit geboten, die ihresgleichen sucht. Doch wenn sie nicht handeln, und zwar sofort, wird er dieses Angebot zurückziehen."

Er hielt inne. „Sie sollten außerdem wissen, daß Mr. Fitzgerald ein harter Mann sein kann, wenn man ihn provoziert. Ein *sehr* harter Mann, wenn Sie verstehen, was ich meine."

Guinness schwieg gerade so lange, daß sie die Bedeutung seiner Worte erfassen konnte, dann fuhr er fort: „Wenn ich heute weggegangen bin, werde ich nicht noch einmal zurückkommen. Ich unterbreite Ihnen ein letztes Angebot, so daß Sie gut beraten sein werden, genau hinzuhören."

Guinness ignorierte den verdrießlichen Blick der Frau und nannte ihr die Summe, die Fitzgerald bewilligt hatte – eine Zahl, die so hoch war, daß es sogar Guinness den Atem verschlagen hatte. „Vielleicht sollte ich Ihnen die Möglichkeiten, zwischen denen Sie wählen können, noch klarer aufzeigen, damit Sie wissen, was Sie erwartet."

„Wenn Sie dieses Papier unterschreiben, erreichen Sie damit zwei Dinge", erklärte Guinness, dem es inzwischen gelungen war, wieder in einem ruhigeren Ton zu sprechen. „Sie sichern Ihrer Tochter ein schönes Zuhause und eine verheißungsvolle Zukunft, und gleichzeitig werden *Sie*" – er hielt inne, um seinen Worten Nachdruck zu verleihen – „eine wohlhabende Frau sein. Eine Frau, die nie wieder in der Spinnerei arbeiten muß, um einen notdürftigen Lebensunterhalt zu verdienen. Sie werden von niemandem – *niemandem* – finanziell abhängig sein."

Guinness beobachtete sie genau. Die Zunge der Frau glitt über ihre Unterlippe und ihre Augen leuchteten auf. Er *hatte* sie! Dessen war er gewiß.

„Sie werden natürlich alle Rechte auf das Kind aufgeben", fügte er schnell hinzu. „Sie werden unter keinen Umständen jemals wieder Verbindung mit ihr aufnehmen und keinerlei Versuche unternehmen, mit ihr oder ihrer neuen Familie in Kontakt zu treten. Sie müssen ebenfalls wissen", fügte er mit bissigem Nachdruck hinzu, „daß, falls Sie das Angebot ausschlagen, Mr. Fitzgerald die Absicht hat, Sie und Ihren Ehemann aufgrund ihrer Straftaten gerichtlich verfolgen zu lassen."

Ihre Augen flackerten, und sie machte sich steif. „Was soll das bedeuten? Was meinen Sie mit ‚*Straftaten*'? Wir haben nichts Böses getan!"

„Oh, ich glaube, Sie wissen genau, was ich meine, Mrs. Tully", sagte Guinness ruhig. „Und ich nehme an, Sie sind sich ebensogut darüber im klaren, was Ihr Mann für seine Gemeinheiten verdient. Sie werden sich den Vorwürfen nicht entziehen können, sehen Sie das nicht ein? Nun, solange wir noch allein sind, schlage ich vor, daß Sie ..."

Im selben Augenblick wurde die Tür aufgerissen, und Tully kam hereingestürmt, völlig betrunken und rasend vor Wut.

„*Was machen Sie schon wieder hier?*" schrie er, packte Guinness am Revers seines Jacketts und riß ihn herum. „*Ich habe Ihnen doch gesagt, Sie sollen sich nie wieder blicken lassen!*"

Des Gesicht des betrunkenen Mannes war purpurrot angelaufen, und seine Augen, die er nicht mehr richtig fixieren konnte, funkelten vor Zorn.

Die Frau schrie, doch ihr Mann ignorierte sie.

Tully war ein kräftiger, breitschultriger Mann, und er war stockbetrunken. Als er in die glasigen Augen dieses Mannes schaute, hatte Guinness für einen Augenblick panische Angst.

„Frank! Nein! Tu ihm nichts! Er will uns reich machen! Er hat von einem Vermögen gesprochen!“

Immer noch in Tullys Griff gefangen, begann Guinness zu sprechen, schnell zu sprechen. „Sie hat recht – Sie täten gut daran, mir zuzuhören! Sie haben für den Rest ihres Lebens ausgesorgt, wenn Sie jetzt ihren Verstand gebrauchen! Außerdem, was bedeutet Ihnen dieses Mädchen überhaupt? Es ist schließlich nicht ihr eigen Fleisch und Blut!“

Tully ließ Guinness nicht sofort los, lockerte jedoch langsam seinen Griff, während er ihn verwirrt anschaute. Er warf seiner Frau, die jetzt auf ihn zukam, einen Blick zu.

„Es ist die Wahrheit!“ sagte sie ihm. „Du wirst es selbst hören!“

„Das Mädchen ist nicht verkäuflich!“ nuschelte Tully selbstherrlich und machte dabei eine unkoordinierte Handbewegung. „Um keinen Preis, verstehen Sie?“

Guinness gelang es, mit mehr oder weniger fester Stimme den Preis noch einmal zu nennen. Zu seiner großen Erleichterung ließ Tully von ihm ab.

„Das ist doch nicht Ihr Ernst?“ erwiderte Tully mit schwerer Zunge.

„Ich meine es ernst“, sagte Guinness schnell, der den Sieg in greifbarer Nähe glaubte. „Darf ich Ihnen vielleicht erklären, was ich soeben Ihrer Frau erläutert habe?“

Tully schaute zu seiner Frau, die ihm heftig zunickte. Schließlich gab er knurrend sein Einverständnis bekannt. Als er sich im Zimmer umschaute, entdeckte er auf einem Tisch an der Wand eine fast leere Ginflasche und griff danach.

„Vielleicht sollten wir hören, was Sie zu sagen haben, Anwalt“, murmelte er und schwankte, als er die Flasche zum Mund führte. „Reden Sie also, aber beeilen Sie sich.“

* * *

Frank Cassidy hatte gemeint, die Straßen von Dublin müßten der geeignetste Ort sein, um seinen Auftrag ausführen zu können.

Obwohl Fitzgerald betont hatte, daß das Mädchen, Finola, nicht von der Straße kam, sondern wahrscheinlich aus einer adligen – oder zumindest aus einer anständigen – Familie stammte, so kam sie doch aus den Liberties, dem Herzen der berüchtigten Slums von Dublin.

Nach fünftägigen Nachforschungen hatte er jedoch nicht einmal soviel wie ein Flüstern vernommen. Diejenigen, die den Namen des Mädchens kannten, schienen tatsächlich nichts über sie zu wissen, weder über ihre Vergangenheit, noch über ihren gegenwärtigen Aufenthaltsort.

Schließlich hatte ihm heute morgen ein Vogelhändler auf der Bride Street vorgeschlagen, einen Spielmann aufzusuchen – einen fahrenden Sänger – namens „Christy Whistle".

„Wenn Ihnen irgend jemand einen Hinweis geben kann, dann ist es Christy", hatte der Händler ihm versichert. „Er weiß alles, was wissenswert ist, und noch vieles mehr."

So hatte sich Frank Cassidy an diesem Nachmittag wieder einmal auf den Weg in die Liberties gemacht, wo Christy Whistle sich heute aufhalten sollte. Er war in der Thomas Street angelangt, als er den Ton einer Blechflöte vernahm und gleich darauf eine Menschenmenge erspähte. Am Rande der Menge blieb er stehen und betrachtete den Musikanten genau.

Das Haar des Spielmanns sah ungepflegt aus; er trug eine abgetragene Friesjacke und einen Umhang, ein Paar unheimlich ausgebeulte Hosen und Schuhe, die ihm viel zu groß waren. Obwohl er wie ein zerlumpter Gassenjunge aussah, so war er doch ein „vornehmer" – mit einer Blechflöte.

Cassidy sah auch eine Mundharmonika aus einer seiner Taschen hängen, und zu seinen Füßen stand eine Ziehharmonika. Innerhalb nur weniger Minuten spielte der Musikant alle drei Instrumente und vollführte dabei einen Freudentanz. Die Leute warfen ihm Geld zu – und nicht wenig, wie es aussah.

Offenbar war der zerlumpte Spielmann einer der zahllosen Musikanten, die den legendären, blinden „Zozimus" – einen gewissen Michael Moran nachzuahmen versuchten, der zu seinen Lebzeiten im ganzen Land als der große Vater aller fahrenden Sänger geschätzt und anerkannt war. Moran war so berühmt, daß es viele Menschen gab, die nicht nur sein außergewöhnliches Äußeres und seinen ungewöhnlichen Lebensstil nachzuahmen versuchten, sondern sich auch darum bemühten, an seine musikalischen Fähigkeiten heranzureichen.

Dieser hier war gut. Cassidy wandte sich einem alten Mann zu, der in seiner Nähe stand und fragte: „Wissen Sie, ob er ein Kind aus Dublin ist?"

Der alte Mann machte sich nicht die Mühe, Cassidy anzuschauen, sondern zeigte einfach mit dem Finger in die Richtung des Spielmanns, als er erwiderte: „Ja, so ist es. Christy ist einer von uns. Wissen Sie das nicht? Er ist in der Faddle Alley aufgewachsen, genau wie Zozimus, und er reicht in seinen Fähigkeiten näher an den Meister heran als irgend ein anderer, den ich gesehen habe."

Cassidy war froh, den Mann, den er suchte, so schnell gefunden zu haben und blieb stehen, um sich an seinen Darbietungen zu erfreuen. Die fahrenden Sänger hatten ihn schon immer fasziniert, mit ihrem Wanderleben, ihrer Geringschätzung von Reichtum und Besitz, mit ihrer enormen Unabhängigkeit. Außer im Winter, wo sie meist in den Städten lebten, brachten sie ihre Tage auf der Straße zu, durchstreiften das Land und besuchten dabei alle Jahrmärkte und Städte.

Eng verwandt mit den fahrenden Sängern – *The Tinkers* – und den *Seanchais*, den Geschichtenerzählern aus alter Zeit, waren die Spielleute als diejenigen bekannt, die als einzige die alte Musik und die alten Traditionen pflegten und überlieferten, aber auch als solche, die Neuigkeiten und Gerüchte weitertrugen, indem sie in jeder Stadt von allem berichteten, was sie erlebt und gehört hatten.

Wie der verehrte und geschätzte Geschichtenerzähler, der *Seanchai*, mit Ehren in jedem Dorf empfangen wurde, das aufzusuchen er beschlossen hatte, so konnte auch der Spielmann während seiner Wanderschaft mit großzügiger Gastfreundschaft rechnen. Die Menschen schienen sich zu ihrem heiteren Gemüt, ihrer sprunghaften Art hingezogen zu fühlen, schienen ihre Talente und ihren Lebensstil zu achten.

Cassidy hatte Morgan Fitzgerald lange Zeit für eine wunderbare Kombination aus fahrendem Sänger und ehrwürdigem *Seanchai* gehalten – wie er im ganzen Land oft genannt wurde. Zumindest war er das, dachte er bitter, als seine Beine ihn noch durch das Land trugen.

Der Gedanke an das Unglück seines Freundes brachte Frank Cassidy in die Wirklichkeit zurück und erinnerte ihn daran, aus welchem Grund er vor allem nach Dublin gekommen war. Wenn es irgendwelche Informationen über das Mädchen gab, an dem Morgan soviel gelegen war, dann würde er sie finden. Das war wenigstens etwas, was er für den Mann tun konnte, der zu ihm gehalten hatte, als er einen Freund am nötigsten hatte.

Als er sah, wie der Straßenmusikant im Begriff war, eine Pause in seinem Programm einzulegen, bahnte er sich einen Weg durch die Zuschauer, um mit Christy Whistle zu sprechen.

25. Kapitel

Die schlimmsten Ängste werden wahr

Warum ist die Wirkung oft größer als ihre Ursach'?
Warum sollte die Ursache oft ganz anders als die Wirkung sein?
Warum sollte aus Liebreiz werden der Welt Ungemach?
Und diejenige erleiden die schlimmste Not und Pein,
Die an Argwohn nicht einmal gedacht?

Oliver St. John Gogarty (1878-1957)

Noch vor Morgengrauen erwachte Finola, und wieder war ihr unheimlich übel. Lucy hielt ihren Kopf, während sie sich übergab und betupfte anschließend ihr Gesicht mit einem feuchten Tuch. Und während sie Finola tröstete, dachte Lucy die ganze Zeit darüber nach, wen sie am besten verständigen sollte.

Sie würden den Arzt holen müssen, ganz gleich, wie früh es noch war. Seit Tagen schon wurde das Mädchen immer wieder von Übelkeit heimgesucht. Sie war bereits zu schwach geworden, viel zu schwach, und das konnte nicht, durfte nicht so weitergehen.

Gerade als sie wieder ein wenig zu Kräften zu kommen schien, als sie begonnen hatte, ein wenig herumzulaufen, und sich zu den Mahlzeiten setzen konnte, war diese unerwartete Wende zum Negativen eingetreten.

Anfangs hatte Lucy versucht, der Sache nicht zuviel Bedeutung beizumessen. Auch sich selbst hatte sie einzureden versucht, daß die Ursache für ihre Übelkeit lediglich eine Erkältung sei oder einfach die Tatsache, daß sie gerade begonnen hatte, wieder abwechslungsreicher zu essen.

Die Nonne hatte es natürlich bemerkt; vor ihr würde nichts verborgen bleiben. Bis vor zwei Tagen hatten sie jedoch Abstand davon genommen, Mr. Fitzgerald davon zu berichten, wie oft und wie heftig das Mädchen von dieser Übelkeit befallen wurde.

Finola hatte darauf bestanden und ihr Bestes getan, um sie alle davon zu überzeugen, daß es sich um nichts anderes als um eine Magenverstimmung handelte, die bald vorüber sein würde. Lucy konnte Finola verstehen; sie schämte sich zweifellos, daß sie dem Hause Fitzgerald soviel Schwierigkeiten bereitet hatte und wollte unter allen Umständen weitere Unannehmlichkeiten vermeiden. Das Mädchen war viel zu unschuldig, um zu erkennen, daß der Mann hoffnungslos in sie vernarrt war und daß sie nichts tun konnte, was er jemals als Last empfinden würde.

Auf jeden Fall duldete die Sache keinen Aufschub mehr. Sie mußten den Arzt holen, je früher, desto besser.

Lucy ließ Finola in dem Glauben, daß sie frische Handtücher holen wolle und eilte aus dem Zimmer. Doch wen sollte sie wecken? Wahrscheinlich die Nonne, aber dieser Gedanke flößte ihr Furcht ein. Die Schwester behandelte sie gut, doch Lucy war nicht dumm. Gewiß war ihre bloße Anwesenheit eine Beleidigung für die Nonne, die sich bestimmt bekreuzigte, wenn immer ihr Name genannt wurde.

Nein, sie würde lieber zu dem schwarzen Mann gehen. Obwohl sie vor den schwarzen Matrosen von den fremden Schiffen stets ein wenig Angst hatte, war dieser Sandemon für sie kein Mensch, vor dem man sich fürchten mußte. Ungeachtet seiner mächtigen Gestalt war er von einer Freundlichkeit und Sanftmut umgeben, daß er ihr eher wie ein Mann erschien, den man achten mußte, anstatt ihn zu fürchten.

Außerdem sagte ihr etwas in seinen Augen, daß er sie nicht verurteilte – ja, daß er tatsächlich niemanden verurteilte. So war wohl dieser schwarze Mann derjenige im Haus, an den sie sich wenden konnte – wenn sich ihre Befürchtungen in bezug auf Finola als wahr erweisen sollten ...

Doch nicht jetzt zu dieser frühen Stunde. Er schlief in einem Zimmer, das durch eine Tür mit dem Schlafzimmer seines Arbeitgebers verbunden war, und so würde sie vermutlich auch Fitzgerald stören, wenn sie ihn weckte.

Es blieb ihr also nichts anderes übrig, als die Nonne zu wecken. Widerwillig seufzend wandte sie sich um und ging den schwach beleuchteten Flur entlang.

* * *

Sandemon hatte beinahe erwartet, den Arzt holen zu müssen. Irgend etwas hatte ihn vor etwa einer Stunde wach werden lassen. Als er jetzt lauschend in seinem Bett lag, nahm er Laute wahr, die nicht zu den üblichen frühmorgendlichen Geräuschen im Haushalt gehörten. Einen Augenblick später vermutete er, daß es Finola wieder schlecht ginge.

Leise schlüpfte er aus dem Bett, zog sich schnell an und begab sich dann in das Zimmer des *Seanchai*, um nachzuschauen, ob bei ihm alles in Ordnung war. Nachdem er sich vergewissert hatte, daß sein Herr noch fest schlief, schlich er sich auf Zehenspitzen aus dem Zimmer.

Vor der Tür verweilte er einige Zeit und lauschte. Der Flur war kalt und düster und wurde nur auf beiden Enden und in der Mitte durch Kerzen erleuchtet. Es war jedoch hell genug, daß er sehen konnte, wie Lucy Hoy auf das Zimmer von Schwester Louisa zueilte.

Mit schnellen, leichten Schritten glitt er den Flur entlang und räusperte sich, um sie nicht zu erschrecken. Als sie ihn sah, blieb sie stehen und wartete, bis er heran war.

„Miss Finola geht es schlecht?“ fragte er ohne jegliche Vorrede.

Sie nickte und Sandemon sah, daß ihre Augen, die gewöhnlich mißtrauisch blickten, von Sorge überschattet waren.

„Soll ich den Arzt holen?“

Wieder nickte sie. „Es geht ihr immer schlechter. Die Übelkeit überfällt sie immer häufiger. Wir sollten keine Zeit mehr verlieren.“

Ihr rundes Gesicht war auffällig geschminkt gewesen, als sie nach Nelson Hall gekommen war. Jetzt war es immer sauber gewaschen und sah ohne die Schminke gewöhnlich um Jahre jünger aus. Heute morgen war es jedoch von Müdigkeit und Sorge gezeichnet.

Sandemon blickte Lucy ins Gesicht – und sah resigniert, wie sich dort seine eigenen Befürchtungen widerspiegelten.

* * *

Wenige Augenblicke später zuckte Lucy erschreckt zusammen, als sich plötzlich die Tür zu Finolas Zimmer knarrend öffnete.

Die Nonne verweilte einen Augenblick an der Tür und in ihrem voluminösen Morgenmantel erschien sie viel kleiner als sonst. Lucy versuchte, sie nicht anzustarren. Ohne die allgegenwärtige Haube sah man ihr kurzes, dunkles Haar, das gelockt und von silbernen Fäden durchzogen war.

„Ich habe Sie und Sandemon im Flur gehört“, flüsterte sie. „Sie haben nach dem Arzt geschickt, nicht wahr?“

Lucy nickte.

Schwester Louisa trat an das Bett, dann stand sie ganz still und schaute von Lucy zu Finola, die inzwischen wieder eingeschlafen war. Zum erstenmal vergaß Lucy, sich in der Gegenwart der Nonne zu schämen oder zu beunruhigen. Sie war so überrascht von der tiefen Traurigkeit, die sie in den Augen der Nonne entdeckte, daß sie nicht einmal daran dachte, das Zimmer zu verlassen, um die Nonne nicht zu beleidigen.

* * *

Die Frühstückszeit war längst vorüber, und das Haus war von den Geräuschen der üblichen Vormittagsarbeiten erfüllt. In der Küche klapperten Pfannen und Töpfe, die Dienstmädchen flitzten geschäftig von Zimmer zu Zimmer, und an der Hintertür waren bereits zahlreiche Händler erschienen.

Morgan saß in der Bibliothek und hatte eine Tasse von Sandemons starkem, heißem Kaffee neben sich stehen. Er nahm die Geräusche im Hause nur wie aus weiter Ferne wahr. Außerstande, sein Frühstück zu sich zu nehmen, war er auch nicht gewillt, Artegals Getrippel im Speisezimmer noch länger zu ertragen. So war er den Flur entlang zu dem Zimmer gefahren, das zu seinem Lieblingsort in diesem Haus, zu seiner Zuflucht geworden war.

Jetzt saß er da und wartete, daß der Arzt wieder herunterkam. Als stattdessen Annie in der Tür erschien, winkte er sie herein.

„Sand-Mann hat mir gesagt, daß der Doktor hier ist", sagte sie, und ihre dunklen Augen blickten ernst und besorgt.

Er nickte. „Er ist gerade oben. Finola ging es heute früh wieder schlecht."

Er spürte die Unsicherheit des Kindes, als sie sich seinem Schreibtisch näherte. „Ich dachte, Finola ginge es nun besser." Sie beobachtete ihn immer noch, als hätte sie Angst, etwas Falsches zu sagen.

Morgan schaute sie an, dann bedeutete er ihr, daß sie näherkommen solle. Ihre Augen begannen zu leuchten, als sie um den Schreibtisch herum zu Morgan flitzte.

Er nahm ihre Hand, und es gelang ihm sogar, sie anzulächeln. „Du liebst Finola, nicht wahr, mein Mädchen?"

„Oh, natürlich!" stieß sie hervor. „Ich finde sie einfach großartig!" Und mit der ihr eigenen Direktheit fügte sie hinzu: „Und ich bin sicher, daß Finola mich auch mag. Ja, wir waren dabei, gute Freunde zu werden, bevor – ..."

Sie hielt inne und schaute Morgan an, als sei sie nicht sicher, ob sie den Satz vollenden sollte.

„Möchtest du gern wissen, was Finola über dich denkt?“ fragte Morgan. „Es ist sehr schmeichelhaft.“

Ihre dunklen Augen wurden noch größer, und sie nickte eifrig.

Er zog das Kind näher an sich. „Ich weiß ganz bestimmt, daß Finola meint, daß du eine wunderbare Seele hast und daß du eines Tages eine außerordentlich liebreizende junge Frau sein wirst.“

Annie blieb der Mund offen stehen. „Oh nein, das kann nicht sein!“

„Aber doch, das hat sie gesagt. Und möchtest du wissen, was *ich* denke?“

Mit strahlenden Augen trat Annie aufgeregt von einem Fuß auf den anderen und konnte es offensichtlich kaum erwarten, Morgans Meinung zu hören.

„Ich meine“, sagte Morgan nüchtern, „daß Finola absolut recht hat. Ich glaube, ich werde dich im Keller verstecken müssen, wenn du erst einmal dreizehn gewesen bist. Sonst werde ich nichts anderes mehr zu tun haben, als verliebte Burschen davonzujagen. Vielleicht ...“

Aus dem Augenwinkel sah Morgan, wie der Arzt in der Tür erschien, hinter ihm Schwester Louisa.

Annies Hand weiter festhaltend, wandte er sich zu ihnen um und blickte von einem zum anderen. Es fiel ihm auf, daß der Arzt es vermied, ihm direkt in die Augen zu schauen, und es war die Nonne, die das Gespräch eröffnete. „Master Fitzgerald – *Seanchai* – wir möchten Sie gern sprechen.“

Morgan starrte sie an. Es war das erste Mal, daß die Schwester die liebevolle Anrede *Seanchai* gebrauchte. Besorgnis schnürte ihm die Kehle zu, als er ihnen bedeutete näherzutreten.

Schwester Louisa schaute zu Annie. „Vielleicht sollten wir uns lieber allein unterhalten.“

Morgan blickte zu dem Kind. Außerstande, ihre Enttäuschung zu verbergen, ließ sie doch auf sein Kopfnicken hin seine Hand los und verließ ohne Widerrede das Zimmer.

Als weder die Nonne noch der Arzt das Gespräch eröffneten, blickte Morgan bewußt auf seine Hände, die jetzt zu Fäusten geballt auf dem Schreibtisch lagen. „Nun, worum geht es?“

Schwester Louisa trat einen Schritt näher, während der Arzt in einem taktvollen Abstand von dem Schreibtisch verweilte. „*Seanchai*, es ist eine schlimme Sache, aber Sie müssen wissen, daß Finola ...“

Ihre Stimme versagte und als Morgan zu ihr aufsah, erschrak er über den unverhohlenen Schmerz, der ihm aus ihren Augen entgegenblickte.

Morgan glaubte, sein Herz sei stehengeblieben ... nur für einen Augenblick. Was er in langen Nachtstunden befürchtet, was er seit Tagen vermutet hatte, die Tatsache, der sich zu stellen er abgelehnt hatte – war nun zur nackten Wirklichkeit geworden.

Den Kopf in seine Hände gestützt, schloß Morgan für einen Moment die Augen. Als er sie wieder öffnete, betrachtete ihn Schwester Louisa voller Sorge und Verständnis. Hinter ihr stand wartend der Arzt mit traurigen Augen.

Während er seine Arme auf seinem Schreibtisch ausstreckte, schaute Morgan die Schwester an. „Nun“, sagte er mit bebender Stimme, „wir müssen uns natürlich um sie kümmern. Wir müssen für Finola sorgen ... und für ihr Kind.“

26. Kapitel

Ein Traum verweht wie ein Hauch

Wenn nicht im Feuer des Geistes wir leben,
werden wie Rauch wir vergehn.
Denn nicht mehr als ein Hauch sind wir,
solange die Flamme nicht wiederkehrt.
Wir werden, obgleich auch das Feuer noch brennt,
wie ein Hauch verwehn,
Wenn unsere Gedanken nur träumen
und unser Wille nichts als begehrt.

George W. Russel (1867-1935)

Am folgenden Nachmittag stand es fest, daß Lucy dazu ausersehen war, Finola von ihrem Zustand zu berichten. Obwohl Sandemon diese Entscheidung verstand, war ihm dennoch nicht ganz wohl dabei.

Während er an dem Strom entlangging, der an der Westseite des Hauses vorbeiführte, fragte sich Sandemon, weshalb er sich in bezug auf diese Entscheidung so unbehaglich fühlte. Es war ein „linder" Tag, wie die Iren sagten – kühl, aber nicht kalt und feucht: von dem bläulich-grauen Himmel, der noch mehr Regen versprach, regnete es sanft und beständig. Froh, daß sein Umhang ihn gegen den Wind schützte, genoß er jedoch gleichzeitig das wohltuende Gefühl des Regens in seinem Gesicht.

Er dachte an diese Frau, an Lucy Hoy. Er zweifelte nicht an der Aufrichtigkeit ihrer Gefühle gegenüber Finola. Im Gegenteil vermutete er, daß sie sogar bereitwillig ihr Leben für ihre junge Freundin opfern würde.

Was ihn beunruhigte, war vielmehr ein gewisser Zynismus, den er bei ihr entdeckt hatte, die Abgestumpftheit eines Menschen, der nur die dunklen Seiten des Lebens kennengelernt hatte – und weder an etwas anderes glaubte, noch etwas anderes erwartete. Er hätte es verstanden, wenn die Frau mit Bitterkeit, Groll oder sogar Zorn reagiert hätte. Schließlich liebte sie Finola, und die Nachricht, daß als Folge des Überfalls ein Kind zur Welt kommen würde, beunruhigte sie genauso wie alle anderen im Haus. Sie lief jedoch schweigend herum, einen harten Zug um ihren Mund, und ihre Augen sagten, daß sie längst das Schlimmste erwartet hatte.

Es überraschte ihn nicht, daß sie hart und lebensüberdrüssig geworden war. Die Frau war schließlich eine Prostituierte und hatte gewiß viele Jahre ihres Lebens in diesem entwürdigenden Dasein verbracht. Doch es gab auch Augenblicke, in denen Sandemon eine gewisse Weichherzigkeit und Wärme spürte, die im Gegensatz zu der rauhen Schale standen, die Lucy Hoy nach außen demonstrierte.

Er ging weiter, wieder in das Haus zurück. Er versuchte, sich selbst davon zu überzeugen, daß er sich unnütze Sorgen machte. Gewiß hatte der Arzt Lucy Hoy genau instruiert, daß sie sehr behutsam sein mußte, wenn sie Finola mit diesem neuesten Schock konfrontierte.

Trotzdem wünschte er sich immer wieder, der *Seanchai* hätte allen Regeln zum Trotz selbst mit Finola gesprochen. Obgleich er selbst tief erschüttert war, hätte der junge Herr dennoch die nötige Kraft und Weisheit gefunden, dieses neueste Dilemma in dem bestmöglichen Licht darzustellen und damit die Tür für die Gnade Gottes offen zu lassen, die alles zum Besten wenden konnte.

Zweifellos würde Lucy Hoy ihr Bestes für Finola tun. Wenn er sich nicht täuschte, würde sie sich jedoch mehr auf das Böse konzentrieren, das geschehen war. Sie schien tatsächlich außerstande zu sein, irgend etwas, das über die Grausamkeit des Angreifers und die Tragödie des Angriffs selbst hinausging, sehen zu können.

Natürlich war das verständlich, aber an irgendeiner Stelle mußte bald jemand ... oh Gott, bitte ... auch an das ungeborene, leider unerwünschte Kind denken.

* * *

Jetzt – in diesem Augenblick – würde man es ihr sagen, und Morgan fühlte sich, als wäre er durch die Weite des Ozeans von ihr getrennt.

Selbst in dieser langen und furchtbaren Zeit ihres Schweigens, als sie von ihnen allen entfremdet wie in einem endlosen Traum lag, – selbst da hatte sich Morgan nicht völlig von ihr *getrennt* gefühlt.

In der Stille der Kapelle versuchte er Ruhe zu finden vor allen Geräuschen, die ihn ablenkten, um mit Gott und seinen Gedanken allein sein zu können. Im Halbdunkel des hinteren Teiles blieb er mit seinem Rollstuhl stehen und blickte auf das schlichte Holzkreuz vor dem Altar.

Lange Zeit verweilte Morgan so in seinem Rollstuhl sitzend, den Blick auf das Kreuz gerichtet. Sein Herz war zu furchtsam, sein Geist zu betrübt und verwirrt, um irgend etwas anderes tun zu können, als einfach ... still zu sein. Still zu sein und zu warten in der Hoffnung, daß ein kleiner Lichtblick, ein Stück Weisheit oder Erkenntnis durch alle Dunkelheit dieses Tages hindurch zu ihm vordrang.

Sie bekommt ein Kind ... ein Kind von dem Biest, das sie vergewaltigt und geschlagen hat ...

Und wie immer, wenn er daran dachte, was Finola angetan worden war, stach es ihm durchs Herz, und er mußte laut seufzen.

War es nicht genug, daß sie geschlagen und mißbraucht worden war? Mußte sie jetzt noch den unwiderruflichen Beweis des Schreckens tragen, der ihr alle Qualen, die sie erlitten hatte, täglich neu vor Augen stellen würde? Warum dies jetzt noch, wo sie endlich zu genesen schien?

„Warum?"

Als Morgan inmitten der Stille der Kapelle den Klang seiner eigenen Stimme vernahm, schaute er sich schuldbewußt um. Einen Augenblick sank er in seinem Rollstuhl zusammen und schloß die Augen.

Er fühlte sich todmüde, so erschöpft, daß seine Knochen schmerzten. Während der ganzen langen, trostlosen Nacht hatte er kein Auge zugetan, und auch am Morgen hatte er keinen Schlaf gefunden, während er von einem Ansturm seiner Gefühle zum anderen getrieben wurde. Zuerst hatte ihn ein heftiger Zorn erfaßt – ein gerechter Zorn, sagte er sich –, aus dem dann eine unheimliche Verwirrung, Frustration und schließlich eine abgrundtiefe Trauer wurde.

Jetzt war er jedoch einfach müde, müde und voller Herzeleid. Dennoch war er fest entschlossen, einen Ausweg zu finden, damit diese Umstände Finola nicht zugrunde richteten.

Morgan massierte sich seine schmerzenden Schläfen. *Oh Herr ... Herr, du weißt, wie unschuldig sie ist. Du weißt, was sie durchlitten hat, kennst das Böse und den Schmerz, den man ihr zugefügt hat. Du kennst alle Qualen, die sie erduldet hat, nur um mit einer neuen Last beladen zu werden.*

Wie soll sie das alles überleben? Wie leicht könnte sie völlig den Verstand verlieren und sich dorthin zurückziehen, wo sie schon einmal für so lange Zeit war ...

Er öffnete die Augen. Mit kalter Hand packte die Angst ihn am Genick. Er durfte nicht, er *würde* nicht zulassen, daß dies geschah, denn diesmal, das wußte er mit grausamer Sicherheit, würde sie nicht zu ihm zurückkehren.

Er seufzte tief und schwer, dann richtete er seine Augen erneut auf das Kreuz vorn in der Kapelle.

Hilf mir zu erkennen, was ich für sie tun kann, wie ich ihr helfen kann. Bitte, Herr, ... der du gnädig und barmherzig genannt wirst ... erweise deine Barmherzigkeit an unserer Finola ...

Schließlich machte er seine Augen wieder zu und wiederholte seine Bitte um Gnade und Barmherzigkeit beinahe wie ein auswendig gelerntes Gebet. Lange blieb er so sitzen, müde in seinem Rollstuhl zusammengehockt, ließ er sich in den kühlen, stillen Frieden der Kapelle einhüllen.

* * *

„*Ein Kind?*" Finola zog sich in ihrem Bett hoch und umklammerte Lucys Hand, als könne sie dadurch dem heftigen Zittern ihres Körpers Einhalt gebieten.

„Es ist schon gut, *alannah*, mein Kind, sei still ... ganz still. Du tust dir nur weh! Es wird alles gut werden ... wir werden die Sache in Ordnung bringen, du wirst es sehen ..."

Finola nahm Lucys beruhigende Worte kaum wahr, und das Zimmer begann vor ihren Augen zu verschwimmen: die hohe, dicke Matratze, die sie beinahe zu verschlucken schien ... das Licht des grauen Nachmittags, das sich seinen Weg durch die Vorhänge zu bahnen versuchte ... der Spiegel an der gegenüberliegenden Wand ... der große, reichverzierte Schrank ...

„*Ein Kind?*" flüsterte sie, mehr zu sich selbst als zu Lucy. „Ich bekomme ein Kind?" Sie fiel in ihre Kissen zurück, benommen bis an den Rand der Bewußtlosigkeit.

Einst hatte sie davon geträumt, ein Kind zu bekommen und Mutter zu werden. Sie erinnerte sich daran ... vor langer Zeit, an einem anderen Ort, hatte sie mit einer Stoffpuppe gespielt und ihr ein kleines Wiegenlied vorgesungen. Sie hatte so getan, als sei es ihr eigenes, ein richtiges Baby ... ein Junge war es ...

Lucy faßte sie an den Schultern und riß sie mit einem sanften Ruck aus ihren Gedanken. „Finola, verstehst du mich, Liebes? Verstehst du, was ich dir sage?"

Langsam nickte Finola und schaute sich in dem Zimmer um, damit sie sicher ging, daß es kein Traum war. Die letzte Zeit war so voller Träume, daß es oft schwer war, Traum und Wirklichkeit zu unterscheiden.

Dieser Ort – Nelson Hall – das wußte sie, war Wirklichkeit wie auch die Menschen, die hier lebten. Der *Seanchai* – Morgan, Lucy, Annie und ihr großer Wolfshund, der freundliche Sandemon und Schwester Louisa. Die sanften Hügel vor ihrem Fenster, die Bäume und die Gärten, die sie von ihrem Zimmer aus sehen konnte – das alles war Wirklichkeit.

Sie hatte den Schmerz und die furchtbaren Qualen verbannt – in eine Traumwelt. Sie wollte nicht mehr daran denken, an diesen abscheulichen Traum; an den Mann, der ihr so weh getan hatte ...

War es nur einer? Manchmal glaubte Finola, daß es zwei waren ... sie wollte nicht mehr an ihn denken. Er war nicht real. Nichts Böses war echt und wahr; nicht mehr für sie.

Aber ein *Kind?* Ein Kind ließ alles zur Wirklichkeit werden! Jetzt war sie nicht mehr sicher, was Traum ... und was Wirklichkeit war.

„So war es also Wirklichkeit?" sagte sie laut.

Lucy hielt sich noch immer über sie gebeugt, hielt ihre Hand und strich ihr über das Haar. Sie gab ihr jedoch keine Antwort. Auch als Finola an ihrer Hand zerrte und sie näher zu sich zog, blieb sie stumm.

„*Sein* Kind!" Diese Worte drangen aus Finolas Kehle wie ein heißer Schmerzensschrei.

Lucy sah Finola nicht an und nickte kurz. „Jawohl, *sein* Kind." Sie spie die Worte beinahe aus, und in ihren Augen brannte ein unverhohlener Haß. „Teufelsbrut!"

Finola sank in sich zusammen. Sie entzog Lucy ihre Hand und schlang ihre Arme um ihren Körper, als wolle sie sich schützen.

So war es also kein Traum. Der brutale Mann ... der Schmerz ... die Angst ... alles Häßliche ...

Es war Wirklichkeit. Sie würde ein Kind gebären, ein Kind, das es ihr unmöglich machte, alles zu vergessen.

„Finola ... alles wird gut werden ... hör mir zu ... *höre* mir zu!" Lucy preßte ihre Hände auf Finolas Schultern und zwang sie, ihr in die Augen zu schauen. „Du brauchst dieses Kind nicht zur Welt zu bringen! Wenigstens soviel können wir dir ersparen!"

Ihre Arme immer noch um ihren Körper geschlungen, starrte Finola sie an, die an nichts anderes mehr denken konnte als an das Kind.

„Es findet sich immer ein Weg", fuhr Lucy fort. „Die Mädchen in Healy's Inn haben sich oft des unerwünschten Nachwuchses der Matrosen entledigt. Auch ich habe es einmal getan. Verstehst du Finola? *Du brauchst dieses Kind nicht zur Welt zu bringen!*"

Langsam begann Finolas verwirrter Geist zu begreifen, was Lucy ihr sagen wollte. Sie hatte gehört, wie die Frauen geflüstert hatten, bittere

Worte und zornige Flüche waren gefallen ... und schnell verstummt, wenn sie merkten, daß sie in der Nähe war.

Sie suchte Lucys Blick und hörte ihr zu, obwohl sie es eigentlich nicht wollte.

„In den Liberties gibt es Hebammen – weise Frauen – und auch Ärzte. Der schwarze Mann wird einen von ihnen holen. Du brauchst dir keine Sorgen zu machen, *alannah*. Ich werde das für dich regeln."

Finola begann erneut zu zittern. Sie vermied es, Lucys Blick zu begegnen und schaute sich verzweifelt in dem Zimmer um, als suchte sie einen Ausweg, der Wahrheit irgendwie zu entfliehen.

„Finola?"

Widerwillig richtete Finola ihre Augen wieder auf Lucy.

„Denk jetzt nicht mehr darüber nach, Kind. Ruh dich einfach ein Stück aus. Wir machen dir warme Milch und einen Schlaftrunk zurecht. Später, wenn du wieder besser bei Kräften bist, reden wir weiter. Später, Finola, später."

* * *

Lucy hatte das Zimmer längst verlassen, doch Finola starrte immer noch auf die geschlossene Tür. Sie fühlte sich, als hätte ihr jemand ein Messer ins Herz gestochen, als wäre ein Pferd auf ihr herumgetrampelt. In ihren Augen sammelte sich eine Flut von Tränen. Plötzlich wurde sie von einer furchtbaren Hoffnungslosigkeit erfaßt, sie weinte fassungslos – eine lange Zeit.

Das war nicht der Weg, wie eine Frau ein Kind bekommen sollte; das war nicht so, wie sie es sich erträumt hatte. Ein Kind sollte eine gute Mutter haben, die es von ganzem Herzen liebte. Es sollte ein Zuhause haben – und einen Vater. Fröhliche Tage sollte es erleben, Lachen und Singen hören und vor allem Liebe erfahren, viel Liebe. Es sollte einfach alles in Ordnung sein ... völlig in Ordnung.

Aber so wie bei ihr sollte es auf keinen Fall sein. Ein Kind, das keine Familie hatte, das aus Grausamkeit und Angst geboren, ohne Liebe in Sünde empfangen wurde!

Teufelsbrut hatte Lucy es genannt.

Aus ihrem Mund drang ein ersticktes Seufzen, ein hoffnungsloses Klagen. Ihre Träume hatten sich in einen gräßlichen Alptraum verwandelt.

Lange Zeit später lag sie völlig erschöpft da und unternahm einen schwachen Versuch, gegen die Übelkeit anzukämpfen, die wiederum in ihr aufstieg.

Irgendwie fand sie die Kraft, der Wahrheit ins Auge zu sehen, daß das, was sie für einen Alptraum gehalten hatte, bittere Wirklichkeit war – alles: die panische Angst ... die ganze Scheußlichkeit ... der Schmerz ... das Kind – alles war Wirklichkeit. Daran führte für sie nun kein Weg mehr vorbei. Die grausamen Auswüchse der Wirklichkeit stachen ihr ins Herz, hämmerten auf ihren Geist ein und drohten, sie in Stücke zu zerreißen.

Gott möge ihr helfen ... es war zu real ... eine unerträglich grausame Wirklichkeit ...

Doch Lucy hatte ihr gesagt, daß sie das Kind nicht zur Welt zu bringen brauchte. Es gab Wege, hatte sie geagt, ... es gab Wege ...

Durfte sie das tun? Das Kind töten? Ein Kind, das in ihr heranwuchs?

Ein Schuldgefühl stieg in ihr auf, das so heftig war, daß es ihr den Atem verschlug und ihr Herz zu rasen begann – und sie erschrak vor der Ungeheuerlichkeit dessen, was sie in Betracht gezogen hatte.

Was Lucy vorgeschlagen hatte, war gewiß die schlimmste Sünde! War es nicht Mord? Die Priester sagten, daß das Leben heilig sei ... von Gott gegeben ... *alles* Leben, sagten sie, war kostbar, auch das ungeborene Leben.

Durfte sie wirklich so etwas Schlimmes und Sündhaftes tun?

Einen Augenblick versuchte sie zu beten, doch dann ließ sie ihre Worte unvollendet von ihren Lippen fallen.

Gott würde ein solches Gebet nicht erhören. Sie konnte nicht mit ihm über den Alptraum, über das Böse sprechen, das geschehen war, über ihre sündhaften Gedanken in bezug auf das Kind ...

Sie wagte es nicht, mit solchen abscheulichen Dingen vor einen heiligen Gott zu treten!

27. Kapitel

Mit dem Bösen vertraut

Ein Geier begehrt mein Herz zur Beute.
Herr, erbarme dich!

Richard Dalton Williams (1822-1862)

Als sie den schwarzen Mann, Sandemon, erblickte, blieb Lucy kurz hinter der Tür der großen, zugigen Küche stehen. Er saß allein an einem der großen Arbeitstische am Fenster und war gerade dabei, Käse zu schneiden. Als sie eintrat, blickte er auf und erhob sich sofort.

Die vornehmen Manieren dieses Mannes überraschten Lucy immer wieder. Hätte sie jemals von Leuten wie ihm eine solche Bildung erwartet? Er war ihr ein Rätsel, eine unergründliche Kombination: teils Mystiker, teils Gelehrter und noch ein anderer Teil von ihm war Diener.

Und es war noch etwas anderes an ihm ... etwas, das Lucy an einen gewaltigen Panther erinnerte, der auf leisen Sohlen umherschlich und der sie zwar nicht bedrohte oder ihr Furcht einflößte, aber dennoch eine gewisse Unruhe, eine Art Unbehagen, in ihr wachrief, das sie nicht recht einzuordnen wußte. Etwas an diesem Mann erinnerte sie sowohl an einen Geistlichen als auch an einen Häuptling. Lucy konnte das nicht begreifen, und es bereitete ihr Unbehagen. Dennoch bot sich ihr jetzt die Gelegenheit, mit ihm über Finola zu sprechen. Er war allein, die anderen im Haus waren größtenteils schon schlafengegangen, so daß sie vermutlich ungestört waren.

Seine großen Hände auf die Stuhllehne gestützt, neigte er seinen Kopf zum Gruß. „Wie geht es ihr?"

„Sie weiß es", antwortete Lucy und ging weiter in die Küche hinein. „Ich wollte warme Milch und etwas von dem Schlaftrunk holen, den der Arzt hiergelassen hat."

„Aber ... wie *geht* es ihr?"

Lucy warf ihm einen Blick zu. „Den Umständen entsprechend", antwortete sie bitter.

Sein Gesicht hatte einen unergründlichen Ausdruck angenommen. Einen Augenblick später zeigte er auf das Sideboard, das auf der einen

Seite die Hälfte der Küchenwand einnahm. „Heute ist viel vom Abendessen übriggeblieben. Sie müssen hungrig sein nach einem so langen Tag. Ich werde Sie allein lassen ..."

„Nein! Warten Sie ... ich möchte mit Ihnen sprechen." Lucy hatte tatsächlich Hunger; seit heute morgen hatte sie noch keinen Bissen zu sich genommen. Doch es lag ihr viel mehr daran, die Hilfe des schwarzen Mannes sicherzustellen, als ihren Magen zu füllen.

Mit einer kurzen Handbewegung bedeutete er ihr, daß sie sich setzen solle.

Lucy ging zu dem Tisch, blieb jedoch stehen. Während sie tief durchatmete, forschte sie so genau in dem Gesicht des Mannes, wie sie es wagte. Etwas in diesen durchdringenden dunklen Augen machte es Lucy unmöglich, seinem Blick länger als einen einzigen Augenblick standzuhalten.

„Ich habe dem Mädchen erklärt", sagte sie frei heraus, „daß sie wählen kann, ... ob sie das Kind zur Welt bringen möchte oder nicht."

Lucy hörte, wie er tief durchatmete und richtete ihren Blick bewußt auf die Wand hinter ihm.

„Ich verstehe", war alles, was er sagte.

„Ich ... sie versteht es vielleicht noch gar nicht richtig, auch nach – nach allem, was geschehen ist, ist Finola immer noch unschuldig."

„Ja", antwortete er mit leiser Stimme. „Ich glaube auch, daß sie sehr unschuldig ist." Er hielt inne. „Warum haben Sie ihr so etwas vorgeschlagen?"

Lucy warf ihm einen verunsicherten Blick zu. „Ja, *warum*? Sie meinen doch nicht etwa, das sie das Kind austragen soll, daß dieses Schwein ihr aufgezwungen hat. Möchten Sie, daß sie noch mehr leiden muß, als was sie schon durchlitten hat?"

Der Mann sah sie lange und fest an. „Wie ich die Dinge sehe", sagte er ruhig, „könnte das, was Sie vorgeschlagen haben, auch Leid verursachen; für Miss Finola ... und auch für das Kind."

„Das ist doch kein Kind!" schoß Lucy zurück und ballte ihre Hände an ihren Seiten zur Faust. „Noch nicht! Und es wäre nichts anderes als eine weitere Last für Finola! Warum sollte man sie dann zwingen, es auszutragen? Alles, was aus solchem Übel geboren wird, kann selbst böse sein! Übel gebiert Übel!"

Seine dunklen Züge nahmen einen beinahe traurigen Ausdruck an. „Bestimmt nicht. Sie sprechen von einem ungeborenen Baby, einem unschuldigen Geschöpf Gottes ..."

Lucy drohte es bei seinen Behauptungen übel zu werden. Sie spie ihren

Protest förmlich heraus: „Sprechen Sie mir nicht von *Unschuld!* Ich möchte Sie daran erinnern, daß Finola die Unschuldige war! Was von des Teufels eigener Brut gezeugt ist, kann nicht unschuldig sein! Es würde für Finola nichts anderes bedeuten als noch mehr Schmerz und Pein. Und, ich glaube, sie hatte von beidem bereits mehr als genug!"

Der schwarze Mann schwieg sehr lange. Lucy schaute ihn nicht an, spürte jedoch trotzdem, wie seine Augen auf ihr ruhten, sie zu erforschen suchten – und sie gewiß *richteten.*

Als er jedoch wieder zu sprechen begann, war in seiner Stimme keine Spur von Zorn oder Tadel zu entdecken. „Nun, warum erzählen Sie mir das?"

Lucy rang nach Atem. Vielleicht hatte sie sich geirrt. Er schien es sehr gelassen zu sehen. Vielleicht war er doch bereit, ihr zu helfen!

„Es sollte schnell geschehen", fuhr sie schnell fort. „In den Liberties gibt es Hebammen – eine von ihnen kenne ich gut; sie ist ordentlich und zuverlässig. Das Mädchen wäre bei ihr in guten Händen. Doch jemand müßte die Frau herbringen." Sie hielt inne. „Und wir müßten es ihm zweifellos mitteilen. Wir brauchen seine Zustimmung."

Der schwarze Mann sah sie mit traurigen Augen an. „Der *Seanchai* würde dem niemals zustimmen." Sandemon straffte sich leicht und verschränkte seine kräftigen Arme vor seiner Brust. „Und ich auch nicht."

Lucy starrte ihn verächtlich an. „Wir brauchen *Ihre* Zustimmung nicht! Nur Ihre Hilfe! Doch ich muß feststellen, daß sie sich nicht darum kümmern, was das Beste für das Mädchen ist, sondern nur um die Lehren ihrer verehrten Kirche!"

„Nicht der Kirche", erwiderte er ruhig. „Die Lehren unseres Herrn Jesus Christus. Es ist uns geboten, kein Leben zu vernichten. Ich könnte mich an dem, was Sie vorschlagen, nicht beteiligen, ohne mich des Mordes schuldig zu machen."

Lucy stieß einen Fluch aus und wandte sich zum Gehen.

„Warten Sie!"

Die Stimme hinter ihr klang leise, ruhig und bestimmt, und Lucy konnte sich ihrer Forderung nicht entziehen. So wandte sie sich trotz ihres Zorns wieder um.

„Ich frage mich", bemerkte er, während er sie aufmerksam beobachtete, „ob Sie das, was Sie gesagt haben, auch wirklich glauben – ich meine, daß Übel nur Übel gebiert. Können Sie Gott nicht zugestehen, daß er aus allen Dingen Gutes wirkt – selbst aus denen, die nur Böses zu enthalten scheinen?"

Lucy blickte ihn weiter verächtlich an: „Wenn der Himmel einstürzt!

Häßlich bleibt häßlich und schlecht bleibt schlecht – ich habe es noch nie anders erlebt! In Ihren Augen bin ich vielleicht verkommen, aber halten Sie mich nicht für einen Narren!“

Er ließ seine Arme herabsinken. „Sie sind nicht ... verkommen in meinen Augen. Und ich finde Sie bestimmt nicht dumm. Gott kann – und oft tut er das auch – Dinge, mit denen Menschen Böses beabsichtigt haben, zum Guten wenden. Es gibt nichts auf dieser Welt, das zu schlecht, zu verloren wäre, daß er es nicht retten könnte.“

Etwas, tief in Lucys Innerem wurde von diesen Worten berührt, drängte an die Oberfläche, doch Lucy erstickte es. „Was wissen Sie schon, was böse ist?“ zischte sie. „*Nichts* wissen Sie, absolut nichts!“

Einen Augenblick erwiderte der Mann mit der schwarzen Hautfarbe nichts, sondern stand nur da und starrte zu Boden. Als er schließlich wieder aufblickte, war Lucy erschüttert über die Trauer, die sie in seinem Gesicht erblickte.

„Wenn es nur so wäre“, sagte er leise. „Ich fürchte jedoch, daß ich viel mehr von Bösem weiß, als Sie sich jemals vorstellen können; viel mehr als ein Mensch je erfassen kann.“

Verwirrt blickte Lucy zu ihm auf. Ihr Mund wurde trocken, und sie fröstelte, als sie seinen trüben, schmerzerfüllten Blick sah, doch als sie sich umwenden und diesem zermürbenden Blick entziehen wollte, hielt er sie wiederum zurück.

„Bitte – warten Sie!“ Er trat einen Schritt auf sie zu und blieb dann stehen. „Ich möchte Sie bitten, daß Sie davon Abstand nehmen, mit Finola noch einmal ... über Ihren Vorschlag zu sprechen. Sie ist gewiß noch sehr verwirrt und fühlt sich schwach und elend. Doch sie ist ein Kind Gottes und wenn sie in der Lage sein wird, über alles nachzudenken und eine Entscheidung zu treffen, dann bin ich gewiß, daß sie sich dafür entscheiden wird, was richtig ist und Gottes Willen entspricht.“

Er hielt inne, und die tiefschwarzen Augen wandten sich ab. „Was Sie vorgeschlagen haben ... ist nicht Gottes Wille. Bitte – Sie müssen ihr erlauben, eine eigene Entscheidung zu treffen.“

Ohne auch nur noch ein Wort zu sagen, drehte Lucy sich um und rannte aus der Küche. Das alte Gefühl der Scham, der völligen Verkommenheit hatte sie wieder einmal eingeholt und füllte ihr Herz mit Selbstverachtung. Während sie den Flur entlanglief, mußte sie die ganze Zeit gegen die aufsteigenden Tränen ankämpfen.

* * *

Sandemon blickte ihr nach, als sie aus der Küche rannte, und sein Herz wurde von einer alten Sorge gequält.

Die arme Frau! Die arme, verletzte Frau mit dem geängstigten Blick und dem von Scham gequälten Herzen. Er konnte beinahe das Rasseln der Ketten hören, die ihren Geist fesselten, hörte den gequälten Aufschrei ihrer Seele.

Während er schweigend in der spärlich beleuchteten Küche stand, spürte Sandemon, wie sein Geist von einer nur allzu vertrauten Schwere befallen wurde. Heftige Furcht erfaßte ihn. Er hatte keine Angst um sich selbst, fürchtete nicht um seine eigene Sicherheit, sondern um die Frau namens Lucy.

Die Last war ihm auferlegt worden; er hatte sie sich nicht selbst gesucht. Er begrüßte weder die Verantwortung noch den Schmerz, für Lucy Hoy fürbittend einzutreten.

Auf seinem Herzen lagen bereits genug andere Anliegen, und irgendwie spürte er, daß dieses hier sehr viel von ihm fordern würde – vielleicht viel mehr, als er zu geben imstande war.

Doch beinahe gleichzeitig mußte er daran denken, daß diese neue Last, ganz gleich wie schwer oder furchteinflößend sie sein mochte, nichts war, verglichen mit der Bürde, die sein Herr und Heiland getragen hatte. Im Vergleich mit der Last des Kreuzes war dies tatsächlich kaum mehr als ein kleiner, glatter Stein.

* * *

Lucy war immer noch nicht zurückgekehrt. Die Übelkeit war im Augenblick vorüber. Finola lag regungslos in ihrem Bett und verschloß ihre Augen vor der hereinbrechenden Dunkelheit.

Wieder wünschte sie sich, sie könnte beten. Doch Gott war wegen ihrer bösen Gedanken und ihres beschämenden Zustands gewiß sehr zornig auf sie.

Durfte sie es *wagen*, zu ihm zu kommen? Sie war befleckt, beschämt, geschändet ...

Doch konnte sie eine solche Entscheidung unmöglich allein treffen, und es gab sonst niemanden, dem sie ihre Ängste, ihre Verwirrung anvertrauen, mit dem sie über so eine intime Angelegenheit sprechen konnte – außer Lucy.

Sie wußte bereits, was Lucy dachte, was sie ihr riet ...

Mühsam richtete Finola sich auf, und vor Schwäche drehte sich alles vor ihren Augen. Sich mit beiden Händen am Bettlaken festhaltend, um nicht umzufallen, blieb sie sitzen, bis der Schwindel nachließ.

Schließlich ging sie auf ihre Knie und neigte ihren Kopf auf den Fußboden.

Von Übelkeit heimgesucht und einem plötzlichen Gefühl des Verlassenseins übermannt, das sie ebenso frösteln ließ wie die Kälte in dem Zimmer, lag sie zitternd, elend und verängstigt auf ihren Knien.

Bitte Herr ... du kennst die Schwachheit meines Geistes – und meines Glaubens. Ich weiß nicht, was ich denken soll, was ich glauben soll ... was ich tun soll ...

Ich bin bereits eine solche Last für den *Seanchai* – für Morgan – und für seinen ganzen Haushalt! Und jetzt bekommen ich noch ein Kind ... oh, mein Herr und mein Gott, was soll ich tun?

Auch während sie betete, wanderten Finolas Gedanken zu Lucy und der Lösung, die sie vorgeschlagen hatte.

Das Baby ... es war noch kein richtiges Kind, nicht wahr? Nicht mehr als ein kleines, namenloses ... Etwas ... wuchs in ihr heran ...

Saat des Bösen ... Frucht des Übels ... Teufelsbrut ...

Sie stieß einen gequälten, verzweifelten Seufzer aus. Wie konnte sie vor dem Herrn solche sündhaften Gedanken denken! Hatte er sie dem Bösen preisgegeben, sie in ihrer Schande verlassen?

Plötzlich erschien vor ihrem inneren Auge in einer unheimlichen Klarheit das furchterregende Bild eines großen, schwarzen Vogels, der aus einem Wald auftauchte. Finola erschien alles so wirklich, daß sie beinahe das Schlagen seiner Flügel hören konnte, als er aufstieg, über einem See zu kreisen begann und sich im Sturzflug herabstürzte.

Finsternis umgab sie. Der Fußboden unter ihr wurde zu einer schwindelerregenden Welle, auf der sie in ein tosendes Meer von Alpträumen getragen wurde.

* * *

In der Kapelle schreckte Morgan auf und setzte sich aufrecht in seinen Rollstuhl, denn es war ihm, als hätte jemand seinen Namen gerufen.

Ein wenig benommen schaute er sich um und merkte, daß es schon spät sein mußte. Die Lichter waren niedergebrannt, und durch die Buntglasscheiben drang kein Lichtschein mehr in das Innere der Kapelle.

Er gähnte und reckte sich, dann grübelte er einen Augenblick lang über die sprunghaften, unzusammenhängenden Gedanken, die oft in dem geheimnisvollen Tal tanzten, das Schlafen und Wachsein trennte.

Plötzlich begann ein Gedanke in ihm aufzuleuchten, der dann tief in ihm Wurzeln faßte und sein Inneres erleuchtete, als hätte man in seinem Geist eine Kerze entzündet.

Langsam verschwand die Benommenheit des Schlafes völlig, und er spürte, wie sich ein Frieden, der aus einer Gewißheit geboren wurde, über ihm ausbreitete. Es war keine Offenbarung mit Blitz und Donner, keine plötzliche Erleuchtung, sondern einfach ein sanftes, stilles Erkennen im Geist.

Doch während er still, von dem Schweigen der Kapelle umgeben, dasaß, wußte er mit nahezu überwältigender Gewißheit, was er tun konnte, was er nach *Gottes Willen* tun sollte, um Finola zu helfen.

Plötzlich verspürte er einen unwiderstehlichen Drang, zu ihr zu gehen. Er lenkte seinen Rollstuhl herum, fuhr eilig auf die Tür zu und stieß sie so heftig auf, daß sie gegen die Wand prallte.

28. Kapitel

Für die Opfer von Gewalt

Komm Liebling, ein heller Schein wird dich führen
An das Ufer verzauberter Ströme, in den Schatten saftiger Bäume.
Deine Gedanken, dein Sehnen wird er berühren
Und dir daraus ein Haus baun auf dem Berg deiner Träume.

Seumas O' Sullivan (1879-1958)

Die Tür zu Finolas Zimmer stand einen Spaltbreit offen. Auf der Schwelle hielt Morgan einen Augenblick inne, als ihm plötzlich bewußt wurde, daß es schon spät war und sie bereits schlafen könnte.

War er nicht ein Narr? Er wußte nicht einmal, wie er die Gedanken artikulieren sollte, die ihn in einer solchen Hast aus der Kapelle getrieben hatten. Vielleicht wollte sie nach einem so aufregenden Tag am liebsten niemanden mehr sehen, auch ihn nicht. Vielleicht wollte sie wirklich lieber allein sein.

Nein, er würde nicht warten; er *durfte* nicht warten. Obwohl er nicht verstand, was ihn so drängte, zweifelte er nicht einen Augenblick an der Überzeugung, die er gewonnen hatte.

Er hob seine Hand und klopfte leise an den Türrahmen „Finola?" sagte er sanft. „Ich bin es, Morgan. Darf ich für einen Augenblick hereinkommen?"

Er erhielt keine Antwort und wartete, daß Lucy Hoy erscheinen würde. Als auch sie nicht kam, rief er noch einmal Finolas Namen. Dann stieß er mit einer Hand die Tür etwas weiter auf. Nachdem er noch einen Augenblick gezögert hatte, rollte er in das Zimmer.

Als er als erstes das leere Bett entdeckte, geriet er nicht in Panik. Er schaute sich um und war überrascht, aber gleichzeitig erfreut, daß Finola sich offenbar stark genug fühlte, um aufzustehen.

In dem Zimmer war es düster, und der einzige Lichtschein kam von der Kerze, die auf dem Nachtschränkchen stand. Trotz der makellos sauberen Bettwäsche und dem leichten Duft von Nelkenöl war das Zimmer von dem Geruch der Krankheit erfüllt.

Es dauerte einen Augenblick, bis ihm auffiel, daß weder von Finola noch von der Frau, Lucy Hoy, irgend etwas zu sehen war. Sein Blick wanderte zu dem Bett zurück.

Wo war sie?

Ihm wurde plötzlich eiskalt. Die einzigen Geräusche in dem Zimmer waren die seines eigenen flachen Atems und das wilde Pochen seines Herzens gegen seine Brust.

Mit voller Kraft griff er in die Räder seines Rollstuhls, rollte weiter in das Zimmer hinein, bis er kurz vor Finolas Bett scharf abbremste.

„Finola?" stieß er hervor.

Als wiederum Schweigen die einzige Antwort war, fuhr er mit seinem Rollstuhl auf die andere Seite des Bettes herum. Quietschend brachte er seinen Rollstuhl zum Stehen, als er sie im Nachthemd mit dem Gesicht nach unten auf dem Fußboden liegen sah.

„Barmherziger Gott – Finola!"

Morgan schüttelte die Panik ab, die ihm die Kehle zuzuschnüren drohte, und erhob sich allein durch die Kraft seiner Arme nahezu halb aus dem Rollstuhl. Er konnte sich gerade noch abfangen, bevor er vornüber kippte.

„Sandemon!"

Er hatte keine Ahnung, wo Sandemon oder Lucy Hoy hingegangen waren. Zitternd lehnte er sich so weit wie möglich nach vorn und stützte sich dabei mit einer Hand auf der Armlehne seines Rollstuhls ab. Schließlich gelang es ihm, Finola soweit herumzudrehen, um sich zu vergewissern, daß sie nur in Ohnmacht gefallen, ansonsten aber nicht weiter verletzt zu sein schien.

Er ließ die Armlehne des Rollstuhls los und versuchte, das bewußtlose Mädchen vom Boden aufzuheben. Der einzige Erfolg bestand nur darin, daß er beinahe umgekippt wäre.

Wütend über seine Hilflosigkeit, rief Morgan noch einmal nach Sandemon. Wieder beugte er sich nach vorn, dieses Mal viel vorsichtiger, und versuchte, Finola wach zu machen, indem er sie sanft schüttelte. Doch sie blieb weiter völlig still und regungslos liegen.

Sich wieder in seinem Stuhl aufrichtend, starrte Morgan auf die schlanke, reglose Gestalt, die ausgestreckt auf dem Fußboden lag. Je länger er so dasaß, um so wütender wurde er – auf Lucy Hoy, die nicht hier war, auf den elenden Rollstuhl und seine nutzlosen Beine ...

Plötzlich kam ihm ein Gedanke, und seine Hand griff nach seinem Gürtel. Er zog ihn aus seiner Hose, fädelte ihn durch die Stäbe seines Rollstuhls und schnallte ihn dann bequem um seinen Bauch, so daß er am Rollstuhl festgebunden war.

Morgan stellte den Rollstuhl fest gegen die Bettkante und lehnte sich noch einmal nach vorn. Der Gürtel gab ihm genug Halt, und so gelang es ihm, Finola ganz herumzudrehen. Er faßte sie unter den Armen an und begann, sie behutsam vom Boden aufzuheben.

* * *

Als Lucy sah, daß die Tür zu Finolas Zimmer offenstand, geriet sie in Panik. Sie raffte ihre Röcke zusammen und rannte das restliche Stück des Flurs entlang in das Zimmer, während die Milch auf beiden Seiten der Tasse überschwappte.

Im Zimmer angekommen, blieb sie stehen, und es verschlug ihr den Atem, als sie sah, wie Fitzgerald Finola in seinen Armen hielt. Das Mädchen lag auf seinem Schoß wie eine Puppe, und ihr langes Haar berührte beinahe den Boden.

Er wandte sich um. Unter dem brennenden Blick dieser zornigen grünen Augen stockte Lucys Atem.

„Wo sind Sie nur gewesen?“ schrie er. „Sie sollen auf sie aufpassen, und ich habe sie auf dem *Fußboden* gefunden!“

Sein Gesicht war prupurrot vor Zorn und seine Halsmuskeln angespannt wie starke Seile.

Vor Angst über seinen Zorn und bei dem Anblick Finolas, die hilflos in seinen Armen lag, zitternd, konnte Lucy nur noch dastehen und um Atem ringen.

„Sie muß versucht haben, selbst aufzustehen und dabei in Ohnmacht gefallen sein!“ Wiederum flammten ihr aus seinen Augen Zorn und Anklage entgegen, so daß Lucy sich vor Schuld wand.

„Ich ... ich wollte nur einen Augenblick weggehen. Ich wollte ihr warme Milch holen, daß sie besser schlafen kann!“

„Offensichtlich haben Sie länger als nur einen Augenblick gebraucht!“ fauchte er, und seine Stimme war hart und anklagend.

„Aber, Sir, ich *war* nicht lange weg, wirklich, ich ...“

„Und wo ist Sandemon?“ zischte er, während er ihren Versuch, eine Erklärung abzugeben, völlig ignorierte.

„Ich bin hier, *Seanchai*“, meldete sich eine ruhige, feste Stimme an der Tür.

Lucy atmete erleichtert auf, als sie den schwarzen Mann erblickte und hoffte, daß seine Anwesenheit die Aufmerksamkeit – und den Zorn – Fitzgeralds von ihr ablenken würde.

Noch während er sprach, eilte Sandemon in das Zimmer und hob Finola aus den Armen des *Seanchais* auf, als sei sie nichts weiter als ein junger Weidenzweig. Mit großer Sorgfalt legte er sie in ihr Bett zurück und deckte sie zu.

Nach einem abschätzenden Blick wandte er sich an Lucy: „Ein paar kühle Umschläge vielleicht ..."

Noch bevor er ausreden konnte, eilte sie durch das Zimmer, um eine Schüssel zu holen. Doch als sie sich gerade umwenden wollte, begann Finola zu stöhnen und sich zu bewegen.

* * *

„Er wird mich davonjagen", flüsterte Lucy dem schwarzen Mann auf dem Flur zu. Nachdem Finola wieder zu sich gekommen war, waren die beiden entlassen worden und standen jetzt oben an der Treppe und flüsterten.

Sandemon schüttelte den Kopf. „Nein", sagte er, „das glaube ich nicht. Er hatte nur Angst. Der *Seanchai* ist ein vernünftiger Mann."

„Er ist *wütend* auf mich! Haben Sie gesehen, wie finster er mich angeblickt hat, als er sagte, daß er *allein* bei ihr sitzen möchte?"

Sandemon tat sein Bestes, um sie zu beruhigen, aber Lucy hatte den Groll in jenen zornigen grünen Augen gesehen. Fitzgerald hielt sie für unzuverlässig und unbrauchbar.

Er hatte ihr von Anfang an nur zu bleiben gestattet, weil Finola sie bei sich haben wollte. Gewiß hatte er ihr die ganze Zeit einen guten Lohn gezahlt, doch Lucy wußte, daß ihre Tage in Nelson Hall gezählt waren. Sie hatte sich vorgenommen, nur solange zu bleiben, bis es Finola wieder gut ging.

Jetzt sah es so aus, als wäre ihre Zeit noch kürzer bemessen. Nicht daß sie ihm die Schuld gab; sie *hätte* tatsächlich bei Finola bleiben und nicht soviel Zeit mit Sandemon in der Küche vertrödeln sollen. Sie hätte sofort wieder nach oben gehen müssen. Das Mädchen hätte sich schwer verletzen können!

„Was in aller Welt hat sie nur dazu getrieben", sagte Sandemon nachdenklich, „so krank und so schwach wie sie noch ist, ihr Bett zu verlassen?"

* * *

„Du hast mir aber einen gewaltigen Schrecken eingejagt, Mädchen!" sagte Morgan. „Warum bist du aufgestanden, so schwach wie du noch bist? Du hättest dich beim Hinfallen schwer verletzen können!"

„Ich bin nicht hingefallen", flüsterte Finola. Sofort, nachdem die Worte heraus waren, nahm ihr Gesicht einen gequälten Ausdruck an, als hätte sie gesprochen, ohne vorher nachzudenken.

Morgan beugte sich soweit zu ihr nach vorn, wie es ihm von seinem Rollstuhl aus möglich war und runzelte die Stirn. „Was ist dann passiert? Ich dachte, du bist bewußtlos geworden und hingefallen."

Sie wandte sich abrupt ab. „Nein ... ich meine, ich bin nicht in Ohnmacht gefallen ... sondern ..."

Morgan betrachtete sie genau und ihm fiel auf, daß ihr Gesicht wachsbleich aussah, ihre Augen waren gerötet und unter ihnen lagen dunkle Schatten, die durch Finolas abgemagertes Gesicht noch unterstrichen wurden. Die Auswirkungen des vielen Weinens und der langen Krankheit waren nur allzu deutlich zu erkennen.

„Finola?" Unsicher streckte er seine Hand aus und berührte die ihre.

Während der vergangenen Wochen hatte Finola sich soweit erholt, daß er die Freiheit hatte, ab und zu ihre Hand zu ergreifen. Sie saßen still zusammen oder unterhielten sich wie Freunde, wenn er auch unweigerlich stets derjenige war, der den größten Teil des Gesprächs übernahm.

Obgleich ihre Stimme beinahe vollständig zurückgekehrt war, hatte sich nichts daran geändert, daß sie sich in seiner Gegenwart still und beinahe scheu benahm. Er glaubte jedoch, daß sie sich ihm gegenüber zunehmend wohler fühlte und ihre freundschaftliche Beziehung als angenehm empfand.

Als er sie zuerst in ihrem Zimmer schluchzen gehört hatte, mußte er alle seine Willenskraft aufwenden, um nicht zu ihr zu gehen. Er hatte jedoch gespürt, daß es besser war, ihr Zeit zu geben, um diesen neuesten Schock zu verarbeiten.

Jetzt, wo er neben ihr saß und sie anschaute, mit seiner Hand die ihre kaum berührend, hätte er alles darum gegeben, sie in seine Arme zu schließen und zu versuchen, ihr in ihrem Schmerz beizustehen. Stattdessen fürchtete er halb, daß sie ihn sogar zurückweisen würde, wenn er ihre Hand berührte.

Zu seiner großen Erleichterung spürte er jedoch, wie sie ihre Hand in seine legte. Er bemühte sich, ihre Finger nicht zu sehr mit seiner großen

Pranke zu drücken, denn sie schienen so zerbrechlich wie ein Grashalm im Wind.

„Finola“, sagte er unsicher und wußte nicht recht, wie er fortfahren sollte. „Ich weiß, ... daß du heute einen neuen Schock erleiden mußtest.“

Er sah, wie sie zu weinen begann, doch hielt sie ihren Blick auf die schon fast abgebrannte Kerze auf dem Nachttisch gerichtet. Sein Herz weinte mit ihr, und Morgan begann, ihre Hand zu seinen Lippen zu führen, doch dann beherrschte er sich. „Gibt es etwas, was ich dir geben kann, Mädchen? Etwas, was ich für dich tun kann – irgend etwas?“

Sie zwinkerte, dann schüttelte sie den Kopf. Morgan entging nicht, wie sie sich um seinetwillen zusammennahm, wie sie gegen die Tränen ankämpfte, und er wünschte sich, daß sie ihren Tränen freien Lauf ließe, um wenigstens dann versuchen zu können, sie zu trösten.

Morgan bemühte sich darum, sich nicht seiner eigenen Not hinzugeben und sprach weiter: „Ich weiß, das ... das alles muß dich einfach überwältigen, ... und vielleicht macht es dir auch ein bißchen Angst. Doch es wird sich alles klären, Finola, du wirst es sehen. Ich – wir werden uns um dich kümmern, Finola. Du wirst hier bei uns bleiben. Du bist nicht allein.“

Schließlich sah sie zu ihm auf, und der Schmerz, der ihm in ihren Augen begegnete, traf ihn wie ein Schlag. Es war, als würde ihr Herz in Stücke brechen. Die wunderschönen blauen Augen waren nicht mehr klar und strahlend, in ihnen brannte ein unendlicher Schmerz der Schande und der Demütigung.

Schmerz stach auch in Morgans Brust, und er rang nach Atem. Seine Arme schmerzten in dem Verlangen, sie an sein Herz zu ziehen. Er beugte sich tatsächlich nach vorn, dann hielt er jedoch inne.

„Ich bin nicht gefallen ...“

So schwach waren die Worte, daß Morgan nicht ganz sicher sein konnte, ob er richtig gehört hatte. „Was dann, mein Mädchen?“

Ein Teil seines Bewußtseins nahm wahr, daß ihre Hand die seine immer fester umklammerte. „Ich hatte ... ich lag auf dem Boden ...“ Ihre Worte klangen undeutlich ... unzusammenhängend. „Ich wollte nur beten, verstehst du ... ich bin nicht gefallen ...“ *Auf den Knien liegend ... die Haltung eines reumütigen Sünders ...*

Bestürzung brach über Morgan herein wie eine Sturmflut. Sie beschuldigte *sich selbst!* Gott sei ihr gnädig, sie gab sich die Schuld für das, was ihr angetan wurde!

„Finola ...“ stieß er hervor.

Plötzlich drückte sie seine Hand mit soviel Kraft, wie er nicht mehr bei ihr erwartet hätte. „Es tut mir leid! Ich bin eine solche Last für dich gewesen und jetzt das – es tut mir *so leid!*"

Morgan hatte nicht geglaubt, noch einmal soviel Schmerz zu empfinden. Es war die gleiche Qual, wie er sie an jenem Morgen erlitten hatte, als man sie nach dem Überfall – geschlagen und zerbrochen – in sein Haus getragen hatte.

Der Schrei seines Herzens war stumm, doch in seinen Ohren dröhnte er wie ein gewaltiges Donnern, während er ihre Qualen ansah. „Finola ... bitte sage mir, daß du dir nicht die Schuld gibst für das, was geschehen ist. Das *darfst* du nicht!"

Doch in ihren Augen brannte unübersehbar der Schmerz der Selbstverurteilung, der Scham und der Trauer.

Einen Augenblick lang wünschte er sich, den Mann zu töten, der ihr das angetan hatte! Doch schon während er darum rang, seinen Zorn zu bezähmen, suchte er im Geist nach den rechten Worten, die sie beruhigen und von der Wahrheit überzeugen würden. „Finola", sagte er schließlich, „vertraust du mir?"

Der Schmerz wich aus ihrem Gesicht, während sie ihn erstaunt ansah. Dann nickte sie langsam.

„Dann hör jetzt bitte zu, was ich dir sagen möchte. Du siehst mich, wie ich bin, mit diesen nutzlosen Beinen, an den Rollstuhl gebunden – nur ein halber Mann ...

Sie versuchte, sich aufzurichten und schüttelte protestierend den Kopf, doch er fuhr fort. „Nein, Mädchen", sagte er sanft. „Laß mich zu Ende sprechen. Ich habe dir von dem Schuß erzählt ... wie es dazu kam, daß ich so geworden bin, wie ich jetzt bin ..."

Sie nickte und forschte mit fragenden Augen in seinem Gesicht.

„Glaubst du, daß ich in irgendeiner Weise verantwortlich war für das, was geschehen ist?"

Im ersten Augenblick schien sie nicht zu verstehen. Dann wurden ihre Augen vor Bestürzung groß. „Natürlich nicht!"

„Du verstehst und glaubst also, daß das, was geschehen ist, sich völlig meiner Kontrolle entzog, nicht wahr? Daß ich absolut nichts damit zu tun hatte? Daß ich einfach einen gewalttätigen Überfall überlebt habe, der auf mich verübt wurde?"

In dem Schweigen, das sich zwischen ihnen ausbreitete, spürte er ihre Verwirrung. Er schaute ihr in die Augen und drückte sanft ihre Hand: „Finola?"

Schließlich nickte sie und flüsterte: „Ja, du weißt, daß ich das tue."

„Gut", sagte er bestimmt. „Dann mußt du auch begreifen und glauben, daß das, was mit *dir* geschehen ist, nichts anderes ist. Es ist bei dir genauso wie bei mir, Finola."

Als sie ihren Mund öffnete und etwas entgegnen wollte, schüttelte er den Kopf und fuhr fort: „Laß mich weiterreden. Ich habe genauso wie du einen gewalttätigen Überfall überlebt. Du warst ein Opfer, und ebenso wie ich ... die Narben ... dieser Gewalttätigkeit an mir trage, werden auch bei dir Narben zurückbleiben. Aber bei dir gibt es noch etwas anderes als Folge dieses Überfalls: unter deinem Herzen wächst jetzt ein Kind heran."

Er beugte sich soweit zu ihr, wie er es wagen konnte, nahm ihre beiden Hände und schaute ihr in die Augen: „Nur Gott kennt alle Gründe, weshalb dir und mir das zugestoßen ist, Finola. Aber soviel weiß ich: wenn es keine von *mir* verschuldete Schande und Unehre für die Gewalt gibt, die mich in diesen Rollstuhl gebracht hat, dann gibt es auch keine für dich für jene Gewalttat, die in dir zu einem Kind geführt hat! Und ich bitte dich, daß du mir dein Wort gibst, jetzt sofort, in diesem Moment, daß du dich niemals, nie wieder selbst beschuldigst!"

Er sah, wie die Tränen in ihren Augen überzufließen drohten und spürte, wie auch seine Augen um ihres Schmerzes willen brannten.

„Dann, ist das Kind ... du glaubst nicht, daß ... es böse ist?" hauchte sie.

Sein Herz krampfte sich zusammen. „Was? *Natürlich* ist das Kind nicht böse! Wie kommst du denn darauf?"

Er sah die Verwirrung und Unsicherheit in ihren Augen, als sie antwortete: „Lucy ... Lucy hat gesagt, das Kind ... daß ich das Kind vielleicht nicht – ..."

Morgan machte sich steif und merkte nicht, wie er ihre Hand noch mehr zu drücken begonnen hatte. Dann sah er, wie sie zusammenzuckte und faßte sie sofort sanfter an.

„Finola? *Was* hat Lucy genau gesagt?", fragte er mit angespannter Stimme.

Finolas Blick wurde betrübt, als wäre ihr plötzlich bewußt geworden, daß sie Schwierigkeiten über ihre Freundin gebracht hatte. „Sie wollte mir nur helfen", flüsterte sie, ihren Blick abgewandt. „Bitte, sei Lucy nicht böse."

Nur mit größter Anstrengung gelang es Morgan, seinen Zorn zu bezwingen. Er würde mit Lucy Hoy später abrechnen.

„Finola – bitte schau mich an", sagte er, ihre Hände weiterhin umklammernd.

Schließlich wandte sie sich ihm wieder zu.

„Wenn du dich stark genug fühlst, daß ich noch etwas länger bei dir bleiben kann, Finola, ... möchte ich dir etwas vorschlagen ... etwas, das uns beiden vielleicht helfen könnte."

Als sie zum Zeichen ihrer Zustimmung nickte, schüttelte er das Kissen hinter ihrem Rücken auf, nahm dann wieder ihre Hand und erzählte ihr, was er auf dem Herzen hatte.

29. Kapitel

Sakrament oder Sakrileg?

Solange ihre Augen nicht wieder strahlen,
wird es in meinem Herzen Nacht sein.

Richard Brinsley Sheridan (1751-1816)

Als Morgan zu sprechen begann, spürte er, wie trocken und zugeschnürt seine Kehle war. Während bei Finola der Ansturm der Gefühle vorerst vorüber zu sein schien, loderten sie in Morgans Herzen wie Feuerflammen.

Während er ihre Hand festhielt, wollte es ihm scheinen, als fehlten ihm, der in der irischen - wie auch in der englischen - Sprache als gewandter Redner galt, in dieser Angelegenheit jegliche Worte. „Finola, – ich möchte dir etwas sagen, aber vielleicht sollte ich mich zuvor entschuldigen, für den Fall, daß ich dich beleidige. Ich versichere dir jedoch, daß ich nur die besten Absichten habe."

Sie runzelte ihre blasse Stirn, erwiderte jedoch nichts.

Ein anderer Gedanke kam Morgan in den Sinn, der etwas damit zu tun hatte, daß er noch nie, außer jetzt, über den Vorschlag nachgedacht hatte, den er zu machen im Begriff war. Er kam sich tatsächlich wie ein grüner Junge vor, zwang sich jedoch, weiterzusprechen. „Ich möchte dir auch sagen, daß ich keinesfalls heute abend noch eine Entscheidung von dir erwarte. Nimm dir soviel Zeit, wie du brauchst, um dich zu entscheiden."

Dann lehnte er sich noch ein kleines Stück weiter nach vorn. „Und du darfst auch wissen, Finola, daß es von meiner Seite keine Bedingungen, keinerlei Erwartungen gibt, die über das hinausreichen, was ich vorschlage – in keiner Weise."

Ihre Stirn legte sich noch mehr in Falten, doch ihr Blick blieb weiter auf ihn gerichtet.

Als Morgan fortfuhr, klang seine Stimme schwerfällig und unnatürlich in seinen Ohren. „Erinnerst du dich an jenen Abend, Finola, an dem ich dich gebeten habe, daß du hierher nach Nelson Hall ziehst?"

Sie nickte, und ihre Lippen zitterten, als sei dies eine schmerzliche Erinnerung für sie.

Für einen Augenblick wanderte Morgans Blick zu ihren Händen – ihre Hand, so weiß und zerbrechlich, ruhte in seiner großen, kräftigen Pranke. „Ich glaube, daß das, was ich dir jetzt vorschlagen möchte, schon damals in meinem Unterbewußtsein eine gewisse Rolle gespielt hat. Im Laufe der Zeit", sagte er, während er es bewußt vermied, ihr in die Augen zu schauen, „hätte ich vielleicht den Mut gefunden, darüber zu sprechen."

Er wußte, daß er ihr jetzt alles sagen mußte. „Ich möchte dich bitten, Finola, darüber nachzudenken ... ob du meine Frau werden möchtest."

Sein Gesicht fühlte sich plötzlich heiß an, und seine Hände waren feucht. Als er sie schließlich wieder ansah, glaubte er zunächst, daß sie das, was er gesagt hatte, nicht gehört oder zumindest nicht verstanden hatte, so still lag sie da, starrte ihn schweigend an und schien kaum zu atmen.

„Bitte ... laß es mich dir erklären", sagte er unbeholfen und räusperte sich. „Ich weiß, wie ich dir vorkommen muß: ein Krüppel im fortgeschrittenen Alter, der um die Hand einer reizenden, jungen Frau wirbt." Die Assoziation, die seine eigenen Worte in ihm hervorriefen, waren niederschmetternd. „Auch bevor ich im Rollstuhl saß, war ich gewiß nie sehr begehrenswert. Jetzt ...", er zuckte resigniert die Schultern, „jetzt bin ich, was ich bin. Du findest diesen Vorschlag bestimmt unverschämt, und ich nehme dir das nicht übel. Doch wenn du noch ein wenig Geduld mit mir hast, und mir zuhörst, dann wird es dir vielleicht ein bißchen weniger ... unmöglich erscheinen."

Er hielt inne und erwartete halb, daß sie ihm ihre Hand entziehen und sich von ihm abwenden würde. Sie tat keines von beidem und sah ihn stattdessen mit großen, ungläubigen Augen an.

„Finola", begann er von neuem, „weißt du, daß ich vor heute abend noch niemals eine Frau gebeten habe, meine Ehefrau zu werden?" Sein Versuch zu lächeln mißlang. „Ich war immer zu zügellos und zu unstet, um seßhaft zu werden und für eine Familie zu sorgen. Es gab Leute, die behaupteten, ich sei mit dieser schrecklichen Insel und allen ihren Problemen verheiratet. Ich frage mich jetzt, ob ich nicht vielmehr ihr *Gefangener* war. Auf jeden Fall war ich zu selbstsüchtig, um eine Frau zu lieben und zu heiraten."

Er schluckte den Geschmack der Bitterkeit hinunter, der in seiner Kehle aufstieg. „Ich habe mich verändert, Finola. Zu einem Teil durch den Rollstuhl, wie du dir gewiß denken kannst; zum anderen Teil ... hoffe ich ..., weil ich ein bißchen klüger geworden bin. Ich hänge immer noch an Irland, das gebe ich zu, das ist jedoch inzwischen vielmehr ein Band der Liebe und Treue als eine verzweifelte Sehnsucht. Außerdem sehne ich mich jetzt, sogar sehr, danach, eine Familie zu haben ... eine Frau, Kinder. Ich habe einen Punkt in meinem Leben erreicht, wo ich glaube, außer dieser Insel noch etwas anderes lieben zu können."

Er sah, wie Tränen in ihre wunderschönen Augen traten, doch, wie von einem mächtigen Strom getrieben, wußte er, daß er zu Ende bringen mußte, was er begonnen hatte.

„Damit du meine Bitte nicht mißverstehst, Mädchen, möchte ich dir versichern, daß ich ... mich dir nie aufdrängen werde. Darum geht es mir nicht. Wir würden wie Freunde leben, wie gute Freunde, wie Kameraden. Ich würde für dich sorgen; ich würde dem Kind ein Vater sein. Es würde dir an nichts fehlen, das verspreche ich dir. Und ich schwöre dir außerdem, daß ich nichts von dir *fordern* würde."

Das Sprechen fiel ihm schwer, und die Worte holperten aus seinem Mund wie wertlose Münzen aus einem Loch in einem Beutel. Finola schien noch bleicher geworden zu sein, und ihre Augen waren gerötet und glasig.

Er konnte jetzt nicht aufhören. Sie mußte alles hören, alles, auch wenn er wie ein Narr dastünde.

„Ich leugne nicht, daß ... ich natürlich eine Zuneigung für dich verspüre", sagte er leiser werdend. „Das weißt du inzwischen bestimmt selbst. Doch, Finola, ich würde mich dir nie ... mit falschen Absichten nähern." Und während er einen Blick über seine in eine Decke gehüllten Beine warf, fügte er hinzu: „Außerdem könnte ich dir bestimmt nicht sehr gefährlich werden."

„Morgan ..." Sein Name war kaum mehr als ein geflüsterter Hauch auf ihren Lippen. Er konnte nicht herausfinden, welche Gedanken sich hinter diesen wunderbaren, blauen Augen verbargen – Augen, in deren Licht jeglicher andere Schein verblaßte. Doch ließ sie seine Hand nicht los, sondern hielt sie umklammert und versuchte, sich daran hochzuziehen. Bei dieser Anstrengung zitterte ihr ganzer Körper.

Er versuchte, sie aufzuhalten und legte eine Hand auf ihre Schulter. „Nein, Finola! Du brauchst kein Wort zu erwidern. Du sollst nicht einmal *versuchen*, mir zu antworten. Denke einfach über das, ... was ich dir gesagt habe, nach ... nimm dir soviel Zeit, wie du brauchst. Ich weiß, daß das sehr selbstsüchtig von mir ist, aber versuche bitte auch zu verstehen, daß ich ebenso dein Wohl im Auge habe ..."

„Du bist kein bißchen selbstsüchtig!" rief sie aus und versuchte wieder, sich aufzurichten. „Doch wie kannst du glauben, daß ich es zulassen würde, daß du dich auf diese Weise an mich bindest ... und an ein namenloses Kind ..."

Er schnitt ihr die Worte ab, indem er ihr sanft einen Finger auf den Mund legte.

„Nein! Es ist kein namenloses Kind! Das Kind – *unser* Kind, Finola, wird einen Namen haben: *meinen* Namen. Und dann sagtest du, daß ich mich an dich binden würde – oh Finola ... wenn du mich nur annehmen möchtest, würde ich vor Freude jubeln!"

Als er sie sanft, aber bestimmt an ihre Kissen zurücklehnte, sah er, daß ihre Augen voller Zweifel waren. „Schau mich nicht so an, Mädchen – ich sage dir die Wahrheit, ganz bestimmt. Du glaubst doch nicht etwa, daß das, was ich dir gesagt habe, einer törichten Selbstlosigkeit oder edlen Gesinnung entspringt?"

Er lächelte sie an und strich eine blonde Strähne aus ihrem Gesicht. „Ich fürchte, einen wahrhaft edlen Charakter findet man selten bei Leuten wie mir", sagte er mit einem schiefen Lächeln. „Nein, Mädchen, das ist viel mehr zu meinem Vorteil als zu deinem."

Morgan ignorierte ihr ungläubiges Kopfschütteln. „Es ist die Wahrheit, Finola; schau mich bitte nicht so an! Ich kann mir dieses dunkle Verlies nicht mehr ohne den Glanz deiner Gegenwart vorstellen, das schwöre ich dir! Und dann möchte ich dir noch etwas sagen, in bezug auf das Kind: ich werde es genauso behandeln, als wäre es mein eigen Fleisch und Blut. Falls du es nicht anders wünschst, braucht das Kind tatsächlich nie etwas anderes zu erfahren, als daß *ich* sein natürlicher Vater sei."

Als sie erstaunt um Luft rang, fuhr Morgan fort, sie überzeugen zu wollen. „Du hast meine Liebe zu Annie gesehen, wie ich mich über das Mädchen freue, wie lieb und teuer sie mir ist. Kannst du mir glauben, wenn ich sage, daß sie genauso mein Kind ist, als wenn mein eigenes Blut in ihren Adern flösse?"

Sie schaute ihm in die Augen. Schließlich nickte sie und sagte leise: „Ja, daran besteht kein Zweifel."

„Dann bedenke folgendes, Finola: auch Annie ist ein Kind ... unerwünschter Umstände, ein Kind, das nicht gewollt war und verstoßen wurde. Warum sollte es schwerer für mich sein, dein Kind zu lieben als Annie?"

„Aber warum solltest du ..."

Wieder brachte er ihren Einwand zum Schweigen. „Sie werden meine Kinder sein, Finola, ich *verspreche* es dir. Annie und dein Baby – und du – ihr werdet meine Familie sein."

Sie hatte aufgehört zu weinen, doch sie sah aschfahl aus und die Ringe unter ihren Augen waren so dunkel, daß er sich schuldig fühlte. „Ich habe dich angestrengt! Ich sollte jetzt gehen, damit du ruhen kannst. Wir werden morgen weitersprechen."

Völlig unerwartet ergriff sie seine Hand und hielt sich beinahe verzweifelt daran fest.

„Ach Mädchen", flüsterte er, während er unbeholfen einen Arm um ihre Schultern legte, um sie zu trösten, „ich möchte dir nicht noch mehr Schmerz bereiten. Ich möchte dir nur helfen, Finola."

„Das weiß ich", sagte sie mit erstickter Stimme. „Aber deine Freundlichkeit ..."

„Sprich nicht von Freundlichkeit!" stieß er hervor. „Das ist keine *Freundlichkeit!* Ich möchte das auch für *mich* – nicht nur für dich!"

Wieder hoben sich die schmalen Schultern. Morgan nahm ihr Gesicht zwischen seine Hände. „Weine nicht, Mädchen", bat er sie sanft. „Bitte weine nicht. Ich gehe zugrunde, wenn du weinst. Ich möchte, daß deine Tränen endlich aufhören. Ich möchte, daß du wieder lächeln kannst."

Er hielt inne. Dann sagte er mit forscher Stimme: „Jetzt mußt du aber schlafen. Morgen, wenn du wieder stärker bist, sprechen wir weiter, ja?"

Morgan schaute ihr solange in die Augen, bis sie schwach nickte. Doch blieb er weiter bei ihr sitzen und verließ das Zimmer nicht eher, bis sie, ihre Hand noch immer die seine umklammernd, ihre Augen geschlossen hatte und eingeschlafen war.

Er sehnte sich schmerzlich danach, ihre blassen Wangen mit seinen Lippen zu berühren, doch er würde sich auch nicht die geringste Freiheit herausnehmen. Es war genug, ihre Hand in der seinen zu spüren, zu wissen, daß sie unter seinem Dach sicher und nahe bei ihm war.

Gott möge ihm helfen, er wollte niemals mehr fordern.

* * *

Seine Nerven waren vielzu angespannt, als daß er schlafen konnte. So begab er sich wieder nach unten in die Bibliothek.

Der Tag war ihm so lang erschienen, daß er glaubte, Mitternacht müsse längst vorüber sein. Er war überrascht, als er die Uhr in der Diele zehn schlagen hörte. So früh war es noch!

An seinem Schreibtisch versuchte er zu lesen, jedoch mit wenig Erfolg. Er blätterte in den Seiten von Josephs Tagebuch, gab es jedoch schnell wieder auf, weil er sich nicht mehr auf seine Konzentration verlassen konnte. So war er erleichtert, als einen Augenblick später Sandemon klopfte und eintrat.

„Ich habe Lucy Hoy in Miss Finolas Zimmer zurückgeschickt", sagte der schwarze Mann nach einem kurzen Gruß. „Ich dachte, Sie möchten nicht, daß sie allein ist."

„Das hatte vorher scheinbar nichts zu bedeuten", grollte Morgan.

Sandemon blieb auf der anderen Seite des Schreibtisches stehen. „Das war meine Schuld", sagte er ruhig. „Ich bin gekommen, um es zu erklären. Die Frau war in die Küche gekommen, um warme Milch und einen Schlaftrunk für Finola zu holen. Ich ... habe sie mit meinen Fragen aufgehalten."

„Du sollst sie nicht entschuldigen! Sie hat ihre Pflicht vernachlässigt." Morgan bemerkte sehr schnell, daß, obgleich es noch nicht so spät war, wie er erwartet hatte, seine Nerven bis zum Zerreißen angespannt und sein Körper so erschöpft war, als hätte er tagelang nicht geschlafen. „Wir werden einen Ersatz für sie finden. Mir liegt ohnehin nichts an der Frau."

Als er keine Antwort vernahm, schaute er auf und sah, wie der schwarze Mann ihn betrübt ansah.

„Sprich!" befahl Morgan. „Du bist offenbar nicht einverstanden."

„Es könnte vielleicht ein Fehler sein", sagte der andere bedacht, „sie gerade jetzt wegzuschicken. Sie hängt an Finola – die ihr offensichtlich völlig vertraut. Ich glaube, Sie sollten sie nicht entlassen."

Morgan forschte in seinem unnachgiebigen Gesicht. „Du hast dich doch nicht etwa in diese Frau verliebt! Du weißt, was sie ist!"

Zum erstenmal, seitdem der schwarze Mann von den Westindischen Inseln nach Nelson Hall gekommen war, entdeckte Morgan bei ihm einen Anflug von Zorn. Seine breiten Nasenflügel bebten, und die dunklen Augen wurden hart.

„Nur weil ich Sie bitte, gerecht zu sein, verdächtigen Sie mich auf diese Weise?"

Morgan hatte seine voreilige Anschuldigung bereits bereut. „Es tut mir leid – ich habe es nicht so gemeint. Es geht mir nur darum, jemanden bei Finola zu wissen, der zuverlässig ist."

„Ich möchte nicht anmaßend sein, *Seanchai*", erwiderte Sandemon ruhig, „ich glaube jedoch, daß Lucy Hoy völlig zuverlässig ist ... zumindest in dieser Hinsicht. Außerdem meine ich, daß Sie ihr ... vielleicht sehr schaden könnten, wenn Sie sie gerade jetzt entlassen."

Morgan starrte ihn an. Er hatte nicht die geringste Ahnung, worauf der Mann anspielte – doch das hatte er selten. Dennoch hatte er gelernt, der Intuition Sandemons zu vertrauen.

„Nun gut, sie kann bleiben", sagte er widerwillig, „aber nur solange, wie Finola sie braucht."

Der schwarze Mann neigte seinen Kopf und wandte sich um, um das Zimmer zu verlassen. Morgan schaute auf den breiten Rücken, die gewaltigen Schultern. Das Wunder von den Westindischen Inseln *war* ein Wunder. Er erstaunte Morgan immer wieder neu mit seiner Aufmerksamkeit – und seiner liebenden Anteilnahme. In diesem Augenblick, als Sandemon zur Tür ging, wurde es Morgan bewußt, daß er seinem Freund von seinen Plänen, Finola zu heiraten, erzählen sollte – ja, daß er es ihm erzählen *mußte.*

„Sandemon?"

Der schwarze Mann hielt inne und blickte über die Schulter zurück. „Ja, *Seanchai?*"

„Wenn du noch einen Augenblick warten könntest. Ich möchte etwas mit dir besprechen."

Sandemon wandte sich um, sein Gesicht war fragend.

„Setz dich lieber", sagte Morgan. „Es wird eine Weile dauern."

Sandemon stellte sich einen Stuhl auf der anderen Seite des Schreibtisches zurecht und setzte sich, den Blick gespannt auf Morgans Gesicht gerichtet.

Als Morgan darum rang, wie er am besten beginnen sollte, wurde ihm bewußt, daß ihm nicht sosehr daran lag, daß sein Freund ihn verstand, sondern vielmehr, daß er ihm seinen Segen gab.

* * *

Als Sandemon das Zimmer schließlich verlassen hatte, wandte Morgan sich wieder dem Tagebuch zu, das vor ihm auf dem Schreibtisch lag. Doch selbst mit Brille schienen die Worte vor seinen Augen zu verschwimmen.

Er war zweifellos überanstrengt. Gerade wollte er sich wieder in sein Schlafzimmer zurückziehen, als ein leises Klopfen ertönte, und Schwester Louisa in der Tür erschien.

Etwas widerwillig winkte er sie heran. Offenbar war niemand im Haus so müde wie er.

Sie blieb in einem respektvollen Abstand vor dem Schreibtisch stehen. „Sandemon hat mir gesagt, daß sie gerade von dem Mädchen gekommen sind. So wollte ich fragen, wie es ihr geht."

Morgan bedeutete ihr, Platz zu nehmen, doch sie zog es vor, stehenzubleiben. „Finola ... schläft jetzt", sagte er. „Sie war bereits eingeschlafen, als ich sie verließ."

Die Nonne stieß einen Seufzer der Erleichterung aus und faltete ihre Hände vor ihrem Körper.

„Armes Mädchen. Sie hat schon soviel durchlitten. Was soll sie *jetzt bloß tun?*"

Morgan schaute sie an. „Sie meinen wegen des Kindes?" fragte er geradeheraus.

Er hatte es ihr gegeben. Die meisten Nonnen wären rot geworden und hätten zu stottern begonnen. Nicht so Schwester Louisa. Sie nickte nur und wiederholte seine Worte: „Wegen des Kindes."

Er zögerte nur einen einzigen Augenblick: „Ich habe sie gebeten, meine Frau zu werden", bemerkte er gleichmütig.

Die Nonne sah aus, als müsse sie ersticken, sagte jedoch nichts.

„Sie hat mir noch nicht geantwortet, doch ich habe natürlich Hoffnung."

Was nun kam, traf ihn völlig unvorbereitet.

„Das *kann nicht* Ihr Ernst sein!" stieß sie hervor. „Eine solche Ehe würde ..." Sie hielt inne und merkte, daß sie die Grenze des Anstands überschritten hatte.

Morgan nahm seine Brille ab und starrte sie an: „Wäre *was,* Schwester?"

Er hätte wissen müssen, daß sie viel zu offen und selbstbewußt war, um ihren Mund zu halten. Trotzdem war sie eine Nonne. Er würde ihr den Respekt erweisen, den ihr Stand erforderte. „Fahren Sie fort", sagte er matt. „Sie haben schließlich auch ein Recht darauf, Ihre Meinung zu äußern."

Aufgebracht sagte sie: „Ein solche Ehe wäre eine Sünde."

Nonne oder nicht – Morgan brauste auf: „Einen Moment mal bitte ..."

„Verzeihen Sie mir", stieß sie offensichtlich verstört hervor. „Ich weiß, was Sie versuchen möchten, aber ..."

„*Wissen* Sie das tatsächlich?" zischte Morgan, während er seine Hände auf dem Schreibtisch zur Faust ballte, um nicht auf den Tisch zu schlagen. „Warum sagen Sie mir nicht, was ich versuchen möchte, Schwester?"

Das Gesicht der Schwester wurde purpurrot. „Ihre Motive sind bewundernswert, *Seanchai,* aber eine solche Ehe wäre eine Lüge vor Gott und kein Sakrament!"

„Ich glaube, ich kann mich erinnern", bemerkte Morgan bissig, „daß man auch Sie beschuldigte, mit einem der Sakramente in Konflikt geraten zu sein."

„Sie würden dem Mädchen einen schlechten Dienst erweisen! Sie an Ehe ohne Liebe, an eine hoffnungslose Gemeinschaft zu binden ..."

Morgan verlor völlig die Fassung. „Diese Ehe wäre weder eine Lüge, noch wäre es eine Ehe ohne Liebe! Nicht, daß es Sie irgend etwas anginge – aber ich *liebe* Finola zufällig ... sehr sogar."

Sein offenes Geständnis brachte sie zum Schweigen, doch nur für einen Augenblick. Morgan wußte, daß die Nonne ihre Fassung erstaunlich schnell wiedergewinnen konnte.

„Trotzdem", sagte sie mit unsicherer Stimme, „würden Sie ein Sakrament kompromittieren, wenn Sie heiraten, obwohl Sie wissen, daß es keine echte Einheit geben kann ..."

Auf ihrem scharf gezeichneten Gesicht war plötzlich Angst zu lesen. Wäre Morgan nicht so zornig gewesen, hätte ihre plötzliche Verunsicherung ihn möglicherweise amüsiert.

„Ich möchte noch einmal feststellen, Schwester Louisa, daß dies nicht Ihre Angelegenheit ist. Weil Sie es sich jedoch selbst auferlegt zu haben scheinen, sich zu meinem geistlichen Ratgeber zu machen, möchte ich Ihnen versichern, daß ich durchaus zu einer echten ... *Vereinigung* fähig bin. Meine Beine mögen gelähmt sein, aber ich bin trotzdem noch ein Mann."

Sie schaute auf ihre Füße, auf den Fußboden, auf das Fenster hinter ihm – überall hin, nur nicht zu ihm. „Es tut mir furchtbar leid ... ich wollte nicht ..."

„Ich weiß, was Sie wollten, Schwester", sagte Morgan mühsam. „Und es ist in Ordnung, daß Sie sich schützend vor Finola stellen. Doch lassen Sie mich Ihnen erklären, daß ich, obgleich ich imstande bin, Finola ein Ehemann zu sein ... in jeder Weise, nicht die Absicht habe, mich ihr aufzudrängen."

Er seufzte und rieb sich mit einer Hand in den Augen. „Finola wurde verletzt – tief verletzt, und es wird Zeit brauchen, die Wunden zu heilen. Ich habe jedoch die Absicht, ihr während ihrer Genesung jeden erforderlichen Schutz zu gewähren. Sowohl sie als auch das Kind werden meinen Namen tragen, und ich werde alles tun, was in meiner Macht steht, um ihr jegliche weitere Demütigung zu ersparen.

Schwester Louisa warf ihm von der Seite einen Blick zu. „Was wäre aber", wagte sie einen weiteren Vorstoß, „wenn Finola der Meinung ist, daß *ihr* eine solche nicht genügt?"

Morgan schloß für einen Augenblick die Augen. Als er sie wieder öffnete, bohrte er seinen Blick direkt in Schwester Louisas Augen. „*Ihnen* muß ich nicht erst erklären, daß eine Ehe, die nicht ... vollzogen wird, von der Kirche annulliert werden kann. Falls jemals die Zeit kommen sollte, daß Finola frei von mir sein möchte, werde ich nicht versuchen, sie an ihr Gelübde zu binden. Doch in der Zwischenzeit habe ich die Absicht, ihr ein treuer Ehemann zu sein – und ein Vater für ihr Kind."

Er hielt inne und betrachtete die Nonne, die sprachlos vor ihm stand. „Für *mich*, Schwester Louisa, ist dies *nicht* nur ‚Vernunftehe', noch ist es eine Lüge oder Heuchelei. Ich werde ihr ein rechter Ehemann sein, solange ich lebe – oder solange *sie* es möchte."

Er wehrte ihren Einwand mit einer Handbewegung ab. „Wenn Finola meinen Antrag annimmt, wird ihr Kind einen Namen haben. Finola wird ein Zuhause haben und als meine Ehefrau auch jegliche finanzielle Sicherheit. Also", sagte er und stieß sich von seinem Schreibtisch ab, „falls Sie heute abend keine weiteren Ermahnungen mehr für mich vorzubringen haben, würde ich mich jetzt nach oben begeben."

Die Nonne richtete sich zu ihrer vollen Höhe auf und schaute ihm in die Augen. „Ich möchte mich entschuldigen", sagte sie mit offenkundiger Aufrichtigkeit, „falls ich Sie beleidigt habe."

Morgan seufzte. „Ich bin nicht beleidigt, Schwester", entgegnete er müde. „Gute Nacht."

30. Kapitel

Ehrbare Ziele

Es wird immer Hoffnung geben für den, der bereit ist zu wagen, den, der auch das Leiden nicht scheut.
Hoffnung gibt es für alle, die nicht danach fragen,
ob ihr Weg eher hell oder dunkel, rauh oder eben,
für alle, die weder Arbeit noch Mühe gereut ...
Es wird immer Hoffnung geben für den, der von ganzem Herzen Gott vertraut und ‚Arbeit' als Leitspruch wählt für sein Leben.

James Clarence Mangan (1803-1849)

New York City,
Anfang März

„Wie sehr wünschte ich, daß du stark genug wärst, um heute m-mitkommen zu können, Nora", sagte Evan, während er es zuließ, daß sie in letzter Minute noch einmal seinen Binder richtete. „Wenn ich gewußt hätte, daß du nicht mitkommen kannst, hätte ich das Angebot, mit den Jungen auf dieser Veranstaltung zu singen, nicht angenommen."

„Mach dir nicht soviel Sorgen, Evan! Es war völlig richtig, daß du die Verpflichtung angenommen hast." Nora zog noch einmal seinen weißen Stehkragen glatt, bevor sie sich auf der Bettkante niederließ. „Außerdem sieht man bei mir schon soviel, daß ich mich auch nicht gerne auf einer solchen öffentlichen Veranstaltung zeigen würde, wenn es mir völlig gutginge."

Seufzend setzte sich Evan neben sie und nahm ihre Hand. „Ich muß zugeben", sagte Evan, „daß ich einfach n-nicht verstehe, warum Frauen, die ein Kind bekommen, sich nicht in der Öffentlichkeit zeigen sollen. Das erscheint mir falsch, völlig falsch."

Nora blickte an sich selbst herab und lächelte, während sie ihren Bauch berührte. „Ich glaube, daß es anderen vielleicht unangenehm ist", erklärte sie, „besonders den Männern, und je dicker wir werden, um so mehr Unbehagen bereiten wir ihnen."

Im stillen wurde Evan bewußt, daß sein Unbehagen nichts mit Noras

Äußerem zu tun hatte, sondern in der Sorge um ihr Wohlergehen begründet war. Laut brachte er nur kurz seine Zustimmung zu ihrer Erklärung zum Ausdruck.

„Außerdem", fuhr sie fort, „ist es ja nicht so, daß niemand aus unserer Familie dabei wäre. Johanna und Daniel John werden dich begleiten."

„Das stimmt, und es war ein ausgezeichneter Gedanke von D-Daniel, Johanna einzuladen."

Nora strich sich eine kurze Haarsträhne hinter das Ohr und sagte: „Ja, der Junge denkt immer an andere, und auch wenn Johanna die Musik nicht hören kann, wird sie sich freuen, einmal ausgehen zu können. Das arme Mädchen verbringt ohnehin zuviel Zeit hier im Haus, um mir zu helfen."

„Johanna liebt dich sehr." Evan küßte sie flüchtig auf die Wange, dann stand er auf und half Nora auf die Beine. „Ich glaube, sie freut sich wirklich darüber, daß sie dir helfen kann." Nervös an den Knöpfen seines Jacketts spielend, sagte er: „Ich glaube, wir m-müssen jetzt wirklich gehen, sonst verpassen wir die Fähre. Und das d-darf uns heute auf gar keinen Fall passieren!"

„Es wird alles wunderbar klappen, Evan – ich weiß es einfach! Vergiß nicht, ich werde die ganze Zeit beten!"

Er küßte sie noch einmal. „Ich werde mich darauf verlassen! Ich mache so etwas zum erstenmal in meinem Leben, und ich m-möchte so gern, daß die Jungen merken, daß sie ihre Sache g-gut gemacht haben!" Er hielt inne. „Bist du *ganz* sicher, daß du allein zurechtkommen wirst, nur m-mit dem kleinen Tom?"

Nora legte ihm beide Hände auf die Schultern und lächelte ihm in die Augen. „Wirst du jetzt endlich aufhören, dich um mich zu sorgen und dich auf den Weg machen! Mir wird es gutgehen, und deine Jungs werden großartig sein! Es sei denn, ihr Chorleiter erscheint nicht, weil er die Fähre verpaßt hat!"

* * *

Michael sah einfach wunderbar aus!

Sara Farmington Burke strahlte, als ihr Ehemann seine Rede vom Podium des Ballsaals beendet hatte. Ihn davon zu überzeugen, den Schneider ihres Vaters aufzusuchen, hatte beinahe ebensoviel Überredungskunst gekostet, wie ihn dazu zu bringen, an diesem Abend zu sprechen. Das Ergebnis war jedoch ein wunderschöner schwarzer Anzug, der seine breiten Schultern betonte und sein dunkles Haar unterstrich – und sie zur Frau des schneidigsten Mannes im Saal machte.

Sara glaubte, sie müsse vor Liebe und Stolz zerspringen, während sie zusah, wie ihr gutaussehender Ehemann die Zuhörer zu gewinnen suchte – eine Zuhörerschaft, die sich aus den wohlhabendsten und einflußreichsten Familien New Yorks zusammensetzte. Im Glanz der Nachmittagssonne, die durch die Buntglasscheiben drang, erstrahlte der geräumige und elegante Ballsaal, der sich im oberen Stockwerk befand, wie ein Juwel. Silber und Glasuren waren auf Hochglanz poliert; Mosaikarbeiten und wunderschöne Gemälde erfüllten den Raum mit einer herrlichen Farbenpracht.

Als Michael sich den Fragen seiner Zuhörer stellte, spürte Sara deutlich, daß er die Aufmerksamkeit des Publikums nicht nur durch sein anziehendes Äußeres und durch seinen Charme gewonnen hatte, obgleich er von beiden mehr als genug aufzuweisen hatte. Nein, wenn es auch nicht zu leugnen war, daß er beinahe auffallend gut aussah, besaß er offensichtlich noch mehr, etwas, das sich schwer beschreiben ließ und das Interesse – und den offenkundigen Respekt – der Zuhörer auf einer viel tieferen Ebene geweckt hatte als Charme und ein angenehmes Äußeres es jemals vermögen.

Sara fühlte sich schuldig, als sie sich eingestand, daß sie zunächst überrascht war, wie die Zuhörer auf ihren Mann reagierten. Sie war sich nicht sicher gewesen, was sie zu erwarten hatte; in einer hinteren Ecke ihrer Gedanken hatte sie immer wieder die beunruhigende Möglichkeit belauert, Michael zu etwas überredet zu haben, was sich am Ende gegen ihn richten würde.

Sie kannte die meisten der Anwesenden, und viele von ihnen kannte sie gut. Sara wußte genau, daß die meisten von ihnen aufrichtige Christen waren und den ehrlichen Wunsch hatten, anderen zu helfen. Doch genauso sicher wußte Sara auch, daß es unter ihren Gästen auch solche gab, die um ihrer ungezügelten Neugier oder einfach um der Geselligkeit willen gekommen waren. Es wäre ihnen nie in den Sinn gekommen, ihre Kraft oder ihr Geld dafür einzusetzen, die Bewohner von Mietskasernen zu unterstützen – noch viel weniger, da die meisten der Bewohner dieser Mietskasernen *Iren* waren.

Doch im großen und ganzen war sie von dem Zuhörerkreis überrascht – wie auch von Michael. Er hatte sich seinen Zuhörern mehr als gewachsen erwiesen, hatte sie tatsächlich zu fesseln verstanden.

Unter den Damen und Herren, die sich um das Podium scharten, befanden sich einige der eigenwilligsten Persönlichkeiten New Yorks. Bis auf wenige griesgrämige Besserwisser schien Michael sich jedoch den Respekt der Gruppe erworben zu haben.

Als sie zu ihrem Vater hinüberschaute, sah Sara, daß sowohl er als auch Simon Dabney, der große, elegant gekleidete Rechtsanwalt neben ihm, ebenso wie alle anderen von Michael begeistert waren.

* * *

„Dein Schwiegersohn ist eine echte Überraschung", bemerkte Simon Dabney und wandte seine Augen nicht von dem irischen Polizisten am Podium ab.

„Wirklich? In welcher Hinsicht?"

Dabney sah Lewis Farmington an. „Er hat mich echt beeindruckt, Lewis, und auch ein wenig neugierig gemacht. Kannst du mir sagen, welche Ambitionen dieser Mann hat?"

„Michael?" Lewis Farmingtons Blick wanderte zu seinem Schwiegersohn zurück, und einen Augenblick später lächelte er geheimnisvoll. „Ich möchte bezweifeln, Simon, daß du die Ambitionen eines Mannes wie Michael Burke verstehst. Ich möchte das sehr stark bezweifeln."

„Du möchtest nicht mehr dazu sagen?"

Immer noch lächelnd verschränkte Lewis Farmington die Arme vor seiner Brust. „Wieviel kompromißlos ehrliche Menschen sind dir in deinem Leben begegnet? Überhaupt jemand?"

„Lewis – du beleidigst mich", erwiderte Simon Dabney in einem fröhlichen Ton, der keineswegs beleidigt klang. „Nun, laß mich einmal nachdenken – ich nehme an, du meinst, die Anwesenden ausgeschlossen – dann bleiben natürlich nur noch wenige übrig."

Lewis Farmington lachte. „Wie ich es mir gedacht habe. Du gibst also zu, daß die Welt der Politiker nicht unbedingt mit edlen Charakteren überbesetzt ist?"

„Die politische Welt New Yorks wird, wie dir zweifellos bekannt sein wird, immer mehr von *Iren* besetzt. Und", fügte Dabney mit einem gespielten Seufzen hinzu, „unter ihnen wird Ehrlichkeit auch nicht höher geschrieben als bei allen anderen."

„Damit hast du zweifellos recht", erwiderte Lewis Farmington. „Doch ich gebe dir mein Wort darauf: Michael Burke ist ein durch und durch ehrlicher Mann, und ich würde sogar sagen, ein Mann mit einem *edlen*

Charakter. Was seine ‚Ambitionen' betrifft, so kann ich dir nicht viel dazu sagen, doch ich meine, daß es zu seinen wichtigsten Zielen gehört, seine Redlichkeit zu bewahren."

„Ich nehme an, er ist katholisch?" forschte Dabney munter weiter.

„Nein, Michael ist evangelisch."

„Interessant."

„Er ist ein interessanter Mann", Lewis Farmingtons dunkle Augen mit dem messerscharfen Blick forschten noch aufmerksamer in dem Gesicht des anderen. „Warum so neugierig wegen meines Schwiegersohns, Simon? Wie du inzwischen bemerkt haben wirst, gilt sein hauptsächliches Interesse den Problemen der Einwanderer: ihren widerwärtigen Lebensbedingungen und den Verbrechen, die gegen sie verübt werden. Ich kann mich nicht erinnern, daß du dich in der Vergangenheit sonderlich für soziale Probleme interessiert hättest."

„Lewis, ich habe in der Tat faszinierende Dinge, überaus faszinierende Dinge, über Captain Burke gehört. Er scheint sich unter den ... gewöhnlicheren Elementen der Stadt einen ganz schönen Ruf erworben zu haben. Ausgezeichnetes Führungszeugnis, einfühlsamer Polizist ... usw. Du wirst zugeben müssen, daß das eher die Ausnahme ist."

„Zweifellos."

„Unsere Partei sucht zufälligerweise gerade einen geeigneten Kandidaten als ihren Vertreter in der Stadtverwaltung – sowie einen Mann, der es wert ist, auf eine weitere Karriere vorbereitet zu werden." Dabney lächelte Lewis Farmington gewinnend an. „Dir ist nicht zufällig bekannt, ob Captain Burke irgendwelche politischen Ambitionen hat?"

Wieder zog Farmington seine dunklen Brauen hoch. „Ich glaube, ich sagte bereits, daß Michael ein ehrlicher Mann ist."

„Genau das suchen wir."

„Oh, dann handelt es sich gewiß um eine neue politische Strömung?"

„Lewis, Lewis ... manchmal kannst du echt zynisch sein. Trotzdem möchte ich nicht leugnen, daß es im Augenblick in der Stadtverwaltung ... etliche fragwürdige Persönlichkeiten zu geben scheint."

„Eine Verbrecherbande, würde ich sagen."

„Vielleicht", Dabney seufzte. „Im Ernst, wir suchen nicht einfach nur einen weiteren verschlagenen Politiker; davon haben wir bereits mehr als genug. Wir suchen einen intelligenten, aufrichtigen Mann, der dabei hilft, in der Stadt einige Dinge in Ordnung zu bringen, bevor er in die Regierung des Bundesstaates aufsteigt, oder noch höher. Wie dir bekannt ist, möchten wir gern unseren eigenen Mann in Washington haben. Nachdem ich von Captain Burkes Ruf gehört und heute nachmittag erlebt habe, wie er seine Zuhörer mit seinem Charme gefesselt hat, bin ich tatsächlich sehr daran interessiert, mit ihm zu sprechen. Ich hoffe, du wirst mich ihm vorstellen?"

„Korrigiere mich bitte, Simon, wenn ich falsch informiert bin, aber ich glaube, diese Aufgabe als Mitglied der Stadtverwaltung ist ehrenamtlich, unbezahlt, nicht wahr?"

„Das stimmt, ich bin mir jedoch sicher, daß wir für den Captain gleichzeitig noch einen bezahlten Dienst organisieren könnten, während er diese Aufgabe übernimmt. Und wie du weißt, Lewis, wäre dies nur ein erster Schritt: Mitglied der Stadtverwaltung, dann als nächstes – vielleicht Kongreßabgeordneter? Zuerst müssen wir jedoch einen aufrichtigen Mann finden, dem wir unsere volle Unterstützung gewähren können."

„Ganz ehrlich, Simon, ich bin mir ganz und gar nicht sicher, ob ich es wünschenswert fände, wenn sich ein Mitglied unserer Familie in der politischen Szene etabliert. Die ganze Sache scheint bei mir einen bitteren Geschmack zu hinterlassen."

„Unsinn, Lewis! Dein blaues Blut streitet einfach wider den Spitzbuben in dir. Schau, selbst in den besten Familien gibt es heutzutage stets ein oder zwei Mitglieder, die in der Politik tätig sind."

Noch bevor er seinen Satz beendet hatte, wandte Simon Dabney seine Aufmerksamkeit wieder dem irischen Captain zu. Im Geist stellte er sich diesen schneidigen Mann bereits mit dem großen seidenen Hut und dem Stock aus Elfenbein vor.

* * *

Michael hatte keine Zeit, darüber nachzudenken, wie er angekommen war, doch überraschte ihn der Umfang – und die Vielfalt – der Fragen, die seine Zuhörer an ihn stellten.

Und noch mehr überraschte ihn die Leichtigkeit, mit der er diese Fragen beantworten konnte. Bis heute war es ihm selbst nicht bewußt gewesen, wie sehr er sich in die Siedlungen der Einwanderer und ihre Probleme vertieft hatte, und es war eine Art Offenbarung für ihn, herauszufinden, daß er mehr wußte, als er selbst geglaubt hatte.

Nicht daß er sich wohl dabei fühlte, wie er hier vor diesen einflußreichen Persönlichkeiten der Gesellschaft stand, als gehörte er zu ihnen, doch zahlten sich auch hier die vielen Jahre, die er bei der Polizei gedient hatte, für ihn aus. Wenn es etwas gab, was ein Polizist von Anfang an lernen mußte, dann war es, wie man eine Menge einschätzen und unter Kontrolle bekommen kann.

Natürlich war diese Versammlung nicht mit irgendeiner seiner vorangegangenen Erfahrungen zu vergleichen. Trotzdem hatte er sehr bald erkannt, daß sich unter seinen Zuhörern eine ganze Reihe anständiger, aufrichtiger Leute befanden. Außerdem, so fiel Michael auf, waren auch ein paar Dummköpfe dabei, wie z. B. der langnasige, junge Aristokrat, der ganz vorn in der Menge rechts neben ihm stand. Dieser junge Mann mit dem glatten, blonden Haar und der kunstvoll gearbeiteten Weste schien, sobald er seinen Mund öffnete, darauf bedacht zu sein, seine Dummheit zu beweisen.

„Sie möchten uns also einreden ... äh, *Captain* ...“ sagte er und sprach Michaels Rang so aus, als sei es eine ethnische Schande, „daß die irische Bevölkerung in Five Points ... von den wohlhabenderen Schichten der Stadt ausgebeutet würde? Das ist gewiß eine Übertreibung! Wie allgemein bekannt ist, haben die Iren *von jeher* in Schmutz und Elend gelebt, schon bevor sie nach Amerika kamen! Ja, nach dem zu urteilen, was ich gelesen habe, ist ganz Irland nichts anderes als ein Slum!“

Der Blondhaarige warf Michael einen Blick äußerster Verachtung zu. Michael mußte sich zusammennehmen, um dem Drang zu widerstehen, ihn zu zermalmen. Stattdessen formte er seinen Mund zu einem freundlichen Lächeln und erwiderte: „Nun, Sir, mir scheint, Sie haben die englische Presse gelesen. Somit werden Sie zweifellos auch erfahren haben, daß die Iren direkt aus dem Sumpf erstanden sind und somit Gottes Schöpfungsplan umgangen haben.“

Michael holte Luft und war überrascht, als er in der Menge heimliches, ersticktes Lachen hörte. „Wie dem auch sei“, fuhr er gelassen fort, „die traurige Wahrheit sieht so aus, daß Irland gegenwärtig tatsächlich eine unglückselige, verwüstete Insel ist, ein Zustand der, wenn nicht gänzlich, so doch zum größten Teil, von den Engländern verschuldet ist. Das sind übrigens die gleichen Engländer, denen die Amerikaner vor ein paar Jahren eine Abfuhr erteilt haben, weil sie von ihren unverschämten Steuern und dekadenten Gesetzen mehr als genug hatten.“

Michael ignorierte den stürmischen Applaus und fuhr fort: „Sehen Sie, die Iren kamen herüber, weil sie von diesen Vereinigten Staaten etwas Besseres erwartet hatten. Sie hatten gehört, daß die Amerikaner ihre Freiheit so hoch schätzen wie die Iren und daß dieses Land auf der Grundlage der Freiheit für alle aufgebaut sei.“

„Vielleicht“, fügte Michael hinzu, und sein Ton war etwas schärfer als beabsichtigt, „können Sie sich die Überraschung dieser Einwanderer vorstellen, wenn sie erfahren, daß dieses Prinzip für alle, außer für Iren, gilt."

Michael schien sie plötzlich nicht mehr ertragen zu können – die Menge einschließlich der modisch gekleideten Damen, die ihn anstrahlten – und er ermutigte sie mit kurzen Worten noch einmal, in ihren Anstrengungen, den Einwanderen in den Slums zu helfen, nicht nachzulassen. Dann verließ er das Podium mit einem höflichen Kopfnicken und einem gezwungenen Lächeln.

* * *

Mehr als eine halbe Stunde später wartete Sara noch immer darauf, daß Michael sich von ihrem Vater und Simon Dabney losreißen würde.

Von Neugier umgetrieben, hatte sie versucht, sich durch die Erfrischungen abzulenken und hatte verschiedene der angebotenen Desserts probiert.

„Mrs. Burke?"

Sara wandte sich dem anderen Ende des Kuchentisches zu. Zuerst erkannte sie die Frau mit dem scheuen Lächeln, die allein dort stand, nicht. In ihrem festlichen, violetten Seidenkleid und der mit Tüll besetzten Kappe sah Alice Walsh jünger und gepflegter aus, als Sara sie in Erinnerung hatte.

Obgleich sie sich vage daran erinnerte, der Frau schon einmal bei einem Missionsbasar begegnet zu sein, war Sara dennoch überrascht, sie heute hier anzutreffen. Irgendwie schien der Gedanke, daß Patrick Walshs Frau sich für die Notlage der Einwanderer New Yorks interessierte, eine unglaubliche Ironie zu sein.

Sara brachte ein schwaches Lächeln und einen höflichen Gruß zustande. Erst dann trat Alice Walsh zögernd und scheu näher.

Auch wenn sie wußte, wie sehr Michael Patrick Walsh verabscheute, brachte es Sara dennoch nicht fertig, seine Frau mit dem reizenden Gesicht anders als höflich zu behandeln. Als sie sah, wie die Frau näher kam, spürte sie, wie sich auf unerklärliche Weise etwas in ihr für diese Frau öffnete, ein Gefühl sie ergriff, das beinahe an Mitleid grenzte. Genauso hatte Sara ihr gegenüber auch empfunden, als sie Tierney auf Staten Island besucht hatte.

Einen Augenblick später begannen sie eine höfliche – und äußerst belanglose – Unterhaltung über den Basar, und Sara glaubte die ganze Zeit zu spüren, daß die Frau mehr als dieses belanglose Reden im Sinn hatte. Es schien ihr jedoch sehr viel Mühe zu bereiten, über ihr Anliegen zu sprechen.

„Mrs. Burke ... ich frage mich ... ich wollte gern wissen ...“

Sie war von einer Atmosphäre der Unsicherheit umgeben – einer Scheu, die noch dazu eine gewisse Dringlichkeit einschloß. Obgleich sie es nicht wollte, rief dieses mangelnde Selbstvertrauen Saras Mitgefühl hervor. Wieder rätselte sie darüber, wie so eine Frau einen Schurken wie Patrick Walsh heiraten konnte.

„Ich habe gedacht ... daß ich vielleicht bei Ihrer Arbeit ... Ihrer Missionsarbeit in den Slums mithelfen könnte.“ Nachdem die Worte endlich heraus waren, schien die Frau sich beinahe verzweifelt danach zu sehnen, sich mitzuteilen. „Wissen Sie, ich habe im Augenblick ziemlich viel freie Zeit, und ich möchte sie gern sinnvoll einsetzen! Ich bin bereit, alles zu tun, was nötig ist.“ Plötzlich hielt sie sich eine Hand vor den Mund, als sei sie von ihrer eigenen Kühnheit überrascht.

Sara war überrascht, aber interessiert. Sie brauchten dringend Hilfe für ihre Missionsarbeit in den Slums, und solche Hilfe war schwer zu finden. Geld- und andere materielle Spenden waren ständig im Steigen begriffen, doch sah es ganz anders aus, wenn es darum ging, Helfer zu finden – Helfer, die die Zeit und die Bereitschaft - und den Mut - hatten, sich unter die „Unberührbaren“ der Stadt zu begeben.

„Ich fürchte, was wir wirklich brauchen, Mrs. Walsh“, erwiderte Sara offen, „sind Leute mit einem starken Herzen sowie viel Kraft und Überzeugung. Wir brauchen Menschen, die bereit sind, an Orte wie Five Points zu gehen und dort unter diesen Menschen zu arbeiten. Die Bedingungen dort“, fügte sie eilig hinzu, „sind jedoch sehr anstößig – geradezu widerwärtig. Um ganz offen zu sein, muß ich Ihnen sagen, daß einige von uns schon über Jahre in Five Points arbeiten und doch immer wieder neu alle Kraft zusammennehmen müssen, um nicht vor dem Elend aufzuschreien und davonzulaufen.“

Alice Walsh wurde bleich, zu ihrer Ehre muß jedoch gesagt werden, daß sie keinen Rückzieher machte. „Trotzdem, Mrs. Burke ... ich möchte es trotzdem versuchen. Ich glaube, ich komme damit zurecht.“

Obgleich Sara auch nicht allzu groß war, mußte sie doch herabschauen, um Alice Walsh in die Augen sehen zu können. „Haben Sie ... an etwas Spezielles ... gedacht, Mrs. Walsh? Haben Sie, äh, vielleicht auf einem Gebiet besondere Gaben und Fähigkeiten?“

Alice Walsh wurde plötzlich sehr verlegen. „Besondere Fähigkeiten?

Oh ... nein, das habe ich leider nicht“, stammelte sie mit hochrotem Gesicht. Einige Augenblick später straffte sie jedoch ihre Schultern ein wenig und sagte: „Eigentlich kann ich nicht viel, außer Klavier spielen. Ich bin jedoch bereit, alles zu tun, was nötig ist.“ Sie hielt inne und fügte dann hinzu: „Und ich ... neige nicht dazu, schnell ohnmächtig zu werden.“

Ein schwaches, unsicheres Lächeln huschte über ihr Gesicht. Als Sara dem Blick dieser hellblauen Augen begegnete, sah sie darin eine unerwartete Entschlossenheit und Stärke aufflammen. Sara lächelte zurück und sagte: „Vielleicht könnten Sie nächste Woche einmal bei mir zu Hause vorbeischauen, Mrs. Walsh. Dienstag wäre gut. An diesem Tag kommen bereits zwei andere Frauen, um über die geplanten Aufgaben zu sprechen.“

Eine große Dankbarkeit spiegelte sich auf Alice Walshs Gesicht wider, und Sara glaubte, daß sie diese Frau vielleicht eines Tages sogar sehr mögen würde.

* * *

„Nun?“ Sara wippte ungeduldig mit dem Fuß, während sie zusah, wie Michael ein großes Stück von Esther Parrishs Apfelkuchen auf seinen Teller schaufelte.

Auf seinen Kuchen erpicht, antwortete Michael ihr erst, nachdem er den ersten Bissen gekostet hatte: „Was – nun?“

„Was wollte Simon Dabney?“

Er nahm einen weiteren Bissen. „Dein Vater hat uns nur bekanntgemacht. Du kennst ihn, nehme ich an?“

„Natürlich kenne ich ihn! Simon kennt jeder. Er ist einer der rücksichtslosesten Anwälte in unserem Staat.“ Sie hielt inne. „Und auch einer der erfolgreichsten. Außerdem ist er ein einflußreicher Politiker.“

„Das ist er“, sagte er gleichgültig und blickte gedankenlos in den Saal, während er weiter seinen Kuchen genoß.

„Ihr habt euch länger als eine halbe Stunde unterhalten!“

Schließlich schaute er sie an, und seine dunklen Augen funkelten belustigt. „Als eine so wohlerzogene junge Dame, Sara *a gra*, kannst du unheimlich – direkt sein.“

„Und ungeduldig.“

Er grinste. „Ja, genau. Nun gut, ich glaube, ich werde nicht eher Ruhe haben, bis ich es dir erzähle. Mr. Dabneys Neugier“, sagte er, während er voller Bedauern auf das letzte Stück seines Kuchens blickte, „schien genauso grenzenlos zu sein wie deine."

Sara runzelte verwirrt die Stirn und sah zu, wie er seine Gabel zum Mund und dann langsam zu dem letzten Rest seines Kuchens zurückführte.

„Zum Beispiel", sagte er schließlich, während er sich mit seiner Serviette den Mund abwischte, „schien er ein ungewöhnliches Interesse für meine Zukunftspläne zu haben."

„*Welche* Zukunftspläne?"

Er nickte. „Genau, ich habe ihm auch zu erklären versucht, daß ich im Augenblick keine besonderen Pläne vor Augen habe, doch er beharrte darauf, daß ich noch andere Ambitionen haben müsse, als bei der Polizei zu dienen."

„Hat er das wirklich *gesagt?*" Sara wußte, daß Simon Dabney zuweilen regelrecht unverschämt werden konnte, was er sich meist jedoch nur für seine Politikerkollegen vorbehielt.

„Nicht genau", erwiderte Michael, und um seinen Mund spielte für einen kurzen Augenblick ein harter Zug. „Aber er hat es so gemeint."

„Weißt du, was er im Sinn hat?"

Er schaute sie an, als wäre er nicht ganz sicher, ob er ihr antworten sollte.

„Nach dem zu urteilen, was dein Vater gesagt hat", erklärte er mit einer gewissen Schärfe in seiner Stimme, „hält Mr. Dabney Ausschau nach äh ... hm, einem ‚Mann mit Zukunftsaussichten'. Aus irgendeinem Grund", sagte er trocken, „scheint er der Meinung zu sein, daß ich so ein Mann sein könnte."

Einen Augenblick starrte Sara ihn verständnislos an, bevor sie zu verstehen begann. „Er möchte, daß du in Betracht ziehst, in die *Politik* zu gehen? Du meine Güte, Michael, was hast du gesagt?"

Er zuckte mit den Achseln, und wieder funkelten seine Augen. „Ich habe dem Mann erklärt", sagte er mit übertriebenem irischen Akzent, „daß ich vielleicht im Augenblick zu beschäftigt bin, um über solche Dinge nachdenken zu können." Mit neuem Interesse wandte er sich dem Kuchentisch zu. „Mr. Dabney hat jedoch angedeutet, daß er mit mir in Verbindung bleiben möchte."

Plötzlich nahm sein Gesicht einen ernüchterten Ausdruck an. „War das Patrick Walshs Frau, mit der du dich unterhalten hast?"

Sara sah ein, daß er nicht gewillt war, ihr im Augenblick noch mehr zu erzählen und nickte. „Ja, sie ist wirklich eine echte Überraschung für mich. Ich bin mir nicht ganz sicher ..."

„Was tut sie hier?“ fragte er bissig.

„Nun ... sie gehört zu einer der Gemeinden, die Mitglied des Missionsvereins sind. Sie hat sich auch erkundigt, ob sie in Five Points mithelfen könne ...“

Michael überraschte sie, indem er abrupt seine Abscheu zum Ausdruck brachte: „Welche Unverschämtheit von dieser Frau!“

„Nein, Michael, ich glaube, sie meint es wirklich aufrichtig! Sie sagte, daß sie bereit wäre, alles zu tun, was nötig ist. Sie habe im Augenblick viel freie Zeit, die sie gern sinnvoll ausfüllen möchte.“

„So will sie ihr Gewissen beruhigen, indem sie versucht, ein Stück des Elends zu lindern, das ihr Mann zu schaffen geholfen hat“, konterte er mit finsterer Miene.

Dieser Gedanke war neu für Sara und auch beunruhigend. „Das kann ich nicht glauben. Ich bin wirklich überzeugt, daß Alice Walsh völlig im Dunkeln tappt in bezug auf die ... Aktivitäten ihres Mannes.“

Er schaute sie mit offener Skepsis an.

„Ich glaube das wirklich, Michael. Eigentlich ... mag ich Alice Walsh. Außerdem scheint sie etwas an sich zu haben, das mir Achtung abringt.“ Um die Spannung abzubauen, hakte Sara sich bei ihrem Ehemann unter, bevor sie hinzufügte: „Außerdem brauchen wir dringend Helfer, und *ich* hätte kein gutes Gewissen, wenn ich ihr nicht wenigstens ein Chance gäbe.“

Eine Zeitlang schwieg er, während sie durch den Saal streiften und die verschiedenen Ausstellungsstücke betrachteten. Als er schließlich wieder zu sprechen begann, sah er schon nicht mehr so skeptisch aus. „Möglicherweise kennt Mrs. Walsh die Wahrheit über ihren Ehemann tatsächlich nicht. Möge Gott der Frau beistehen, falls dies wirklich so ist.“

Als sie den grimmigen Zug um seinen Mund entdeckte, spürte Sara ein gewisses Unbehagen in sich aufsteigen.

Er schaute ihr in die Augen und sagte: „Eines Tages wird sie es bestimmt herausfinden. Das ist unvermeidlich. Und falls sie so unschuldig ist, wie du glaubst, wird es für sie ein bitteres Erwachen geben, wenn sie am Ende die Wahrheit erfahren muß.“

* * *

Als Jess Dalton mit großen Schritten in den Saal stürmte, brachte er einen kalten Luftzug mit. Er wurde von einigen mit harten Augen und in manchen Fällen sogar mit offenkundig feindseligen Blicken begrüßt, aber er schien von alledem nichts zu bemerken.

Chester Pauling und der unausstehliche Charles Street standen mit noch ein paar anderen wie ein Schwarm Gänse zusammen und betrachteten den Pfarrer mit unverhohlener Feindseligkeit.

Als Sara sie sah, spürte sie, wie plötzlich Zorn in ihr aufstieg über die Kette von Ereignissen, die diese wohlhabenden, einflußreichen ... Eiferer ... in Gang gebracht hatten.

Sie waren natürlich nicht die einzigen. Überall in der Stadt gab es erfolgreiche Geschäftsleute, die sich ebenso wie die meisten Journalisten gegen die Abschaffung der Sklaverei wandten. Auch der größte Teil der Geistlichen stand auf der Seite derer, die sich für den Erhalt der Sklaverei aussprachen; schließlich waren es die Reichen der Stadt, die ihre Gehälter bezahlten und die Kirchen bauen ließen ...

Deshalb wurden die Abolitionisten, die sich in einer Bewegung zur Abschaffung der Sklaverei zusammengeschlossen hatten, oft als Spinner oder törichte Phantasten betrachtet. Sara wußte auch, daß diese Beschuldigung nicht gänzlich unbegründet war. Weil sich so viele Minister, Geschäftsleute und Angehörige der Presse der gesamten Bewegung entgegenstellten, füllten natürlich Fanatiker und andere unerwünschte Elemente schnell die Reihen der Bewegung.

Seit dem Jahr 1831, als der radikal eingestellte William Lloyd Garrison zum erstenmal seine Zeitschrift, den *Liberator*, in Boston herausgebracht hatte, war die Bewegung von Aufruhr und Meinungsverschiedenheiten heimgesucht. Die militanter eingestellten Anhänger standen den gemäßigteren feindlich gegenüber, und diejenigen, die eine breitere Palette humanitärer Anliegen, wie z. B. gleiche Rechte für Frauen und eine Gefängnisreform, im Auge hatten, entfremdeten jene, die sich ausschließlich auf die Abschaffung der Sklaverei konzentrieren wollten.

Es gab unbestreitbar einen extremen Flügel, der die Gesetze des Landes mißachtete und sich auch offen dafür aussprach, seine Ziele, falls nötig, auch mit Gewalt durchzusetzen. In den Nordstaaten wurde die Verfassung jedoch von den meisten geachtet, und wenn Extremisten – wie z. B. Garrison selbst – dazu aufforderten, die Verfassung zu verbrennen, oder Sklaven ermutigten, ihre Herren im Schlaf umzubringen, war man geneigt, die Abolitionsbewegung als nichts anderes als eine Vereinigung von Verrückten zu betrachten.

Jetzt, nach Jahren, überschatteten die exzentrischen Possen Garrisons und seiner extremistischen Anhänger immer noch die Bemühungen gemäßigterer Befürworter der Sklavenbefreiung. Trotzdem setzten sich weiterhin Männer und Frauen, denen die Sache – Freiheit für die Sklaven – ein Herzensanliegen war, für eine vernünftige und friedliche Lösung ein, indem sie die Öffentlichkeit informierten und in der Regierung Einfluß auszuüben versuchten.

Jess Dalton war ein solcher Mann, und es war die schlimmste Ungerechtigkeit, ihn als Fanatiker abzustempeln. Als Pfarrer und als Verfechter der Rechte der Unterdrückten wirkte er als ein vernünftiger und barmherziger Mann Gottes. Was eine kleine Gruppe kleinlicher Pharisäer ihm anzutun versuchte, war nichts anderes als Sünde.

Natürlich wußte er, daß Ränke gegen ihn geschmiedet wurden. Man hatte ihm bereits aufgrund seiner Aktivitäten im Zusammenhang mit der Abschaffung der Sklaverei und weil er den schwarzen Jungen, Arthur Jackson, bei sich zuhause aufgenommen hatte, einen inoffiziellen Verweis erteilt.

Während sie ihn betrachtete, erschien es Sara auf den ersten Blick, daß der Pfarrer wie immer war: heiter, fröhlich, zuversichtlich. Beim näheren Hinsehen bemerkte sie jedoch, daß die Falten um seine Augen tiefer zu sein schienen, und er irgendwie zerstreut war.

„Ich frage mich, warum er so spät kommt", sagte Michael. „Und wo ist seine Frau?"

„Sie fühlt sich nicht wohl", erwiderte Sara. „Ich sprach heute morgen mit ihm, als wir die Ausstellung vorbereitet haben. Er sagte mir, daß Kerry sich erkältet habe und nicht kommen könne." Sie biß sich kurz auf die Unterlippe, dann fügte sie hinzu: „Er schien sich Sorgen um sie zu machen."

„Ich könnte diese Bande dort in der Ecke erwürgen", sagte Michael bitter.

„Oh, Michael – das ist so ungerecht!" sagte Sara. „Jess Dalton ist so ein *guter* Mann – er arbeitet so fleißig für die Gemeinde und in der Missionsarbeit – für die gesamte Stadt! Es muß einen Weg geben, um das zu verhindern, was sie ihm antun wollen!"

„Solche Dinge kann man nicht verhindern, es sei denn, es vollzieht sich eine totale Veränderung in den Herzen der Betreffenden." Er schaute sie an, und seine Augen blickten hart. „Und niemand anders als Gott selbst kann eine solche Veränderung ..."

Er hielte inne und blickte zur Tür, als er merkte, wie sich unter den Gästen eine Unruhe und ein Flüstern auszubreiten begann. Sara hielt den Atem an, als sie sah, was nun kam.

Nervös betrachtete Sara die ungläubigen Gesichter unter den Besuchern, als Evan Whittaker und die Five Points Celebration Singers feierlich in den Ballsaal einzogen.

31. Kapitel

Die Lieder dieser Stadt

Wie traurig – ein Lied von Frohsinn zu hören,
gesungen auf fremden Straßen,
von einem, der weder Nahrung noch Kleidung hat.

William Allingham (1824-1899)

Die beiden anwesenden Journalisten begannen wie wild, sich Notizen zu machen, als der Chor schwarzer und irischer Jungen aus Five Points in den Ballsaal marschierte.

Der ältere der beiden Reporter, Jerry Tanner, wollte, während er schrieb, seinen Augen kaum trauen. Er konnte es kaum erwarten, in sein Büro zurückzukehren und seinen Artikel zu schreiben.

Es waren zum größten Teil aufgeweckte Jungen: ordentlich und sauber, obgleich die Kleidung bei manchen geflickt war. Tanner fiel auch auf, daß manche von ihnen trotz des kalten Märztages keine Schuhe trugen.

Es schien, als hätte der einarmige Chorleiter die Jungen gut unter Kontrolle. *Whittaker,* so hieß der Engländer, erinnerte sich Tanner anhand der Informationen, die er von Mr. Farmington erhalten hatte: *Evan Whittaker.* Es stand völlig außer Zweifel: die Disziplin der Jungen war beeindruckend. Sie marschierten wie eine Gruppe Soldaten in den Saal, drehten sich wie ein Mann zu den Zuschauern um und standen dann kerzengerade, die Augen auf ihren schlanken, bebrillten Dirigenten gerichtet.

Griggs, ein Neuling, der für das *Journal* arbeitete, schaute Tanner verblüfft an.

„Hättest du das für möglich gehalten? Wie, glaubst du, haben sie sich hier Eintritt verschafft?“

Tanner zuckte die Achseln, und seine Augen wanderten über die Reihen der Zuschauer, um ihre Reaktion zu beobachten. „Ich weiß nicht. Ich bezweifle jedoch, daß irgend jemand Lewis Farmington Vorschriften machen würde, welche Gäste er in sein Haus einlädt.“

Tanner hätte die Reaktion einiger Besucher nahezu voraussagen können. Der alte Chester Pauling sah beispielsweise so aus, als müsse er an seinem eigenen Adamsapfel ersticken, sein Busenfreund Charles Street – der Seniorchef von *Street, Storey and Black* – schüttelte wie ein aufgeregter Truthahn sein Doppelkinn. Einige der Frauen rümpften die Nasen, als verspürten sie einen üblen Geruch, und zwei oder drei wandten sich tatsächlich ab und verließen mit ihren Ehegatten den Saal.

Dann hörte er, wie eine aufgeputzte Dame, die alles scharf beobachtete, ihrer Freundin zuraunte: „Es sind *Schwarze! Schwarze und Iren!*" Die Freundin saß mit halboffenem Mund da und konnte nur noch nach Luft ringen und nicken.

Der größte Teil der Gäste stand jedoch einfach still da und blickte in die geängstigten schwarzen, beziehungsweise mit Sommersprossen übersäten Gesichter. Einige der Anwesenden lächelten sogar – allerdings nur wenige. Lewis Farmingtons Tochter und ihr Ehemann, ein irischer Polizist, strahlten ebenso wie das rothaarige, kleine Mädchen mit dem schmalen Gesicht, das neben ihnen stand.

Als die Jungen zu singen begannen, vergaß Tanner die anderen Besucher völlig, ja er mußte sich selbst ermahnen, das Schreiben nicht zu vergessen! Oh, das war wirklich etwas! Zuerst sangen sie ein paar traditionelle, geistliche Lieder, danach einige Stücke mit patriotischem Charakter, bevor sie zu etwas völlig Neuem übergingen. Es war eine Mischung, dachte Tanner, eine reizende Verschmelzung aus der Musik der Schwarzen, den Spirituals, und Liedern aus anderen Ländern – eins mit dem anderen verwoben, ... ergab es ein wunderbares Ganzes, das wie ... nun, wie *Amerika* klang.

Der Rhythmus der Musik war so mitreißend, daß man kaum stillstehen konnte. Selbst die ruhigeren Stücke hatten noch etwas Packendes, einen mitreißenden Rhythmus, daß man wenigstens in die Hände klatschen oder mit dem Fuß mitklopfen wollte.

Während sein Blick durch den Saal schweifte, grinste Tanner bei dem Anblick von Blaublütigen wie Lewis Farmington oder Jason Milhorne, die begeistert mit dem Kopf nickten und mit den Zehen wippten. Er notierte sich ein paar weitere Beschreibungen, bevor er seine Aufmerksamkeit wieder auf die Jungen konzentrierte.

Das war etwas – endlich einmal etwas, worüber man schreiben konnte! Dieser Engländer stand da oben, in einer Hand den Taktstock, aufrecht wie ein Flaggenmast und brauchte nichts anderes zu tun, als ab und zu mit dem Kopf zu nicken oder eine kurze Handbewegung zu machen, und die Jungen sangen sich für ihn das Herz aus dem Leib!

Und sie sangen *gut!* Das würde zweifellos eine tolle Geschichte geben!

Tanner grinste, bis er dachte, sein Gesicht würde reißen und merkte kaum, daß er, während er seine Notizen zu Papier brachte, wie alle anderen mit dem Fuß den Takt klopfte.

* * *

Von seinem Platz in der letzten Reihe des Chores zwinkerte Daniel John Johanna zu, die bei Sara Farmington und Onkel Michael stand. Sie lächelte zu ihm zurück, und er zwinkerte ihr noch einmal zu.

Sofort spürte er Evans Blick auf sich ruhen und konzentrierte sich wieder voll auf das Singen.

Evan, dachte Daniel bei sich, sah aus, als müsse er jeden Augenblick aus seinem steifen, weißen Kragen herausplatzen. Seine Augen strahlten hinter den Brillengläsern und funkelten voller Lob.

Bei diesem Gedanken mußte Daniel lächeln und ein wenig lauter singen. Er war mehr als überrascht, als ein älteres Ehepaar, das ziemlich weit vorn stand, zu ihm zurücklächelte.

* * *

Sara hatte eine Hand auf Johannas Schulter gelegt, und mit der freien Hand drückte sie Michaels Finger, während sie Evan und seinem Chor zuschaute.

Wäre sie keine Dame gewesen – eine Dame inmitten einer öffentlichen Veranstaltung – hätte sie ihnen gewiß laut zugejubelt.

Es war eine helle Freude, zu sehen, was Evan mit diesen Jungen erreicht hatte! Nora hatte ihr erzählt, daß einige von ihnen nicht einmal lesen konnten. Doch da standen sie, und ihre Stimmen vereinten sich beinahe zu einem einzigen, herrlichen Klang – wie ein Instrument in einem Orchester, das sich zum Himmel emporschwingt – sangen sie eine Mischung von Liedern, wie sie Sara noch nie zuvor gehört hatte.

Und Evan! Wer hätte das gedacht, daß der Mann jemals in seinem Leben dazu in der Lage wäre!

Einen Augenblick lang erschien vor Saras innerem Auge das Bild Evan Whittakers, wie er mit Nora und den anderen das Schiff verlassen hatte. Es war noch nicht einmal ganz zwei Jahre her, als er auf dem Dock gestanden hatte, fahl und abgezehrt von einer notdürftigen Amputation an Bord des Schiffes. Doch trotz seiner Schwachheit und seinem offenkundig schlechten Gesundheitszustand hatte er sich zu Noras Beschützer erklärt.

Und jetzt – jetzt waren sie verheiratet und erwarteten ein eigenes Kind. Es war kaum auszudenken, was in dieser kurzen Zeit alles geschehen war ...

„Hättest du das für möglich gehalten?“ sagte Michael und lächelte sie an. „Ich kann kaum glauben, daß das da oben Evan Whittaker ist!“

„Das ist so aufregend! Und die Musik, Michael! Nora sagt, daß Evan die meisten Stücke selbst bearbeitet. Er verbringt jede Woche viele Stunden am Klavier ihrer Gemeinde, um an diesen Arrangements zu arbeiten. Wer hätte sich das jemals vorstellen können!“

Michaels Lächeln wurde noch breiter. „Ja, ich muß zugeben, für einen Engländer ist er wirklich ein kleines Wunder.“

„Er ist wirklich bewundernswert! Doch ich glaube, wir sollten eine Möglichkeit suchen, Schuhe für diese barfüßigen Jungen zu besorgen. Und ich werde mich auch darum bemühen, daß er sobald wie möglich ein Klavier für Zuhause bekommt. Nora sagt, daß er sie jetzt nicht mehr allein lassen will, außer wenn er zu seiner Arbeit auf die Werft geht. Er macht sich Sorgen, daß ...“

Sie hielt inne, als sie sah, wie zwei der Jungen nach vorn traten. Mit äußerst angespanntem Tonfall las der größere der beiden vor, wie das Lied „The Star-Spangled Banner“ („Das Sternenbanner“) von Francis Scott Key geschrieben wurde, als er das Bombardement des Fort McHenry durch die britische Flotte im Hafen von Baltimore beobachtete. Die Melodie, so fuhr der Junge fort, der einiges Stirnrunzeln hervorrief, war eigentlich die eines englischen Trinkliedes und wurde von dem Verfasser für diese Verse entlehnt. Sobald er geendet hatte, stimmte der Chor dieses etwas düstere Lied so begeistert an, wie Sara es noch nie erlebt hatte.

In der Mitte des Liedes, als der kleine Junge mit den vielen Sommersprossen in der vordersten Reihe sein Solo anstimmte, wurde der Ballsaal von einer ehrfürchtigen Stille erfüllt. Sara hielt den Atem an, und eine Gänsehaut lief über ihren Rücken, als die klare, wunderbare Stimme des Jungen sich emporzuschwingen und über die Gruppe zu erheben begann.

So klar, so rein hallten diese hohen Töne wider, daß der gesamte Ballsaal wie von Glockenklang erfüllt zu sein schien.

Als das Lied zu Ende ging, herrschte einen Augenblick absolute Stille. Dann rauschte ein tosender Beifall auf die Jungen herab.

Sara schaute sich um und freute sich darüber, als sie sah, wie sich auf einer Reihe von bekannten Gesichtern, die sonst kaum eine Regung offenbarten, ein Lächeln widerspiegelte – ein begeistertes Lächeln. Natürlich runzelten auch einige mißbilligend die Stirn, doch es hätte sie gewiß verwundert, wenn das nicht der Fall gewesen wäre. Doch waren es die wenigsten, und soweit sie es beurteilen konnte, fielen sie kaum ins Gewicht.

Es war mehr als deutlich: Evan Whittaker und seine Five Points Celebration Singers waren in der Fifth Avenue ein voller Erfolg. Und genauso deutlich wurde auch, was ein liebendes Herz und die Kraft Gottes auch unter den widrigsten Umständen bewerkstelligen können.

* * *

Innerhalb von einer Stunde nach dem Auftritt des Knabenchores war es Sara gelungen, nicht nur ein, sondern zwei Klaviere für Evan aufzutreiben.

Michael konnte nur mit dem Kopf schütteln und über seine Frau staunen. Es schien, als hätten sowohl Lydia Huntington als auch Margaret Smythe in ihrem Salon ein Klavier stehen, das nur „ein Staubfänger" war. Evan Whittaker konnte sie beide haben; er brauchte sie nur abzuholen.

Die Abholung würde natürlich auch nichts kosten und ließe sich leicht organisieren, erklärte Sara dem erstaunten Evan Whittaker schnell. Da Margaret Smythe in Brooklyn wohnte, konnte das Klavier einfach von einem Werftarbeiter mit einem Wagen zu Evans Haus transportiert werden.

Sara war gerade dabei, Evan die Unterstützung des Missionsvereins für eines seiner anderen Projekte anzubieten – den Leseunterricht, den er mit einigen Jungen aus seinem Chor begonnen hatte –, als Jess Dalton zu ihrer kleinen Gruppe stieß.

„Vorsicht, Herr Pfarrer", warnte ihn Michael, als er auf sie zukam. „Sara ist heute auf Jagd, und sie könnte Ihnen das Möbel aus Ihrem Büro herausschwatzen, wenn Sie nicht aufpassen. Bis jetzt hat sie erst Klaviere und Bücher erbeutet, aber man weiß nie, worauf sie es als nächstes abgesehen hat."

„Pastor Dalton gibt mir bereits mehr als genug", sagte Sara mit ernster Miene, „mit all der Zeit und Kraft, die er einsetzt. Er ist einer der wenigen, die vor meinen Zudringlichkeiten sicher sein können."

„Sie sind niemals zudringlich, Sara“, erwiderte Jess Dalton. Seine Stimme klang leise, und sein Lächeln war müde, und, so glaubte Michael, auch ein wenig gezwungen. „Im Gegenteil, ich wünschte mir, wir hätten mehr Leute wie Sie, die sich so aufrichtig mühen. Eigentlich wollte ich jedoch meine Hilfe auf einem anderen Gebiet anbieten.“ Er hielt inne und schaute dann zu Michael. „Der Junge, von dem Sie mir erzählt haben, in der Bowery – Bhima – und seine Freunde in dem ‚Zehncentmuseum'. Wenn Sie nächste Woche irgendwann Zeit haben, um mir den Weg zu zeigen, würde ich gern den Besuch machen, um den Sie gebeten haben.“

Michael seufzte im stillen, als Sara ihm einen neugierigen Blick zuwarf. „Um welchen Jungen geht es?“

Als er nicht antwortete, sondern nur von ihr zu Jess Dalton schaute, fragte sie noch einmal: „Michael, wen in aller Welt kennst du in einem ‚Zehncentmuseum'?“

„Äh, ... nur einen Jungen“, murmelte er, während er von einem Fuß auf den anderen trat. „Einen Jungen, der ein wenig Hilfe gebrauchen könnte.“

Bevor er noch mehr sagen oder Sara weitere Fragen stellen konnte, sprach Jess Dalton arglos weiter: „Mehr als nur ein wenig Hilfe, nach dem zu urteilen, was Sie mir erzählt haben“, erklärte er. Dann schüttelte er traurig den Kopf. „Was für eine düstere Existenz die Leute da unten fristen müssen!“

„Welche Leute?“

Michael erkannte erneut, daß Sara durch und durch hartnäckig war.

„Die Leute in dem ‚Zehncentmuseum'“, sagte er durch die zusammengebissenen Zähne.

„Sie haben vielleicht davon als ‚Shows der Mißgeburten‘ reden hören“, fügte Jess Dalton mit einem bitteren Unterton in seiner Stimme hinzu. „Michael ist unter ihnen einem außergewöhnlichen Jungen begegnet, einem äußerst ungewöhnlichen Jungen, nicht wahr, Michael?“

Saras Lächeln war freundlich, ihr Blick messerscharf. „Stimmt das? Nun, du mußt mir alles von diesem ... außergewöhnlichen Jungen erzählen, Michael.“

Michael wußte, daß er das bestimmt tun mußte, bevor dieser Tag zu Ende ging, seufzte ein wenig und nickte widerwillig.

Er war erleichtert, als Evan Whittaker ein anderes Thema zur Sprache brachte. „M-Miss Sara ...“

Sara wandte sich zu ihm und lächelte.

„Ich – ich möchte mich noch einmal für das Klavier bedanken. Ich kann überhaupt nicht in Worte fassen, wie dankbar ich bin ...“

Sara machte eine abwehrende Handbewegung. Michael verstand ihr Unbehagen; Dank war das letzte, was Sara von diesem bemerkenswerten Engländer wollte.

„Nach allem, w-was Sie bereits getan haben“, fuhr er fort, „fällt es mir schwer, noch eine Bitte zu äußern, aber es gibt noch etwas, was f-für die Jungen und für mich eine un-unschätzbare Hilfe wäre.“

Nachdem Sara ihm ermutigend zugenickt hatte, sprach er weiter: „In der Kneipe unter unserem Probenraum steht ein altes Klavier, das wir nach den Worten des Besitzers für unsere Proben benutzen dürfen, wenn wir wollen. Wenn vielleicht jemand bereit wäre, uns während der Proben auf dem Klavier zu begleiten, wäre es v-viel leichter f-für die Jungen, die Melodie zu erlernen, meine ich.“

Michael betrachtete sie und fragte sich, weshalb sich plötzlich ein leichtes Lächeln auf Saras Gesicht ausbreitete. „Evan“, sagte sie, und faltete einen Augenblick ihre Hände unter ihrem Kinn wie ein aufgeregtes, kleines Mädchen, „kommen Sie bitte mit! Ich möchte Sie gern mit jemandem bekanntmachen!“

Kapitel 32

Licht der Gnade, Schwingen der Hoffnung

Welches Wort von Gnade und Barmherzigkeit
könnte an einem Ort wie diesem
der Seele eines Bruders helfen?

Oscar Wilde (1854-1900)

Eine Woche nach dem Missionsbasar waren Evan die häßlichen, blauen Flecke bei Billy Hogan zum erstenmal aufgefallen.

Es war ein warmer, sonniger Tag, mehr wie im Mai als im März, und ihre erste Probe nach dem Auftritt in der Villa Farmington. Die Jungen waren kurzärmelig erschienen, manche in Unterhemden, und niemand trug einen Pullover oder eine Jacke.

Wie es Evans Gewohnheit war, mischte er sich unter die Jungen und lauschte auf jeden einzelnen Ton, auf die Stimmlage eines jeden. Als er sich Billy Hogan näherte, verlangsamte Evan seinen Schritt beträchtlich; die herrliche Stimme dieses kleinen Jungen erstaunte und bewegte ihn stets aufs neue.

Er hatte die blauen Flecke an den Armen des Jungen, die Wunden an seinem Mund sofort bemerkt, machte sich jedoch zunächst nicht allzuviel Sorgen. Jungen waren schließlich Jungen: sie kletterten herum und balgten sich – und die meisten holten sich dabei immer wieder einmal blaue Flecken.

Heute, zwei Wochen später, war es noch einmal kalt geworden, so daß die Jungen wieder ihre Wintermäntel tragen mußten – sofern sie in der glücklichen Lage waren, einen zu besitzen. Billys Arme waren unter seiner unförmigen Jacke versteckt, doch Evan wußte genau, daß die Wunde über der Oberlippe des Jungen und die schlimme, purpurrote Prellung neben seinem rechten Ohr neu waren.

Während der gesamten Probe nagte eine schlimme Ahnung an ihm. Als er die Jungen an der Tür verabschiedete, sprach er, einem inneren

Drang folgend, den kleinen Billy an. „Was ist passiert, mein Junge?" fragte er ihn direkt. „Du bist gefallen, nicht wahr?"

Zuerst machte der Junge nur ein verdutztes Gesicht. Als Evan auf seinen Backenknochen wies, nahmen seine Augen beinahe einen ausweichenden Ausdruck an.

„Ja, ich bin gefallen, Sir, jawohl so ist es", murmelte er schnell – ein bißchen *zu* schnell, dachte Evan.

„Ach so." Als der Junge es vermied, Evan in die Augen zu schauen und stattdessen nur auf den Fußboden starrte, zögerte Evan, bevor er fragte: „Und wo bist du gefallen?"

Der Junge blickte auf, wandte seinen Blick jedoch sofort wieder ab. „Hm, ... zu Hause, auf der Treppe."

Evan betrachtete den gebeugten Kopf, das strohblonde Haar, das in alle Richtungen zu wachsen schien. Er glaubte, daß der Junge log. Aber warum?

„Ja ... nun, ich hoffe, du hast dich nicht zu schlimm v-verletzt."

„Nein, Sir." Er murmelte die Antwort nur, seine schmalen Schultern waren gebeugt und der Kopf gesenkt.

Als Evan dem Jungen über das blonde Haar strich, spürte er einen unerklärlichen Drang, ihn beschützen zu müssen. „Sei v-vorsichtig auf dem Nachhauseweg, Billy. Paß gut auf!"

Er blieb noch stehen und sah zu, wie die kleine Gestalt die Treppe hinunterrannte. Als er durch die Tür verschwand, schlug ihm ein kalter Luftzug entgegen.

Hinter ihm räusperte sich Alice Walsh und sagte: „Er ist so klein für sein Alter, nicht wahr?"

Evan, in Gedanken immer noch beunruhigt, wandte sich um: „Ja, das stimmt. Ich hoffe, daß er gesund ist. Zweifellos haben er und seine Familie harte Zeiten durchgemacht. Er ist noch nicht sehr lange hier in Amerika."

Seine neue Klavierspielerin nickte, während sie fortfuhr, die Noten auf dem Klavier einzusammeln. „Wenn ich die Jungen sehe, möchte ich sie am liebsten alle mit nach Hause nehmen", sagte sie seufzend, „und ihnen ein gutes Essen und neue Kleidung geben." Die Noten unter den Arm geklemmt, wandte sie sich Evan zu. „Ich möchte mich noch einmal bei Ihnen bedanken, Mr. Whittaker, daß Sie mich gebeten haben, in Ihrem Chor mitzuhelfen. Es macht mir sehr viel Freude!"

Evan freute sich über die unverhohlene Begeisterung der Frau und lächelte. „Ich bin Ihnen zu Dank verpflichtet, Mrs. Walsh. Sie sind uns w-wirklich eine große Hilfe."

An der Tür hielt sie noch einmal inne: „Mr. Whittaker?“

Evan, der gerade dabei war, in seinen Mantel zu schlüpfen, wandte sich um.

„Der kleine Billy Hogan ...“, bemerkte sie unsicher. „Haben Sie sein Gesicht gesehen?“

Evan nickte, während er seinen Kragen zu richten versuchte. „Er sagte, er sei gefallen; zu Hause auf der Treppe.“

Alice Walsh nickte unsicher. „Ja, ich habe es gehört.“ Sie zögerte immer noch, bevor sie schließlich die Tür öffnete. „Nun, ... ich muß jetzt gehen. Nächste Woche komme ich wieder.“

Als sie gegangen war, wurde Evan erneut von Unbehagen und Sorge erfüllt. Der Zweifel in Alice Walshs Augen war ihm nicht entgangen und hatte seine eigene Besorgnis nur noch verstärkt.

Er konnte jedoch nicht genau sagen, was die *Ursache* seiner Unruhe war, des Gefühls, daß der Junge gelogen hatte.

* * *

Ein schwacher, grauer Schimmer des Nachmittagslichts drang durch das einzige über der Erde gelegene Fenster in das Zimmer, so daß es zumindest nicht völlig dunkel war.

Während Michael und Jess Dalton die Stühle ordentlich in einer Reihe aufstellten, stand Sara an der Tür, musterte den Raum und notierte sich im Geist, was man verbessern konnte. Der nackte Holzfußboden war rauh und zersplittert und auch nicht allzu sauber. Das Zimmer selbst war feucht, und die Wände rochen nach Schimmel, abgestandenem Bier und Tabakrauch. Doch war der Raum für ihre Zwecke – eine wöchentliche Bibelstunde – mehr als groß genug, und, was das Beste von allem war, sie konnten ihn mietfrei benutzen.

Sie konnte sich nicht vorstellen, wie Jess Dalton den mürrischen Besitzer des „Zehncentmuseums“ davon überzeugen konnte, ihnen den Raum einmal pro Woche zu überlassen, und noch dazu mietfrei. Michaels leicht beklommenes Lächeln, als sie ihre Verwunderung über diese Regelung zum Ausdruck gebracht hatte, ließ Sara vermuten, daß Michael bei der ganzen Sache seine Hände mit im Spiel gehabt haben könnte.

Pastor Dalton hatte erst einmal, begleitet von Michael, dieses „Museum“ im Herzen der Bowery aufgesucht, als er erklärte, daß gelegentliche Besuche niemals ausreichen würden, und er stattdessen versuchen wolle, dort einmal pro Woche eine Bibelstunde zu halten. „Wir müssen ein wenig Licht an diesen trostlosen Ort bringen“, hatte er noch am gleichen Tag gesagt. „Oder noch deutlicher ausgedrückt: wir müssen *das* Licht an diesen Ort tragen.“

Als Sara heute gegenüber Pastor Dalton bemerkt hatte, wie schnell er das alles in die Wege geleitet hatte, hatte er nur gelacht und erwidert: „Wie die Dinge liegen, Sara, kann es sein, daß ich bald eine neue Stelle brauche. Wer weiß? Vielleicht ist dies der Start für meine nächste Gemeinde.“

Er hatte es leichthin gesagt, als sei es ein Scherz. Sara wurde jedoch sofort von einer düsteren Ahnung befallen bei dem Gedanken, daß seine Worte sich als prophetisch erweisen könnten. Wenn Männer wie Chester Pauling und Charles Street ihren Willen bekämen, dann wäre dieser düstere Kellerraum die einzige Predigtstelle in der ganzen Stadt, die für Jess Dalton übrigbliebe.

Dieser Gedanke brachte sie in Wut, und gleichzeitig hätte sie weinen mögen. Wenn es dazu kommen würde, dachte sie, wenn die Dinge wirklich so einen schändlichen Lauf nahmen, dann war sie nicht sicher, ob sie jemals wieder imstande wäre, auf die Anständigkeit im Menschen zu vertrauen.

Als sie auf der Treppe hinter ihr Stimmen vernahm, ging sie weiter in das Zimmer hinein und wartete. Ihr Magen krampfte sich zusammen, als sie auf die offene Tür starrte, und sie war über sich selbst entsetzt, als ihr bewußt wurde, wie bange sie dieser Zusammenkunft entgegensah.

Michael hatte ihr nichts erspart, als er ihr von den Entstellungen der „Museums“-Bewohner berichtete. Nachdem seine Versuche, sie fernzuhalten, fehlgeschlagen waren, sollte sie diesem Elend zumindest nicht unvorbereitet begegnen. Schnell hatte sie Michael versichert, daß sie nicht vor diesen armen Ausgestoßenen der Gesellschaft zurückschrekken würde, doch jetzt mußte sie sich fragen, ob sie nicht vielleicht doch zu voreilig geurteilt hatte.

Natürlich wußte sie inzwischen mit dem Elend und den Grausamkeiten in Five Points umzugehen, doch hatte es Monate zermürbender Erfahrungen gebraucht, bis sie dazu fähig wurde. Und falls Michael nicht übertrieben hatte, gab es auch in Five Points nichts, was sie auf die Bewohner dieses „Museums“ vorbereitet hätte.

Jetzt, als sie die seltsamen, rutschenden und hüpfenden Laute auf der Treppe vernahm, gefolgt von Gemurmel und einem ein- oder zweimaligen schrillen Lachen, konnte sie nur hoffen, daß sie nicht etwas Furchtbares tat, was ihren schwer geprüften Ehemann ... und sie selbst in Verlegenheit bringen würde.

* * *

Michael glaubte, daß er diese Frau noch nie zuvor so sehr geliebt hatte wie in diesem Augenblick. Als er sie mit Bhima und seinen Freunden beobachtete und sah, wie sie diese Leute mit ihrem natürlichen Einfühlungsvermögen und ihrem Großmut gewann, wunderte sich Michael, daß er jemals bezweifelt hatte, ob sie mit dieser Situation zurechtkommen könne.

Seit jenem Abend nach dem Basar, als sie ihn zum erstenmal gedrängt hatte, ihr von dem ungewöhnlichen Jungen namens Bhima und den anderen Bewohnern des „Museums" zu erzählen, gab es nichts mehr, was die unbeugsame Sara von einem Besuch in der Bowery abhalten konnte.

Heute nun, als die Bewohner des „Museums" in den Raum geschlurft kamen, stellte Michael eine große Skepsis und Nervosität ihrerseits fest. Nur langsam und zögernd kamen sie herein: Bhima, der Tätowierte, der große, schlanke Albino, der Muskelmann mit Armen wie Eichenstämme und einem Hals wie ein riesiger Bulle. Und es kamen auch noch andere, die nicht in dem „Museum" wohnten, aber dennoch Ausgestoßene waren: ein Mann ohne Arme, ein einäugiger Seemann, dessen Gesicht von furchtbaren Brandnarben gezeichnet war und, zu Michaels größter Überraschung, auch Plug, der Zwerg – Roscoe Brewsters kleiner, bissiger Leibwächter.

Jess Dalton verstand sie natürlich sofort zu gewinnen – mit seinem freundlichen Lachen, seinem herzlichen Händedruck und seiner unverkennbaren Liebenswürdigkeit. Doch es war Sara – seine Sara – die sofort das Wunder vollbracht und mit ihrem unwiderstehlichen Charme, ihrem gewinnenden Lächeln und stillen Mitgefühl die Beklommenheit von ihnen genommen hatte. Und es war Sara – die bewundernswerte Sara – die diesen in der Gesellschaft unerwünschten Personen, vielleicht zum erstenmal in ihrem Leben, das Gefühl gab, willkommen zu sein.

Während dieses Nachmittags sah er zu, wie das Erstaunliche geschah, das diesen verstoßenen Seelen ein Stück Angenommensein, ja sogar Selbstachtung vermittelte. Als eine Gruppe verachteter Außenseiter hatten sie den Raum betreten, den Blick gesenkt, den Körper gebeugt, als wollten sie ihr Anderssein verbergen.

Doch bevor sie wieder gingen, hatten die meisten Augenkontakt hergestellt – zumindest mit Sara – und einige schüttelten sogar Michael und Pastor Dalton die Hand.

Bei Bhima sah Michael die bewegenden Auswirkungen von Saras Liebe und Barmherzigkeit am deutlichsten. Sie hatte ihn aus seiner Schüchternheit, seinem Insichgekehrtsein herausgeholt, indem sie sich unterhalten, sich zum Beispiel auch über ihre Lieblingsjournalisten ausgetauscht hatten, und sie hatte ihn sogar ein wenig geneckt. So schien die Zurückhaltung und Unsicherheit des Jungen in ihrer Gegenwart Stück für Stück zu weichen.

Er lächelte beinahe beglückt, als Sara seine Hände nahm und sich nach vorn beugte, um ihm Aufwiedersehen zu sagen. Während Fred, der Albino, neben ihm stand und wartete, daß er Bhima in seinem Wagen nach oben helfen konnte, schaute der Junge von Sara zu Michael. „Captain, ich danke Ihnen von Herzen. Wir haben Sie um ein wenig Licht gebeten – und Sie haben uns die Sonne gebracht."

Michael schaute seine Frau an, und sein Herz floß über vor Liebe zu ihr. „Ja", sagte er leise und lächelte Sara an. „Es scheint ganz so."

* * *

Klopfenden Herzens rannte Billy Hogan die Mulberry Street entlang nach Hause.

Er hätte nicht stehenbleiben und mit Tom Breen Murmeln werfen dürfen. Als die Probe vorüber war, hatte er noch etwa eine Stunde herumgebummelt. So würde er zu spät nach Hause kommen – wieder einmal. Es wurde schon dunkel, und wenn Onkel Sorley etwas getrunken hatte, würde er wütend sein.

Billy fürchtete nichts so sehr wie die Wutausbrüche seines Onkels, wenn dieser betrunken war. Onkel Sorley war groß und stark und durch und durch gemein, wenn er zuviel getrunken hatte – so gemein, daß es ihm nichts ausmachte, Billy gegen die Wand zu schleudern. Wenn er jedoch versucht hätte, sich ihm zu widersetzen oder seinen Schlägen auszuweichen, hätte der Onkel seine Wut nur an einem der beiden Kleinen ausgelassen, und so steckte Billy die Prügel einfach ein.

Onkel Sorley betrachtete das Singen als eine Zeitverschwendung und den Leseunterricht als puren Unfug. „Das bedeutet, Geld zum Fenster hinauszuwerfen!", schimpfte er, wenn Billy nicht daran dachte und in Gegenwart des Onkels mit seiner Mutter von diesen Dingen sprach.

Billy rechnete damit, daß der Onkel ihm das Singen und Lesen lassen, es vielleicht völlig vergessen würde, solange er seine Arbeiten erledigte und seine Zeitungen verkaufte.

In diesem abscheulichen Sumpf, der Five Points hieß, in seinem freudlosen, düsteren Dasein waren das Singen und die Bücher wie ein frischer Morgenwind für Billy. Zumindest gab es jetzt noch etwas anderes in seinem Leben außer dem Weinen seiner kleinen Geschwister, dem Fluchen des Onkels und dem Seufzen seiner Mutter. Sein Leben war nun mehr, als nur Zeitungen zu verkaufen, Fäkalien zu entleeren und einen Tag um den anderen um das Überleben zu kämpfen.

Jetzt gab es die tiefe und wunderbare Schönheit der Worte, die seinen Geist erfüllten und auf seiner Zunge tanzten wie Perlen in einem silbernen Strom. Und die Musik erfüllte ihn mit unaussprechlicher Freude. Es war, als flöge er damit weit über die häßlichen Mietskasernen hinaus, weg von den mit Unrat übersäten Straßen, weg von Onkel Sorleys Zornesausbrüchen und dem Unglück seiner Mutter.

In manchen Nächten, wenn er besonders harte Schläge abbekommen hatte, lag Billy neben Patrick wach auf seiner mit Stroh gefüllten Matratze, lauschte auf das Schnarchen seines betrunkenen Onkels auf der anderen Seite des Zimmers und fühlte sich von der Hoffnungslosigkeit seines Lebens beinahe überwältigt. Doch dann tauchte in seinem Geist ein Wort auf, das wie Musik klang, wie z. B. *Jerusalem* ... oder *Glockenblume*, und er wiederholte es im stillen, immer wieder, wie eine Verheißung. Und es tröstete ihn.

Manchmal mußte er auch an ein Lied denken, das Mr. Whittaker ihnen beibrachte, und dann sang er es für sich, still in seinem Geist, wie ein Schlaflied, bis der stechende und dröhnende Schmerz soweit nachließ, daß er einschlafen konnte.

Als Billy das heruntergekommene Mietshaus, in dem sie wohnten, erreicht hatte, rannte er hinein und nahm zwei Stufen auf einmal. Oben angekommen, flog ihm die Tür, die zu ihren Zimmern führte, voll ins Gesicht.

Billy hielt inne, und sein Magen krampfte sich zusammen. Über ihm lauerte Onkel Sorley, das Gesicht rot und fleckig und das Hemd mit Whisky befleckt. Er taumelte leicht und stieß einen seiner dicklichen Finger in Billys Gesicht. „Habe ich dich nicht gewarnt, daß du nicht wieder zu spät zum Abendessen kommen sollst, Junge? Oder etwa nicht?"

Billy versuchte, ihm auszuweichen und stieß hervor: „Es tut mir leid!" Doch Onkel Sorley packte ihn am Kragen und schob in bis in die Mitte des Zimmers.

Billy wand sich und versuchte, seinen Kopf zu schützen. Stattdessen schmetterte Onkel Sorleys Faust hart auf seiner Schulter nieder, und er verspürte einen rasenden Schmerz.

* * *

Nach einem frühen Abendessen begab sich Sara nach oben, und sie mußte zugeben, daß dieser ungewöhnliche Tag sie erschöpft hatte.

Auch Michael fand die Idee gut, den Abend still und allein zu verbringen. Doch zunächst kontrollierte er wie gewöhnlich noch schnell die Zimmer im unteren Stockwerk und vergewisserte sich, ob die Lampen gelöscht, die Türen abgeschlossen und die Fenster gesichert waren. Er hatte bereits zu viele Jahre bei der Polizei verbracht, dachte er seufzend, um noch anders als überaus vorsichtig sein zu können.

In der Bibliothek blieb er an der Schwelle stehen. Die Öllampe auf dem Schreibtisch leuchtete hell. Saras Großmutter, mit ihrem Morgenmantel bekleidet, wandte sich zu ihm um.

„Großmutter? Ist etwas nicht in Ordnung?"

Sie lächelte schwach. Mit einer Hand hatte sie ihren Stock gefaßt, und in der anderen hielt sie ein dünnes Buch. „Ich bin heute abend offengestanden etwas unruhig. So wollte ich mir ein Buch holen ..." Sie wies auf das Büchlein in ihrer Hand. „Ich habe mich für Mr. Poe entschieden."

Michael zog die Augenbrauen hoch. „Nicht unbedingt eine beruhigende Lektüre für eine Dame, meine ich."

Sie grinste ihn an. „Weil er so trübsinnig ist?"

„Wahnsinnig", bemerkte Michael.

„Ja, vielleicht unglücklich", erwiderte sie seufzend. „Armer Mann, sein Leben verlief sehr tragisch, meine ich. Kein Wunder, daß er ... verdrießlich geworden ist."

„Man sagt, daß er sich mehr als nur ein bißchen dem Alkohol ... und Opium verschrieben hat."

„Oh, ja was ‚man' nicht alles sagt!" schimpfte sie und schwenkte das Buch in ihrer Hand. „Er hat natürlich einen entsetzlichen Ruf, und vielleicht verdient er das auch. Aber ich weiß zufällig eine Menge über einen oder zwei seiner schärfsten Kritiker, und ich kann dir versichern, daß sie noch viel größere Halunken sind als Mr. Poe. Auf jeden Fall langweilen mich einige unserer ‚ehrbaren' Autoren furchtbar, sie scheinen immer mehr zu belehren oder zu predigen, und ich war noch nie der Meinung, daß die Literatur dafür das geeignete Mittel ist. Mr. Poe ist ... erfrischend anders."

Ihre Augen funkelten amüsiert. „Weißt du, Sara ist anderer Meinung; sie findet seine Werke makaber und anstößig."

„Nach dem wenigen, was ich gelesen haben, zu urteilen, muß ich ihr recht geben."

„Ja, ... Sara, gepriesen sei sie dafür, möchte, daß jeder glücklich sein kann."

Michael lächelte. „Ja, das stimmt. Sie war einfach wunderbar heute", fügte er hinzu, während sein Gesicht wieder einen nüchternen Ausdruck annahm. „Du hättest sie mit diesen Leuten erleben sollen – mit Bhima und den anderen. Sie verehrten sie."

Großmutter nickte, und ihr Blick wurde weich und herzlich. „Ja, Sara ist ein wunderbarer Mensch."

Während sie so dastanden und einen Augenblick schwiegen, merkte Michael, wie die Großmutter ihn gutwillig musterte. Bei Saras Großmutter hatte er oft das beunruhigende Gefühl, als könne sie seine Gedanken lesen – wie die aller anderen. Sie ging jedoch so großzügig mit den Schwächen anderer um, daß kaum jemand durch ihre Beobachtungsgabe sonderlich beunruhigt zu sein schien.

„Ich bin so froh, daß du deine Meinung geändert und Sara mit zu den Menschen in dem ‚Zehncentmuseum' genommen hast", bemerkte die Großmutter, während sie das Buch unter den Arm klemmte. „Ich fürchtete schon, du würdest es nicht tun."

Michael rieb sich mit einer Hand im Genick und runzelte die Stirn. „Ja, ich habe es gewiß nicht gern getan. Es ist wirklich ein abscheulicher Ort da unten. Dort ist alles so ... verdorben, daß man glaubt, die Verderbtheit, das Böse mit Händen greifen zu können. Und man glaubt, daß es einem noch anhaftet, wenn man den Ort verläßt." Ein kalter Schauer lief ihm den Rücken herunter und er fügte hinzu: „Das ist kein Ort, an den ein Mann seine Frau gern führen möchte. Doch du weißt, wie sie ist, unsere Sara."

Die Großmutter nickte. „Es ist gut, daß du dich schützend vor deine Frau stellst, Michael. Eine Frau wie Sara *sollte* geehrt und beschützt werden. Doch ich bin auch froh, daß du genug Gespür dafür hast, Sara nicht in einem Maße beschützen zu können, daß du dich am Ende in Gottes Willen für ihr Leben einmischst. Das kann ein sehr schwerer Fehler sein, und wir begehen ihn leicht im Hinblick auf die, die wir lieben."

Michael forschte, immer noch die Stirn runzelnd, in ihrem Gesicht.

„Mein verstorbener Ehemann – Saras Großvater", fuhr sie seufzend fort, „tat in den ersten Jahren unserer Ehe nichts anderes, als mich wie in einem Kasten einzusperren. Zuerst fühlte ich mich geschmeichelt; ich glaube, ich genoß es sogar. Es gab mir irgendwie das Gefühl, besonders geschätzt und wertgeachtet zu sein. Doch nach einiger Zeit glaubte ich, vor Luftmangel ersticken zu müssen. Es gab Dinge, von denen ich spürte, daß Gott mich dazu berufen wollte, Dinge, die, so begann ich zu vermuten, zu Gottes Plan für mein Leben gehörten. Doch Samuel war derart fürsorglich, daß er sich in gewisser Weise ... Gott in den Weg stellte."

Sie schüttelte den Kopf, als hätten diese Erinnerungen sie betrübt. „Wir können so handeln, nicht wahr? In unserem Bestreben, diejenigen, die wir lieben, vor der Scheußlichkeit oder dem Schmerz oder der Gefahr dieser Welt zu beschützen, durchkreuzen wir eigentlich Gottes besseren Plan mit ihnen, so daß wir sie am Ende vielleicht daran hindern, das zu sein, wozu Gott sie bestimmt hat."

Sie blickte auf und schaute Michael fest in die Augen. „Ich bin sehr erleichtert, daß du nicht so bist, Michael. Deinem Sohn die Freiheit zu lassen, wie du es getan, muß sehr schwer für dich gewesen sein. Aber das war wahrscheinlich das Beste sowohl für deinen Sohn als auch für dich, zumindest im Augenblick."

Michael hoffte, den Schmerz, den er empfand, als sie ihn an Tierney erinnerte, gut verbergen zu können. In Wahrheit dachte er selten an seinen zornigen, rebellischen Sohn, ohne daß er am liebsten geweint hätte. Im Hinblick auf die Freiheit, die er ihm gewährt hatte, hegte er keinerlei Illusionen: es war viel mehr als alles andere ein Akt der Verzweiflung gewesen. Er hatte tatsächlich keine andere Wahl. Er war versucht, die Angst auszusprechen, die ihn stets belauerte, daß er, indem er Tierney seine Freiheit gewährt hatte, nur zum schnelleren Verderben des Jungen beigetragen hatte.

„Du bist so gut zu Sara, Michael." Die ruhige Stimme der Großmutter riß Michael aus seinen Gedanken an Tierney. „Ich bin so dankbar, daß sie einen Mann geheiratet hat, der weise genug ist, um ihr all den Raum, die ‚Luft' zu geben, die sie braucht, um zu dem Menschen heranzureifen, zu dem Gott sie bestimmt hat."

Michael wandte seinen Blick ab, und erstickte den Drang, ihre beschwörenden Worte zu verneinen. Gewiß hatte sie bemerkt, daß er fest entschlossen war, soweit es in seiner Macht stand, Sara mit einer Festung seiner Liebe zu umgeben und sie so vor allen häßlichen und furchtbaren Dingen dieser Welt zu schützen.

„Du verstehst doch, was ich sagen will, Michael?"

Er begegnete ihrem Blick und sah, wie sie ihn mit einem seltsamen, kleinen Lächeln betrachtete. *Natürlich hatte sie es gesehen! Und dies war ihre unnachahmliche Art, es ihm zu sagen und ihn in Liebe vor den möglichen Folgen zu warnen.*

Einen Augenblick starrte Michael sie an. „Ja, ich glaube, ich werde es tun, Lady Clare“, sagte er schließlich und erwiderte den leichten Schalk in ihren Augen mit einem wehmütigen Lächeln seinerseits. „Ich glaube, ich verstehe genau, was du sagen willst.“

33. Kapitel

Gewissenlose Menschen

An den Händen, die dem Mörder das Messer nicht entreißen,
klebt das gleiche Blut wie an den Händen dessen,
der das Messer hält.

Anonymus

Alice Walsh hatte nicht bemerkt, wie sehr sie mit ihren eigenen Gedanken beschäftigt war, bis Patrick zu den Kindern sagte: „Ich glaube, eurer Mutter geht es heute abend wirklich nicht gut.“ Er zog die Augenbrauen hoch, als er über den Abendbrottisch zu ihr blickte. „Wieder einmal Kopfschmerzen, meine Liebe?“

Während seine Worte Besorgnis ausdrückten, war sein Ton dennoch ein wenig scharf. Alice fühlte sich verletzt und war versucht, darauf hinzuweisen, daß sie selten Kopfschmerzen hatte, und gewiß nicht so oft, daß eine solche Bemerkung gerechtfertigt wäre. Doch genauso schnell sagte sie sich, daß *sie* ungerecht war, und ihr Mann nur seine Sorge zum Ausdruck gebracht hatte.

„Nein, es geht mir gut, danke, Patrick.“ Sie nahm eine Schüssel mit Obst und reichte sie Henry. „Es tut mir leid, wenn ich etwas zerstreut bin, aber seit der Chorprobe heute nachmittag beunruhigt mich etwas.“

Sie wartete, doch Patrick fragte weder nach dem Grund ihrer Besorgnis, noch zeigte er irgendein Anzeichen echten Interesses. Er setzte seine Tasse sehr behutsam auf der Untertasse ab und erklärte: „Alice, mir scheint, als sei die Sache mit diesem ... Chor einfach zuviel für dich.“

Als Alice sich nach vorn beugte und widersprechen wollte, brachte er sie mit einer erhobenen Hand zum Schweigen. „Jetzt laß mich ausreden. Es ist durchaus richtig, gute Werke zu tun, für wohltätige Zwecke zu spenden. Du bist sehr großzügig, und ich lobe dich dafür. Doch du weißt, daß du nicht allzu stark bist, Liebling. Wirklich, Alice, du benimmst dich heute abend ... sehr seltsam. Du machst mir und den Kindern Sorgen.“

Alice schaute zu Isabelle, die mißbilligend die Stirn runzelte und dann zu Henry, der völlig davon in Anspruch genommen war, seinen Apfel zu schneiden. Keiner von beiden sah auch nur im geringsten besorgt aus.

Darauf bedacht, daß er nicht darauf bestehen würde, daß sie den Chor aufgab, zwang sich Alice zu einem Lächeln. „Es tut mir leid, wenn ich unaufmerksam gewesen bin, Patrick“, sagte sie, ihre Worte sorgfältig abwägend, „aber für Mr. Whittaker und die Jungen Klavier zu spielen, kostet mich nur wenig Zeit und es ist wirklich kaum eine Anstrengung für mich. Im Gegenteil glaube ich, daß dies eine bereichernde Erfahrung für mich ist. Ich bin nur wegen eines kleinen Jungen aus dem Chor ein wenig besorgt.“

Sie mußte wieder an den kleinen Billy Hogan denken, das schmale, von Sommersprossen übersäte Gesicht ... die blauen Flecke ... die Wunden ..., das alles rief in Alice eine Woge der Besorgnis wach. „Ich fürchte, daß irgend etwas nicht stimmt“, sagte sie leise, mehr zu sich selbst als zu ihrem Mann.

Als sie aufschaute, war Patrick gerade dabei, vom Tisch aufzustehen. „Das ist schlimm, Liebling“, sagte er geistesabwesend, während er seinen Stuhl unter den Tisch schob. Dann ging er zu Alice und drückte leicht ihre Schultern, während er hinter ihr stand. „Es tut mir leid, daß ich schon wieder davoneilen muß, aber ich habe um acht eine Besprechung. Bitte, leg dich früh schlafen. Du bist offensichtlich erschöpft. Isabelle – Henry – achtet darauf, daß Mutti sich daran hält.“

Alice sah ihm nach, wie er leichten Schrittes, ohne sich noch einmal umzuwenden, das Speisezimmer verließ. Sie knüllte ihre Serviette zusammen, und wieder spürte sie in ihrem Herzen einen heftigen Schmerz.

Zuerst hatte sie sich keine Sorgen darum gemacht, daß Patrick keinerlei Interesse zeigte für das, was er „gute Werke“ nannte. Er war schließlich nicht vollkommen gleichgültig, und natürlich konnte sie nicht von ihm erwarten, daß er sich neben seinen eigenen auch noch um ihre Angelegenheiten kümmerte. Der Mann schien mit seinen scheinbar endlosen geschäftlichen Verpflichtungen ohnehin kaum eine freie Minute zu haben.

Doch wurde sie das seltsame Gefühl nicht los, daß er wenigstens ein höfliches Interesse für den Chor in Five Points – oder ihre persönliche Besorgnis wegen Billy Hogan – hätte zeigen können.

Sie war selbst überrascht, als sie plötzlich Ärger in sich aufsteigen spürte. Sie war nie, *niemals* ärgerlich auf Patrick gewesen, und das aus gutem Grund: er gab ihr niemals einen Anlaß, verärgert zu sein. Gewiß war er manchmal ungehalten, aber äußerst selten, und er war niemals unfreundlich.

Sie wußte jedoch, daß sie seine Geduld auf die Probe stellen konnte. Schließlich waren sie sehr verschieden. Ihr Geist arbeitete langsam und bedächtig, während er scharf und eher sprunghaft dachte. Manche Dinge, die Patrick sofort ohne jede Rückfrage verstand, mußte man ihr erst noch einmal erläutern. Sie war genau und systematisch, während Patrick eher launenhaft war und das Abenteuer zu suchen schien.

Kein Wunder, wenn er zuweilen die Geduld mit ihr verlor. Sie war furchtbar ungerecht, dachte Alice schuldbewußt, und sie durfte solchen Gedanken keinen Raum mehr geben. Sie schob ihren Stuhl zurück und lächelte ihren Kindern zu, während sie vom Tisch aufstand. „Euer Vater hat recht, ich war heute abend ziemlich zerstreut. Kommt, wir gehen in den Salon und spielen eine Runde Whist."

Isabelle hatte gerade noch Hausaufgaben zu erledigen, und Henry wollte sich lieber mit seinem Fernrohr beschäftigen. So verbrachte Alice den Rest des Abends, wie gewöhnlich, allein.

* * *

Patrick Walsh stand in Rossiters kleinem Büro in dem Hotel am Rande des Zentrums und schaute aus dem Fenster.

Draußen war nichts zu sehen als die dunkle, mondlose Nacht und ein paar schwache Lichtschimmer, die aus anderen Fenstern drangen. Während er auf Hubert Rossitter, den Buchhalter des Hotels, wartete, der gleichzeitig als Unterhändler in den verschiedensten anderen Unternehmungen Walshs diente, wanderten seine Gedanken zurück zu seiner Frau und dem seltsamen Benehmen, das sie in letzter Zeit an den Tag legte.

Er dachte kaum in irgendeiner Weise über Alice nach. Seine Frau forderte gewöhnlich nicht mehr Aufmerksamkeit von ihm als einen flüchtigen Kuß auf die Wange, ein kurzes Gespräch, wenn es einmal mit den Kindern ein Problem gab, und, noch seltener, eine langweilige Nacht in ihrem Schlafzimmer. Alice war eine pflichtgetreue, aber uninteressante Frau. Ihre Bemühungen, ihn glücklich und zufrieden zu sehen, waren größtenteils von erstaunlichem Erfolg gekrönt. Es gab wenig, worüber er sich bei ihr beklagen konnte ... und noch weniger Interesse hatte er an ihr.

Seit kurzem ging sie ihm jedoch auf die Nerven. Sie schien sich zu verändern, seit einiger Zeit bereits. Er konnte noch nicht genau sagen, was es war, aber er meinte, ein Stück neues Selbstvertrauen in ihr entdeckt zu haben. Und, was noch seltsamer war, sie schien *ihm* weniger Aufmerksamkeit zu schenken.

Die Veränderungen waren jedoch kaum wahrnehmbar. Doch seitdem sie begonnen hatte, für diesen Engländer Klavier zu spielen, spürte er an ihr eine gewisse Unruhe und einen Frohsinn, der offenbar nichts mit ihm oder den Kindern zu tun hatte.

Was immer es auch war, er war dabei, die Geduld zu verlieren. Er hatte es mehr als satt, von ihren neuen „Interessen" zu hören – z. B. von „diesem feinen Christen und Gentleman, Evan Whittaker" und „welche erstaunlichen Leistungen er mit seinen Jungen vollbringt".

Walsh prustete beinahe laut. „Mr. Whittaker" war ein einarmiger Kauz, der sich offenbar die Gunst eines der wohlhabendsten Männer des Landes, des Schiffbauers Lewis Farmington, ergaunert hatte. Der Mann war offensichtlich nichts anderes als ein kluger Schmarotzer, der sich zufällig für einen Missionar hielt.

Und „seine Jungen" waren nichts anderes als eine Gruppe zerlumpter Einwanderer und schwarzer Nichtsnutze, die offenbar nichts anderes zu tun hatten, als ihre Zeit mit Singen zu vergeuden.

Er stützte sich mit einer Hand gegen die Wand neben dem Fenster und begann, aufgeregt mit den Fingern zu klopfen. Er vermutete, daß er Alice' Engagement in Five Points sowohl dem Engländer, Whittaker, als auch der allgewaltigen Sara Farmington-Burke zu verdanken hatte.

Sara Farmington-Burke. Walsh verzog den Mund und fluchte laut. Er hatte schon vorher Grund genug, diese Frau zu verachten: obwohl sie die einzige Tochter Lewis Farmingtons war, hatte sie jenen Bluthund von Captain, Burke, geheiratet, der sich aus irgendeinem Grund Patrick Walsh als persönliche Beute auserkoren zu haben schien. Es war schon schlimm genug, daß sie die Gattin dieses „Rachegottes" war, doch jetzt hatte sie noch seine Frau in diesen wohltätigen Unsinn verwickelt, für den die Farmingtons überall bekannt waren.

Alice hatte natürlich keine Ahnung davon, daß eines seiner zwei lukrativsten Geschäfte von dem Elend in Five Points lebte. Trotzdem gefiel es ihm nicht, daß sich seine Frau jede Woche einmal dort aufhielt. Es war einfach nicht recht. *Seine* Frau sollte mit diesem schmutzigen Slum nichts zu tun haben.

Noch weniger gefiel ihm die Verbindung seiner Frau mit Sara Farmington – Sara Farmington-*Burke*, korrigierte er sich selbst grimmig. Wenn Alice den Namen dieser Frau erwähnte, knirschte er jedesmal mit den

Zähnen. Er mußte diesem Unsinn ein Ende setzen, bevor er noch weitere Ausmaße annahm.

Doch im Augenblick hatte er wichtigere Dinge zu tun. Er wandte sich vom Fenster ab und setzte sich an Rossiters Schreibtisch, wo er untätig in den Papieren zu blättern begann, die vor ihm lagen. Als die Tür aufging, blickte er auf und nickte dem bebrillten Rossiter und dann Tierney Burke zu, der hinter dem Buchhalter in der Tür stehengeblieben war.

Walsh lehnte sich in seinem Stuhl zurück und ließ seine Finger auf den vor ihm liegenden Seiten spielen. „Komm herein, Tierney", sagte er lächelnd.

„Sie haben mich rufen lassen, Mr. Walsh?"

Rossiter blieb in einem respektvollen Abstand auf der anderen Seite des Schreibtisches stehen, doch Tierney trat näher heran.

Walsh musterte den Jungen schweigend. Das hübsche Gesicht des Jungen wies außer einer schmalen Narbe an seinem linken Auge keine Spuren mehr von dem schweren Überfall auf, dem er vor einigen Monaten zum Opfer gefallen war. Die eisblauen Augen leicht zusammengekniffen und wie immer trotzig, begegnete er Walsh mit einem Blick, der an Verachtung grenzte.

Seit kurzem schien der Junge Walshs Geduld tatsächlich auf die Probe zu stellen. Er zeigte keinerlei Anzeichen der Ehrerbietung gegenüber seinem großzügigen Arbeitgeber, gab nicht im geringsten zu erkennen, daß er den Mann, der ihm seinen Lohn zahlte, wenigstens respektierte. Er spürte in der Tat die Arroganz des jungen Rebellen umso deutlicher, je mehr er ihn in seine Geschäfte einbezog.

Doch dieser eine war soviel wert wie ein halbes Dutzend anderer, allein was Kühnheit und Wagemut betraf. Der Junge erwies sich immer wieder als absolut zuverlässig.

Walsh dachte daran, daß Tierney Burke auch einige schwache Stellen hatte. Zum einen wußte man, daß er trank; nicht regelmäßig, aber oft genug, daß es seinen Männern aufgefallen war. Walsh selbst hatte mehr als einmal bemerkt, wie die Worte leicht undeutlich und verzögert aus dem Mund des jungen Burschen kamen, und manchmal, wie heute abend, schien der Blick dieser tiefblauen Augen noch heller und trotziger zu sein als sonst.

Zum anderen verabscheute Walsh den unverhohlenen, patriotischen Eifer des Jungen für Irland. Obgleich Tierney selten von Irland sprach und seine politischen Überzeugungen fast nie laut äußerte, hatte er sich ihm jedoch, als er ihn erst neu kannte, soweit geöffnet, daß Walsh wußte, daß er in seinem Herzen ein Rebell war – ein Eiferer für die Sache Irlands.

Da Walsh die meisten Jahre seines Erwachsenseins dazu genutzt hatte, seine eigene irische Herkunft zu vergraben – so tief zu vergraben, daß *er* sie *selbst* zuweilen beinahe zu vergessen schien – hatte er wenig übrig für das, was er als nationalen Wahnsinn Irlands betrachtete. Was das Trinken betraf, so bewertete er es als eine entscheidende Charakterschwäche, einen Makel, der die irischen Einwanderer immer wieder scharenweise verzehrte und zerstörte.

Ob aus dem Junge ein echter Fanatiker oder ein umherziehender Trinker wurde, sollte jedoch nicht seine Sorge sein. Eigentlich könnte ihm beides nur von Nutzen sein, falls Tierney zu selbständig werden und sich gegen ihn auflehnen sollte.

Als er den jungen Burke ansah, wurde Walshs Lächeln noch breiter. „Tierney, ich habe über deine Bitte nachgedacht, außer der Zustellung von Lieferungen und dem Überbringen von Nachrichten noch etwas anderes – etwas Lukrativeres – zu übernehmen. So habe ich gedacht, daß du vielleicht bei meinem Gespräch mit Hubert heute abend zugegen sein möchtest."

Belustigt sah Walsh, wie Rossiters Gesicht vor Empörung rot wurde. Es war allgemein bekannt unter den Männern und Botenjungen, daß der nervöse, kleine Buchhalter Tierney Burke nicht ausstehen konnte.

Patrick Walsh glaubte, daß der Buchhalter wahrscheinlich Angst vor dem Jungen hatte. Und es war gewiß nicht schwer, herauszufinden, warum.

* * *

Der Gespräch zwischen Walsh und Rossiter dauerte bereits länger als eine Stunde, und Tierney wurde langsam ungeduldig – und fühlte sich immer unbehaglicher.

Er hatte bereits während der ersten Gesprächsminuten begriffen, worum es ging. Walsh hatte eine Art eigenen Sklavenhandel, hier, mitten in der Stadt. Es hätte nicht cleverer organisiert sein können: Negerkinder, sowohl Jungen als auch Mädchen, wurden in den Straßen und Gassen aufgegriffen und in die Bowery getrieben, wo sie zu einem vorher vereinbarten Preis ihren „neuen Besitzern" übergeben wurden. In vielen Fällen gab es natürlich keinen früheren Besitzer; eine ganze Reihe der kleinen Neger waren Kinder von freien Schwarzen. Auf der anderen Seite gab es aber auch viele Kinder, deren Eltern auf der Flucht vor den

Sklavenfängern waren und hofften, in einer so großen Stadt wie New York niemals gefaßt zu werden.

Was Walsh tat, war gesetzeswidrig, zumindest in den Nordstaaten. Und außerdem war es unmoralisch, würde sein Vater sagen.

Tierney schob den Gedanken, daß sein Vater diese Geschäfte mehr als mißbilligen würde, schnell beiseite. Trotzdem gefiel ihm das, was er hörte, kein bißchen. Man wußte nie, welche Schurken diese schwarzen Kinder kauften und was sie mit ihnen vorhatten, wenn sie einmal ihr Eigentum waren.

Dennoch blieb die Tatsache bestehen, daß die Stadt von Negern überlaufen war – Negern, die den Iren ihre Jobs wegnahmen. Sie arbeiteten tatsächlich für weniger als einen Hungerlohn. In einer Stadt, in der es von Anzeigen: *Iren brauchen sich nicht zu bewerben* wimmelte, *bewarben* sich die Schwarzen jedoch – und wurden oft eingestellt.

Nach einer Weile, als sich Tierney von dem Whisky, den er vor einiger Zeit getrunken hatte, irgendwie matt fühlte, schob er sein Mitgefühl für diese schwarzen Kinder beiseite und fragte nach seinen Aufgaben bei dieser Operation – und wieviel für ihn dabei abfallen würde.

34. Kapitel

Weide meine Schafe

Das ist die Aufgabe eines Christen:
Zu wachen in einer Welt des Bösen;
Heil zu predigen und Gutes zu tun;
Und dem Streit Einhalt zu gebieten.

John Boyle D' Oreilly (1844-1890)

Wenn einer der strapaziösen und gestrengen Stützen der Gemeinde in der Fifth Avenue derzeit ihren Pfarrer sprechen wollte, dann würde es gewiß neues Aufheben um „Mister Daltons fragliches Verhalten geben", dachte Kerry Dalton. Casey-Fitz und Arthur hatten ihn mitten im Wohnzimmer auf dem Fußboden eingekreist, und die drei balgten sich wie ein Wurf junger Welpen.

Kerry saß im Schaukelstuhl am Kamin und lächelte, während sie ihr Nähzeug weglegte und ihnen zusah. Das war Jess' liebste Zeit am ganzen Tag, eine Zeit, auf die er sich freute und die er sich freihielt, wenn sein ausgefüllter Terminkalender es irgendwie gestattete.

Als Kerry zusah, wie er kurzärmelig auf dem Fußboden kniete und sich wie ein Junge herumbalgte, wurde ihr Herz plötzlich von einer unerklärlichen Traurigkeit berührt. In letzter Zeit hatte es für Jess so wenige Augenblicke wie diese gegeben: Zeiten, in denen er einfach abschalten und wenigstens eine Zeitlang dem herannahenden Sturm entfliehen konnte, der sein Amt zu bedrohen schien.

Kerrys Lächeln verschwand, als sie ihn betrachtete. Jeden Tag schienen ein paar mehr Silberfäden in seinem Haar und neue Falten um seine Augen aufzutauchen. Seine fesselnden blauen Augen, die immer noch ihr Herz zum Schmelzen bringen konnten, betrachteten die Welt jetzt mit einer fortwährenden Traurigkeit, als brannte irgendwo, tief im Inneren seiner Seele, ein unaussprechlicher Schmerz.

Zu ihr war er stets zärtlich und aufmerksam, rücksichtsvoll und lieb. Doch Kerry wußte, daß ein Teil von ihm oft abwesend war, sich von dem stillen Hafen entfernte, den sie mit ihrer Liebe zu schaffen versuchte. Selbst hier, in diesem gemütlichen, warmen und freundlichen Zimmer, das für sie alle zu einem Zufluchtsort geworden war, spürte sie oft, wie seine Gedanken auf Wanderschaft gingen – in unruhige Gewässer abdrifteten.

Sie wußte, daß er nicht schlafen konnte, auch wenn er sehr darauf achtete, sie nicht zu stören, wenn er nachts ihr Bett verließ. Allzuoft wachte sie auf und hörte ihn die Treppe hinuntergehen. Er versuchte offenbar, seine Ruhelosigkeit von ihr fernzuhalten, und so sorgte sie sich im stillen.

Es schien ihr, als würde Jess das Herz brechen, langsam, still, ein Stück nach dem anderen. Ihr zärtlicher Riese war ein Mann, der viele Wunden hatte, Wunden, die von der Grausamkeit, der Bosheit und der Gleichgültigkeit einer Welt herrührten, die mit sich selbst im Streit lag. Wie der bekümmerte Prophet Jeremia war ihr Jess ein von Gott getriebener Mann, der von der Brutalität und Gewalt um ihn herum gequält wurde, ein Mann, der die Wahrheit, die ihm anvertraut war, nicht verraten konnte, ein Mann, der oft als Fanatiker oder törichter Idealist abgestempelt wurde ... ein Mann, dessen Geist für die Qual dieser Welt blutete.

Und doch war er auch ein Mann, der seine Pein in Opfer, seinen eigenen Schmerz in eine Art Sieg verwandelt hatte, denn er hatte in alldem an der Treue eines Gottes festgehalten, der nach seiner Verheißung eines Tages alles vergelten und belohnen wird.

Plötzlich schaute Kerry auf und wurde aus ihren dunklen Träumen gerissen, als sie merkte, wie sie beobachtet wurde. Zu beiden Seiten von zwei strahlenden Jungen eingerahmt, stand Jess vor ihr. Sein Grinsen und der Schalk in seinen Augen verkündeten nichts als Unheil.

„Mir scheint, unsere kleine Mutti macht es sich wirklich zu gemütlich. Was meint ihr, Jungs? Sollten wir sie nicht ein wenig an unserem Spaß teilhaben lassen?“

„Vornehme Damen“, sagte sie bestimmt und klammerte sich mit beiden Händen an dem Schaukelstuhl fest, „beteiligen sich nicht an Balgereien.“

Jess schaute zu jedem der beiden Jungen, dann zog er eine Augenbraue hoch. „Und damit sollten wir uns abfinden?“ forderte er sie in einem irischen Dialekt heraus, auf den selbst Kerrys verstorbener Vater stolz gewesen wäre.

„Was meint ihr, Jungs? Wollen wir die feine Dame von ihrem Thron herunterholen?“

Noch bevor sie aufschreien konnte, wurde Kerry aus dem Stuhl gehoben und fand sich in den Armen ihres Mannes wieder. Einen Augenblick tat er so, als wolle er sie erst dem einen und dann dem anderen Jungen zuwerfen, doch schließlich – nachdem sie „empört“ protestiert hatte –

stellte er sie wieder auf ihre Füße. Mit offenkundigem Widerwillen erklärte sie die Spielzeit für beendet.

* * *

Später, als die Jungen bereits schliefen, und es im Haus endlich still geworden war, suchten auch die beiden die Zurückgezogenheit ihres Schlafzimmers. Wie er es stets zu tun pflegte, stellte Jess einen Stuhl hinter sie an die Frisierkommode und begann, ihr Haar zu bürsten.

Kerry lächelte seinem Spiegelbild zu, als er eifrig daran arbeitete, Ordnung in ihre widerspenstigen, roten Locken zu bringen. „Als ich dich heute abend im Wohnzimmer beobachtet habe", sagte sie, „bin ich zu dem Entschluß gekommen, daß es für dich die schönste Zeit des Tages ist, wenn du dich mit den beiden Jungen herumbalgen kannst. Ich glaube, es steckt noch ein ganz schöner Junge in Ihnen, Mr. Dalton."

Er fing an, langsamer zu bürsten und begegnete im Spiegel ihrem Blick. „Ich muß zugeben, daß Sie damit recht haben." Er hielt inne und fügte dann hinzu: „Jedoch nicht, was meine Lieblingszeit betrifft, Mrs. Dalton."

„Wirklich?"

Er nickte und entfernte sorgfältig eine kupferfarbene Locke aus der Bürste. „Wirklich."

Behutsam legte er die Bürste auf den Frisiertisch zurück und ließ seine Hände auf ihre Schultern sinken, dann drehte er sie langsam herum, so daß er ihr ins Gesicht sehen konnte. „Zufälligerweise", sagte er und schloß sie in seine Arme, „hat meine Lieblingszeit gerade erst begonnen."

* * *

Lange, nachdem Kerry eingeschlafen war, deckte Jess sie liebevoll zu, bevor er sich behutsam aus dem Bett bewegte. Ebenso vorsichtig schlüpfte er in seinen Morgenmantel und begab sich nach unten.

Es war spät genug, um der einzige im Haus zu sein, der noch wach war. Trotzdem schloß er die Tür der Bibliothek hinter sich. Er brauchte die Stille und sehnte sich danach, allein zu sein.

An seinem Schreibtisch, den Kopf in die Hände gestützt, beugte er sich über die Heilige Schrift. Draußen hatte es heftig zu regnen begonnen und der Sturm, der sich aufmachte, peitschte den Regen gegen das Dach und die Wände des Hauses.

Es stürmte so sehr, daß die Lampe auf seinem Schreibtisch in dem entstehenden Zug aufflackerte.

Aus Minuten waren Stunden geworden, und Jess saß immer noch an seinem Schreibtisch, las in der Bibel und betete. Zuweilen hielt er inne, richtete sich auf und wagte kaum zu atmen, weil eine Vorahnung in ihm aufzusteigen begann, dann wieder verebbte.

Seit mehr als einer Woche hatte er bereits das Gefühl, daß Gott das wüste Durcheinander der letzten Zeit durchbrechen wollte. Mitten im Lärm seiner stündlichen Verpflichtungen und der Probleme, die ihn bedrängten, verspürte er immer wieder ein sanftes Drängen des Geistes. Manchmal, wenn er im Widerstreit seiner Gedanken und im Aufruhr seiner Gefühle davonzutreiben drohte, wurde er von einer unerwarteten Ruhe umgeben, in eine plötzliche Stille eingehüllt. Genauso schnell wurde er von einem Gefühl der Beklommenheit erfaßt, und es war, als läge die Last eines bevorstehenden Unglücks zentnerschwer auf ihm.

Er war entschlossen, den Rest der Nacht allein zu verbringen, in der Stille abwartend. Er würde warten auf das, was Gott ihm zeigen wollte. Und er würde darum beten, daß er die Kraft hatte, sich dem zu stellen, was immer auch von ihm gefordert wurde.

Schließlich begann die Reihe schlafloser Nächte und anstrengender Tage ihren Tribut zu fordern. Erschöpft sank er über seinem Schreibtisch zusammen; den Kopf auf seine Arme gelegt, schlief er ein.

* * *

Arthur wußte nicht genau, wodurch er wach geworden war. Vielleicht war es der Regen, der gegen das Dach trommelte, welches über das Fenster seines Schlafzimmers hinausragte.

Er richtete sich in seinem Bett auf und lauschte. Außer dem Trommeln des Regens war kein anderes Geräusch zu hören, doch irgendwie wußte er, daß „Mr. Jess“ wieder einmal nicht schlafen konnte.

Seit kurzem hatte er ihn jede Nacht gehört. Die Stufen knarrten unter seinem Gewicht, und nach einer Weile hörte Arthur, wie er in dem unteren Flur auf- und ab- oder leise von Zimmer zu Zimmer ging.

Es gab Ärger, großen Ärger, obgleich niemand viel darüber sprach. Es ging immer noch um diese Sache mit der großen Kirche in der Fifth Avenue. Pastor Dalton war in Schwierigkeiten, ganz bestimmt, mit all dem Theater, das die Leute dort angezettelt hatten. Und alles nur *seinetwegen* – wegen Arthur Jackson, einem entflohenen Sklavenjungen, der eigentlich überhaupt nicht hierher gehörte.

Ein ungutes Gefühl, eine Mischung aus Furcht und Zorn, drehte ihm den Magen um, als er darüber nachdachte, was mit Pastor Dalton geschah – und was das für Mrs. Dalton und Casey-Fitz bedeuten mußte. Ja, Casey-Fitz beharrte weiter darauf, daß die meisten Schwierigkeiten damit zusammenhingen, daß sein Vater ein – ein *Abolitionist* war. Arthur wußte jedoch, daß der Junge ihn damit nur beruhigen wollte.

Und er wußte auch, was er tun mußte. Das würde auch bedeuten, das Versprechen, das er Casey-Fitz gegeben hatte, zu brechen, und jetzt, nachdem er Christ geworden war, wußte er auch, daß man das nicht tun durfte. Im Augenblick schien es jedoch viel wichtiger zu sein, Pastor Dalton und seiner Familie Schwierigkeiten zu ersparen, als ein Versprechen zu halten.

Außerdem war er der einzige, der *vielleicht* helfen konnte. Er hatte schließlich diesen Ärger über Pastor Dalton gebracht, und so glaubte er, daß es auch an ihm war, den Schwierigkeiten ein Ende zu bereiten.

Ungeachtet der Kälte in seinem Zimmer, schlüpfte er aus seinem Bett und ging auf die Knie. Vor zwei Wochen hatte er erkannt, daß das, was Pastor Dalton über den Mann namens Jesus predigte, die Wahrheit sein mußte. Wäre er nicht der Sohn Gottes, hätte er niemals diese Dinge tun können – Tote aus dem Grab herauszurufen, Aussätzige zu heilen –, und, das Erstaunlichste von allem, diesen abscheulichen Menschen zu vergeben, die ihn ans Kreuz gebracht haben.

So war er mit Pastor Daltons Hilfe *Christ* geworden – mit Taufe und allem, was dazu gehörte, und auch Mrs. Dalton und Casey-Fitz waren dabei gewesen und hatten sich mit ihm gefreut.

Pastor Dalton hatte ihm erklärt, daß Beten eines der wichtigsten Dinge war, die man als Christ tun sollte. Und obgleich es keine Erklärung dafür gab, wie Gott gleichzeitig auf so viele Leute hören und Antworten für sie bereithalten konnte, war es doch eine Tatsache, daß er es tat.

So hatte Arthur seitdem jeden Abend mit Pastor Dalton oder manchmal auch Casey-Fitz um Hilfe gebetet. Er glaubte, daß er inzwischen genug gelernt hatte, um versuchen zu können, allein zu beten. Er schloß die Augen und bat Gott, daß er ihm den Mut schenkte, das zu tun, was er wußte, tun zu müssen.

Und dann bat er Gott, daß auch Casey-Fitz ihm verzeihen möge, weil er sein Versprechen gebrochen hatte.

* * *

Der Tisch unter seinen Armen war zu einer Kanzel geworden ... zur Kanzel der Kirche in der Fifth Avenue. Solide, kräftige Eiche, weich gemacht und gealtert durch das Fett menschlicher Hände – der Hände der Prediger ...

Jess saß nicht mehr an seinem Schreibtisch in der Bibliothek. Jetzt, in diesem seltsamen Traum – und irgendwie wußte er, daß es ein Traum war – stand er auf seiner Kanzel im Altarraum und sprach zu der Gemeinde ...

Die Reihen waren dicht besetzt, mit Menschen, Menschen seiner Gemeinde. Dies war die Herde, die ihm anvertraut war, die er lehren, führen und trösten – deren Hirte er sein sollte.

Das helle Morgenlicht flutete in den Altarraum und tauchte die schweren Eichentüren, die Bankreihen, jede Ecke – sogar das Deckengewölbe – in ein strahlendes, goldenes Licht, das alles, was es berührte, zu erwärmen schien.

Die Bibel aufgeschlagen vor sich, öffnete Jess seinen Mund, um das Wort Gottes zu verkündigen, ihnen die gute Nachricht weiterzusagen, daß sie Gottes geliebtes Volk waren, Geliebte Gottes, des Vaters, Schafe seiner Weide.

Dann spürte er vielmehr, als daß er es sah, wie das Licht sich entfernte. Die goldenen Strahlen schlängelten sich spiralförmig, als würden sie von einem plötzlichen Windhauch getrieben, in den hinteren Teil des Altarraums, wo sie sich wanden und ringelten, bis aus dem Licht ein grauer Dunst geworden war.

Jess sah, wie der Dunst sich zu bewegen begann, wie er sich vorwärts schlängelte und die Menschen in den Bänken wie in eine ominöse, wogende Wolke einhüllte.

In der zweiten Reihe rutschte ein hakennasiger Chester Pauling unruhig hin und her und zupfte nervös an seiner Brokatweste, als der Dunst ihn zu umschließen begann. Jess bohrte seine Augen durch den grauen Nebel hindurch und sah zu seinem Erstaunen, wie der Brokatstoff wie Fleisch auszusehen begann – wie die Haut eines Menschen, die mit verschiedenen farbigen Zeichen bemalt war. Seine Augen wanderten zu

Paulings Gesicht ... aber es war überhaupt nicht Pauling – es war der tätowierte Mann aus dem „Zehncentmuseum"!

Der Rauch bewegte sich noch weiter und legte sich wie ein Ring um Charles Street, der dasaß und zu Jess hinaufstierte. Jess konnte zusehen, wie die Arme und die Brust des Mannes wie ein Ballon anschwollen, so daß seine Jacke aus den Nähten und auch sein Kragen platzte. Der Dunst schlängelte sich weiter, und Jess blickte in die Augen des Muskelmannes.

Vor ihm, zu seiner Linken, saß ein kleiner Junge, die Beine unter der Bank verschränkt. Wieder senkte sich der Dunst herab und hüllte den kleinen Körper des Jungen vollständig ein. Als die Wolke sich erhob, saß Bhima auf dem Platz dieses Kindes und schaute Jess mit seinen sanften, traurigen Augen an.

Und so ging es weiter; es vollzog sich eine Reihe erschütternder, unerklärlicher Veränderungen, bis sich die gesamte Versammlung in ein Meer von Gesichtern aus der Bowery ... aus Five Points und aus Shantytown verwandelt hatte.

Jess klammerte sich mit beiden Händen an der Kanzel fest und beobachtete, wie der Dunst aufstieg und sich wieder in den Altarraum zurückzog. Langsam begann er sich aufzulösen und wurde wieder zu dünnen, hellen Strahlen, bis der gesamte Altarraum von neuem von einem hellen Sonnenlicht erfüllte wurde – wie von einem goldenen Segen.

Dann vernahm er ein leises Flüstern, eine Stimme, die so tief in ihm erklang; als sei sie mit seinem Geist verwoben, wiederholte sie immer wieder: *„Das ist dein Volk ... und mein Volk ... das sind die Geliebten des Vaters ... die Schafe meiner Weide. Weide meine Schafe ... weide meine Schafe ...“*

Noch immer auf dieses Flüstern lauschend, wurde Jess wach. Das helle Morgenlicht strömte durch das Fenster der Bibliothek. Mit den Augen blinzelnd, hob er den Kopf und wandte sein Gesicht zum Licht.

Teil drei

Erfüllte Träume

Neuanfänge

Ihr sollt wissen von ganzem Herzen und von ganzer Seele,
daß nichts dahingefallen ist von all den guten Worten,
die der Herr, euer Gott, euch verkündigt hat. Es ist alles
gekommen und nichts dahingefallen.

Josua 23, 14

35. Kapitel

Die Prinzessin und die Amsel

Dem einen ward gegeben eine Schönheit – so unübertroffen
Wie eines einsamen Sternes glitzerndes Gewand ...
Dem anderen der Stern von Eire, dem zauberhaften Land,
Und in ihrem Lächeln – sah er den Himmel offen.

Morgan Fitzgerald (1849)

Dublin
Anfang April

Morgan saß da und schaute ein letztes Mal voller Zufriedenheit auf die Papiere, die vor ihm lagen. Einen Augenblick später steckte er sie sorgsam in einen großen Umschlag zurück, den er in seinem Schreibtisch verschloß.

Das waren natürlich nur Kopien; Guinness hatte die Originale bereits weitergeleitet. Trotzdem wollte er nicht, daß Annie sie zufällig zu Gesicht bekam. Obgleich das Mädchen es tapfer zu verbergen suchte, spürte Morgan dennoch, daß Annie schmerzlich darunter gelitten hatte, von ihrer Mutter verstoßen worden zu sein. Wenn Annie die Unterschrift der Frau unter diesem Dokument sah, mit dem sie unwiderruflich alle Rechte auf ihre Tochter aufgab, würde der Schmerz des Verstoßenseins nur von neuem in ihr aufflammen.

Während er mit seinen Fingern auf den Schreibtisch trommelnd dasaß, spülte eine Woge verschiedenster Gefühle über ihn hinweg. So würde er ... schließlich doch Vater werden – ein rechtmäßiger Vater für Annie und auch für Finolas Baby.

Die erstaunlichen Veränderungen, die sich in weniger als zwei Jahren in seinem Leben vollzogen hatten, waren nahezu unfaßbar.

Das Erbe des großväterlichen Anwesens, der Umzug nach Dublin, die Schußverletzung, durch die seine Beine gelähmt wurden ...

Die bedeutendste Veränderung war jedoch, daß Menschen in sein Leben getreten waren, die er liebte und mit denen er sich wie in einer Familie verbunden fühlte. Zuerst war Sandemon gekommen, das Wunder von den Westindischen Inseln ... dann Annie Delaney, das wundersame Kind aus Belfast ... Finola, die Geliebte seines Herzens ... und schließlich Schwester Louisa, die „ketzerische“ Nonne, die irgendwie Ordnung in ihr Leben und in die Schule gebracht hatte.

Morgan schüttelte den Kopf, und ein leichtes Lächeln huschte über sein Gesicht. Er mußte einfach zugeben, daß viele dieser Ereignisse einen klassischen Beweis dafür darstellten, wie Gott Leid in Freude verwandeln konnte, so daß tatsächlich, wie die Bibel es verhieß, Böses am Ende zum Guten dienen mußte.

Und das Erstaunlichste für ihn war, daß er Vater wurde – und in zwei Wochen Ehemann. Bei einer derartigen Aufeinanderfolge bedeutender Ereignisse wären selbst dem stärksten Mann die Knie weich geworden. Doch nicht *seine* Knie; sie waren bereits nutzlos genug ...

Er ließ seine Gedanken wieder zu Annie wandern und überlegte, wie er ihr die Nachricht am besten mitteilen konnte. Es sollte ein besonderer Anlaß werden, beschloß er, ein „Ereignis“ für das Kind, das sich in ihr Gedächtnis einprägen würde.

Er nahm ein kleines, grünes Samtkästchen aus dem Schreibtisch, öffnete den Deckel und betrachtete einen Augenblick lang den Inhalt, bevor er es in seine Westentasche steckte.

Er setzte die Brille ab und klingelte nach Artegal. Als der weißhaarige Diener erschien – Artegal betrat niemals ein Zimmer, er schien vielmehr *aufzutauchen* wie das bleiche Gespenst, dem er glich – schickte er ihn nach oben. „Sagen Sie Annie, daß sie sich zum Abendessen umziehen soll. Und sagen Sie ihr auch“, fügte er hinzu, „daß sie sich bereithalten soll, um Finola zu helfen, falls sie in der Lage ist, mit nach unten zu kommen. Ach – und schicken Sie Sandemon zu mir.“

Der Diener neigte den Kopf und brachte sein Mißfallen nur allzu deutlich zum Ausdruck. Morgan fragte sich wiederum, warum er den Mann, den er kein bißchen mochte und gegen den er ein leichtes Mißtrauen hegte, nicht einfach entließ.

Artegal war zweifellos tüchtig – überaus tüchtig und unaufdringlich. Er hatte jedoch eine Überheblichkeit an sich, eine verurteilende Haltung gegenüber den anderen Mitgliedern des Haushalts, außer vielleicht Morgan selbst – doch war er sich am Ende auch nicht sicher, ob selbst *er* von seiner Verachtung wirklich ausgeschlossen war.

Er zuckte mit den Achseln und delegierte seine Unzufriedenheit mit Artegal in ein hinteres Schubfach. Heute hatte er an wichtigere Dinge zu denken.

* * *

Annie hockte auf einem Stuhl in der Nähstube, während Fergus neben ihr ein Nickerchen machte, und stach sich schon zum drittenmal in den Finger. Mit verdrießlicher Miene warf sie sowohl die Nadel als auch den Stoff weg und unterdrückte das Heulen und Fluchen, nach dem ihr zumute war. Der Wolfshund hob seinen Kopf und warf ihr einen fragenden Blick zu.

Sie hatte ihre alte Gewohnheit des Fluchens größtenteils abgelegt. Doch in Augenblicken wie diesem war sie versucht, wieder in diese alten Wege zu verfallen. Wie sie das Nähen haßte! Doch die Schwester hatte gesagt, sie müsse lernen, daß Handarbeit ein unverzichtbarer Teil ihrer Ausbildung war.

Die *lästige Nonne*, dachte Annie vor sich hin grinsend. Inzwischen empfand sie für die Schwester nichts als Zuneigung, außer wenn sie sie mit Dingen wie Nähen, richtigem Betragen und damenhaftem Verhalten schikanierte.

Die Schwester wußte jedoch genau, daß Annie dem Nähen beinahe jede andere Tätigkeit vorzog. Zu ihren „Lieblingsaufgaben" gehörte nach wie vor die Arbeit in den Ställen, das Füttern der anderen Tiere auf dem Anwesen und der Unterricht im Malen, den ihr Schwester Louisa selbst erteilte.

Doch „junge Damen", so sagte die Schwester, mußten sich „eine Vielzahl häuslicher Fertigkeiten" aneignen. Buh! Soweit Annie es beurteilen konnte, waren diese häuslichen Fähigkeiten höchstens für die Mägde wichtig.

Natürlich *gab* es die Möglichkeit, etwas für Finolas Baby zu nähen. Die Schwester hatte angedeutet, daß Annie vielleicht etwas für das Kleine nähen durfte, wenn sie gute Fortschritte im Umgang mit der Nadel machte.

Annie blickte auf den verhaßten Stoff, der zu ihren Füßen lag. Schließlich hob sie ihn widerwillig auf und versuchte es von neuem. Vielleicht *sollte* sie sich wirklich anstrengen, um Finola helfen zu können.

Der Gedanke an das Baby spornte sie an. Seit kurzem herrschte im Haus eine große Betriebsamkeit und Eile; es galt, eine Hochzeit zu planen und alles für ein Baby vorzubereiten – soviel Arbeit in so kurzer Zeit!

Selbst Sandemon, der sonst immer so ruhig und gelassen war, schien einen neuen Schwung in seinen Schritten zu haben und etwas mehr

Dringlichkeit in seine Worte zu legen. Was Artegal, „den Geist“, betraf – Annie verzog voller Abscheu den Mund – so erschien die Nase des griesgrämigen, alten Dieners noch länger als vorher, und seine Augenbrauen waren zu einer ständigen Mißfallenskundgebung hochgezogen. Artegal mißfiel natürlich alles und jeder; er machte sich zweifellos nur Sorgen über die Unruhe und Arbeit, die ein Baby mit sich bringen würde.

Annie konnte es für ihren Teil kaum erwarten. Es würde wunderschön sein, ein Baby im Haus zu haben! Und sie würde eine *gute* große Schwester sein, ganz bestimmt, die beste große Schwester der Welt! Sie würde helfen, das Baby zu füttern, sie würde es in den Schlaf wiegen und mit ihm spielen – das heißt, wenn sie es durfte.

Plötzlich hielt sie im Nähen inne. Sie *wollte* die Schwester des Babys sein, wünschte es sich so sehnlich! Und als Adoptivtochter des *Seanchai wäre* sie es, wenn er und Finola verheiratet waren.

Doch nur wenn sie adoptiert war ...

In letzter Zeit hatte niemand von der Adoption gesprochen. Während der ganzen Zeit, in der Finola sich von dem Überfall erholte, hatte der *Seanchai* kaum ein Wort über diese Angelegenheit gesprochen, so daß Annie fürchtete, daß er die Adoption durch seine Sorge um Finola vielleicht ganz vergessen hatte. Es kostete Annie enorme Anstrengung, nicht wenigstens einmal pro Tag zu fragen. Doch sie tat es nicht, um ihn nicht zu belästigen.

Jeden Morgen erwachte sie mit der gleichen Erwartung, mit der sie am Abend zuvor eingeschlafen war. Sie freute sich, daß ein neuer Tag begann, und obwohl sie es sich fest vorgenommen hatte, nicht daran zu denken, fragte sie sich sofort, ob nicht heute vielleicht der Tag sein würde ... der Tag, an dem sie adoptiert wurde.

Doch sie kam niemals, diese Nachricht, um die sie schon so lange und so innig betete. Gewiß verlor der Herr langsam die Geduld mit ihr und ihrem ständigen Flehen. Hatte sie ihm mit diesem Anliegen nicht schon monatelang in den Ohren gelegen?

Doch sie hatte keine Antwort erhalten; nichts hatte sich geändert.

Was war, wenn das immer so bliebe? Was, wenn aus irgendwelchen Gründen nichts daraus werden konnte? Dann wäre sie nichts für den *Seanchai* und den Rest der Familie – weder seine Tochter noch die Schwester des Babies.

Wer war sie dann eigentlich? Ein Niemand. Ein Niemand, der zu keinem ... wirklich gehörte.

Die Angst vor der Enttäuschung lauerte in ihr und wartete nur darauf, eine Gelegenheit zu ergreifen und ihren Frohsinn zu zerstören.

Sie beugte sich nach vorn und legte eine Hand auf Fergus' großen Kopf, um von seiner Wärme Trost zu empfangen. „Wir müssen sehr brav sein, Fergus, du und ich", sagte sie leise. „Und wir müssen auch sehr *nützlich* sein und hilfsbereit zu jedem; und das nicht nur manchmal, sondern *immer*. Vielleicht werden wir dann, auch wenn wir nicht adoptiert werden, trotzdem willkommen sein."

Sie versuchte, den Knoten, der sich in ihrer Kehle gebildet hatte, hinunterzuschlucken. „Ich könnte den Schmerz nicht ertragen, wenn wir weggehen müßten, Fergus, ganz bestimmt nicht. Die Tränen der ganzen Welt würden nicht ausreichen, um diesen Schmerz fortzuwaschen!"

Annies Herz klopfte, und sie seufzte tief. „Du brauchst dir jedoch keine Sorgen zu machen! Der *Seanchai* möchte, daß wir bei ihm bleiben, auch wenn wir aus irgendeinem Grund nicht adoptiert werden sollten. Er möchte es, ganz bestimmt möchte er es."

Als sie aufschaute, sah sie, wie der alte Geist von Artegal in der offenen Tür stand. Seine Nase war beinahe bis zu seiner schmalen Oberlippe heruntergezogen, als er sie anstarrte. Annie verspürte einen furchtbaren Drang, ihm die Zunge herauszustrecken. Doch würde er sie verpetzen, und dann würde sie von der Schwester schlimme Schelte einstecken müssen.

„Der junge Herr läßt dir sagen, daß ... du dich zum Abendessen umkleiden sollst", verkündete er steif. „Und du sollst auch Miss Finola helfen, falls sie ... äh ... in der Lage ist, mit nach unten zu kommen."

Durch ihren neuen Entschluß, immer anständig zu sein, bestärkt, gelang es Annie zu lächeln. Es mußte ein törichtes, „damenhaftes" Lächeln gewesen sein, dachte sie,; es machte ihr jedoch nicht viel aus. „Ja, vielen Dank, Artegal", sagte sie höflich und freute sich, als er ihr einen mißtrauischen Blick zuwarf.

* * *

Nachdem sie blitzschnell in ein Musselinkleid mit strahlend grünen Streifen, das einzige Kleid, was ihr wirklich gefiel, geschlüpft war, eilte Annie in Finolas Schlafzimmer – nur, um herauszufinden, daß Lucy ihr bereits geholfen hatte, sich fertigzumachen.

Etwas ungehalten über die pausbäckige Lucy – die, wie Annie Sandemon im geheimen anvertraut hatte, etwas verschlagen zu sein schien – bestand Annie darauf, Finolas Haar selbst zu kämmen. Auch das zählte zu ihren „Lieblingsaufgaben“, denn Finolas Haar war einfach eine Pracht.

Nachdem sie Lucy in die Küche geschickt hatte, um dort ihr Abendessen einzunehmen, hatte Annie Finola ganz für sich, bis auf Flecky, die auf dem Bett lag und skeptisch zu Fergus blickte. Wie immer mußte der arme Fergus draußen vor der Tür warten und durfte nur hereinschauen; er und die Katze konnten sich einfach nicht vertragen, und so mußten sie voneinander Abstand halten.

„Du siehst wunderschön aus, Finola.“ Annie stand hinter ihr an der Frisierkommode und bürstete das schwere, flachsblond gewellte Haar, so daß es glänzte wie Gold. „Wie eine Prinzessin.“

Ihre Blicke begegneten sich im Spiegel, und Finola lächelte sie an. „Ich glaube, du hast wieder einmal die Geschichten von den alten Feen gelesen, Aine“, sagte sie sanft. „Ich bin gewiß keine Prinzessin.“

Finola war die einzige, die Annie als erwachsen genug zu betrachten schien, um sie bei ihrem richtigen Namen, *Aine*, zu nennen, und sie genoß den sanften Klang ihres Namens.

Finola hatte tatsächlich eine Stimme wie reinste Seide – eine Stimme, die so golden war wie ihr Haar, so weich und fließend. Annie glaubte, daß sie im Vergleich zu Finola wie ein kreischender Vogel sprach. Ja, wirklich, wenn sie sich selbst und die hübsche Finola im Spiegel betrachtete, dann war es, als sähe sie eine unbeholfene Amsel und einen Schwan.

„Du bist eine Prinzessin für mich, Finola!“ stieß sie hervor. „Und auch für den *Seanchai*! Er ist der Prinz von Nelson Hall, und du bist seine Prinzessin!“ Sie hielt inne, die Bürste in ihren Händen haltend. „Und er behandelt dich auch wie eine Prinzessin – wirklich!“

Ihr Spiegelbild nahm einen nüchternen Ausdruck an, und auf ihren Wangen erschien ein kaum wahrnehmbarer rosa Hauch. „Er ist ... die Freundlichkeit selbst zu mir. Ich ... ich weiß nicht, wie ich ihm jemals das alles vergelten soll, was er für mich tut.“

Überrascht starrte Annie sie an. „Aber Finola – der *Seanchai* würde niemals erwarten, daß du es ihm vergiltst! Er tut das, was er tut, weil ...“, Annie hielt inne und wollte Finola nicht in Verlegenheit bringen. „Nun, weil er sich um dich sorgt.“

Die Röte auf Finolas blasser Haut wurde dunkler. „Er hat ein großes Herz“, sagte sie, „in dem sehr viel Mitgefühl wohnt; vielleicht zu viel.“

Annie betrachtete das hübsche, betrübte Gesicht im Spiegel. „Was ist los, Finola? Was macht dich so traurig?“ Die Frage war ihr entwischt, bevor sie nachdenken konnte, und nun fragte sie sich, ob sie vielleicht zu zudringlich war. Doch sie *waren* Freunde. Finola hatte es selbst gesagt, und sie behandelte sie tatsächlich mehr wie eine Schwester als ein lästiges Kind.

Ihre schmalen Schultern sanken zusammen, und Finola senkte traurig den Kopf. „Ich hatte nie die Absicht, ihm zur Last zu fallen", sagte sie unglücklich, und ihre wunderschöne Stimme war nicht mehr als ein Hauch, so daß Annie sich nach vorn beugen mußte, um sie überhaupt verstehen zu können. „Das ist das letzte, was ich für ihn sein möchte. Ich sollte es ihm nicht erlauben, das zu tun ... mich zu seiner Frau zu machen, meinem Kind seinen Namen zu geben ... doch ich weiß nicht, was ich sonst tun sollte. Er ist so ein großartiger Mann, so ein edler Mensch ... und weil er das ist, hat er meine Last auf sich genommen ... und die meines Kindes ... eines Kindes, das er nicht will, das ihm nichts bedeutet ..."

Betrübt sah Annie, wie Tränen die schönen Wangen hinunterliefen und auf das zartblaue Kleid fielen. Sie legte die Bürste beiseite und legte ihre Hände auf Finolas Schultern.

„Oh, Finola, nein! Du irrst dich, ganz bestimmt! Du irrst dich furchtbar! Du bist keine Last für den *Seanchai*! Du bedeutest ihm wirklich viel ... und er *verehrt* dich! Siehst du das nicht an seinen Augen? Alle anderen sehen es ... und *du* nicht?"

Finola begann protestierend den Kopf zu schütteln, doch Annie bemerkte auch noch etwas anderes in ihren Augen, einen Funken Hoffnung, so daß sie meinte, Finola *möchte* es gern glauben.

„Und was das Kind betrifft", fuhr sie eilig fort, „so ist es bestimmt nicht wahr, daß es ihm nichts bedeutet! Der *Seanchai* möchte sein Vater sein, ja er möchte das ganz bestimmt!"

Als Annie Finolas Gesicht weiter im Spiegel betrachtete, sah sie die Unsicherheit in ihren Augen. Sie war kühn, vielleicht sogar ungehörig, aber sie mußte es Finola irgendwie begreiflich machen! Finola irrte sich – irrte sich so sehr – über den Grund, aus dem der *Seanchai* sie heiraten wollte!

„Er liebt dich über alles!" stieß sie hervor. „Er hat dich von Anfang an geliebt! Es ist die Wahrheit, Finola, und du mußt es glauben! Und was das Baby betrifft ..." Annie hielt inne und suchte im Geist wie wild nach einer Erleuchtung, die jedoch völlig außer Reichweite zu sein schien. „Es ist – es ist genau so, wie es mir die Schwester erklärt hat, als ich mir Sorgen darum machte, nicht die richtige Tochter des *Seanchai* zu sein.

‚Annie Delaney', sagte die Schwester, ‚Kein offizielles Dokument und nicht einmal die Blutsverwandtschaft machen einen Mann zum Vater. Ein Mann wird Vater durch seine Willensentscheidung ... und indem er einem Kind sein Herz öffnet.'" Annie holte hastig Luft und beeilte sich, alles zu sagen, was sie glaubte, Finola unbedingt mitteilen zu müssen. „Siehst du das nicht ein, Finola? Der *Seanchai* hat seine Willensentscheidung getroffen und hat dir – und deinem Baby – sein Herz geöffnet. Er möchte euch beide, ganz bestimmt!"

Ihre Blicke begegneten sich im Spiegel, und einen Augenblick verweilten sie so. Während Annie in Finolas verwunderte, blaue Augen schaute und über die Worte nachdachte, die sie so kühn ausgesprochen hatte, begannen tief in ihrem Inneren die ersten Strahlen des Morgenlichts zu dämmern. Sie wurde von einer tröstlichen Gewißheit erfüllt, und tief in ihrem Herzen wußte sie, daß, auch wenn das Leben eine grausame Wende nahm und sie nicht adoptiert werden konnte, nichts – *absolut nichts* verhindern konnte, daß sie die Tochter des *Seanchai* war und sie zu ihm gehörte.

In seinem Herzen – und in ihrem.

* * *

Während er darauf wartete, daß die anderen zum Abendessen nach unten kamen, las Morgan noch einmal Frank Cassidys Brief durch. Er fand ihn noch genauso faszinierend wie beim ersten Durchlesen – faszinierend und in gewisser Weise drohte er ihn auch um den Verstand zu bringen.

Frank tat natürlich sein Bestes, um die mühevolle Aufgabe auszuführen, mit der Morgan ihn betraut hatte. Cassidy war treu wie Gold und verläßlich bis zum Tod. Wenn die Wahrheit über Finolas Vergangenheit zu finden war, dann würde er sie finden.

Doch schien sich alles sehr schwierig zu gestalten. Morgan hatte ihn bereits vor etlichen Monaten mit den Nachforschungen beauftragt, Nachforschungen, die hier, auf den Straßen Dublins, begannen. Er hatte jedoch bald, nachdem er gerade auf eine mögliche Informationsquelle gestoßen zu sein schien, die Suche unterbrechen und sich nach Galway begeben müssen, wo seine kürzlich verwitwete Tochter Probleme mit dem Grundbesitzer lösen mußte.

Schließlich hatte er die Nachforschungen wieder aufgenommen, die ihn, wie er in seinem Brief berichtete, nach Drogheda geführt hatten:

Obgleich die Information, die ich von dem Spielmann – Christy Whistle – erhalten habe, bestenfalls fragwürdig sein kann, möchte ich diese Spur doch zu Ende verfolgen. Ich fürchte, ich werde dabei noch viel nachgraben und umherwandern müssen. Ich weiß, daß du auf eine Nachricht wartest, versuche aber bitte, dich in Geduld zu üben, denn du hast mein Wort, daß ich dich nicht im Stich lassen werde. Ich glaube, zumindest den Anfang einer Spur gefunden zu haben, die zu verfolgen sich lohnt.

Drogheda. Er konnte sich nicht vorstellen, was Cassidy von dem fahrenden Sänger erfahren haben sollte, das ihn in diese alte Stadt führte. Doch allein die Tatsache, daß er dorthin gegangen war, ließ Morgan hoffen, daß er dort etwas erfahren würde.

Jetzt war es vielleicht wirklich nur zum Besten, wenn alles noch etwas Zeit brauchte, wie Cassidy angedeutet hatte. Doch so fest entschlossen Morgan auch war, alles über Finolas Vergangenheit herauszufinden, was irgendwie hilfreich für sie sein konnte, war es ihm jedoch gleichzeitig beunruhigend bewußt, daß das, was sich hinter den verlorenen Erinnerungen verbarg, vermutlich sehr unerfreulich, wenn nicht schmerzlich war. Sie hatte genug – mehr als genug –, womit sie im Augenblick fertigwerden mußte. Alles Weitere wäre jetzt gewiß zuviel für sie. Was jetzt für sie wichtig war, war, daß sie genesen und ihre Wunden heilen konnten.

Als er auf der Treppe Stimmen hörte, schaute Morgan auf. Dann faltete er den Brief wieder zusammen und legte ihn in den Schreibtisch zurück. Schnell rollte er mit seinem Rollstuhl durch das Zimmer und hinaus in den Flur.

Immer noch bleich und viel zu schmal im Gesicht – aber mit einem schwachen Lächeln für ihn – stand Finola, von Annie und Schwester Louisa eingerahmt – auf der unteren Treppenstufe. Morgans Herz tat einen Freudensprung: jetzt würde der Abend noch schöner werden.

* * *

Es wurde ein schöner Abend – der schönste, an den Morgan sich seit langem erinnern konnte. Obgleich Finola zuvor schon zwei- oder dreimal zum Essen nach unten gekommen war, hatte sie heute zum erstenmal mehr als ein paar gleichgültige Bissen zu sich genommen. Und zum erstenmal schien sie sich nicht vor allen anderen zurückzuziehen.

Es fiel ihm schwer, seine Augen von ihr loszureißen. Ihr blondes Haar glänzte, und ihre Augen schienen so zu leuchten, wie er es seit Monaten nicht mehr gesehen hatte. Natürlich war auch nicht zu übersehen, wie ihre Hand leicht zitterte, wenn sie ihre Tasse erhob und ihr Blick von Traurigkeit getrübt wurde, wenn sie glaubte, daß niemand es sah – und wie sie leicht errötete, wenn er zufällig ihrem Blick begegnete.

Doch sie war hier. Sie saß an seinem Tisch, aß an seiner Seite. Sie würde diese glücklichen Augenblicke für ihn und Annie mit ihnen teilen, sie entzückte ihn durch ihre Nähe, ihre Anmut, ihr goldenes Haar, ihr zärtliches Lächeln. Und das war mehr als genug.

* * *

Als Annie den großen Tisch des Speisezimmers wie für ein Fest herrschaftlich gedeckt sah, wußte sie sofort, daß etwas in der Luft lag, daß etwas anders war, daß es einen besonderen Anlaß geben mußte.

Der Tisch war mit dem besten Kristall, dem feinsten Porzellan gedeckt; das Silber war auf Hochglanz poliert und funkelte im Kerzenlicht. Schwester Louisa, die gewöhnlich ihr Abendessen mit den Schülern einnahm, saß am Tisch und lächelte Annie zu, als sie das Zimmer betrat.

Annie fing an, sich den Kopf zu zerbrechen. Hatte sie irgendein Ereignis übersehen? Hatte sie einen Geburtstag oder ein anderes Jubiläum vergessen? Hatten sie wichtigen Besuch?

Als die Nachspeise serviert wurde – ihr Lieblingsdessert, Kekse mit Vanillecremefüllung – konnte sie ihre Neugier und Aufregung kaum noch bezähmen. Schließlich klopfte der *Seanchai* mit dem Löffel leise an sein Glas. Annie mußte sich sehr zusammennehmen, um ruhig auf ihrem Stuhl sitzenzubleiben. Offensichtlich war er im Begriff, etwas Wichtiges bekanntzugeben!

Zuerst verstand sie nicht, was er sagen wollte. „Ein bedeutungsvoller Tag“, erklärte er. Er hatte „ein Geschenk erhalten ... und eine kostbare Verantwortung übertragen bekommen ... es hatte lange Monate gedauert, doch jetzt war alles bereit, und es war an der Zeit ... bekanntzugeben, ... der Augenblick war gekommen ...

„Daß ich dich offiziell ... zu meiner Tochter erkläre. Die Papiere sind ausgestellt, und es muß nur noch dein neuer Name – oder, wenn du es so wünschst, Annie, dein gegenwärtiger Name eingetragen werden.“ Er streckte ihr seine Hand entgegen. „Komm her, Mädchen.“

Annie riß Mund und Augen auf. Unsicher blickte sie von dem *Seanchai* zu Finola zu seiner Linken ... dann zu Schwester Louisa, die mit strahlenden Augen neben Finola saß und lächelte ... und dann zu Sandemon, dessen Gesicht zu platzen drohte, als er sie anstrahlte und sich dann erhob, um eine großartige und tiefe Verbeugung zu machen.

Annie ging um den Tisch herum und näherte sich dem *Seanchai* mit langsamen, steifen Schritten, fest entschlossen, nicht zu springen und zu rennen, wie sie es am liebsten getan hätte.

Er nahm ihre Hände und zog sie an seine Seite. Dann schaute er ihr lange in die Augen. Schließlich ließ er ihre Hand los, griff in die Tasche seiner rehbraunen Weste und zog ein kleines, grünes Samtkästchen hervor.

„Das ist für dich, *alannah* – mein Kind“, sagte er leise und übergab ihr das kleine Kästchen. „Es soll dich an diesen Tag erinnern. Ich habe es schon vor vielen Wochen anfertigen lassen, um sicher zu sein, daß es wirklich fertig ist, wenn der große Tag kommt.“

Annies Hände zitterten, als litte sie an Schüttellähmung, doch schließlich gelang es ihr doch, den Deckel zu öffnen und einen Blick in das Kästchen zu werfen. Sie schnappte nach Luft und ihre Augen hafteten an dem Schmuck, der in dem Kästchen lag: eine Brosche, die eine Nachbildung der Harfe des *Seanchai* darstellte und aus purem Gold gefertigt zu sein schien, verziert mit drei kleinen Smaragden.

„Oohh ... nein ... das soll doch nicht für mich sein!“

Der Seanchai lachte leise. „Nimm sie heraus, Kind. Dreh sie herum.“

Mit zitternden Fingern nahm Annie das kostbare Schmuckstück heraus und drehte es in ihrem Handteller herum. Auf der Rückseite waren in irischer Sprache die Worte eingraviert: „Für die Tochter meines Herzens.“

Annie starrte auf die Worte. Sie biß sich auf ihre Lippe, holte tief Luft und schluckte.

„Komm her, mein Kind“, sagte der *Seanchai* zärtlich: „Beug dich zu mir, ich möchte sie dir anstecken.“

Sofort ging Annie neben ihm auf die Knie und wartete. Seine großen Hände nestelten an der Brosche, und er sah ihr lächelnd in die Augen, während er ihr die Brosche sorgfältig am Hals feststeckte. Dann faßte er sie an den Schultern und sagte: „Welchen Namen wollen wir in die Papiere eintragen, *alannah* mein Kind? Möchtest du von nun an meinen Namen tragen?“

Annie nickte eifrig, und es gelang ihr, hervorzustoßen: „Aine Fitzgerald soll mein Name sein ... wenn es recht ist.“

Mit einem langen Lächeln schloß er sie tief in sein Herz ein, während er Annie mit seinen kräftigen Armen fest an sich drückte. „Heute abend", flüsterte er an ihrer Schläfe, „bin ich sehr stolz, Aine Fitzgerald. Ich preise mich glücklich und gesegnet, dich meine Tochter nennen zu dürfen."

36. Kapitel

Ferne Träume und alte Lasten

Meine Geschichte will ich erzählen, so traurig und schicksalsschwer,
Bis das Echo meiner eigenen Worte in meinenem Herzen widerhallt,
so traurig und leer.
Die Worte – meines eigenen Schicksals – sollen für mich singen,
Bis sie am Ende – ein Flüstern nur – unendlichen Trost mir bringen,
Und die alte Last von mir weicht!

W. B. Yeats (1865-1939)

Spät an diesem Abend, als Sandemon ihm ins Bett geholfen hatte, lehnte sich Morgan in zwei großen Kissen zurück und bedeutete Sandemon, daß er noch bleiben sollte.

Nachdem dieser sich einen Stuhl an Morgans Bett gestellt und Platz genommen hatte, sagte Morgan: „Ich habe Nachricht von Joseph erhalten. Er bringt sein tiefes Bedauern zum Ausdruck, aber er wird nicht in der Lage sein, die Trauung zu halten. Er hat es natürlich nicht geschrieben – ich habe es nie erlebt, daß Joseph sich beklagt hat – doch ich glaube, daß er krank ist, schwerkrank vielleicht. Der Brief war sehr kurz und die Schrift kaum leserlich."

Sandemon nickte, und sein Gesicht sah traurig aus. „Vater Joseph hat sich für sein Volk verzehrt. Außerdem ist er auch nicht mehr der Jüngste."

„Ja, ich mache mir Sorgen um ihn", erwiderte Morgan seufzend. „Ich bin auch enttäuscht. Ich hatte gehofft, daß er die Trauung halten würde. Es hätte mir sehr viel bedeutet, ihn hier zu haben."

Wieder nickte Sandemon. „Soll ich mit einem der Dompriester sprechen? Sie waren sehr freundlich und kamen nach Nelson Hall, als Sie nicht in der Lage waren, den Gottesdienst zu besuchen."

Morgan verschränkte die Arme über seiner Brust und forschte einen Augenblick in dem Gesicht des anderen. „Vielleicht", bemerkte er unsicher. „Der junge Vater Hugh – derjenige, der so aussieht, als hätte er sein Gesicht mit Walnüssen ausgestopft – scheint mir am ehesten geeignet." Dann hielt er inne. „Ich möchte dich noch um etwas bitten."

„Natürlich, *Seanchai.*“

„Ich möchte, daß du dem Priester assistierst und vielleicht auch ein Gebet sprichst.“

Sobald er die Worte ausgesprochen hatte, sah er, wie sich alles in dem schwarzen Mann anspannte. Die breiten Schultern wurden steif und sein Blick trübte sich. „Sie wissen, daß ich das nicht tun kann, *Seanchai*“, sagte er mit leiser Stimme.

„Das weiß ich nicht“, sagte Morgan geradeheraus und blickte in Sandemons dunkle Augen. „Vielleicht verstehe ich, warum du *meinst*, das nicht tun zu können, doch ich bin anderer Meinung. Und ich möchte so gern, daß du es für mich tust. Du wirst der einzige Freund von mir sein, der an der Hochzeit teilnehmen kann. Joseph kann nicht kommen, und Smith O'Brien schmachtet noch immer im Kerker. Es würde mir sehr viel bedeuten, wenn du die Trauung mitgestalten würdest.“

Er war nicht auf den schmerzlichen Ausdruck vorbereitet, der ihm auf dem Gesicht seines schwarzen Freundes entgegentrat. Sofort bereute Morgan seine Frage. Es war nicht seine Absicht, diesem guten Menschen in irgendeiner Weise Schmerz zu bereiten.

„Bitte, *Seanchai,* – bitten Sie mich nicht noch einmal.“ Sandemons Stimme klang wie von einem großen Kummer erstickt, und so beschloß Morgan, nicht weiter in ihn zu dringen.

Er winkte kurz ab und gab nach. „Schon gut, schon gut. Aber du wirst mir doch wenigstens die Ehre antun und mein Trauzeuge sein?“

Seine Züge entspannten sich und Sandemon nickte mit großer Erleichterung: „Ich wäre sehr stolz, das tun zu dürfen.“

Morgan strich mit einer Hand über seinen Bart. „Ich möchte, daß dieser Tag um Finolas willen vollkommen wird“, murmelte er, mehr vor sich hin als zu Sandemon gewandt. „Es scheint jedoch, als erwiese sich jede Idee, die ich für die Hochzeit habe, als so unmöglich wie mein törichter Traum.“

„Was haben Sie denn geträumt, *Seanchai*?“

Morgan zögerte, dann beschrieb er leicht verlegen, wie er immer wieder träumte, daß er aufrecht wie ein Mann am Altar stand, um Finola zu empfangen. Seit kurzem wurde er beinahe jede Nacht von diesem Traum heimgesucht. Natürlich wußte er, daß dieser Traum all sein hoffnungsloses Sehnen widerspiegelte, doch der Traum ging niemals über die freudige Erregung über Finolas Lächeln hinaus, als sie ihn aufrecht stehen sah, während sie ihm entgegenkam.

Morgan bereute seine Offenheit beinahe sofort und versuchte, den Anschein zu erwecken, als nähme er es auf die leichte Schulter. „Nun ja“, knurrte er, „so komme ich wenigstens im Traum einmal dazu, meine Beine auszustrecken."

Sandemon lächelte ihm zu, doch Morgan entging auch nicht sein nachdenklich prüfender Blick.

Für einen Augenblick herrschte Schweigen zwischen ihnen, dann fragte Sandemon: „Was kann ich sonst noch für Sie tun, *Seanchai?* Ich meine, in bezug auf die Hochzeit."

Morgan zuckte die Achseln. „Dank deiner ständigen Aufmerksamkeit fällt mir nichts ein."

Der schwarze Mann schaute für einen Augenblick weg. „Was ist mit Miss Finolas Zimmern? Soll ich ... ihre Sachen umräumen?"

Hitze stieg in Morgans Gesicht auf. „Ich glaube, ich habe dir erklärt, was wir für unsere Ehe vereinbart haben", sagte er in einem Ton, der schärfer war als beabsichtigt. „Finola wird nicht mein Schlafzimmer teilen. Ich dachte, du wüßtest das."

Sofort schüttelte Sandemon den Kopf und hob beschwichtigend die Hand. „Verzeihen Sie mir, *Seanchai.* Natürlich weiß ich das. Ich wollte nur fragen, ob ich vielleicht ihre Sachen in das andere Schlafzimmer bringen soll, das durch eine Tür mit Ihren Räumen verbunden ist. Ich dachte, daß Sie Finola vielleicht aufgrund ihres ... empfindlichen Gesundheitszustands so nahe wie möglich wissen möchten."

Morgan runzelte kurz die Stirn. „Ein sehr vernünftiger Gedanke."

„Dann werde ich mich darum kümmern", erwiderte Sandemon.

* * *

Schwester Louisa mußte schließlich hart durchgreifen, damit Annie Finolas Schlafzimmer verließ. Das Kind hatte Finola nach oben begleitet und bombardierte sie selbst jetzt, zu dieser späten Stunde, noch mit ihrem Geplauder.

Aus Angst, daß es Finola zu sehr anstrengen könnte, trat Schwester Louisa dazwischen. „Morgen früh zeitig kommt die Schneiderin zur Anprobe für dein Kleid – und auch für Finolas'. Darum geht es jetzt sofort ins Bett, *Aine.*"

Das Kind machte ein verdrießliches Gesicht. „Ich *hasse* Anproben. Es gibt nichts Langweiligeres als gestupst, gemustert und gestochen zu werden! Und Mrs. Dowling ist grob und faßt hart zu!"

Schwester Louisa warf ihr einen langen, warnenden Blick zu. „Willst du etwa Finola enttäuschen und nicht an der Hochzeit teilnehmen?"

Annie warf Finola, die völlig ermattet auf der Bettkante saß, einen flüchtigen Blick zu. „Natürlich werde ich Finola nicht enttäuschen", murmelte sie, während sie zur Tür stolzierte. „Was aber noch lange nicht bedeutet, daß mir die Anprobe Freude bereitet."

„So ein halsstarriges Kind", bemerkte Schwester Louisa, während sie ihr nachschaute, wie sie, von dem treuen Wolfshund begleitet, den Flur entlangstampfte. Dann wandte sie sich wieder Finola zu, die still dasaß, den Blick nach unten gewandt, die Hände in ihrem Schoß zusammengepreßt.

Louisa ging zu ihr und legte ihr eine Hand auf die Schulter. „Lucy ist bestimmt bald mit der warmen Milch zurück. Geht es dir nicht gut, mein Kind?"

Das Mädchen schaute auf, und wie immer erstaunte Louisa die Klarheit und Tiefe dieser verwundeten blauen Augen und traf sie ins Herz. „Was bedrückt dich?"

Finola zupfte an ihrem Nachthemd, und als Louisa ihrem Blick begegnete, glaubte sie, in ein Meer der Verzweiflung zu blicken.

„Das Hochzeitskleid", murmelte Finola. „Ich weiß, daß Sie und der *Seanchai* ... daß Sie darauf bestehen, daß es aus weißem Satin sein sollte, aber ..."

Sie rang ihre Hände und wandte ihren Blick wiederum ab. Mitleid, tiefes, schmerzliches Mitleid erfaßte Louisa. Das arme, hübsche Kind, so bleich und schmal in dem großen blauen Nachthemd, bedrückt und verlegen, schien kaum älter zu sein als Annie.

Louisa setzte sich zu ihr auf das Bett und befreite die eine eiskalte Hand aus der zweiten, um sie sanft in ihre Hände zu schließen. „Warum sagst du es mir nicht?"

„Das weiße Kleid ... ich glaube ... ich sollte kein weißes Kleid tragen ..."

Louisa mußte sich näher zu ihr beugen, um die geflüsterten Worte verstehen zu können. Entsetzt legte sie beide Hände auf Finolas Schultern und drehte das Mädchen so, daß sie ihr ins Gesicht schauen mußte. „Aber *natürlich* solltest du weiß tragen!" erklärte sie. „Warum würdest du etwas anderes denken?"

Finola schüttelte langsam den Kopf, und ihre Augen blickten tieftraurig. „Ich bin nicht rein", erwiderte sie schwach.

Louisa wurde plöztlich zornig – nicht über Finola, sondern über die furchtbare Ungerechtigkeit, die ihr widerfahren war. Sie wählte ihre

Worte mir Sorgfalt: „Finola, was mit dir geschehen ist, ist nicht deine Schuld – das mußt du glauben. In Gottes Augen bist du rein – so rein und unschuldig, als wäre alles nie passiert."

Das Mädchen sah sie überrascht an.

Sie verstand es wirklich nicht, stellte Louisa bestürzt fest. „Oh, mein Kind, mein Kind – höre mir zu! Reinheit ist eine Sache des *Herzens* – eines Herzens, das in der rechten Beziehung zu Gott steht! An seiner Liebe zu dir hat sich nichts geändert, sie ist nicht weniger geworden durch das furchtbare Unrecht, das dir widerfahren ist! In seinen Augen bist du weder ... befleckt noch unrein."

Verzweifelt rang sie nach den rechten Worten, die das Mädchen echt trösten würden. „Du darfst niemals vergessen, Finola, daß du zu Gott gehörst, daß du sein geliebtes Kind bist. Er sieht dich nicht anders als im Licht seiner Liebe, und du bist rein und unbefleckt in seinen Augen."

Mit großer Anstrengung versuchte Louisa, ihrer Stimme einen fröhlichen Ton zu verleihen. „Der weiße Satin, Finola, ist genau das richtige für dich – wirklich. Du wirst ihn in Schönheit und Anmut tragen. Du wirst darin erstrahlen, und der *Seanchai* wird sich freuen." Einen Augenblick versagte ihre Stimme, dann fügte sie hinzu: „Wie auch Gott sich freuen wird."

* * *

Annie konnte nicht schlafen. Unzählige Male erlebte sie im Geist die Ereignisse des heutigen Abends noch einmal, genoß jeden einzelnen Moment und beschloß, alle diese Augenblicke ihr Leben lang als kostbare Erinnerung zu bewahren. Und mit jedem Mal wurde sie glücklicher, wuchs ihre Begeisterung, und wurde ihr Lächeln breiter.

Zum zweitenmal in dieser Nacht kletterte sie aus ihrem Bett und fiel auf ihre Knie. Auf der gegenüberliegenden Seite des Bettes reckte sich Fergus und hob seinen Kopf gerade soweit, daß er zu ihr herüberspähen konnte.

Offensichtlich gewöhnte er sich bereits daran, sie in dieser Stellung zu sehen, denn er gähnte nur laut und schlief sofort weiter. Fauler Wolfshund!

Immer wieder dankte Annie Gott und betete laut. Wenn sie in ihrem normalen Tonfall sprach, schien es ihr leichter zu sein, sich vorzustellen, daß der Herr hier war, in diesem Zimmer, daß sie mit ihm Gemeinschaft haben konnte.

Sie dankte ... *ihm* ... immer wieder für ihre Adoption, für die bevorstehende Hochzeit, für das Baby, das geboren werden sollte und die neue Freude, die Nelson Hall nun zu erfüllen schien.

„Oh, und bevor ich zu Bett gehe, Herr, – obwohl ich mir tatsächlich nicht vorstellen kann, wie ich in dieser Nacht jemals Schlaf finden soll – doch nur für den Fall, daß... möchte ich dich noch einmal darum bitten, daß du meine Mutter segnest, bitte, Herr. Der *Seanchai* hat gesagt, daß sie mir Liebe erwiesen hat, indem sie mir diese Chance gab."

Annie hielt inne und spürte, wie die Freude von ihr zu weichen drohte, doch sie war fest entschlossen, das nicht zuzulassen. „Der *Seanchai* meint, ich kenne die Wahrheit nicht, Herr. Er möchte, daß ich glaube, meine Mutter hat mich freigegeben, weil sie mich liebt und das Beste für mich will. Er möchte nicht, daß ich die Wahrheit erfahre, daß ich für sie und Tully stets nur eine Last war, daß sie mich niemals wirklich gewollt hat."

Sie preßte ihr Lippen zusammen, fest entschlossen, den Glanz dieser Nacht durch nichts überschatten zu lassen. Das alles hatte jetzt für sie keinerlei Bedeutung mehr. Sie würde ihre Zeit nicht mehr länger damit vergeuden, sich selbst zu bemitleiden und einer trüben Zukunft außerhalb der Mauern von Nelson Hall entgegenzusehen. Jetzt war sie die ... *rechtmäßige* Tochter Morgan Fitzgeralds!

Das Gesicht zwischen die Handflächen gepreßt, tat sie einen tiefen Atemzug und seufzte glücklich. Sie glaubte, verstehen zu können, warum der *Seanchai* nicht wollte, daß sie die Wahrheit erfuhr.

„Weil er mich wirklich liebt, Herr, nicht wahr?" flüsterte sie in ihre Hände und lächelte. „Er liebt mich wirklich, wirklich, wirklich! Und ich werde dafür sorgen, daß er auf mich stolz sein kann, ganz bestimmt! Ich werde die allerbeste Tochter sein, die er sich nur vorstellen kann." Sie hielt inne und dachte nach. „Doch ich glaube, ich werde dich gewiß von nun an nur noch mehr belästigen, Herr, denn, wie du weißt, sind meine guten Absichten gewöhnlich viel besser als mein Verhalten."

Immer noch lächelnd betasteten Annies Finger die Brosche, die sie am Halsbündchen ihres Nachthemds befestigt hatte. „Nun, ich glaube, ich sollte jetzt versuchen, schlafen zu gehen, damit du dich anderen Gebeten zuwenden kannst. Ich weiß, du hast viel zu tun, und ich habe dich schon mehr als lange genug für mich beansprucht. Also dann ... gute Nacht, Herr, und nochmals vielen Dank."

* * *

Viel später, als alle anderen im Haus bereits schliefen, ging Sandemon, immer noch angezogen, in seinem Zimmer auf und ab.

Seit etwa einer Stunde fühlte er sich von einer Ruhelosigkeit heimgesucht, und es war ihm sogar schwergefallen, sich während seiner abendlichen Gebetszeit zu konzentrieren. Dann, vor wenigen Augenblicken, war ihm die Idee gekommen, und sie ließ ihn nicht wieder los.

Es könnte funktionieren, dachte er. Es *würde* funktionieren, wenn man es sorgfältig plante. Doch bis zur Hochzeit blieb ihm nicht mehr viel Zeit, und seine Tage waren bereits mit so vielen Dingen ausgefüllt, die noch erledigt werden mußten. Doch er brauchte nur wenig Schlaf, und so würde er die zwei Stunden vor Morgengrauen nutzen, wenn der *Seanchai* am tiefsten schlief.

Und später würde er auf Annies Hilfe zurückgreifen. Er lächelte. Die frischgebackene Tochter des *Seanchai* würde sich gewiß freuen, an diesem besonderen Geschenk – ihrem Hochzeitsgeschenk – mitarbeiten zu dürfen. Und sie hatten schon einmal ein Geheimnis gehütet, nicht wahr?

Ja, und es mußte ihnen auch diesmal gelingen.

Sandemon konnte es kaum erwarten, mit der Arbeit zu beginnen, und da er außerdem wußte, daß er ohnehin keinen Schlaf finden würde, beschloß er, sich zu den Ställen zu begeben, um nachzusehen, welches Material er vorrätig hatte. Nachdem er einen Blick auf den schlafenden *Seanchai* geworfen hatte, zog er seine Schuhe an, schloß leise die Tür hinter sich und ging den Flur entlang.

* * *

Auf ihrem Weg in die Küche versuchte Lucy Hoy, wie gewöhnlich, die Türen der Kapelle zu umgehen. Irgendwie fühlte sie sich allein durch den Gedanken an diesen heiligen Ort noch schmutziger und verwerflicher.

Eine Zeitlang nach dem Überfall auf Finola, nachdem sie Healy's Inn und das Leben auf der Straße hinter sich gelassen hatte, hatte sie versucht, das Gefühl des Beflecktseins zu überwinden. Sie hatte gehofft, daß dieses neue Leben, weit entfernt von den betrunkenen Matrosen und von ihrer verdorbenen Vergangenheit, schließlich zu einer Art Reinigung führen würde, so daß sie am Ende die Jahre, die sie in Schmutz und Schande zugebracht hatte, völlig vergessen könnte.

Stattdessen haßte und verabscheute sie sich nur noch mehr. Der Abstand von ihrer Vergangenheit hatte ihr ihre Sünden nur um so deutlicher vor Augen geführt, anstatt sie von ihnen zu trennen. Gleichzeitig bewirkte auch nur der entfernteste Kontakt mit etwas Heiligem – wie z. B. der Kapelle –, daß ihr das Blut in den Adern zu gefrieren drohte und sie am liebsten weglaufen wollte.

Doch unerklärlicherweise schien sie nicht an der Kapelle vorübergehen zu können, ohne stehenbleiben und einen Blick hineinwerfen zu müssen. Einen Augenblick später stieß sie die Türen auf, hielt inne und erschauderte vor dem Hauch von Heiligkeit, der ihr entgegentrat, während sie in das dunkle Heiligtum starrte. Schließlich trat sie, wie von einer starken, unsichtbaren Hand gezogen, wieder zurück.

* * *

Die Frau stand mit dem Rücken zu ihm, als Sandemon um die Ecke bog und den Flur hinunterging.

Er blieb stehen und betrachtete sie. Eine Hand an der Tür der Kapelle, die einen Spaltbreit geöffnet war, stand sie da und starrte in die Kapelle hinein.

Dies war ein vertrautes Bild. Unzählige Male hatte er gesehen, wie sie so wie jetzt, in die Kapelle starrend, dastand, jedoch stets in einem sicheren Abstand vor der Tür. Etwas an der Kapelle zog sie offenbar an, schien sie zu faszinieren, doch sie war nicht bereit, den heiligen Raum zu betreten.

Sandemon räusperte sich, um sie nicht zu erschrecken, bevor er sagte: „Sie dürfen hineingehen, die Kapelle steht jedem offen."

Sie wirbelte herum und ließ die Tür zufallen. Sie legte eine Hand an ihren Hals und erwiderte: „Nein ... ich ... nein, ich möchte nicht hineingehen. Ich war einfach nur ... neugierig, das ist alles."

Sandemon nickte. „Vergessen Sie trotzdem nicht, daß die Kapelle Ihnen als Mitglied des Haushalts stets zur Verfügung steht."

Sie unternahm einen schwachen Versuch, zu scherzen, doch ihr Kinn zitterte, als sie erklärte: „Gewiß würde die Decke einstürzen, wenn so ein Sünder wie ich hineinginge."

Sandemon lächelte sie an. „Ich glaube nicht. Dieses Haus ist schon sehr alt, und ich bin überzeugt, daß im Laufe der Jahre viel schlimmere Sünder als sie ihren Fuß in die Kapelle gesetzt haben."

Die Frau erwiderte nichts, sie stand nur da, und sie sah äußerst verlegen und elend aus.

„Sie haben Sorgen", sagte Sandemon. Die Worte kamen unerwartet über seine Lippen, und für einen Augenblick war er selbst erstaunt.

Wiederum antwortete sie nichts, doch Sandemon glaubte zu spüren, daß in ihr ein heftiger Kampf toben mußte. Er sah sehr wohl ihren geängstigten, ausweichenden Blick, das Zittern ihrer Hände. Die Frau litt große Schmerzen.

Und sie hatte auch Angst.

Von dem Allmächtigen, dem heiligen Gott gestellt zu werden, konnte beängstigend sein.

Das wußte er sehr gut.

Plötzlich schaute sie ihn an und stieß hervor: „Man wird mich bald wegschicken!"

Sandemon runzelte die Stirn, doch bevor er ihr widersprechen konnte, fuhr sie eilig fort: „Sie werden mich wegschicken! Er ist nicht einverstanden mit mir, das wissen Sie genau! Er wird eine Krankenschwester – eine richtige Krankenschwester – für Finola einstellen, und dann wird er mich wegschicken. Sie werden es sehen! Er glaubt, ich bin nicht gut genug, um für Finola – oder das Kind – zu sorgen! Er schaut mich an, als wäre ich – ansteckend!"

Das war es also. Sie hatte den Punkt erreicht, wo sie den Haß, den sie gegen sich selbst verspürte, in den Handlungen der anderen widergespiegelt sah. „Der *Seanchai* würde Sie niemals verurteilen. Das ist nicht seine Art. Er mag einmal ungehalten Ihnen gegenüber gewesen sein, weil er glaubte, daß Sie Ihre Pflicht vernachlässigt hätten. Ich habe es ihm jedoch erklärt, daß es meine Schuld war, und er hat seitdem nie mehr davon gesprochen."

Sie hörte nicht auf ihn. Sie schüttelte nur den Kopf und wiederholte: „Er wird mich wegschicken, ganz bestimmt!"

Während er sie betrachtete, empfand Sandemon großes Mitleid für sie. „Und wohin würden Sie gehen?", fragte er sanft.

Langsam hob sie den Kopf und schaute Sandemon an. „Ich habe nur einen Ort, an den ich zurückgehen kann", erklärte sie matt, „Healy's Inn."

Sandemon spürte Verzweiflung in sich aufsteigen. „Das möchten Sie jedoch nicht, oder?" fragte er freundlich.

Langsam richtete sie ihren Blick wieder auf ihn, und die Qual in diesen lebensüberdrüssigen Augen traf ihn ins Herz. „Ich würde lieber sterben", sagte sie offen. „Wenn ich jetzt auf diese Zeit zurückblicke . . . dann ist es wie eine Erinnerung an die Hölle."

Sandemon nickte, und er verstand sie nur zu gut. „Ich weiß", sagte er leise zu sich selbst. „Ich weiß."

Plötzlich begannen ihre Augen zu funkeln. „Sie wissen es *nicht*! Was sollte ein Mann Gottes von der Hölle wissen!“

Das Messer drang noch tiefer in sein Herz ein. „Ich bin kein Mann Gottes“, antwortete er ruhig. „Ich bin nur ein Mann, der von Gott *gerettet* ist. Und ich habe meine eigenen Erinnerungen an die Hölle, Miss Lucy.“

Mit großen Augen schaute sie ihn fragend an.

Die Dringlichkeit, die er in seinem Inneren verspürte, schien zu einem Trommelwirbel anzuwachsen, und er wußte, daß es an der Zeit war – an der Zeit, wieder einmal das Schweigen zu brechen und die Gruft seiner Vergangenheit zu öffnen.

Alles, was in seiner Seele Licht war, schien zu flackern und zu verlöschen. Für einen kurzen, furchtbaren Augenblick erklang in seinem Geist ein Klagen, wie das Wehklagen der Verdammten, und er wäre am liebsten geflohen; vor der Frau, vor Nelson Hall und vor seinen Erinnerungen.

Stattdessen seufzte er nur tief und sagte, sich seiner Aufgabe stellend, ruhig zu der Frau: „Ich werde Ihnen erzählen, was ich von der Hölle weiß. Vielleicht werden Sie dann verstehen, was ich Ihnen bereits vor einiger Zeit zu erklären versucht habe, nämlich, daß es nichts gibt, was zu böse oder zu verdorben wäre, daß Gott es nicht retten könnte.“ Er hielt inne. „Vielleicht werden Sie schließlich begreifen, daß alle Legionen des Bösen nichts ausrichten können gegen die Streiter des Himmels.“

Dann wandte er sich um und ging zur Küche, und Lucy Hoy folgte ihm.

37. Kapitel

Dunkle Drachen

Ich sehe, wie dunkle Drachen in den Himmel aufsteigen,
Und die Erde ihren Rachen unter meinen Füßen aufreißt.

James Clarence Mangan (1803-1849)

In der Küche angekommen, nahm Lucy am Tisch Platz. Sandemon blieb jedoch stehen und ging zum Fenster. Dort blieb er, mit beiden Händen die Fensterrahmen umfassend, regungslos stehen und starrte in die Nacht hinaus.

Vor einer Stunde etwa war ein Sturm aufgekommen, und jetzt heulte der Wind und peitschte den Regen mit voller Gewalt gegen das Haus. Blitze huschten am Fenster vorbei und erhellten die Nacht mit ihrem gespenstig schaurigen Tanz.

Lucy, die stets bei Gewitter unruhig war, zuckte zusammen, als eine dicht aufeinanderfolgende Serie von Blitz und Donner den Himmel aufzureißen, auf das Haus einzuschlagen und an den Fenstern zu rütteln schien. Ihre Angst wurde außer der gewohnten Unruhe noch durch die Furcht verstärkt, die der schwarze Mann ihr einflößte.

Ohne sich umzuwenden, begann er schließlich zu sprechen. Seine gelassene Haltung und seine ruhige Stimme standen in scharfem Gegensatz zu dem Sturm, der draußen tobte, sowie dem Dunkel seiner Worte.

„Sie sprachen von Erinnerungen –, Erinnerungen aus der Hölle' haben Sie es genannt." Er hielt inne. „Ich glaube, Sie können sich die Realität solcher Worte nicht vorstellen, die Realität eines Lebens im Schatten der Hölle."

Das Grollen eines Donners brachte ihn einen Augenblick zum Schweigen. Als er wieder zu sprechen begann, war seine Stimme so leise, daß man meinte, sie würde im Rhythmus des Sturms zittern und beben. „Ich habe jahrelang mit niemandem über meine Vergangenheit gesprochen – Sie werden bald verstehen, warum. Die Erinnerungen, die tief in mir verborgen liegen, sind so schmerzlich und grauenhaft, daß es mir stets entsetzliche Qualen bereitet, sie wieder hervorzuholen.

Der *Seanchai* weiß es natürlich", fuhr er fort und schaute Lucy über die

Schulter an. „Es schien ... mir nicht aufrichtig zu sein, ihm die Wahrheit vorzuenthalten. Doch außer ihm – und jetzt Ihnen – habe ich mit niemandem über meine Vergangenheit gesprochen. Das alles liegt sehr lange zurück, und Gott hat mir ein neues Leben geschenkt. Das alte vergesse ich am besten, soweit das möglich ist. Ich erzähle Ihnen das nur, damit Sie verstehen, was ich war, woher ich komme – und was alles nötig war, um mich zu befreien."

Er wandte sich wieder zum Fenster. „Ich bin ein befreiter Sklave", erklärte er. „Mein Volk war ein Volk von Sklaven – seit vielen Generationen – und man hatte sie von Afrika nach Barbados gebracht, damit sie auf den Zuckerplantagen arbeiteten. Wie es bei unterdrückten Völkern oft der Fall ist, suchten wir Trost in Aberglauben und Zauberei. Unsere Religion war *Voodoo* – der Wodu-Kult. Haben Sie schon etwas davon gehört?"

Wieder blickte er zu ihr. Lucy verwirrte der furchtbare Schmerz, den sie in seinen Augen sah und noch etwas anderes, etwas, das beinahe ... wie Furcht aussah. Sie nickte. „Die Matrosen haben manchmal davon gesprochen."

Er senkte den Kopf und starrte wiederum auf das Fenster. „Die Anhänger des Wodu-Kultes glauben, daß unsere Welt von Dämonen erfüllt ist – von Dämonen und Göttern sowie den Geistern der Toten. Mit Wodu verbindet sich viel Zauberei – schwarze Magie – und dazu gehören Zaubermittel, Zaubersprüche, Opfer und geheime Zeremonien", erläuterte er.

„Vor vielen Jahren, als ich noch ein junger Mann war, wurde ich ein *Houngan* – ein Wodu-Priester. Als Priester konnte ich zaubern und übte auch sonst einen großen Einfluß auf die Menschen aus."

Lucy rang verwundert nach Luft. Während sie ihn ansah, schienen seine Züge völlig zu erstarren, als wären sie aus schwarzem Marmor. Sein Mund verkrampfte sich, und auch seine Schultern spannten sich sichtbar an.

„Der *Houngan* ist ein Mensch, der über eine große Macht verfügt ... und der viel Böses tut. Man betrachtet ihn als eine Art Arzt, doch in Wirklichkeit ist er viel, viel mehr. Zuweilen fungiert er als Mittler zwischen seinem Volk ... und dem Bösen. Unter anderem steht er Zeremonien vor, in denen Menschen von Dämonen in Besitz genommen werden – oder in denen sie einen Pakt mit Satan schließen."

Er hielt inne und atmete tief durch. Als er fortfuhr, klangen in seiner Stimme unmißverständlich Trauer und Schmerz. „Ich habe furchtbare Dinge, dunkle, böse Dinge getan ... dämonisches Unheil ... angerichtet, wodurch meine Macht immer nur größer zu werden schien. Ich gebrauchte ein geheimes Gift, das Lebende zu wandelnden Toten – zu *Zombies* – machte. Ich übernahm den Vorsitz bei brutalen Tier- und bei Menschenopfern, und ich hatte Anteil an geheimen Verwünschungen und anderen Praktiken, wo Dämonen aufgerufen wurden, von Tieren oder menschlichen Wesen Besitz zu ergreifen. Und, was vielleicht das Verwerflichste ist, ich habe unzählige junge Leute in diesen Kult eingeführt."

Völlig unerwartet wandte er sich um und blickte Lucy voll ins Gesicht. Sie mußte ihre Hand vor den Mund halten, um den Schrei zu unterdrükken, der ihr angesichts der entsetzlichen Pein, die in seinen Augen brannte, entrinnen wollte.

„Eines müssen Sie wissen", sagte er furchtbar gequält, „auch Ihre schlimmsten Alpträume könnten nicht einmal einen Teil des Bösen enthalten, das mein Leben verzehrt hat! Ich könnte Ihnen Dinge erzählen ... die Ihnen den Verstand rauben würden, Dinge, die so abscheulich sind, daß Ihr Geist sie nicht einmal fassen kann."

Und wieder wandte er sich von ihr ab, und Lucy war erleichtert, den Qualen entfliehen zu können, die aus seinen Augen sprachen. Er fuhr fort, und die Worte kamen matt und monoton, als würde er nur eine Folge von Bildern und Erinnerungen beschreiben, die ungebeten in seinem Geist auftauchten.

So leise, daß Lucy sich anstrengen mußte, um seine Worte verstehen zu können, setzte er seine Geschichte fort. Obgleich seine Augen von ihr abgewandt blieben, fröstelte Lucy dennoch unter dem Eindruck, daß sie Dinge hörte – verborgene, geheime Dinge – die am besten in Dunkel gehüllt blieben ...

* * *

Sein Geist betrat den dunklen Weg zurück in die Vergangenheit ... zurück zu jener Nacht, nachdem die Priester zu ihnen gekommen waren, und er gezwungen war, der Realität seiner eigenen Verwerflichkeit ins Auge zu sehen ...

Wie in einem kurzen, qualvollen Augenblick, wenn etwas Abscheuliches aus der Dunkelheit hervortritt, von einem plötzlichen Lichtschein schonungslos erhellt, hatte er in jener Nacht voller Entsetzen in der hellen Glut des Feuers ... Dinge gesehen, die so verwerflich waren, daß das

Böse von seinem Verstand, seinen Sinnen, von seinem gesamten Körper Besitz zu ergreifen schien.

Es war eine Nacht ganz ähnlich wie die heutige, ohne Regen, aber mit einem heftigen Gewitter, das die Insel heimzusuchen begann. Donner drohten die Erde aufzureißen, und am Himmel loderten gefährliche Blitze.

Am Strand tanzten und sangen die Menschen um ein Feuer im Takt der Trommeln. Die Trommeln – immer war es der unablässig betörende Klang der Trommeln, der die Leute in seinen Bann zog, die Mächte der Finsternis rief, die Herrscher der Nacht. Sie erklangen in dem alten Takt des Tanzes aus der Hölle.

Ihm war in dieser Nacht sehr viel Macht gegeben. Viele seiner Anhänger hatten sich Dämonen geöffnet oder neue Visionen bekommen; Unzählige hatten einen Pakt mit dem Teufel geschlossen, und der Höllenfürst frohlockte.

Doch plötzlich, wie von einem gewaltigen Windstoß entfacht, loderten die Flammen in die Höhe und gerieten außer Kontrolle. Entsetzt wandte Sandemon sich um und schaute zu der Anhöhe, die unweit von dieser Stelle sanft anstieg. Dort standen regungslos zwei Priester, mit schwarzen Soutanen bekleidet, und ihre Silhouette zeichnete sich im Schein des lodernden Feuers gegen den Horizont ab.

Einer von ihnen, ein kleiner Mann mit einem traurigen Gesicht, wandte sich Sandemon zu und durchbohrte ihn mit dem durchdringenden Blick eines Priesters.

Sandemon stockte der Atem, und er fühlte sich bloßgestellt; nicht nur äußerlich, auch sein Stolz – der sehr groß war – und seine Betrügereien – die sehr zahlreich waren – wurden bloßgestellt. Mit nackten Füßen im Sand stehend, meinte er, auf feurige Kohlen zu treten, er wurde jedoch gleichzeitig von einer so großen Kälte erfaßt, daß er am ganzen Körper zu zittern begann.

Als es ihm schließlich gelang, seinen Blick von dem Priester loszureißen, sah er in den roten, zornigen Flammen etwas, was ihm wie unzählige gesichtslose Gestalten vorkam, unheimliche Schatten, die sich in den Feuerzungen emporwanden und schlängelten. Der Strand, wo seine Leute hockten, umhersprangen, tanzten und wehklagten, war in einen blutigen Schimmer getaucht, und in ihrer Mitte lagen zwei kleine Mädchen ... so winzig ... und sie waren tot. Getötet... und verstümmelt ... von ihren eigenen Freunden und ihren eigenen Familien geopfert. Sie waren eine Opfergabe ... für den Fürst der Hölle.

Der Schlag der Trommeln klang weiter, wurde lauter und schneller, immer wilder und dringlicher, und die Menschen schwangen und sprangen und kreischten in ihrem Takt.

Wieder verfolgte Sandemon die Spur der emporsteigenden Schatten, der dunklen Drachen, die in die Luft aufstiegen, dann wieder nach unten stießen, um sich in ihrer abscheulichen Gestalt unter die Leute zu mengen, wo aus vertrauten Gesichtern die Köpfe von Tieren oder abscheulichen Dämonen wurden. Dann konnte er sich nicht zurückhalten, noch einmal in das Gesicht des traurigen Priesters zu schauen. Und plötzlich spürte er, wie sein böses Ich auseinandergerissen zu werden schien, als lieferten sich die Heerscharen der Finsternis und des Lichts in seiner Seele eine Schlacht.

So schnell, wie es begonnen hatte, war es auch vorüber. Das Feuer flackerte nur noch leicht und begann langsam zu verlöschen. Regen fiel. Die Opfer wurden beiseite geschafft und die Menschen stöhnten, endlich erschöpft und ermüdet, begannen sie sich zu zerstreuen. Einige krochen auf allen Vieren davon wie müde Tiere, andere taumelten, von dem Zauber berauscht und benommen.

Im Regen stehend, blieb Sandemon allein an dem dunklen Strand zurück und schaute auf das Meer hinaus. Zum erstenmal in seinem Leben stellte er die Magie in Frage; sich über das, was er gesehen hatte wundernd, fragte er sich, was es zu bedeuten hatte.

Von da an begann sich vieles zu ändern – zunächst im stillen, kaum wahrnehmbar, dann drastischer. Die Priester – Vater Ben und Vater Eric – gingen zu dem Volk, lehrten sie und dienten ihnen, heilten die Menschen und liebten sie. Es kamen Gerüchte über gewaltige Gebetsversammlungen auf, in denen Menschen von Besessenheit befreit und böse Geister gebunden und verbannt wurden.

Sandemon spürte, wie seine eigene Macht blockiert wurde, als würden seine Hände von einer unbekannten, unsichtbaren Gegenwart gebunden. Einige seiner Leute fielen von ihm ab; andere *liefen* weg – und verschwanden völlig.

Er erkannte, daß außergewöhnliche Kräfte am Werk waren und daß etwas Außergewöhnliches geschah. Er wußte auch, daß es mit den Priestern zusammenhing. So ging er zu ihnen und brachte verärgert seine Anschuldigungen vor, daß sie sich in das Volk – sein Volk – und in seine Zauberei einmischten.

Ihre Antwort hatte ihn erschüttert, zutiefst erschüttert. Vater Ben, ein Mann, der nur etwa halb so groß wie Sandemon war, sah ihn fest an und sagte dann mit seiner ruhigen Stimme: „Ja, Houngan, das tun wir tatsächlich. Genau das tun wir. Wir binden die böse Quelle deiner Macht durch Gebet und das Eingreifen der Engel Gottes. Und wir werden damit fortfahren, denn deine Verderbtheit stürzt dieses Volk geradewegs in die Hölle!"

Zornig schwor Sandemon, ihrem „Binden" ein Ende zu bereiten. Jeglicher Versuch, die Hindernisse in Gestalt dieser Priester zu beseitigen, schlug jedoch fehl. Er begann, sich ohnmächtig und wie ein Versager zu fühlen.

Eines Tages kam sein Besitzer zu ihm in den Stall und brachte ihm eine erstaunliche Nachricht. Er hatte ihn vermietet – an die Priester! Mit seinen Fähigkeiten im Schmiede- und Tischlerhandwerk, erklärte sein Herr, würde er beim Bau der neuen Kapelle eine große Hilfe für sie sein.

* * *

Der schwarze Mann wandte sich nun wieder Lucy zu, und sie sah, wie sich sein Gesicht in dem vergeblichen Versuch, lächeln zu wollen, verzerrte. „Welch eine Ironie, nicht wahr?" sagte er. „Die Männer Gottes stellen einen Diener des Teufels ein, damit er ihnen beim Bau eines Gotteshauses hilft."

Gegen die Wand neben dem Fenster gelehnt, die Arme vor der Brust veschränkt, fuhr er fort: „Wochenlang, monatelang arbeitete ich an der Seite dieser frommen Männer. Und sie haben die ganze Zeit für mich gebetet – sie haben es mir erzählt. Sie beteten selbst dann, wenn ich es hören konnte. ‚Sie kämpften um meine Seele', sagten sie.

Inzwischen kamen sehr viele unserer Leute zu den Priestern und baten sie, ihnen von dem einen, wahren Gott zu erzählen. Je länger, je mehr hörte auch ich zu, wenn die Priester die Menschen unterrichteten. Mein Herr hatte mich bereits lesen gelehrt, als ich noch ein kleiner Junge war, und so begann ich, ab und zu einen Blick in die Bibel zu werfen, die zwischen den Baumaterialien lag."

Ein leichtes Lächeln entspannte sein gequältes Gesicht, als er fortfuhr. „Eines Abends, als ich auf die Plantage zurückkehrte, fand ich in meinem Gepäck eine kleine, abgegriffene Bibel, eine andere als die, in der ich bei den Priestern gelesen hatte. Ich setzte mich am Wegesrand nieder und begann zu lesen, und ich las so lange, daß ich zu spät nach Hause kam und Ärger mit meinem Herrn bekam", erzählte er und mußte bei dieser Erinnerung immer noch lächeln. „Ich konnte das Buch einfach nicht weglegen.

Ich arbeitete weiter Seite an Seite mit den Priestern, hörte, was sie lehrten, sah ihre Liebe zu den Menschen; ich wußte, daß sie unablässig für mich beteten, und so begann ich Fragen zu stellen über ihren Glauben – und ihren Gott, bis ich schließlich direkt mit der Wahrheit konfrontiert wurde."

Das Lächeln auf seinem Gesicht verschwand, als er weitererzählte: „An diesem Punkt wurde ich völlig und mit furchtbarer Klarheit von dem Ausmaß meiner Sünde und meiner abgrundtiefen Verderbtheit überwältigt. Zuerst meinte ich, vor der unerbittlichen, suchenden Liebe des Gottes fliehen zu müssen, von dem ich wußte, daß er mich verfolgt.

Stattdessen ging ich jedoch zu Vater Ben, und dieser wunderbare Mann führte mich mit seiner unendlichen Geduld und seiner großen Freundlichkeit ganz behutsam, Schritt für Schritt, in das Licht. Obgleich ich tagelang wie mitten in einem Schlachtfeld zu leben schien, auf dem die Engel Gottes gegen die Dämonen der Hölle um meine Seele – um mein Leben – kämpften, durfte ich am Ende dank der Fürbitte der Priester und anderer Menschen aus meinem Volk, die sich zu Christus bekehrt hatten, sicher in die Arme meines Erlösers fliehen."

Er hielt inne und strich sich mit beiden Händen über das Gesicht, bevor er Lucy wieder ansah. „Von da an war mein Leben lange Zeit gut. Ich heiratete eine reizende Frau, die im Haus des Plantagenbesitzers arbeitete, und wir bekamen eine kleine Tochter – Maya. Während dieser Zeit versuchte ich nach bestem Wissen, einiges von dem Bösen, was ich angerichtet hatte, an meinem Volk wiedergutzumachen. Ich ging mit den Priestern zu ihnen, lehrte sie die Wahrheit und wie sie die Finsternis in ihrer Seele überwinden konnten. Das alles vermochte zwar meinen Kummer darüber, daß ich derjenige war, der sie zu Sklaven des Bösen gemacht hatte, nicht zu stillen, aber es war der einzige Weg, wenigstens einen kleinen Bruchteil der Liebe und Vergebung weiterzugeben, die ich selbst von meinem Heiland empfangen hatte."

Er schwieg einen Augenblick, und seine breiten Schultern sanken ein wenig zusammen. Als er Lucy anschaute, sah sie, wie seine dunklen Augen von Verzweiflung überschattet waren.

„Es war nicht einfach, aus der Finsternis herauszukommen", fuhr er fort. „Der neue *Houngan* war über meine Zusammenarbeit mit den Priestern sehr erbost. Er begann, mit allen Zaubermitteln, die ihm zur Verfügung standen, gegen mich zu kämpfen und demütigte mich auf alle erdenkliche Weise – und er schreckte in seinem Bestreben, dem entgegenzuwirken, was die Priester und ich taten, vor nichts zurück.

Dann, eines Abends ..." Die Stimme des schwarzen Mannes versagte, und als er seine Fassung schließlich wiedergewonnen hatte, klangen seine Worte erstickt. „Eines Abends kam ich spät von meiner Arbeit an der Kapelle zurück. Meine Frau ... und meine kleine Tochter ... sie waren verschwunden.“

Lucy schlang die Arme um ihren Körper und hielt wartend den Atem an.

„Später fand ich sie“, sagte er heiser, und seine Stimme drohte zu versagen, „am Strand – ermordet und verstümmelt.“

Lucy seufzte laut, als sie die Qual in seinen Augen sah und den Kummer spürte, der in seinen Worten klang. Erschüttert sah sie, wie, während er weitersprach, Tränen seine Augen trübten und langsam seine Wangen hinunterrollten.

„Ich glaubte, den Verstand zu verlieren. Ich wollte den *Houngan* töten, wollte mich selbst umbringen ...“ Wieder mußte er innehalten. „Doch die Priester und meine Freunde hielten mich zurück. Vier Tage lang lag ich im Bett, unfähig, aufrecht zu stehen und irgend etwas anderes zu tun, als um meine Lieben zu weinen.“

Als Lucy ihn schweigend anstarrte, straffte Sandemon seine Schultern. „Ich mußte lange Jahre mit den Folgen meiner Sünde leben“, bemerkte er und wischte sich mit dem Handrücken die Tränen ab. „Es bleibt eine unumstößliche Tatsache, daß Sünde Folgen hat – zuweilen tragische Folgen – für das Leben desjenigen, der die Sünden begangen hat und manchmal auch für seine Lieben.

Ich war von Grund auf böse“, fuhr er mit fester Stimme fort, „und es wäre nicht recht, zu behaupten, daß mir das Ausmaß meiner Verderbtheit nicht bewußt gewesen wäre. Es mag zwar stimmen, daß ich zuweilen, wie viele Leute aus meinem Volk, alles, was gut war, beinahe völlig aus den Augen verloren hatte, dennoch wußte ich aber mitten in dieser Finsternis, daß es einen besseren Weg gab, einen Weg des Lichts und der Ehre und des Guten.

Ich wäre jedoch gewiß geblieben, was ich war ... ein Mann ohne jegliche Hoffnung ... wenn Gott mir nicht meine Verderbtheit – und seine Güte – vor Augen geführt hätte.

Indem Gott mir das Böse in meiner Seele vor Augen gestellt und Zugang zu der Realität seiner Liebe geschenkt hat, hat er mein Herz ... und mein Leben verändert.“

Er neigte leicht den Kopf, bevor er sagte: „Vielleicht verstehen Sie jetzt, Miss Lucy, warum ich so felsenfest davon überzeugt bin, daß mein Gott ein Gott ist, der einen Neubeginn, der neues Leben schenkt. Wie der Apostel Paulus habe ich in die Nacht hinaus geschrien: ‚*Was bin ich für ein sündiger Mensch! Wer kann mich erretten?'* Und wie Paulus kann ich bezeugen, daß *,Christus in die Welt gekommen ist, um Sünder zu erretten – von denen ich der größte bin!'"*

Er hielt inne. „Ich stimme Ihnen zu, Miss Lucy, daß Sie Ihre Vergangenheit nicht mehr ändern können. Sie können das, was Sie Böses oder Schlimmes getan haben mögen, nicht wieder rückgängig machen, und ich möchte auch nicht bestreiten, daß sich aus Ihrer Vergangenheit Folgen, vielleicht schmerzliche Folgen, ergeben könnten."

Er hielt inne, hob seinen Kopf ein wenig und schaute Lucy mit einem Blick an, der wissend und freundlich zugleich war. „Doch eines weiß ich gewiß: Sie *können* Ihre Zukunft ändern. Sie ... und Gott ... können die Vergangenheit hinter sich lassen und neu beginnen. Sie können einen Neuanfang wagen ... ein neues Leben beginnen. So wie ich können auch Sie Vergebung empfangen, können Sie rein werden und Ihr Leben verändern. Ich habe meine Familie verloren – das war ein furchtbarer Verlust, ein Schmerz, von dem ich nie völlig frei sein werde. In seiner Barmherzigkeit hat mir Gott jedoch eine neue Familie geschenkt, hier in Nelson Hall, die mir hilft, meinen Schmerz zu lindern und mein Leben reich und erfüllt zu machen."

Er nickte langsam, und aus seinen Augen sprach eine große Güte und Freundlichkeit. „Sie können sich neue Erinnerungen schaffen, meine unglückliche Freundin, die Sie im Laufe der Zeit dazu befähigen werden, in Frieden mit den alten zu leben."

Draußen war von dem Donner nur noch ein entferntes Grollen zu hören. Die Blitze erschienen immer seltener und waren längst nicht mehr so grell. Der einzige Laut, der in die Stille des Zimmers eindrang, war das Plätschern des Regens gegen das Dach und die Bäume.

Noch einen weiteren Augenblick stand der schwarze Mann da und sah sie mit ernsten Augen an. Dann, als würde eine Wolkendecke am Himmel aufreißen, wurde sein Blick heller, und er lächelte Lucy an.

„Wissen Sie, was ich glaube, Miss Lucy? Ich glaube, wenn die Balken der Kapelle nicht einstürzen, wenn Sandemon eintritt, dann werden sie es bei Ihnen erst recht nicht tun."

Er nickte leicht und verließ seinen Platz neben dem Fenster. Als er Lucy erreichte, blieb er stehen. Einen Augenblick forschte er ernst in ihrem Gesicht. „Sie müssen wissen, daß der Kampf um Ihre Seele bereits gewonnen ist. Nun liegt es an Ihnen, diesen Sieg in Anspruch zu nehmen."

Ohne noch ein weiteres Wort zu verlieren, straffte Sandemon seine Schultern und verließ die Küche.

* * *

Lucy saß da, still vor sich hinweinend und wußte nicht, ob es Stunden oder nur Minuten waren, die sie so zugebracht hatte.

Wie im Traum hörte sie den Regen fallen, sah, wie die Kerzen auf dem Tisch niederbrannten und schmeckte das Salz ihrer Tränen. In völliger Hilflosigkeit breitete sie ihre Hände vor sich aus, dann schlang sie ihre Arme um ihren Körper, weil sie glaubte, ihr Herz müsse in Stücke zerspringen.

Gebannt blickte sie in das Licht der Kerze, die ihr am nächsten stand. Draußen heulte der Wind, so daß sie fröstelte und ihre Schultern noch fester umschlang. Die Dunkelheit in ihrer Seele zerrte an ihrem Verstand, ihrem Herzen ... versuchte, sie gefangenzunehmen ... sie zu verschlingen in der Nacht ihrer Sünde. Unfähig, ihren Blick abzuwenden, starrte sie weiter in die Flammen.

Langsam riß sie eine Hand von sich los und griff nach dem Leuchter. Immer auf die Flamme schauend, die durch den Zug in der Küche flakkerte, nahm sie die Kerze auf, erhob sich und ging zur Tür.

Wie von einem unsichtbaren Wind getrieben, verließ sie die Küche und ging den Flur entlang, bis sie an der Kapellentür stehenblieb.

Lange Zeit stand sie einfach da und starrte auf die wuchtigen, geschlossenen Türen. Dann ergriff sie, die Kerze in die Höhe haltend, mit der freien Hand die Tür und öffnete sie einen Spaltbreit.

In der Kapelle war alles still und kühl und friedevoll. Immer noch blieb Lucy stehen, lauschend und abwartend. Schließlich richtete sie ihren Blick auf die groben Holzbalken an der Decke.

Der Kerze schwankte in ihrer zitternden Hand, und die Flamme flakkerte bedrohlich. Einen Augenblick später wurde sie jedoch ruhiger, und auf ihren Lippen formte sich ein leichtes Lächeln, während sie regungslos dastand und die Stille und den Frieden der Kapelle einatmete.

„Sie müssen wissen, daß der Kampf um Ihre Seele bereits gewonnen ist. Nun liegt es an Ihnen, diesen Sieg in Anspruch zu nehmen ...“

Ihre Augen auf das Licht der Kerze gerichtet und Sandemons Worte im Herzen bewegend, schritt Lucy aus und begab sich in Richtung Altar.

38. Kapitel

Im Schatten von Five Points

Ich war der Mond.
Ein Schatten bedeckte mich,
Und ich erkannte, was es bedeutet,
eines Teils beraubt zu sein.

Rhoda Coghill (1903 -)

New York City

Irgendwann, mitten in der Nacht, erwachte Kerry Dalton mit dem schaurigen Gefühl drohenden Unheils.

Während sie im Bett lag und in die Stille des Hauses hinein lauschte, erschauderte sie und fragte sich, welcher Traum sie so erbarmungslos und plötzlich aus dem Schlaf gerissen hatte.

Als Christ hatte sie den alten Aberglauben aufgegeben und glaubte nicht mehr an die alten Sagen und Mythen, mit denen sie in Irland aufgewachsen war. Während sie jedoch in der Dunkelheit in ihrem Bett wach lag, und die Schatten der Nacht um sie her lauerten, mußte sie einfach an die alten Geschichten, von der *Banshee*, der ‚Weißen Frau', denken und an ihre gefürchteten Besuche bei Sterbenden, um Totenklage bei ihnen zu halten.

Kerrys Familie – der Clan der O'Neills – gehörte zu den vornehmen gälischen Familien, denen die *Bean Sidhe* – die Banshee – des Nachts erschien. Natürlich war das eine Sage – eine jener Mythen, die von übernatürlichen Wesen berichteten, die aus der Dunkelheit und den unbekannten Tiefen ferner Zeiten auftauchten.

Instinktiv kroch Kerry näher an Jess' starken, warmen Körper heran. Fröstelnd unterdrückte sie jeden weiteren Gedanken an ungebetene nächtliche Besucher. Trotzdem konnte sie lange Zeit keinen Schlaf finden.

Gedanken an ihre gegenwärtigen Schwierigkeiten gingen ihr durch den Kopf: Jess' Rücktritt von seinem Amt als Pastor in der Fifth Avenue, die Kälte, mit der ihnen einige Gemeindeglieder begegneten, die sie einst ihre Freunde genannt hatten, und die Angst vor der ungewissen Zukunft.

Sie war jedoch überzeugt, daß Jess das getan hatte, was er tun mußte, und nachdem sie von seinem bewegenden Traum gehört hatte, hegte Kerry keinen Zweifel mehr daran, daß er richtig gehandelt hatte. Gott rief ihn weg von diesem Dienst für die Reichen, um ihn zu den Ausgestoßenen dieser Stadt zu senden.

Das flößte ihr auf der einen Seite Furcht ein, stellte aber gleichzeitig eine große Herausforderung dar. Für Kerry war es ein weiterer Beweis, daß Gott großes Vertrauen in ihren Mann setzte, wenn er ihn mit so einer gewaltigen Aufgabe betraute.

Jess schien neuen Mut gefaßt zu haben. Er war fröhlicher als in den vorangegangenen Wochen. Sie, für ihr Teil, dachte Kerry, würde jedoch noch lange brauchen, um den Schmerz der letzten Zeit vergessen zu können.

* * *

Es war noch dunkel, als Arthur sich von den Daltons wegschlich; als er Five Points erreichte, ging jedoch bereits die Sonne auf.

In dem ersten, schwachen Morgenlicht sah der Slum sogar noch häßlicher aus, als Arthur ihn in Erinnerung hatte. Auf dem Paradise Square lagen zerbrochene Flaschen und anderer Unrat herum. Schweine wühlten in den Abfällen, die sich auf den Straßen auftürmten, und sie schienen sich nicht um die Betrunkenen zu kümmern, die vor den Eingängen lagen. Auf den Gassen liefen bereits einige obdachlose Kinder umher und mischten sich unter die wenigen ehrlichen Arbeiter, die über den Platz in die Fabriken zu ihrer Arbeit gingen.

Der Gestank dieser Straßen drang Arthur bereits in die Nase, und er hielt inne, um seine Rückkehr solange wie möglich hinauszuzögern. Er hatte gehofft, nie mehr in den fauligen Geruch von Five Points zurückkehren zu müssen. Doch irgendwo mußte er bleiben, und dies war der einzige Ort, an den er zurückkehren konnte.

Er dachte daran, daß Pastor Dalton jetzt gerade aufwachen würde. Wann würden sie es bemerken, daß er weggelaufen war? Ganz gewiß zum Frühstück, wenn nicht schon früher. Mrs. Dalton bestand immer darauf, daß Casey-Fitz und er frühstückten, bevor sie zur Schule gingen.

Bei dem Gedanken an sie alle – selbst an Molly, die Haushälterin mit der scharfen Zunge und Mackenzie, ihren Mann – begannen Arthurs Augen zu brennen. Einen Augenblick lang war er versucht, sich umzuwenden und loszulaufen, um nicht eher stehenzubleiben, bis er das Haus der Daltons erreicht hatte.

Stattdessen richtete er sich auf, schluckte den Kloß, der sich in seinem Rachen gebildet hatte, hinunter und begann weiterzulaufen. Er durfte nicht zurückgehen. Er hatte bereits genug Schaden angerichtet und Pastor Dalton und seiner Familie genug Schwierigkeiten bereitet.

All die häßlichen Dinge, die gesagt worden waren, die Gemeinheit, mit der man sie behandelt hatte – alles geschah nur, weil Jess Dalton die Schwarzen verteidigte und ihnen helfen wollte. Arthur vermutete, daß die Tatsache, daß sie *ihn* aufgenommen hatten, das Faß zum Überlaufen gebracht hatte.

Jetzt trat Mr. Dalton von seinem Amt als Pastor dieser großen Gemeinde zurück und war dabei, eine „Missionsversammlung" in der Bowery und eine weitere in Five Points aufzubauen.

Oh, er und seine Frau, Kerry, hatten viel darüber gesprochen, daß dies „Gottes Wille" sei und daß er einen „Ruf" bekommen habe, doch Arthur war gewiß, daß alles nur seinetwegen ein so trauriges Ende genommen hatte.

Jetzt mußte die Familie aus dem Pfarrhaus ausziehen und sich eine neue Wohnung suchen. Sie würden ihre große Gemeinde und die vertraute Umgebung verlassen müssen – und vielleicht mußte Casey-Fitz sogar die Schule wechseln.

Und alles nur seinetwegen, wegen Arthur Jackson, einem entflohenen Sklavenjungen.

Nein, er würde nicht zurückgehen. Er hatte genug Schaden angerichtet. Er hatte es damals hier in Five Points geschafft, und er würde es auch jetzt wieder schaffen.

Arthur hievte seinen Stock ein bißchen höher über die Schulter, als er über eine Dreckpfütze sprang und sich in Richtung Cow Bay begab. Er mußte in die alte Brauerei zurück, wo er zuerst gelebt hatte; ein Schwarzer mehr oder weniger würde dort keinem auffallen.

* * *

Casey-Fitz' Herz begann zu rasen, als er in Arthurs Schlafzimmer stand. Über dem ordentlich gemachten Bett und dem sauber verlassenen Zimmer schien ein Hauch von Endgültigkeit zu liegen. Die Vorhänge waren noch zugezogen. Der Schaukelstuhl war leer: über der Lehne hing weder ein Hemd noch eine Hose, und darunter waren weder Schuhe noch Socken zu finden.

Sein Puls dröhnte in seinen Ohren, als Casey-Fitz zum Schrank ging und die Doppeltür öffnete. Für einen Moment streifte sein Blick den Inhalt.

Arthur schien kaum etwas mitgenommen zu haben. Das meiste, was sie für ihn gekauft hatten, hing noch hier. Die Sonntagsschuhe standen schwarz und glänzend ganz vorn unter dem guten, grauen Anzug. Die frisch gewaschenen Hemden und Hosen waren unberührt. Auf dem Haken an der Innenseite der Tür hing jedoch – wie eine Warnung – ein rotes Nachthemd.

Er hatte sie verlassen.

Kaum fähig zu atmen, wandte sich Casey von dem Schrank ab und ließ seinen Blick über das totenstille Zimmer schweifen. Genau das hatte er befürchtet.

Aber Arthur hatte ihm *versprochen*, er hatte ihm sein Wort gegeben, daß er nicht weglaufen würde. Mit sinkendem Mut mußte Casey-Fitz an sein eigenes Versprechen von vor einigen Monaten denken: *„Gott und mein Vater werden sich darum kümmern"*, hatte er zu seinem Freund gesagt. *„Die beiden werden alles wieder in Ordnung bringen, du wirst es selbst sehen ..."*

Er war damals fest davon überzeugt gewesen, und obgleich es im Laufe der Zeit immer schwerer fiel und immer mehr Probleme hinzukamen, glaubte er auch jetzt noch daran. Vater hatte ihnen allen zu erklären versucht, daß es sein Entschluß war, von seinem Amt als Pastor in der Gemeinde der Fifth Avenue zurückzutreten, und daß er sich bei dieser Entscheidung wohlfühlte, weil er sich von Gott so geführt wußte.

Doch Arthur gab sich die Schuld. Casey-Fitz hatte es an seinem beschämten Blick, seinem ernsten Gesichtsausdruck und seiner plötzlichen Zurückgezogenheit deutlich gesehen.

Langsam ging er zur Tür. Die Hand schon am Türgriff, hielt er inne, wandte sich um und warf noch einmal einen Blick in das Zimmer. Schließlich trat er in den Flur hinaus.

Unten hörte er die Stimmen seiner Eltern im Speisezimmer. Jetzt würde die „kleine Mutti" jeden Augenblick an die Treppe kommen, um ihn und Arthur zum Frühstück zu rufen – „die zweite und letzte Einladung" würde sie erklären.

Schweren Schrittes und noch schwereren Herzens stieg er die Stufen hinunter, zuerst langsam, dann schneller, bis er schließlich zu laufen begann.

* * *

Als sie bis Mittag keinen Hinweis über den Verbleib des Jungen gefunden hatten, regten sich in Jess Dalton die ersten Anzeichen von Angst.

Er war sich so sicher gewesen, ihn in Five Points zu finden. Dorthin mußte er gegangen sein; denn das war der einzige Ort, den Arthur außer dem Pfarrhaus kannte.

Sie hatten jedoch bereits länger als drei Stunden nach ihm gesucht, ohne auch nur einen Hinweis über seinen Verbleib finden zu können. Er hatte mit Casey-Fitz die Mietshäuser durchgekämmt, in den Schlupfwinkeln der Stadtstreicher, unter blinden Bettlern, hungrigen Kindern und Ausgestoßenen nach ihm gesucht. Wenigstens fünfmal hatten sie den Paradise Square überquert.

Jess war dankbar, daß er Casey-Fitz früher bereits mit nach Five Points genommen hatte. So war der Junge zumindest schon etwas mit dem Gestank, dem Schmutz und dem furchtbaren Elend, dem sie hier begegneten, vertraut, so daß er nicht schockiert war, während sie auf der Suche nach Arthur von Tür zu Tür gingen.

Unterwegs hatten sie noch weitere Helfer angeworben: Skipper Jones, einen arbeitslosen Neger, der Kohlen schleppte und einen katholischen Priester, den man hier in Five Points nur als „Vater John“ kannte. Bis jetzt hatte jedoch keiner von ihnen irgendeine Spur von Arthur entdeckt.

Casey hielt die Hand seines Vaters fest umklammert, während sie über den Paradise Square schritten. Jess konnte die Erinnerung nicht unterdrücken, die in ihm aufstieg, als sie diesen Platz überquerten. Hier war er Arthur zum erstenmal begegnet. An einem kalten Novembertag war er von einem streikenden irischen Arbeiter im Zorn niedergeschossen worden, genau hier, auf dem Paradise Square. Jess hatte ihn mit zu sich nach Hause genommen, um ihn gesund zu pflegen – und Arthur war bei ihnen geblieben und ein Teil ihrer Familie geworden.

Ein Ruck an seiner Hand brachte ihn in die Wirklichkeit zurück, und er schaute zu seinem Sohn hinunter.

„Ich bin gewiß, daß wir ihn finden werden, Vati.“ Die Stimme des Jungen klang alles andere als sicher.

Jess betrachtete das schmale Gesicht, die ernsten, grünen Augen. „Natürlich, mein Junge“, entgegnete er und drückte seine Hand fester. „Wir werden ihn solange suchen, bis wir ihn gefunden haben.“ Er hielt inne. „Und du bist sicher, daß Arthur nichts – wirklich nichts – gesagt hat, was uns einen Hinweis geben könnte, wo wir ihn suchen müssen?“

Casey-Fitz schüttelte den Kopf. „Nein, wirklich nichts. Ich weiß, daß er sich die Schuld für unsere Schwierigkeiten zuschrieb, und ich weiß auch, daß er sich wegen deines Amtsrücktritts Sorgen gemacht hat – auch nachdem du es erklärt hast. Ich habe jedoch keine Ahnung, wohin er gegangen sein kann." Seine Stimme bebte. „Ich glaube, ich hätte besser auf ihn aufpassen sollen."

Wieder drückte Jess Dalton die Hand des Jungen. „Nein, du konntest nicht wissen, was Arthur denkt. Gib dir nicht die Schuld, Junge. Hier trifft niemanden eine Schuld."

„Doch Arthur glaubt, daß ihn die Schuld trifft", erwiderte Casey-Fitz leise. „Er glaubt, daß er an allem schuld ist. Deshalb ist er weggelaufen."

Weil er weder für den Jungen – noch für sich selbst – eine Antwort wußte, schwieg Jess. „Gehn wir zu dem Buggy", sagte er schließlich. „Ich glaube, als nächstes sollten wir die Polizei benachrichtigen."

* * *

Als Evan Whittaker den Probenraum betrat, merkte er sofort, daß etwas nicht stimmte. Die Jungen hatten die Köpfe zusammengesteckt und schienen alle auf einmal zu reden. Anhand ihrer ernsten Gesichter und besorgten Blicke schlußfolgerte Evan, daß es nichts Gutes zu bedeuten hatte, was auch immer geschehen war.

Als er mit dem Taktstock klopfte, gingen sie offensichtlich widerwillig auf ihre Plätze. Ohne abzuwarten, bis ihm die Erlaubnis zu sprechen erteilt wurde, stieß Billy Hogan hervor: „Mr. Whittaker, Arthur Jackson ist nicht da!"

Als die Worte heraus waren, fuhr Daniel fort: „Onkel Michael und Wachtmeister Price waren soeben hier und haben uns gefragt, ob wir ihnen bei ihrer Suche behilflich sein könnten. Sie glauben, daß Arthur weggelaufen ist nach Five Points, weil Mr. Dalton so viele Schwierigkeiten hat."

Evan schaute sie betrübt an. Er hatte den mutigen schwarzen Jungen echt liebgewonnen. Arthur war einer seiner verläßlichsten Chormitglieder und im Leseunterricht machte er gute Fortschritte.

Er schaute zu Mrs. Walsh, die mit beunruhigtem Gesicht am Klavier saß, die Hände im Schoß gefaltet.

„N-Natürlich müssen wir helfen", sagte Evan zerstreut. „Mrs. Walsh, wir werden heute nicht proben. Wartet Ihr Fahrer auf Sie?"

Sie stand auf und erklärte: „Er wird solange warten, wie es nötig ist. Ich werde mit Ihnen gehen und den Jungen Arthur suchen helfen."

„Oh – n-nein ... ich glaube, das ist nichts – Sie dürfen das nicht tun! Ich kümmere mich um Ihren Wagen ..."

„Nein, Mr. Whittaker, ich werde bei der Suche helfen", sagte sie fest und zog ihre Handschuhe an. „Bitte machen Sie sich meinetwegen keine Sorgen, es wird alles gutgehen."

Als sie weiterhin Einspruch gegen seine Einwände erhob, gab Evan schließlich nach. Bevor sie den Probenraum verließen, nahm er jedoch Daniel auf die Seite. „L-laß Mrs. Walsh bitte nicht aus den Augen. Ich kann sie nicht daran hindern, mitzukommen, aber sie hat vermutlich keine Ahnung, was sie hier unten erwartet."

„In Ordnung", erwiderte Daniel, während er einen Blick zu Alice Walsh hinüberwarf. „Ich glaube jedoch, daß sie zu der Art Frauen gehört, die damit fertigwerden."

„Wir wollen es hoffen", sagte Evan angespannt. „Wir wollen es hoffen."

Alice Walsh war sich im klaren darüber, daß diese Suche mitten in den Slums von Five Points ihr noch wochenlang Alpträume bereiten würde. Dennoch fühlte sie sich gedrungen, Mr. Whittaker und die Jungen zu begleiten, spürte einen unerklärlichen Antrieb, sich diesem abscheulichen Elend zu stellen.

Es gab nichts, was sie auf ihren ersten unmittelbaren Kontakt mit der Not und dem Elend in Five Points vorbereitet hätte. Natürlich hatte sie darüber gelesen, aber selbst die Zeitungen schienen in ihrer Berichterstattung über diesen berüchtigten Slum eher zurückhaltend zu sein, als reichten Worte nicht aus, um dieses furchtbare Elend zu schildern. Die Frauen aus ihrem Missionsverein sprachen nur flüsternd und mit gesenktem Blick von diesem Stadtteil.

Bis jetzt war Alice Walsh nur in der Sicherheit ihres Buggys geborgen zu den Chorproben gekommen und war schnell wieder verschwunden, bevor der Schmutz dieser Gegend auf ihr maßgeschneidertes Kostüm abfärben konnte. Kein einziges Mal hatte sie sich in die von Krankheit und Not heimgesuchten Gassen begeben, um sich dem Leiden dort zu stellen. Welche Dame *würde* das auch tun?

Die einfallenden Häuser mit ihren zerbrochenen Fensterscheiben, die Straßen, auf denen es von Abfällen und Schweinen wimmelte, die schlampig aussehenden Frauen, von denen einige kaum von ihren zerrissenen Kleidern bedeckt waren, die betrunkenen Männer mit ihren gemeinen Worten und den haßerfüllten Augen – das alles hatte Alice noch nie gesehen, noch hätte sie sich – nicht einmal einen Bruchteil davon – vorstellen können.

Als sie jedoch, von den Polizisten, dem ernst dreinschauenden Mr. Whittaker und den Jungen gut beschützt, durch diese Straßen ging, spürte sie eine seltsame Befriedigung, hier zu sein. Viel zu lange war sie von der Realität der Welt, in der sie lebte, abgeschirmt gewesen. Zu viele Jahre war es ihr gelungen, beinahe alles Unerfreuliche und Schmerzliche zu umgehen. Es war allerhöchste Zeit, gestand sie sich selbst ein, daß sie endlich erwachsen wurde.

Sie setzten ihre Suche den gesamten Nachmittag und bis in die frühen Abendstunden hinein fort. Und je tiefer sie in die Slums vordrangen, umso größer wurde Alice' Scham.

Wie konnte sie nur so lange ... so gut leben, ohne auch nur die Tatsache zur Kenntnis zu nehmen, daß Tausende und Abertausende von Menschen unter solch erbärmlichen und entwürdigenden Bedingungen, in einer solchen Armut – beinahe wie Tiere – lebten? Sie hatte nicht gewußt, unter welchen entsetzlichen Bedingungen Menschen zu überleben imstande waren.

Die Schuld ihrer eigenen Unwissenheit und Gleichgültigkeit überwältigte sie. Sie lebte in einer Villa, die zweimal soviel Platz bot, wie ihre Familie in Wirklichkeit benötigte, und verhätschelte ihre ohnehin schon verwöhnten Kinder, ergötzte sich an reichhaltigen Mahlzeiten, frönte dem Klavierspiel und kirchlichen Veranstaltungen, während nur Augenblicke von ihr entfernt unzählige Menschen ein Leben führten, das einem Alptraum glich.

Unwissenheit ist keine Entschuldigung, dachte sie erbittert, doch selbst, wenn es so wäre, träfe es nicht auf Patrick zu. Er *kannte* diesen Ort und die Menschen, die hier lebten. Er *mußte* es einfach wissen, bei den vielen geschäftlichen Beziehungen, die er in der ganzen Stadt unterhielt. Sie hatte ihn – und ihren Vater – über Five Points, die Bowery und andere Slums von New York sprechen hören, wo die Einwanderer, und ganz besonders die Iren, in jämmerlichem Elend lebten.

Ja, Patrick war selbst Ire, obgleich er nicht gern daran erinnert werden wollte! Sie hätten soviel tun können, hätten Maßnahmen einleiten können, die die Not und das Elend in Gebieten wie Five Points lindern geholfen hätten. Stattdessen häufte sich Patrick ständig mehr Reichtum an, und sie verschwendete ihre Zeit wie ein verwöhntes, gleichgültiges Kind und beruhigte ihr Gewissen, indem sie Geld spendete und ein paar Stunden in der Woche für Evan Whittakers Knabenchor Klavier spielte.

Eine Woge der Selbstverachtung schlug über Alice zusammen, und sie gelobte sich selbst ... und ihrem Schöpfer ... hier, wo sie war, mitten in dem abscheulichen Gestank, der aus den von Abfall übersäten Straßen in ihre Nase drang, ihr zurückgezogenes, selbstsüchtiges Leben von nun an zu ändern.

Sie wußte nicht, wo sie beginnen oder was sie genau tun sollte, doch sie war fest entschlossen, *irgendetwas* zu tun – und sie würde sofort damit beginnen. Und sie mußte auch Patrick bewußt machen, daß ihre Gleichgültigkeit *Sünde* war. Er arbeitete hart, um das Geld zu verdienen, das ihnen ihr luxuriöses Leben ermöglichte, doch würde sie ihn gewiß überzeugen können, daß sie nicht mehr so weiterleben durften wie bisher – nur für sich selbst.

In der Zwischenzeit mußte sie sich jedoch auf die Aufgabe konzentrieren, weshalb sie jetzt eigentlich hierhergekommen war, nämlich Arthur Jackson zu suchen, von dem noch immer jegliche Spur fehlte.

* * *

Arthur hatte sie gehört, bevor sie ihn sehen konnten – Pastor Dalton und Casey-Fitz, die Captain Burke auf der ausgetretenen Treppe nach oben folgten. Sie waren auf dem Weg in den zweiten Stock der alten Brauerei, während Arthur unter ihnen stand und sich in eine dunkle, schützende Nische drängte.

Er war so nahe, daß er seine Hand hätte ausstrecken und die Füße des großen Pastors berühren können, während sie nach oben gingen, und er mußte einen Schrei unterdrücken, als er sah, wie die große Gestalt den Flur erreichte. Er nahm alle seine Kraft zusammen, um nicht seinen Namen zu rufen.

Stattdessen stahl er sich über den Eingang, der in die „Mördergasse" führte, aus dem Gebäude und verbarg sich solange im Schatten, bis ihre Stimmen nicht mehr zu hören waren.

Solange er sich in der alten Brauerei aufhielt, würden sie ihn nicht finden. Diese Stätte war wie ein düsteres Land der Schatten mit unzähligen dunklen, verwinkelten Gängen, die sich durch das gesamte Gebäude schlängelten, und vielen Eingängen, die auf verschiedene Gassen führten sowie einer ganzen Anzahl von Verstecken im Inneren des Gebäudes.

Arthur wußte, daß die alte Brauerei einer der beliebtesten Zufluchtsorte für die Diebe war, die Five Points belagerten. Hier konnte man sich monatelang verbergen, ohne gefunden zu werden, falls man das im Sinn hatte.

Während er in der stinkenden Dunkelheit hinter einem Haufen Lumpen hockte und es bewußt vermied, die rasselnden Laute und anderen gedämpften Geräusche um ihn herum zu identifizieren, übermannte Arthur der qualvollste Schmerz, seitdem er vor Tagesanbruch das Haus der Daltons verlassen hatte. Eine furchtbare, grausame Einsamkeit überfiel ihn mit der Heftigkeit eines Schlages und quälte ihn, daß er glaubte, erbrechen zu müssen.

Arthur empfand einen so heftigen Schmerz, daß er sich die Lippe blutig biß. Plötzlich vernahm er einen unterdrückten Fluch und spürte den starken, üblen Geruch ungewaschener Körper über ihm lauern.

Erschrocken hob Arthur den Kopf und versuchte, die Gesichter in der Dunkelheit zu erkennen.

„Hier ist noch einer!" Ein furchtbarer Schlag traf ihn ins Kreuz und Arthur fiel der Länge nach mit dem Bauch nach unten zu Boden. Er rang nach Atem und glaubte ersticken zu müssen, als er von hinten grob auf die Beine gezerrt wurde.

„Es ist ein *großer*! Ich hab' ihn – halte seine Arme fest!"

Entsetzt versuchte Arthur, sich loszureißen und starrte durch die Dunkelheit zu den beiden massigen Gestalten, die ihn gefangen hatten.

Er versuchte seine Arme zu befreien, doch um seinen Kopf wurde ein Seil geschlungen, das ihn beinahe erdrosselte, als seine Angreifer es festzogen.

Er sprang nach vorn, schlug mit dem Kopf um sich und kreischte wie eine gefangene Wildkatze, bis ihm der Strick die Luft nahm und eine Faust, die in seinem Gesicht landete, ihn zum Schweigen brachte.

39. Kapitel

Das Lagerhaus

Oh, wie furchtbar ist es, zu spüren,
wie ein anderer sich schuldig fühlt!

Oscar Wilde (1854-1900)

Die Nachricht, daß der Negerjunge, den Pastor Dalton bei sich aufgenommen hatte, vermißt wurde, errreichte die Bowery am späten Abend.

Bhima und zwei andere Bewohner des „Museums" – der Muskelmann und Plug, Brewsters Leibwächter – steckten hinter dem Lagerhaus im Schatten der Dunkelheit die Köpfe zusammen.

„Der Pastor liebt den Jungen", erklärte ihnen Bhima. „Er spricht mit großer Herzlichkeit von ihm."

„Dann sollten wir ihm helfen, ihn zu finden", sagte der Muskelmann, der anstelle des engen Zirkustrikots, das er auf der Bühne trug, einen losen, gestrickten Pullover und ein Paar weite Hosen anhatte. „Bei alldem, was der Pfarrer für uns tut, ist es mehr als recht, daß wir ihm helfen, wo wir können."

„Aber erst nach heute abend", erinnerte sie Bhima.

„Bist du sicher, daß der Captain kommt?" knurrte Plug, der Zwerg. „Einer der Zeitungsjungen sagte, daß er ihn heute abend noch in Five Points gesehen hat, wie er bei der Suche nach dem Jungen half."

„Er wird kommen", sagte Bhima voller Zuversicht. „Und wir werden warten."

Die anderen beiden nickten zum Zeichen ihres Einverständnisses. Plug berührte die gefährlich aussehenden Schlagringe an seiner rechten Hand mit einer beruhigenden Geste.

Der Muskelmann streckte sich noch einmal, um durch das schmutzige Fenster nach innen zu spähen, während Bhima und Plug ungeduldig warteten.

* * *

Es war kurz nach Mitternacht, als Michael mit seinen Männern das verlassene Lagerhaus gegenüber dem „Zehncentmuseum“ betrat.

Durch die verrußten Fenster drang soviel Licht von der Straße herein, daß Michael sofort erkannte, daß ihm dieser Ort ganz und gar nicht gefiel, kein bißchen.

Überall in dem Lagerhaus lagen umgefallene Fässer und Kisten auf dem zersplitterten Fußboden verstreut. Die Luft war von dem Geruch von Schmutz, Schimmel sowie einer Reinigungsflüssigkeit erfüllt. Am anderen Ende des Gebäudes bildeten Kisten und verrottende Lumpen, halbkreisförmig beinahe in doppelter Mannshöhe aufgetürmt, eine natürliche Grenze zwischen der Wand auf der Ostseite des Gebäudes und dem Haupteingang.

„Also dann“, flüsterte Michael, „verteilt euch. Jeder bleibt im Schatten und behält die Tür im Auge. Und denkt daran – keine Bewegung, bevor ich euch ein Zeichen gebe. Mit einer letzten Ermahnung wies er Rourke und Price und den anderen ihre Plätze zu: „Es werden Kinder dabei sein. Seid also vorsichtig!“

Michael hockte sich in den dunklen Schatten zwischen zwei Kisten und wartete. Bhima hatte ihm schließlich die Information geliefert, nach der er seit Monaten geforscht hatte. Heute nacht sollten Walshs Männer mehr als zwanzig heimatlose, schwarze Kinder, die ihr Leben auf den Straßen der Slums fristeten, in die Hände neuer Besitzer übergeben ... Kinder, die wahrscheinlich den Rest ihres Lebens als Sklaven verbringen würden.

Wenn er und seine Männer es nicht verhinderten.

Bitterkeit stieg in Michael auf, als er an das furchtbare Schicksal dachte, das diese Kinder erwartete, wenn ihr Plan heute nacht fehlschlug. Während seine Hände nervös über den Schlagstock glitten, sagte er sich wiederum, daß ihr Vorhaben *nicht* fehlschlagen würde. Es stand zuviel auf dem Spiel, mehr noch als das Leben der Kinder.

Walsh selbst würde sich natürlich nicht sehen lassen und seine zarten Hände bei so einem gewöhnlichen Geschäft beschmutzen. Er war zu aalglatt ... zu *vornehm*, um seinen Kopf bei einem Sklavenhandel zu riskieren. Doch seine Handlanger würden hier sein, und wenn er sie einmal in sicherem Gewahrsam hatte, hoffte Michael, wenigstens einen von ihnen überzeugen zu können, seine eigene Haut zu retten, indem er seinen schwer greifbaren Auftraggeber verpfiff.

Doch, was immer sonst noch geschehen mochte, die Kinder mußten an erster Stelle stehen. Er würde sie nicht in Gefahr bringen, nur um Walsh zu fassen, sosehr er sich auch wünschte, die Schlange aus dem Weg zu räumen.

In der Stille des Lagerhauses hämmerte Michaels Herz laut gegen seine Brust, während er am Boden hockte und weiter wartete.

* * *

Irgendwo in der Ferne schlug eine Uhr eins. Michael zuckte zusammen und war wieder hellwach. Er hatte das Zeitgefühl verloren. Wie lange hatten sie bereits in dem Lagerhaus gewartet?

Seine Beine schmerzten, weil er solange in der gleichen Stellung gehockt hatte. Er fing an, sich zu bewegen und versuchte, sich etwas zu recken und zu strecken. Dann lauschte er plötzlich und hielt den Atem an.

Vom Haupteingang her kam ein Poltern, dann ein Schlurfen. Ächzend ging die Tür auf, und das Schlurfen kam näher.

Es herrschte totale Dunkelheit und totales Schweigen, bis auf die schlurfenden Geräusche und ein gelegentliches Seufzen. Dann fiel die Tür krächzend ins Schloß, und Michael hörte, wie ein Riegel vorgeschoben wurde. Eine gedämpfte Stimme schien eine Warnung auszusprechen, und das Schluchzen hörte auf.

Als Michael versuchte, um den Stapel Kisten herumzuspähen, der ihn verbarg, konnte er kaum etwas sehen – außer einem Knäuel schwarzer Schatten, von größeren Silhouetten umgeben.

Er roch den Schwefel, bevor das Streichholz entzündet wurde. Jemand entzündete eine Fackel, dann noch einer, und noch ein anderer; bei dem Anblick, der sich ihm in dem unheimlichen, unruhigen Schein der Fackeln bot, stockte Michael das Herz.

Bhima hatte sich getäuscht. Es waren nicht zwanzig Kinder, die hier zusammengetrieben wurden, um als Sklaven verkauft zu werden; fast *hundert* mußten es sein, die eng zusammengepfercht standen, die Augen im Schein der Fackeln vor Angst weit aufgerissen, die kleinen Gesichter vor Furcht erstarrt.

Und nicht alle Gesichter waren schwarz ...

Ein unbändiger Zorn stieg in Michael auf, als er, vom Schein der Fackeln erhellt, die Gesichter von vier weißen kleinen Mädchen entdeckte. Einen Augenblick später forschte er in den Gesichtern der Gestalten, die die Fackeln hielten und erkannte wenigstens vier von Walshs Männern – Schläger, die, um die Bedingungen für sich zu erleichtern, vielleicht einiges über die schmutzigen Geschäfte ihres Auftraggebers ausplaudern würden.

Jetzt trat ein Mann in das Licht, der kleiner war als die anderen. *Rossiter!* Michaels Herz raste. Natürlich würde der kleine Buchhalter mit dem Rattengesicht hier erscheinen, damit niemand seinen Boss betrog!

Michael lächelte grimmig in die Dunkelheit und nickte. Das war mehr, als er erhofft hatte! Wenn er Rossitter ... und seine Bücher bekommen könnte, dann hätte er mehr als genug Beweise, um Walshs Geschäften eine Ende zu bereiten!

Doch zunächst galt es, diese Kinder zu retten.

Während er sie beobachtete, stützte Rossiter eine Seite seines Hauptbuchs gegen seine Brust und begann zu schreiben. Genau in diesem Augenblick erklang ein Klopfen an der Tür des Lagerhauses: zweimal klopfen ... Pause ... dreimal klopfen ... Pause ... dann noch einmal. Ein Signal.

Einer von Walshs Männern übergab seinem Nachbarn die Fackel und zog den Riegel zurück. Die Tür wurde einen Spaltbreit geöffnet, gerade so weit, daß ein Mann eintreten konnte; dann huschte ein großer Schatten in den flackernden Lichtschein.

Michael starrte in das Licht. Was er sah, traf ihn wie ein Schlag, und sein Atem stockte. Einen Augenblick kniff er die Augen zusammen, dann öffnete er sie wieder.

Es gab keinen Zweifel. Es war sein Sohn. Es war Tierney.

* * *

Tierney war mit drei langen Schritten bei Rossiter.

Er schaute sich um, und wandte sich dann dem Buchhalter zu. „Das können Sie nicht tun, Rossiter!“ drohte er.

„Einen Moment mal, Burke! Du wußtest, was dich erwartet, als du eingewilligt hast, diese Aufgabe zu übernehmen. Und du wirst gut bezahlt dafür – *zu* gut, meiner Meinung nach.“

Wie immer wurde Tierney von Rossiters schriller Stimme entnervt. Er verzog das Gesicht und ging noch einen Schritt weiter auf den Buchhalter zu, der nach hinten schwankte.

„Ich wußte von den Schwarzen“, stellte Tierney heraus. „Aber niemand hat mir etwas von *ihnen* gesagt!“ Ohne seinen Blick von Rossiter abzuwenden, wies er über die Schulter zu einer kleinen Gruppe weißer

Mädchen – einige von ihnen hatten rotes Haar und Sommersprossen – die dicht zusammengedrängt standen und aus deren Gesichtern unmißverständlich nackte Angst sprach. Sie schienen kaum älter als zwölf oder dreizehn Jahre alt zu sein; selbst in Lumpen gehüllt und mit schmutzigen Gesichtern, sah man die ersten Anzeichen der erblühenden irischen Schönheit.

Rossiter grinste hämisch. Aus dem Augenwinkel sah Tierney, wie zwei oder drei von Walshs Schlägern auf ihn und Rossiter zukamen.

„Nun, das Geschäft blüht mit deinen rothaarigen Schwestern genausogut wie mit den kleinen Schwarzen, Burke", bemerkte das Rattengesicht widerlich lächelnd. „Vielleicht sogar noch besser. Ihre Haut ist weiß, aber sie sind genauso dumm wie die Schwarzen."

Tierneys Ärger wurde in seinem Inneren zu rasender Wut. Er biß seine Zähne zusammen, bis sein Kiefer schmerzte, und seine Hände zitterten.

Er brachte sein Gesicht dicht an Rossiters heran, so dicht, daß er die Furcht dieses Mannes spüren konnte. „Walsh würde das nicht *zulassen*! Er ist selbst Ire!"

Rossiter fühlte sich bestärkt und begann, laut zu lachen. „Wer, glaubst du, hat sich diesen ganzen Plan ausgedacht?" Mit einer Hand richtete er seine Brillengläser. „Richtig: *Walsh*", sagte er mit offensichtlicher Genugtuung. „Dein Chef und meiner, Junge. Walsh, der seine Schlepper auf die Schiffe schickt, damit sie deine dümmlichen Cousinen aus ... der alten Heimat betrügen, sobald die Schiffe am Dock festgemacht haben. Der gleiche Walsh, dem die feinen Appartements in Five Points gehören, wo deine Landsleute ihren vornehmen Wohnsitz haben."

Unbändige Wut stieg in Tierney auf, und für einen Augenblick verschwamm Rossiters abscheuliches Gesicht vor seinen Augen. Er hätte Rossiter am liebsten mit der Faust ins Gesicht geschlagen, doch er wußte nur zu gut, daß Walshs Männer ihn sofort greifen würden, wenn er es versuchte.

Er atmete tief durch und versuchte zu denken. Weil Geld das einzige war, wovon Rossiter etwas verstand, beschloß Tierney, ihn mit seinen eigenen Waffen zu schlagen. „Ich werde die Mädchen nehmen. Wieviel?"

Rossiter starrte ihn an, dann schnaubte er: „Das ist nicht dein Ernst? Alle?"

Tierney blickte zu den Mädchen und dann zurück zu dem Buchhalter. „Es sind nur vier. Ich werde zahlen – spätestens morgen mittag werden Sie das Geld haben. Und außerdem", fügte Tierney mit einem Achselzucken hinzu, „was sollte es Ihnen schon ausmachen? Mein Geld ist ebenso gut wie das des nächsten Käufers. Geben Sie mir die Papiere und ich übernehme sie."

Der Buchhalter zögerte. „Ich weiß nicht ... sie sind bereits versprochen ... Mr. Walsh würde es nicht gefallen ..."

Tierney zog eine Augenbraue hoch. „Kommen Sie, Rossiter. Wir wissen beide, daß Mr. Walsh mich für einen feinen Burschen hält. Er wäre der letzte, der mir ein bißchen Vergnügen mißgönnen würde."

Hoagland, ein großer Mann, dem ein Ohr fehlte, lachte auf. „Mach schon, Rossiter. Der Junge hat recht. Gib ihm die Mädchen."

Rossiter schaute von Hoagland zu Tierney. Widerstrebend gab er ihm die Papiere. „Schaff sie hier weg, bevor die Käufer kommen. Und vergiß nicht, mir bis morgen mittag das Geld zu bringen!"

Seine Wut bezähmend, griff Tierney nach dem Zettel in Rossiters Hand und ging zu den Mädchen.

* * *

Michael war zu weit entfernt, um das Gespräch zwischen Tierney und Rossiter mithören zu können, doch als er sah, wie Tierney die vier weißen Mädchen nach draußen führte, atmete er erleichtert auf.

Er beobachtete, wie die Männer mit den Fackeln nun die anderen Kinder einkreisten. Auf der einen Seite stand Rossiter, seine Bücher geöffnet, seine Brillengläser den Schein der Fackeln reflektierend.

Die Männer teilten die Kinder eines nach dem anderen in Gruppen ein und stießen sie grob umher. Nachdem die kleineren alle aufgeführt waren, trieben Walshs Männer die älteren Jungen nach vorn.

„Haben diesmal einige große dabei", sagte der Mann mit einem Ohr. „Sind gut für die Feldarbeit, denke ich."

Als Rossiter die nächste Reihe in Augenschein nahm, kniff Michael die Augen zusammen. Das Licht der Fackel entstellte das Gesicht des Jungen, dennoch glaubte Michael etwas Vertrautes darin zu entdecken –

„Sie werden nicht damit durchkommen!" sagte der Junge mit unsicherer Stimme. „Pastor Dalton und Captain Burke suchen mich. Sobald sie herausfinden ..."

Michaels Kopf schnellte nach oben, als einer von Walshs Männern dem Jungen mit dem Handrücken ins Gesicht schlug. Der Junge fiel hin, fing sich jedoch sofort mit seinen Händen auf, dann rollte er zur Seite und starrte zu seinen Peinigern empor.

Michaels Mut sank, als er Arthur Jackson erkannte.

Den ganzen Tag lang hatten er und Jess Dalton sowie Evan Whittaker mit seinen Jungen nach Arthur gesucht, doch ihre Suche war erfolglos geblieben. Jetzt wußte er warum: Walshs Männer hatten Arthur vor ihnen gefunden.

Michaels Atem ging flach, und sein Puls hämmerte wie wild; er versuchte zu denken. Mit Rossiter und seinen Büchern hätte er genug Beweise in der Hand, um sie alle – einschließlich Walsh – verurteilen zu können. Tierney war draußen und somit außer Gefahr. Rossiter stellte kein Problem dar, doch in dem Lagerhaus waren wenigstens zehn von Walshs Schlägern – die zweifellos bewaffnet waren.

Doch *er* hatte zwölf Männer und noch dazu den Überraschungseffekt – wenn er jetzt handelte.

Michael hatte seine Entscheidung getroffen und richtete sich auf. Ohne ein Wort zu sagen, trat er hinter den Kisten hervor und erhob die Hand zum Zeichen für seine Männer.

* * *

Tierney trieb die vier Mädchen von dem Lagerhaus weg bis an den Rand der Bowery, wo er sie streng verwarnte. „Geht jetzt nach Hause – alle vier! Wenn ihr kein Zuhause habt, dann geht zu einer der Polizeiunterkünfte der Polizei. Ihr habt gesehen, was euch auf der Straße passieren kann!"

Sie weinten inzwischen alle, schluchzten und nickten, während sie sich dicht zusammendrängten. Schließlich wischte sich eine von ihnen – das größte und schönste der Mädchen – mit dem Handrücken die Augen trocken. „Aber was ist mit den anderen?" fragte sie mit zitternder Stimme.

Tierney starrte sie an. „Welchen anderen?"

„Den anderen wie wir", beharrte sie, „den schwarzen Kindern, die mit uns gefangen worden sind. Sie werden sie verkaufen – bestimmt – sie haben es uns geradeheraus gesagt."

Die anderen wie wir ... die Schwarzen ...

Tierney versuchte, den bitteren Geschmack in seinem Mund hinunterzuschlucken. „Geht", sagte er widerwillig. „Macht, daß ihr nach Hause kommt. Ich werde sehen, was ich tun kann."

Als die Mädchen in der Dunkelheit verschwunden waren, wandte sich

Tierney um und starrte in Richtung des Lagerhauses. Das Mädchen weiß es nicht besser, sagte er zu sich selbst, sie kennt den Unterschied zwischen Schwarzen und Iren nicht ...

Doch vielleicht war auch er derjenige, der es nicht besser wußte. Er hatte selbst gesehen, wozu Patrick Walsh fähig war. Hatte er wirklich gedacht, daß eine Schlange wie er einen Unterschied machen würde zwischen Negern und Iren – er, der sein eigenes irisches Blut verleugnete?

Seine eigene Blindheit machte alles nur noch schlimmer. Daß er nach all dieser Zeit noch so naiv sein konnte, um von einem Mann wie Walsh etwas anderes als blanke Bosheit zu erwarten, war nichts anderes als eine große Torheit von ihm.

Vater hatte in bezug auf Walsh die ganze Zeit recht gehabt ...

Er hatte Walshs Boshaftigkeit, seine Verderbtheit gespürt, von Anfang an. Deshalb war er so darauf erpicht, ihn bloßzustellen und seinen schmutzigen Geschäften ein Ende zu bereiten. Sein Vater wäre keinesfalls überrascht, wenn er von dem Ausmaß erfuhr, das Walshs Verderbtheit angenommen hatte.

Der Gedanke an seinen Vater verschärfte nur noch seine Pein. Es würde ihn zugrunde richten, wenn er erfuhr, daß sein einziger Sohn an dem schmutzigen Geschäft heute nacht beteiligt war. Es würde ihm völlig das Herz brechen. Vater, der keinen Unterschied machte zwischen Negern oder Iren, Schwarzen oder Weißen, Reichen oder Armen ... der sein Leben genauso schnell für einen schwarzen wie für einen weißen Menschen einsetzen würde ... der einem Mann wie Walsh alles zutraute ... aber nicht seinem Sohn.

Vater ... oh, Vater!

Zutiefst beschämt schloß Tierney die Augen. Er konnte an nichts anderes mehr denken als an seinen Vater, doch bei diesem Gedanken wollte er am liebsten weinen.

Schließlich öffnete er seine Augen wieder und starrte zu dem Lagerhaus. Einen Augenblick später jagte er klopfenden Herzens los, als lief er um sein Leben.

40. Kapitel

Die Feuerprobe

Es schien, als hätte das Leben
keine andere Zukunft und keine andere
Vergangenheit zu bieten als diese.

Lola Ridge (1883-1941)

Obgleich noch von dem Schlag des Sklavenjägers benommen, hörte Arthur alles, was der Mann namens *Rossiter* mit dem großen Jungen sprach, der eine Narbe über dem Auge hatte.

Burke, hatte der glatzköpfige Mann ihn genannt, Tierney Burke. Arthur kannte den Namen. Tierney, das war doch der Sohn von Captain Burke, oder?

Doch was tat er *hier*? Als Sohn eines Polizisten konnte er doch unmöglich zu den Sklavenjägern gehören?

Trotzdem war Captain Burke Ire, und die Iren haßten die Schwarzen erbittert.

Arthur fragte sich, ob es in dieser Stadt überhaupt jemanden gab, der einen anderen mochte. Oder waren die meisten so wie die Leute in der Gemeinde in der Fifth Avenue, die Streit anzettelten und den wenigen wirklich guten Leuten wie Pastor Dalton Schwierigkeiten bereiteten?

Nirgendwo in dieser Stadt schien Gerechtigkeit zu herrschen. Captain Burke schien ein ziemlich anständiger Mann zu sein, und doch hatte er einen Sohn, der für die Sklavenhändler arbeitete.

Und Pastor Dalton? Nun, man konnte sich keinen besseren Menschen vorstellen, doch in welche Schwierigkeiten hatte er sich gebracht!

Und wie stand es um ihn selbst? Er war weggelaufen, um Pastor Dalton zu helfen, und dafür hatte er nun einen Strick um den Hals und würde verkauft – vielleicht sogar nach Mississippi zurückgeschickt werden.

Ein kalter Schauer lief Arthurs Rücken hinunter, wie bei einer sich ankündigenden Krankheit.

Jeder Junge, der nur ein kleines bißchen Ahnung hatte, wußte, daß Mississippi der furchtbarste Ort war, an dem ein Sklave landen konnte.

Mississippi und Alabama waren für Sklavenjungen wie die Hölle auf Erden.

„Ach bitte, Herr ... laß mich nicht wieder in Mississippi enden. Wenn ich schon wieder zurück in den Süden muß, könnte es dann nicht vielleicht Virginia oder irgendein anderer Ort sein, wo es nicht ganz so schwer ist für einen Sklavenjungen.

Eine plötzliche Bewegung im hinteren Teil des Lagerhauses fesselte Arthurs Aufmerksamkeit. Über die Schulter des Glatzkopfes hinweg spähte er in das Dunkel. Irgend etwas blinkte dort, wie ein winziger Lichtschein. Der Funke mußte von einem Abzeichen kommen, dem Abzeichen eines Polizisten.

Arthur richtete seinen Blick auf das sternenförmige Abzeichen und begann zu lächeln.

* * *

Hubert Rossiter blickte verächtlich zu dem aufmüpfigen jungen Burschen, der von den Fackeln eingekreist war. Er war kräftig und hätte bei einer normalen Auktion eine Menge Geld abgeworfen. Zu schade, daß der Preis schon lange im voraus vereinbart worden war. Quantität, nicht Qualität, war das, was heute abend zählte.

Er bedauerte es bereits, Tierney Burke die irischen Mädchen gegeben zu haben. Sein erster Gedanke war, daß das allgewaltige und hoch gepriesene Wunder von einem Jungen mit Walsh Schwierigkeiten bekäme – und sich am Ende selbst einen Strick nehmen würde – Gott sei Dank! Doch je länger er darüber grübelte, um so mehr begann er, sein Urteil in Frage zu stellen. Walsh schien dem jungen Schnösel trotz seiner Frechheit wohlgesinnt zu sein. Man wußte nie, wie er auf die Unverschämtheit des Jungen reagierte, und vermutlich würde Burke am Ende wieder glänzend dastehen, wie gewöhnlich.

Rossiter ließ seine Wut an dem schwarzen Jungen aus und fragte sich, was für ein Gefühl es wäre, in dieses aufsässige Gesicht zu schlagen. Dann sah er, wie die dunklen Augen etwas fixierten, das hinter ihm lag, und wie gleichzeitig ein leichtes Lächeln auf das Gesicht des Jungen trat.

Die Haut auf Rossiters Unterarmen zog sich zusammen, und er wußte sofort, daß etwas nicht stimmte. Einer von Walshs Männern trat fluchend nach vorn, nur, um von einer leisen Stimme aufgehalten zu werden.

„Legt die Waffen nieder, Jungs. Es ist alles aus."

* * *

Keuchend nach der Anstrengung des schnellen Laufs erreichte Tierney das Lagerhaus und mußte feststellen, daß der Haupteingang von innen verriegelt war. Einen Augenblick ließ er sich gegen die Tür sinken, bevor er sich auf den Weg um das Gebäude herum machte und jede Tür prüfte, an der er vorüberkam.

In der Gasse hinter dem Gebäude rüttelte er auch an der letzten Tür vergebens. Seinen Kopf gegen das zersplitterte Holz gelehnt, schluckte er enttäuscht einen Fluch hinunter.

„Hier drüben!" flüsterte eine Stimme.

Tierney hob den Kopf, schaute sich um, konnte aber niemanden entdecken.

„Hier!" zischte die Stimme etwas lauter.

Tierney blickte herab. Aus der Dunkelheit kam ein dunkelhaariges, dunkeläugiges ... Etwas ... auf einem hölzernen Karren auf ihn zu.

Er kniff die Augen zusammen, dann wußte er, was er sah: den „Turtle Boy", den Jungen ohne Beine aus dem „Zehncentmusuem". Er hatte ihn ein paarmal auf der Bühne gesehen und war ihm außerdem bei seinen routinemäßigen Botengängen in der Bowery begegnet, wie er auf seinem kleinen Wagen durch die Straßen fuhr.

„Was machst du hier?" sagte er und mußte beim Anblick des Jungen einen Schauder der Abscheu unterdrücken.

Der Turtle Boy schaute zu ihm, und in der Dunkelheit konnte Tierney seinen Gesichtsausdruck nicht definieren. „Wir dachten, Captain Burke könnte vielleicht ein wenig Hilfe gebrauchen", erwiderte er sachlich, während er eine Hand hob und über die Schulter hinweg ein Zeichen gab. Von der anderen Seite der Gasse kamen zwei dunkle Gestalten auf sie zu: die eine, ein großer, kräftiger, junger Mann, dessen Größe beinahe grotesk wirkte und die andere, ein böse aussehender Zwerg.

„Ich bin sein Sohn", erklärte Tierney, während er die drei musterte. Er trat unruhig von einem Fuß auf den anderen, und ihm wurde klar, daß er so ganz anders auf diese Leute reagierte, als sein Vater es tun würde. Was der Vater als ihr „Anderssein" bezeichnen würde, empfand er als beunruhigend, beinahe furchteinflößend.

„Ja", sagte der Turtle Boy kurz, „ich habe einen Teil des Gesprächs zwischen dir und Walshs Männern da drinnen mit angehört."

Auf seinem Wagen hockend, betrachtete er Tierney mit einer beruhigenden Mischung aus Mitleid und Argwohn. „Hast du vielleicht heute abend deine Meinung über deinen Arbeitgeber geändert?"

Tierney ging sofort in Abwehrhaltung und erwiderte stirnrunzelnd: „Was weißt *du* über meinen – Arbeitgeber?"

„Keine Beine zu haben, bedeutet noch lange nicht, auch blind und taub zu sein", erwiderte der Turtle Boy knapp. „Patrick Walsh ist in der Bowery wohlbekannt." Er hielt kurz inne und fügte dann hinzu: „Zumindest sein Ruf."

Bevor Tierney noch weitere Fragen stellen konnte, fuhr der Junge fort: „Doch dafür ist jetzt keine Zeit. Siehst du das Loch dort in der Wand des Gebäudes?" Er zeigte auf ein großes Loch, das dicht über dem Fundament des Lagerhauses klaffte. „Ich gehe hinein und schließe die Hintertür auf. Du kommst mit ihnen herein", erklärte er und zeigte auf den breitschultrigen jungen Mann und den Zwerg.

Tierney nickte stumm und sah zu, wie der Junge ohne Beine von seinem Wagen glitt und sich dann behende durch das Loch in der Wand zwängte.

Einen Augenblick später hörte er, wie ein Riegel zurückgeschoben wurde.

Sobald der Turtle Boy, der sich mit seinen Händen so flink wie eine junge Robbe vorwärtsbewegte, wieder auf der Gasse war, schwang er sich auf seinen Wagen und fuhr zur Tür. „Wir müssen ganz leise sein", mahnte er.

Tierney folgte den anderen in das Lagerhaus und blieb unmittelbar an der Tür stehen. Am anderen Ende, in der Nähe des Haupteingangs, sah er, wie sich die Männer, die Fackeln haltend, im Kreis aufgestellt hatten. Seine Augen wanderten zu Rossiter, der wie angewurzelt dazustehen schien, den Blick gerichtet auf – was?

Tierney kniff die Augen zusammen und holte tief Luft. Vor ihm, im Schein der Fackeln, sah er, wie sich die unverwechselbare Gestalt seines Vaters mit vorgehaltener Waffe auf Rossiter zu bewegte.

* * *

Michael hielt den Revolver auf Rossiter gerichtet und bewegte sich weiter nach vorn. Die Augen auf den Buchhalter fixiert, deutete er mit seinem Kopf zu den Kindern. „Bleibt zurück!" befahl er ihnen, während er sich Rossiter noch weiter näherte.

Er sah, wie sie mit vor Angst geweiteten Augen zurückwichen. „Nun", sagte er leise zu Rossiter, „geben Sie mir einfach das Buch – ganz behutsam."

Während er dem Buchhalter seine linke Hand entgegenstreckte, bemerkte er, wie sich einer von Walshs Handlangern bewegte. *„Behalten Sie es!"* schrie er, und schwang seinen Revolver herum.

Doch es war zu spät. Mit einem gewaltigen Schwung schleuderte der Schläger seine Fackel direkt auf Michael.

Er duckte sich, und die Fackel sprang über den Fußboden auf die andere Seite des Lagerhauses zu.

Seine Männer stieben auseinander und sprangen aus dem Weg, als die Fackel am unteren Ende eines Kistenstapels landete. Schachteln und Kisten entzündeten sich wie trockenes Holz und tauchten das Lagerhaus in einen hellen Schein.

Walshs Männer rannten Fackeln und Schläger schwingend auf die Polizisten zu. Michael tat einen Sprung auf Rossiter zu, war aber zu weit entfernt, um ihn zu erreichen.

In der Hocke rannte er zu seinen Männern und schrie: *„Nicht schießen!"* Doch die Warnung kam zu spät. Von den Wänden des alten, verwinkelten Gebäudes hallten Schüsse wider. Liegengebliebene Behälter mit Reinigungsmitteln explodierten, als Stapel um Stapel alter Lumpen in Flammen aufging.

Dichte, dunkle Rauchschwaden stiegen zur Decke empor und umzingelten die Dachsparren, je mehr das Feuer um sich griff. Michael spürte bereits die Hitze. Mit brennender Kehle wirbelte er herum und bedeutete seinen Männern, nach vorn zu kommen. *„Beeilt euch; ihr Männer dahinten – kommt raus dort! Sofort! Bringt die Kinder hier heraus!"*

Als er sich wieder umwandte, sah er, wie Rossiter am Haupteingang stand und, das Hauptbuch sicher unter den Arm geklemmt, verzweifelt versuchte, den Riegel zurückzuschieben.

„Nein!" schrie Michael und rannte zu ihm. *„Machen Sie die Tür nicht auf!"*

Der Buchhalter schnellte herum, und seine Augen brannten vor Angst, als er in die Flammen starrte. Ohne jegliche Vorwarnung schleuderte er das Hauptbuch über den Fußboden in die Flammen. Dann wandte er sich wieder um, zog mit einem Ruck den Riegel zurück und riß die Tür auf.

Mit wildem Tosen brach das Feuer mit voller Gewalt los. Männer schrien, Fensterscheiben zersplitterten und Deckenbalken fielen herunter, während sich das Feuer wie ein riesiges Flammenmeer nach allen Seiten hin ausbreitete.

Michael wurde durch die entstehende Druckwelle zurückgeschleudert, strauchelte, gewann sein Gleichgewicht wieder zurück und begann, vorwärtszukriechen.

Das Hauptbuch! Das war das einzige Beweisstück gegen Walsh! Er mußte dieses Buch haben ...

Seine Augen brannten, seinen Lungen rangen nach Luft, während er auf das Feuer zutaumelte.

Denny Price, auf jedem Arm einen kleinen Jungen, versuchte ihn aufzuhalten, doch Michael stieß ihn zurück und schrie. „*Geh weiter! Bring sie raus hier!*"

Die Augen auf das Hauptbuch gerichtet, das neben einem Faß gelandet war, kämpfte Michael sich weiter vorwärts, verlor das Gleichgewicht, stolperte. Das Feuer kam mit rasender Gewalt über den zersplitterten Holzfußboden auf ihn zu, als seien die Flammen der Hölle entfesselt.

Seine Lungen drohten von dem Rauch zu bersten, sein Herz raste vor Angst, als Michael einen erstickten Laut von sich gab und sich in voller Länge auf den Fußboden warf, um das Hauptbuch zu ergreifen.

Das Feuer erreichte das Faß. Michael sah einen grellen Lichtschein aufflammen – und dann sah er nichts mehr.

* * *

Während Tierney versuchte, sich von dem Rauch fernzuhalten, sah er die Explosion kommen, bevor sie geschah.

„*Vater!*" schrie er, doch seine Stimme verlor sich im Getose der Flammen und im Lärm der schreienden und kreischenden Kinder. „*Nein Vater! Nein! Geh zurück!*"

Er machte einen verzweifelten und nutzlosen Versuch, seinen Vater zu erreichen und fiel im Sprung gerade in dem Augenblick hin, als über ihm ein Dachsparren nachgab und seinen rechten Fuß auf den Fußboden fesselte. Von Schmerz und Rauch benommen, wand und drehte sich Tierney und versuchte verzweifelt, seinen Fuß zu befreien. Rauchschwaden hüllten ihn ein, so daß er kaum noch etwas sehen konnte; die Hitze brannte auf seiner Haut und in seinen Augen.

Er wußte, daß er bewußtlos zu werden drohte und kämpfte mit letzter Kraft dagegen an.

Plötzlich wurde das Gewicht von seinem Fuß weggenommen.

Fast blind von dem dichten Rauch und nach Atem ringend, spürte er, wie ihn jemand vom Fußboden aufhob und ihn nach draußen trug, weg von dem Inferno.

Er hörte, wie Räder an ihm vorbeisausten und eine kleine, dunkle Gestalt in Richtung des Feuers raste.

Keuchend rang Tierney nach Luft, doch er fand nichts als Rauch. Dann wurde er in ein gnädiges Dunkel gehüllt.

* * *

Von einem der Polizisten vorwärtsgetrieben, befand sich Arthur Jackson auf dem Weg nach draußen. Irgend etwas veranlaßte ihn, seinen Schritt zu verlangsamen und über die Schulter zurückzuschauen. In dem Augenblick sah er, wie Captain Burke mit ausgestreckten Armen in Richtung des Feuers sprang.

Arthur überlegte nicht. Er verließ die Gruppe der anderen Kinder, die sich zum Ausgang begab, und rannte zurück, geradewegs auf das Feuer zu, um dem Captain zu helfen.

Sein Kopf schnellte nach oben, als er die Explosion hörte. Im selben Augenblick sprang er mit einem Satz in die Feuersbrunst und warf sich zwischen den Captain und das brennende Faß.

Seine letzte bewußte Tat, bevor die hell auflodernden Flammen über ihm zusammenschlugen, bestand darin, dem Polizisten mit beiden Füßen einen kräftigen Tritt zu versetzen.

* * *

Als Michael wieder zu sich kam, fiel ein leichter Nieselregen und benetzte sein Gesicht. Er hustete, stöhnte; dann schüttelte er den Kopf und preßte vor Schmerz die Zähne zusammen.

Er versuchte, die Augen zu öffnen, doch alles verschwamm vor seinen Blicken; alles, was er sah, waren ein Meer von Farben und verzerrte Gestalten. Dann glitt er erneut in das Dunkel der Bewußtlosigkeit hinab. Plötzlich kamen die Erinnerungen wieder zurück: das Lagerhaus ... die Kinder ... das Feuer ... Tierney...

Tierney!

Schließlich wurde sein Kopf wieder klarer. Wieder hustete und prustete er, seinen Hals umfassend, der noch immer fürchterlich brannte. Er schaute auf ... und blickte in das besorgte Gesicht und die freundlichen Augen von Bhima.

„*Bhima*? Was ... wo ist mein Sohn?"

Er versuchte, sich aufzurichten, ein heftiger Schmerz ließ ihn jedoch wieder auf seinen Rücken zurücksinken. Er preßte seine Augen zu und legte einen Arm darüber.

Bhimas sanfte, tröstende Stimme drang durch die Dunkelheit zu ihm. „Ihrem Sohn geht es gut, Captain. Doch Sie dürfen noch nicht versuchen aufzustehen. Sie sind knapp davongekommen ... ". Die Worte des Jungen verhallten, als Michael sich noch einmal dem Trost einer kurzzeitigen Bewußtlosigkeit hingab.

Als er seine Augen wieder öffnete, hatte sich Tierney über ihn gebeugt und betrachtete ihn mit besorgtem Gesicht.

„Vater? Es ist jetzt vorbei. Es ist alles in Ordnung, Vater."

Einen Augenblick lang vergaß Michael, daß sein Sohn an dem schändlichen Geschäft von heute nacht beteiligt war. „Du bist nicht verletzt?"

Der Junge schüttelte den Kopf. „Ich habe ein paar Quetschungen am Fuß abbekommen, das ist alles. Mir geht es gut."

Während er ihn betrachtete, erinnerte sich Michael an das, was er gesehen hatte. „Du bist weggegangen ..."

„Ich bin zurückgekommen." Tierneys Stimme klang seltsam heiser und unsicher.

Michael schaute seinem Sohn in die Augen, vermochte jedoch seinen umwölkten Blick nicht zu deuten. „Hast du mich herausgeholt?"

Tierney schüttelte den Kopf. „Nein", sagte er und Michael sah, wie seine Lippen bebten. „Es war der – den sie ‚Bhima' nennen. Er und seine Freunde ..." Seine Stimme versagte. „Sie ... haben uns beide herausgeholt."

„Bhima ..." Wieder versuchte Michael, sich aufzurichten. „Wo ist er? Wo ist er hingegangen?"

„Er ist bei den Kindern, Vater", sagte Tierney. Er und die anderen sind zu den Kindern gegangen, um ihnen zu helfen. Du bleibst besser still liegen. Du hast unheimlich viel Rauch geschluckt."

Ein Gedanke durchfuhr Michael, und er faßte Tierneys Hand. „Rossiter! Und das Hauptbuch – was ist mit dem Hauptbuch?"

Tierney blickte weg und erwiderte nichts. Als Denny Price zu ihnen kam, stand er auf, um ihm Platz zu machen.

Auf ein Knie gestützt, wischte sich Price mit einer Hand über das rußgeschwärzte Gesicht und wartete, bis Tierney sich entfernt hatte.

„Das Hauptbuch wurde vernichtet, Mike, vom Feuer." Er zögerte, dann fügte er hinzu: „Rossiter ist tot, aber wir konnten zwei der Schläger festnehmen; sie befinden sich bereits in Haft."

Michael blickte weg und ließ seinen Blick durch die Gegend streifen. Das Lagerhaus auf der anderen Straßenseite brannte immer noch und hüllte den Nachthimmel in einen goldroten Schein. Ein Feuerwehrwagen stand da, und einige Bewohner der Bowery hatte eine Eimerkette gebildet. Der starke Rauchgeruch war kaum zu ertragen.

„Sie haben das Feuer inzwischen unter Kontrolle", erklärte Price. „Der Regen wird ein übriges tun."

Michael holte gequält Luft und mußte sofort wieder husten und keuchte, als seine Lungen rebellierten. Seine Kehle war zugeschnürt und seine Augen brannten, doch nicht sosehr von dem Rauch als vielmehr von der Bitterkeit der Niederlage.

„Wir waren schon so nahe", flüsterte er. „Wir hatten ihn schon beinahe überführt."

Er warf einen Blick über die Straße und sah Tierney an der Westseite des „Zehncentmuseums" stehen; mit einem Arm gegen das Gebäude gestützt hielt er den Kopf gesenkt, den Blick nach unten gekehrt.

Schweren Herzens blickte Michael weg und schaute in die entgegengesetzte Richtung. Auf einer freien Stelle, direkt auf der gegenüberliegenden Straßenseite, stand die große, kräftige Gestalt eines Mannes, der auf etwas herabzustarren schien, was zu seinen Füßen lag.

Jess Dalton. Sobald er den großen Pfarrer erkannte, stützte Michael sich auf einem Arm ab und rang nach Atem, weil es ihm erneut schwindelig wurde. Als sein Kopf wieder klar wurde, sah er, wie Jess Dalton, in Hemdsärmeln, sein dunkles Haar feucht und zerzaust, sich herabbeugte und behutsam etwas in seine Arme nahm.

Aus dem Nieseln war inzwischen richtiger Regen geworden, und die Feuerwehrleute ließen einen Jubelruf ertönen.

Michael vernahm Denny Price' leise Stimme neben ihm nur wie aus der Ferne. „Wir haben Scanlan heute nacht verloren, Mike. Bill ist tot."

Jess Dalton begann, sich in ihre Richtung zu bewegen, und Michael richtete sich noch ein kleines Stück weiter auf.

Als der Pastor näher kam, sah Michael, daß er eine Gestalt trug, die, in eine Decke gehüllt, still und leblos zu sein schien wie eine Puppe ...

„... und der kleine Jackson ... hat es auch nicht geschafft ..."

Jess Dalton lief weiter. Er war nun nahe genug, daß Michael sehen konnte, wie seine Augen vor Schmerz brannten, und sein Gesicht feucht war, aber nicht vom Regen … sondern von seinen Tränen.

„… der arme, kleine Bursche, er hatte sein Leben kaum richtig begonnen …“

Michael glaubte, an dem Schmerz ersticken zu müssen, der ihm die Kehle zuschnürte. „Was?“ stieß er hervor. „Was ist geschehen?“

Price antwortete nicht sofort. Als er es tat, war Jess Dalton schon fast bei ihnen, und er drückte die Last, die in seinen Armen so leicht erschien, fest an seine kräftige Brust.

„Rourke hat gesehen, wie er dir nachgerannt ist, als du das Hauptbuch holen wolltest.“ Price hielt inne und fügte dann leise hinzu. „Bhima und seine Freunde, sie haben dich und Tierney herausgeholt … aber der schwarze Junge war derjenige, der dir das Leben gerettet hat … “

Jess Dalton blieb neben ihnen stehen. Es hatte noch heftiger zu regnen begonnen, und als Michael in die schmerzgequälten Augen des Pastors blickte, spürte er, wie sich auf seinem Gesicht Tränen mit den Regentropfen vermischten.

Eine große Traurigkeit überschattete seine Seele wie eine dunkle Wolke, und Michael wußte ohne den geringsten Zweifel, daß in dieser Nacht der Himmel selbst über New York City weinte.

41. Kapitel

Söhne und Erben

Seht, welch eine Liebe hat uns der Vater erwiesen, daß wir Gottes Kinder heißen sollen – und wir sind es auch!

1. Johannes 3, 1

Arthur Jackson wurde am Karfreitag beerdigt. Weil er geholfen hatte, das Leben eines New Yorker Polizeihauptmanns zu retten, erhielt er, zusammen mit Wachtmeister Bill Scanlan, ein Heldenbegräbnis.

Während Daniel Kavanagh zusammen mit Evan Whittaker und den Jungen des Knabenchors von Five Points an dem Grab stand, zogen mit grausamer Deutlichkeit andere ... zu viele andere Todesfälle an seinem inneren Auge vorbei. Er schloß die Augen, um gegen den Schmerz, die Erinnerungen anzukämpfen ...

So viele Male Abschied zu nehmen, flüsterte sein Herz ... *so oft Lebewohl sagen zu müssen.* Das ernste, gute Gesicht seines Vaters tauchte vor ihm auf, dann Ellie, seine kleine Schwester, die an Hunger und Krankheit gestorben war, noch ehe sie sieben Jahre alt wurde; Thag, seinen älteren Bruder, mit dem so sanftmütigen Wesen, hatten sie im Meer begraben, noch ehe das rettende Schiff Irland verlassen konnte. Und Kathie, die geliebte Freundin seiner Kindheit, die nach wenigen Monaten in Amerika verstorben war; Thomas, ihr Vater; Catherine, ihre Mutter – alle waren sie tot – alle.

Und jetzt Arthur, der entflohene Sklavenjunge – ein Junge, dessen einziger Traum nur darin bestanden hatte, frei leben zu können, wie ein Mensch und nicht wie ein Tier. Nun war er tot, wie all die anderen.

Daniel öffnete die Augen und warf einen Blick auf die anderen Trauernden an dem Grab. Wieder wurde Daniel tieftraurig, als ihm auffiel, daß Arthur gewiß sehr überrascht gewesen wäre, zu erfahren, was für eine gemischte Gesellschaft sich versammelt hatte, um ihm die letzte Ehre zu erweisen.

Da waren die Leute aus der Bowery, Bhima und seine Freunde, der Muskelmann und der Zwerg namens Plug; dann Lewis Farmington und Evans Tante Winifred; eine kleine Gruppe schwarzer Arbeiter aus der

Fabrik, wo Arthur einst gearbeitet hatte; Sara Farmington-Burke, Onkel Michael und sogar Tierney.

Außerdem schien das gesamte Polizeirevier von New York City vertreten zu sein.

Daniels Kehle schnürte sich zusammen, und in seinen Augen brannten Tränen, als auf einem sanft ansteigenden Hügel in der Nähe des Grabes ein Dudelsackpfeifer im Kilt zu spielen begann.

Einen Augenblick später fiel der Knabenchor, dessen stolzes und treues Mitglied Arthur Jackson war, in die Klage des Dudelsacks ein …

O Gnade Gottes, wunderbar
hast du errettet mich.
Ich war verloren ganz und gar,
war blind, jetzt sehe ich.
Durch Schwierigkeiten mancher Art
wurd' ich ja schon geführt,
doch hat die Gnade mich bewahrt,
die Ehre Gott gebührt.

Als die letzten Worte dieses Liedes verklungen waren, trat Evan Whittaker wieder nach hinten und stellte sich zwischen Daniel und Casey-Fitz.

Für einen Augenblick wanderten seine Gedanken zu Nora, die zu Hause auf ihn wartete.

Danke, Herr, für Nora … das Licht seines Herzens, die Freude seines Lebens. Wenn alles von Dunkelheit überschattet schien, so drang der Glanz von Noras Liebe dennoch hindurch und vermochte seine Welt zu erwärmen. Auch jetzt, mitten in dieser neuesten Tragödie, gab ihre Liebe ihm Kraft, durchzuhalten …

Er schaute zu dem kleinen Burschen am Ende der Reihe. Billy Hogan weinte hemmungslos um seinen Freund. Die Trauer dieses Tages wurde nur noch größer, als Evan auf der Wange des Jungen einen neuen blauen Fleck entdeckte.

Er durfte nicht … er würde nicht zulassen, daß auch das Schicksal dieses Kindes zur Tragödie wurde. So bald wie möglich würde er mit Michael Burke über seinen Verdacht sprechen. Irgendwie mußte er dem Jungen helfen, oder er würde, Gott möge es verhüten, enden wie Arthur Jackson … eine weitere Nummer in der Statistik, noch ein verzweifeltes Kind … oder schlimmer …

Evan schaute zu Jess Dalton, der ganz vorn an dem Grab stand, und neben ihm seine Frau, die leise weinte. Die Daltons, dachte er ein wenig getröstet, hatten wenigstens für kurze Zeit Licht ... und Freude ... in das Leben des jungen Arthur Jackson gebracht. Sie hatten dem heimatlosen Jungen Zuflucht gewährt und ihm mehr Freiheit geschenkt, als er je zuvor in seinem kurzen Leben kennengelernt hatte. Sie hatten die Leere seines Daseins mit Liebe und Fürsorge gefüllt.

Eine Zeitlang, und war sie auch noch so kurz, hatte Arthur Jackson erfahren, was es heißt, ein Zuhause, eine Zuflucht zu haben.

Und jetzt würde er die ewige Geborgenheit der himmlischen Heimat kennenlernen ...

„Arthur Jackson ist heimgegangen ..."

Jess Daltons volltönende Stimme erhob sich über den Friedhof wie der Schall einer Trompete. Die Worte des großen Pfarrers, die trotz seines persönlichen Schmerzes überraschend fest klangen, wurden für Evan zu einem unerwarteten Geschenk der Hoffnung und des Trostes und erinnerten ihn daran, daß sie in zwei Tagen die Auferstehung des Herrn feiern würden ...

„Ich bin die Auferstehung und das Leben; wer an mich glaubt, wird Leben, ob er gleich stürbe ..."

Der Pastor sprach weiter, und seine Stimme wurde immer fester, während seine Worte durch den Frühlingsnachmittag hallten.

„Gott sagt, daß wir, nachdem er den Geist seines Sohnes in unsere Herzen ausgegossen hat, keine Sklaven mehr sind – sondern Söhne. Wir sind Kinder und Erben des Vaters, durch Jesus Christus.

Arthur Jackson wurde als Sklave geboren, doch sein großer Traum war die Freiheit. Er lief von dem einzigen Zuhause, das er jemals kennengelernt hatte, weg und kam ... auf der Suche nach seinem Traum, auf der Suche nach Freiheit, hierher ... nach New York."

Tränen liefen über das Gesicht des Pfarrers, als er beide Arme in den Himmel erhob. Mit einer Stimme, die nicht von Trauer, sondern von Jubel widerhallte, verkündete er:

„Arthur Jackson ist nun kein Sklave mehr! Er ist ein Sohn, geliebt von seinem Vater. Und er hat die Freiheit gefunden, von der er geträumt hat. Arthur ist frei ... endlich frei!"

Evan neigte seinen Kopf und begann mit tiefem Schmerz in seinem Herzen zu beten:

... Herr, bitte laß den Tod dieses Jungen nicht umsonst gewesen sein ... bitte laß ihn zu einem Neubeginn werden, für uns alle ... daß wir von nun an noch eifriger sind, Wunden zu verbinden, Brücken zu schlagen, Wände niederzureißen. O Herr, laß deine Kinder eins sein in dir ...

* * *

Früh am Samstagmorgen stand Tierney Burke mit seinem Vater und Sara auf dem Dock und wartete darauf, an Bord der *Land of Canaan* zu gehen, einem der neuen Postschiffe Lewis Farmingtons.

Vor dem heutigen Tag hätte er nicht geglaubt, daß der Gedanke an seine Überfahrt nach Irland ihm etwas anderes als helle Freude bereiten könnte. Stattdessen schien in seinem Herzen ein Sturm widerstreitender Gefühle zu toben, wobei der unerwartete Schmerz, den ihm der Abschied von seinem Vater bereitete, einen nicht geringen Anteil daran hatte.

„Den Brief für Morgan hast du?" fragte der Vater wieder.

Tierney hatte nicht gezählt, wie oft der Vater diese Frage bereits gestellt hatte. Er griff an die Tasche seines Hemds und sagte: „Ja, Vater, ich habe ihn; hier ist er."

Das Gesicht seines Vaters sah ernst und angespannt aus, und wenn er zufällig Tierneys Blick begegnete, schaute er schnell weg. „Ja ... hm, ich werde auch noch einen Brief an ihn schicken, sofort."

Tierney nickte und wußte nicht, was er sagen sollte.

Die drei zuckten zusammen, als die Schiffssirene ertönte.

„Nun", sagte sein Vater mühsam, „wirst du also bald abfahren. Nun geht er schließlich in Erfüllung ... dein Traum."

Wieder nickte Tierney. Er blickte zu Sara und war bewegt von der aufrichtigen Freundlichkeit und dem tiefen Verständnis, die aus ihren Augen sprachen. Er hatte es ihr zu verdanken, daß er so schnell eine Überfahrt bekommen hatte, ihr und ihrem Vater.

„Sara", sagte er, und seine Stimme klang in seinen Ohren schwach und unnatürlich, „noch einmal vielen Dank für ... alles."

Sie lächelte ihn an, und Tierney war verblüfft, Tränen in ihren Augen zu sehen.

„Du hast mir bereits gedankt, Tierney. Paß gut auf dich auf ... und schreib uns mal. Du *wirst* doch schreiben?"

Er nickte, unfähig ihrem Blick noch weiter zu begegnen. „Vater ..."

„Nun hast du, was du dir immer gewünscht hast", unterbrach ihn sein Vater und wiederholte noch einmal dieselben Worte, die er an diesem Morgen schon so oft gesagt hatte: „Du hast schon lange auf diesen Tag gewartet."

„Ja ... das stimmt ... doch ich hatte es mir anders vorgestellt ..."

„Ja . . . aber das scheint jetzt der einzige Ausweg zu sein", erwiderte der Vater heiser.

Tierney schien es, als sähe sein Vater an diesem Morgen älter aus, als er ihn jemals gesehen hatte – älter und traurig und auf seltsame Weise seiner nicht gewiß.

„Inzwischen hat Walsh erfahren, daß du die Mädchen freigelassen hast", sagte der Vater. „Und daß du zurückkamst und den anderen helfen wolltest. Man weiß nie, was er versuchen wird." Er hielt inne, dann fügte er mit etwas festerer Stimme hinzu: „Besonders, wenn er erfährt, daß du uns über alle seine illegalen Geschäfte informiert hast."

„Ich hoffe, ich konnte dir genug Informationen geben, die dir weiterhelfen, Vater."

„Jedes Detail hilft weiter. Die Zeit wird kommen, wo wir genug Beweise in der Hand haben", sagte der Vater bitter. „Sie wird kommen."

Wieder standen die drei da, schweigend, und ließen ihre Blicke über die Docks streifen, als hätten sie in der vergangenen Stunde nicht bereits mehrere Male den gesamten Hafen inspiziert.

„Ich glaube, wir werden dich vermissen!" stieß sein Vater plötzlich hervor.

Tierney warf ihm einen verwunderten Blick zu. Der Schmerz in den Augen des Vaters traf ihn bis ins Herz, und einen furchtbaren Augenblick lang glaubte er, in kindische Tränen ausbrechen zu müssen.

Auch er würde ihn vermissen. *O Vater . . . ich werde dich mehr vermissen, als du dir erträumen kannst . . . mehr, als ich selbst . . . bis jetzt für möglich gehalten hätte.*

Als hätte er seine Gedanken gelesen, streckte sein Vater ihm plötzlich seine Arme entgegen und zog ihn in einer herzlichen Umarmung fest an sich heran. Tierneys Stimme erstickte an den unvergossenen Tränen. Er hörte, wie Sara ein Schluchzen entrann, und das machte es ihm nur noch schwerer.

„Tierney . . ." stieß sein Vater gequält hervor, seine Arme immer noch fest um ihn geschlungen, „ich hoffe, daß du das findest, was du suchst. Ich hoffe, daß Irland dich nicht enttäuschen wird."

Weil er wußte, daß er jeden Augenblick völlig die Fassung verlieren würde, befreite sich Tierney aus der Umarmung seines Vaters. Er versuchte zu lächeln und sagte: „Es wird großartig werden, Vater. Ganz bestimmt, Irland wird mich nicht enttäuschen."

Sein Vater schaute auf seine Hände herab, als wüßte er nicht, was er damit anfangen sollte. „Gut . . . aber du weißt, daß du immer zurückkommen kannst. Ich werde die Dinge hier schon bald in Ordnung gebracht haben, so daß du dir keine Sorge zu machen brauchst über deine Rückkehr ... wenn du meinst, daß die Zeit gekommen ist."

„Oh, ich weiß es, Vater, ich weiß, daß du es schaffst. Und ich werde zurückkommen ..."

Er konnte es keinen Augenblick länger ertragen, konnte dem gequälten Blick seines Vaters keine Sekunde länger standhalten. „Nun, ich glaube, ich sollte jetzt an Bord gehen, nicht wahr?" murmelte er und konnte weder seinen Vater noch Sara dabei ansehen.

Ohne noch ein weiteres Wort zu verlieren, drehte er den beiden – und New York – den Rücken zu und machte sich, seine Jacke fester um sich schlingend, auf den Weg über die Laufplanke.

Auf Deck angekommen, ging er zur Reling. Sie standen immer noch da und sahen ihm nach. Sara winkte, dann auch sein Vater.

Tierney winkte zurück. Nun war die Entfernung zwischen ihnen groß genug, daß sie seine Tränen, die er nun nicht mehr länger zurückhalten konnte, nicht sahen. Sein Blick verschwamm, während er lächelte und zum Abschied winkte.

Und so war er schließlich auf dem Weg nach Irland.

42. Kapitel

Herzensgeschenke

Wie einst den Himmel mit Sternen er bedacht,
die trotz Wind, Sturm, Schnee und Regen
erhellen die Dunkelheit der Nacht,
hält Gott für die durstige Seele bereit lauter Segen.

Robert Farren (1909 -)

Dublin
April

Am Abend vor der Hochzeit waren Sandemon und Annie immer noch damit beschäftigt, die letzten Kleinigkeiten an dem Geschenk fertigzustellen, das, zumindest teilweise, einen bestimmten Traum erfüllen würde.

Die beiden waren im Stall, die Köpfe über ihr „Werk" gebeugt, voll in ihre Arbeit vertieft. Der Wolfshund saß daneben und beobachtete ihre Anstrengungen mit skeptischen, aber höflichen Blicken.

Annie war so eifrig dabei, daß sie sich beinahe die Lippe blutig biß, während sie das letzte Teil von Sandemons Erfindung festhielt, so daß es hartgelötet werden konnte.

„Das ... dürfte ... genügen", erklärte Sandemon, während er sich von seiner Arbeit aufrichtete und das fertige Werk begutachtete.

Annie betrachtete ebenfalls das Ergebnis ihrer Anstrengungen und ahmte Sandemons feierlich zustimmendes Nicken nach. „Eine feine Arbeit", sagte sie und blickte dabei zu Fergus, als wollte sie ihm erklären: *Ich hab es dir doch gleich gesagt!*

„Aber nur, wenn es auch funktioniert", warnte Sandemon. „Wir müssen es heute abend noch mit dem *Seanchai* ausprobieren."

Neben ihrer Erfindung knieend, dachte Annie nicht daran, Versagen auch nur in Betracht zu ziehen: „Natürlich wird es funktionieren, Sand-Mann! Du hast es selbst gesagt!"

Sandemon hob den Kopf und nickte zerstreut. „Wir müssen es jetzt ins Haus tragen. Später werde ich es dem *Seanchai* überreichen, und wir werden es ausprobieren."

Annie hätte so gern das Gesicht des *Seanchai* gesehen, wenn er ihre Erfindung sah, doch es war schon spät, und die Schwester hatte ihr die strenge Anweisung erteilt, heute abend noch einmal bei ihr zu erscheinen, um letzte Anweisungen in Empfang zu nehmen.

Zweifellos hatte sie die Absicht, mit Annies Haar „etwas zu unternehmen". Die Schwester schien sehr auf solche Dinge zu achten wie ordentliches Haar, saubere Socken, saubere Fingernägel.

„Du mußt mir jedes Wort berichten, das der *Seanchai* sagt, wenn er es sieht", erinnerte sie Sandemon.

Er zog eine Augenbraue hoch. „Auch wenn unsere Erfindung völlig versagt, und er uns für verrückt hält?"

„Wenn es funktioniert, wird er uns wunderbar finden", stellte Annie heraus.

Während Annie Sandemon half, das Ergebnis ihrer zweiwöchigen Arbeit in Papier und Segeltuch einzupacken, wechselte sie das Thema. „Ich möchte gern deine Meinung zu einer bestimmten Sache hören, Sand-Mann."

Sandemon richtete sich auf und wischte seine Hände an seinen Hosen ab. „Das ist gewiß eine Seltenheit."

Annie blickte ihn stirnrunzelnd an. „Es ist wichtig. Ich habe sehr viel darüber nachgedacht. Wie, meinst du, sollte ich ihn jetzt nennen, da ich nun die richtige Tochter des *Seanchai* bin?"

Der schwarze Mann führte eine Hand zu seiner Wange und dachte über ihre Frage nach. „Du fragst dich, ob du nicht mehr *Seanchai* zu ihm sagen solltest, nicht wahr?"

Annie nickte. „Was, glaubst du, würde ihn am meisten freuen?"

„Der *Seanchai* weiß", sagte er einen Augenblick später, „daß du deinen richtigen Vater sehr geliebt hast, und er möchte diese Liebe gewiß in keiner Weise für sich beanspruchen. Ich glaube, er weiß auch, welche tiefen Gefühle du für ihn hegst. So meine ich, daß er sich freut, wie immer du ihn auch anredest, . . . über die Zuneigung in deinen Augen, Kind, die ihn mit jedem Blick ‚Vater' nennt."

Annie strahlte ihn an: „Du bist sehr klug, Sand-Mann!"

Er lächelte sie an und Annie stieß hervor: „Ich freue mich schrecklich darüber, daß du zu unserer Familie gehörst!"

„Danke, Kind", sagte er sanft und immer noch lächelnd. „Ich bin reich gesegnet, bei euch sein zu dürfen."

* * *

In ihrem Schlafzimmer nahm Schwester Louisa ihr Geschenk noch einmal sehr kritisch unter die Lupe, und hoffte, daß sie nicht zu anmaßend damit war. Es war nicht zu leugnen, daß ihr Geschenk, etwas ... ungewöhnlich war.

In der Tat – doch das traf schließlich auf die gesamte Hochzeit zu. Weder der Bräutigam noch die Braut konnten als ... konventionell gelten.

Tatsächlich nicht. Sie lächelte ein wenig und hielt in der Betrachtung ihres Geschenks inne, als sie an die Vorwürfe dachte, die sie an jenem Abend von dem *Seanchai* einstecken mußte, als sie es gewagt hatte, die Heirat in Frage zu stellen. Für jemanden, der sich im allgemeinen so offensichtlich von Nonnen einschüchtern ließ, hatte er sie bestimmt gehörig zurechtgewiesen.

Damit die Einschätzung ihres Geschenks nicht ihre Eitelkeit nährte, stellte sie es weg, wobei sie darauf achtete, es vor neugierigen Augen zu verbergen.

Als es plötzlich heftig an der Tür klopfte, wußte sie, wie recht sie mit ihrer Vorsicht hatte.

„Komm herein, Kind."

„Woher wissen Sie immer, daß ich es bin, Schwester?"

Louisa betrachtete die Zöpfe, die wie immer zerzaust waren, das fettbeschmierte Gesicht und den erwartungsvollen Wolfshund, der im Augenblick viel ansehnlicher war als das Kind.

„Nun, ich weiß es einfach, weil du dich immer so ... stürmisch ankündigst." Sie richtete ihren Blick wieder auf den Hund, der mit dem Schwanz wedelnd das Zimmer betrat und sich sofort zu Louisas Füßen niederließ.

„Er sieht sehr gut aus", bemerkte sie, zu beiden gewandt.

Annie und der Wolfshund grinsten beide und fühlten sich geschmeichelt.

„Ich habe ihn heute morgen als erstes gebadet – für die Hochzeit."

Schwester Louisa betrachtete sie argwöhnisch. „Ich hoffe doch sehr, daß du nicht geplant hast, den Hund mit in die Kapelle zu nehmen."

Der Wolfshund hob seinen Kopf und grinste hoffnungsvoll, während er von einem zum anderen blickte.

„Aber nein!" erklärte Annie und warf ihre Zöpfe zurück. „Fergus wird die Tür hüten."

„Mit wessen Erlaubnis?"

„Sowohl Sand-Mann als auch der *Seanchai* haben ihr Einverständnis erklärt", entgegnete das Kind mit offenkundigem Vergnügen.

Schwester Louisa rollte mit den Augen und wunderte sich nicht zum erstenmal über die Torheit der erwachsenen Männer, die es tatsächlich besser wissen mußten.

„Was ist das?" fragte Annie, die Augen hatte wie ein Luchs, nachdem sie das in der Ecke abgestellte Geschenk entdeckt hatte.

„Das ist", sagte Louisa bestimmt, „mein Geheimnis. Jetzt komm her. Wir müssen wirklich *etwas* mit deinem Haar *unternehmen*. Ich werde es zuerst einmal richtig durchbürsten.

Das Kind verzog das Gesicht. Der Wolfshund stöhnte.

Louisa ging ans Werk.

* * *

Finola hatte geglaubt, sie werde sich heute abend, am Vorabend ihrer Hochzeit, Morgan gegenüber furchtbar unbehaglich fühlen. Doch nachdem sie ein paar Augenblicke mit ihm allein war, vergaß sie ihr Unbehagen und versuchte, *Morgan* über seine Unsicherheit hinwegzuhelfen.

Wenigstens dreimal, seitdem Anfang der Woche ihre Sachen umgeräumt worden waren, hatte er sie gefragt, ob es ihr angenehm und sie mit ihren neuen Zimmern zufrieden sei. Heute abend brachte er noch einmal die gleichen Erklärungen vor, als ob er ihr nicht oft genug versichern könnte, daß seine Absichten vollkommen ehrbar waren.

„Morgan, diese Zimmer sind wunderbar", sagte Finola wieder und versuchte, ihn zu beruhigen. „Siehst du? Auch Flecky fühlt sich sehr wohl."

Morgan schaute zu dem großen Bett, wo die schwarz-weiß gefleckte Katze völlig zufrieden, zusammengerollt auf der Bettdecke lag.

Als sie ihren Namen hörte, machte Flecky ein Auge auf und betrachtete Morgan. Dann stand sie langsam auf, gähnte, reckte und streckte sich wohlig, bevor sie an das Kopfende des Bettes stolzierte. Dort lief sie zweimal im Kreis, ließ sich dann behaglich auf dem Kissen nieder und schloß wieder die Augen.

Morgan schien nicht überzeugt zu sein.

„Das waren die Zimmer meiner Großmutter", wiederholte er zum viertenmal. „Ich habe sie extra für dich renovieren lassen." Noch einmal wies er darauf hin, daß er möchte, daß sie das größte und schönste Schlafzimmer haben sollte – und das mit der besten Sicht auf das Gelände. Er gab zu, daß er sie nahe bei sich haben wollte, besonders, weil sie ein Kind erwartete und Lucy jetzt ein eigenes Zimmer hatte, das zwar auch neben Finolas gelegen war.

„Übrigens, hat sie immer noch soviel Angst vor mir?“ fragte er ein wenig schroff. „Die Frau scheint jedesmal beinahe zu zittern, wenn ich das Zimmer betrete.“

Finola hatte die ganze Zeit am Fenster gestanden und auf die vom Mond beschienene Flur hinausgeschaut. Jetzt drehte sie sich um, und lächelte ein bißchen über den widerwilligen Unterton in seiner Stimme.

„Vielleicht hat sie keine Angst“, sagte sie. „Vielleicht ... ist sie nur ein wenig eingeschüchtert.“

Er atmete tief durch. „Ich war in letzter Zeit ihr gegenüber die Freundlichkeit in Person. Ich glaube nicht, daß sie das erwähnt hat.“

Wieder fiel Finola auf, wie unbehaglich er sich fühlte, obgleich er sich sichtlich bemühte, ungezwungen zu wirken. „Doch, sie *hat* es mir erzählt, und sie ist äußerst dankbar. Oh – und ihr neues Zimmer gefällt ihr sehr. Sie findet es großartig.“

„Du brauchst es nur zu sagen, wenn du möchtest, daß sie wieder zu dir zieht“, erinnerte er sie. „Ich dachte nur, daß du vielleicht ein wenig Privatsphäre haben möchtest, nachdem du dich wieder etwas stärker fühlst.“

Sie nickte und setzte sich Morgan gegenüber in den Schaukelstuhl. „Es ist gut so. Auch Lucy kann ein wenig Privatsphäre gebrauchen. Sie hatte kaum Zeit für sich, seitdem ...“

Sie ließ ihren Satz unvollendet verhallen, immer noch unfähig, das Furchtbare, was ihr zugestoßen war, in Worte zu fassen.

Wie immer schien er ihre Gedanken sofort zu erraten und wechselte schnell das Thema. „Hast du inzwischen vielleicht mehr darüber erfahren können, was diese erstaunliche Veränderung in ihr bewirkt hat?“

Finolas Augen begannen zu leuchten, und sie schüttelte den Kopf. „Nur, was ich dir bereits erzählt habe. Offenbar hat sie mit Sandemon gesprochen. Sie hat mir gesagt, er habe ihr ‚das Licht gezeigt‘. Ich weiß, daß sie sich sehr verändert hat. Sie liest die Bibel wie eine hungernde Seele – und sie verbringt viele Stunden in der Kapelle. Sie liebt die Kapelle.“

Morgan nickte. „Der Mann ist wirklich ein Wunder“, sagte er und lächelte still vor sich hin. „Trotzdem ist er ein gestrenger Lehrmeister für mich“, fügte er mit einem wehmütigen Lächeln hinzu. „Er wartet jetzt noch auf mich – es scheint, als gäbe es für mich heute abend noch etwas zu erledigen. Ich habe ihm gesagt, daß morgen meine Hochzeit ist, doch er ließ sich nicht abbringen. Er erklärte mir, daß er warten werde.“

Nun schwiegen beide einige Zeit lang; es war ein bedrückendes

Schweigen. Er schaute zuweilen zu Finola und Finola zu ihm, und jeder blickte schnell weg, wenn der andere zu lächeln begann.

Schließlich räusperte er sich: „Ich hatte dir schon gesagt, daß ich dir den Ehering morgen überreichen werde“, erklärte er steif.

Finola nickte und fragte sich, ob ihm vielleicht Zweifel gekommen waren.

„Ja ... und ich hoffe, er wird dir gefallen. Ich habe ihn eigens für dich anfertigen lassen.“

„Er wird gewiß wunderschön sein“, erwiderte Finola, den Blick auf ihre Hände gefesselt.

Erneut herrschte Schweigen, dann: „Finola?“

Sie blickte auf, und er rollte mit seinem Stuhl ein Stück näher an sie heran. „Ich ... das wollte ich dir heute abend schenken. Es ist mein Hochzeitsgeschenk für dich ... und dann wollte ich dir gern noch etwas sagen.“

Während sie in seinem lieben, ernsten Gesicht, das jetzt von Unsicherheit gequält war, forschte, sah sie, wie er ein elfenbeinfarbenes Kästchen aus der Innentasche seiner Jacke zog.

„Ich würde mich freuen, wenn du das morgen ... während der Trauung tragen würdest“, erklärte er und reichte ihr das kleine Kästchen.

Wieder räusperte er sich. Die wunderbaren grünen Augen schauten einen Augenblick überall hin, nur nicht zu Finola. Dann ließ er seinen Blick auf ihrem Gesicht ruhen. Während sie das Kästchen noch ungeöffnet in der Hand hielt, glaubte Finola, die Zärtlichkeit in seinem Blick nicht ertragen zu können.

Wie immer, wenn er mit ihr sprach, war seine Stimme unendlich sanft. „Ich möchte dir sagen, Finola, daß ich dir unendlich dankbar bin, daß du meine Frau wirst.“

Verblüfft starrte Finola ihn an und wollte ihm widersprechen, er sprach jedoch sofort weiter: „Du kannst dir nicht vorstellen, wie stolz es mich macht, daß du meinen Namen tragen willst. Du machst mir ein unschätzbares Geschenk, und ich bin über alle Maßen dankbar. Bitte“, sagte er und deutete auf das Kästchen in ihrer Hand, „mach es auf.“

Mit zitternden Fingern öffnete Finola das Schloß des feinpolierten Kästchens. Sie rang nach Atem und legte eine Hand an ihren Hals, als sie das bezaubernde Schmuckstück sah: an einem zarten Goldkettchen hing ein zarter, geschnitzter Anhänger aus bestem Elfenbein, in der anmutigen Form eines Schwans.

Ihre Augen füllten sich mit Tränen, als sie mit einem Finger die Umrisse des Schwans berührte. „O Morgan! Das ist das Wunderbarste, was ich jemals gesehen habe!“

Er lächelte ihr in die Augen, als hätte sie ihm mit ihren Worten eine große Freude bereitet. „So wirst du sie tragen?“

„Oh, natürlich werde ich sie tragen! Ich ... darf ich sie jetzt anlegen?“

„Bitte“, sagte er.

Als ihre Hände immer noch so furchtbar zitterten, daß sie das Schloß nicht aufbekam, nahm er die Kette, rollte an ihre Seite und ließ die Kette über ihr Haar gleiten, während sie ihren Kopf neigte.

Finola richtete sich wieder auf und berührte den Anhänger an ihrem Hals.

Er schaute sie so seltsam an, während seine Hände auf ihren ruhten, und sein Blick war leicht verschwommen. „Selbst Elfenbein“, sagte er zärtlich, „muß im Glanz deiner Schönheit verblassen.“

Dann beugte er sich zu ihr, und Finola hielt den Atem an. „Darf ich?“ flüsterte er. Finolas Herz sprang vor Freude, als seine Lippen ihre Wange berührten, so sanft, als hätte sie es nur geträumt.

Sofort wich er wieder zurück und griff noch einmal in seine Tasche. „Das gehört zu dem Anhänger“, sagte er und drückte ihr ein zusammengefaltetes Blatt in die Hand. „Ich möchte dich jedoch bitten, das erst zu lesen, wenn ich dich verlassen habe.“ Er hielt inne, dann fügte er unbekümmert hinzu: „Was ich jetzt tun werde. Du mußt schlafen und das Westindische Wunder erwartet mein Erscheinen.“

Finola ergriff seine Hand. „Morgan ...“

Unsicher lächelnd, wartete er.

„Auch ich möchte dir noch etwas sagen. Ich ... möchte dir sagen, daß ich dich einfach wunderbar finde. Und ich bin ... mehr als erfreut ... ich bin überwältigt ... deinen Namen zu tragen – und dieses bezaubernde Geschenk.“

Dann verließ er sie. Er warf ihr noch einen letzten Blick zu, als er ihr gute Nacht sagte, dann rollte er leise aus dem Zimmer.

Nachdem er das Zimmer verlassen hatte, saß Finola einen Augenblick da und berührte mit ihren Fingern den Anhänger aus Elfenbein. Schließlich entfaltete sie das Blatt, das er in ihre Hand gelegt hatte. Einen Augenblick lang konnte sie die Worte kaum erkennen, denn sie las durch einen Schleier von Tränen. Schließlich sah sie, daß es ein Gedicht war ... ein Gedicht, von jemandem geschrieben, der sich *Der Sänger* nannte ... für jemanden, der *Der Schwan* hieß ...

Es war ein wunderbares Werk, eine bezaubernde Prosadichtung, die von Liebe und Licht und Verheißungen erfüllt war. Als Finola bei den letzten Zeilen angekommen war, stand sie atemlos vor der Schönheit der Worte, in Ehrfurcht vor Morgans gewaltiger Gabe ... und vollkommen überwältigt in dem Wissen, die Frau eines solchen Mannes zu werden ...

„Nun ist das Meer des Lebens erfüllt von wunderbarer Kraft,
Der Himmel in Herrlichkeit sich schmückt
Und aus meinem Herzen strömt Freude
Wie aus einem überfließenden Born ...“

43. Kapitel

Wunder über Wunder

Die Sterne singen ein Liebeslied
Und die Engel stimmen ein
Während sie dem Sänger und dem Schwan
Das Geschenk der Liebe bereiten ...

Morgan Fitzgerald (1849)

In der Sakristei der Kapelle überließ sich Morgan Fitzgerald den starken Armen und geschickten Händen seines Begleiters.

Nervös, wie er in diesen letzten Augenblicken vor der Trauung war, mußte er dennoch daran denken, wie sein starker, schwarzer Freund sein Leben verändert hatte – und nur zum Guten.

Das letzte Produkt der Genialität des Wunders von den Westindischen Inseln war schließlich an Ort und Stelle angebracht und gut verdeckt. Es hatte tatsächlich nicht einmal zwanzig Minuten gedauert, die Eisenklammern an Morgans Beinen zu befestigen – ein beachtlicher Rekord, wenn man daran dachte, daß sie bei ihrem ersten Versuch gestern abend länger als eine Stunde gebraucht hatten.

Jetzt saß er fertig in seinem Stuhl, die Beine vor sich ausgestreckt, und sah zu, wie Sandemon ein letztes Mal die Krücken inspizierte – seltsam anmutende ‚Geräte' mit breiten Auflageflächen und an den Seiten mit Eisenstangen verstärkt.

Obgleich seine in Eisen eingefaßten Gliedmaßen von seiner Kleidung sorgfältig verdeckt wurden, war sich Morgan seines peinlichen Zustands dennoch voll bewußt.

„Ich fühle mich wirklich wie ein dressierter Truthahn", murmelte Morgan.

Sandemon betrachtete ihn. „Aber zumindest ein gut dressierter."

Morgan war nicht zum Lachen zumute. „Und du bist dir absolut sicher, daß es funktioniert?

„Es gibt nichts im Leben, was absolut sicher wäre, *Seanchai*", antwortete Sandemon begütigend. „Sie wissen das selbst besser als mancher andere." Einen Augenblick später nickte er zufrieden und lehnte die Krücken gegen die Wand der Sakristei. „Wir wissen, daß es gestern abend funktioniert hat, sehr gut sogar." Er hielt inne. „Wenn Sie es lieber nicht riskieren wollen", fügte er freundlich hinzu, „ist noch genug Zeit, um die Klammern wieder zu entfernen."

Morgan umklammerte die Armstützen des Rollstuhls. Er hatte bereits beschlossen, daß es einen Versuch wert war. „Wir machen weiter", sagte er zuversichtlicher, als ihm zumute war. „Was könnte schlimmstenfalls passieren?"

Unsicherheit trat auf das Gesicht des schwarzen Mannes, was tatsächlich eine Seltenheit bei ihm war, so daß Morgans Zweifel neuen Auftrieb erhielten. Die Zähne zusammenbeißend, winkte er ab. „Schon gut ... der Fußboden in der Kapelle ist aus robustem Material", knurrte er und brachte sogar ein mattes Lächeln zustande. „Schlimmstenfalls gibt es einen großen Knall."

Sandemon lachte. „Wie ein Donner vom Himmel."

Morgan hatte nicht die Absicht, sich alle eventuellen Möglichkeiten im einzelnen auszumalen und wechselte das Thema. „Wer weiß alles davon?"

Sein Freund wandte sich um, damit er ihn anschauen konnte. „Sie haben es in mein Ermessen gestellt, und ich kam zu der Überzeugung, daß es am besten sei, wenn die meisten im Haus davon wissen. So habe ich heute morgen Artegal von der Überraschung erzählt." Sein Mund verzog sich für einen Augenblick zu einem ironischen Lächeln. „Auf diese Weise ist man immer sicher, daß die Nachricht weitergetragen wird. Mir schien es tatsächlich so am besten zu sein. Sonst würde es morgen in der ganzen Stadt Gerüchte geben, daß in Nelson Hall Zeichen und Wunder geschehen."

„Ich bin nicht sicher, ob die Gerüchte stark übertrieben wären", bemerkte Morgan leise. „Seitdem du bei mir bist, mein Freund, habe ich mehr als einmal sichere Zeichen göttlichen Eingreifens in Nelson Hall gesehen."

Der schwarze Mann schaute ihn an. „Trotzdem", sagte er und zog eine Augenbraue hoch, „glaube ich, daß es gut ist, wenn die Leute wissen, daß dieses Wunder von heute, ... zumindest teilweise von Menschenhand vorbereitet wurde."

Morgan schaute auf ihn und fing an zu lachen. „Gut gesagt, und du hast zweifellos recht. Ich sehne mich auch nicht danach, daß die Leute auf der Suche nach dem Wunder scharenweise Nelson Hall bevölkern."

Er beugte sich nach vorn und untersuchte noch einmal seine Beine.

„Du hast Anweisung gegeben, daß niemand die Kapelle betreten darf, bevor die Türen geöffnet werden?"

Sandemon nickte. „Der Wolfshund steht an der Tür Wache, und auch Schwester Louisa wird zeitig unten sein."

„Hm, ja ... ich für mein Teil, würde es stets lieber mit einem Wolfshund aufnehmen als mit einer Nonne."

„Besonders mit *unserer Nonne*", bemerkte Sandemon.

„In der Tat."

* * *

Als Schwester Louisa die Treppe hinunterging, sah sie, daß die Türen der Kapelle bereits weit offenstanden. Weil niemand zu sehen war, nahm sie an, daß die meisten Angehörigen des Haushalts bereits ihre Plätze in der Kapelle eingenommen hatten.

Leise Harfenmusik drang durch die offenen Türen an ihr Ohr, und der süße Duft einer verschwenderischen Fülle von Blumen stieg bis an die Treppe vor.

Sie eilte die restlichen Stufen hinunter zur Kapelle, bis sie, von einem unglaublichen Anblick überwältigt, stehenblieb.

Herausgeputzt mit einem steifen, weißen Vorhemd, das offensichtlich handgefertigt war – von jemandem, dessen Stiche groß und schrecklich unbeholfen waren – saß der Wolfshund an der Tür der Kapelle. Er schien sehr zufrieden mit sich zu sein, wie es gewiß auch sein Gönner war, die Tochter des *Seanchai.*

Louisa rollte mit den Augen und stieß einen resignierten Seufzer aus; dann bückte sie sich, um dem Wolfshund rasch anerkennend über das Fell zu streicheln. Er grinste glücklich, als wollte er sagen, daß es ihm wirklich viel Spaß machte.

Louisa ging wieder zu der Treppe zurück und wartete, die Hände in die Hüfte gestützt, um ihr nervöses Zittern zu unterbinden, ob sie oben im Flur die Braut und ihre junge Begleiterin erspähen würde.

* * *

In der Kapelle erwarteten die Gäste unruhig den Beginn der Trauung.

Augen wurden weit aufgerissen und Hälse reckten sich, als der *Seanchai* von der Sakristei aus in die Kapelle kam; direkt hinter dem Rollstuhl ging Sandemon, in der Hand zwei außergewöhnlich große Krücken.

Der *Seanchai* sah in seinem rehfarbenen Anzug und dem bronzefarbenen Seidenhemd prächtig aus, und sein volles Haar erstrahlte in einem kupfernen Glanz.

Die Spannung stieg weiter, als der schwarze Begleiter dem *Seanchai* die Krücken reichte und sich dann wieder hinter ihn stellte.

Alle hielten den Atem an, als Sandemon seinen Herrn unter den Armen anfaßte und ihn langsam ... ganz langsam und äußerst behutsam ... aus dem Rollstuhl hob ... und auf seine Beine stellte.

Als der *Seanchai*, noch von Sandemon gestützt, aufrecht stand, klemmte er sich die Krücken unter den Arm. Die Augen weiter auf seinen Begleiter gerichtet, beugte er sich leicht nach vorn, um sein Gewicht auszubalancieren, dann nickte er leicht.

Ehrfürchtiges Schweigen erfüllte die Kapelle, als Sandemon langsam seine Hände zurückzog und einen Schritt nach hinten trat.

Es herrschte ein langes Schweigen, bevor alle gemeinsam erleichtert aufatmeten. Einige weinten und bekreuzigten sich. Andere staunten über die Größe ihres Herrn, die sie nach der langen Zeit im Rollstuhl beinahe vergessen hatten.

Alle waren begeistert, als ein Lächeln auf sein angespanntes Gesicht trat, während er zu dem Eingang der Kapelle schaute.

* * *

Morgan zuckte zusammen und verlor beinahe sein Gleichgewicht, als die Orgel einsetzte und die Ankunft der Braut ankündigte.

Sandemon stand dicht neben ihm und vermittelte ihm Zuversicht, während sein Herz raste und seine Arme zitterten. Obgleich sie es immer wieder geprobt hatten, bis spät in die Nacht hinein, hatte er nicht gewußt ... hätte er es sich bis zu diesem Augenblick nicht vorstellen können ... welch betörendes, überwältigendes Gefühl es war, einmal wieder aufrecht stehen zu können wie ein Mann.

Auch wenn seine Beine kein Gefühl mehr hatten und von den Eisenklammern eingeschlossen waren, glaubte er, den Boden unter seinen

Füßen zu spüren und meinte, jeden Moment loslaufen zu können. Es war einfach aufregend – und furchteinflößend.

Die Augen auf den Eingang gerichtet, sah er, wie Annie in der Tür erschien. Aufgeregt und erwartungsvoll erhob sich die Gemeinde.

Erstaunt blickte Morgan zu seiner Tochter.

War das möglich? War diese zarte, junge Schönheit in grünem Samt wirklich das zerlumpte Straßenmädchen mit dem schmutzigen Gesicht, die ihn in seinem Zimmer im Krankenhaus von Belfast belauert hatte und ihm dann den ganzen Weg bis nach Dublin gefolgt war?

Die Wangen vor Erregung gerötet, das unbändige dunkle Haar von einer smaragdgrünen Schleife gehalten und die elegante Harfenbrosche am Hals sah Annie ... seine Aine ... einfach reizend aus.

Ein Wunder, und kein geringes!

Ihr Lächeln verschwand nur einen Augenblick, als ihre schwarzen Augen unruhig über die Gemeinde glitten, dann ruhte ihr Blick auf ihm. Ihr Lächeln wurde breiter, und sie schritt aus, erhobenen Hauptes, mit strahlenden Augen. So schwebte sie durch den Gang – und das war ein weiteres Wunder ... Annie schwebend!

Und hinter ihr ... Finola.

Sie folgte Annie, die Augen niedergeschlagen, sah sie aus wie ein zarter Traum aus feiner, elfenbeinfarbiger Spitze und weißem Samt. Mit zaghaften Schritten ging sie den Gang entlang, und Morgan konnte beinahe spüren, wie ihr Herz bebte, während sie näher kam.

Seine Augen wurden von ihrer Schönheit gefesselt – das atemberaubende Kleid, dessen Schnitt sorgfältig jeden Hinweis auf ihren Zustand verbarg, der Schwan an ihrer Brust, der mit Blumen geschmückte Schleier. Einen Augenblick lang empfand er eine große Traurigkeit für seine junge Braut. Es wurde ihm schmerzlich bewußt, daß dieser Tag gewiß nicht so sein konnte, wie sie sich ihn als junges Mädchen erträumt hatte. Es betrübte sein Herz, daß dieser Tag, der nichts als Freude sein sollte, von einer Tragödie, die sich jeglicher Vorstellung entzog, überschattet wurde.

Dann hob sie, während er diesen traurigen Gedanken dachte, ihren Kopf. Trotz des Schleiers sah Morgan, wie sie ihn verblüfft anschaute. Er sah, wie sie strauchelte, leicht taumelte, doch dann ihr Gleichgewicht zurückgewann.

Plötzlich vergaß er die Klammern an seinen Beinen, vergaß die Krükken, die ihn aufrecht hielten. Er vergaß die Gäste in den Bankreihen und sogar den Freund an seiner Seite. Er vergaß die Wirklichkeit und daß er in kurzer Zeit schon wieder in seinen Rollstuhl zurückkehren würde, daß dies nur eine vorübergehende Gnade war, die nicht von Dauer sein konnte.

Er vergaß alles ... alles außer dem Wunder Finola ... dem herrlichsten aller Wunder.

Schließlich erreichte sie den Altar. Sie stand neben ihm und berührte mit zitternder Hand seinen Arm. Auch der Schleier konnte das Funkeln ihrer Augen, ihr unglaubliches Lächeln, ihr Strahlen nicht verbergen.

Als sie vor dem Priester standen, dankte Morgan Gott im stillen für diesen wunderbaren, strahlenden Augenblick, wo er noch einmal aufrecht stehen durfte wie ein Mann – seine Braut neben ihm.

Dann hörte er, während sein alter, stets wiederkehrender Traum sich auf so wunderbare Weise erfüllte, wie sie seinen Namen flüsterte.

„*Morgan ...*", hauchte sie und hob ihren Kopf, um ihm in die Augen zu schauen. Ihre Hand klammerte sich an seinem Arm fest, und Morgan schwor sich selbst ... und seinem Gott, ihr eine Liebe zu schenken, die sie für ihre verlorenen Träume und enttäuschten Hoffnungen zu entschädigen vermochte.

Epilog

Ein Familienporträt

Komm an diesen heiligen Ort
und sieh die Bilder meiner Freunde dort.
Sie schauen auf uns hernieder;
in ihren Zügen spiegelt Irlands Geschichte sich wider.
Und wenn man mich fragt, wo eines Menschen Ruhm endet,
und wo er beginnt,
dann ist mein Ruhm, daß diese Menschen wie Freunde
mir waren gesinnt.

W.B. Yeats (1865-1939)

Die Hochzeitsfeier wurde ein großes Fest, zu dem der gesamte Haushalt eingeladen war. Eingedenk der Hungersnot, die im ganzen Land herrschte, hatte der *Seanchai* beschlossen, auf ein üppiges Festmahl zu verzichten, und stattdessen angeordnet, Nahrungsmittel an zahlreiche Armen – und Krankenhäuser in verschiedenen Grafschaften zu verteilen.

Trotzdem gab es für alle ein großzügiges Mahl, und die Dienerschaft war eingeladen, an der Eröffnung der Geschenke, die seit Tagen in Nelson Hall eingetroffen waren, teilzunehmen.

Der *Seanchai* saß, nun wieder von den Eisenklammern befreit, entspannt in seinem Rollstuhl; er lachte viel und lächelte oft zu seiner Braut, die, wie jeder zugeben mußte, die bezauberndste junge Frau war, die man weit und breit finden konnte.

Ein Geschenk nach dem anderen wurde der Braut und dem Bräutigam überreicht und jedes einzelne mit gespannter Aufmerksamkeit und viel Beifall entgegengenommen. Zum Schluß stand Schwester Louisa auf, um dem glücklichen Paar ihr Geschenk zu überreichen.

Mit einer für sie ungewöhnlichen Unsicherheit brachte sie ein großes Gemälde hervor, das völlig von einem dunklen Tuch verhüllt war.

„Ich dachte, daß dies vielleicht zu dem heutigen Anlaß passen könnte", sagte sie, den Blick abgewandt.

Schweigen erfüllte den Raum, als sie die Decke wegnahm, und das ... Familienporträt enthüllte. Äußerst gelungen war jeder mit verblüffender

Echtheit dargestellt. Im Mittelpunkt des Bildes war der *Seanchai* zu sehen; die Harfe in der Hand, sah er fröhlich und auch ein wenig stolz aus. Hinter ihm, zu seiner Linken, stand seine junge Braut. Eine Hand auf die Schulter ihres Mannes gelegt, hielt sie in dem anderen Arm ein schwarz-weißes Kätzchen.

Auf der rechten Seite hinter dem *Seanchai* ragte Sandemon in die Höhe, das Wunder von den Westindischen Inseln. Majestätisch stand er in seinem purpurroten Hemd mit den wallenden Ärmeln da und blickte liebevoll und gelassen zugleich.

Auf dem Fußboden neben dem *Seanchai* hockte seine Tochter, Annie – Aine. Eine Hand in die ihres Vaters gelegt, strahlte sie über ihr neu gefundenes Glück, so daß es jeder sehen konnte.

Und ganz vorn, zu Füßen des *Seanchai*, saß der große Wolfshund mit einem großmütigen Lächeln auf seinem freundlichen Gesicht, als wollte er sagen, wie zufrieden er mit allen war.

Der *Seanchai* war sichtlich bewegt und bewunderte das Gemälde lange Zeit. Er nannte es ein Wunder und ein herrliches Geschenk. Seine Braut stimmte ihm zu und stand auf, um die lächelnde Schwester Louisa zu umarmen.

Inmitten der bewundernden Kommentare räusperte sich der *Seanchai* plötzlich laut und sagte: „Schwester Louisa? Wenn Sie es gestatten, würde ich Sie gern auf etwas hinweisen." Mit ernstem Gesicht fuhr er fort. „Ich fürchte, auf dem Bild fehlt etwas ganz Wichtiges."

Schwester Louisa riß ihre Augen auf, kniff sie dann zusammen und errötete leicht. „Es fehlt etwas?" wiederholte sie mit leicht angespannter Stimme.

„Ja", erwiderte der *Seanchai*, seinen Blick auf Schwester Louisa gerichtet, „mir scheint, Sie haben ein Mitglied unserer Familie vergessen – ein sehr wichtiges Glied unserer Familie sogar."

Sichtlich verblüfft, faßte sich die Nonne an den Hals und forschte auf dem Bild. „Ich fürchte, ich kann nichts ..."

„*Sie selbst*, Schwester!" rief Annie Fitzgerald freudestrahlend dazwischen, während sie von einem Fuß auf den anderen hüpfte. „Sehen Sie es nicht – Sie haben *sich selbst* vergessen!"

Der Schalk funkelte in den Augen des *Seanchai*, und er lachte und nickte.

„So ist es, Schwester", erklärte er. „Das Bild ist hervorragend, doch kaum vollkommen ohne Sie."

Eine Anmerkung der Autorin

Als ich mit den Nachforschungen für mein erstes Buch in dieser Serie, *Und niemand hört mein Lied*, begann, stellte ich fest, daß sich durch die gesamte Geschichte Irlands ein starker religiöser Faden zieht. Ich hoffe, es ist mir gelungen, meinen Lesern deutlich zu machen, wie der christliche Glaube das Leben mancher irischer Einwanderer Amerikas geprägt hat.

Im Verlauf meiner jahrelangen Nachforschungen und während des Schreibens wurde mir bewußt, daß es praktisch unmöglich ist, die Vergangenheit von der Gegenwart zu trennen. Die Kämpfe und die Erfolge, die Versuchungen und die Siege unserer Vorfahren stellen nicht nur ein reiches Erbe dar, sondern tragen auch auf unschätzbare Weise zu dem bei, was wir – und unsere Welt – heute sind. Wie der junge Daniel Kavanagh glaube auch ich, daß das Gestern, Heute und Morgen aus Gottes Sicht ein großes *Panorama*, eine fortlaufende Geschichte darstellen, die unser Schöpfer in ihrer Gesamtheit betrachtet, vom Anbeginn der Zeit über die Gegenwart bis hin zur Ewigkeit.

Außerdem *wiederholt* sich Geschichte tatsächlich. Viele Ereignisse kehren immer wieder. Die Schrecken der Hungersnot und die Hoffnungslosigkeit, wie sie vielen Personen dieser bisher drei Bände begegnet sind, gibt es immer noch. Monat um Monat, Jahr um Jahr leiden und sterben immerfort unschuldige Opfer von Kriegen und Katastrophen, von politischer Gleichgültigkeit und Unterdrückung wie einst die Menschen während der großen Hungersnot in Irland.

Regierungsprogramme und private Hilfsorganisationen sind kaum mehr als ein Anfang in bezug auf die Hilfe, die weltweit immer nötiger wird. Ich bin der Überzeugung, daß die christliche Kirche in den vordersten Reihen internationaler Hilfsmaßnahmen stehen sollte, denn die *Gemeinde* hat die Aufgabe – und das Vorrecht –, einer Welt, die es bitter nötig hat, Liebe zu schenken.

Ich möchte Sie einladen, wie ich nach Wegen zu suchen, um praktische Hilfe leisten zu können.

Ich habe die *World Relief Corporation* gewählt, und es gibt noch viele andere Organisationen, die gute Möglichkeiten bieten, Glaube und Liebe in die Tat umzusetzen. Jeder einzelne zählt!

B. J. Hoff

Auf Wunsch der Autorin wird ein Teil der Einnahmen von dem Buch *Land of a Thousand Dreams* direkt an die World Relief Corporation, den internationalen Arbeitszweig der National Association of Evangelicals (NAE) weitergeleitet. Im Jahr 1944 gegründet, versucht World Relief, die äußere und die geistliche Not von Menschen auf allen Kontinenten zu lindern.

World Relief ist eine gemeindeorientierte Hilfsorganisation, die versucht, Opfern von Naturkatastrophen, Hungersnot und Armut Hilfe zu leisten und Hoffnung zu vermitteln. Neben dieser internationalen Arbeit hilft diese Organisation auch Flüchtlingen in den Vereinigten Staaten. Weitere Informationen sind über folgende Adresse erhältlich:

World Relief Corporation
P.O. Box WRC
Wheaton, IL 60189
USA

Die »IRISH SAGA« von B. J. Hoff

Die IRISH SAGA ist eine Reihe von Erzählungen, die vom Kampf, den Entbehrungen und dem Schmerz, aber auch von der Glaubenskraft und den Siegen zweier Familien in der historisch dunkelsten Zeit Irlands handeln. Die IRISH SAGA ist ein Zeugnis der oft unfaßbaren Geschichte, die Gott mit einzelnen Menschen schreibt.

In dieser Reihe liegt bereits vor:

Und niemand hört mein Lied
Irish Saga – Band 1
Edition C, Nr. E 40
462 Seiten

Auch wenn mein Herz zerbricht
Irish Saga – Band 2
Edition C, Nr. E 41
400 Seiten

Im Land der tausend Träume
Irish Saga – Band 3
Edition C, Nr. E 42
416 Seiten

FRANCKE
Verlag der Francke-Buchhandlung GmbH

Die »INDIEN SAGA« von B. J. Hoff

Diese Serie spielt im nördlichen Indien im letzten Jahrzehnt des 18. Jahrhunderts. Coral Kendall ist Erbin der Kinscote-Seiden-Plantage. Gegen die kulturellen Gewohnheiten und gegen den Widerstand ihrer wohlhabenden englischen Familie adoptiert sie einen kleinen Waisenjungen aus der Kaste der »Unberührbaren«, der niedrigsten Hindu-Kaste, und nimmt ihn in ihr Haus auf.

Das ist der Ausgangspunkt für diese Geschichte. Eine faszinierende Reihe vor dem exotischen Hintergrund eines Landes, das von religiösen, ethischen und politischen Unruhen erschüttert wird.

In dieser Reihe liegt bereits vor:

Silk – Plantage der Hoffnung
Indien Saga – Band 1
Edition C, Nr. E 35
368 Seiten

Coral – Stern in der Nacht
Indien Saga – Band 2
Edition C, Nr. E 36
416 Seiten